Annick Klug
Der Porzellaner

ANNICK KLUG

DER PORZELLANER

Eine Geschichte aus Meißen

ROMAN

lübbe

Die Bastei Lübbe AG verfolgt eine nachhaltige Buchproduktion. Wir verwenden Papiere aus nachhaltiger Forstwirtschaft und verzichten darauf, Bücher einzeln in Folie zu verpacken. Wir stellen unsere Bücher in Deutschland und Europa (EU) her und arbeiten mit den Druckereien kontinuierlich an einer positiven Ökobilanz.

Die Autorin dankt dem Ministerium für Wissenschaft, Forschung und Kultur des Landes Brandenburg und der VG Wort mit dem Programm »Neustart Kultur« für die Förderung der Arbeit an diesem Roman.

Originalausgabe

Copyright © 2023 by
Bastei Lübbe AG, Schanzenstraße 6 – 20, 51063 Köln

Textredaktion: Anna Hahn, Trier
Umschlaggestaltung: Christin Wilhelm, www.grafic4u.de
Einband-/Umschlagmotiv: © Lucie Skalova; artsandra;
PrachaubCh/shutterstock
Satz: Dörlemann Satz, Lemförde
Gesetzt aus der Stempel Garamond
Druck und Verarbeitung: GGP Media GmbH, Pößneck

Printed in Germany
ISBN 978-3-7857-2869-7

2 4 5 3 1

Sie finden uns im Internet unter
luebbe.de
Bitte beachten Sie auch: lesejury.de

Teil I

Samuel

Bei Meißen, 5. Januar 1719

Tief sank Samuel in den Schnee. Schritt für Schritt zog er die Stiefel aus dem weiten, weiß beschneiten Feld, das sein Gewicht mit leisem Knirschen einsog und nur mit einem widerwilligen Seufzer wieder freigab. Er kämpfte sich vorwärts, stieß den Atem rhythmisch aus, angetrieben von einer unbändigen Wut und der Verzweiflung darüber, was er von nun an sein würde: ein Verräter. Noch haderte er mit sich, ob er nicht umkehren sollte, doch seine Füße schienen nur eine Richtung zu kennen – fort. Fort aus Meißen, ja sogar fort aus Sachsen. Obwohl er sicherlich eine neue Anstellung finden würde. Er war ein guter Bergmann, der jederzeit unterkäme in den Silberminen in Freiberg, wo auch seine Brüder arbeiteten, oder zu Hause in Scharfenberg beim Vater. Samuel sah den Vater vor sich. Hochmut kommt vor dem Fall, würde sein Blick sagen. Und doch war es nicht dieser Blick, dem Samuel entfloh.

Er erreichte den Hügelkamm, weit weg von der Straße, und schaute hastig zurück, ob ihn vielleicht jemand verfolgte, aber da war nichts außer der gespenstisch schimmernden Schneefläche und seinen einsamen Spuren darin, die die stetig herabsinkenden Flocken bald unter sich begraben haben würden. Hier auf dem Hügel war der Schnee weniger tief, der Wind hatte alles fortgeweht. Ein eisiges Fegefeuer, dachte Samuel, während er sich weiter antrieb. Seine Lunge schmerzte, und die Wangen waren taub vor Kälte. In festen Klumpen hing der Schnee an seinem Mantel, unter dem er die Mappe spürte, die er sich zwischen Hemd und Wams gesteckt hatte, um sie vor der Nässe zu schützen. Seine Notizen, Briefe und Rezepte waren das Einzige, was ihm geblieben war von seiner Zeit in der Manufaktur. Samuel zog den Mantel enger um sich und streckte das Gesicht dem schwarzen sternenlosen Himmel entgegen.

»Böttger!«, schrie er in die Nacht hinaus, anklagend und hilflos, während der Wind ihm die Schneeflocken ins Gesicht jagte, kleine Nadelstiche, die an seiner Wut zu einem Nichts verdampften. Eine Wut, die sein Herz besetzte, seine Gedanken, seinen gesamten Körper. Böttger hatte ihm alles genommen. Er, der ihm Meister und Gefährte zugleich gewesen war. Ein Freund. Roter Löwe, weißer Drache. Samuel erinnerte sich zurück an das Labor, in dem sie gearbeitet hatten, an die Tiegel, Pfannen und Kolben, die rußgeschwärzten Mauern und die schwelende Glut. Er roch die schmelzenden Erze, den beißenden Qualm, der ihnen die Tränen in die Augen getrieben hatte, und fühlte noch einmal das Verlangen nach dem Gold, das sie hatten erschaffen wollen. Ein giftiger Traum, der Böttger den Verstand gekostet hatte und Samuel alles, was er liebte.

Meißen lag bereits weit hinter ihm, als Samuel es wagte, sich wieder der Straße zu nähern. Er pflügte sich den Weg talabwärts, strauchelte und rutschte, bis er in dem weichen, kühlen Bett liegen blieb. In der Nacht mutete der Schnee gräulich an, wie die Porzellanmasse, für die er als Massemeister zuständig gewesen war. Ein gutes Grab wäre das, ein passendes, dachte er und lachte bitter auf, bevor er sich wieder hochrappelte. Nur nicht an Sophie denken, sagte er sich und tat es unweigerlich. Ihre Tante hatte ihn nicht mehr zu ihr gelassen, hatte ihn fortgejagt, und jetzt, da Samuel auf alles, was geschehen war, zurückblickte, gab er Böttger auch daran die Schuld. Sophie hatte oben am Fenster der Schenke gestanden, mit blassem Gesicht, ohne eine Gefühlsregung. Nur die Hand hatte sie gehoben und ihm zum Abschied zugewinkt. Wo waren ihr funkelnder Blick, ihr spöttisches Lachen, das Beben ihres Körpers, der sich mit jeder Faser nach einem unabhängigen Leben verzehrte? Wo war die Sophie, die er liebte? Auch sie hatte ihn verraten. Oder nein. Sie hatte sich selbst verraten.

Samuel erreichte die Straße, die dank der Schlitten, Wagen und Wanderer fest und leicht zu begehen war. Wieder blickte er sich um, aber es war kein Mensch zu sehen. Ein Stückchen weiter, wo der Weg im Wald verschwand, sollte der Wagen auf ihn warten, keine einfache Kutsche, sondern mindestens eine feine Equipage mit livriertem Diener hatte man ihm versprochen. Dort, zwischen den Bäumen, ließ sich bereits das Schimmern einer Laterne erahnen. Aus dem Gebüsch fuhr ein Rabe hoch. Schnee stob von den Ästen, und Samuel zuckte zusammen. Der Gruß des schwarzen Vogels war ihm unheimlich und doch ging er entschlossen auf das Licht zu und fand auch bald den Wagen, der allerdings keine Equipage war, sondern ein klappriges Gefährt, von dem Samuel hoffte, dass es nicht in der nächsten Schneewehe auseinanderfallen würde. Die Enttäuschung senkte sich bang in seine Brust. Würden sich auch all die anderen Versprechungen, die der geheimnisvolle Monsieur Lemont ihm gemacht hatte, nur halb erfüllen? Noch konnte er umkehren. Samuel aber trat näher an den Wagen heran. Der Kutscher saß bewegungslos unter einem Berg von Fellen und Decken. Beinahe fürchtete Samuel, er sei erfroren. Erst als er ihn mit dem Erkennungswort ansprach, erwachte der Mann aus seiner Starre und hieß Samuel in die Kutsche einsteigen. Samuel klopfte sich den Schnee vom Mantel und vertraute sein Schicksal dem Fremden an. Schlitternd setzte sich der Wagen in Bewegung und fuhr durch die Dunkelheit der Ungewissheit entgegen. Genau wie vor dreizehn Jahren, dachte Samuel, als er mit vier anderen Männern nach Meißen gekommen war. Schnee hatte keiner gelegen, damals im Januar des Jahres 1706. Dafür war sein Herz voller Hoffnungen gewesen, und in seiner Erinnerung glühten noch Sophies Kuss und das Versprechen, das er ihr damals in Freiberg gegeben hatte. Ein Goldmacher hatte er werden wollen. Ein Goldmacher.

Samuel

Freiberg, 1706

Ein Goldmacher also. Samuel berauschte sich an dem Wort. Es klang nach Wagnis, nach einer Offenbarung, nach einer ganz besonderen Art des Studiums, abseits der Universitäten, die ja für einen einfachen Bergmann wie ihn unerreichbar waren. Es war schon viel, dass der Bergrat, Pabst von Ohain, ihn als seinen Gehilfen eingestellt hatte. Hier, im Haus des angesehenen Wissenschaftlers, hatte Samuel mehr gelernt, als er sich je hätte träumen lassen. Begierig lauschte er den Gesprächen, von denen ihm kein Wort entging, stellte Fragen, sooft es möglich war, und doch blieb er unter den gelehrten Herren am Ende nur ein Zaungast. Sein unermüdlicher Eifer, der Ohain oft an die Grenzen seiner Geduld brachte, war vielleicht auch ein Grund, warum man ausgerechnet ihn nach Meißen schickte. Dort auf der Albrechtsburg sollte Samuel in den Dienst einiger besonderer Wissenschaftler treten. Einer von ihnen war ein ehemaliger Apothekergeselle, dessen Name Ohain stets mit gedämpfter Stimme aussprach: Böttger. Viel wusste Samuel nicht über ihn, nur, dass der Bergrat seit einiger Zeit den königlichen Auftrag hatte, diesem Böttger bei seiner Arbeit auf die Finger zu schauen und ihn dabei, wo es ging, zu unterstützen – sei es mit Material oder mit Gehilfen. Eine Arbeit, von der stets nur in Andeutungen gesprochen wurde, aber Samuel hatte seinen Herrn von *Aurum* flüstern hören und von einem *Hauptwerk*, dessen Gelingen der König ungeduldig erwartete. Es bestand kein Zweifel daran, dass es dabei ums Goldmachen ging.

Den Weg durch das Haus des Bergrats kannte Samuel im Schlaf – die knarrenden hölzernen Stiegen im oberen Stockwerk, die steinernen Stufen, die von der ersten Etage in die Halle hinunterführten, die breite Diele mit den geschnitzten Wäscheschränken, die Nischen in den Mauern, in denen die Talglichter standen, und schließlich die geräumige Küche mit dem altmodischen gemauerten Herd und dem mächtigen Rauchabzug, von welchem Pfannen und Töpfe in allen Größen und Formen herabhingen. Hier schnappte sich Samuel das nötige Geschirr, um in der Speisekammer den Most und die Gurken für den Bergrat zu holen, die dieser immer zum Frühstück aß. Und während seine Füße ihn wie von selbst über die Stufen und Türschwellen führten, preschten seine Gedanken in die Zukunft vor. Warum sollte es nicht möglich sein, Gold herzustellen? Hatte nicht zuvor schon einer rotes Glas gemacht? Und ein anderer den giftigen grauen Kobalterzen die schönste blaue Farbe entlockt und wieder ein anderer das Schwarzpulver erfunden? Warum also nicht auch Gold? Jener märchenhafte Stoff, der seinem Besitzer nicht nur Reichtum brachte, sondern die Tür in ein neues Leben zu öffnen versprach.

Der Sonnenstreifen auf dem Lehmboden erlosch, als Samuel die Tür zur Speisekammer hinter sich zuzog. Er hielt inne, bis seine Augen sich an das Halbdunkel gewöhnt hatten. Das Fass mit den Gurken stand hinter der Tür – fünf Stück sollten es sein, der Bergrat nahm es immer sehr genau. Samuel hob den Deckel vom Gurkenfass und rührte mit der Holzzange in der trüben Essigsuppe. Drei Gurken lagen bereits auf dem Teller, da sprang wie aus dem Nichts eine Gestalt hinter dem Sauerkrautfass hervor. Buh! Samuel rutschte vor Schreck der Teller aus der Hand, Essig schwappte auf die Hose und die Gurken glitschten über den Rand. Blitzschnell fasste er nach. Flink war er schon immer gewesen. Vielleicht kein Riese, aber wendig, und man sah ihm die harte Arbeit eines Bergmanns immer noch an. Seine Hände waren während seines Diensts beim Bergrat glatter geworden, aber zupacken konnte er so gut wie eh und je. Er erwischte den Teller kaum eine Handbreit über dem Boden.

»Sophie?«

Die Kammerzofe der Bergrätin. Sie musste ihn abgepasst haben. Keck und zugleich unschuldig wie ein Engel lugte sie hinter dem Fass hervor und verspeiste genüsslich den Rest eines Apfels.

»Was denn?«

Jetzt kam sie Schritt um Schritt auf ihn zu, den hübschen Kopf mit dem nussbraunen streng frisierten Haar leicht nach vorne gereckt. Ihre zierliche Gestalt tänzelte um Säcke und Töpfe wie ein Fräulein bei Hofe, bis sie einer Gurke, die ihr im Weg lag, mit der Fußspitze einen gezielten und ganz und gar nicht höfischen Stups versetzte. Die Arme verschränkt, blieb sie vor Samuel stehen. Wild trommelte sein Herz. Es war kühl in der Speisekammer und roch nach Essig, geräucherter Wurst und Dörrobst. Sophie musterte ihn. Wo immer sie ihm über den Weg lief, ließ sie Samuel spüren, dass sie ihn für einen Schwätzer hielt, im besten Fall für einen Träumer. Auch jetzt lag Spott in ihrem Blick, beinahe Verachtung, aber Samuel meinte auch ein neugieriges Funkeln zu erkennen. Nervös strich er sich seine schwarzen störrischen Locken hinter die Ohren und straffte sich.

»Heute siehst du mich vielleicht zum letzten Mal die Gurken für den Bergrat aus der Speisekammer holen.«

»Pfff«, machte Sophie. »Wo soll's denn hingehen?«

»Nach Meißen gehe ich, um ein Goldmacher zu werden. Und ein Forscher.«

»Und morgen holst du die Sterne vom Himmel?«, fragte Sophie lachend.

»Für dich auch das!«, gab Samuel zurück und legte vorsichtshalber den Teller beiseite, denn bei Sophie wusste man nie, was sie im Schilde führte. Sie aber kam nur immer näher, so nah, dass er die goldenen Sprenkel in ihren Augen sehen konnte. Augen blank und grün wie geschliffener Zöblitzer Serpentin. Dann, als ihre Nasenspitze fast die seine berührte und Samuel kaum noch zu atmen wagte, verzogen sich ihre Züge zu einem Grinsen. Samuel erwischte sie am Überkleid. Sie beugte ihr lachendes Gesicht zu ihm, sodass die Zahnlücke frech vor seiner Nase tanzte. Auge in Auge. Ihre Finger in seine Oberarme gekrallt. Und ihr Atem, ihr apfelsüßer Atem, der sich warm auf seine Wangen legte.

»Sophie«, flüsterte Samuel und suchte nach einem Satz, einem Geschenk, einem Versprechen, das er ihr geben wollte.

»Wenn ich ein Goldmacher werde, nimmst du mich dann?«

»Sicher doch, wenn du ein Goldmacher wirst, dann nehme ich dich.« Ihre Augen blitzen auf, Begierde und Abscheu zugleich. Und bevor Samuel begreifen konnte, was geschah, näherten sich ihre Lippen den seinen. Ihr Kuss war forschend. Er schmeckte fremd und süß, und das Glück überfiel ihn prickelnd, beinahe schmerzhaft, warm, kalt, endlos – und jäh unterbrochen vom Sonnenlicht, das durch die sich öffnende Tür fiel, vom Schrei der Bergrätin und vom Klirren der Schüssel, als diese auf dem Boden zersprang.

Am Nachmittag desselben Tages trat Samuel in das Arbeitszimmer des Bergrats, das sich im nördlichen Teil des Hauses befand. Der hohe Raum war zu drei Seiten bis unter die Decke mit Regalen versehen, in denen sich die Bücher und Aktenmappen aneinanderreihten. Als Bergrat und Oberzehntner stand Ohain dem Bergbau in Freiberg zwar vor allem als Beamter und Steuereintreiber vor, aber er hatte sein wissenschaftliches Interesse nie verloren und forschte neben seiner alltäglichen Arbeit, sooft es seine Zeit erlaubte. Durch die beiden quadratischen Fenster fiel das blasse Licht eines fortgeschrittenen Wintertages. Mehrere Tische standen im Zimmer verteilt, auf denen sich weitere Bücher und Mappen türmten, daneben Gesteinsproben, buntes Glas und allerlei Metallklumpen, die in Kästen sortiert oder offen herumlagen. Gottfried Pabst von Ohain saß, die Stirn in Falten gelegt, über seinen

Schreibtisch gebeugt und schien nichts um sich herum wahrzunehmen. Er war ein gedrungener, etwas schwerfälliger Mann, der die fünfzig überschritten hatte und sich zu jeder Jahreszeit in warme, wollene Kleidung packte, was seine Rundlichkeit noch betonte. Samuel war noch immer wie benommen von Sophies Kuss, unsicher, ob sie sich vielleicht nur einen Scherz mit ihm erlaubt hatte. Keinen klaren Gedanken konnte er fassen – und das, obwohl er doch eine wichtige Entscheidung zu treffen hatte. Eine Entscheidung, die seinem Leben eine vollkommen neue Wendung geben würde. Leise räusperte er sich, sodass der Bergrat aufsah.

»Und, Stöltzel? Habt Ihr Euch entschieden?«

Samuel hielt die Luft an. Aber nur für einen Wimpernschlag, denn eigentlich hatte er längst einen Entschluss gefasst.

Wieder in der Diele, blieb Samuel am Absatz der Treppe stehen. Aus der Küche klang das vertraute Klappern und Lachen der Mägde herauf. Ganz allmählich kam ihm zu Bewusstsein, was er mit seiner Zusage angestoßen hatte, und bei dem Gedanken an den fremden Ort, der ihn erwartete und an dem er keinen Menschen kannte, wurde ihm nun doch etwas bang ums Herz. Bis zum Abend strich er im Haus herum und suchte nach Sophie. Er hätte sich gern von ihr verabschiedet und ihr gesagt, dass seine Ankündigung, ein Goldmacher zu werden, keineswegs ein Scherz war. Er klopfte gar unter einem Vorwand an die Stubentür der Bergrätin und erschrak, als diese selbst öffnete. Stammelnd machte er unter ihrem strengen Blick kehrt. Sie würde froh sein, dass sie ihn los war und nicht länger um die Sittsamkeit ihrer Zofe fürchten musste. Zurück in seiner Kammer, machte er sich umständlich daran, die wenigen Kleidungsstücke, die er besaß, in ein Tuch zu wickeln, und sah dabei immer wieder nachdenklich aus dem kleinen Giebelfenster hinüber zu den Dächern der Stadt. Kurz fragte er sich, wie sehr er Sophie und sein Leben in Freiberg vermissen würde, dann aber nahm die Begierde zu erfahren, was es mit dem

Goldmachen auf sich hatte, überhand, und er schnürte entschlossen sein Bündel.

Hatte es ihn nicht lange schon aus der Enge Freibergs fortgezogen? Und war da nicht immer schon etwas Unbestimmtes gewesen, das Samuel antrieb zu wachsen, zu wissen und die Welt um sich in immer größeren Kreisen zu entdecken, so wie andere Männer vor ihm, die über die Meere gefahren waren oder den Sternenhimmel erforscht hatten? Warum sollte er nicht auch dazugehören? Als Kind war er gern zur Schule gegangen und hatte es kaum erwarten können, seinen Heimatort Scharfenberg zu verlassen. Bei seinem letzten Besuch zu Hause hatte er stolz berichtet, dass er in Freiberg nicht mehr in den Silberminen grub, sondern in die Dienste des Bergrats Pabst von Ohain getreten war. Der Vater jedoch, bei dem Samuel das Bergmannshandwerk gelernt hatte, hielt von alldem nichts.

»So ein Blödsinn«, hatte er gefaucht. »Dass einer wie du überhaupt das Schreiben gelernt hat.«

»Aber Vater ...«

»Einer, der als Bergmann geboren ist und sich nun unter den studierten Leuten bewegt. Gotteslästerlich ist das, gefallsüchtig. Ohne Demut.«

Noch bis zum letzten Abend seines Besuchs hatte Samuel gehofft, der Vater könnte, wenn nicht verstehen, so doch zumindest respektieren, dass der Sohn einen anderen Weg ging und dass es keinesfalls anmaßend war, wenn er seinen Wissensdurst und sein Talent zum Lesen und Schreiben nutzte, das ja auch von Gott gegeben war. Während die Mutter nach dem Abendessen den Tisch abräumte und die Geschwister Samuel umringten und ihn bestürmten, bald wieder heimzukehren und ihnen etwas aus der Stadt mitzubringen, schielte Samuel immer wieder zum Vater in der Hoffnung auf eine versöhnliche Geste. Die zornigen Tränen, die aufstiegen, würgte er hinunter, und als der Vater schließlich ohne ein Wort des Abschieds vom Tisch aufstand, brach sich

Samuels Enttäuschung unvermittelt Bahn. Er sagte Dinge, die er später bereute, und als selbst das vom Vater nicht beachtet wurde, zerschlug er in seiner wütenden Ohnmacht einen Stuhl und wünschte dem Vater gar den Tod.

Solange er zurückdenken konnte, war der Vater so gewesen. Als wäre etwas in ihm erloschen. Im Gegensatz zu Samuel ließ die Mutter sich nicht davon beirren. Sie lachte über den Griesgram, neckte ihn, indem sie ihn dazu verführte, ein Glas Wein zu trinken, was er zunächst immer ablehnte, so wie er auch ihre Zärtlichkeiten abwehrte und ihnen doch nie widerstehen konnte. Einmal, Samuel musste etwa zwölf Jahre alt gewesen sein, waren der Vater und er in der Silbermine verschüttet worden. Wegen Samuels zahlloser Fragen waren sie während der Arbeit hinter den anderen zurückgeblieben, und plötzlich hatten sich einige Gesteinsbrocken rieselnd von der Decke gelöst. Im nächsten Augenblick brach der Berg über ihnen zusammen. Wie durch ein Wunder blieben sie unverletzt, aber der Weg nach draußen war ihnen versperrt. Starr vor Entsetzen wartete Samuel darauf, dass der Vater etwas unternehmen würde, um sie zu retten. Die Flamme der Kerze flackerte bereits schwach, aber der Vater saß völlig bewegungslos da und tat nichts. Nur seine Lippen formten stumm ein Gebet. Erschrocken begriff Samuel, dass er sich mit dem Tod abgefunden hatte, und schüttelte den Vater, worauf dieser, wohl zum ersten Mal in seinem Leben, den Sohn in die Arme schloss und an sich drückte. Samuel war überwältigt gewesen von der Wärme, nach der er sich immer gesehnt hatte, und verharrte an der Brust seines Vaters für einen ewigen Augenblick zwischen den Welten. Dann aber riss er sich los. Wie besessen begann er, mit bloßen Händen das Geröll zur Seite zu schieben, bis er die Stimmen der anderen hörte. Der Berg öffnete sich, und Samuels Lunge füllte sich mit Luft. Nie hatte der Vater es ihm gedankt, dass er ihm das Leben gerettet hatte. Er schien danach eher noch gleichgültiger gegenüber allem und noch mehr darum bemüht, sich jede Freude am Leben zu versagen. Bei jenem letzten Besuch in Scharfenberg verließ Samuel das Haus der Eltern noch in derselben Nacht. Das Versprechen, bald zurückzukehren, hatte er bis zum heutigen Tag nicht eingelöst, und nun, da er nach Meißen in die Dienste eines Goldmachers trat, was in den Augen des Vaters nichts weniger als der Bund mit dem Satan sein musste, würde Samuel es wohl erst recht nicht mehr tun.

Gegen sechs Uhr abends trat er mit seinem Bündel aus dem Haus des Bergrats. Es war bereits dunkel und das Licht der trüben Laterne spiegelte sich auf dem regennassen Pflaster. Ohain hatte angekündigt, dass ein gewisser David Köhler, selbst ein ehemaliger Bergmann aus Freiberg, der schon seit einiger Zeit in Böttgers Diensten stand, Samuel sowie drei andere Bergleute nach Meißen bringen würde. Noch hatte sich Köhler mit dem Wagen nicht eingefunden, aber die drei anderen warteten bereits. Einen von ihnen erkannte Samuel an seiner hochgewachsenen Statur und den schlaksigen Gesten, mit denen er seine Reden untermalte. Mit Paul Wildenstein hatte Samuel vor fünf Jahren in den Silberminen in Freiberg gegraben, aber kaum je ein Wort mit ihm gewechselt, denn Samuel war mit seinen fünfzehn Jahren gerade noch klein genug gewesen, um mit den anderen Jungen in die schmalen Gänge vorausgeschickt zu werden. Paul, um ein weniges älter und lang wie ein Baum, blieb bei den Männern. Schon damals war Paul dafür bekannt gewesen, dass sein Mundwerk niemals stillstand, und auch jetzt redete er unablässig auf einen anderen Burschen ein, der sich Samuel als Johann Schuberth vorstellte. Johann, kleiner und kräftig, mit freundlichen Knopfaugen und Locken, die im Schein der Laterne kupfern schimmerten, wirkte fast noch wie ein Knabe. Unsicher blickte er sich um und konnte, im Gegensatz zu den anderen, seine Hoffnung und Furcht vor dem, was ihnen bevorstand, kaum verbergen. Der Dritte im Bunde war der Ofenbauer Balthasar Görbig, der als Einziger schon in den Dreißigern war und bereits ein verlebtes Gesicht hatte. Er stand mit seiner Tonpfeife im Nieselregen und musterte Samuel mit verschlossener Miene.

Jetzt, wo Samuel sich zu ihnen gesellte, verstummte Paul, sodass Samuel sich wie ein Eindringling fühlte. Fröstelnd standen die Männer beieinander, die Hände in den Hosentaschen, während sie sich gegenseitig beäugten. Würden sie miteinander auskommen? Im Guten zusammenarbeiten können? Oder sich gegenseitig das Leben schwer machen? So oder so würden sie am Ende die Arbeit erledigen müssen, die man ihnen auftrug.

Gegen sieben endlich kam der Wagen, und ein junger drahtiger Kerl sprang auf das Pflaster. Das musste David Köhler sein. Stumm wies er die Neulinge mit einem Kopfnicken an, auf den Wagen zu steigen, auf welchem bereits mehrere Fässer geladen waren.

»Was ist denn dadrin?«, wollte Samuel wissen.

»Wirst es schon früh genug erfahren«, brummte Köhler. Mehr war aus ihm nicht herauszubringen.

Als der Wagen anfuhr, warf Samuel einen letzten Blick zurück auf das Haus und hoffte Sophies Gestalt noch einmal zu erblicken, aber sie blieb verschwunden. Seine Augen füllten sich mit Tränen. *Ich komm wieder, Sophie. Wenn mich dieser Goldmacher reich gemacht hat, komm ich zu dir. Dann küsst du mich nicht mehr heimlich in der Speisekammer, sondern zeigst mich mit Stolz: Seht her, der Samuel Stöltzel, der ist meiner, und ich gehör zu ihm.*

Fast die gesamte nächtliche Fahrt über regnete es. Obwohl es mitten im Januar war, ließ der Frost auf sich warten, und das Land versank im Schlamm. Auf dem Wagen breitete Paul mit gesenkter Stimme sein angebliches Wissen über den Goldmacher Böttger aus. Der Singsang seiner Worte vermischte sich mit dem Prasseln des Regens und dem Poltern der Wagenräder und wurde in Samuels Ohren zu einer Art Beschwörung ihres künftigen Schicksals. Böttger, so erzählte Paul, hatte vor aller Welt behauptet, dass er Gold machen könne. Nun hielt König August ihn auf der Albrechtsburg in Meißen gefangen und verlangte, dass er seine Behauptung einlösen sollte.

»Er ist aber nicht nur ein Goldmacher«, fuhr Paul raunend fort. »Sondern auch ein Magier. Vielleicht ein Teufelsbündler, der seine Seele dem Antichristen verschrieben hat, um aus dem, was hier in diesen Fässern lagert, pures Gold zu gewinnen.«

»Wird er uns in die Kunst des Goldmachens einführen?«, fragte Johann furchtsam. Paul nickte bedeutungsvoll.

»Das wird er. Unermesslicher Reichtum erwartet uns. Der Preis dafür ist allerdings hoch. In der Hitze der magischen Goldöfen müssen wir, um das Gold zu gewinnen, alle Gräuel dieser Welt anschauen und dürfen den Blick nicht abwenden, bis das Feuer erloschen ist. Und wenn wir das Gold dann in unseren Händen halten, bleibt in uns eine Kälte zurück, als wäre auch unser Herz zu kaltem Metall verglüht. Niemals werden wir Frieden finden, und sind wir einst tot und halb verwest, müssen wir ruhelos über die Felder streifen. Das ist das Schicksal aller Teufelsbündler.«

Einen Moment lang lieb es still. Dann lachte Paul, als er in die verängstigten Gesichter seiner Gefährten sah.

»Alles nur Ammenmärchen! Ein Hasenfuß, wer sich davon aufhalten lässt.«

Und doch blieben Samuel Zweifel, ob nicht etwas dran sein mochte an der Geschichte.

Am Wegrand streckten kahle Kopfweiden ihre Äste in den Himmel, einzelne Büsche hockten da wie verhutzelte Männlein. Der Wind riss die Wolken auf, sodass der Mond gespenstisch auf sie herableuchtete. Paul hielt inne in seiner Rede und überließ sie ihren Gedanken. Als der Regen wieder stärker wurde, zwängten sich die Männer zwischen die abgedeckten Fässer. Johann, der Samuels Zögern bemerkte, winkte ihm freundlich zu, näher heranzurücken, damit er nicht nass würde, und auch Paul rückte ein Stück zur Seite. Samuel spürte ihre Wärme und fühlte sich auf einmal seltsam vereint mit diesen Fremden, mit denen er nun ein Schicksal teilte. Schweigend setzten sie ihre Fahrt fort, dicht unter die Plane gedrängt, wo sich der modrige Geruch des groben Leinens mit den Ausdünstungen der Männer mischte. Als Samuel einmal nach Luft schnappte und die Plane zurückschlug, sah er David Köhler, den Rücken zugewandt, auf dem Kutschbock sitzen.

»Sind wir an Miltitz schon vorbei?«, rief er ihm fragend zu.

Köhler aber schenkte ihm so wenig Beachtung wie dem Regen, der an ihm herunterfloss. Ärgerlich sah Samuel vorbei an der hageren Gestalt und heftete den Blick auf den Punkt, wo der Weg sich in der Dunkelheit auflöste, als könne er so die Fahrt nach Meißen beschleunigen.

Samuel

Meißen, 1706

Sie erreichten Meißen im ersten Tageslicht. Staunend sah Samuel die majestätische Burg aus dem Morgendunst aufsteigen. Der Wagen bahnte sich den Weg durch die erwachende Stadt, steil ging es bergauf, sodass die Männer absprangen und das letzte Stück zu Fuß gingen, bis sie auf den Burghof kamen. Während Köhler sich um die Pferde kümmerte, folgten die vier Neulinge dem Verwalter, der sich als Inspektor Steinbrück vorstellte, ein mausgrauer Herr mittleren Alters, der seinem Namen alle Ehre machte. Steinbrück führte sie in ein leeres Zimmer im zweiten Stockwerk, warf ihnen schnaufend einige Strohsäcke hin, Holz für den Ofen und etwas zu essen. Wortkarg stillten sie ihren Hunger. Samuel feuerte den Ofen an und ließ sich dann auf einen der Strohsäcke fallen, wo er erschöpft in einen traumlosen Schlaf sank.

Die Sonne stand schon hoch, als er erwachte. Noch im Halbschlaf vernahm Samuel das, was ihn wohl geweckt hatte: ein seltsam bedrohliches Schnarren, das sich näherte, bis er begriff, dass dies eine menschliche Stimme war.

»Es wird unvermeidlich sein, dass dieser Teil der Burg – in case of victory … wenn natürlich auch nicht alle Räumlichkeiten tauglich sind: il n'y a pas assez de lumière, aber der Saal nach vorne hinaus … Mon dieu, Steinbrück, wo bleibt Ihr?«

Samuel setzte sich auf und starrte zur Tür, während draußen die schnarrende Stimme nun direkt vor ihrem Zimmer haltmachte.

»Wenn ich bitten darf, wir sind bereits in Verzug. Wollt Ihr auf der Treppe Euer Lager aufschlagen? Aber gut, Ihr habt ja recht: Sic erunt novissimi primi!«

Die Tür flog auf, und ein runzeliger Herr stand vor ihnen und stutzte. Er reichte dem Inspektor Steinbrück, der nun atemlos hinter ihm auftauchte und selbst kein Riese war, gerade bis zur Schulter. Ruckartig sah der kleine Herr von einem zum anderen, als würde er zählen: eins, zwei, drei, vier. Offenbar hatte er die Bergleute nicht hinter dieser Tür erwartet. Johann rieb sich die Augen und blinzelte verwirrt. Mit leiser Ironie, die Samuel jedoch sehr wohl bemerkte, fragte der Herr, ob es ihnen auch an nichts fehle.

»Vous êtes comfortable?« Er wartete keine Antwort ab, sondern blickte nun fragend zu Steinbrück, der sich den Schweiß von der Stirn wischte.

»Die Bergleute aus Freiberg«, keuchte er. »Die Ihr kommen ließet, werter Doktor Tschirnhaus.«

Samuel war mit einem Schlag hellwach. Das also war Tschirnhaus. Der Bergrat hatte oft von ihm erzählt: der herausragende Wissenschaftler, der in Paris und sonst wo seine Studien betrieben hatte, der weiß Gott wie viele Sprachen sprach, der Scharfsinnige und Präzise, ein Stern unter den Gelehrten! Nun stand er vor ihm, hatte ein Gesicht wie ein gedörrter Apfel, unaufhörlich in Bewegung, darüber die gepuderte Perücke, deren seitliche Teile er grotesk mit eisernen Klammern hochgesteckt hatte, damit sie ihm nicht ins Gesicht fielen. Den Rock, der einmal durchaus eines Grafen würdig gewesen wäre, hatte er an den Ellbogen abgeschnitten, die Hände waren weiß bestäubt, was auch auf seinen Wangen und auf seiner Kleidung Spuren hinterlassen hatte. Ein Verrückter, dachte Samuel, und im selben Augenblick schraubte Tschirnhaus seine Stimme erneut in die Höhe: »Frechheit! Was die sich erlauben! Ärsche hoch!« Er scheuchte die Männer aus dem Zimmer und ging Steinbrück an, weil dieser es bisher versäumt hatte, die Ankunft der Bergleute aus Freiberg zu melden.

»Muss ich mich denn um alles selber kümmern?«, schimpfte Tschirnhaus. »Es gibt immer etwas Besseres zu tun, als herumzuliegen und zu schlafen. Also hopp, an die Arbeit. Na los, hopp, hopp.«

Die vier Bergmänner glotzten Tschirnhaus an wie eine Schafherde, bis dieser begriff, dass sie auf genauere Anweisungen warteten. Die Augen in seinem Runzelgesicht drehten sich gen Himmel. Ungeduldig wedelte er mit den Armen.

»Den hinteren Saal dort, der zum Domplatz hinausgeht. This is absolutely impossible. Da schaut uns ja ganz Meißen bei der Arbeit zu.« Gestikulierte wild und befahl den Bergmännern, die Fenster bis auf Kopfhöhe zuzumauern und den oberen Teil mit Gitterstäben zu versehen. Das Material stünde seit Tagen bereit. Dann schwirrte er davon, ohne dabei seinen Redefluss zu unterbrechen, ratterte weiter, wie eine Holzkugel, die den Berg hinunterspringt und nicht zu bremsen ist, und beschwerte sich, dass er von Schafböcken umgeben sei, die Denken für ein Fremdwort hielten, und wenn man ihnen nicht sagte, dass sie essen und scheißen sollten, dann vergäßen sie auch das. Er schlug eine Tür zu, und seine Stimme verlor sich in den Gemäuern. Schwindlig geworden von der Rede des Doktors stieg Samuel mit den anderen den Wendelstein hinab, eine der Treppen, die sich in den beiden Türmen über die drei Stockwerke der Burg nach oben wanden. Sie folgten Steinbrück in den besagten Saal, und nach einer kurzen Verständigung begannen sie mit ihrer Arbeit. Schweigend setzte Samuel Stein auf Stein, mauerte das Licht fort und erschrak bei dem Gedanken, dass es beinahe so anmutete, als errichteten sie ihr eigenes Gefängnis.

Neben dem Umbau einiger Räume, die ihnen künftig als Laboratorien und Werkstätten dienen sollten, war es schon bald Samuels Aufgabe, unterschiedlichste Mineralien und Erden zu bearbeiten. Früh am Morgen nahm er seine Arbeit auf, reinigte gemeinsam mit Johann feinen Flusssand, Alabaster, weißen oder roten Ton, zerstieß Gesteine im Mörser und fügte die Ingredienzien nach Tschirnhausens Anleitung in immer neuen Mischverhältnissen zusammen. Die Mahlzeiten nahmen die Männer gemeinsam in der geräumigen Küche im Erdgeschoss ein. Meistens gab es Grütze oder Biersuppe, am Mittag manchmal etwas Fleisch. Nach und nach gewöhnten sie sich aneinander, scherzten, erzählten von zu Hause oder sangen gemeinsam, wenn Paul auf seiner Geige spielte. Nur David Köhler blieb immer abseits und redete kein überflüssiges Wort. Wie sich nun herausstellte, fiel ihm die Aufgabe zu, ihre Arbeit zu beaufsichtigen. Er tat dies auf die ihnen bereits bekannte mürrische Art und duldete keinerlei Fragen. Samuel aber begriff auch so schon bald, dass Tschirnhaus nach einer Masse suchte, die bei enormer Hitze zu Tiegeln und Platten gebrannt werden konnte. Offenbar sollten diese als Arbeitsgeräte dienen, die äußerst hohe Temperaturen unbeschadet überstehen würden, weit höher, als es die Bergleute von der Verarbeitung der Metallerze kannten. Aber wozu? Um Gold zu machen? Oder doch eine andere Erfindung?

Und wo war eigentlich dieser Böttger, in dessen Diensten er nun stand? Wo war das Fabelwesen, das Genie, der ungeschliffene Diamant, wie Ohain ihn einmal genannt hatte, ein einfacher Apothekergeselle nur, aber mit geradezu übersinnlichem Instinkt? Der Alchemist, der es verstünde, Gold zu machen oder doch wenigstens fast? Tschirnhaus jedoch erwähnte Böttger mit keinem Wort, genauso wenig das Goldmachen. Samuel beschlich allmählich der Verdacht, dass niemand die Absicht hatte, sie in dieses oder irgendein anderes Geheimnis einzuweihen, und dass sie stattdessen für den verrückten Tschirnhaus Handlangerarbeiten zu erledigen hatten – Arbeiten, bei denen man nichts lernte und die, wie Samuel fand, eines Bergmanns nicht würdig waren. Mit keinem Ton hätte er gemurrt, wenn er Tschirnhaus auch nur einen Bruchteil der Ehrfurcht hätte entgegenbringen können, mit der Bergrat

Pabst von Ohain immer seinen Namen aussprach. Samuel aber sah in Tschirnhaus lediglich einen Narren, der mit rotem Gesicht und vor Ungeduld bebend seine Anweisungen erteilte, in langen Sätzen und einem babylonischen Sprachgewirr, das kein gesunder Mensch verstehen konnte. Hatte Tschirnhaus dem Bergrat mit seinen irren Scherzen den Kopf verdreht? Hatte er ihm eine Substanz eingeflößt, die Ohain die Sinne trübte? Mehr als einmal sann Samuel darüber nach, zu fliehen und nach Freiberg zurückzukehren. Er schrieb etliche Briefe an den Bergrat, die schwer genug auf den Weg zu bringen waren, denn Samuel konnte keinen Boten bezahlen und gab seine Briefe auf gut Glück Reisenden mit, die nach Süden fuhren. Offenbar erreichten die Briefe ihr Ziel jedoch niemals, denn Ohain antwortete nicht.

Aber dann war Böttger auf einmal da. Wie aus dem Nichts. Samuel schleppte soeben neu eingetroffene Tonerde in die Burg. Keuchend ging er durch einen der halbdunklen kleineren Räume, als ihm im Durchgang unvermittelt eine Gestalt gegenüberstand und ihm den Weg versperrte. Stand da wie ein Gespenst, und aus irgendeinem Grund wusste Samuel sofort, dass dies Böttger sein musste. Er war kaum älter als Samuel selbst, aber um einiges größer. Trotz seiner massigen Statur, des breiten Gesichts und des wilden, seltsam farblosen Haarschopfs wirkte er ein wenig unbeholfen, ja, fast verletzlich. Ein Paar wässrig helle Augen leuchteten wie zwei Monde aus dem schmutzigen Antlitz heraus und blickten Samuel so tieftraurig an, dass es diesem ans Herz fasste. Gebannt und neugierig musterten sie einander, bis aus den Tiefen der Burg die schnarrende Stimme ertönte und der Zauber zerfiel. Böttgers Blick verengte sich. Abrupt marschierte er los und brüllte durch die Burg: »Tschirnhaus!«

Samuel ließ den schweren Sack fallen, sah Böttger angespannt nach, und im nächsten Augenblick erhob sich aus Tschirnhausens Labor ein rasender Sturm. Stimmen schwollen an, Böttger brüllte,

Tschirnhaus schnarrte mit seiner hohen Stimme, und es dauerte nicht lange, da fiel etwas klirrend zu Boden.

»Alles Mist!«, schrie Böttger. Er warf Tschirnhaus vor, er würde seine Arbeit unterwandern und immer nur reden, wie die Hühner gackern, aber Eier legen würde er keine. Das Material, das er ihm zur Verfügung stelle, sei unbrauchbar. Mit Absicht würde er seinen Erfolg hinauszögern. Tschirnhaus protestierte.

»Hinauszögern? Ich bitte Euch!«

Seine Stimme schnappte über. »Comment voulez-vous retarder une éternité? Eine Ewigkeit lässt sich nicht hinauszögern!«

Völlig außer sich verkündete Böttger daraufhin, er werde sich beim König über Tschirnhaus beschweren, was diesem ein meckerndes Lachen entlockte. Sollte er doch! Und prophezeite, dass dies Böttgers sicheres Ende sein würde.

»You are dead!«

Eine Tür knallte. Böttger stapfte zurück, vorbei an Samuel, die Mondaugen dunkel vor Zorn, und verschwand, während Tschirnhausens Stimme schrill hinter ihm herjagte.

Der Wettstreit der Narren nahm in den folgenden Tagen und Wochen seinen Lauf. Böttger und Tschirnhaus beschimpften sich oder lachten schallend im Wechsel, dann wieder verzogen sie sich flüsternd hinter verschlossenen Türen. Nie wusste man, ob es ihnen mit ihrem Geschrei ernst war oder ob sie einander nur foppten. Offenbar forschten sie an unterschiedlichen Dingen und waren nicht nur über das Ergebnis, sondern auch über den Weg, wie dies zu erreichen war, grundsätzlich anderer Meinung. Unablässig versuchten sie sich gegenseitig davon zu überzeugen, dass sie im Recht waren, und wo dies nicht möglich war, spielten sie einander Streiche. Samuel kam es vor, als wollten sie den Wahnsinn des anderen immer weiter und immer geräuschvoller auf den Gipfel treiben, und doch glaubte er, hinter dem irrwitzigen Schauspiel ein Geheimnis aufblitzen zu sehen. Begierig schnappte er die meist unverständlichen Sätze auf, suchte sie zu entschlüsseln und zu einem Sinn zusammenzufügen. Dann aber meinte er immer klarer zu erkennen, dass sie über die Alchemie sprachen und etwas, das sie Lapis philosophorum nannten, den Stein der Weisen – so viel konnte Samuel sich zusammenreimen.

Von Paul erfuhr er, dass eines Abends einige Tiegel aus Tschirnhausens Laboratorium verschwunden seien. Und zwar ausgerechnet jene Tiegel, über die Tschirnhaus zuvor höchst euphorisch gewesen war, weil ihm damit etwas ganz Besonderes gelungen sei. Es bestand kein Zweifel, dass Böttger hinter diesem Diebstahl steckte. Tschirnhaus tobte, und alle erwarteten, dass ihn nun der Schlag träfe oder er Böttger endgültig an die Gurgel ginge. Aber dann wurde es ganz still. Verdächtig still. Am nächsten Morgen schien Tschirnhaus sich zur großen Verwunderung aller mit Böttger versöhnen zu wollen. Samuel sah die beiden gemeinsam die Treppe hinuntersteigen. Tschirnhaus hatte sogar die Hand auf Böttgers Arm gelegt.

»Mein hitziges Temperament«, entschuldigte er sich säuselnd. »Je suis désolé. Aber ich will es wiedergutmachen und Euch künftig besser zur Seite stehen. Kommt heute Abend zum Essen in mein Arbeitszimmer, denn ich habe da eine Entdeckung gemacht – ich will nicht zu viel verraten … Lasst Euch überraschen.«

Böttger sah scheel auf den Zwerg herab, schwankte zwischen Argwohn und Triumph, bis schließlich seine Neugierde siegte. Pünktlich erschien er zum ausgemachten Zeitpunkt in Tschirnhausens Arbeitszimmer im oberen Stockwerk. Samuel, dem man befohlen hatte, den Wein zu bringen, betrat den Raum, als Tschirnhaus soeben eigenhändig den Eintopf servierte und Böttger den Teller zuschob, randvoll mit fetten Hammelstücken in einer süßen Zwiebelsoße.

»Mir ist das Schriftstück eines Jesuiten in die Hände gefallen«, reizte Tschirnhaus Böttgers Neugierde. »La solution – die Lösung, die Euch ans Ziel bringen wird, sie verbirgt sich hinter den Zeichen einer ägyptischen Steintafel, die man in der Gruft eines koptischen Klosters fand …«

Samuel, der darauf brannte, mehr zu erfahren, ließ sich Zeit damit, die Weinflasche zu entkorken, und beobachtete dabei Böttger, der skeptisch zu Tschirnhaus blickte und die Fleischstücke hungrig in sich hineinschaufelte, hastig und ohne auf den Löffel zu sehen.

»I am convinced«, fuhr Tschirnhaus fort, »dass dies ein Hinweis auf den Stein der Weisen ist. Das Geheimnis der ägyptischen Katzengöttin …«

Samuel schenkte den Wein ein und war froh, dass keiner der beiden Männer ihn zu beachten schien. Sein Blick wanderte zwischen Böttger und Tschirnhaus hin und her – um ein Haar hätte er den Wein verschüttet, als er gespannt auf Böttgers Reaktion wartete. Böttger fixierte Tschirnhaus, misstrauisch, was wohl hinter dem Theater stecken möge, und leerte dabei den Teller, bis er plötzlich auf etwas biss, das wohl nicht in den Eintopf gehörte und seine Miene gefrieren ließ. Samuel konnte kaum glauben, was er nun zu sehen bekam. Tschirnhausens Mundwinkel zuckten schon, als Böttger vor Ekel ausspuckte und fassungslos auf seinen Teller starrte. Etwas Haariges lag da. Eine Katzenpfote. Vor Zorn schien er sich nicht rühren zu können, und auch Samuel stand da wie vom Donner gerührt, während Tschirnhaus losprustete und schließlich in einen spöttischen Vortrag über das Geheimnis der Ägypter verfiel, die angeblich wüssten, wie man eine graue Katze in einen Löwen verwandelte. Abstruses Zeug, wie Samuel fand, bis er begriff, dass Tschirnhaus wohl die Transmutation meinte, die Umwandlung von Blei zu Gold, oder sich vielmehr mit diesem bösen Spaß darüber lustig machte.

»Taucht das Katzenvieh nur schön in Eure Säfte, mon cher Böttger«, japste er und deutete auf die Katzenpfote. »Na los, schluckt sie hinunter. Zur besseren Entwicklung empfiehlt es sich vielleicht, Spiritus nachzuschütten und Euch zur Sicherheit noch ein Goldstück ins Hinterteil zu stecken, auf dass die Transmutation gelinge.«

Böttger lief rot an, unfähig, etwas zu sagen, sodass Tschirnhaus fortfuhr.

»Schaut am nächsten Tag nur fleißig in Euren Nachttopf, ob Dukaten darin liegen. Stellt Euch nur vor – der König wird Euch zum Hofmagier ernennen, und Ihr müsst nichts tun, als den ganzen Tag zu fressen, und hättet Sachsen nicht nur reich gemacht, sondern auch noch von der elenden Katzenplage befreit.«

Damit prostete er Böttger zu, der nun nicht mehr an sich halten konnte, den Teller über den Tisch kippte, sich die Katzenpfote schnappte und unter Tschirnhausens schallendem Gelächter hinausrannte.

Einen Tag später kam Böttger die Treppe herauf, wo Tschirnhaus soeben mit Köhler im Gespräch war und Samuel und Johann aufmerksam danebenstanden. Feierlich trug Böttger einen von Tschirnhausens Tiegeln vor sich her, bis obenhin voll mit seinen Exkrementen. Erklärte mit großer Geste, das Experiment sei gelungen und allein Tschirnhaus gebühre der Ruhm. Es sei deshalb auch an Tschirnhaus, die Erfolgsmeldung samt Kostprobe dem König persönlich zu überreichen. Streckte ihm den Tiegel hin und ließ diesen, da Tschirnhaus keine Anstalten machte, Böttgers Gabe anzunehmen, klatschend auf den Steinboden fallen. Die Blicke starr aufeinandergerichtet, rührten sie sich nicht. Samuel wusste nicht, wo er hinsehen sollte, und den anderen Männern ging es offenbar nicht anders. Johann schließlich ertrug die Anspannung nicht länger und machte Anstalten, die Bescherung zu beseitigen. Tschirnhaus aber pfiff ihn zurück. »Der Mist bleibt liegen. Auf dass Böttgers Wahnsinn und Beschränktheit hiermit für alle sichtbar und nicht mehr zu leugnen sei. Quod erat demonstrandum.« Keiner der Männer wagte es danach, Böttgers Hinterlassenschaft zu entfernen. Sie lag da ein paar Tage, bis einer von ihnen, beladen mit drei riesigen Zinkwannen, hineintrat, kurz darauf der nächste und dann noch einer und so weiter, bis sich die ganze Scheiße treppauf, treppab über die gesamte Burg verteilt hatte.

Samuel

Meißen, 1706

An einem Morgen war Samuel, wie so oft, früh erwacht. Er saß lange auf der Bettkante und lauschte den tiefen, regelmäßigen Atemzügen von Paul und Johann. Obwohl er erst seit ein paar Wochen hier war, fühlte er sich leer und antriebslos. Was war aus seiner Hoffnung geworden, das Goldmachen zu erlernen? Wie lange sollte er noch ausharren in diesem Narrenhaus mit schlecht bezahlter Arbeit, die ihn keinen Schritt weiterbrachte? Ein ganzes Jahr oder nur gerade bis zum Frühling? Und wohin sollte er dann gehen? Zurück nach Freiberg? Zwar waren die Schreibarbeiten und Botengänge, die er dort für den Bergrat erledigt hatte, allemal interessanter als seine jetzige Arbeit, aber was würde Sophie sagen, wenn er unverrichteter Dinge wieder auftauchte? »Schon zurück, Herr Goldmacher?«, würde sie fragen. »Und? Hast du mir Dukaten mitgebracht?«

Samuels Gedanken drehten Schleifen, während vor dem Fenster die Sterne vorbeizogen. Schließlich hielt es ihn nicht länger in der Kammer. Er schlüpfte in die abgewetzten knielangen Hosen und das wollene lehmfarbene Wams, strich sich flüchtig über die dunklen Locken und schlich hinaus. Ziellos durchstreifte er Räume der Burg, die er noch nicht gesehen hatte, ging vorbei an bunt bemalten Wänden und kunstvoll gearbeiteten Türen und Fenstern. Die Decke über ihm fügte sich in spitzen, gewölbten Rauten aneinander, als hätte hier ein riesenhaftes Insekt seine Waben gebaut. Die Fenster, immer paarweise, blickten ihn an wie schimmernde

Augen. Die ganze Burg hatte etwas Verwunschenes. Kam man vom Fluss her auf Meißen zu, blendete sie einen mit ihren Türmchen, Zinnen und blitzenden Fensterchen, aber wenn sie einen erst in ihrem steinernen Leib aufgenommen hatte, verlor man sich in den unzähligen Winkeln, Treppen und Spitzbögen, verborgenen Kammern und Giebeln, die alle ein Rätsel aufzugeben schienen.

Samuel stieg schließlich wieder hinab ins Erdgeschoss, wo ihre Arbeitsräume lagen, die jetzt im Dunkeln ganz fremd anmuteten. Zu gerne hätte er Böttgers Labor gesehen, das sich irgendwo im Keller befinden musste, aber die Tür, die hinunterführte, war fest verschlossen. Die zu Tschirnhausens Labor dagegen war nur angelehnt. Samuel sah sich kurz um, dann schlüpfte er hinein. Auch hier waren die Fenster mannshoch zugemauert. Durch die schmalen Öffnungen schimmerte das erste Tageslicht und spiegelte sich in den großen gläsernen Brennlinsen, mit denen Tschirnhaus experimentierte. In die Sonne gestellt, bündelten sie das Licht zu enormer Hitze. Auf diese Weise konnte er, ohne den aufwendigen Brand im Ofen, wo solche Temperaturen nicht leicht herzustellen waren, die Materialien verschmelzen und nach der neuartigen Mischung forschen, von der Samuel immer noch nicht ganz begriffen hatte, wozu sie gut sein sollte. Er fuhr mit dem Finger über die glatte Oberfläche der Linsen, und während draußen der Morgenhimmel allmählich heller wurde, schöpfte er auf einmal wieder Hoffnung. So schnell würde er nicht aufgeben. Vielleicht könnte er Tschirnhaus bei seinen Experimenten assistieren. Gleich morgen würde er ihn aufsuchen und fragen.

»So früh schon auf den Beinen?«

Samuel fuhr herum und erkannte Tschirnhaus – mehr an seiner Stimme, als dass er ihn sah, denn es war immer noch recht dunkel.

»Ich konnte nicht schlafen ...«

»Wer nicht schlafen kann, hat nicht genug gearbeitet.«

»Ich ...«

»Nun, dem kann abgeholfen werden. Es gibt immer etwas zu

tun. Wenn ich mich recht entsinne, wäre zum Beispiel die Treppe von einer gewissen Substanz zu befreien.«

Samuel wusste, was Tschirnhaus meinte, denn die Spuren von Böttgers Kot hatten die Stufen im Wendelstein inzwischen mit einem eigenwilligen Muster überzogen.

»Doktor Tschirnhaus ...«

»... und wenn Ihr Euch schon in die Materie eingearbeitet habt, könnt Ihr Euch ebenso gut noch den Abort vornehmen.«

»Aber ...«

»Wenn Ihr gleich damit beginnt, könntet Ihr bis zum Frühstück damit fertig sein.«

Wenig später kniete Samuel und schrubbte. Bewaffnet mit einer Scheuerbürste, einem Lappen und dem rostigen Eimer kroch er den Wendelstein hinauf. Eintauchen in die eiskalte, trübe Suppe, mit einem Schwapp das Wasser auf der Stufe verteilen, schrubben und die Schmiere, die sich bildete, mit dem Lappen zurück in den Eimer wringen. Nächste Stufe. Es liegt eine gewisse Zuverlässigkeit in der Eintönigkeit, dachte Samuel. Wenn aber sein neues Leben bedeutete, die Exkremente eines Wahnsinnigen vom Boden zu kratzen, war es dann nicht besser, sich aus dem Staub zu machen? Die Zeit schmolz dahin unter den kreisenden Bewegungen der Bürste. Das Frühstück war längst vorbei, als die Treppe sauber und dunkel glänzend hinter ihm lag und er zum Abort hinüberwechselte. Dort bearbeitete er mit Bürste und Lappen den hölzernen Sitz – eine Arbeit, die ganz offensichtlich schon lange keiner mehr erledigt hatte. Er sah durch das Loch hinab in die Tiefe, und vor lauter Ärger entglitt ihm der Lappen. Es dauerte eine Weile, bis es klatschte. Samuel fluchte und schwor bei sich, dieser verwünschten Burg und seinem sinnlosen Tun darin so schnell wie möglich zu entkommen. Ein Goldmacher hatte er werden wollen, hatte sich die Welt dieser geheimnisvollen Wissenschaft erobern wollen, und jetzt stand er da wie ein Trottel und hatte nichts mehr, nicht einmal mehr einen stinkenden Lappen.

Er sann noch darüber nach, ob er Tschirnhaus zum Abschied seine Meinung geigen oder die Burg doch lieber klammheimlich verlassen sollte, als er aus dem Loch heraus eine Stimme hörte. Nun war es also so weit. Er hatte den Verstand verloren. Nicht weil er eine Stimme hörte. Tschirnhausens Stimme konnte von überall herkommen, auch aus einem Scheißloch. Aber dies war nicht Tschirnhaus, auch nicht Böttger oder einer von den anderen Männern. Diese Stimme war ihm sehr vertraut und traf ihn dennoch wie der Schlag: Es war der Bergrat. Pabst von Ohain. Er war hier! Samuel sprang auf.

Direkt unter dem Abort befanden sich zwei Lagerräume, doch dort war keine Menschenseele. Die Stimmen mussten also von weiter unten kommen, aus dem Keller, wo Böttger vermutlich sein Labor hatte. Samuel drückte sich den Flur entlang. Schon von Weitem sah er den Offizier, der tagsüber zu Böttgers Bewachung am Durchgang stand. Schlurfend ging der rot berockte Kerl einige Schritte auf und ab. Er hatte den Hut abgenommen und pickte, weil ihm wohl die Zeit lang wurde, Staubflusen von seinem Dreispitz. Samuel zögerte nicht lange. Als der Offizier sich erneut einige Schritte vom Durchgang entfernt hatte, schlich er an ihm vorbei und schlüpfte durch die Tür, die gemauerten Stufen hinab. Kopflos hetzte er durch Gänge und Tunnel, lauschte immer wieder angespannt, aus welcher Richtung die Stimmen kamen, und hatte nur das eine Ziel im Sinn, den Bergrat noch rechtzeitig abzufangen. Vollkommen dunkel war es hier, und einzig die Stimmen wiesen ihm den Weg, bis Samuel endlich vor einer schweren Holztür zum Stehen kam. Beherzt drückte er die Klinke, riss die Tür mit einem Ruck auf und sah in drei überraschte Gesichter, die ihn aus dem rußgeschwärzten Raum heraus anblickten. Die Wände waren voll behängt mit Töpfen, Wannen und kupfernen Gerätschaften. Auf langen Brettern reihte sich Glas an Glas mit verschiedenen Salzen, Pulvern und Flüssigkeiten in allen möglichen Farben. In der Mitte des Raums stand ein Holztisch, auf dem aufgeschlagene

Bücher und Pergamentrollen unordentlich nebeneinanderlagen. Einige der Rollen hingen ausgebreitet an den Wänden und gaben geheimnisvolle Zeichen preis. Der hintere Teil des Raums, wo sich eine Feuerstelle befinden musste, war von einem Vorhang verdeckt, hinter dem ein rötlicher Schein flackerte. Hier also verbarg sich das Geheimnis, fuhr es Samuel durch den Kopf. Die ganze Scharade, der Wahnsinn, der oben verbreitet wurde, war nur Ablenkung, Nebenschauplatz, was auch immer. Hier unten war das Herz des Geschehens, und Böttger war dessen Seele. Tschirnhaus verzog bei Samuels Anblick das Gesicht, als hätte er Essig verschluckt. Böttgers Mondaugen starrten Samuel an. Ohain zeigte als Einziger wenigstens ein bisschen Freude, Samuel zu sehen, wenn auch seine Verwunderung überwog.

»Herr Bergrat!«, stieß Samuel hervor, aus Angst, die Gelegenheit könnte gleich wieder verstreichen. »Ich muss Euch dringend sprechen. Es liegt ein schreckliches Missverständnis vor.«

Tschirnhaus schnarrte: »Missverständnis? Wohl eher eine Ungeheuerlichkeit. Was habt Ihr hier zu suchen?« Ohne die Antwort abzuwarten, wandte er sich an Ohain. »Das hat uns gerade noch gefehlt bei dem ganzen Schlamassel. Dass der da nun auch noch alles ausplaudert. Da bleibt uns wohl nur, ihn auf immer einzusperren oder aber ihm die Zunge herauszuschneiden.«

»Herr Bergrat, ich bitte Euch!« Flehend suchte Samuel Ohains Blick und erschauerte, als dieser laut auflachte. Sein Retter, seine einzige Hoffnung, lachte über ihn, schlug dem kleinen Tschirnhaus auf die Schulter, nannte ihn bei seinem Vornamen Walther.

»Lasst die Scherze, Doktor. Der Junge wird uns noch ohnmächtig.«

Tschirnhaus stieß verächtlich die Luft aus und fand, ein kleiner Schreck könne sehr lehrreich sein. Very instructive.

»Der Stöltzel war über ein Jahr in meinen Diensten«, erklärte Ohain. »Und ich sage Euch, man kann ihm vertrauen. Er ist viel zu talentiert, um ihn in einem Kerker versauern zu lassen.«

Samuel schossen Tränen der Dankbarkeit in die Augen. Er sah sich bereits mit Ohain auf dem Weg zurück nach Freiberg und hielt Sophie in Gedanken schon an die Brust gedrückt, als Ohain weitersprach.

»Böttger, Ihr klagt doch immer darüber, dass Ihr keine Hilfe habt und die Schlepperei mit dem Holz und dem Wasser kaum allein zu schaffen sei. Jetzt, wo Samuel schon einmal hier ist, könnte er Euch zur Seite stehen. Zudem kann er vernünftig lesen und schreiben.«

Tschirnhaus protestierte. »Verehrter Bergrat. Warum ein weiteres Talent verschwenden? Die Sache ist ein Hirngespinst, believe me. Und Ihr, Böttger, solltet Euch lieber an Robert Boyle halten. Habt Ihr dessen Buch *The sceptical Chymist* nicht gelesen? Allein auf Beobachtungen sollten sich Eure Erkenntnisse stützen, nicht auf die alchemistische Lehre, dieses verschwurbelte Zeug. Nonsens. Hokuspokus.«

»Das Buch von Mister Boyle ist nur in englischer Sprache erhältlich«, wandte Ohain ein.

»Ich werde es Böttger gern übersetzen.«

»Aber Boyle experimentierte selbst mit der Transmutation.«

»Ein Fehler ...«

»Und die rote Erde? Sogar Newton ...«

»Er ist davon abgekommen ...«

Samuel blickte von einem zum andern und verstand kein Wort. Angst kroch in ihm hoch, denn sein Schicksal schien bei alldem eine untergeordnete Rolle zu spielen. Ohain brachte Tschirnhaus schließlich mit einer Handbewegung zum Schweigen.

»Ihr wisst sehr gut, dass diese Entscheidung nicht in unseren Händen liegt. Der König wünscht, dass wir Böttger in seinem Werk unterstützen, damit er recht bald sein Versprechen einlösen kann. Tun wir also alle unser Bestes. Was meint Ihr, lieber Böttger? Wollt Ihr es mit Samuel versuchen?«

Böttger musterte Samuel abschätzend und zuckte dann kaum

merklich mit der Schulter, womit er anscheinend sein Einverständnis kundtat. Ohain klatschte zufrieden in die Hände, tätschelte Samuel zum Abschied freundschaftlich den Rücken, wünschte gutes Gelingen und war fort. Tschirnhaus folgte ihm mit dem üblichen Redeschwall, und Samuel blieb allein mit Böttger zurück. Regungslos standen sie da und sahen einander an, während der Wind durch die Fensterluken pfiff. Samuel erschauerte. Und anstatt sich über die lang erhoffte Wendung zu freuen, wurde es ihm auf einmal eng in der Brust.

In den ersten Tagen beachtete Böttger ihn kaum. Er trug Samuel einfache Arbeiten auf, wie das Säubern des Fußbodens oder der Gerätschaften, und verschwand dann wieder hinter dem Vorhang, wo er zumeist Selbstgespräche führte. Samuel wagte es nicht, ihm dorthin zu folgen. Was, wenn Böttger wirklich, um Gold zu machen, mit dem Teufel zugange war? Was, wenn dort, wo es flackerte, Gespenster und Dämonen hausten? Erst nach und nach bröckelte die Angst von ihm ab, und er begann, den Raum zu erkunden. Er befühlte die kühle, blank gewetzte Holzplatte des Tisches, nahm bald das eine oder andere Glas herunter, lauschte, wie die ihm oft unbekannten Substanzen darin rieselten oder glucksten, und fuhr – da Böttger es ihm nicht verboten hatte – mit dem Finger über die Zeichen auf den Pergamentrollen, las die Namen der Planeten: Saturn, Merkur, Venus. Er atmete den beißenden Rauch ein, der hinter dem Vorhang hervorquoll, oder den Geruch nach Kampfer, den Böttger verströmte, und ging, wenn es ihm aufgetragen wurde, nach oben, um Holz oder Wasser zu holen oder Brot und Fleisch und roten Wein. Böttger nahm seine Mahlzeiten meist allein im Labor ein, während sich Samuel anfangs noch zu den anderen in die Küche gesellte. Allerdings war es ihm nicht erlaubt, auch nur über das kleinste Detail zu sprechen, das ihm in Böttgers Labor begegnete. Paul stellte bohrende Fragen und rätselte, ob Samuels neue Aufgabe eine Auszeichnung oder eine Strafe war, aber Samuel schwieg, wie Tschirnhaus es ihm eingebläut hatte. Die Plaudereien mit Johann und Paul wurden karger, und bald hatte Samuel immer weniger Verlangen danach, das Laboratorium zu verlassen. Der Schauer, den er hier nach wie vor empfand, war nun nicht mehr angsteinflößend, sondern voller Verheißung. Begierig versuchte er zu begreifen, woran Böttger arbeitete. Ohne Zweifel ging es um die Herstellung von Gold. Doch was tat Böttger genau? Samuel hatte nicht die geringste Vorstellung davon. Er hörte nur das Scharren und Klirren der Gefäße hinter dem Vorhang, das Lodern des Feuers und manchmal Böttgers Flüche. An manchen Tagen saß Böttger vorn am Tisch, studierte seine Bücher, schrieb lange, schwer lesbare Listen zur Vorbereitung seiner Experimente und bat Samuel dann und wann, ihm ein bestimmtes Buch zu reichen oder den Bleistift anzuspitzen. Da Böttger keine festen Arbeitszeiten kannte und Samuel nichts verpassen wollte, stellte er sich schon bald im vorderen Teil des Labors ein Bett auf.

Es war längst Frühling geworden, und draußen zeigten die Bäume hellgrüne Spitzen, als Samuel an einem Abend zurück in den Keller kam. Inzwischen aß er gemeinsam mit Böttger und hatte Suppe und Brot von oben geholt. Er wollte das Essen soeben auf dem Tisch abstellen, da erschütterte hinter dem Vorhang ein ohrenbetäubender Knall das Laboratorium. Die Explosion ließ Gerätschaften durch die Luft fliegen, Funken stoben, es schepperte und klirrte, dann war Stille. Beißender Rauch drang unter dem Vorhang hervor, und eine dunkle Flüssigkeit rann über den Boden. War das Blut? War Böttger tot? Dann aber hörte Samuel ein schwaches Hüsteln, und ohne weiteres Zögern stürmte er nach hinten, riss den Vorhang beiseite, bereit, sich einem Heer von Höllenteufeln zu stellen. Aber alles, was er sah, war ein gewaltiges Chaos und Böttger inmitten einer stinkenden schwarz-silbern perlenden Lache, von oben bis unten übersät mit Splittern und die Augen zugekniffen, als würden sie brennen. Samuel zerrte den schweren

Körper nach vorn, wusch Böttger zunächst die Augen aus, säuberte sein Gesicht und gab ihm Wein, um den Mund auszuspülen. Dann, da Böttger zu schwindelig war, um länger aufrecht sitzen zu können, zog Samuel ihm die Kleider aus, die von einer klebrigen Flüssigkeit durchtränkt waren, wusch den weißen Leib, hüllte ihn in eine Decke und bugsierte Böttger in das Bett, das gleich neben der Tür stand. Das Erste, was Böttger hervorbrachte, war der Befehl, Tschirnhaus auf gar keinen Fall etwas von dem Vorfall zu erzählen. Samuel sollte lediglich um neue Kleidung bitten und sich Augentrost geben lassen, damit Böttger sich mit einem Sud daraus die geschwollenen Lider spülen konnte. Nachdem Samuel dies ausgeführt hatte, machte er sich daran, den ganzen Raum zu säubern, wusch den Vorhang und sah sich zum ersten Mal im hinteren fensterlosen Teil des Laboratoriums um. Er war keineswegs so gespenstisch, wie Samuel befürchtet hatte, gab aber leider auch wenig Aufschluss über die Arbeit, die Böttger dort verrichtete. Neben einer offenen Feuerstelle stand dort ein vollständig mit Ruß bedeckter eiserner Herd, gegenüber davon ein Schrank mit etlichen Dosen und Schachteln. An der Wand hingen weitere Gefäße, Zangen und Rührstäbe und dort, gleich neben dem Rauchabzug, hatte Böttger die Katzenpfote an die Wand genagelt, die Tschirnhaus ihm in die Suppe gelegt hatte. Weiter hinten, in einer Mauernische, entdeckte Samuel eine unordentliche Schlafstätte aus Stroh und mehreren Decken. Geschäftig ging er nun hierhin und dorthin, goss Wasser auf den Boden, schrubbte und wischte, und obwohl Böttger mit einem Verband auf den Augen still im Bett lag, kam es Samuel so vor, als spüre er dessen Blick auf sich ruhen.

Nach drei Tagen, als Samuel das Laboratorium längst wieder in Ordnung gebracht hatte und ein wenig unschlüssig überlegte, was er tun sollte, erhob sich Böttger ächzend aus dem Bett.

»Es wird Zeit, die Experimente wieder aufzunehmen«, murmelte er, und Samuel verfolgte mit klopfendem Herzen, was nun geschehen würde. Über den langen Tisch gebeugt, notierte Böttger blinzelnd einige Gedanken auf einer Tafel und blätterte in einem Buch, das sich *Die zwölf Schlüssel* nannte. Aber bald schon versagten ihm die Augen, die immer noch entzündet waren. Fluchend tränkte er ein Tuch in dem Sud, den Samuel für ihn aus dem Augentrost zubereitet hatte, und bedeckte sein Gesicht damit. Fluchte noch mehr, dass er nun nicht weiterarbeiten konnte, und ging blind mit weiten Schritten auf und ab, wobei er die Schemel umstieß, die ihm im Weg standen. Schließlich blieb er abrupt stehen, horchte und rief Samuel zum ersten Mal bei seinem Namen.

Von diesem Tag an bezog Böttger ihn mehr und mehr in seine Arbeit mit ein, und Samuel nannte Böttger seinen Meister, was dieser, als Samuel das Wort zum ersten Mal aussprach, mit einem leisen Lächeln kommentierte, beinahe so, als hätten sie einen Vertrag geschlossen.

»Hast du schon mal vom Lapis philosophorum gehört?«, fragte Böttger, als er mit knappen Erklärungen umschrieb, wonach er suchte.

»Der Stein der Weisen?«

Böttger nickte. »Und weißt du auch, wie er beschaffen ist und wozu?«

»Um Gold zu machen?« Samuel wagte kaum, es auszusprechen, doch Böttger schien mit der Antwort zufrieden zu sein.

»Nach meinen jetzigen Erkenntnissen handelt es sich dabei um eine rote Tinktur.«

»Wie Blut ...«

»Ja. Auch roter Löwe genannt. Sie verwandelt Blei in Gold und Kupfer in Silber.«

Bevor Samuel weitere Fragen stellen konnte, befahl Böttger ihm, einige bestimmte Tiegel und einen Mörser bereitzustellen, und überließ es Samuel, die benötigten Zutaten abzumessen. Gelbliche Schwefelerze, Salpeter und Quecksilber waren darunter, die

Samuel nach genauer Anweisung zusammenfügen sollte. Böttger folgte dabei, mit einigen Abweichungen, den *Zwölf Schlüsseln*, jenem Buch, aus dem Samuel ihm immer wieder vorlesen musste. Darin umschrieb ein geheimnisvoller Mönch namens Basilius Valentinus in rätselhaften Bildern den komplizierten Prozess der Goldherstellung. Mit dem Gott Apoll und seiner Braut Diana waren Gold und Silber gemeint, die miteinander vermählt werden sollten. Auch den Planeten ordnete er die Metalle zu. Hier stand die Sonne für Gold und der Mond für Silber. Der Merkur gehörte zu Quecksilber, die Venus zu Kupfer und Mars zu Eisen. Er nannte Eisenerz einen grauen Wolf, der den König verschlingen sollte, um dann wieder und wieder verbrannt zu werden, bis man eine vollkommen reine Substanz erhielt, die Ausgangspunkt alles Weiteren sein sollte.

Die Zeit verlor ihre Konturen, Tag und Nacht waren bald kaum noch voneinander zu unterscheiden. Böttger ließ Samuel Erze schmelzen, Flüssigkeiten destillieren, Salze lösen und kristallisieren, um ihn anschließend wieder alles verbrennen zu lassen. Jeder Schritt war ein sogenannter Schlüssel, der einen vom Niederen zum Höheren gelangen ließ, mit dem Ziel, Unedles sterben zu lassen, damit es sich wie der Phönix aus der Asche erhebe, um als etwas Göttliches wiederaufzuerstehen. Nach ein paar Stunden Schlaf fuhren sie mit ihrer Arbeit fort. Samuel war wie im Rausch, beseelt von den Bildern und davon, dass Böttger ihn als seinen Schüler anerkannte und ihm Einblick in seine Geheimnisse gewährte. Mit jedem Vorgang fühlte Samuel, dass nicht nur die Substanzen auf eine immer höhere Ebene gebracht wurden, sondern auch er selbst. Sie aßen kaum, schliefen erschöpft ein, wo sie gerade saßen, und wenn der eine erwachte und die Arbeit fortsetzte, war der andere gleich an seiner Seite. Sie waren wie ein Mensch, wie Apollo und Diana, Silber und Gold.

An einem Tag im Mai unterbrach Böttger überraschend die Arbeit und forderte Samuel auf, ihn nach draußen zu begleiten.

»Wieso?«, wollte Samuel wissen.

»Du wirst es schon sehen«, sagte Böttger und marschierte ohne weitere Erklärung die Treppe hinauf. Auf dem Burghof hatten sich bereits die anderen Gehilfen und Tschirnhaus eingefunden. Samuel grüßte Paul und Johann mit einem Nicken, während Tschirnhaus ihnen erklärte, was sie gleich zu sehen bekommen würden: eine Sonnenfinsternis. Er erläuterte, dass sich dabei der Mond vor die Sonne schob – ein außerordentliches, aber durchaus erklärbares Ereignis, das schon nach wenigen Minuten vorbei sein würde. Keiner der Gehilfen konnte sich vorstellen, wovon er sprach, bis sich wenige Augenblicke später die Sonne tatsächlich verdunkelte. Die Männer wurden still. Sie drängten sich aneinander und starrten mit offenen Mündern auf das hell umrandete schwarze Loch, das sich am Himmel aufgetan hatte. Auch das Treiben auf dem angrenzenden Domplatz verstummte mit einem Schlag. Trotz Tschirnhausens Erklärung konnten sie nur schwer begreifen, was sie dort sahen. Es schien ihnen wie das Gegenteil von Sonne. Wie Schatten zum Licht, wie Nacht zum Tag, wie Tod zum Leben. Samuel dachte an die Bilder aus dem Buch des Basilius Valentinus, an all die Bedeutungen, die Böttger ihm erklärt hatte, die Symbole und das, wofür sie standen. Man betrachtete die Welt mit anderen Augen, erkannte, dass jedes Ding ein Sinnbild für etwas anderes war, ein Gleichnis, das die Elemente miteinander verband. Da lag nun vor ihnen der Mond auf der Sonne – Silber auf Gold – und verlieh diesem Tag eine einzigartige Bedeutung, die Samuel noch nicht zu fassen vermochte. Vielleicht, so dachte er, wenn es einen Neumond gab, war dies eine Neusonne, in der die Dunkelheit das Licht gebar. Und wofür stand die Sonne, wenn nicht für Gold?

Sophie

Oberbobritzsch bei Freiberg, 1706

Keuchend und den Kopf rot vor Anstrengung rannte Sophie das letzte Stück des Hügels hinauf, wo sie außer Sichtweite der Bauern war, die dort auf dem Flachsfeld das Unkraut jäteten. Rannte, als könne sie es nicht erwarten, alles hinter sich zu lassen und von dem Hügel hinab auf das kleine Leben zurückzuschauen, in das man sie gezwungen hatte, nachdem die Bergrätin sie mit Samuel in der Speisekammer erwischt und Sophie aus ihrer Stellung entlassen hatte. Obwohl es stürmte und regnete, hatte die Bergrätin kein Erbarmen gehabt und Sophie noch am selben Abend fortgeschickt. Bis auf die Haut durchnässt hatte sie mit ihrem Bündel an die Tür ihrer Schwester Grete in Bobritzsch geklopft. Grete hatte es bald aufgegeben, aus Sophie herausbringen zu wollen, was geschehen war und warum sie nicht länger bei der Bergrätin in Freiberg arbeiten konnte. Gretes Mann, ein Schmied, ließ vom ersten Tag an kein gutes Haar an Sophie. Aber nicht nur deswegen fühlte sie, dass dies nicht der richtige Ort für sie war. Das Haus war viel zu klein, und in den Stuben roch es tagein, tagaus nach warmer Milch und gekochtem Kohl. Trat man hinaus, scharte sich eine Handvoll Häuser um die Dorfkirche, eines so farblos wie das andere. Auch die Wiesen und Bäume wirkten farblos, das grasende Vieh, sogar der Himmel. Sophie hatte es nicht erwarten können, all das hinter sich zu lassen, um nach Meißen aufzubrechen, wo sie sich eine vielversprechendere Zukunft erhoffte, mit einer einträglichen Anstellung in einem guten

Haus und in einer Stadt, in der sich nicht nur Bergleute, Handwerker und Bauern herumtrieben. Jetzt, wo der regnerische Frühling vorüber war und die Tage länger wurden, war es endlich so weit.

Auf der Kuppe des Hügels legte Sophie eine kurze Rast ein. Das Dorf war inzwischen weit genug weg, um aufzuatmen. Die Maisonne schien warm, fast sommerlich auf die Felder, obwohl heute erst der heilige Pankratius war und die Eisheiligen noch nicht vorbei. Der Schweiß rann Sophie den Rücken hinunter, durchnässte die zwei- und dreifachen Schichten, denn sie hatte sich all ihre Kleider angezogen, damit ihr Bündel so klein und leicht wie möglich blieb. Noch in der Nacht hatte sie alles, was sie besaß – einen Kamm, das Kruzifix ihrer verstorbenen Mutter, einige Nähnadeln und das Zeugnis, welches die Bergrätin ihr beim Abschied ausgestellt hatte –, mit einem Kanten Brot und ein paar gedörrten Äpfeln zu einem Bündel geschnürt und sich ohne ein Wort des Abschieds aus dem Haus ihrer Schwester geschlichen. Sie wusste, dass sie sich den Tränen und dem Bitten von Grete nicht hätte widersetzen können, die gewiss versucht hätte, sie zurückzuhalten. Allein zu reisen und ohne Schutz die Nächte zu verbringen, war gefährlich.

Hinter der Ölmühle, die ein wenig außerhalb des Dorfes lag, hatte Sophie sich im Gebüsch versteckt, um das Tageslicht abzuwarten, dann war sie losmarschiert. Als sie den Hügel erreichte, war sie bereits seit einigen Stunden ohne Rast auf den Beinen und hoffte, in zwei oder drei Tagen Meißen zu erreichen, was, wie sie sich beharrlich einredete, rein gar nichts mit Samuel zu tun hatte. In Meißen lebte ihre Tante, eine kinderlose Witwe mit einer Schenke, bei der Sophie unterkommen wollte. In einer Schenke, so sagte sie sich, gibt es immer Arbeit, und man lernt dort die halbe Welt kennen. Der Stöltzel konnte bleiben, wo der Pfeffer wächst, und wenn sie ihm in Meißen auf der Straße begegnen würde, dann … Sophie wollte lieber nicht zu lange an eine solche

Begegnung denken, denn dann wurde ihr ganz flatterig ums Herz und das hatte Samuel nicht verdient.

Sophie blickte zurück auf den Wald in der Ferne, hinter welchem jetzt im Dorf Grete nach ihr suchen würde. Die Wollstrümpfe juckten an ihren Beinen, das Haar klebte ihr an der Stirn und doch fühlte sie sich so frei und erhaben, so über der Welt und dem Himmel zum Greifen nah. Sie löste das dicke Wolltuch für den Winter, das sie um ihren Bauch gebunden hatte, hob ihre beiden Röcke, um kühle Luft an die doppelt bestrumpften Beine zu fächeln, und legte den Kopf in den Nacken. Die Augen geschlossen, drehte sie sich Schrittchen für Schrittchen im Kreis, hielt das Gesicht der Sonne entgegen und ließ das Licht rot durch ihre Lider scheinen. Eine ganze Weile lang blieb sie so, fühlte sich groß und voller guter Ahnungen, bis sich ganz plötzlich, wie aus dem Nichts, ein Schatten über sie legte. Eine Wolke, dachte sie und empfand die Kühle im ersten Moment als wohltuend, bis ihr die Dunkelheit dann doch unheimlich erschien. Sie schlug die Augen auf. Und da stand vor ihr die Sonne nur noch halb am Himmel. Wie eine windgetriebene Wolke schob sich ein kreisrunder Schatten vor das Licht und fraß die Sonne Stück für Stück, bis er ganz auf ihr lag. Um Sophie war es finstere Nacht geworden, als hätte jemand ein schwarzes Tuch über die Landschaft geworfen. Die Sterne konnte sie gar sehen. Und ein paar Schwalben waren so verwirrt wie sie und flogen dicht an sie heran. Sophie schrie auf und lief los.

Am frühen Nachmittag erreichte sie die Schmiede wieder und brachte vor lauter Tränen kein Wort heraus.

»Was ist passiert?«, fragte Grete drängend. »Nun sag schon, Sophie. So allein und abseits vom Dorf kann einem Mädchen doch Gott weiß was geschehen. Dachte schon, als es heut Vormittag so finster wurde, die Dunkelheit hätte auch dich verschluckt. Wo warst du?«

Sophie aber schüttelte nur den Kopf und weinte so heftig, dass sie kaum Luft bekam, weinte noch mehr, als sie bemerkte, dass sie ihren Wollschal auf der Kuppe des Hügels hatte liegen lassen. Von Grauen gepackt hatte ihre Hand nur noch nach dem Bündel greifen können, als ihre Beine sich schon in Bewegung setzten. Das Schuldgefühl, das sie seit ihrem Aufbruch verfolgt hatte, schien am Himmel sein Abbild gefunden zu haben und hatte sie unbarmherzig zurück ins Dorf zu Grete getrieben. Die bemerkte gleich das Bündel und die doppelte Kleidung und folgerte daraus, dass Sophie hatte fortgehen wollen. Doch anstatt nach den Plänen ihrer Schwester zu fragen, machte sie ihr Vorwürfe und schalt sie eigensinnig, obwohl Grete selbst wusste, dass Sophie sich irgendwann eine neue Stellung suchen musste.

Am Abend gingen sie wie immer früh zu Bett, und Sophie lag mit tränennassem Gesicht inmitten ihrer zahlreichen schlummernden Neffen und Nichten. Die kleinste Bewegung, und Annemarie, das jüngste Kind, würde wieder aufwachen, nachdem sie endlich zur Ruhe gekommen war. Laut atmend lag der Schreihals eng an Sophie gedrängt, denn in dem schmalen Bett musste auch der fünfjährige Peter noch Platz haben. Sein Speichel rann auf Sophies Schulter, und ein leiser Kinderfurz ließ sie weinerlich den Mund verziehen. Um vor lauter Verzweiflung nicht laut aufzuschreien, vergrub Sophie die Zähne im Arm und verfluchte den nichtsnutzigen Stöltzel. Was hatte er sie auch immer so ansehen müssen mit seinen dunklen Glutaugen? Nun lag ihr junges Leben in Scherben, wie die Steingutschüssel, die die Frau Bergrätin in der Speisekammer hatte fallen lassen. Sophie hatte Samuel mit dem Kuss doch nur ein wenig necken wollen, den Tölpel, mit seinem schwarzen wilden Haar. Als Zofe der Bergrätin war es unvermeidlich gewesen, dass sie mit ihm, dem Diener des Bergrats, zu tun hatte. Der Bergrat schien seiner Gemahlin ja häufiger zu schreiben, als mit ihr zu sprechen. Mehrmals am Tag sandte er nachlässig gefaltete Zettelchen, die Samuel mit tintenbefleckten Fingern überreichte. Zu gerne hätte Sophie die Nachrichten gelesen, bevor sie das Papier an ihre Herrin weiterreichte, aber mit dem Lesen tat sie sich schwer. Umso mehr ärgerte es sie, dass Samuel lesen und schreiben konnte. Wichtigtuer. Wenn Samuel an die Tür der Stube klopfte, hatte Sophie sofort erkannt, dass er es war. Immer dreimal, ein zögerlicher und dann zwei kräftige Schläge. Und immer hatte sie sich maßlos geärgert, dass ihr Herz daraufhin wild pochend zu antworten schien und ihr das Blut in den Kopf schoss, denn in einen Träumer wie Samuel wollte sie sich ganz gewiss nicht verlieben. Samuel hatte sie immer mit halb geöffnetem Mund angesehen wie eine Erscheinung und erst auf ihr ungeduldiges Räuspern hin begonnen, in seinen Taschen zu suchen und an seiner Kleidung zu nesteln, um schließlich den Zettel hervorzuholen. Besagte Kleidung war nie ganz ordentlich gewesen, was die Bergrätin mehrfach beanstandet hatte. Sie war darüber sogar schon in einen Streit mit ihrem Mann geraten, dem die tadellose Kleidung seines Dieners nicht wichtig war, der aber umso mehr Wert darauf legte, dass Samuel eine schöne, saubere Schrift hatte und darüber hinaus jedes Gestein kannte, das in den Freiberger Minen vorkam. So ein Diener sei Gold wert, pflegte der Bergrat zu sagen, wohingegen die Bergrätin nichts an Samuel finden konnte, was auch nur annähernd mit Gold zu tun hatte. Während Sophie darauf gewartet hatte, dass Samuel seine Nachricht endlich aus der Tasche zog, hatte sie seine Wärme gespürt und gegen den Drang angekämpft, sich ihm unmerklich zu nähern. Bevor er wieder ging, hatte er dann jedes Mal schelmisch den Mund verzogen und ihr als Gipfel der Albernheit auch noch zugezwinkert, als wäre all seine Schüchternheit nur gespielt gewesen. Wie sehr sie ihn dafür hasste. Und noch viel mehr hasste sie ihn für diesen Kuss in der Speisekammer, hasste sich selbst dafür, dass sie ihm nachgeschlichen war. Ein Bergknappe. Ihre Großmutter hatte immer gesagt: Die Sophie ist ein hübsches Kind, die angelt sich mal einen Mann mit Geld, vielleicht sogar was Feines wie einen Richter oder Doktor. Jetzt war sie zurückgeschickt worden in dieses Dorf, zu ihrer ältesten Schwester und dem Schmied, der Grete bereits sechs Kinder gemacht hatte.

Die kleine Annemarie schien fest zu schlafen, sodass Sophie es nun wagte, sie von sich zu schieben und aus dem Bett zu steigen. Gerne hätte sie das Fenster geöffnet, aber am Abend war das Wetter umgeschlagen, und der Wind war so stark, dass die Scheiben leicht mit einem lauten Knall in den Rahmen hätten schlagen können. So starrte Sophie nur hinaus aus der viel zu kleinen Öffnung. Wie elend sie sich fühlte. Gefangen in einem Mäusenest von Kindern. Morgen würde sie wieder aufbrechen oder übermorgen. Der Bergrat hatte oft von Meißen erzählt. Das schmucke Städtchen, der malerische Fluss, die Weinberge – dort wollte sie hin und bei der Tante ein neues Leben beginnen. Sie würde eine Stellung finden, bei feinen Leuten. Und einen Doktor kennenlernen oder besser noch einen reichen Kaufmann. Noch war nichts verloren.

Samuel

Meißen, 1706

Samuel brannte die Frage seit Tagen auf der Zunge, und endlich wagte er es, sie auszusprechen. Ob Böttger einen kenne, dem es gelungen sei, Gold zu machen? Böttger sah nicht einmal auf und befahl Samuel, mit der Arbeit fortzufahren. Spät in der Nacht jedoch, nachdem sie einen weiteren Zyklus ihrer Experimente durchlaufen und ein gräuliches Salz gewonnen hatten, von dem Böttger sich erhoffte, dass es sie schon bald ans Ziel bringen würde, begann er zu erzählen.

»Als ich beim Apotheker Zorn in Berlin zur Lehre ging, hatte ich neben diesem noch einen zweiten Meister: einen griechischen Mönch oder jedenfalls einen, der sich dafür ausgab. Er war mit dem fahrenden Volk unterwegs, kannte uralte, vergessene Geheimnisse und wusste die hartnäckigsten Krankheiten zu heilen.«

Böttger ließ sich Zeit und biss in ein Stück Brot, das er mit einem großen Schluck Wein hinunterspülte.

»Er verriet mir einige seiner Rezepte, die ich auch erfolgreich anzuwenden wusste. Ich aber wollte das eine Mittel haben, das alles heilt.«

»Den Stein der Weisen?«, fragte Samuel.

Böttger nickte. »Die Substanz, die alles läutert, die ewige Jugend schenkt und Unedles zu Edlem transmutiert.«

»Und? Kannte er sie?«

»Einen Tag, bevor er die Stadt verließ, überreichte er mir ein Fläschchen mit einer Tinktur.«

»War sie es? War es die richtige Substanz?«

»Man spürt es, wenn man sie in den Händen hält.«

Samuel vergaß vor Aufregung weiterzuessen. Böttger fuhr fort. »Der Mönch sagte mir auch, wie ich die Tinktur anzuwenden hätte, aber ich wollte erst herausfinden, aus welchen Ingredienzien sie bestand und wie man sie selbst herstellen konnte. Nächtelang habe ich daran gesessen, bis mein Meister in der Apotheke mir auf die Schliche kam.«

»Und er hat Euch verraten?«

»Ja«, sagte Böttger und lachte bitter. »Der alte Meister Zorn wusste nichts Besseres, als dem preußischen König Friedrich zu melden, sein Lehrling könne Gold machen. Und gleich sollte ich es auch mit einem Schauexperiment beweisen.«

Samuel kannte die Geschichten über die Goldmacher, die ihr Versprechen nicht einhalten konnten. Böttger wäre nicht der Erste gewesen, der am Galgen endete. Aber er saß hier. Ganz und gar lebendig.

»Dann war die Tinktur also wirksam?«, wollte Samuel ungeduldig wissen.

»Ich hatte selbstverständlich nicht vor, den wertvollen Stoff für ein Schauexperiment zu vergeuden. Also habe ich sie glauben machen, was sie glauben wollten.«

»Ihr habt …«

»Ja … Es war ganz einfach. Ich verlangte drei Dukaten und behauptete, dafür besondere Zutaten beschaffen zu müssen. Stattdessen schmolz ich sie ein und vermengte das Gold mit Quecksilber. Die Legierung ist mit bloßem Auge kaum von reinem Quecksilber zu unterscheiden. Ich zeigte ihnen das Gemisch. Sie sahen kein Gold, und ich brauchte nichts weiter zu tun, als das Quecksilber verdampfen zu lassen, um scheinbar das schönste reine Gold hervorzubringen.«

»Ich nehme an, der König verlangte daraufhin, dass Ihr ihm mehr von dem Gold macht.«

»So ist es.« Böttger leerte seinen Becher. »Immerhin gewann ich ein bisschen Zeit, um von Preußen nach Sachsen zu fliehen. Gebracht hat's mir nicht viel, wie du siehst. Ein Herrscher ist wie der andere. Auch König August ließ mich einsperren, die Tinktur nahm er mir weg und wollte das Experiment selbst durchführen.«

»Und?«

»Er ließ das Fläschchen auf einem Tisch liegen, wo es einer seiner Hunde zu Boden fegte. Es zerbrach. Das war's. Ende der Geschichte.«

»Aber wie kann der König dann von Euch verlangen, Gold zu machen? Ihr habt nie behauptet, dass Ihr ohne die Tinktur dazu imstande wärt.«

»Na ja ...«

»Habt Ihr?«

»Ich musste fürchten, dass sie mich sonst nach Preußen zurückschicken. Also ...«

Samuel blickte seinen Meister mit großen Augen an. »Glaubt Ihr denn, dass es möglich ist?«

»Glauben ist ein weiter Begriff. Ich muss, Samuel, ich muss. Wenn ich in meinem Leben noch einmal die Freiheit sehen will, dann muss ich es für möglich halten.«

In der Nacht erwachte Samuel und erschrak fast zu Tode, weil Böttger dicht vor ihm stand. Er war bleich wie das Mondlicht, und seine Augen glommen in den schattigen Höhlen. Samuels erster Gedanke war: Er schlafwandelt. Nein, das war sein zweiter Gedanke. Sein erster Gedanke, nur gerade für den Hauch eines Moments, war, dass Böttger ihn mit einer unendlichen Traurigkeit und Sehnsucht ansah.

»Wollte nur wissen, ob du schläfst«, sagte Böttger tonlos und wandte sich wieder ab. Er ging zu dem alten Schrank, in dem er seine Apothekerzutaten verwahrte. Schemenhaft konnte Samuel erkennen, wie Böttger aus einer Dose mit einem Messer eine klebrige Substanz herauskratzte und in eine Kupferschale bröckelte. Kurz stach eine Flamme empor. Die Brocken in der Schale glühten auf und entwickelten einen milchigen Rauch mit einem fremdartigen Geruch. Samuel erhob sich, setzte sich zu Böttger an den Tisch und sah zu, wie dieser sich über die Schale beugte und mit weit geöffnetem Mund den Qualm in sich hineinsog. Die Tränen rannen ihm über die Wangen, während er den Hustenreiz unterdrückte.

»Der weiße Drache«, sagte Böttger und bot Samuel die Schale an, worauf dieser sich zögerlich darüberneigte, um von dem Rauch einen tiefen Atemzug zu nehmen. Die Schärfe stach ihm in den Rachen, sodass er beinahe zu ersticken meinte. Er schloss die brennenden Augen und fühlte Hitze in sich aufsteigen. Bitterkeit erfüllte seinen Mund. Er wollte etwas fragen, aber da sackte der Boden unter ihm ein Stück ab und er fiel in eine weiche Weite.

Als Samuel die Augen wieder öffnete, wuchs Böttger ein Geweih. Die Königskrone. Seine Hände schwebten abgelöst wie Blumen über dem Tisch. »Jetzt, mein Lieber, gehen wir an die Arbeit«, hörte er Böttger sagen. Samuel hob den Blick. Das Deckengewölbe war der Ozean. Bleierne Wolken zogen sich zusammen, und der graue Wolf bellte. Sie waren auf einem Schiff, oder? Der Boden wankte unter den Füßen, und Böttger war kaum zu hören durch den Wind. Wie anmutig er seine Lippen bewegte. Er sang von der Vereinigung aller Gegensätze. Sang das Lied von der reinen Jungfrau, die ihrem Bräutigam zugeführt wurde, von der Reise zur Vollendung des Werkes, Opus magnus. Böttger selbst war die Jungfrau. Aus seiner Kehle quoll eine winzige Perle Blut, wie ein Rubin saß sie dort und tropfte nicht herunter. Die Kupferschale war der Bauch der Venus. Böttger und Samuel beugten sich erneut einer nach dem anderen darüber und tranken die bittere Jungfrauenmilch wie Brüder. »Weißer Drache«, wiederholte Samuel. Er lachte und wusste nicht, warum, ach ja, weil Böttger immer noch sang. Und nun schlug er mit einem Schlüsselchen aus Gold rhythmisch an die Schale. Klink, klink, klink ... Aber nein, das war gar nicht Böttger. Es kam von weiter hinten. Der Vorhang bewegte sich. Es war der Mönch, der dort spazieren ging und zum Gebet rief. Klink, klink, klink. Schlug den goldenen Schlüssel gegen ein Glas, darin in Spiritus ein ungeborenes Kind. Die Unschuld in der reinen Mutter, denn erst das Reine wird sich wandeln zum Göttlichen.

Böttger erhob sich wankend. Samuel wollte ihm folgen und sah sich zu ihm hinüberschweben, glaubte im nächsten Augenblick, mit ihm über hohe Berge durch die Luft zu gleiten. Er ritt mit dem Mond um die Wette, und wer zuerst den Saturn erreichte, war der König. Doch plötzlich stand Böttger wieder hinter ihm, in der Hand das Glas mit der Tinktur. Der rote Löwe. Böttger goss die Tinktur in einen Tiegel, in dem einige Bleiklumpen lagen. Er legte den goldenen Schlüssel dazu und stellte alles auf die Glut, die er zuvor entfacht hatte. Samuel spürte eine kalte Woge an seinem Gesicht, wie frisches Wasser, wie Gischt, ganz salzig. Ach ja, das Schiff! Er saß ganz oben auf dem Mast, den Finger in den Sternen. Und unten auf dem Deck lag Böttger. Samuel sprang hinab, und im selben Moment hob Böttger sich in die Luft. Lachend flogen sie aneinander vorbei, und Böttgers Mantel streifte Samuels nackte Haut. Brüder. »Roter Löwe, weißer Drache«, rief Samuel Böttger zu, und Böttger antwortete ihm: »Roter Löwe, weißer Drache.«

Vor ihnen leuchtete nun der Tiegel über der Glut, ein magischer Schein ging von ihm aus. Consummatum est – es ist vollbracht. Böttger küsste Samuel auf den Mund. Der Ozean darin, allein zu zweit, während der Gesang des Mondes immer leiser wurde und die Dunkelheit ihn vollständig umarmte.

Samuel erwachte, als jemand ihm eine kalte, stinkende Flüssigkeit ins Gesicht klatschte, und als er die verklebten Augenlider voneinander löste, sah er Tschirnhaus mit dem Nachttopf vor sich stehen. Die Bilder verflüchtigten sich, und rascher, als es Samuel lieb war, kam ihm zu Bewusstsein, dass das Gold, das ihm gerade noch wie flüssiger Honig durch die Finger geronnen war, ein Traum gewesen sein musste. Einen Goldmacher, der soeben den Stein der Weisen entdeckt hatte, weckte man nicht mit einem Eimer Pisse. Die Transmutation war offenbar misslungen. Doktor Tschirnhaus klappte den Mund auf und zu, aber es dauerte, bis einzelne Worte zu Samuel durchdrangen. Tschirnhaus redete vom Krieg, in den der sächsische König August mit dem schwedischen König Karl verwickelt war, von verlorenen Schlachten in Polen und davon, dass August das Geld ausging. Nichts Neues also. Neu war allerdings der Ausdruck auf Tschirnhausens Gesicht, als er sich Böttger zuwandte: Sorge. Seine Stimme war weicher als sonst, drängender, ja beinahe väterlich. Er hatte sich zu Böttger hinuntergebeugt wie zu einem Sohn, und seine Stirn lag in Falten.

»Ich habe alles versucht, Böttger, das müsst Ihr mir glauben. Aber es hilft nichts. In einer Stunde schon sollt Ihr aufbrechen. Packt das Nötigste zusammen.«

Samuel hatte sich inzwischen aufgesetzt. Ein stechender Schmerz zerriss ihm das Gehirn. An die kühle Mauer gelehnt, wandte er sich an Tschirnhaus.

»Aufbrechen? Wohin?«, brachte er heiser hervor. »Wir waren kurz davor … Gebt uns noch ein paar Tage, und wir werden das Geheimnis entschlüsseln.«

Tschirnhaus lachte auf. »Besser wär's, Ihr würdet nie drauf kommen. Besser, Böttger hätte den Mund nicht zu voll genommen. Jetzt bringen sie ihn auf den Königstein, zum Schutze Sachsens, wie es heißt. Sie fürchten, die Schweden könnten ihn, wenn er ihnen in die Hände fällt, zwingen, Gold zu machen.«

»Die Schweden?«

»Mon dieu, davon rede ich doch die ganze Zeit.«

Böttger kotzte in den Nachttopf.

»Als ob die Schweden wüssten, wie ich aussehe«, keuchte er. »So ein Schwachsinn. Man bräuchte mich nur laufen zu lassen, das wäre der sicherste Weg, um mich von den Schweden fernzuhalten.«

»Wenn Böttger gehen muss, dann gehe ich mit ihm«, hörte Samuel sich plötzlich sagen, während er sich wankend erhob. »Ich bin sein Lehrling, und meine Lehre ist noch nicht beendet.«

Überrascht blickten Böttger und Tschirnhaus ihn an, ja, Samuel wunderte sich selbst über seine Kühnheit.

»Überleg es dir gut, Stöltzel«, wandte Tschirnhaus ein. »Das wird kein Zuckerschlecken.«

In Böttgers Augen aber glaubte Samuel Dankbarkeit aufleuchten zu sehen, und jeder letzte Zweifel war damit fortgewischt. Er würde seinem Meister beistehen.

Kaum eine Stunde später saß Samuel mit Böttger in einer einfachen Kutsche auf harten Holzbänken. Die Fenster hatte man vorsorglich mit Brettern zugenagelt, denn keiner sollte Böttger zu Gesicht bekommen auf dem Weg in sein neues Gefängnis, das östlich von Dresden lag. Böttger schwieg die ganze Fahrt über – es war nicht das erste Mal, dass man ihn auf den Königstein brachte: eine Festung rund um die Georgenburg, die hoch oben auf einem Felsen thronte. Innerhalb der dicken Mauern befanden sich weitere Gebäude, ja, eine ganze Soldatenstadt mit Zeughaus, Kasernen, eigener Kirche und einem Gefängnis, das als das sicherste von ganz Sachsen galt. Ringsum fielen die Klippen steil in die Tiefe, und nur eine einzige Straße führte durch das massive, hoch gesicherte Tor ins Innere der Festung. Von hier zu entkommen, war schier unmöglich.

Als sie aus dem Wagen stiegen, war Böttger aschfahl im Gesicht. Man führte sie über den gepflasterten Hof, wo neben den exerzierenden Soldaten die Küchenjungen aus dem Brunnenhaus das Wasser holten, Holz gehackt wurde und einige Schweine und Hühner frei herumliefen. Über eine schmale Treppe stiegen sie immer tiefer hinab in ein Gewölbe, wo man ihnen zwei nebeneinanderliegende Zellen mit einer Verbindungstür zuwies, sodass sie jederzeit hin- und herwechseln konnten. Böttger sank resigniert auf einen Stuhl und starrte auf den Boden, während Samuel die Hoffnung nicht aufgeben wollte, dass man ihnen auch hier ein Laboratorium einrichtete, damit sie ihre Goldexperimente fortführen konnten.

»Der Raum muss nicht einmal besonders groß sein«, redete er auf den Festungskommandanten ein. »Nur eine Feuerstelle muss er haben. Die nötigen Gerätschaften und Materialien können wir uns leicht nachschicken lassen.«

Der Festungskommandant glotzte Samuel an, als spräche er Böhmisch.

»Ein Labora-Dingsbums? Mit einer Feuerstelle? Sonst noch was? Und wenn Ihr damit die Festung in die Luft sprengt? Prost Mahlzeit!«

Die Tür fiel ins Schloss, und Böttger legte sich mit geschlossenen Augen auf das Bett, als wollte er nie wieder von dort aufstehen.

»Böttger?«, flüsterte Samuel und sah zum Bett hinüber, aber sein Meister gab keinen Laut von sich. In der Zelle war es eisig. Ein unheimliches Wispern schien aus den Mauern zu dringen, und die Mutlosigkeit kroch Samuel unter die Haut. Der Traum, ein Goldmacher zu werden, schien in weite Ferne gerückt, und sogar Sophies Bild wollte sich in seiner Vorstellung nicht mehr recht zusammenfügen, so sehr zweifelte er in diesem Augenblick daran, ob er sie überhaupt jemals wiedersehen würde. In seiner Tasche fand er schließlich einen Kerzenstummel, den er an dem qualmenden Feuerchen im Ofen entzündete. Die Flamme flackerte schwächlich. Samuel legte schützend seine Hände darum, um sich zu wärmen, und hoffte, dass sie nicht erlöschen würde.

Sophie

Bobritzsch bei Freiberg, 1706

Halb gebückt und den Rock zwischen den Händen gerafft, wackelte Sophie vor der kleinen Annemarie hin und her, die die kleinen Patschhändchen nach ihrer Tante ausstreckte. Sophie zog eine Grimasse, was Annemarie ein fröhliches Glucksen entlockte. Das Kind stolperte, fiel in Sophies Arme und ließ sich von dieser den Löwenzahnblütenkranz auf die blonden Locken setzen – »Da, nimm, ich ergebe mich!«. Sophie strich dem Mädchen die verschwitzten Haare aus dem Gesicht und kitzelte es mit einem Grashalm an der Nase, worauf dieses sich mit einem wilden Kinderlachen rücklings in das kleine Stück Wiese hinter der Schmiede fallen ließ, den Himmel in den Augen. Sophie tat es ihr gleich, vergaß für den Moment das Dorf, die Schwester, deren Mann, die kleine Kammer und das ganze enge Leben, an dem sie zu ersticken meinte.

»Setz ihr nur dieselben dummen Flausen in den Kopf wie dir. Hast es ja weit gebracht damit.«

Sophie erhob sich und sah ihrem Schwager nach, der auf dem Weg ins Haus war. Matt klopfte sie sich das Gras aus dem Rock, zupfte auch Annemarie die Halme aus dem Haar und ging mit ihr hinein in die Küche, wo sie die Brotsuppe für das Mittagessen bereits fertig auf dem Herd hatte stehen lassen. Beim Essen sprach keiner ein Wort. Grete blickte unsicher von einem zum anderen, weil sie nicht wusste, was vorgefallen war. Sie musste es aber auch nicht wissen, denn es verging kein Tag, an dem ihr Mann nicht einen Grund fand, um auf Sophie böse zu sein. Er hatte sie schon immer für hochnäsig gehalten, das Fräulein aus der Stadt, das sich die Finger nicht schmutzig machen wollte. Und dass Sophie nun durch ihr eigenes Verschulden ihre Stelle verloren hatte und er ein weiteres Maul stopfen musste, ärgerte ihn zusätzlich. Sophie half zwar im Haus und auf dem Hof, aber bei allem, was sie tat, fiel es ihr schwer zu verbergen, wie sehr sie dieses Leben verachtete. Sogar mit Grete, die immerzu um die Zukunft ihrer Schwester besorgt war, war sie deswegen schon aneinandergeraten.

»Warum nimmst du nicht den Sohn vom Uhlig? Der schaut dich immer so an«, hatte Grete ihr kürzlich vorgeschlagen.

»Pff. Was soll ich denn mit dem?«

»Oder einen von den Bergleuten. Die haben immer ein Auskommen.«

Sophie hatte den Kopf geschüttelt. »Nein, danke. Ich schaff es schon noch, von hier fortzukommen. Keine Sorge«, hatte sie abweisend geantwortet und Grete einfach stehen lassen. Sophie hasste diese Gespräche, denn sie erinnerten sie daran, dass ihr seit der misslungenen Flucht im Mai der Mut fehlte, endlich wieder aufzubrechen.

Jetzt, in der Küche, schlürfte der Schmied finster seine Suppe, während Sophie ihren Teller kaum anrührte. Die Kinder und Grete schwiegen aus Angst vor einem drohenden Donnerwetter, und so hörte man nur das Schaben der Holzlöffel in den Schüsseln. Dann plötzlich von ferne Stimmen. Aufgeregt rief man sich auf der Straße etwas zu. Am Tisch schwiegen sie weiter, bis es an ihre Tür klopfte und ein Bauer aus der Nachbarschaft atemlos in die Küche trat.

»Die Schweden. Sie stehen schon bei Löbau.«

Der Schmied kaute ungerührt weiter auf einem Brocken Brot herum, Grete und die Kinder dagegen sahen sich ängstlich an, denn jeder wusste, was es mit den Schweden auf sich hatte. Auch Sophie kannte die Geschichten vom letzten großen Krieg und von dem Sturm von Gräueltaten, mit denen die Schweden damals das Land verwüstet hatten.

»Wir bleiben jedenfalls keinen Tag länger«, sagte der Nachbar, dann rannte er fort. Fragend schaute Grete zu ihrem Mann, und als der keine Anstalten machte, irgendetwas zu unternehmen, schüttelte sie tapfer den Kopf: »Denen entkommt man sowieso nicht. Und wenn schon sterben, dann wenigstens zu Haus.«

Nachdem Sophie das Geschirr gereinigt und die Küche ausgefegt hatte, ging sie vors Haus und blickte auf die Straße. Sie fühlte die Flut, die sich zusammenzog und schon bald eine Woge von angsterfüllten Menschen von Osten nach Westen spülen würde. Sie selbst empfand keine Angst. Sie stand nur da, witternd auf den richtigen Moment, der ihr die Gelegenheit geben würde, ein Teil dieser Woge zu werden. Drüben beim Haus des Schusters wurden die Fenster vernagelt und im Garten noch eilig die Himbeeren gepflückt. Die Schustersfrau packte einen kleinen Wagen, das Kind, kaum jährig, saß schreiend auf dem Boden. Sophie löste sich langsam vom Türrahmen und überquerte die Straße.

Am nächsten Morgen bei Tagesanbruch hatte sie ihr Bündel gepackt. Sie wollte sich der Schusterfamilie anschließen. Grete weinte beim Abschied, denn gefährlich blieb das Reisen allemal. Der Reihe nach gab Sophie ihrer Schwester und den Kindern einen Kuss, nur den Schmied sah sie nicht an und wusste, dass er ausspucken würde, sobald sie ihm den Rücken zugekehrt hatte. Die Schusterfamilie wollte bis nach Preußen kommen. Sophie war es recht, denn der Weg führte sie über Meißen. Ob die Tante, die dort lebte, ihr wirklich helfen würde, wusste Sophie nicht, aber die Hoffnung reichte aus, um Grete davon zu überzeugen, sie ziehen zu lassen.

Hinter Dresden hatte sich bereits ein breiter Strom von Menschen gebildet. Sophie ging mit gesenktem Kopf, um ihr Gesicht zu verbergen, und musste sich dennoch mehr als einmal anstößige

Zurufe gefallen lassen. »Hey, Flittchen! Willst du dir ein Stück Brot verdienen?«, hatte ihr ein schmutziger Kerl zugerufen und dazu mit seinem Becken eine eindeutige Bewegung gemacht. Ein anderer fasste ihr im Gedränge schamlos an den Hintern. Die Furcht, so schien es, und die Heimatlosigkeit ließen die Leute verrohen. Im dichten Gedränge wurde mancher Geldbeutel abgeschnitten und Frauen und Mädchen begrabscht oder Schlimmeres. Besonders in der Nacht fürchtete Sophie sich, sodass der Schuster kurzerhand mit einer Ledernadel aus ihrem Rock eine Hose nähte. Sie strich sich Dreck ins Gesicht, um ihre weichen Züge zu verbergen, und stopfte das Haar unter eine Wollmütze, die sie am Straßenrand fand. Sie versprach dem Schuster, der genug damit zu tun hatte, auf seine Frau und die Kinder achtzugeben, sich für den Rest der Reise nicht als Mädchen zu erkennen zu geben. Bei Klipphausen warnte man sie, dass der Wald voller Räuber wäre, sodass sie den Weg nach Osten einschlugen. Dort gelangten sie schließlich auf die Straße, die entlang der Elbe nach Meißen führte. Die Schustersfrau verstauchte sich den Fuß, und sie verloren einen weiteren Tag. An einer Stelle, an der sich so viele Menschen drängten, dass man kaum noch einen Schritt tun konnte, kam ihnen plötzlich eine Kutsche entgegen. Einige Soldaten ritten voraus, um die Straße frei zu machen. Trotzdem hatte der Kutscher Mühe, durch die Menge zu kommen, ohne ein Schwein oder gar ein kleines Kind zu überfahren. Die Fenster der Kutsche waren mit Brettern zugenagelt. Sophie fragte sich, wer wohl darin verborgen sein mochte, und wunderte sich, dass die Kutsche nicht vor den Schweden floh, sondern ihnen geradezu in die Arme zu fahren schien.

Am Abend erreichten sie Meißen. Obwohl es schon spät war, erfragte Sophie den Weg zum Haus der Tante, deren Schenke am Stadtrand lag. Verdreckt und in Männerkleidern trat sie ein, sodass die Tante sie zunächst gar nicht erkannte. Aber auch dann nahm sie Sophie nur widerwillig auf. Die Schenke war klein und warf wenig

Geld ab. Es reichte kaum für die Tante allein. Nur weil Sophie vor Erschöpfung beinahe im Stehen einschlief, ließ die Tante sie auf der Küchenbank für eine einzige Nacht schlafen. Und nur weil es am nächsten Morgen wegen der Flüchtlinge alle Hände voll zu tun gab und Sophie sich halbwegs geschickt anstellte, gestand die Tante ihr zu, einen weiteren Tag zu bleiben und dann noch einen und noch einen, aber ganz gewiss nur so lange, bis die Flüchtlinge, von denen sie jetzt profitierte, weitergezogen sein würden.

Die Tante konnte ja nicht wissen, dass sie schon bald dauerhaft auf Sophies Hilfe angewiesen sein würde. Sie wusste nicht, dass König August sich gezwungen sehen würde, Frieden mit den Schweden zu schließen, und dass dieser Frieden von den sächsischen Bürgern verlangte, den großen blonden Männern ein Dach über dem Kopf zu geben und sie zu verköstigen. Sie konnte nicht wissen, dass die Schweden nur wenige Wochen nach Sophies Ankunft Meißen erreichen und ein ganzes Jahr lang bleiben würden. Noch weniger ahnte sie, dass sie sich ausgerechnet bei ihr das Bier würden schmecken lassen. Auch besaß die Tante neben der bescheidenen Schenke ein Wirtschaftsgebäude, das nicht mehr genutzt wurde und in dem sie nun einige Soldaten einquartieren musste.

Zu Anfang sträubte sie sich tapfer dagegen. Wie jedermann erwartete sie Schreckliches von den Besatzern. Der spröde Schwedenkönig aber hielt seine Leute im Zaum, und meist bezahlten sie auch für ihr Bier. Die Tante steckte das Geld in ihre Schürze und versuchte darüber hinwegzuhören, dass man sie fortan eine Schwedenfreundin nannte. Auch Sophie fürchtete sich zunächst vor den fremden Soldaten, aber dann gewöhnte sie sich rasch an ihren Anblick. Insgeheim gefiel es ihr, wie sie in ihren Uniformen so selbstsicher durch die Straßen gingen. Sie fand Gefallen am singenden Klang ihrer Sprache, an ihrem Lachen, das abends die Schenke erfüllte. Selbst der rangniedrigste Soldat, so schien es Sophie, duckte sich nicht, sondern sah ihr offen ins Gesicht, und aus seinen Augen blitzte das Abenteuer. Schon bald duckte auch sie sich nicht mehr, sondern trat den Männern aufrecht entgegen. Das Haar frisierte sie sich wie früher streng nach hinten, und wie immer löste sich die eine störrische Strähne. Ihre neuen Kleider, den ausgeblichenen roten Leinenrock und das geflickte Mieder, die die Tante ihr von einer Nachbarin besorgt hatte und die Sophie ein wenig zu groß waren, trug sie mit Würde. Und um den Mund erlaubte sie sich einen spöttischen Zug, für den sie nicht selten von den Gästen ein Lächeln erntete.

Unter den Männern, die die Tante beherbergte, war auch ein Leutnant, ein hochgewachsener Mann, keine dreißig Jahre alt, mit strahlenden blauen Augen im braun gebrannten Gesicht. Er hatte immer einen Scherz auf den Lippen, wenn er Sophie begegnete, und schien darauf zu achten, dass keiner der Soldaten sich an ihr vergriff. Ingvar hieß er, und wenn Sophie nachts in der Kammer neben ihrer Tante lag und ihn vor sich sah, wurde ihr warm. Sie hatte den Traum noch nicht aufgegeben, hier in der Stadt einen Mann zu finden, der ihr ein besseres Leben bieten konnte. Sie war immer noch jung und ihre Haut glatt und straff. Ingvar, so dachte sie, war zwar ein Schwede, aber immerhin ein Leutnant.

Samuel

Königstein, 1707

Böttgers Niedergeschlagenheit war schwer wie ein Mühlstein, und es kostete Samuel all seine Kraft, um nicht mit ihm unterzugehen. Er bemühte sich um einen regelmäßigen Tagesablauf, stand bei Sonnenaufgang auf, reinigte die beiden Zellen, von denen die geräumigere immerhin mit einem Bett und einem klobigen Schrank, einem Ofen, zwei Tischen und vier Stühlen ausgestattet war. In der kleineren, in der Samuel schlief, stand nichts als eine Pritsche und ein alter Holzschemel. Samuel war es erlaubt, die Zelle zu verlassen, um unter den strengen Augen der Wärter Essen, Holz und Wasser zu holen sowie wenn nötig den Nachttopf zu leeren. Die wenigen belanglosen Sätze, die er mit den anderen Dienern der zum Teil hochgeborenen Gefangenen austauschte, ließen ihn seine Einsamkeit nur noch tiefer empfinden. Zu Anfang hatte er immer wieder hartnäckig beim Festungskommandanten nachfragen lassen, ob man ihnen nicht doch ein Laboratorium bereitstellen könnte, und unermüdlich den Versuch unternommen, Böttger Mut zu machen.

»Wenn ich dem Kommandanten nur weiter auf die Nerven gehe, wird er uns das Labor sicher bald genehmigen«, meinte er und bemühte sich, heiter zu klingen. Aber Böttger sah ihn nur mit schweren Lidern an, und die Traurigkeit in seinen Augen, die Samuel schon in Meißen manchmal aufgefallen war, schien sich noch zu verdichten.

»Man wird mich doch nur von einem Gefängnis ins nächste

bringen«, sagte Böttger tonlos. Samuel blieb nichts anderes übrig, als den Rest des Tages aus dem Fenster zu starren, während Böttger schweigend auf dem Bett lag und wochenlang nichts anderes tat, als den Wein in sich hineinzuschütten, den man ihm reichlich zur Verfügung stellte. Seine Kleidung verwahrloste zusehends, und Samuel musste hinnehmen, dass es in ihrer Zelle bald nicht besser roch als in einem Fuchsbau. Dennoch sorgte er dafür, dass nachts die hölzernen Fensterläden geschlossen blieben, weil er fürchtete, sein Meister könnte sich den Tod holen.

Dann plötzlich folgte eine kurze Zeit, in der Böttger wie besessen zu arbeiten begann. Samuel schöpfte Hoffnung. Anhand der Kritzeleien, die auf dem Tisch herumlagen, erkannte er, dass Böttger sich in der Mathematik übte, neuartige Öfen entwarf oder die Zusammensetzung für verschiedenste Materialien berechnete, deren Herstellung er vielleicht erfinden wollte. Samuel gelang es, in der Gefängnisküche reichlich warme Mahlzeiten für Böttger herauszuschinden. Er kehrte die Zelle aus, wusch Böttgers Decken und Kleidung, sofern dieser es zuließ, und dann und wann warf er einen Blick über die Schulter seines Meisters und studierte dessen Skizzen und Notizen.

»Die Züge dieses Ofens haben eine interessante Form«, sagte Samuel ein wenig dümmlich, um ein Gespräch anzufangen. »Haben sie Einfluss auf die Temperatur?«

Böttger gab ein Brummen von sich, das wohl Zustimmung ausdrücken sollte, sodass Samuel sich ermutigt fühlte, eine weitere Frage zu stellen.

»Dann plant Ihr also neue Experimente? Vielleicht, wenn Ihr persönlich nach einem Labor verlangt, wird man es Euch nicht verweigern. Oder gar den König bittet …«

»Hör auf!«, fuhr Böttger ihn grob an. »Unerträglich ist das, wie du um mich herumscharwenzelst. Ich habe dich nicht darum gebeten, mit mir auf den Königstein zu kommen. Also gib Ruhe.«

Samuel verstummte verletzt und sah zu, wie Böttger seine

Skizzen verbrannte, nur um neue zu produzieren, die abermals im Ofen landeten. Dann wieder schrieb er Gedichte und schwülstige Lieder, die er ungeniert zum Fenster hinaussang. Es war, als könnte die irrwitzige, ziellose Arbeit ihn davon abhalten, den Verstand gänzlich zu verlieren, für diesen Augenblick wenigstens, bis er wieder auf sein Bett sank und sich im Rausch verlor. Samuel drückte sich in der Zelle herum, elend und einsam, und redete sich selber zu, dass er die Welt eines Tages wiedersehen würde und dass seine Entscheidung, Böttger auf den Königstein zu begleiten, trotz allem die einzig richtige gewesen war. Die Sonne ging ein ums andere Mal am Horizont unter, und einer frostigen Nacht folgte eine noch frostigere. Trotz des Ofens in der Zelle kroch Samuel die Kälte das Hosenbein hinauf und krallte sich in seinen Schultern fest. Manches Mal rannte er die Zelle auf und ab, schlug gegen die Wand und rüttelte an den Gittern der beiden Fenster, nur damit ihm warm wurde. Böttger schien von alldem nichts zu bemerken. Auch nicht, als Samuel das Fieber packte und der Husten in seiner Brust rasselte wie ein Sack voller Kieselsteine. Das war's, dachte Samuel. Ausgesperrt aus der Welt mit einem Wahnsinnigen an seiner Seite, gab es für ihn keine Hoffnung mehr.

War man überhaupt noch am Leben, wenn es niemanden mehr gab, der das Wort an einen richtete, einen bemerkte und am Ende in Erinnerung behielt? Samuel fragte sich, ob Sophie noch an ihn dachte oder ob sie ihn längst vergessen hatte. Ob seine Mutter noch von ihm sprach? Seine Geschwister? Dann überließ er sich den Gespenstern, und wenn er nachts erwachte, weil Böttger von Albträumen gequält schrie, glaubte er, in der Hölle angekommen zu sein. Aber er täuschte sich.

Zuerst hielt er es für einen Fiebertraum, als er im Halbschlaf spürte, wie Böttger ihm Medizin einflößte und die Arme um ihn schlang, um ihn zu wärmen.

»Das Gold«, hörte er seinen Meister flüstern. »Es ist greifbar nah. Ich habe die Versuche erneut durchdacht. Es ist nur noch eine

Frage der Zeit. Sobald du wieder gesund bist, machen wir uns an die Arbeit. Roter Löwe – weißer Drache.«

Samuel hörte Böttgers Stimme, die wie Honig an sein Ohr drang und ihn in den Schlaf summte. In der Dunkelheit sah er einen verheißungsvollen, friedlichen Ort vor sich und wusste nicht, ob dies die Rettung war oder der Tod. Als er wieder zu Bewusstsein kam, drangen erste frühlingshafte Strahlen in die Zelle. Matt erblickte er seinen Meister, der am Tisch arbeitete und nur darauf gewartet zu haben schien, dass Samuel erwachte. Böttger lächelte und hielt triumphierend einen Brief in die Höhe.

»Tschirnhaus, die alte Holzraspel, hat geschrieben. Er will uns hier rausholen. Braucht wohl unsere Hilfe. Das hätte ihm weiß Gott früher einfallen können.«

»Ist das gut oder schlecht?«, fragte Samuel unsicher. »Was genau hat er Euch denn geschrieben?«

Böttger winkte ab. »Lass das doch mit dem ewigen Euch und Ihr. Sag Du zu mir. Wir sitzen schließlich im selben Boot.«

Samuels Frage beantwortete er nicht.

Ende Mai endlich trat Tschirnhaus in ihre Zelle. Böttger saß gerade am Tisch, den er sich ans Fenster gerückt hatte, um die paar Sonnenstrahlen auszukosten, die dort hereinschienen. Samuel wollte soeben die halb leer gegessene Schüssel mit der Hafergrütze hinausbringen, die man ihnen hier zum Frühstück gab. Nun blieb er in der Tür stehen, um kein Wort von dem zu verpassen, was Tschirnhaus zu sagen hatte. Dieser hielt sich nicht lange mit Fragen nach ihrem Befinden auf, sondern kam unverzüglich auf seine Pläne zu sprechen.

»Ich werde beim König ein gutes Wort für Euch einlegen, Böttger, um der elenden Goldmacherei ein für alle Mal ein Ende zu setzen. Stattdessen werdet Ihr mir ab sofort bei der Porzellanforschung zur Seite stehen.«

Porzellan. Das Wort klang in Samuel nach. Das war es also,

woran Tschirnhaus forschte? Samuel spürte einen Widerwillen in sich, den er auch bei Böttger zu beobachten glaubte. Sie konnten ihre Studien am Gold noch nicht beenden, nicht jetzt, wo Böttger das Rätsel fast gelöst hatte. Böttger aber schwieg. Er hatte seine Hände auf die Tischplatte gelegt und betrachtete seine Finger. Tschirnhaus redete währenddessen weiter auf ihn ein. Er berichtete, dass auch er seine geheimen Experimente am Porzellan wegen des Einfalls der Schweden habe ruhen lassen, obwohl er bereits erste vielversprechende Ergebnisse erzielt habe. Mithilfe von Böttgers Talent für ungewöhnliche Lösungswege könnten sie das Geheimnis gemeinsam innerhalb kürzester Zeit lüften. Ein Geheimnis, dem man bisher nur in China auf die Spur gekommen sei. Dort hielt man es so streng unter Verschluss, dass kein Fremder die Stadt betreten dürfe, in der es hergestellt wurde. Keinem Europäer oder sonst jemandem auf der Welt sei es bisher gelungen, das Wissen über die Porzellanherstellung über den Ozean zu schmuggeln oder aber es gar selbst zu entdecken.

»Wir, Böttger, wir werden die Ersten sein, die diesen Schatz heben«, eiferte Tschirnhaus sich. »Das Porzellan wird uns reich machen, das schwöre ich, und sein Herstellungsgeheimnis verdient es daher ebenso ein Arkanum genannt zu werden wie die Goldgewinnung.«

Böttger schwieg immer noch, sodass Tschirnhausens Redefluss ungehindert weitersprudelte. »All die vielen Taler, für die man heute in Europa Porzellan aus China kauft, werden bald nach Sachsen fließen!«, rief er mit glänzenden Augen. »Wir werden eine Porzellanmanufaktur errichten, deren Gewinn so hoch sein wird, dass der König auf seine Kosten kommt und mir darüber hinaus meinen Lebenstraum nicht länger verwehren kann: eine sächsische Akademie der Wissenschaften.«

»Ich verhelfe Euch also zu Eurer Akademie«, sagte Böttger schließlich, ohne sich Tschirnhaus zuzuwenden.

»Mir zu meiner Akademie und Sachsen zum Porzellan.«

»Und ich? Was habe ich davon? Ich habe dem König ein Versprechen gegeben und er mir. Das Gold ist meine Freiheit.«

»Das Gold, mein Lieber, ist Euer Tod. Ich sage es Euch ein letztes Mal: It is not possible to produce artificial gold. Eure Arbeit daran hat schon jetzt mehr Geld verbraucht, als Ihr jemals damit werdet hereinholen können. Wenn schon der König nicht von diesem Unsinn abzubringen ist, so solltet wenigstens Ihr mit Eurem wissenschaftlich geschulten Verstand einsehen, dass dies ein Ding der Unmöglichkeit ist.«

Woher wollte er das so genau wissen?, fragte Samuel sich. Was wusste Tschirnhaus schon von den Geheimnissen der Alchemie? Böttger und er, Samuel, hatten sich wochen-, nein, monatelang damit beschäftigt, waren mit Haut und Haar eingedrungen in diese mystische Welt, während Tschirnhaus nüchtern und ohne jedes Gefühl an seiner Keramik forschte. Beinahe wäre Samuel mit seinen Gedanken herausgeplatzt, aber weder er noch Böttger kamen dazu, Tschirnhaus zu widersprechen.

»Ihr unterschätzt die Situation!«, drängte dieser Böttger nun. »Seine Majestät ist ein Verdurstender und Ihr, Böttger, verweigert ihm das Wasser. Wenn Ihr nicht umgehend liefert, sobald die Schweden das Land verlassen haben, seid Ihr geliefert. Und den da …«, Tschirnhaus wedelte in Samuels Richtung »… den könnt Ihr als Euren Handlanger gleich mitnehmen zum Galgen. Also lasst Euch doch in Gottes Namen von mir helfen!«

Gib nicht nach, dachte Samuel. Halte fest an unserem Ziel. Dann aber sah er, wie Böttger sich Tschirnhaus zuwandte und langsam nickte. Verräter, schoss es Samuel durch den Kopf, und sein Herz zog sich vor Enttäuschung zusammen. Hatte er Böttger so falsch eingeschätzt?

»Ihr werdet also den König mit keinem Wort dazu ermuntern, die Versuche am Gold fortzuführen«, bekräftigte Tschirnhaus sein Vorhaben. »Haltet Ihr Euch nicht an meine Anweisungen, habt Ihr mich das letzte Mal gesehen. Keinen Finger werde ich mehr rühren, sollte es dem König gefallen, Euch mit ein wenig Goldflitter um den Hals als Betrüger aufhängen zu lassen.«

Widersprich ihm, dachte Samuel. Sag etwas! Aber Böttger presste die Lippen aufeinander und schwieg. Tschirnhaus plapperte ungerührt weiter. Das neue Laboratorium wollte er nach Dresden auf die Jungfernbastei verlegen und dort auch – sobald das Porzellan erfunden sei – eine Manufaktur errichten. Freilich konnte all dies erst geschehen, wenn die Schweden abgezogen waren, aber Tschirnhaus glaubte zu wissen, dass erste Verhandlungen zum Abzug bereits stattgefunden hätten. Anfang Juni sollte Böttger für einen Tag nach Dresden gefahren werden, um dort den König persönlich davon zu überzeugen, dass seine Fähigkeiten für die Porzellanherstellung unabdingbar waren und dass auch er der Meinung war, dass das Porzellan dem König die Kassen schneller füllen würde als die langwierigen Goldexperimente.

Schließlich ging Tschirnhaus. Sobald er fort war, konnte Samuel sich nicht länger zurückhalten. »Böttger«, sprach er seinen Meister eindringlich an. »Was ist mit dem Gold? Was ist mit unseren Versuchen? Wir können uns doch jetzt nicht davon abbringen lassen.«

Noch hoffte Samuel, dass Böttger einen heimlichen Plan im Sinn hatte, wie sie ihr Ziel doch noch weiterverfolgen könnten. Böttger aber antwortete nicht, und Samuels Appell verhallte an den Wänden ihres Gefängnisses.

An dem Tag, da man Böttger nach Dresden brachte, saß Samuel allein am Fenster der Zelle. Er blickte betrübt auf den Dunst, der sich über dem Tal gebildet hatte und dachte an Tschirnhausens Worte. Porzellan. Samuel hatte wohl davon gehört, aber noch nie welches gesehen. Glatt, makellos und schmeichelnd war es angeblich, Gefäße wie aus kühlem Schnee. Nur, wozu sollte das gut sein? Gab es nicht Teller und Becher aus Gold, Silber, Zinn, Steingut und Holz? Wozu brauchte man andere, die noch dazu zerbrechlich waren und unbezahlbar? Und wer sollte kaufen, was keiner brauchte?

Sophie

Meißen, 1707

Das Jahr verging unter der vielen Arbeit schneller, als Sophie gucken konnte. Frühmorgens ging sie zum Markt, um dann das Essen für die etwa zwanzig Soldaten vorzubereiten, die bei ihnen untergekommen waren. Auch überall sonst in der Stadt sah man sie jetzt, auf den Plätzen und Straßen, in den Läden und Wirtshäusern und ganz besonders in der Schenke der Tante. Nachmittags und abends bediente Sophie dort und hatte außerdem Haus und Hof sauber zu halten. Neben den Soldaten kamen vor allem Handwerker in die Schenke und manchmal ein paar Händler, die von Stadt zu Stadt zogen. Seltener ließ sich der Pfarrer blicken und wenn, dann nur, weil die Tante ihm das Bier umsonst servierte. Sophie ertappte sich dabei, dass sie immer, wenn einer zur Tür hereinkam, auf ein bekanntes Gesicht hoffte. Einige Wochen nach ihrer Ankunft hatte sie sich bei einem Gast nach dem Goldmacher erkundigt, von dem Samuel erzählt hatte – nur um zu erfahren, dass dieser längst aus Meißen abgereist war und Samuel vermutlich mit ihm. Das sieht dem Stöltzel ähnlich, dachte Sophie. Es ist kein Verlass auf ihn. Und anstatt enttäuscht zu sein, war sie lieber weiter wütend und konzentrierte sich in ihren Träumen auf Ingvars blaue Augen.

Bei gutem Wetter nahmen die Soldaten das Essen im Hinterhof der Schenke ein, wo sie an groben Holztischen saßen. Auch heute trat Sophie wie jeden Tag mit den beiden Körben aus der Küche. Ein Hühnerstall und das Häuschen mit dem Abtritt verdeckten die Sicht auf die Wirtschaftsgebäude, die den kleinen Hof umschlossen. Ebenerdig, im Stall, standen nun die Pferde der Schweden, darüber, im alten Speicher, waren die Männer untergebracht, eine einzelne Kammer, in der früher ab und an Gäste beherbergt worden waren, diente dem Leutnant als Schlafzimmer. Sophie lauschte. Schon den ganzen Vormittag hatte sie lauten Gesang gehört, und auch jetzt hockten die Soldaten an den Tischen und tranken und sangen. Schwer beladen mit den Körben verlangsamte Sophie ihre Schritte und spähte um die Ecke des Hühnerstalls. Vielleicht war heute irgendein schwedischer Feiertag?, dachte sie und zögerte. Doch einer der Soldaten hatte sie bereits entdeckt, und sie wurde mit lautem Gejohle begrüßt. Ingvar sprang auf, ihr entgegen, doch statt ihr die Körbe abzunehmen, hob er sie mitsamt ihrer Last empor und stellte sie auf einen der Tische. Die Soldaten klatschten, während Ingvar sie mit gebrochenem Deutsch anspornte: »Feiern, Sophie, feiern. Sing sie ein Lied.«

Sophie zuckte mit den Schultern und lächelte schief. Es war ihr peinlich, dass die Männer sie anstarrten, und zugleich fühlte sie sich wie eine Königin, die von allen bewundert wurde. Ingvar nahm ihr schließlich energisch die Körbe ab, packte sie um die Taille, und während die anderen ausgelassen sangen und einen Rhythmus klatschten, tanzte er mit ihr, bis sich alles um sie herum drehte. Er reichte ihr einen Becher Wein und forderte sie auf zu trinken. Sophie lachte. Sie trank sonst nie Wein, und da sie heute kaum etwas gegessen hatte, wurde ihr beim ersten Schluck schwindelig. Ein angenehmer Schwindel, und man hat ja sonst nie das kleinste bisschen Vergnügen, dachte sie und vergaß die Tante. Mit überschäumendem Herzen stimmte sie in den Gesang ein, trank den zweiten Becher Wein, und Ingvar küsste sie vor den anderen auf den Mund. Sie rang nach Atem, lachte, als er vor seinen Kameraden ihre Schönheit zu preisen schien. Tatsächlich verstand sie nicht ein einziges Wort, dennoch war sie stolz und strahlte ihn an. Als er sie auf seine starken Arme hob und abermals herumwirbelte, juchzte Sophie und ließ es ohne Widerstand geschehen, dass Ingvar sie ins Haus hinein über die Schwelle trug, als wäre sie seine Braut.

Unten im schattigen Eingang war es kühl, dann die schmale Holztreppe hinauf wurde es wärmer. In der Kammer unter dem Dach stand die Spätsommerhitze. Auf dem Hof hörte Sophie die anderen applaudieren. Etwas in ihr begann sich zu sträuben. Sie sollte das nicht tun. Aber da hatte Ingvar sie schon auf das Bett gelegt und vergrub das Kinn in ihrem Busen. Rau war er, aber nicht grob. Sophie lachte: »Nicht!«

Sie wollte sich seinen stürmischen Küssen entwinden, doch der Wein machte sie schwerfällig und ungeschickt. Ingvar roch nach Wein und Tabak, und Sophie musste plötzlich an Samuel denken, damals in der Speisekammer. Er hatte nach Gras und Sonne gerochen, und sein Kuss war zaghaft gewesen. Jetzt schob Ingvar ihre Röcke mit der einen Hand nach oben und nestelte mit der anderen an seiner Hose. Sophies Widerwille hatte jetzt ihren ganzen Körper erfasst. Ihre Muskeln verkrampften sich, sie wollte sich aufrichten, aber sein kräftiger Arm hielt sie ins Kissen gedrückt. Mit glasigen Augen beugte er sich über sie. Sophie schrie, doch er hielt ihr den Mund zu. Sie trat nach ihm, bekam kaum Luft unter seiner Hand und starrte den großen Mann an, der nun in sie eindrang und sich mit zugekniffenen Augen vollkommen der stoßenden Bewegung hingab.

Schließlich sank er stöhnend auf sie herab. Sophie war taub und starr vor Entsetzen. Keinen Laut gab sie mehr von sich, nachdem er die Hand von ihrem Mund gelöst hatte. Einen Moment lag er noch schwer auf ihr, dann rappelte er sich hoch, lachte zufrieden, kniff Sophie in die Wange und zog sich mit einem Ruck die Hosen hoch. Wenig später hörte Sophie den Jubel, mit dem seine Kameraden ihn unten in Empfang nahmen. Verstört stand sie in der überhitzten Kammer, wieder drehte sich alles um sie herum und der Saft lief ihr die Beine herunter. Endlich rückte sie sich das Mieder zurecht und wischte sich notdürftig mit der schmutzigen Decke die Schenkel ab. Angst kroch in ihr hoch. Was, wenn die anderen auch wollten? Aber als sie über den Hof schlich, achtete keiner auf sie, auch Ingvar nicht.

Zurück in der Küche, bedeckte Sophie die rot geriebene Brust mit ihrem Tuch und begann mit den Töpfen zu klappern, bis sie Stimmen aus dem Schankraum hörte.

»Sophie, mein liebes Kind«, rief die Tante in ungewöhnlich freundlichem Ton. »Komm her, wir haben Besuch.«

Mit weichen Knien und noch völlig aufgelöst trat Sophie aus der Küche und entdeckte den älteren Herrn, der am Fenster saß.

»Komm schon. Bist doch sonst nicht so schüchtern. Das ist der Advokat Vollhardt. Nun gib ihm schon die Hand.«

Sophie wagte es kaum, ihn anzusehen. Er trug einen schwarzen Rock aus festem glänzendem Tuch, mit einem fein bestickten Kragen, und an den Schuhen prangten silberne Schnallen. Milde lächelte er sie an.

»Ein heißer Tag, nicht wahr?«, sagte er. »Ihr seid ja ganz erhitzt. Ist wohl immer viel zu tun in so einer Schenke?«

Sophie errötete. Ihr war, als könne er direkt in sie hineinsehen. Endlich ließ er ihre Hand los.

»Ich werde die Sophie mal zu Euch hinüberschicken, wo Ihr doch nur die alte Köchin habt. Das wird mir eine rechte Männerwirtschaft sein. Nicht wahr, Sophie, du gehst dem Herrn doch gern zur Hand? Nun wird es hier ja auch weniger mit der Arbeit, wo die Schweden das Land verlassen.«

Ruckartig blickte Sophie zu ihrer Tante. »Die Schweden … sie ziehen ab?«

»Was denkst du denn, warum sie den ganzen Tag feiern?«

Hastig wandte Sophie sich zum Gehen und stieß dabei gegen einen Stuhl. In der Küche hielt sie kurz inne und trat dann hinaus auf den Hof, wo das Regenfass stand. Hinter dem Hühnerstall, der sie verdeckte, hörte sie die grölenden Soldaten. Benommen tauchte sie die Hände in das bis zum Rand gefüllte Fass, sah, wie ihr Spiegelbild sich auflöste, tauchte schließlich das Gesicht, dann den ganzen Kopf unter und verharrte unter Wasser, als könne sie so ihre Scham ertränken.

Zwei Tage später zogen die Soldaten tatsächlich ab, und es kehrte eine seltsame Ruhe ein. So ungewohnt war die wiedergewonnene Freiheit, dass die Bewohner der Stadt ihr nicht recht trauten. Auch Sophie fühlte sich so leer und ausgeplündert wie das ganze Land. Still und in sich gekehrt verrichtete sie ihre Arbeit. Häufiger als sonst dachte sie an ihre Zeit im Haus des Bergrats zurück und an ihre Neckereien, die sie sich nicht hatte verkneifen können, sooft sie Samuel begegnet war. Jetzt, wo sie überzeugt davon war, dass sie ihn nie wiedersehen würde, verflog der Groll auf ihn, und sie konnte nicht anders, als sich mit Wehmut an seinen Kuss zu erinnern.

Samuel

Dresden, 1707

Ungeduldig presste Samuel die Wange an das Fenster, als der Wagen am südöstlichen Stadtrand durch das Pirnaische Tor fuhr. Dresden mit seinen prächtigen Häusern und Palästen flog vor seinen Augen vorbei, die breite gemauerte Fassade der Kreuzkirche mit ihren zierlichen Türmchen und den Figuren auf dem Dach, das Rathaus mit den eher schlichten Giebeln und der Altmarkt, wo sich viele gut gekleidete Menschen tummelten. Sie passierten einen steinernen Torbogen, an dem links und rechts das sächsische Wappen prangte und der in eine schmucke, breite Straße führte, wo sie an mit Stuck verzierten gelben Fassaden und einer Reihe von blanken Fenstern vorbeikamen, in denen sich die Abendsonne des späten Septembers spiegelte. Samuel suchte die vielen Details zu erhaschen, aber sie entwischten seinem Blick, bevor er sie wirklich betrachten konnte. Viel zu kurz war die Fahrt durch die Stadt gewesen, als der Wagen auch schon durch das schlichte hohe Holztor der Jungfernbastei fuhr.

Das Gelände lag etwas erhöht über der Stadt und fiel nach Osten und nach Norden zur Elbe hin steil ab. Weit konnte man über die Vorstadt blicken, und nur das Lusthaus am äußersten Ende des Platzes versperrte mit seiner kupfernen Kuppel die Sicht. Nach Westen und Süden, zur Stadt hin, ragten hohe Mauern, sodass man nur die Hausdächer sehen konnte. Gleich beim Tor standen zwei niedrige Holzgebäude, der Stall und daneben das zweistöckige Wohnhaus, weiter hinten ließ sich ein Garten erahnen, zu dem eine schmale Treppe hinaufführte. Ringsum säumten kahle Ulmen den Hof und hatten den Boden ganz und gar mit ihren gelben Blättern bedeckt, dort, wo eine breite viereckige Öffnung hinab ins Gewölbe führte, klaffte jedoch eine schwarze Lücke. Böttger war sichtlich erschöpft von der Reise. Eilig ging er auf das Wohnhaus zu und verschwand darin. Als Samuel und Tschirnhaus ihm folgten, blitzte zwischen den Dächern die untergehende Sonne auf und ließ die Ulmenblätter derart aufleuchten, dass man meinen konnte, jemand hätte den Hof mit Dukaten gepflastert. Unvermittelt blieb Samuel stehen, und Tschirnhaus wandte sich zu ihm um. In seinem Blick lag Zuversicht, und Samuel kam der Gedanke, dass es womöglich gar nicht bloß darum ging, dass Tschirnhaus Böttgers Hilfe benötigte. Denn sollte es sich tatsächlich als unmöglich erweisen, Gold herzustellen, war Böttgers Mitarbeit am Porzellan vielleicht der einzige Weg, ihn vor dem Galgen zu bewahren. Nicht Böttger tat Tschirnhaus einen Gefallen, sondern umgekehrt. Ganz abgesehen davon wusste Samuel aber auch, dass es einer Sache immer zugutekam, wenn mehrere kluge Köpfe daran arbeiteten, und Samuel zählte sich durchaus dazu.

Nur einen Tag später erreichten die anderen Gehilfen die Bastei. Samuel hätte es nicht für möglich gehalten, aber beim Anblick der altbekannten Gesichter, Paul Wildenstein, Johann Schuberth, Balthasar Görbig, ja sogar David Köhler, überfiel ihn beinahe ein heimatliches Gefühl. Es war, als träfe man seine Brüder, mit denen man sich in der Kindheit gerauft hatte, nach langen Jahren wieder. Paul schwatzte, Johann lachte, Görbig kaute an seiner Pfeife, Köhler war stumm wie eh und je, und Samuel konnte ihn wie eh und je nicht leiden. Kurz darauf stiegen sie gemeinsam unter Tschirnhausens Führung das erste Mal in die Gewölbe hinab, und da spürte Samuel eine Verbundenheit, die ihm noch in Meißen undenkbar erschienen wäre. Auch der Bergrat Ohain hatte sich zu dieser ersten Besichtigung eingefunden. Er sollte auch weiterhin neben Tschirnhaus und einem gewissen Dr. Nehmitz, den man aber nur einige seltene Male in Meißen zu Gesicht bekommen hatte, dafür zuständig sein, Böttgers Arbeit regelmäßig zu beaufsichtigen und dem König darüber Bericht zu erstatten. Sie alle konnten es kaum erwarten zu sehen, wo sie in den nächsten Monaten arbeiten würden. Mit gespannten Mienen folgten sie Tschirnhaus die Treppe hinunter und wischten sich die kalkberieselten Spinnweben aus den Gesichtern. Während sie durch die unebenen Gänge stolperten, skizzierte Tschirnhaus knapp die Einteilung der Räume, in denen die Masse angesetzt, die ersten Gefäße geformt und gebrannt und sie mit Glasuren und Farben experimentieren würden. Die feuchten Gewölbe hatten mit einer Werkstatt so viel Ähnlichkeit wie ein Schweinestall mit einem Palast. Bröckelndes Gemäuer fanden sie vor, in dem seit Jahren die Ratten und Fledermäuse hausten, mit kleinen vergitterten Fenstern, die nur einen Fetzen Himmel hereinließen. Kaum vorstellbar schien es, dass diese Wände getüncht und getrocknet, dass Öfen eingebaut, die Böden eben gemacht, Wände durchbrochen oder neu gemauert werden würden.

Böttger taxierte jeden Winkel und ließ seinem Missmut freien Lauf. Alles viel zu feucht, zu eng und zu verwinkelt. »Je sais«, antwortete Tschirnhaus, aber dies sei nun mal die beste aller Möglichkeiten. Die Unterbringung auf der Bastei sei angemessener als in Meißen, die Wege für ihn und Ohain nicht mehr so weit, und Öfen wollten sie sowieso neue bauen. Es sei zwar weniger Platz als auf der Albrechtsburg, aber für die Experimente und die Anfänge einer Manufaktur sei es ausreichend. Als Böttger dennoch nicht aufhören wollte, an allem herumzumäkeln, fiel Tschirnhaus ihm mit schneidendem Sarkasmus ins Wort.

»Ihr könnt gerne wieder auf den Königstein zurückkehren und warten, bis Seine Majestät nach Euren Goldmacherkünsten verlangt.«

Böttger zog eine Grimasse und schwieg. Inzwischen waren sie im letzten und größten der Räume angekommen, und alle verstummten. Noch war ihre künftige Arbeitsstätte nichts als ein dunkles Loch, und dennoch – oder gerade deswegen – hielten sie den Atem an. Dann zog Tschirnhaus aus seinem Rock eine zierliche Tasse und hob sie empor, sodass alle sie sehen konnten.

»Ein Freund schickte sie mir aus Amsterdam, wo sie auf einem Schiff aus Ostindien eintraf. Sie hat einen weiten Weg hinter sich und birgt in sich ein Geheimnis wie eine verschleierte morgenländische Prinzessin. Seht sie euch an, Männer. Diese Schönheit.«

Feierlich reichte er die Tasse weiter an Samuel. Und jetzt erst, wo er das Wunderwerk in Händen hielt, begriff er. Die Tasse schimmerte im Licht der Öllampen fast überirdisch in ihrer Zartheit. Sie war dünn wie Papier und leicht wie eine Vogelschwinge. Die Form war harmonisch, und auf der Außenseite waren mit blauer Farbe zarte Blüten aufgemalt. Den Rand zierte ein fremd anmutendes Muster in demselben leuchtenden Blau. Innen war sie unbemalt. Kühl, hart und doch weich und fließend wie Milch, ein Himmelsgeschenk, so kostbar und einmalig wie Gold. Der weiße Drache, fuhr es Samuel durch den Kopf, und der Begriff nahm auf einmal eine ganz neue Bedeutung ein. Der weiße Drache löste den roten Löwen ab. Der Moment war rein und verheißungsvoll, er war Ende und Anfang zugleich. Die Vergangenheit spielte keine Rolle mehr. Samuel und die anderen Bergleute waren nicht mehr nur die Gehilfen, Böttger nicht mehr der geniale Querulant und Tschirnhaus und Ohain nicht mehr die Herren von Stand, die als Einzige kommen und gehen durften, wie sie wollten. Hier und jetzt waren sie alle gleich – in Anbetracht der großen Aufgabe, die vor ihnen lag.

In diese Stille hinein sprach Tschirnhaus. Es klang etwas Zerbrechliches und zugleich Unnachgiebiges aus seinen Worten heraus, mit denen er es verstand, den Haufen zusammengewürfelter Männer auf ihr Ziel einzuschwören. Fast konnte Samuel sehen, wie diese sich ein wenig aufrichteten, die Brust vor Stolz geschwellt, die Augen glänzend vom Pathos. Die Porzellanmanufaktur, so prophezeite Tschirnhaus, würde innerhalb kürzester Zeit solch großartige Gewinne erzielen, dass der König davon seinen Krieg und er seine sächsische Akademie der Wissenschaften würde finanzieren können. Und jeder Einzelne von ihnen, der treu und redlich seinen Anteil daran hatte, würde von der Arbeit in der Manufaktur ein gutes, ehrbares Leben führen können.

»Ihr wisst, von welcher Bedeutung unser Werk ist«, fuhr er fort. »Das europäische Porzellan wird Sachsen Ruhm und Reichtum bringen. Ganz Europa giert danach, es zu erschaffen, aber wir werden die Ersten sein – und werden die Einzigen bleiben. Erweist euch als würdig, Teil dieser Gemeinschaft zu sein! Das Einmalige kann nur einmalig bleiben, wenn wir das Geheimnis wahren. Ich will also kein Geschwätz. Nicht während der Arbeit und schon gar nicht danach, nicht innerhalb dieser Mauern und noch weniger außerhalb. Dieses Geheimnis wird von uns geschaffen, aber es gehört dem Kurfürstentum Sachsen, und jeder Verräter ist Verräter eines Staatsgeheimnisses.«

Benommen von den Eindrücken, stieg Samuel mit den anderen wieder nach oben. Hatte er Tschirnhaus unrecht getan? Ihm und dem Porzellan? Vielleicht, Sophie, ist es nicht das Gold, das mich zu dir zurückbringt, sondern diese blütenweißen Schalen. Vielleicht liegt darin unser zukünftiges Glück. Bei dem Gedanken an Sophie wurde Samuel auf einmal erschrocken bewusst, dass er ganz vergessen hatte, sich bei Ohain nach ihr zu erkundigen.

Er entdeckte den Bergrat bei den Stallungen, wo dieser soeben im Begriff war, nach Freiberg aufzubrechen.

»Herr Bergrat«, hielt Samuel ihn auf. »Könntet Ihr der Sophie bitte etwas von mir ausrichten? Und mir außerdem sagen, wie es ihr im letzten Jahr ergangen ist?«

»Die Zofe?«, fragte Ohain überrascht. »Die ist doch schon lange fort. Sie ging noch am selben Tag, als auch Ihr das Haus verlassen habt. Meine Frau hat sie zu ihrer Schwester aufs Dorf geschickt.«

Samuel schluckte und wusste vor Schreck nicht, was er sagen

sollte. »Und ...«, brachte er heraus. »Ist sie immer noch bei ihrer Schwester?«

»Das weiß ich nicht.«

Als Samuel das Haus betrat, teilte David Köhler die Männer gerade in die Schlafkammern ein. Samuel war froh, dass er wieder mit Johann und Paul auf ein Zimmer kam, auch wenn er es an diesem Abend kaum schaffte, all die Fragen zu beantworten, mit denen sie ihn löcherten. Die Kammer war schmal und schlauchförmig mit einem Fenster, das zum Garten hinausging. Sie lag ebenerdig und war etwas kleiner als die in Meißen. Aber im Vergleich zu seiner Zelle auf dem Königstein erschien sie Samuel wie ein Palast. In dieser Nacht fand er lange keinen Schlaf. Wo Sophie wohl abgeblieben war? Er hatte vergessen, Ohain zu fragen, wie das Dorf hieß, in dem die Schwester lebte. Wenn er hier erst das Porzellan erfunden hatte, dann würde er sich auf die Suche machen. Aber wie lange würde das dauern? Und was würde danach mit ihm geschehen? Würde er in der Manufaktur arbeiten, von der Tschirnhaus gesprochen hatte? Oder etwas Neues beginnen? Oder es am Ende doch noch einmal mit dem Gold versuchen?

Samuel

Meißen, 1707

Samuel hatte sich in diesen Wochen oft vorgestellt, dass die Entdeckung des Porzellans sein würde wie eine plötzliche Erhellung, bei der nach langem, zähem Suchen in einem einzigen unvergesslichen Moment der Schleier des Unwissens fortgerissen würde. Aber so war es nicht. Das Porzellan war ein scheues Wesen, dem man sich nur in kleinen, zaghaften Schritten nähern konnte. Manches Mal hatten sie schon die Hand danach ausgestreckt, und es lief plötzlich davon, dann wieder näherte es sich ihnen ganz unverhofft. Eine pochende Unruhe lag schon bald in der Luft. In wenigen Wochen hatten sie die fauligen Gewölbe in eine Werkstatt verwandelt, die auch Böttger halbwegs zufriedenstellte. Görbig hatte im Brenngewölbe, das etwas höher war als die anderen Räume, zwei neue Öfen gemauert, von denen einer bis fast unter die Decke reichte. Die Wände waren verputzt worden, die Fußböden, wo nötig, eben gemacht. Sie hatten lange Tische heruntergeschleppt, Wannen, Mörser und anderes Arbeitsgerät. Wie auch schon zu Anfang in Meißen war Samuel gemeinsam mit Johann für die Herstellung der Masse zuständig, nur dass diesmal Porzellan daraus entstehen sollte und keine groben Tiegel und Platten. Und auch wenn er den Sinn ihres Tuns nachvollziehen konnte, so sehnte er sich doch nach der engen Zusammenarbeit mit Böttger zurück, ihm fehlte das Mystische, der Hauch des Übersinnlichen, der über allem gelegen hatte. Hier war alles bloß nüchternes Tun. Allerdings – das musste Samuel zugeben – brachte diese Arbeit sie schon innerhalb kürzester Zeit zu Ergebnissen. Böttger gelang es, ein tiefrotes Steinzeug herzustellen, das dem Porzellan in seiner Feinheit schon recht ähnlich war. Sie nannten es Jaspisporzellan, da es sich beinahe wie ein Halbedelstein polieren, schleifen, ja sogar schneiden ließ. Es hatte zwar die Härte, die Porzellan im Gegensatz zu gewöhnlichem Steinzeug besaß, aber weder die Eleganz der weißen Farbe noch die zarte Transparenz, die jene Tasse auszeichnete, die Tschirnhaus ihnen gezeigt hatte.

»On cherche le blanc«, sagte Tschirnhaus und hielt die kleine Tasse ans Licht. »Weiß muss das Porzellan sein. Weiß und rein wie der Busen einer Jungfrau.«

Ohain, der als Bergrat die besten Beziehungen zu verschiedenen Grubenbesitzern hatte, bemühte sich unentwegt darum, helle, möglichst weiße Erde zu beschaffen. Wie schon in Meißen, als sie für Tschirnhaus die hitzebeständigen Tiegel herstellten, wurden auch jetzt bestimmte Materialien in verschiedenen Verhältnissen miteinander vermengt – Tonerde, gemahlener Flusssand, Alabaster oder auch Kreide –, um dann in kleinen Proben gebrannt zu werden. Solange die Herbstsonne noch genügend Kraft besaß, konnte Tschirnhaus mit seiner Doppelbrennlinse, bei der mehrere Brenngläser mit armlangem Durchmesser übereinander angebracht waren, hohe Temperaturen erzeugen und brannte damit aus den Materialmischungen kleine glänzende Kugeln. Endlich erreichte er bei einer dieser Proben die erstrebte milchige Transparenz.

In aller Eile formte Böttger eigenhändig eine kleine Schale aus der Masse. Als er sie nach dem Brand aus dem Ofen holte und ans Licht hielt, trauten sie ihren Augen kaum. Die Transparenz war erhalten geblieben, nur die Form war ein wenig zusammengefallen. Überglücklich presste Böttger das unförmige Ding an seine Lippen. Samuel meinte gar, Tränen in seinen Augen zu erkennen. Umgehend ließ Böttger die Masse erneut ansetzen und in seinem Übermut ein Kännchen daraus formen, mit einem schmalen Ausguss und einem mit einfachen Kugeln verzierten Henkel. Als er aber die Brennkapsel aus dem Ofen holte, hatte das Kännchen jede Form verloren. Die Farbe war gelblich, und der Scherben zeigte keine Spur von der erhofften Transparenz. Stumm schauten die Männer zu, wie Böttger das misslungene Stück zwischen seinen Fingern drehte und wendete, bis er die Beherrschung verlor und das Ding an die Wand schmiss.

Wieder und wieder ließ Böttger in der folgenden Zeit Samuel und Johann die Masse anmischen und suchte nach dem Fehler. Er veränderte die Zusammensetzung der Zutaten und die Temperatur beim Brennen, aber es gelang ihnen kein zweites Mal, die durchscheinende Weiße herzustellen. Unaufhörlich trieb Böttger sie an. Nichts ging ihm schnell genug. In seiner Hast nahm er immer zwei Stufen auf einmal, stolperte und verstauchte sich den Knöchel. Darüber hinaus fing er sich eine Erkältung ein und klagte über Rückenschmerzen und Schlaflosigkeit. Doch das hielt ihn nicht davon ab, die Mannschaft weiter auf Trab zu halten. Den verletzten Fuß in Umschläge gewickelt und auf einen Schemel gelegt, saß er auf seinem Thron und gab schniefend eine Anweisung nach der anderen. Um Böttgers Leiden zu kurieren, besuchte Tschirnhausens Leibarzt, Dr. Bartholomäi, ihn inzwischen fast täglich auf der Bastei, und der Einfachheit halber bat Tschirnhaus den Doktor, fortan ganz bei Böttger zu bleiben. Der gutmütige rundliche Mann willigte ein. Es war kaum zu übersehen, wie sehr er Böttger bewunderte und dass er ihm keinen Gefallen abschlagen konnte. Bald schon übernahm er auch erste Arbeiten bei ihrer Forschung und erwies sich als gewissenhafter Mitarbeiter, der sich in seiner Besonnenheit von Böttgers Missmut nicht beirren ließ.

Sonst hatte Böttgers Art, mit seinen Gehilfen umzugehen, manchmal durchaus etwas Freundschaftliches gehabt, ganz besonders bei Samuel. Er hatte meist interessiert und geduldig zugehört, was einer vorschlug, und zeigte unter Umständen sogar Anerkennung. Jetzt aber machte seine Ungeduld ihn herrisch und ungerecht. Übellaunig erlaubte er keinerlei Widerrede mehr, und niemand konnte es ihm recht machen.

»Gut, dass er sich nur den Knöchel verletzt hat, sonst bräche er sich am Ende noch den Hals«, murrte Johann, der die Anspannung, die in diesen Tagen herrschte, schlecht ertragen konnte. Paul machte sich Luft, indem er keine Gelegenheit ausließ, um über Böttgers Wehleidigkeit zu spotten: »Ein Apotheker eben. Die waren schon immer gut darin, Krankheiten zu erfinden, damit sie ihre Pillen und Salben verkaufen können.«

Samuel dagegen ließ der Druck immer stiller werden, und es war beinahe ein Wunder, dass sich ihre Gegensätzlichkeit nicht in Streitereien entlud. Stattdessen schien es, als hätte jeder auf seine Weise seinen Platz, selbst Böttger.

Es war Winter geworden, und eine dünne Schneeschicht lag auf der Bastei. Samuel und Köhler waren an diesem Abend die Letzten in der Werkstatt. Sie reinigten das Arbeitsgerät und deckten die Masse ab, damit sie nicht austrocknete. Ohne dass dazu auch nur ein Wort nötig gewesen wäre, erledigten sie die üblichen Handgriffe, halfen einander und hatten im Blick, was noch zu tun war. Schließlich stiegen sie die Treppe hinauf ins Freie, und als sie auf das Wohnhaus zugingen und Köhler auf dem Schnee beinahe ausrutschte, entfuhr Samuel ein freundliches Lachen.

»Wie elegant!«, scherzte er. »An dir scheint ein Schlittschuhläufer verloren gegangen zu sein.«

Köhler aber ließ sich nicht einmal zu einem Lächeln herab. Er warf Samuel einen verächtlichen Blick zu und verschwand im Haus. Arbeit war offenbar alles, woraus sein Leben bestand. Nie hörte man ihn ein Wort über etwas anderes reden. Keiner wusste, wo er herkam, was ihn freute und wovon er träumte, und als Einziger wurde er von den anderen Gehilfen beim Nachnamen gerufen. Samuel ärgerte sich, nachdem Köhler ihn so stehen gelassen hatte, und ließ sich Zeit, bevor er diesem nach drinnen folgte. Über der linken Turmspitze der Sophienkirche funkelte der Abendstern, als hätte ihn jemand angezündet. Sanft fielen einige Schneeflocken herab und verfingen sich in seinem Haar. Beim Betreten des Hauses schlugen ihm der einladende Geruch der Fleischsuppe und das Gemurmel der anderen entgegen. Die geräumige Küche mit dem langen Tisch befand sich gleich neben den schmalen Schlafkammern der Gehilfen. Böttger hatte zwei Zimmer im ersten Stock, während Tschirnhaus eine Wohnung außerhalb der Bastei bezogen hatte. Alle waren bereits bei Tisch, und auch Köhler saß schon neben Böttger und Tschirnhaus, die oft gemeinsam mit ihren Gesellen aßen, um sich beim Abendbrot über die Arbeit auszutauschen. Johann und Paul scherzten, die Suppe war schmackhaft und die Stimmung heiter, sodass Samuel beschloss, seinem Ärger über Köhler nicht weiter nachzuhängen. Bald schon beteiligte er sich lebhaft an den Planungen für die nächsten Tage. Sie schoben die Teller beiseite, kritzelten Notizen auf kleine Zettel und als Tschirnhaus gerade eine zweite Flasche Wein spendierte, meldete die Küchenmagd einen Besucher. Alle Blicke wandten sich dem Herrn zu, der, obwohl ohnehin lang wie eine Pappel, eine hohe, weiß gepuderte Perücke trug, so hoch, dass er sich bücken musste, um nicht an den Türrahmen zu stoßen. Seine Kleidung war schlicht gehalten, den Rock aus einem braunen, schon etwas abgetragenen Samtstoff zierten einfache Goldknöpfe, und auch mit Puder und Schminke ging er für einen Mann von Hof sparsam um. Einzig mit der Perücke hatte er sich ein Prunkstück geleistet.

»Doktor Nehmitz!«, rief Tschirnhaus aus. »Was für eine Überraschung.«

Nun erkannte auch Samuel den Herrn wieder. Es mochte mehr als ein Jahr her sein, dass er ihn in Meißen gesehen hatte. Obwohl Nehmitz ja neben Tschirnhaus und Ohain Böttgers Arbeit beaufsichtigen sollte, waren seine Besuche immer kurz gewesen, da die Geschäfte bei Hof ihn stets gedrängt hatten, eilig nach Dresden zurückzukehren. Weder Tschirnhaus noch Böttger schienen dies zu bedauern, und seit sie in Dresden waren, hatte niemand darauf gewartet, dass der Doktor auf die Bastei kommen würde.

Nehmitz' wimpernlose Augen schienen jeden der Anwesenden genauestens zu inspizieren. Wie ein Schulmeister auf der Suche nach Fehlern, schoss es Samuel durch den Kopf.

»Meine Herren«, sagte der Doktor und schlug einen jovialen Tonfall an, was ihm nur halb gelang. »Ich wollte doch mal sehen, wie es unserem Porzellan ergeht.«

Böttger schenkte sich Wein nach und trug unverhohlen zur Schau, dass Nehmitz' Besuch ihn wenig interessierte. Tschirnhaus dagegen versuchte, die Höflichkeit zu wahren.

»Männer, das ist Vizelehnsekretär Doktor Michael Nehmitz – für die, die ihn noch nicht kennen. Doktor, womit können wir Euch zu dieser fortgeschrittenen Stunde dienen?«

»Wie gesagt, man hat mir zugetragen, dass das Labor fertiggestellt ist und die Arbeit begonnen hat. Und ... nun, da bin ich.«

Die Männer sahen sich verdutzt an und wussten nicht, was Nehmitz damit meinte. Auch Tschirnhaus stutzte, bot dem Doktor dann aber einen Stuhl an.

»Wollt Ihr nicht einen Teller Suppe essen oder ein Glas Wein mit uns trinken, lieber Doktor?«

Nehmitz wehrte ab, setzte sich aber und betrachtete neugierig die Skizzen und Notizen, die auf dem Tisch verteilt lagen. Samuel hatte Böttger mehr als einmal über Nehmitz spotten hören. Nehmitz war anscheinend trotz seiner ausgedehnten naturwissenschaftlichen Studien in Leipzig und Wittenberg nicht der schnellste Denker, verlor sich aber gern in langen Reden über Dinge, die ihm ein anderer schon vorgekaut hatte. Und auch darüber, wie ausgerechnet Nehmitz dazu kam, ihre Forschungen zu betreuen, hatte Böttger seine Vermutungen.

»Sein Schwiegervater ist irgendein hohes Tier bei Hof und hat ihm wohl dazu verholfen. Anders ist es nicht zu erklären. Ein

Lehnssekretär! Ein Beamter und Papierfresser! Er schreibt, was man ihm diktiert, und weil er irgendwann einmal ein Buch von Newton gelesen hat, hält er sich für einen Wissenschaftler. Pah!«

»Wir waren gerade dabei, weitere Experimente zu planen, die wir ab morgen vornehmen wollen«, versuchte Tschirnhaus den Doktor nun miteinzubeziehen. Nehmitz nahm eines der Zettelchen vom Tisch, worauf Böttger etwas notiert hatte: zu zwei Teilen roten Ton, zu einem Teil Lehm.

»Die Zusammensetzung des roten Porzellans«, erklärte Tschirnhaus. Die anderen waren längst wieder ins Gespräch vertieft und warfen sich die Worte über den Tisch zu, während Nehmitz mit gerunzelter Stirn nachdachte. Blinzelnd sah er in die Runde und suchte zu verstehen, worüber sie sprachen, bis er gewichtig auf das Zettelchen tippte und Luft holte.

»Wenn dies die Zusammensetzung des roten Porzellans ist«, er kniff schlau die Augen zusammen, »dann müsste man vielleicht anstelle des roten Tons einen weißen nehmen.«

Das Gespräch verstummte, und für einen kurzen Augenblick dachte Nehmitz womöglich, es hätte allen aufgrund seines genialen Einfalls die Sprache verschlagen. Tschirnhaus zog die Augenbraue hoch, Böttger verschluckte sich an seinem Wein, während Samuel und die anderen Gehilfen Nehmitz anglotzten. Das allzu Naheliegende hatten sie natürlich längst ausprobiert – ohne Erfolg.

»Hört, hört!«, tönte Böttger, nachdem er sich die tränenden Augen abgewischt hatte. »Ein Genie vergeudet seine Zeit mit uns. Seit Wochen suchen wir vergeblich nach dem richtigen Rezept, und nun kommt er und braucht keine Stunde. Was für ein Zufall, dass wir gerade in Colditz weißen Ton bestellt haben. Ich meine sogar, das Fass wäre just heute angekommen.«

Nehmitz, unsicher, ob Böttger sich über ihn lustig machte oder es am Ende doch ernst meinte, rieb sich nervös die Hände an den Oberschenkeln, während Böttger höhnisch fortfuhr.

»Nein, nein, Herr Doktor. Schaut nur nicht so selbstkritisch.

Darauf könnt Ihr Euch etwas einbilden. Ein wahrer Paukenschlag!« Sprachs und ließ darauf einen krachenden Furz.

Samuel senkte den Kopf und fixierte seine Finger, um nicht lauthals in Lachen auszubrechen. Johann jedoch konnte sich nicht zusammenreißen und begann zu kichern. Er japste und gluckste, und seine vergeblichen Versuche, sich zu beherrschen, ließen ihn nur noch mehr lachen, so sehr, dass auch die anderen bald nicht mehr an sich halten konnten. Sogar Tschirnhaus liefen die Tränen über das runzelige Gesicht, und selbst Köhler zog die Lippen zu einem schmalen Grinsen auseinander. Nehmitz starrte in die sich vor Lachen schüttelnde Runde. Schließlich stand er so abrupt auf, dass seine Perücke verrutschte, was eine weitere Lachsalve auslöste. Hasserfüllt sah er auf die Männer herab und stürmte ohne Gruß aus der Küche, wo das Lachen rasch abebbte und bei den Männern einen kurzen Moment der Scham zurückließ, dass sie sich über diesen armen Tölpel lustig gemacht hatten. So bald würde der Herr Doktor sich wohl nicht mehr auf der Jungfernbastei blicken lassen, dachte Samuel und hatte ihn, als er zu Bett ging, schon vergessen.

Doch schon am nächsten Morgen kehrte Nehmitz zurück und war von nun an, sooft es ihm sein Amt bei Hofe erlaubte, bei den Experimenten anwesend. Samuel fragte sich, was sein Antrieb war – es musste ihm doch klar sein, dass er immer wieder Anlass für ihren Spott sein würde. Seine Hartnäckigkeit, so schien es Samuel, steigerte Böttgers Boshaftigkeit und umgekehrt. Böttger konnte es nicht lassen, den unbeholfenen Doktor auf beleidigende Art und Weise zu ignorieren oder aber ihn, wo immer es ging, bloßzustellen.

»Heute schon einen genialen Einfall gehabt, werter Doktor?«, fragte er stichelnd. »Falls man Euch deswegen als Professor an die Universität beruft – nur zu! Wir kommen hier zur Not auch ohne Eure Hilfe zurecht.«

Zwar war der Doktor keinesfalls so dumm, wie er an jenem Abend gewirkt hatte – das merkte Samuel recht bald –, er war nur eben nicht ganz so gescheit wie Tschirnhaus und Böttger. Und das ärgerte Nehmitz maßlos – zumindest, was Böttger anbelangte. Immer wieder hörte Samuel ihn eine abfällige Bemerkung darüber machen, dass Böttger an keiner Universität studiert hatte, dass seine Manieren so ungehobelt und sein Wesen so auffahrend waren und wie es nur sein konnte, dass ausgerechnet ein derart nichtsnutziger Angeber mit einer solchen wissenschaftlichen Begabung ausgestattet war. Nur eines konnte Nehmitz keiner nehmen: sein Amt eines Vizelehnssekretärs und seine guten Beziehungen zum kurfürstlichen und königlichen Hof. Gerne nannte Nehmitz diese oder jene einflussreiche Persönlichkeit, mit der er erst vor Kurzem zur Jagd geritten oder zu einem Essen geladen war, an dem auch die Gräfin Reuß oder gar die Cosel, die nun schon seit einigen Jahren die Mätresse des Königs war, teilgenommen haben sollte. So war es für Nehmitz auch ein ganz besonderer Moment, als er verkündete, König August höchstpersönlich wolle der Bastei einen Besuch abstatten. Ende Januar vielleicht, eher aber im Februar, wenn die Fastnacht vorbei war. Samuel konnte sehen, wie Nehmitz sich dabei noch ein wenig mehr aufrichtete. Seine Lippen kräuselten sich, die Nasenflügel bebten und sein Blick sagte: Wollen mal sehen, ob die Herren es dann immer noch nicht nötig haben, sich gut mit mir zu stellen. Böttger ignorierte ihn – wie immer. Erst als Tschirnhaus einige Tage später die Ankündigung des königlichen Besuchs bestätigte, kam eine Reaktion.

»Also gut. Genug getrödelt!«, rief Böttger, als wäre das enorme Arbeitstempo, zu dem er sie jetzt schon antrieb, nichts. »Na los! Auf geht's! Damit endlich mal ein bisschen Zug in die Sache kommt.«

Niemand beklagte sich – im Gegenteil. Stattdessen wurden immer weniger Worte nötig, um sich zu verständigen. Ergänzungen und kurzfristige Änderungen flogen durch die Gänge. Samuel spürte mehr denn je, dass sie alle ein Ganzes waren, ein Wesen, das wie in Trance nur auf das eine hinarbeitete. Bis zum Besuch des Königs musste es geschafft sein oder doch wenigstens ansatzweise.

Kurz vor Weihnachten, als Tschirnhaus bereits für einige Wochen auf sein Gut in Kieslingswalde gefahren war und sich unter den Männern allmählich Erschöpfung bemerkbar machte, stellte Samuel eines späten Abends fest, dass ihre Vorräte zur Neige gingen. Die Säcke mit Alabaster und Kreide waren so gut wie leer, und der kleine Rest Colditzer Ton würde kaum ausreichen, um die vielversprechende Versuchsreihe durchzuführen, die Böttger für die kommenden Tage geplant hatte. Offenbar hatte keiner daran gedacht, Material nachzubestellen, wo sie dieses doch in rasender Geschwindigkeit aufbrauchten. Und als wäre das nicht genug, tauchte am nächsten Morgen Dr. Nehmitz mit einer weiteren Schreckensbotschaft auf: Der König wollte die Jungfernbastei schon Anfang des neuen Jahres besuchen. Es blieben ihnen also bis dahin weniger als zehn Tage Zeit. Böttger erblasste. Aber nur für einen Augenblick. Dann hatte er sich wieder gefangen. »Johann, du holst Tschirnhaus aus Kieslingswalde zurück«, befahl er. »Und du, Samuel, fährst nach Freiberg zu Ohain. Der ist ja schließlich Bergrat und wird wohl in der Lage sein, Tonerde und ein bisschen Alabaster aufzutreiben.«

Wegen des schlechten Wetters und des hohen Schnees in den Bergen brauchte Samuel ganze zwei Tage für seine Reise. Erschöpft und völlig durchnässt erreichte er das Haus des Bergrats. Dort war es stiller als früher, selbst in der Küche wurde nicht, wie sonst üblich, gescherzt und gesungen, denn Ohain litt an einem bösen Fieber und klagte über Kopfschmerzen – so flüsterte die Magd, die Samuel zu Ohains Kammer führte. Düster war es darin, und es stank nach saurem Schweiß und einem Kräuteraufguss. Ohain lag blass und schwer atmend in seinem Bett. Kaum wagte Samuel, ihm die Ereignisse vorzutragen. Tat es dann doch und bat den Bergrat, ihm so schnell wie möglich das Material zu beschaffen, woraufhin dieser einen solchen Hustenanfall bekam, dass Samuel abwarten musste, bis er sich davon erholt hatte.

»Ich fürchte, ich kann nicht viel tun, bevor ich nicht wieder gesund bin«, sagte Ohain matt, und seine Stirn glänzte fiebrig. »In meinem Arbeitszimmer steht noch ein kleines Fass mit einer weißen Erde, die ich in Aue gefunden habe. Es ist ein sonderbares Zeug, schneeweiß und so fest, dass man es mit dem Messer herausstechen muss. Der Grubenbesitzer, ein gewisser Veit Schnorr, verkauft es, um Perückenpuder daraus zu machen. Zu etwas anderem, so sagt er, sei sie nicht zu gebrauchen. Aber nehmt sie nur mit. Vielleicht kann Böttger etwas damit anfangen.«

Samuel nickte. Beim Abschied hatte er eigentlich vorgehabt, Ohain nach dem Dorf zu fragen, in dem Sophies Schwester lebte, aber ein neuerlicher Hustenanfall des Bergrates hielt ihn davon ab. Früh am nächsten Morgen ritt er mit dem Fässchen Erde zurück und kämpfte mit den Schneemassen und der maßlosen Enttäuschung. Was sollten sie mit diesem bisschen unnützer Erde anfangen?

Tschirnhaus und Johann erreichten die Jungfernbastei fast zur selben Zeit wie Samuel. Ratlos versammelten sie sich mit einer Handvoll Männer in der Küche, und schnell wurde klar, dass es keine Hoffnung mehr gab, in den nächsten zwei Wochen ausreichend Alabaster oder Kreide geliefert zu bekommen. Da fiel Böttgers Blick auf das Fässchen, das Samuel auf dem Tisch abgestellt hatte. Er hob den Deckel ab, zerrieb ein wenig von dem weißen Zeug zwischen Daumen und Zeigefinger, dann klopfte er sich die Krumen vom Rock, wo sie helle Flecken hinterließen.

»Ich werde Seine Majestät bitten, den Besuch zu verschieben«, sagte Tschirnhaus schließlich und blickte zweifelnd auf das geöffnete Fass. »Wir werden ihm sagen, dass es in diesen Tagen nichts

Interessantes zu sehen gibt, und ihm versprechen, dass wir in vier Wochen weit mehr präsentieren können.«

»Bis dahin ist der König vielleicht schon wieder fort«, wandte Samuel ein.

»Umso besser«, meinte Tschirnhaus. »Dann bleibt mehr Zeit.«

»Mehr Zeit?«, erhob Böttger auf einmal wütend seine Stimme. »Ihr mögt ja Zeit haben auf Eurem Gut oder in Leipzig oder wo Ihr Euch sonst herumtreibt. Aber ich werde wahnsinnig, wenn ich noch ein weiteres Jahr in diesen Mauern zubringen muss. Wahnsinnig!«

Aufgebracht schritt er zwischen Esstisch und Ofen auf und ab, während alle anderen betreten schwiegen. Nach einer Ewigkeit räusperte sich Tschirnhaus. Behutsam trat er an Böttger heran und legte ihm die Hand auf den Arm.

»Es ist ja nun nicht zu ändern, Böttger. Spätestens nach der Ostermesse wird der König zurückkehren. Und es ist doch besser, nichts zu überstürzen und die Dinge bis dahin in aller Ruhe zu überprüfen.«

Böttger sah ihn lange an, dann ging er wieder zu dem Fässchen mit der weißen Erde, nahm ein Klümpchen davon in die Finger, knetete es, roch daran und überlegte.

»Wir mischen es mit Colditzer Ton«, sagte er. »Die genaue Zusammensetzung werde ich noch festlegen.«

Tschirnhaus seufzte, aber er widersprach nicht.

»Nun gut«, meinte er. »Versuchen wir's.«

Samuel

Dresden, 1708

Der 1. Januar 1708 war ein klarer, windiger Tag. Seit dem frühen Morgen brannten 21 Schälchen im Ofen, jeweils drei Stück in sieben verschiedenen Abmischungen. Am Vorabend schon war alles für den Brand vorbereitet worden. Gegen fünf Uhr früh waren die Schälchen in ihren Brennkapseln in die Glut geschoben worden. Seither hatte man die Temperatur genau überwacht. Die Männer hatten noch die Arbeitsplätze und das Werkzeug gereinigt, dann hieß es warten.

Nachmittags erschien Dr. Nehmitz und trieb die allgemeine Aufregung wegen des bevorstehenden Besuchs des Königs mit seiner Fragerei so sehr auf die Spitze, dass Böttger kurz davor war, ihm den Hals umzudrehen. Samuel schlich um den Ofen herum. Er lauschte der summenden Glut und wunderte sich, wie ruhig er auf einmal war. Bis gestern war die Anspannung mit jedem Tag gestiegen. Zielstrebig und höchst effizient hatten sie alles getan, was ihnen in der kurzen Zeit möglich war. Sogar die Sticheleien gegen Dr. Nehmitz hatte Böttger sich gespart. Trotzdem war ihnen bisher kein Scherben gelungen, den man Porzellan hätte nennen können.

Der König konnte jeden Augenblick auf der Jungfernbastei eintreffen. Samuel wollte vorher noch ein wenig frische Luft schnappen und zog sich ein wollenes Wams über, um sich in dem kleinen Garten hinter dem Wohnhaus die Füße zu vertreten. Die winterliche Luft war frisch und zugleich schwer vom Rauch der

Holzöfen. Samuel ging links am Wohnhaus vorbei die kleine Treppe hinauf. Dort oben auf der Mauer saß Böttger, den massigen Körper ein wenig nach vorn gebeugt und den Kopf in den Nacken gelegt. Samuel setzte sich wortlos neben ihn auf den kalten Stein, und so hockten sie schweigend nebeneinander und sahen in den Himmel. Roter Löwe, weißer Drache, schoss es Samuel durch den Kopf, und er erinnerte sich an die Nacht, als Böttger und er geglaubt hatten, das Gold sei ihnen gelungen. Nun lächelte er bei dem Gedanken, dass sie anstelle der roten Goldtinktur das weiße Porzellan erschaffen haben könnten. Böttger schwang sich von der Mauer. »Consummatum est«, sagte er feierlich. »Jetzt dürfte es so weit sein.«

Sie waren keine drei Schritte gegangen, als sie die königliche Kutsche auf dem Hof entdeckten, aus der soeben Seine Majestät der König stieg. Samuel blieb ehrfurchtsvoll stehen, denn er war ihm bisher noch nie leibhaftig begegnet. Dass der König in die Gewölbe hinabsteigen sollte, in denen er, Samuel, tagtäglich schuftete, erschien ihm so unvorstellbar wie ein Fisch, der an Land spazierte. Was Sophie wohl dazu sagen würde, wenn er es ihr erzählte? Vielleicht sähe sie ihn mit anderen Augen an, wenn der Glanz des hohen Gastes ein wenig auf ihn abfärbte. Dem König folgte eine Dame mit pelzbesetztem Mantel aus der Kutsche. Dies musste die Gräfin Cosel sein. Man sprach viel von ihrer Schönheit und ihrer Klugheit, die Seine Majestät in Bann gezogen hielten. Auch sie hatte Samuel nie zuvor gesehen.

Böttger sog geräuschvoll den Atem ein, bevor er entschieden weiterging.

»Ah, Böttger!«, empfing ihn König August, worauf Böttger sich tief vor ihm und der Gräfin verneigte. Samuel, der sich beeilt hatte, Böttger nachzukommen, war etwas entfernt stehen geblieben. Verstohlen betrachtete er die dunklen, lebhaften Augen der Gräfin, die ebenmäßigen Züge, die weiße Haut und die geschwungenen Lippen. Ihre Gestalt war anmutig, obwohl sich der

Mantel über ihrem Bauch wölbte. Es war kaum zu übersehen, dass die Gräfin hochschwanger war. Der Anblick löste bei Samuel eine gewisse Abscheu aus. War es nicht seltsam zu sehen, dass weder die Gräfin noch der König es für nötig hielten, die Schwangerschaft zu verstecken? Es bestand ja kein Zweifel, dass dies ein uneheliches Kind war. Jede andere Frau hätte sich dafür geschämt. Für die Gräfin und den König aber galten andere Regeln.

Böttger schien sich mit solchen Gedanken nicht aufzuhalten. Er stand breitbeinig vor dem König, und sein Ausdruck zeigte nicht die Spur von Unterwürfigkeit.

»Eure Majestät, meine Dame – Ihr kommt im rechten Augenblick, um der Entdeckung des Porzellans beizuwohnen.«

War dies nicht ein wenig voreilig? Samuels Mund wurde trocken.

»Wenn ich bitten darf!«, hörte er Böttger sagen, der sich nun an die Gräfin wandte. »Ich muss Euer Hochwohlgeboren vorwarnen. Die Örtlichkeit ist nicht für eine Dame gemacht. Ein dunkles Kellerloch ist es, in das wir nun hinabsteigen.«

»Macht Euch darum keinen Kummer. Ich bin auf einem alten Rittergut aufgewachsen. Ich kenne dunkle Kellerlöcher zur Genüge. Und eine Ratte fange ich Euch mit bloßen Händen«, entgegnete die Gräfin mit einem Lächeln, das Samuel trotz seines inneren Sträubens gefangen nahm. Inzwischen waren auch Tschirnhaus und Nehmitz dazugestoßen, und man schritt hinab ins Gewölbe, wo Köhler schon dabei war, den Ofen zu öffnen. Ehrfürchtig neigten die Gehilfen den Kopf, als der König und die Gräfin die Brennkammer betraten. Der hohe fensterlose Raum wurde nur von wenigen Öllampen erleuchtet, die die Schatten der Anwesenden flackernd an die Wände warfen. Die Glut des Ofens schimmerte rot, und der Atem stockte einem von der Hitze. Tschirnhaus bat den König, vorsichtshalber ein wenig zurückzutreten.

»Wird wohl nicht das Fegefeuer sein.« König August lachte und drängte sich trotz aller Warnungen nah an die Ofentür.

»Das erste Stück gebührt dem König«, tönte er, und niemand wagte es, ihm zu widersprechen, als gälten auch die Gesetze der Natur nicht für einen König, als könnten weder Feuer noch Glut ihm etwas anhaben. Jeder, der hier arbeitete, wusste, welche Hitze aus dem Ofen dringen konnte, und band sich einen nassen Lappen um den Kopf, um die Haare nicht zu versengen. Aber niemand hielt es für angebracht, dem König einen solchen Lappen anzubieten. Lediglich einen Lederhandschuh reichte Tschirnhaus ihm mit dem Hinweis, unbedingt auch die ausladende Spitzenmanschette hineinzustopfen. Ungeduldig beugte Seine Majestät sich zur Ofenöffnung und stocherte mit der Zange, die er Köhler aus der Hand genommen hatte, darin herum. Samuel konnte kaum hinschauen, und als er es doch tat, sah er mit Entsetzen, wie die Perücke des Königs Feuer fing. Alle standen starr vor Schreck, auch der König, bis Samuel mit einem beherzten Sprung Seiner Majestät die Perücke vom Kopf herunterriss. Und damit nicht auch noch das eigene Haar in Flammen aufging, warf Samuel ihm einen Lappen – der nicht gerade sauber war – in das edle Antlitz. Der König war darüber so verdutzt, dass er die Zange fallen ließ – glücklicherweise, ohne dass er eine der Brennkapseln darin hielt. Er starrte Samuel an oder vielmehr durch ihn hindurch, bevor er sich die angesengte Perücke wieder aufsetzte und nicht zu wissen schien, ob er Samuel danken oder ihn bestrafen sollte. Er entschied sich schließlich dafür, ihn zu ignorieren. Hüstelnd versuchte er, sein Missgeschick zu überspielen, sodass nun auch alle anderen so taten, als sei nichts geschehen. Sogar die Gräfin, die beim Anblick der aufflammenden Perücke einen Schrei ausgestoßen hatte, sagte nichts. Von nun an blieb der König wortkarg. Auch als Köhler die Brennkapseln aus dem Ofen zog und eine nach der anderen öffnete. Samuel ließ den Blick schweifen. Böttger biss sich vor Aufregung ins Handgelenk. Die Gräfin fächelte sich Luft zu. Der König verzog keine Miene. Auch Nehmitz und Tschirnhaus blieben regungslos. Samuel fühlte, wie das Blut in seinen Ohren pochte, als Köhler eine Brennkapsel öffnete und die ersten drei Schälchen sichtbar wurden. Die Form war erhalten geblieben, nur eines war gesprungen, die anderen beiden rissig, und als Böttger sie mit der Zange hochhielt, fielen sie auseinander. Die zweite Kapsel enthüllte drei gelbliche Schälchen, die etwas in sich zusammengefallen waren und dadurch plump wirkten. Samuel hielt es kaum noch aus und schloss die Augen, während Köhler die dritte Kapsel öffnete. Er wagte es erst wieder hinzusehen, als er Tschirnhausens knarrende Stimme hörte: »Ah! Translucide comme un narcisse.« Der König stand mit offenem Mund da, und die Gräfin hatte mit dem Fächeln aufgehört. Nehmitz kniff die Lippen zusammen. Böttger starrte auf die drei weißen makellosen Schälchen, bevor er mit der Zange nach einem davon griff und es ins kalte Wasser warf. Ein lauter Knall ließ den König zusammenzucken. »Na, das ist hin«, meinte er, und auch Samuel fürchtete, dass die Schale zersprungen war. Böttger aber zog sie unversehrt wieder heraus und stellte sie auf dem Tisch ab. Ein kleines Wunderwerk. Zart wie eine Blüte strahlte sie vor ihren Augen und war doch so hart, dass der Temperaturunterschied sie nicht zu sprengen vermocht hatte. Die Erleichterung sickerte in Samuels Bewusstsein und wandelte sich in Stolz und Dankbarkeit. Dankbarkeit gegenüber den Männern, mit denen er dies gemeinsam zustande gebracht hatte, allen voran Böttger mit seiner Sturheit und seiner Kühnheit. Und Tschirnhaus, der sie mit seiner Beharrlichkeit auf diesen Pfad gebracht hatte. Sogar dem König und seiner Mätresse gegenüber verspürte Samuel Dankbarkeit. Fast schien es, als hätte ihre Anwesenheit zu dem Gelingen beigetragen, als hätte das, was sie so über allen anderen stehen ließ, das Unmögliche möglich gemacht.

Constantia

Dresden, 1708

Der Gegensatz hätte nicht größer sein können: die zarte, makellose Schale in den schmutzigen Fingern dieses plumpen, groben Mannes. Beinahe hätte Constantia laut herausgelacht, auch weil das, was sich soeben vor ihren Augen abgespielt hatte, von solcher Bedeutung war, dass sie die Spannung kaum noch ertrug. Immer noch starrten alle auf die weiße Schale, die Böttger soeben mit einem Knall ins Wasser getaucht hatte und von der ein Leuchten auszugehen schien. Ein Leuchten, das den Ausdruck auf den Gesichtern der Umstehenden veränderte. Ganz besonders den von Böttger. Schon vom ersten Augenblick an war Constantia von Böttger beeindruckt gewesen. Wie er sie, die Gräfin Cosel und Mätresse des Königs, bei der Begrüßung ohne jede Scheu angesehen hatte. Woher nahm er dieses Selbstbewusstsein? Rührte es womöglich daher, dass er die Gewissheit hegte, tatsächlich eines Tages Gold machen zu können? Oder war er am Ende nur ein dreister Betrüger? In jedem Fall barg er ein Geheimnis, dem sie nur zu gern auf den Grund gehen wollte. Was war dran an den Geschichten, die man sich über ihn erzählte? Zum Beispiel, dass es ihm in Anwesenheit des preußischen Königs bereits einmal gelungen sei, Blei in Gold zu verwandeln, und dass er Kenntnis besäße von der Herstellung höchst wirksamer Heilmittel – eine Kunst, die auch Constantia brennend interessierte. Sie war bereits fasziniert von Böttger gewesen, bevor sie ihn hier zu sehen bekommen hatte. Unbedingt hatte sie August auf die Bastei begleiten wollen und sich in einem kurzen, aber recht heftigen Streit durchsetzen müssen. Warum August sich gerade in diesem Punkt so stur stellte, war ihr ein Rätsel. Kindisch kam es ihr vor. Als wollte er »seinen« Böttger für sich allein haben. Ständig sprach er von ihm und davon, dass er ihm schon bald Gold herstellen würde. Daher war er auch nicht gerade begeistert gewesen, als Doktor Tschirnhaus im letzten Juni vorgeschlagen hatte, sich zunächst auf das Porzellan zu konzentrieren und die Sache mit dem Gold so lange ruhen zu lassen. Dabei liebte August das Porzellan. Immer war er auf der Suche nach ausgewählten Stücken, die weit über den Ozean gereist aus China oder von noch weiter her kamen. Er sammelte sie, ergötzte sich an ihnen und nannte diese Leidenschaft gar eine Krankheit. Aber das Gold, so erklärte er, würde die Dinge vereinfachen. Man musste es nicht verkaufen, um an Geld zu kommen. Böttger brauchte das versprochene Gold nur zu liefern, und schon wäre die Kriegskasse ausreichend gefüllt. Dann würde es auch leichter sein, den Kaiser zu überzeugen, dem erneuten Krieg gegen die Schweden trotz des Friedensvertrages zuzustimmen. Constantia war die Ausführungen über das ewige Wenn und Dann leid. Sie hielt nichts von diesem Krieg. Sie interessierte sich vielmehr für den Vorgang des Goldmachens an sich. Etliche Bücher hatte sie über die Alchemie gelesen, so wie sie auch Bücher über die Heilkunde las und allerlei Rezepte sammelte. Von ihrer Mutter hatte sie gelernt, wie man Bier braute und Weinbrand herstellte, wie man einen guten Lebkuchen backte und Salben und Pulver zur Körperpflege anmischte. Nun platzte sie vor Neugierde, wie es gelungen sein mochte, die Masse für das Porzellan anzufertigen, wollte erfahren, wie man es brannte, formte, glasierte. August war dieser Wissensdurst unheimlich, und er nannte sie halb scherzend, halb missbilligend seine Hexe. Vermutlich war das der Grund, warum er sie nicht dabeihaben wollte. Aber Constantia hatte wie immer bekommen, was sie wünschte.

Nachdem das erste Staunen über das Gelingen dieser Porzellanschalen verflogen war, wunderte Constantia sich, wie verhalten die

Stimmung war. Sie warf einen Seitenblick zu August, der nach ein paar spärlichen Sätzen der Anerkennung bereits Anstalten machte aufzubrechen. Er rieb sich den linken Handrücken, den er sich verbrannt hatte, und zupfte an seiner ruinierten Perücke herum. Sie konnte ihm seinen Ärger darüber ansehen, dass er wegen dem bisschen Feuer die Zange wie ein Angsthase hatte fallen lassen. Und darüber, dass er die Brennkapseln nicht selbst aus dem Feuer geholt und stattdessen wie ein dummer Junge, der gerade getadelt worden war, danebengestanden hatte. Constantia wusste, dass ihm das alle Freude an dem großen Moment verdarb. Trotzdem war sie nicht gewillt, die Gelegenheit verstreichen zu lassen, sich mit Böttger zu unterhalten.

»Mit einer besonderen weißen Erde, sagt Ihr, ist es Euch letztlich gelungen?«, fragte sie, nachdem Böttger zuvor unaufgefordert einen knappen Bericht erstattet hatte. Sie spürte, wie sie die Blicke sämtlicher Männer auf sich zog.

»Sicherlich ist es nicht einfach, die rechte Temperatur zu erreichen und die Öfen so zu bauen, dass der Brand gelingt«, fuhr sie fort. »Auf dem Gut meines Vaters haben wir das Bier selbst gebraut und auch Brandwein hergestellt. Meine Mutter hat mich einiges darüber gelehrt, und die Temperaturen tragen auch hier zum guten Gelingen bei.«

»In der Tat, Madame. Ohne einen guten Ofen und die richtige Temperatur wäre all unser Bemühen umsonst. Das habt Ihr gut erkannt«, sagte Böttger und blickte sie neugierig an. »Übrigens gilt meine Aufmerksamkeit ganz unabhängig vom Porzellan dem Ofenbau. Ich habe gerade erst einen entworfen, der trotz höherer Temperaturen bei richtiger Feuerung weniger Holz verbraucht als ein herkömmlicher.«

»Wie interessant!«, rief Constantia aus und legte kokett den zusammengelegten Fächer an ihre Wange. »Und wie nützlich vor allem! Wie sieht es mit den anderen Erfindungen aus? Man sagte mir, Ihr wäret ein reger Geist, der immerzu an Neuerungen forscht.«

Als sie seine Erfindungen ansprach, war es, als hätte sie eine Schleuse geöffnet, aus der es nun munter herausfloss. Böttger zählte seine Entdeckungen auf, die Öfen, die er entworfen hatte, verschiedene Ideen für die Glasherstellung und außerdem einige wirksame Heilmittel. Das Gold allerdings, das er bisher nicht erschaffen hatte, erwähnte er mit keinem Wort. Constantia befeuerte ihn mit Fragen, und zwischen den beiden entspann sich ein wahrhaft wissenschaftlicher Diskurs. Zufrieden stellte Constantia fest, wie sehr sie nicht nur Böttger mit ihrem Wissen beeindruckte. Sie war sehr belesen und verstand es, ihre Kenntnisse zur Geltung zu bringen. Dabei genoss sie die Aufmerksamkeit der Wissenschaftler und Gehilfen, die sie gewiss für eine dumme Gans gehalten hatten. Als sie ganz nebenbei ihre Sammlung von medizinischen Rezepten erwähnte, hielt auch Böttger sich nicht länger mit Fragen zurück.

»Was verwendet Ihr gegen einen chronischen Husten?«, wollte er wissen.

»Das kommt darauf an, wo er herrührt. Bei dem Staub und dem Ruß, dem Ihr hier ausgesetzt seid, würde ich Huflattich empfehlen.«

Es gefiel Constantia, dass er sie ernst nahm und nicht – nur weil sie eine Frau war – von vornherein als unfähig ansah, Zusammenhänge zu begreifen. Eine Eigenschaft, die sie im Übrigen auch an August schätzte. Männer, die Frauen als eine Art geistloses Schmuckstück betrachteten, langweilten sie entsetzlich. In politischen Fragen bezog August sie oft mit ein. Einzig wenn Constantia ihn bei bestimmten Themen, wie der Naturwissenschaft, mit ihrem Wissen überflügelte, wurde er ungehalten. So wie jetzt.

Schlecht gelaunt blickte er zu Boden, während die Unterhaltung zwischen Constantia und Böttger kein Ende nehmen wollte. Es missfiel August, dass er nichts zu diesem Diskurs beitragen konnte, das wusste Constantia – und ignorierte es geflissentlich. Sie kostete es aus, ihn für diesen einen Moment in den Schatten zu stellen. Sollte er sich ruhig ärgern. Das war die Strafe dafür, dass er sie nicht hatte mitnehmen wollen. Und im Grunde liebte er es ja, wenn sie ihn ein wenig provozierte. Es war ein Spiel, das sie oft spielten und das ihre Liebe immer wieder zum Glühen brachte.

»Es wird Zeit«, unterbrach August die Unterhaltung schließlich ruppig und wandte sich dem langen Gang zu, der zur Treppe nach oben führte. Augenblicklich wichen die Männer auseinander, um den Weg frei zu machen.

»Gebt Uns Nachricht, wenn Ihr noch mehr von diesem Porzellan gemacht habt. So es denn etwas taugt«, sagte August schroff, ohne sich noch einmal zu Böttger umzudrehen. Constantia dagegen ließ es sich nicht nehmen, Böttger zum Abschied ein herzliches Lächeln zu schenken. Sogar bei der schlechten Beleuchtung konnte sie sehen, dass er errötete. Sein Anblick rührte sie. Der Forscher, der so viel mehr über die Natur und deren Zusammenhänge wusste als sie und nun vor ihr stand wie ein schüchterner Junge. Dann riss sie sich los und stieg hinter dem König die Treppe hinauf.

Die ganze Heimfahrt über schwieg August, während Constantia ihn lächelnd von der Seite ansah.

»Was lächelst du denn so?«, fragte er irgendwann dann doch mürrisch.

»Nur so. Ich freu mich über das Porzellan.«

August stierte in die Nacht hinaus, während Constantia sanft ihre Hand auf die seine legte. »Und du solltest dich auch freuen. Das Porzellan wird dich reich machen. Tschirnhaus hat recht. Es taugt mehr als die Goldmacherei.«

»Und das weißt ausgerechnet du.«

»Ja, das weiß ich.«

August antwortete nicht und entzog ihr seine Hand. Constantia aber lächelte weiter. Spätestens nach dem Abendessen würde er ihr verziehen haben und am Ende, wenn die Taler munter in seine Kriegskasse flossen, behaupten, er habe schon immer auf das Porzellan gesetzt.

Teil II

Samuel

Bei Pirna, 5. Januar 1719

In Samuels Seele war es so finster wie im Innern der Kutsche, die über die zerfurchte Schneedecke hinwegholperte. Sie waren den ganzen Tag gefahren, mit kurzen Unterbrechungen, in denen Samuel sich notdürftig in den schäbigen Gasthäusern aufwärmte, während der Kutscher die Pferde wechselte. Dresden hatten sie hinter sich gelassen und näherten sich der Grenze. Es war Tag geworden und wieder Nacht. Lieber wäre Samuel zu Pferd gereist, aber es war wohl besser, wenn er im Innern eines Wagens verborgen blieb. Sein Körper war taub von der Kälte und der harten Holzbank, auf der er durchgerüttelt wurde. Beinah gelang es ihm, auch seine Gedanken in einen grauen Dämmerzustand zu versetzen, um nicht an den Fragen zu verzweifeln, die ihn quälten. Wie würde er leben können mit der Schuld, die er auf sich lud? Und damit, dass er niemals in seine Heimat zurückkehren konnte? Heiß durchfuhr es ihn, als er an den Moment zurückdachte, da Tschirnhaus ihn und die anderen Männer darauf eingeschworen hatte, das Geheimnis niemals zu verraten. Würde man nach Samuel suchen, wenn er in Wien angelangt war? Verfolgte man ihn bereits, um ihn vor Gericht zu bringen, wo man ihn gewiss zum Tod am Galgen verurteilen würde? Und selbst wenn er es schaffte zu entkommen – war er überhaupt imstande, ohne die Mitarbeit der anderen Männer Porzellan herzustellen? Ohne Böttger? Wo sollte er weiße Erde herbekommen, wo Handwerker und Künstler?

Samuel schreckte aus seinen Grübeleien auf, als der Wagen zum

Stehen kam und der Kutscher an die Tür polterte: »Wir bleiben die Nacht über hier. Bei Sonnenaufgang fahren wir weiter.«

Samuel taumelte auf die Straße und folgte dem Kutscher in ein schummriges Wirtshaus, wo man ihnen Suppe und Bier servierte, die sich in Temperatur und Dünnflüssigkeit kaum voneinander unterschieden. Sie sprachen so gut wie kein Wort, und Samuel hielt den Kopf gesenkt, als er die neugierigen Blicke seines Begleiters auf sich spürte. Rasch verabschiedete er sich, nachdem er Teller und Krug geleert hatte, und verkroch sich in der Kammer, die der Wirt ihm zuwies, unter der rauen Decke, bis allmählich die Wärme in seinen Körper zurückkehrte und mit ihr der Schmerz über all das, was er verloren hatte.

Samuel

Dresden, 1708

Die Euphorie über die Erfindung des Porzellans trug Samuel und die anderen Männer noch bis in den Frühling hinein. Bei seinem raschen Aufbruch von der Bastei hatte der König Böttger und Tschirnhaus mit knappen Worten für ihre Arbeit gelobt. Dr. Nehmitz dagegen hatte er keinerlei Beachtung geschenkt, und es war kaum zu übersehen gewesen, wie sehr dies den Doktor kränkte. Niemanden kümmerten solche Empfindlichkeiten. Jetzt galt es, darauf zu hoffen, dass der König dem Aufbau einer Manufaktur möglichst bald zustimmen würde, was nichts anderes hieß, als ihm ausreichend Geld dafür zu entlocken.

Wie im Flug durchlebte Samuel die Tage, und wenn er abends im Bett lag, dachte er an Sophie und feilte an dem Brief, den er ihr endlich schreiben wollte: »Jetzt, Sophie, ist es so weit. Das weiße Porzellan, dessen Herstellung bisher nur in Ostindien gelang, ist erfunden. Hier in Dresden. Und ich, Samuel Stöltzel, gehöre zu den wenigen Männern, die das Arkanum, das Geheimnis, kennen.« Er polierte seine Sätze und malte sich dabei im Halbschlaf seine goldene Zukunft aus. Das Porzellan und die Manufaktur sollten ihm Glück und Reichtum bescheren, dem König eine stets gefüllte Staatskasse, Tschirnhaus seine Akademie und Böttger die Freiheit. Samuel stellte sich vor, dass er der Massemeister einer solchen Manufaktur wäre, mit einem großzügigen Lohn, von dem er sich einen Rock aus feinem Tuch machen lassen würde, Hut und Perücke dazu. So hatte er sich das gedacht und zählte bereits die Taler, die er nach Hause bringen würde. Zu Sophie.

Über viele Wochen schien alles möglich zu sein, und nur ganz allmählich, beinahe unmerklich, verblasste der Elan und wich einer Trägheit und Erschöpfung, die ihre Bemühungen beinahe zum Stillstand brachte. Tschirnhaus reiste in der Weltgeschichte umher, Dr. Bartholomäi kümmerte sich um seine zahlreichen Kinder und Ohain pflegte seine entzündeten Gelenke. Nur Böttger ließ nicht nach und drängte unablässig darauf, so schnell wie möglich eine Manufaktur einzurichten. Sie benötigten weiterhin Material. Auch mussten große Gruben angelegt werden, um die Masse darin zu lagern. Beinahe wöchentlich schrieb er Briefe an den König und an den Statthalter Fürstenberg, um auf eine Entscheidung zu drängen und Geld zu erbitten.

»Wirst du denn niemals müde, Böttger?«, fragte Samuel, als er ihn spätabends noch am Schreibtisch sitzen sah. Er konnte sich nicht daran gewöhnen, Böttger beim Vornamen zu nennen, obwohl er ihm über die zwei Jahre, die er ihn nun kannte, so vertraut geworden war.

»Rotwein und Meerträubelextrakt«, erklärte Böttger trocken. »Davon steht selbst das müdeste Schlachtross wieder auf. Willst du es auch mal probieren?«

Samuel lehnte dankend ab und wartete einen Augenblick, bis er die Frage stellte, die ihm eigentlich unter den Nägeln brannte. »Dann willst du also weiter am Porzellan arbeiten?«

Böttger blickte ihn erstaunt an. »Wie du siehst, ist es ein weiter Weg von der Erfindung des Porzellans bis zu einer Manufaktur, und da Tschirnhaus auf Reisen ist, muss ich mich wohl darum kümmern.« Böttger wollte schon weiterschreiben, hob jedoch noch einmal den Kopf. »Du bleibst natürlich auch hier, falls das deine Sorge sein sollte. Ich werde schon bald einen fähigen Massemeister benötigen.«

»Und das Gold?«

Böttger faltete in aller Seelenruhe den Brief, den er gerade zu Ende geschrieben hatte.

»Solange der König nicht danach verlangt ...« Mehr sagte er nicht, aber Samuel meinte herauszuhören, dass dieses Thema längst nicht abgeschlossen war – sei es, weil der König seine Forderung erneuern würde oder weil Böttger es nicht lassen konnte, danach zu forschen. Fest stand nur, dass der König bisher keine Anstalten machte, seinem Goldmacher die Freiheit zu schenken, obwohl dieser ihm doch statt des Goldes das Porzellan erfunden hatte.

Eine Antwort vom König oder wenigstens von Fürstenberg erhielt Böttger vorläufig nicht. Der König war wohl sehr damit beschäftigt, einen Krieg vorzubereiten, für den er aber wegen eines Friedensvertrages keine Erlaubnis besaß. Er traf sich mit den Gesandten des Kaisers und des Zaren und suchte nach Verbündeten, während sein Statthalter Fürstenberg sich zu Hause darum bemühte, die Stände von einem Krieg zu überzeugen, dessen Nutzen sie, in Anbetracht der hohen Kosten, anzweifelten. Das jedenfalls berichtete Tschirnhaus bei einem seiner seltenen Besuche auf der Bastei.

»Ich frage mich manchmal, ob dieser Krieg dem König ganz und gar den Kopf vernebelt«, beschwerte sich Böttger. »Begreift er denn nicht, dass ihm das Porzellan nur etwas bringt, wenn es auch hergestellt und verkauft wird?«

»Der Krieg scheint ihm eben wichtiger zu sein«, wandte Samuel ein.

»Und wovon will er seinen Krieg bezahlen, wenn er nicht einmal für uns ein paar lächerliche Taler übrig hat?«

In seiner Verzweiflung wandte sich Böttger schließlich mit einem Brief an die Gräfin Cosel, die damals, als sie dem König die Erfindung des Porzellans präsentiert hatten, so eifrig Fragen gestellt hatte. Tatsächlich schrieb sie Böttger als Einzige zurück und versicherte, sie wolle sehen, was sie tun könne. Solche Floskeln bedeuteten nicht viel. Immerhin schickte sie zu ihrem Brief eine Kiste mit Konfekt und Wein. Böttger fühlte sich geschmeichelt und verfasste zum Dank ein Gedicht, das er Samuel im Nachhinein stolz vortrug.

»Und? Wie gefällt es dir?«, wollte er wissen.

Samuel verzog verlegen das Gesicht. Er fand die Zeilen ein wenig schwülstig geraten, was er aber nicht auszusprechen wagte. Außerdem war es sowieso zu spät. Böttger hatte das Gedicht bereits abgeschickt.

Die Tage bis Ende Februar verbrachten sie damit, die kläglichen Mengen an Material zu verarbeiten, die Ohain ihnen sandte. Auch von der weißen Erde aus Aue war ein weiteres Fass dabei. Sie suchten nach Wegen, das Porzellan in zuverlässig gleichbleibender Qualität herzustellen, experimentierten mit Glasuren, und da das Porzellan noch in den Kinderschuhen steckte, sann Böttger darüber nach, vorerst eine Manufaktur für Fayencen einzurichten, jene Nachahmung von Porzellan, die bereits in ganz Europa produziert wurde. Aber auch dafür fehlte das Geld an allen Ecken und Enden. Die Gehilfen und einige wenige zusätzlich eingestellte Töpfermeister kamen mit ihrem kärglichen Lohn gerade so über die Runden, und als dieser einmal ganz ausblieb, fragte Johann sich sogar, ob es nicht an der Zeit wäre, nach Freiberg zurückzukehren. Allein die Hoffnung, dass sich die Lage jeden Augenblick ändern könnte, hielt sie alle weiter hier.

Mit Beginn des Monats März kam überraschend Dr. Nehmitz wieder regelmäßig auf die Bastei und richtete sich in einer geräumigen Kammer im ersten Stock des Wohnhauses, gleich neben Böttgers Zimmern, eine Schreibstube ein.

»Eine Schreibstube?«, fragte Böttger, als Samuel ihm davon erzählte. »Was schreibt er denn, der Herr Doktor? Eine Abhandlung über das große Nichts, das sich in seinem Kopf befindet?«

Böttgers Nerven waren von der Warterei und seinen vergeblichen Bemühungen so gereizt, dass er sich mit Rotwein zu beruhigen versuchte, und als er Nehmitz nebenan hämmern und schwere Möbelstücke über den Fußboden schleifen hörte, hatte Samuel Mühe, ihn vom übermäßigen Trinken abzuhalten.

»Beruhig dich, Böttger. Wie wär's mit einer schönen Fleischbrühe oder einem Glas Wasser?«, schlug er vor.

»Lass mich in Frieden«, schimpfte Böttger. »Wenn ich nicht schreien darf, dann will ich wenigstens saufen. Und wenn ich nicht saufen darf, dann lass mich schreien. Dieser Nehmitz will mich in den Wahnsinn treiben. Das ist es, was er vorhat. Er will mich krank machen.«

Und wie zum Beweis bekam Böttger kurz darauf einen solch schlimmen Husten, dass er wochenlang geschwächt das Bett hüten musste und mehr denn je nach rotem Wein verlangte, den Samuel, sooft es ging, mit Wasser verdünnte, wobei er hoffte, Böttger würde es nicht bemerken. Denn was sollten sie ohne ihn tun? Gemeinsam mit Dr. Bartholomäi und Dr. Nehmitz hielten die Gehilfen die Herstellung der Fayencen und die Arbeit am Porzellan mehr schlecht als recht am Laufen, während Tschirnhaus sich bei seinem Freund, dem Philosophen und Mathematiker Leibniz, in Berlin aufhielt, dem es in Preußen bereits gelungen war, eine wissenschaftliche Akademie zu gründen.

Als Böttger wieder auf die Beine kam, war es Mai geworden. Eines Morgens, als Samuel ihm das Frühstück brachte, saß sein Meister ungewöhnlich munter auf dem zerwühlten Bett. Die Fenster waren weit geöffnet, sodass die warme Luft hereinströmte. Auf einem Teller vor ihm lagen fremdartige Früchte, die Samuel nie zuvor gesehen hatte. Böttger schnitt mit einem Messer die ledrige leuchtend dunkelgelbe Schale herunter, und ein angenehm frischer Duft verbreitete sich im Zimmer. Mit den Fingern löste er eine der fleischigen Fruchtspalten und reichte sie Samuel, der das Stück zögerlich in den Mund steckte, wo es seinen Geschmack entfaltete – süß und sauer und zugleich duftend wie ein blühender Garten.

»Orangen«, erklärte Böttger und lachte über Samuels Gesicht. »Tschirnhaus hat sie mir aus Berlin geschickt. Lieber wär's mir allerdings, der Alte würde endlich wieder selbst herkommen.«

Die Orangen hatten eine ganz wundersame Wirkung auf Böttger, wie Samuel bald feststellte. Sie waren heilsamer als jede Medizin, die Böttger zuvor genossen hatte. Sie machten ihn heiter und ausgeglichen. Er schrie nicht mehr, trank weniger Wein, und als er vollständig von seinem Husten genesen war, fasste er einen Entschluss: Wenn er schon mit dem Einrichten der Porzellanmanufaktur kaum vorankam und sein Dasein weiterhin als Gefangener fristen musste, so wollte er doch wenigstens ein wenig Schönheit in sein Leben bringen. Er, der nun schon seit Jahren auf seine Freiheit hoffte, wollte sich einen Ort erschaffen, der ihm alles erträglicher machte. Eine Orangerie wollte Böttger sich bauen lassen – selbstverständlich von seinem eigenen Geld – und stellte sogleich beim Statthalter Fürstenberg einen Antrag. Als Nehmitz Wind davon bekam, setzte er alles in Bewegung, um die Orangerie zu verhindern.

»Wo kämen wir da hin? Böttger ist ein Gefangener. Was bildet er sich ein? Dass er ein Graf ist und dies sein Schloss? Eine Orangerie! Das ist ja lächerlich!«

Aber Fürstenberg erteilte Böttger die Erlaubnis, vielleicht auch, um ihn zu besänftigen, denn der König hatte immer noch keinen Entschluss gefasst, wo und wie eine Porzellanmanufaktur aufgebaut werden sollte, geschweige denn Gelder dafür bewilligt. Nehmitz musste den Bau der Orangerie hinnehmen, und man sah ihm seinen Ärger darüber an. In bissigem Ton mahnte er, dass Böttger wegen seiner Orangen aber ja nicht die Arbeit vernachlässigen solle, und verlangte von nun an jede Woche einen schriftlichen Bericht darüber, was Böttger getan und welche nützlichen Erkenntnisse er erlangt habe. Samuel wunderte sich über den neuen Ton in Nehmitz' Stimme. Es war nur eine kleine Veränderung. Ein wenig herrischer, ein klein wenig kälter, und seinen langen Körper reckte Nehmitz nun selbstsicherer, wenn er über den Hof ging.

»Er hat was vor«, warnte Samuel Böttger.

»So, was hat er denn vor?«, höhnte Böttger. »Will er vielleicht die Leitung der Manufaktur übernehmen?« Allein die Vorstellung schien Böttger so lachhaft, dass er es nicht für nötig hielt, auf Nehmitz' Forderungen einzugehen. Auch wusste er, dass Tschirnhaus auf seiner Seite war. Spätestens bei seiner geplanten Rückkehr im Herbst würde dieser den Drohungen von Nehmitz einen Riegel vorschieben.

Den Sommer über konnte Samuel verfolgen, wie auf der Rückseite des Hauses eine Laube entstand, mit großen Fenstern, einem Holzboden und einem gläsernen Dach. Kurz darauf kamen Lieferungen mit Blumentöpfen, Erde, Tulpenzwiebeln und anderen exotischen Gewächsen, darunter zwölf Orangenbäumchen, die Samuel bis zur Schulter reichten. Er half Böttger, die Bäumchen einzupflanzen und schließlich einen großen Holztisch und einige Stühle in die Orangerie zu tragen. Die helle grün betupfte Welt, die Böttger sich hier schuf, kam Samuel wie eine Zauberinsel vor, ein fremd anmutendes, feucht-warmes Paradies, in dem der betörende Duft der Blüten einen von fernen Ländern träumen ließ. Von nun an war Böttger meist in der Orangerie zu finden. Hier plante er und rechnete, schrieb immer wieder dringliche Briefe an Fürstenberg und an den König und besprach mit Samuel und den anderen Gehilfen die Experimente, die sie durchführen wollten, um schöne Glasuren und Farben zu entwickeln. Wenn er nicht gerade arbeitete, pflegte Böttger seine Orangenbäumchen, und bald schon zeigten sich kleine, noch unreife Früchte, die Böttger stolz präsentierte und streichelte, als wären es seine Kinder. Einmal hatte Nehmitz es gewagt, seinen Kopf hineinzustrecken. Die Männer sahen auf, Böttger hingegen behandelte ihn wie Luft und begann in aller Seelenruhe, seine Orangenbäumchen zu gießen. Nehmitz' Miene versteinerte. Fortan mied er die Orangerie, aber Samuel sah ihn oft davor herumschleichen, als vermutete er darin den Hort des Bösen. Und wieder überkam Samuel das ungute Gefühl, dass Nehmitz sich irgendwann mit dem Herumschleichen nicht mehr begnügen würde.

Tatsächlich gelang es Nehmitz, ein Netz von Fallstricken zu spinnen, das Böttger irgendwann nicht mehr ignorieren konnte. Nachdem vom König immer noch kein Geld gekommen war und Böttger weiter drängende Briefe schrieb, erreichte ihn schließlich ein Schreiben von Fürstenberg, das die katastrophale Lage, die sich inzwischen hinter Böttgers Rücken zusammengebraut hatte, deutlich machte. Wie sich zeigte, hatte Nehmitz seit einiger Zeit monatlich vierhundert Taler angenommen, die der König für die Weiterentwicklung des Porzellans geschickt hatte. Ohne sich mit jemandem abzusprechen, hatte Nehmitz die Räume, die Böttger dafür anmieten wollte, wieder gekündigt, da sie ihm zu weit weg und zu teuer erschienen waren. Arbeiter und Künstler, die Böttger anheuern wollte, schickte Nehmitz wieder fort, um von nun an selbst die Leute auszusuchen, die hier arbeiten sollten. Als Böttger protestierte, behauptete Nehmitz in mehreren Berichten an den König, Böttger habe einen Fluchtversuch geplant. Man glaubte ihm. Kurz darauf wurden die Wachen aufgestockt, und Böttger wurde von nun an untersagt, mit Außenstehenden zu sprechen. Weder konnte er folglich selbst Materialien einkaufen noch neue Arbeiter oder Künstler einstellen. Die Planung der Manufaktur war ihm aus der Hand genommen, und Tschirnhaus, der vielleicht hätte vermitteln können, hielt sich immer noch in Berlin auf.

Samuel rieb sich die Augen, wie schnell es Doktor Nehmitz schaffte, sich bei den Männern, die ihn so lange nicht ernst genommen hatten, Respekt zu verschaffen. Da er nach wie vor weder in der Porzellan- noch in der Fayencenproduktion eine maßgebliche Rolle spielte, machte er es sich zur Aufgabe, die Geheimhaltung des Herstellungsverfahrens zu überwachen. Eifrig suchte er nach Verrätern, mochte es sie tatsächlich geben oder nicht. Bald setzte er einige Spitzel ein, was jeder wusste und worüber anfangs alle lachten. Bis Nehmitz eines Tages an einem Handlanger ein Exempel statuierte und behauptete, dieser habe einen Teil des Porzellangeheimnisses an einen holländischen Töpfermeister verraten. Erst als Tschirnhaus zurückkehrte und sich einmischte, kam der Handlanger wieder auf freien Fuß. Dem armen Teufel konnte es daraufhin gar nicht schnell genug gehen, die Bastei zu verlassen, und einige andere Arbeiter, die sich Nehmitz' Willkür nicht gefallen lassen wollten, taten es ihm gleich – ausgerechnet jene, die am nötigsten gebraucht wurden. Nehmitz zog den Kopf ein, und fürs Erste mochten sie glauben, alles wäre nur ein böser Spuk gewesen.

Anfang September erkrankte Johann an der Ruhr. Fieber, Übelkeit und Durchfall quälten ihn. Einige Tage später erwischte es einen der Dreher, dann Paul. Nehmitz und Tschirnhaus blieben der Bastei vorerst fern. Böttger schloss sich in sein Arbeitszimmer ein und ließ niemanden zu sich. Vier Wochen später schien die Seuche überwunden. Böttger war tatsächlich verschont geblieben. Die anderen Männer, auch Samuel, hatten die Krankheit durchgestanden und sich letztlich davon erholt. Nur Tschirnhaus, der sich am Ende doch noch angesteckt hatte, lag noch ans Krankenbett gefesselt. Er war im Palais des Statthalters Fürstenberg untergekommen, wo man sich mit allen Mitteln darum bemühte, ihn gesund zu pflegen.

Als Samuel an diesem Morgen die Orangerie betrat, schlug ihm die feuchte, warme Luft entgegen. Der Frost hatte früh eingesetzt und an den Fenstern hatten sich Eisblumen wie ein zarter Vorhang auf die Scheiben gelegt. Ohain und Dr. Bartholomäi waren bei Böttger, der seine ersten Orangen erntete. Zwei Spatzen schlugen tschilpend Kapriolen, und ihre Leichtigkeit ließ für einen Moment alle Sorgen nichtig erscheinen. Erst als Johann, der die Nacht an Tschirnhausens Bett gewacht hatte, die Orangerie betrat, kehrten ihre Gedanken zurück an diesen kühlen, klaren Oktobermorgen.

Fragend sahen sie auf, um zu erfahren, ob Tschirnhausens Zustand sich gebessert hatte. Johann jedoch brachte zunächst kein Wort heraus. Die Spatzen tschilpten, die Eisblumen weinten und als wäre es ein letzter Gruß des alten Mannes, lag über allem der Orangenduft. Tschirnhaus war tot.

Samuel

Dresden, 1708–1709

Die Trauer legte sich wie ein Frösteln über die Bastei. Der erste Schnee bedeckte alles mit einer glitzernden Glasur. Die protzige Festung kam Samuel mit einem Mal verwundbar vor und all ihr Bemühen so zerbrechlich. Ein Gefühl, als könnte das, worauf er in den letzten Jahren gehofft hatte, mit leichter Hand weggewischt werden. Bei der gemeinsamen Arbeit am Porzellan hatten Tschirnhaus und Böttger reibungslos miteinander harmoniert, geeint vom gleichen Ziel und einander durch ihr unterschiedliches Wissen und ihre Einfälle perfekt ergänzend. Längst vergessen war der unsinnige Krieg, den sie in Meißen anfangs geführt hatten. Der alte Herr war zum Schluss für sie alle wie ein Vater gewesen, auch für Böttger, der von seinem Tod tief getroffen war. Dennoch weigerte er sich, der Mutlosigkeit Raum zu geben, und nahm umgehend seine Arbeit wieder auf, nur stiller, mechanischer. Samuel erschienen die Abläufe nun seelenlos, wie Brennkapseln ohne Inhalt. So ließen sie den Winter mit seinen Feiertagen vorüberziehen und hofften, dass die kommende Frühlingswärme auch ihren Träumen wieder Leben einhauchen würde.

Nehmitz, nachdem er anstandshalber bis zum Jahreswechsel Zurückhaltung geübt hatte, war bald wieder zur Stelle und marschierte nun, ganz gegen seine Gewohnheit, in die Orangerie.

»So, Böttger. Nun ziehen hier geordnete Verhältnisse ein. Ihr habt das Porzellan erfunden, gut, Ihr seid ein Erfinder. Die Manufaktur aufzubauen, solltet Ihr anderen überlassen.«

»Ach ja? Euch vielleicht?«

»Ganz richtig. Denn mit Verlaub, von geregelten Abläufen und von Wirtschaftlichkeit habt Ihr keine Ahnung.«

»Aber ein Papierfresser wie Ihr will Ahnung haben.«

»Ihr würdet nur Chaos anrichten.«

»Und Ihr mit Eurem Kleingeist jede Idee im Keim ersticken.«

»Ich brauche das nicht mit Euch zu diskutieren. Damit wir uns nicht in die Quere kommen, habe ich vorgeschlagen, die Manufaktur nach Meißen auf die Albrechtsburg zu verlegen. Ich werde dort die Manufaktur leiten, und Ihr erfindet hier, was dazu noch nötig ist.«

In der Tür drehte er sich noch einmal um.

»Ich habe den König auch darüber informiert, dass Ihr ab sofort das Goldmachen wieder aufnehmen werdet, und der König war vollkommen damit einverstanden.«

In der feuchten Wärme, die sich unter dem Glasdach der Orangerie gebildet hatte, stand flimmernd die Luft, und selbst die sonst andauernd tschilpenden Spatzen gaben keinen Ton von sich.

»Ich weiß nicht, ob Ihr von einem gewissen Graf Cajetano gehört habt, dem Goldmacher des preußischen Königs«, sagte Nehmitz mit bedrohlich leiser Stimme. »Auch er hat seine Versprechungen bisher nicht einhalten können. Vor einem Jahr hat man ihn auf die Festung in Küstrin gebracht und gab ihm eine letzte Chance. Jetzt ist die Frist vorbei, und noch vor Ende des Sommers wird der feine Graf am Galgen hängen.«

Samuel erschauderte. Er musste an eine Hinrichtung denken, der er als Kind zusammen mit seinem Vater zugesehen hatte. Nie würde er das schreckliche Gefühl von Ohnmacht vergessen, das ihn damals beschlichen hatte. Was hatte das Schicksal mit ihm vor? Lag es in seiner Hand, ob er am Galgen oder als angesehener Mann enden würde?

Dr. Nehmitz wandte sich ab, nachdem er die Wirkung seiner Rede ausgekostet hatte. Samuel sah den Hass in seinen Augen, der sich an der Vorstellung des hängenden Goldmachers zu ergötzen schien. Böttger war kreidebleich, hielt sich aber aufrecht, bis der Doktor die Tür hinter sich zugezogen hatte.

»Er will sich nur wichtigmachen«, versuchte Samuel Böttger zu beruhigen. »Jeder weiß, dass Nehmitz eine Pfeife ist, und der König wird gewiss ...«

»Lass es, Samuel!«, brachte Böttger ihn zum Schweigen. Und er hatte recht. Was verstand Samuel schon davon, welche Beziehungen Nehmitz bei Hofe hatte? Was wusste er darüber, auf wessen Rat der König hörte, wer sich beliebt machen wollte oder wer wem einen Gefallen schuldete? Rein gar nichts. Alles, was er wusste, war, dass Tschirnhaus, der bisher stets schützend seine Hand über Böttger gehalten und es immer wieder mit klugen Schachzügen verstanden hatte, die Weiterarbeit am Gold hinauszuzögern, nicht mehr da war.

Constantia

Berlin, 1709

Es lag etwas in der Luft. Wie der Geruch von Schießpulver. Constantia spürte das Kribbeln in der Nase, ein Jucken, das sich in ihrer Brust ausbreitete. Kaum wagte sie es zu atmen, in der Erwartung, dass jeden Augenblick etwas explodieren könnte. Ihr Blick wanderte zwischen den drei Königen hin und her, die neben ihr an der mit Blumengirlanden und einem silbernen Aufsatz geschmückten Festtafel saßen. Aber auch ohne hinzusehen, hätte sie gewusst, wie sehr August sich im Zaum halten musste. Sie kannte sein Temperament. Und jetzt, nach dem neunten Glas Wein, glich es einer stürmischen See, die man versuchte, in einer Flasche zu bändigen. Es würde ihm nichts nützen. Die Verhandlungen dieser Zusammenkunft, die man scherzhaft »Dreikönigstreffen« nannte, waren abgeschlossen, und bei diesem letzten Festessen sollte nicht mehr über Politik gesprochen werden.

Soeben hatte man das Dessert aufgetragen, eine üppige mit kandierten Orangen, Trauben und Rosenblättern dekorierte dreistöckige Torte, aus der, als man das erste Stück herauslöste, drei weiße Tauben flogen. »Ah!«, rief die anwesende Hofgesellschaft und applaudierte, obwohl die meisten von ihnen nicht in den Genuss kommen würden, die Torte zu probieren, denn sie mussten sich am Rand des Saals mit einem Stehplatz begnügen. An der Tafel selbst saßen neben den drei Königen und Constantia nur acht ausgewählte Gäste. Während sie die Torte aßen, plätscherten ihre belanglosen Gespräche wie eine heitere Melodie, zu deren Takt sie die Löffel zu den Lippen führten und ihre Münder auf- und zuklappten – und das, obwohl der Missklang der königlichen Unterhaltung nun kaum noch zu überhören war.

Im sanften Licht der Kerzenlüster sahen die drei Regenten aus wie Brüder. Sie trugen die gleichen Perücken, ihre Gesichter waren auf dieselbe Weise geschminkt – sogar ihre Namen glichen sich. Ihr Gastgeber, König Friedrich I. von Preußen, hatte soeben seinen Löffel niedergelegt und wischte sich den Mund ab, wobei er mit schmalen Augen zu seinen Bündnispartnern schielte – links von ihm Friedrich von Dänemark, den sie der Einfachheit halber Frederik nannten, ihm gegenüber, gleich neben Constantia, Friedrich August von Sachsen, den sie einfach bloß August nannten. Frederik hatte während des gesamten Essens kaum etwas gesagt und noch weniger getrunken, woraus Constantia leicht schließen konnte, dass er an diesem letzten Tag nicht noch aus Unbedachtheit irgendeinen Fehler machen wollte. Den Sommer über, als Frederik bei ihnen in Dresden zu Gast gewesen war, hatte er sich gesprächiger gezeigt. Er hatte die Feierlichkeiten und Spiele, die man für ihn veranstaltete, in vollen Zügen genossen und Constantias kluge und unterhaltsame Gesellschaft zu schätzen gewusst – nicht zuletzt ihr hatte es August zu verdanken, dass Frederik sich bereit erklärt hatte, bei einem möglichen Krieg gegen Schweden an der Seite Sachsens zu kämpfen. Ja, ihr. Und nicht seinem General Flemming, mochte der noch so ehrgeizig sein.

Dabei fürchtete Constantia nichts mehr, als dass August eines Tages in die Schlacht ziehen würde. Aber dieser Krieg war alles, worauf er in den vergangenen Jahren hingearbeitet hatte. Wenn sie ihn nicht darin unterstützte, würde es sein Kriegsminister Flemming tun. Flemming war es auch gewesen, der August vor zwölf Jahren auf den polnischen Thron verholfen hatte, der nicht vererbt, sondern durch eine Wahl gewonnen wurde. Und diese Wahl zu gewinnen hatte August endlose Mühen, einige Millionen Reichstaler und die Konversion zum Katholizismus gekostet, aber er wollte den Königstitel unbedingt haben. Ausgerechnet der schwedische König Karl, der ja Augusts Vetter war, machte ihm diesen wieder streitig. Vor drei Jahren hatte er die sächsischen Truppen besiegt, August aus Warschau verjagt und einen Gegenkönig eingesetzt. Geschickt erpresste Karl einen Friedensvertrag, und August musste hinnehmen, dass schwedische Soldaten sein Kurfürstentum Sachsen daraufhin ein ganzes Jahr lang besetzt hielten.

»So einfach lasse ich mich nicht vertreiben«, hatte August gegrollt. »Zu teuer habe ich mir die polnische Krone erkauft, und nichts in diesem Krieg ist entschieden, solange ich nicht aufgebe.«

»Immerhin darfst du den Königstitel behalten«, hatte Constantia ihm gut zugeredet. »Ist es nicht das, was du wolltest?«

»Ein König ohne Königreich ist lächerlich.«

August war nicht gewillt, die Demütigung, die Karl ihm zugefügt hatte, auf sich sitzen zu lassen, und daher war ein erneuter Krieg gegen Schweden für ihn unabdingbar. Zwar fehlte ihm noch die Zustimmung des Kaisers und des Papstes, um den Friedensvertrag zu brechen, dennoch wollte er sich jetzt schon Verbündete sichern. Doch Preußen zierte sich.

»Ein kniepiges Aas ist Friedrich, der mir das Königreich nicht gönnt«, ärgerte sich August, als der preußische König sich bei ihrem Treffen lediglich zu einem Stillhalteabkommen hatte überreden lassen, bei welchem er den Schweden verbieten wollte, durch sein Land zu marschieren.

»Ich sehe es ihm doch an, wie es ihn freut, wenn er mir um eine Nasenlänge voraus sein kann«, schimpfte er, denn auch Brandenburg war wie Sachsen nur ein Kurfürstentum gewesen und erst vor einigen Jahren zum Königreich Preußen aufgestiegen.

Auch Constantia mochte den Preußenkönig nicht leiden, wenn auch aus anderen Gründen. Es ärgerte sie, dass König Friedrich sie zu ignorieren schien. Nicht ein einziges Mal hatte er während dieser Tage in Potsdam und Berlin das Wort an sie gerichtet. Dabei hatte sie seine neidischen Blicke sehr wohl bemerkt, die ja nicht weiter verwunderlich waren, denn seine dritte Gattin Sophie Luise, obschon jünger als Constantia, war eine vertrocknete Pietistin, die ihrem Pfarrer mehr gehorchte als ihrem Gatten. Ob sie deswegen nicht zu diesem Essen erschienen war? Oder doch auf Friedrichs Wunsch hin? Er war ja der Meinung, Frauen in der Politik seien eine Seuche. Jeder wusste das. August scherte sich nicht drum und hatte sie stolz vorgeführt, obwohl sie nicht einmal seine Ehefrau war, jedenfalls nicht offiziell, und noch dazu wieder schwanger, was längst nicht mehr zu übersehen war. Er scheute sich nicht, sie vor allen anderen nach ihrer Meinung zu fragen, und freute sich doppelt, wenn er Friedrich damit ärgern konnte.

Soeben schüttete August ein weiteres Glas Wein in sich hinein, worauf Friedrich ihm in nichts nachstehen wollte und es ihm gleichtat.

»Nun, mein lieber Friedrich«, stichelte August. »Wie ich höre, habt Ihr Euch von Eurem Goldmacher, diesem Graf Cajetano, an der Nase herumführen lassen. Und nun muss der arme Bursche hängen. Hättet Ihr ihm von Anfang an einen Tritt in den Hintern gegeben, wärt Ihr jetzt um einige Tausend Taler reicher und er um ein ganzes Leben.«

Friedrich lutschte sich einen Rest Fleisch von den Zähnen und kniff die Augen zusammen. »Hat Euer Böttger vielleicht Gold gemacht?«

»Nein, aber Porzellan«, gab August zurück.

Friedrich leerte sein Glas und schüttelte sich. »Scheußliches Zeug, dieses Franzosengesöff«, brummte er und verlangte nach einem Bier. »Porzellan ist Porzellan und kein Gold«, tönte er weiter. »Und der Böttger ist ein Betrüger. Der verkauft Euch noch einen alten Nachttopf für ein Porzellan.«

»Wollt Ihr damit sagen, dass ich einen Nachttopf nicht von einem Porzellan unterscheiden kann?« Augusts Tonfall wurde scharf. Ihm war anzusehen, dass er dem Preußenkönig das Franzosengesöff am liebsten in sein Antlitz gekippt hätte.

»Nein, das will ich nicht sagen«, entgegnete Friedrich spitz. »Aber Böttger war schlau genug, um aus Preußen zu entkommen, was wirklich nicht leicht ist. Also wird er auch schlau genug sein, Euch um den Finger zu wickeln. Es werden schon Wetten darüber abgeschlossen, wie hoch Eure Investition in ihn war. Dafür, dass Ihr anstelle von Gold einen Haufen Scherben bekommen habt. Dagegen ist mein Graf Cajetano ein Fliegendreck.«

Die Teller und der Rest der Torte, die nun einem unansehnlichen Schlachtfeld aus geschlagener Sahne und Biskuitkrümeln glich, wurden abgeräumt. Constantia hoffte, dass das Ende des Festmahls sie bald erlösen würde, und auch die anderen Gäste schienen es kaum erwarten zu können, sich zurückzuziehen. Friedrichs Sohn, der preußische Kronprinz, lauschte nervös der angespannten Unterhaltung, und selbst der Oberhofkammerherr Graf von Wartenberg, der für die Organisation dieses Treffens verantwortlich war und in dessen Palais das Essen stattfand, machte keinen erfreuten Eindruck.

Constantia verfolgte die Debatte mit wachsender Unruhe, und ganz gegen ihre Natur war sie froh darüber, dass man ihr keinerlei Beachtung schenkte.

Umso mehr fühlte sie sich überrumpelt, als August auf einmal das Wort an sie richtete.

»Was meint Ihr, Verehrteste? Seid Ihr auch der Meinung, dass unser Böttger hängen sollte?«

Constantia tupfte sich die Lippen, um ihre Worte abzuwägen. »Er hat neben dem Porzellan einige nützliche Dinge erfunden. Aber wer bin ich, eine solche Entscheidung hier und jetzt zu treffen?«

»Trefft sie! Tut es! Und ich werde es machen, wie Ihr es verlangt«, tönte August.

Constantia war selten um eine Antwort verlegen. Aber in diesem Moment entfuhr ihr nur ein gekünsteltes Lachen. Seit ihrem Besuch auf der Bastei reagierte August gereizt, wenn der Name Böttger fiel. Constantia hatte immer noch nicht begriffen, warum er so nachtragend war. Wenn sie August darauf ansprach, stritt er jede Empfindlichkeit ab. Gar nichts sei mit Böttger, behauptete er grantig, und Constantia ärgerte sich. Da hatte Böttger ein Wunder vollbracht und gemeinsam mit Tschirnhaus Porzellan hergestellt, aber statt ihn zu fördern, um möglichst bald Gewinn mit einer Manufaktur zu erzielen, ließ August ihn zappeln.

Constantia hatte nicht vor, in dieser Runde Augusts Zorn anzuheizen, aber bereits ihr Zögern reichte aus, um genau das zu tun. August lachte gehässig, was vielleicht nicht einmal ihr galt und sie dennoch traf.

»Ich dachte es mir: Er gefällt Euch immer noch, dieser Böttger.«

»Das wäre übertrieben.«

»Hat er Euch nicht kürzlich ein Poem geschrieben?«

»Wie bitte?« Constantia wusste erst gar nicht, wovon er sprach, dann fiel's ihr wieder ein.

»Kein Poem. Ein bescheidener Dank, weil er mich in irgendeiner Sache um Hilfe gebeten hatte – ich hab vergessen, was es war. Ich schrieb zurück, dass ich mein Bestes tun wolle – was man halt so schreibt –, und er bedankte sich.«

»Aber in Reimen!«

»Möglich.« Constantia hätte das Gespräch gern beendet. Sie fegte einen Tortenkrümel von der Tischdecke und sah zu Friedrich, der das Geplänkel mit Genugtuung verfolgte. Doch August ließ nicht locker.

»Wenn Böttger Euch so gleichgültig ist, dann könnt Ihr jetzt ebenso gut bestimmen, dass er zum Tode verurteilt wird.«

Die drei Könige blickten sie an, sie, die Mätresse des sächsischen Kurfürsten und polnischen Königs August, deren Wort durchaus Gewicht hatte. Sie musste antworten. Das Richtige antworten. Irgendetwas Kluges, Diplomatisches mit Witz, sodass die ausweglose Situation sich in Gelächter auflöste. Aber die Worte wollten ihr nicht in den Sinn kommen, stattdessen entstand eine peinliche Stille. Augusts Brust hob und senkte sich vor Erregung, bis er die Spannung nicht länger ertrug und mit der Faust auf den Tisch hieb. Das Plaudern um sie herum erstarb. August erhob sich. Mit einem Rest an Contenance bedankte er sich für das Mahl und wankte davon. Constantia ließ er beschämt zurück, während Friedrich dünn lächelte und damit womöglich zum Ausdruck bringen wollte, dass es allemal besser sei, eine vertrocknete Pietistin zur Frau zu haben, als eine schöne Mätresse, die sich in alles einmischte und einem noch dazu untreu wurde.

Constantia

Dresden, 1709

Nach ihrer Rückkehr aus Berlin ließ August sich eine ganze Woche nicht bei ihr blicken und forderte sie auch nicht auf, ins Schloss zu kommen. Auch gut, dachte Constantia, denn ihre fortgeschrittene Schwangerschaft machte ihr zu schaffen. Die Besuche im Schloss strengten sie an, und nachts verfolgten sie Albträume. Sie schlief immer schlecht, wenn sie ein Kind erwartete. Es war, als wollten die Träume die Schrecken der Geburt vorwegnehmen, bei der Constantia jedes Mal fast verblutet war. Oft legte sie die Hand auf ihren Bauch, beinahe fragend, als könnte sie immer noch und immer wieder nicht glauben, dass da ein Kind in ihr heranwuchs. Als ihr erstes Kind von August tot zur Welt gekommen war, hatte sie sich wegen dieses Unglaubens schuldig gefühlt. Man musste doch an etwas glauben, damit es wahr würde. Immerhin, das zweite, die kleine Augusta, die im Februar ein Jahr alt geworden war, hatte überlebt.

Als nun aber eine Woche verstrichen war, kam Constantia Augusts Fortbleiben immer bedenklicher vor, und sie begann, sich die schrecklichsten Dinge auszumalen. Dass er sie fallen lassen würde, um sich eine andere Mätresse zu nehmen, jetzt, wo sie schwanger war. Oder dass der Kaiser in den Krieg eingewilligt hatte. Dass August losgezogen war, ohne sich von ihr zu verabschieden, und sie die Geburt allein und ohne einen lieben Menschen an der Seite durchstehen müsste. Inständig hoffte sie, August würde erst aufbrechen, wenn das Kind zur Welt gekommen war, ihr zuliebe. Und jetzt wünschte sie, sie hätte sich an jenem letzten Abend des Dreikönigstreffens für Böttgers Tod ausgesprochen. Als Liebesbeweis, der August sagte, dass auch sie bereit war, alles für ihn zu tun.

»Unsinn«, rief sie sich selbst zur Räson und erhob sich schwerfällig aus dem Sessel. Das eine hatte mit dem anderen nichts zu tun. Sie ließ den Blick über die Einrichtung ihres Palais gleiten, das August gleich neben dem Schloss für sie hatte umbauen lassen, damit sie immer in seiner Nähe wäre. Mit fliegenden Händen strich sie über die roséfarbenen Tapeten, betrachtete den goldenen Stuck, die schweren Brokatvorhänge, die türkischen Teppiche und den Kamin aus rotem italienischem Marmor, nicht zu vergessen die silbernen Tische, die August eigens für sie aus seiner Schatzkammer hatte holen lassen. Der König hatte sich Constantia einiges kosten lassen: das Palais, die Juwelen, die Kleider, die Einkünfte, die er ihr zugestand, ihre Ernennung zur Gräfin, ihre erzwungene Scheidung von seinem Finanzminister Hoym, dem er dafür ein Darlehen von 50000 Talern gewährte, und schließlich das schriftliche Eheversprechen, das er ihr gegeben hatte. Er liebte sie. Alles war gut, mahnte sie sich. Und es war an der Zeit, diese Sache mit Böttger zu klären. Ein für alle Mal.

Dass man sie bat, im Vorzimmer zu warten, ärgerte Constantia. Sicher, es war nicht sonderlich klug gewesen, unaufgefordert ins Schloss zu kommen. Andererseits hatte sie sich schon oft herausgenommen, was sich sonst keiner herausnehmen durfte. Und sie wollte ja auch nur einen Augenblick ihren Kopf an Augusts Brust legen, sein Herz schlagen hören und seine große, warme Hand an ihrem Nacken fühlen. Mehr nicht. Und dann ganz sachlich über Böttger und das Porzellan sprechen und darüber, wie nützlich August dieses sein könnte. Offenbar hatte es bisher keiner seiner Berater für nötig gehalten, ihm dies nahezulegen. Ungeduldig fegte sie mit dem Saum ihres Kleides über das Parkett und ließ den Staub im Sonnenlicht tanzen. Eine Schmeißfliege summte nervtötend und flog ein ums andere Mal mit einem Knall gegen die Scheibe, bis sie kläglich surrend auf der Fensterbank liegen blieb. Angewidert beobachtete Constantia das hilflose Tier und schlug es mit ihrem Fächer tot.

Endlich öffnete sich die Tür und General Flemming, der nun auch Kriegsminister war, trat ins Vorzimmer. Er wirkte wie immer etwas steif und humorlos mit seinem kantigen Gesicht und den herabgezogenen Mundwinkeln. Nur seine kleinen, dunklen Äuglein waren flink wie Eidechsen und immer darauf aus, die Lage blitzschnell einzuschätzen. Kurz blickte er zu Constantia, stutzte, öffnete den Mund, entschloss sich dann aber wohl, lieber nichts zu sagen, und ging wortlos weiter, als wäre sie irgendeine unbedeutende Besucherin, die im Gegensatz zu ihm nicht sofort vorgelassen wurde. Die Tür stand immer noch offen, aber August folgte Flemming nicht, bat sie auch nicht herein, während die Lakaien in ihren grün-silbernen Uniformen an der Tür stur zur Wand sahen. Hatte August sie vergessen? Wollte er sie für etwas bestrafen? Constantias Empörung und die Hitze, die sich im Vorzimmer staute, stiegen ihr in den Kopf. Sie trat ein wenig näher an die Tür, spähte hinein, ohne jemanden im Zimmer zu entdecken, zögerte, um dann – bevor die beiden Lakaien reagieren konnten, bevor sie selbst einen klaren Gedanken fassen konnte – ihr Kleid zu raffen und an den beiden Tölpeln vorbei durch die Tür zu rauschen. Überrumpelt schauten sie ihr nach, wagten es aber nicht, sie aufzuhalten, und wohnten von der offenen Tür aus hilflos der Szene bei, die sich ihnen nun bot. Im Zimmer erwartete Constantia keinesfalls der König. Überrascht blickte sie in die Gesichter der Kurfürstin Christiane Eberhardine, Augusts Ehefrau, und des dreizehnjährigen Kurprinzen, der sich ängstlich an die Mutter klammerte und Constantia anschaute, als wollte sie ihm etwas antun. Die Lakaien schlossen diskret die Tür.

Constantia hatte nicht die geringste Ahnung gehabt, dass die Kurfürstin in Dresden war, und Christiane war nicht weniger verdattert. Die groß gewachsene Frau hatte trotz ihres massigen Körpers, den sie in ein Meer aus himmelblauer Atlasseide gehüllt hatte, etwas Zerbrechliches an sich. Ihre blasse Haut wirkte wie Papier, und als sie jetzt Constantia ins Gesicht sah, schien sie wie erstarrt und zog nur ein wenig die Schultern zusammen, als würde sie frieren. Es kostete sie offenbar sämtliche Kraft, Constantia die Stirn zu bieten. Kaum brachte sie einen Satz heraus.

»Ihr wünscht?«

»Der König hat nach mir gefragt«, log Constantia.

»Der König hat gerade Wichtigeres zu tun, als sich um die Belange einer Mätresse zu kümmern.«

»Es geht um die Belange des Königs und nicht um die einer solchen Dame, von der ich nicht weiß, wen Ihr damit meint«, entgegnete Constantia.

Die Kurfürstin stieß geräuschvoll die Luft aus. »Nun, ich meine Euch damit. Was glaubt Ihr denn? Haltet Euch wohl am Ende für die Königin?«

Constantia lächelte hintergründig. Christiane konnte ja nicht wissen, welchen Status sie, Constantia, Gräfin Cosel, einnahm und dass sie einen Ehevertrag besaß, den sie August abgerungen hatte. Dort stand es schwarz auf weiß und von ihm höchstpersönlich unterzeichnet, dass sie seine Frau war, die Frau zu seiner Linken. Er versprach darin, ihre gemeinsamen Kinder als die seinen anzuerkennen, und sollte die Kurfürstin das Zeitliche segnen, würde Constantia deren Platz einnehmen. Vorerst sollte der Vertrag geheim bleiben, aber sobald die politische Situation es zuließ, wollte August ihn öffentlich machen. Bis dahin galt sie als seine Mätresse. Gern hätte sie ihre Beziehung zum König wenigstens vor ihrem Vater richtiggestellt, der nichts ausließ, um sie seine Verachtung spüren zu lassen, doch August zuliebe schwieg sie. Sie wusste sich an ein Ehrenwort zu halten.

Ruhig betrachtete Constantia die Kurfürstin. Sie empfand Mitleid für die Frau mit den hellblonden Augenbrauen und den weiß bewimperten Augen. Und auch der Kurprinz, dieser picklige dicke Junge, der an Christianes Rockzipfel hing, kam ihr erbärmlich vor. Oft hatte sie, wenn sie dem Kurprinzen bei einem offiziellen Anlass begegnete, versucht, sich ihm freundlich zu nähern, aber er weigerte sich, mit ihr zu sprechen, und machte dabei immer ein Gesicht, als würde man ihn zwingen, etwas Ekelhaftes zu essen. Auch jetzt blickten seine wasserblauen Augen feindselig. Constantia hasste ihn dafür und fand, dass er eine ungesunde Gesichtsfarbe hatte, genau wie seine Mutter. Eine Gesichtsfarbe, die ein kurzes Leben nahelegte. Es war also durchaus möglich, dass Constantia, wie es in dem geheimen Ehevertrag festgehalten war, die Kurfürstin beerben und dass das Kind, mit dem sie schwanger war, einmal Kurfürst würde.

Keine der beiden Frauen hätte sich gerührt, wäre nicht August hereingekommen, der überrascht zu Constantia sah.

»Ich störe wohl«, meinte er trocken.

Christiane griff fest nach der Hand ihres Sohnes. »Wir sprechen später weiter, wenn Ihr mit dieser …«, sie suchte nach einem Wort, »Angelegenheit fertig seid.«

Ohne Constantia eines weiteren Blickes zu würdigen, zerrte sie den Kurprinzen mit sich hinaus.

»Ich dachte, du hast Sehnsucht nach mir«, gurrte Constantia und legte die Hand auf Augusts Arm.

»Jetzt nicht«, gab August mürrisch zurück und setzte sich an seinen Schreibtisch.

»Wie weit bist du denn mit deinem Krieg? Muss der Schwedenkönig schon das Zähneklappern kriegen?«

August öffnete die Briefe, die sich angesammelt hatten. Constantia machte dennoch keine Anstalten zu gehen.

»Aber die Zusage des Kaisers hast du noch nicht? Oder besser die des Papstes. Ich nehme an, der Kaiser entscheidet nichts ohne den Papst«, bohrte sie weiter und vergaß dabei, dass sie eigentlich hergekommen war, um über Böttger zu sprechen.

»Ich arbeite daran.«

»Sicher. Aber wie? Wie arbeitest du daran?«

»Ich habe jetzt keine Zeit für so etwas. Also bitte, geh«, fuhr August sie an.

Constantia rührte sich nicht. Sie trat im Gegenteil noch einen Schritt näher heran.

»Verbirgst du etwas vor mir?«

August schlug mit der Faust auf den Tisch.

»Nein, Herrgott noch mal.«

Also ja.

August besprach seine politischen Pläne meist offen mit ihr, ja, er suchte häufig sogar ihren Rat. Nur manchmal hatte er seine Geheimnisse. Wenn er wusste, dass sie sich gegen etwas sträuben würde. Oder wenn eine andere Frau im Spiel war. Oft stritten sie darüber, dass August mit einer Konversion des Kurprinzen liebäugelte. Dies war vielleicht der einzige Punkt, in dem Constantia auf der Seite der Kurfürstin stand. Mochte August, um König von Polen zu werden, zum Katholizismus konvertiert sein, seinen Sohn sollte er damit verschonen. Zudem hielt Constantia es für politisch äußerst unklug, auf diese Weise ihre Verbündeten, Dänemark und Preußen, die ja selbst protestantisch waren, vor den Kopf zu stoßen.

»Ein bisschen Weihrauch würde den Jungen schon nicht umbringen«, meinte August. Constantia blickte ihn jedes Mal wütend an, wenn er damit anfing.

»Ist ja gut. Das war ein Scherz, meine Schöne. Ich habe mein Wort gegeben, dass der Junge protestantisch bleibt.«

»Und hältst du dich dran?«

»Natürlich.«

Aber heute ging es wohl um seinen Krieg. Oder vielleicht doch um eine Frau? Constantia öffnete den Mund, um etwas zu erwidern, aber August kam ihr zuvor. Ungeduldig erhob er sich aus seinem Sessel und schlug einen bittenden Ton an: »Flemming kommt gleich zurück. Ich komme zu dir, sobald Christiane wieder abgereist ist. Versprochen.«

Jetzt, wo August seinen General Flemming erwähnte, den Speichellecker, wollte sie erst recht nicht gehen. »Du wirst verstehen, dass ich mir Sorgen mache. Der Krieg kann dich jeden Augenblick von mir fortreißen. Was, wenn dir etwas zustößt? Was wird dann aus mir? Aus den Kindern?«

»Bitte ...«

»Wir müssen darüber reden.«

»Nicht jetzt.«

»Doch, jetzt. Was ist mit dem Ehevertrag? Wenn du fort bist, habe ich keine Sicherheit, solange der Vertrag nicht offiziell ist.«

»Constantia«, fuhr er sie an. »Du bist doch sonst nicht so schwer von Begriff. Für den Krieg brauche ich die Erlaubnis des Papstes. Und was glaubst du wohl, wird er dazu sagen, wenn ich in aller Öffentlichkeit erkläre, dass ich eine Frau zu meiner Linken geehelicht habe?«

Es ärgerte Constantia, zugeben zu müssen, dass er recht hatte. Vielleicht, wenn August dem Papst die vermaledeite Zusage abgerungen und sich den Thron in Polen zurückerobert hatte, vielleicht würde er sie dann endlich ganz offiziell als seine Frau anerkennen. Vielleicht. Sie musste sich gedulden. Doch umso weniger wollte sie sich jetzt verscheuchen lassen. August mochte stark sein, aber sie war es auch – auf ihre Art. Komm, mein König, sieh mich an! So begann das Spiel, das sie immer miteinander spielten. Sie musste ihn herausfordern, ihn provozieren, wie es sonst niemandem erlaubt war, ihn beleidigen oder eifersüchtig machen, nur Feuer musste er fangen. Sie würden debattieren, sich schlagen, sich reizen, bis Constantia sich ihm – wie es der Verlauf des Spiels verlangte – lachend oder unter Tränen ergab. Scheinbar. Denn eigentlich war er es ja, der sich von ihr einfangen ließ. Ein Spiel, bei dem sie immer siegte. Sie suchte noch nach einem Anfang, einem Funken, der auf August übersprang. Böttger kam ihr in den Sinn.

»Ich bin übrigens nicht der Meinung, dass Böttger hingerichtet werden sollte«, erklärte sie unvermittelt, und der Satz tat seine Wirkung. August lauerte.

»So. Und warum nicht?«

»Du solltest lieber dafür sorgen, dass die Porzellanmanufaktur in Gang kommt. Sie könnte dir Geld einbringen.«

»Dr. Nehmitz kümmert sich darum.«

»Nicht gut genug offenbar. Was ist mit Böttger?«

»Ich habe angewiesen, dass er sich wieder seinem Hauptwerk widmen soll.«

»Dem Gold?«

August nickte ungeduldig.

Constantia schnappte den Fächer zusammen und setzte sich frech auf den Stuhl des Königs. »Ich glaube, Böttger sollte sich lieber weiter um das Porzellan kümmern. Mit dem Goldmachen war er bisher nicht sehr erfolgreich.«

»Es ist kompliziert ... und ich habe keine Zeit.«

»Aber ich habe Zeit. Ich könnte auf der Jungfernbastei nach dem Rechten sehen und auf alles ein Auge haben«, erklärte Constantia eifrig. August war kurz davor zu explodieren, und das gefiel ihr sehr.

»Und auf Böttger?«, fragte er und trat neben sie. »Wirst du auf den auch ein Auge haben?«

»Das muss ich doch«, sagte sie mit Unschuldsmiene.

August packte sie fest an den Handgelenken und zog sie zu sich hoch. »Du spielst mit dem Feuer.«

»Weil ich dir Geld für deinen Krieg verschaffen will?«

»Du weißt, wovon ich rede.«

Constantia lächelte fein. »Ich habe nicht die geringste Ahnung.« Sie hatte ihn am Haken, und der Triumph darüber, dass sie Augusts Flamme entzündet hatte, wärmte ihr das Herz.

»Er hat dir ein Poem geschrieben. Frauen mögen so etwas.«

»Warum schreibst du mir dann keines?«

August packte sie fester, und Constantia warf lachend den Kopf zurück. »Erwürgst du mich jetzt, Othello? Sollten wir uns dann nicht noch einmal lieben? Ich habe mir immer vorgestellt, dass dich zu lieben das Letzte sein würde, was ich tue.«

August brannte. Er küsste stürmisch ihren Hals, ihre Brüste und hätte sie sicherlich auf der Stelle ins Nebenzimmer entführt, wäre Flemming nicht hereingekommen. Ohne den Blick von ihr abzuwenden, löste August sich von ihr.

»Ich sage Fürstenberg Bescheid, dass du auf die Jungfernbastei kommen wirst, um Böttger einen Besuch abzustatten«, verkündete er überraschend. Dann küsste er ihre Hand und biss sie in die Fingerspitzen.

»Ich bin gespannt auf dein Urteil.« Eine gefährliche Ironie lag in seiner Stimme. »Voilà«, sagte er und machte eine Geste, als wollte er ihr etwas vor die Füße werfen. »Ich lege das Leben des Meister Böttger in deine Hände.«

Constantia wollte das Leben Böttgers nicht in ihren Händen halten. Noch viel weniger wollte sie – nicht einmal vor sich selbst – zugeben, dass die Aussicht, Böttger ein zweites Mal zu begegnen, einen gefährlichen Reiz auf sie ausübte. Sie spielte mit dem Gedanken, den Besuch abzusagen und ihre Schwangerschaft vorzuschieben, fürchtete aber, dies könnte erst recht das Misstrauen des Königs wecken. Sie beschloss also, die Geschichte schnell und geräuschlos zu einem guten Ende zu bringen.

Nur ein paar Tage später nahm Dr. Nehmitz sie auf der Jungfernbastei in Empfang. Constantia wunderte sich, dass sie sich kaum an diesen hochgeschossenen Mann erinnern konnte, obwohl er ihr doch, wie er oft genug betonte, schon mehrmals begegnet war. Wortreich entschuldigte er sich, schon bevor sie ins Gewölbe hinabstiegen, für den schlechten Zustand der Räume und dafür, dass es für die Gräfin kaum etwas Interessantes zu sehen gäbe.

»Die Produktion der Fayencen haben wir ausgelagert und werden sie wohl auf lange Sicht einstellen. Sie lohnt sich nicht. Und die Entwicklung der Porzellanmanufaktur ist … noch in Planung.«

»Ich weiß.«

»Seine Majestät belieben diesbezüglich noch keine Entscheidung getroffen zu haben«, sagte er umständlich. »Ich würde aber gerne einige Vorschläge machen, wo und wie wir die Manufaktur einrichten könnten.«

»Und Böttger?«, fragte Constantia.

Nehmitz lächelte säuerlich. Dann winkte er ab. »Er ist ja meistens krank und wenn nicht, dann …«

»Dann was?«

»Dann ist er sturzbetrunken.«

»Tatsächlich?«, sagte Constantia erstaunt.

Nehmitz nickte bedauernd. »Auch heute ist er unpässlich. Ihr werdet ihn vermutlich nicht zu Gesicht bekommen.«

Kurz fühlte Constantia Enttäuschung, schließlich Erleichterung. Die Erinnerung an Böttger und ihr Spiel mit Augusts Eifersucht schienen ihr nach wie vor nicht ungefährlich. Bevor sie jedoch noch etwas sagen konnte, bot der Doktor ihr den Arm an, um sie in die Werkstätten hinabzuführen.

Unten führte ein langer Gang an etlichen kleineren Räumen vorbei, die, wie Nehmitz erklärte, als Lagerräume oder zur Vorbereitung der Materialien dienten. Der Boden war bedeckt mit hellem Staub, und Constantia sah große Tröge und Fässer, übereinandergestapelte Wassereimer, halb leere Säcke und eine Gesteinsmühle mit einem hölzernen Trichter. Einige wenige Männer, die nicht gerade überbeschäftigt wirkten, sahen ihr neugierig nach. Am Ende des Ganges befand sich ein größerer Raum, der offensichtlich als Labor und Werkstatt diente. Constantia warf einen Blick durch die Tür, die ins Brenngewölbe führte, wo sie damals die erste Porzellanschale bewundert hatte. Jetzt waren die Öfen erkaltet und die Klappen geöffnet.

»Wie Ihr seht, steht alles so gut wie still«, sagte Nehmitz.

»Ein Jammer.«

»Sicher. Andererseits gilt es zunächst einige Dinge in Ordnung zu bringen, um nicht unnötig Geld zu verschwenden.«

»Was meint Ihr damit?«

»Ich meine Böttger.« Dr. Nehmitz machte eine bedeutungsvolle Pause, und gerade als er anheben wollte, seine Gedanken genauer auszuführen, wurde hinter ihnen eine Stimme laut.

»Eine Dame?«, polterte es. »Davon hat kein Mensch mir etwas gesagt. Was denn für eine Dame?«

Im Halbdunkel des langen Gangs sah Constantia eine groß gewachsene Gestalt, die allmählich an Kontur gewann. Böttger. Unversehens tauchte er in der Tür auf. Constantia durchfuhr eine prickelnde Welle. Dabei wirkte er vollkommen gesund und ebenso nüchtern.

»Gräfin ...«, rief er erstaunt aus, als er sie erkannte.

»Man sagte mir, Ihr wäret krank.«

Böttger lachte auf. »Hat Doktor Nehmitz das behauptet? Nun, wie Ihr seht, ist seinem Urteilsvermögen nur bedingt zu trauen. Bedauerlicherweise hat er auch versäumt, mir Euren Besuch anzukündigen.«

»Herr von Fürstenberg sagte, es solle um die Porzellanmanufaktur gehen, für die allein ich zuständig bin«, verteidigte sich Nehmitz.

»Und wer ist in dieser Porzellanmanufaktur für das Porzellan zuständig?«, schoss Böttger zurück.

»Wir sollten diesen Disput nicht jetzt führen«, versuchte Nehmitz auszuweichen.

»Warum nicht?«, widersprach ihm Constantia. »Deswegen bin ich hier. Wie soll der König eine Entscheidung treffen, wenn er nicht weiß, was vor sich geht?«

»Dr. Nehmitz untergräbt alles, was ich in die Wege leite. Das geht vor sich. Um die Arbeitsabläufe für eine Manufaktur zu erproben, reicht es nicht, sich dies am Schreibtisch auszudenken. Und dafür brauchen wir neue Räume. Ich hatte welche angemietet – Dr. Nehmitz hat sie wieder gekündigt.«

»Weil die Jungfernbastei grundsätzlich nicht der richtige Ort ist für die Manufaktur – zu wenig Platz, zu dunkel ...«

»Für den Anfang wäre es ausreichend gewesen. Ich hatte Künstler und Töpfermeister eingeladen – Dr. Nehmitz hat dafür gesorgt, dass ich mit niemandem mehr sprechen darf.«

»Böttger hätte mit ihnen konspiriert«, behauptete Nehmitz mit erhobenem Zeigefinger.

Böttger lachte höhnisch. »Habt Ihr gesehen, wie viele Soldaten die Bastei bewachen? Hundertzwanzig Mann sind es inzwischen. Das ist absurd! Der König würde sein Geld besser ins Porzellan stecken als in deren Sold.«

»Vergesst nicht«, plusterte Nehmitz sich auf und reckte Brust und Kinn nach vorn. »Es gibt einen Grund, warum Seine Majestät diesen Mann gefangen hält. Böttger hat dem König Gold versprochen und dieses Versprechen bis heute nicht eingelöst. Wir wissen alle, was solchen Scharlatanen droht, und Böttger wird jede Gelegenheit nutzen, um zu entkommen, bevor man ihn endgültig entlarvt.«

»Meine Herren«, unterbrach Constantia die Zankerei. »Diese Diskussionen bringen uns doch nicht weiter.«

»In der Tat«, blaffte Böttger. »Richtet dem König aus, dass sich eine Manufaktur, die noch dazu etwas herstellen soll, was gerade erst erfunden wurde, nicht von heute auf morgen aus dem Ärmel schütteln lässt. Wir müssen Verschiedenes versuchen und aus Fehlern lernen.«

»Mitunter ließe sich der eine oder andere Fehler vielleicht mit etwas weniger Rotwein vermeiden«, ging Nehmitz dazwischen, aber Böttger achtete nicht auf ihn.

»Ohne Räume, Material und fähige Leute funktioniert das nicht. Die Gruben liefern die Erde nur, wenn wir dafür bezahlen, und die Arbeiter laufen uns davon, wenn wir ihnen nicht wenigstens etwas Anständiges zu essen geben.«

»Es geht also ums Geld«, stellte Constantia fest.

»Und darum, dass aus der Manufaktur nichts wird, wenn einem andauernd ein Dummkopf dazwischenpfuscht.«

»Der König muss einen Krieg finanzieren. Solltet nicht Ihr ihm Geld einbringen, anstatt welches zu verbrauchen?«

»Rom wurde auch nicht an einem Tag erbaut.«

»Ihr nehmt kein Blatt vor den Mund, Meister Böttger«, stellte Constantia trocken fest.

»Was habe ich zu verlieren?«

»Euer Leben?«

Böttger lachte auf. »Ich bin ein Gefangener. Kaum gönnt man mir das Tageslicht. Ich arbeite Tag und Nacht …«

»In Eurer Orangerie!«, zischte Nehmitz böse. »Wo Ihr an Euren Pflanzen herumzupft. Gold habt Ihr versprochen zu machen und Farben für das Porzellan. Das ist Eure Aufgabe.«

»Ihr besitzt eine Orangerie?«, fragte Constantia interessiert. Und obwohl es im Gewölbe nicht besonders hell war, meinte sie zu sehen, wie Böttgers Ausdruck mit einem Mal weich wurde.

»Wollt Ihr sie sehen?«, fragte er beinahe sanft. »Es ist ein freundlicher Ort, der besser zu Euch passt als dieses finstere Verlies.«

Constantia schwieg überrumpelt.

»Und auch von mir würdet Ihr eine andere Seite kennenlernen«, fuhr er liebenswürdig fort. »Auf den ersten Blick mag ich wie ein grober, finsterer Geselle wirken, aber ich habe durchaus auch Sinn für das Feine und Schöne.«

Sein Blick ruhte auf ihr. War das eine Anspielung auf sie? Er schäkerte mit ihr. Bei ihrem letzten Besuch hatte Constantia Böttger zum Erröten gebracht. Diesmal war es umgekehrt. Was für schöne geheimnisvolle Augen er hatte, dachte Constantia. Das war ihr bisher gar nicht aufgefallen. Wie zwei verwunschene Seen.

Dabei konnte man – abgesehen von den Augen – wirklich nicht von ihm behaupten, dass er ein gut aussehender Mann war. Die Nase war ein wenig zu lang geraten, die Wangen leicht eingefallen und der Mund zu breit. Alles an ihm wirkte zu groß und irgendwie verschwommen, als wollte es sich nicht in eine Form fügen. Nur seine Augen waren klar und sein Blick fordernd.

»Ich ... denke, dafür ist heute keine Zeit ...«, begann Constantia stotternd. Sie fühlte Nehmitz' Blick auf sich, der den Wortwechsel angespannt verfolgte. »Wie sieht es eigentlich mit dem Gold aus?«, fragte sie Böttger, um abzulenken.

Augenblicklich erlosch das Leuchten in seinem Gesicht, über seine Augen legte sich ein Schatten und seine Stimme wurde wieder kalt.

»Gold ist eine reine Substanz. Es ist keine Mischung, die entdeckt werden muss wie das Porzellan, sondern die Transformation von der einen in die andere Materie.«

»Aber die ist Euch doch bereits gelungen.«

Böttger nickte vage. »Damals besaß ich noch von der Tinktur. Seine königliche Hoheit beliebte, sie mir wegzunehmen und sich selbst in der Kunst des Goldmachens zu versuchen.«

Constantia fragte nicht weiter. August hatte ihr nie davon erzählt, woraus sie schloss, dass sein Versuch nicht gerade von Erfolg gekrönt gewesen war. Ihr war das Thema auf einmal unangenehm.

»Ich glaube, mein Besuch reicht aus, um die Situation zu erfassen. Ich werde mit dem König sprechen und alles in meiner Macht Stehende tun, damit die Porzellanmanufaktur so bald wie möglich eröffnet werden kann.«

Sie nickte Nehmitz zu, der sich beeilte vorauszugehen. Auf der Treppe warf Constantia einen letzten Blick zurück. Böttger hielt den Kopf gesenkt und sah sie von unten herauf an, der große Mann mit dem massigen, fast plumpen Körper, der doch etwas sehr Empfindsames an sich hatte. Sie dachte an das Poem, das er ihr einmal geschickt hatte. Damals hatte sie es kaum gelesen.

»Kommt Ihr?«, hörte sie Nehmitz sagen, riss sich von Böttger los und verließ das Gewölbe.

Zurück zu Hause suchte sie in ihren Papieren nach dem Brief von Böttger und fand ihn endlich wieder. Mit dem Poem. Ein wenig geschwollen war es geraten. Er schrieb von ihrer beider Leben, die unterschiedlicher nicht sein könnten und in denen jeder auf seine Weise gefangen sei, als wären sie Sterne, die ihren Bahnen folgen mussten. Und wie tröstlich es doch sei, wenn sie einander die Hand reichen konnten. Dafür danke er ihr. Constantia fuhr mit dem Finger über die Zeilen, und als sie beim letzten Wort angekommen war, bemerkte sie, dass sie weinte. Es traf sie seltsam, dass er sie als Gefangene bezeichnete. Hätte es ihr jemand auf den Kopf zugesagt, sie hätte gelacht – sie war die Frau des Königs! Jetzt aber fühlte sie, dass etwas Wahres in seinen Worten lag. Sie war zwar mächtig, doch der Grat, auf dem sie sich bewegte, schmal wie ein Messerrücken.

Constantia

Dresden, 1709

Die Spätsommerhitze drang bis in die letzten Nischen des Palais. Sie machte Constantia träge und schwindelig. Ihr Bauch schien von Tag zu Tag unförmiger und schwerer zu werden – dabei hatte sie bis zur Geburt noch zwei Monate vor sich. Auch wenn es sie anstrengte, verbrachte sie wie gewohnt mindestens eine Stunde am Tag mit der kleinen Augusta, die anhänglich ihre Ärmchen nach Constantia ausstreckte, als ahnte sie, dass sie die Mutter schon bald mit einem Geschwisterchen würde teilen müssen. Wenn Constantia wieder allein war, fiel es ihr schwer, sich auf etwas zu konzentrieren und ihre Gedanken zu disziplinieren, die wie ungezogene junge Hunde in alle Richtungen rannten und alles durcheinanderbrachten. Böttger, so schien es, hatte sie verhext. Immer wieder sah sie seine geheimnisvollen Augen vor sich, immer wieder holte sie sein Poem hervor, um die Zeilen zu lesen, bis sie sich zur Räson rief und das Papier fortlegte.

Wie gern wäre sie nach Pillnitz gefahren, auf das Gut, das August ihr geschenkt hatte. Das Anwesen war ihr ans Herz gewachsen. Es war schön gelegen, in einer sanften Biegung der Elbe, eine Insel vorgelagert und gegen Osten hin die Weinberge. Zudem warf es einiges ab an Getreide, Holz und Wein. Und was das Wichtigste war: Das Gut gehörte ihr nicht nur, sie durfte es auch an ihre Kinder vererben. Augusts Kinder. All dies hatte er ihr zugestanden, als sie nach einer Sicherheit verlangte, solange der Ehevertrag geheim bleiben sollte. Die Tage, die sie mit August hier verbrachte, waren immer besonders schön. Hierhin folgten ihm seine Minister und selbst Flemming nicht. Hier war sie des Königs einzige Ratgeberin. Morgens gingen sie in aller Frühe auf die Jagd, schossen Hasen und Vögel. Ihre kleine Tochter Augusta hatte hier ihre ersten Schritte gemacht und brachte sie mit ihren kindlichen Grimassen zum Lachen. Im Frühjahr duftete der Flieder, im Sommer die Rosen, die Constantia hatte anpflanzen lassen. Pillnitz war ein Paradiesgarten, in dem sie alles um sich herum hatten vergessen können. Wie sehr sehnte Constantia sich in diesem Moment danach, in Strümpfen durch das kühle Gras unter den Apfelbäumen zu laufen und sich mit der Arbeit, die dort zur Erntezeit anstand, zu zerstreuen. Aber sie konnte jetzt unmöglich fort aus Dresden. Sie musste in Augusts Nähe bleiben, der weiter hartnäckig um die Erlaubnis für seinen Krieg kämpfte. Noch hielten Kaiser und Papst sich bedeckt, dies konnte sich allerdings schnell ändern, und Constantia meinte schon das Donnern der herannahenden Kanonenschüsse zu hören, das Beben Tausender marschierender Soldatenstiefel. Die Kurfürstin war längst wieder auf ihr Schloss in Pretzsch abgereist, dennoch ließ August nichts von sich hören und war so beschäftigt, dass er nicht einmal Zeit fand, sich nach Constantias Besuch auf der Bastei zu erkundigen – gut möglich, dass er dies bereits vergessen hatte. Ganz im Gegensatz zu Constantia.

Um sich abzulenken, arbeitete sie täglich mehrere Stunden lang den Strom von Besuchern ab, der sich in ihrem Vorzimmer drängte, damit sie beim König ein gutes Wort für sie einlegte, ihnen eine Stelle verschaffen oder ihnen Geld leihen würde. Sie schrieb Berge von Briefen, an ihre Mutter, ihre Brüder, an den Verwalter ihres Gutes, an ihre Schuldner, und abends gab sie Gesellschaften oder nahm selbst Einladungen an – alles nur, um nicht an Böttger zu denken. Nur in den Mittagsstunden, wenn Augusta von der Kinderfrau fortgebracht worden war und Constantia auf ihrem Bett lag, unfähig, sich zu rühren, wenn das Treiben auf den Straßen in der Hitze verstummte und der Bettvorhang vor ihren Augen verschwamm, dann streckte sie die Waffen und gab sich ihren Tagträumen hin. In diesem unwirklichen Zwischenreich erlaubte sie es sich, den süßen, verbotenen Gedankengängen nachzugehen. Dann sah sie Böttger vor sich, fühlte seine Hände, die rau waren und zugleich sanft. Constantia ließ es zu, dass er mit dem Finger behutsam über ihre Augenbraue fuhr. Der Daumen strich über ihre Nase, hinunter zu den Lippen. Sie barg ihr Gesicht in seiner linken Hand, während er mit der rechten ihr Kleid ein wenig von der Schulter streifte, um dort für einen Moment seinen Kopf abzulegen, bevor er sie auf den Nacken küsste. Constantia stellte sich vor, wie sie den Undurchdringlichen durchdrang und wie seine Gesichtszüge weich wurden, wenn sie ihm ihre Zartheit preisgab. Das unwirkliche Zimmer, in dem sie sich befanden, wurde weit wie das Universum und sie beide zwei Planeten, die einander umkreisten. Sie brachen aus ihren Bahnen aus, öffneten ihre Herzen und flogen frei von jeder Angst über der Welt, in Himmel und Hölle zugleich. Im Strom der Trugbilder dämmerte Constantia vor sich hin, bis es kühler wurde und ihre Zofe Hanne hereinkam, um die Fenster zu öffnen. Die kleine dunkelhaarige Frau sprach nie viel, hatte aber ein untrügliches Gespür dafür, was ihrer Herrin wohltat. Constantia hatte sie auf Anhieb gemocht, vielleicht weil sie aus Hollstein kam, so wie sie selbst, und ein stilles, manchmal etwas verträumtes Wesen hatte. Wenn Hanne an diesen Sommernachmittagen ins Schlafzimmer trat, brachte sie stets eine Schale mit Eiswasser. Aber selbst nachdem Constantia ihr Gesicht in die Schale getaucht und sich mit den Eisbrocken Hals und Dekolleté abgerieben hatte, sodass je ein Rinnsal zwischen ihren Schulterblättern und ihren Brüsten hinablief, blieben die Traumbilder an ihr haften, als wären sie wirklich geschehen.

An einem solchen Nachmittag, als sie rotwangig und mit verschwitzten Haaren in den Salon trat, wurde sie dort sichtlich ungeduldig von August erwartet. Warum hatte Hanne ihn nicht angekündigt? Sein Blick sagte: Es sollte eine Überraschung sein. Nun wirkte er selbst überrascht.

»Was ist los mit dir?«

»Die Hitze.«

»Du wirkst, als hättest du im Kamin einen Liebhaber versteckt.«

Constantia lachte schrill, und August verzog gereizt das Gesicht. »Ich bin auch nur hergekommen, um zu erfahren, wie es bei Böttger war. Bist du immer noch der Meinung, ich sollte ihn am Leben lassen?«

Seine Empfindlichkeit Böttger gegenüber strapazierte Constantias Nerven. »Du wirst Geld in den Aufbau der Manufaktur stecken müssen, bevor sie etwas abwirft. Aber es könnte sich lohnen.«

»Hat Böttger das gesagt?«

»Auch. Aber es ist offensichtlich«, erklärte sie. »Dafür könntest du auf Dr. Nehmitz verzichten. Er ist nur auf seinen eigenen Vorteil bedacht. Entlasse ihn.«

»Das geht nicht. Ich habe seinem Schwiegervater versprochen, dass Nehmitz die Stelle haben kann, und sein Schwiegervater ist ein verdienter Mann. Der Kammerdiener meines Großvaters.«

»Böttger und Nehmitz können sich nicht ausstehen. Warum Sand ins Getriebe werfen, wenn man es einfacher haben kann?«, argumentierte Constantia.

August griff nach einem Apfel, der in einer Schale auf dem Tisch lag, und fixierte sie.

»Was bist du denn so engagiert? Hat er dir wieder ein Poem vorgetragen, der werte Herr Böttger?«

»Ach, lass ihn meinetwegen aufhängen. Du hast mich um einen Rat bezüglich der Porzellanmanufaktur gebeten – jetzt mach damit, was du willst«, fauchte sie.

»Ich habe dich um gar nichts gebeten. Du wolltest auf die Bastei, um dort was weiß ich zu tun.«

Der Funken fiel in trockenes Geäst, und fast augenblicklich schossen die Flammen hoch. Ein Rausch, ein Ritt, halb Spiel, halb bitterer Ernst. Lustvoll zielten sie Pfeile ab, um sich dort zu treffen, wo sie am verwundbarsten waren, trieben sie in ihre Herzen, um die Tiefe ihrer Liebe zu ergründen, und konnten nicht mehr voneinander lassen bis spät in die Nacht. Hanne hatte einmal nach ihrer Herrin sehen wollen und dann erschrocken kehrtgemacht. Das ganze Haus schien zitternd abzuwarten, bis das Wüten zwischen Titania und Oberon verstummte und beide erschöpft im Schlafzimmer einschliefen, wo die Schlacht geendet hatte.

Am nächsten Morgen, in der ersten Dämmerung, wurde Constantia wach. Ihr Herz und ihre Kehle waren wund und brannten noch, aber die Bitterkeit war einer weichen, pulsierenden Wärme gewichen, in der sie und August sich nun aneinanderschmiegten. Constantia fühlte seine Hand, die sanft auf ihrem gerundeten Bauch ruhte, bevor sie weiter zu ihrer Hüfte wanderte, entlang der Seite bis in die Achselhöhle, dann auf ihre Brust, wo sie liegen blieb. Er küsste ihr Schlüsselbein, den Hals, das Ohr, drehte sich zu ihr und zwischen ihre Schenkel. Constantia drückte den Rücken durch, räkelte sich – und meinte plötzlich Böttger nahe zu sein, spürte seine Berührung, roch die rauchigen Hände. Erschrocken riss sie die Augen auf, um das Trugbild zu verscheuchen, und erschrak noch mehr, als ihr Blick auf den Bettvorhang direkt über Augusts Kopf fiel. Dort, in einer Falte des sonnengelben Seidenfutters, steckte Böttgers Brief mit dem Poem. Sie musste ihn dort gelassen haben oder die Magd hatte ihn beim Bettenmachen hineingesteckt. Er war viel zu weit oben, als dass sie ihn unauffällig hätte herunterpflücken können. August wogte über ihr, flüsterte ihr zärtliche Worte zu, bis er endlich neben ihr niedersank, der Brief direkt über ihm. Um ihn abzulenken, stemmte Constantia sich hoch, kitzelte ihn, zwickte ihn und hoffte, dass er wie gewöhnlich rasch aufstehen würde und nach seinem Frühstück verlangte. Soeben wollte sie nach der Glocke greifen, da hörte sie seine erstaunte Stimme.

»Was ist denn das für ein Brief?«

»Welcher Brief? Ach der! Ja, das ist – ein Brief eben« – was Besseres fiel Constantia im Schreck nicht ein. August wollte danach greifen, doch sie kam ihm zuvor und verbarg das Papier hinter ihrem Rücken. Auch das war nicht wirklich klug, er konnte es sich leicht mit Gewalt nehmen, und August kannte Böttgers Handschrift. Vorerst sah er sie nur an, mit einer Mischung aus Amüsement und Verwunderung.

»Ein Brief, ja, das sehe ich. Aber von wem?«

»Von mir selbst«, erklärte Constantia schnell und wusste nicht, wie sie aus dieser Sackgasse wieder herauskommen sollte.

»Es ist – eine neue Mode, ein Spiel. Dass man sich selber Briefe schickt. Eine Art Tagebuch«, plapperte sie drauflos.

»Das Tagebuch der Gräfin Cosel … Wollte ich schon immer lesen«, sagte August und näherte sich ihr. Da pochte es an die Tür. Ein Engel, dachte Constantia dankbar und rief rasch »Herein«. Hanne betrat das Schlafgemach und erklärte mit abgewandtem Gesicht, dass soeben ein Bote für den König eingetroffen sei mit einer wichtigen Nachricht, die keinen Aufschub dulde.

»Sag ihm, er soll warten, ich komme gleich«, erwiderte August, ohne den Blick von Constantia zu lassen.

Die Zofe schloss die Tür.

»Und nun gib mir den Brief, du Geheimniskrämerin.«

Die Tür ging wieder auf.

»Er sagt, es wäre so wichtig, dass Eure Majestät es sofort erfahren sollten.«

»Ist ja gut. Ich bin in einer Minute bei ihm.«

Die Tür ging wieder zu.

»Gib mir den Brief.«

Im selben Augenblick wurde die Tür erneut aufgerissen, und der Bote selbst platzte ins Zimmer.

»Eure Majestät müssen verzeihen, aber die Russen haben den schwedischen König und seine Armee bei Poltawa vernichtend geschlagen. Es heißt, er sei nach Süden geflohen.«

August war mit einem Satz aus dem Bett und rief nach seinem Kammerdiener. Vergessen war der Brief. Wenn der Schwedenkönig Karl geflohen war und seine Armee aus Polen abzog, war dies ein einzigartig günstiger Augenblick, um wieder in den Krieg einzutreten, so viel wusste selbst Constantia. Umgehend begab August sich auf sein Schloss. Wie sie später erfuhr, hatte Flemming bereits ein Treffen mit dem russischen Gesandten arrangiert, um das Bündnis mit dem Zaren zu erneuern. Und wie durch ein Wunder lenkten nun auch Papst und Kaiser ein, nachdem August in einem Schreiben nochmals seine Gründe dargelegt hatte, warum der Friedensvertrag, den Karl von Schweden ihn zu unterzeichnen gezwungen hatte, nicht rechtens sei. Er war am Ziel: August hatte seinen Krieg und konnte in Polen einmarschieren.

August

Thorn, 1709

Endlich. Endlich sollte sich die Anspannung, die ihn über so lange Zeit gefangen gehalten hatte, lösen. August war bereit wie ein Bogen kurz vor dem Abschießen des Pfeils. Nachdem er die Zusage des Kaisers erhalten, sich eilends mit den Gesandten von Dänemark und Preußen über den Krieg verständigt und letzte Gelder zusammengekratzt hatte, drängte er ungeduldig zum Aufbruch und setzte sich schon bald mit seinem Heer nach Osten in Bewegung. Die Verhandlungen mit dem Zaren für ihr neuerliches Bündnis sollten in der polnischen Stadt Thorn stattfinden. Vier Tage früher als geplant traf August dort ein und ertrug mühsam die Zeit bis zum Tag des Treffens.

Und nun wartete August erneut. Er, der Kurfürst von Sachsen und König von Polen, August der II., wartete. Seit beinahe einer Stunde saß er in dem stattlichen Saal der Thorner Gilde und hielt den Blick auf die Tür gerichtet, durch die der Zar jeden Augenblick eintreten musste. Die Luft im Saal war stickig, und von den prächtigen Malereien blätterte die Farbe ab. Die ganze Stadt zeigte sich etwas heruntergekommen. Die jahrelange Besatzung der Schweden und die Pest im letzten Jahr hatten ihre Spuren hinterlassen. Aber immer noch erschien August dies ein würdiger Ort, um mit dem Zaren in Verhandlung zu treten. Nichts war zu hören außer dem Knarren der alten Dielen, wenn einer seiner Gefolgsleute das Standbein wechselte, manchmal ein Hüsteln und der ferne Lärm, der vom Marktplatz hereindrang. August hörte seinen eigenen allzu hastigen Atem. Auf einem kleinen Tischchen neben ihm lag das Geschenk, das er für den Zaren ausgewählt hatte: zwei chinesische Porzellanschalen, kunstvoll bemalt mit roten Drachen, zwei ganz besondere Stücke seiner Sammlung. Augusts Blick streifte die zierlichen Kunstwerke fast zärtlich. Nur schwer konnte er sich davon trennen. Aber die Freundschaft des Zaren und dessen erhoffter Beistand waren es ihm wert. Die Sonne blitzte durch die hohen Fenster und blendete ihn. Und dennoch saß er mit geradem Rücken da, das Kinn nach vorn gestreckt, die dunklen Augenbrauen hochgezogen, den stattlichen Leib in Brokat gehüllt, die bestiefelten Beine stark wie Baumstämme. Mit jeder Faser ein König, thronte er auf einem der geschnitzten Sessel und sah auf den zweiten, ihm gegenüber, der immer noch leer war und ihn mit seinem abgewetzten Samtpolster zu verhöhnen schien. Jede Minute, die der Zar ihn warten ließ, war eine Machtdemonstration und nur ein Vorgeschmack auf die Verhandlungen, die August mit Peter führen würde. Sicher, sie waren Verbündete. Der gemeinsame Feind einte sie. Und doch waren sie nicht eins. Peter würde versuchen, jeden noch so kleinen Vorteil aus seiner Überlegenheit herauszuschlagen. Denn es war das russische Heer gewesen, das Sachsen mit seinem triumphalen Sieg den Weg zurück in den Krieg geebnet hatte. Russland hatte die Schweden in der Schlacht bei Poltawa geschlagen, nicht Sachsen. Um sich vor den Anwesenden keine Blöße zu geben, versuchte August, nachsichtig zu lächeln und so zu tun, als könnte ihm das bisschen Verspätung nichts anhaben. Nur seine Finger trommelten verräterisch auf seinem Oberschenkel, und sein Kopf war rot angelaufen, denn der Kragen mit dem ausufernden Spitzenjabot war ihm zu eng. So wie ihm alles zu eng war. August strotzte vor Kraft. Er hatte eine Armee von fünfzehntausend Mann zusammengetrommelt, gut genährt und ausgestattet. Alles Geld, das er irgendwie hatte auftreiben können, hatte er in diese Armee gesteckt, und er selbst fühlte sich stark und vital genug, um sich bei der nächstbesten Gelegenheit in eine Schlacht zu stürzen.

Endlich waren Schritte zu hören, knallende, bestimmende Stiefelschritte, alle in einem Rhythmus, als würde ein ganzes Regiment anrücken. Die Türen wurden aufgerissen, und wie bei einer Spieluhr formierten sich die Soldaten um den Zaren, stellten sich in ihre Positionen, warfen den Kopf in den Nacken, präsentierten ihre Säbel. Der Zar hatte ganz offensichtlich seinen Spaß daran und betrachtete die Parade lächelnd. Dann betrat er den Saal und besaß die Frechheit, sich auch noch in aller Ruhe umzusehen, bevor er August überhaupt eines Blickes würdigte. Er guckte nach links und rechts und an die Decke, schien die schöne Aussicht aus dem Fenster zu bewundern – dann erst begrüßte er August, höflich und ohne ein Wort der Entschuldigung. August ließ sich nicht aus der Ruhe bringen. Soll er doch, dachte er. Ich habe schon anderes überstanden, stand im Kanonengewitter, habe Belagerungen überwunden, mich allen Widrigkeiten des Wetters gestellt … Es war bloß ein Spiel, und er war gern bereit, den Einsatz zu bezahlen, wenn er am Ende bekam, was er wollte: Peters Unterstützung dafür, dass er als König auch wieder Regent von Polen sein würde, eine Unterstützung, die sich nicht zuletzt in vielen Talern ausdrücken sollte, denn wenn August sich in Polen behaupten wollte, dann brauchte er neben einer starken Partei von Befürwortern vor allem eines: Geld.

Der Zar setzte sich auf den für ihn bereitgestellten Sessel, lächelte zufrieden und begann lang und breit Belanglosigkeiten austauschen, die ein älterer Herr umständlich übersetzte. August riss sich zusammen und wischte sich den Schweißtropfen ab, der ihm über das Gesicht rann und – lächerlicherweise! – an seiner Nasenspitze hängen blieb. Dann holte er Luft, um endlich zur Sache zu kommen. Der Zar jedoch war schneller. »Wie recht Ihr habt!«, rief er aus. »Es ist viel zu heiß. Wir haben genug geredet. Lasst uns morgen fortfahren.« Sprach's, wartete kaum die Übersetzung ab und ging mit einem freundlichen Kopfnicken davon. August platzte beinahe. Immer noch um Haltung bemüht, stand er eine Spur zu ruckartig auf, sodass der vermaledeite Sessel ein lautes unschönes Geräusch von sich gab – und umfiel. Sehr langsam wandte Peter sich um und hob, nach wie vor lächelnd, eine Augenbraue. Dieser Punkt ging an ihn. Das Gespräch hatte kaum länger als eine halbe Stunde gedauert, und August musste hinnehmen, dass er den ersten Kampf verloren hatte. Ein Rückstand, den er in den folgenden Wochen kaum mehr aufholen konnte.

Die letzten warmen Tage des Jahres und ihr goldener Glanz wichen trübem Regenwetter und erstem Frost, während August weiter mit dem Zaren feilschte. Bald war abzusehen, dass dieser August zwar in seinem hauptsächlichen Anliegen unterstützen und ihm zurück nach Warschau auf den Thron verhelfen würde, sich aber auf der anderen Seite nicht zu sehr in die polnischen Angelegenheiten einmischen wollte. Augusts Pläne, den hiesigen Adel zurückzudrängen und seine Macht als König auszubauen, fanden zwar Beifall, aber helfen würde der Zar ihm dabei leider nicht, schon gar nicht finanziell.

»Ich brauche mein Geld selbst«, sagte Peter unverblümt. »Wer es sich nicht leisten kann, ein König zu sein, der sollte die Finger davon lassen«, fügte er lachend an und tat, als wäre es ein Scherz. August jedoch kochte innerlich vor Zorn.

An diesem Nachmittag befahl er, sein Pferd satteln zu lassen, und wählte zwei Begleiter aus, die mit ihm ausreiten sollten. Obwohl es regnete, wollte er hinaus aus der Stadt, in den Wald. Dort galoppierte er ohne Unterbrechung eine ganze Stunde lang, sodass seine Begleiter Mühe hatten, ihm zu folgen, bis er endlich auf einer Lichtung sein Pferd zum Stehen brachte. Kurz hielt er inne, der Regen lief ihm über die Stirn, dann hob er sich aus dem Sattel und ließ sich zu Boden gleiten. Seine Knie gaben nach, steif von dem langen Ritt. Seine Stiefel sanken in den schlammigen Boden ein.

Für einen Atemzug schien alles in ihm dieser Weichheit nachgeben zu wollen. Er griff mit der einen Hand nach dem Riemen des Steigbügels, vergrub die andere in das nasse Fell, lehnte sich an den warmen Pferdeleib und gab sich ganz der Erschöpfung hin, die ihn erfasste. Was hatte er sich nicht alles von dieser Zusammenkunft erhofft. Es sollte der Anfang eines triumphalen Siegeszuges sein. August ließ sich von seinen Gedanken in die Zukunft tragen, in der seine Visionen, wie ein kunstvoll angelegter Garten, in klaren Formen erstrahlten. Ein Viereck bildeten die vier Himmelsrichtungen, in denen moderne Festungen und vier große Heere sein Reich sichern sollten. Gerade Linien standen für die erstarkende Wirtschaft, die das Gold nach Sachsen fließen lassen sollte, und aus den unübersichtlichen Machtstrukturen der Stände war ein klares Dreieck geworden, an dessen Spitze er selbst stand, großzügig und mit vollen Händen aus der Fülle seines Reiches schöpfend. Unwillkürlich musste er an Constantia denken. Nicht, weil sie Teil dieser Vision war, sondern – im Gegenteil – weil sie sich dort kaum einfügen ließ. In Polen hielt man wenig von einer Mätresse, und wenn, dann musste sie mindestens katholisch sein, am besten eine Polin und zudem eine Frau, die sich aus der Politik heraushielt. Dazu kam, dass Constantia der Meinung war, dass August einen viel zu hohen Preis für seine Pläne in Polen zahlte. Sie missbilligte den Krieg und vor allem das, was er heimlich für die Zukunft des Kurprinzen vorsah. August wünschte sich, dass auch sein Sohn Friedrich einmal polnischer König werden sollte oder vielleicht sogar Kaiser des Heiligen Römischen Reiches. Für das eine oder andere aber würde es notwendig sein, dass der Kurprinz – wie schon August selbst – zum Katholizismus konvertierte. Natürlich hatte August dies Constantia gegenüber nur angedeutet. Denn jedes Mal, wenn sie um das Thema kreisten, kam es zum Streit. Schon Augusts Konversion, so argumentierte sie hartnäckig, hätte in Sachsen für zu viel Unmut gesorgt. Der Widerstand, der davon ausgelöst würde, wäre unberechenbar! Sie konnte ihn mit ihrer

Besserwisserei zur Weißglut treiben. Trotzdem vermisste er sie jetzt. Wenn er die Augen schloss, sah er sie vor sich, immer in Bewegung, immer um ihn herumwirbelnd, ihm schmeichelnd, ihn neckend mit ihren klugen, spitzen Worten und raschen Gesten. Er liebte es, sich ganz von ihr schwindlig machen zu lassen, um sie dann zu packen, sie zu zähmen, worein sie sich lachend fügte. Er liebte ihren Duft, liebte den Klang ihrer Stimme, liebte alles an ihr. August durchzuckte eine leise Angst, wenn er daran dachte, dass das Kind bald zur Welt kommen musste. Schon die Geburt ihrer Tochter hatte Constantia beinahe das Leben gekostet.

Einer seiner Begleiter reichte ihm einen prallen Weinschlauch, nicht ohne darauf hinzuweisen, dass es klüger wäre zurückzureiten, bevor die Dämmerung einbrach. August ließ den Wein die Kehle hinunterlaufen. Wärme durchdrang seine Adern, die Sinne wurden ihm klar und er straffte sich. Das Wichtigste war geschafft: Bald würde er wieder Herrscher von Polen sein. Er musste nur noch ein wenig durchhalten, vor allem aber musste er Geld beschaffen. Es wurde Zeit, dass Böttger seinen Versprechungen nachkam, August hatte lange genug Geduld gehabt. Gleich morgen würde er einen Boten nach Dresden senden und Böttger befehlen, endlich das versprochene Gold zu liefern.

Samuel

Dresden und Freiberg, 1709

Es geschah genau an dem Tag, als man in Küstrin den Goldmacher des preußischen Königs, den Grafen Cajetano, hinrichtete. Am Morgen waren sie noch ihrer Arbeit nachgegangen, gegen elf Uhr am Vormittag hatten sie in der Küche eine Mahlzeit eingenommen und wunderten sich, dass Nehmitz plötzlich hereinstolzierte. Die Gespräche verstummten, und Nehmitz zog bedeutungsvoll eine Taschenuhr aus seiner Weste.

»So, nun ist es wohl so weit. In wenigen Augenblicken wird es mit dem Goldmacher des preußischen Königs ein Ende haben«, begann er. »Sicher hat man den Grafen Cajetano in Küstrin schon auf den Festungshof geführt, wo der Galgen steht. Wahrscheinlich legt man ihm gerade den Strick um den Hals. Und gleich, womöglich in diesem Augenblick ...«

Nehmitz machte eine Kunstpause und hob dabei den rechten Zeigefinger. »Jetzt öffnet sich die Falltür und – zack, wird der Herr Graf mit einem Ruck in die Tiefe fallen, sodass der Strick sich um seinen Hals zusammenzieht und ihm das Genick bricht.« Nehmitz ließ die Worte nachklingen, bevor er das Geschehen weiter ausmalte. »Wenn er Glück hat, wird er gleich tot sein, wenn nicht, wird er noch strampeln und nach Atem ringen, was seine Qual noch vergrößern wird. Die Augen quellen ihm hervor, bis ihm röchelnd die Kraft aus dem Leib weicht und er einen hässlichen Tod stirbt, begleitet vom Johlen der anwesenden Soldaten. Sie werden noch grölen und sich an seinem jämmerlichen Anblick berauschen, wenn die ersten Krähen an ihm picken. So ergeht es einem Betrüger, meine Herren.« Seine Taschenuhr verschwand wieder in der Westentasche.

Ein Löffel fiel klirrend in einen Teller, und Böttger verließ ohne ein Wort die Küche. Die Anspielung, dass es ihm bald ebenso ergehen könnte wie dem Grafen Cajetano, war nicht misszuverstehen gewesen. Kaum war er draußen, erklärte Nehmitz, dass die übrigen Männer ihre Sachen packen sollten. »Es hat sich ausgeböttgert«, sagte er, und auf die erschrockenen Fragen, was nun aus der Manufaktur würde, erklärte er, dass er dafür wieder Männer einstellen wolle, wenn die Zeit gekommen sei. Böttger verkroch sich in seinem Zimmer und ließ sich nicht mehr blicken, nicht einmal, als Samuel bei ihm anklopfte, um sich zu verabschieden. Ratlos stand er vor der Tür seines Meisters. Er konnte doch nicht einfach so gehen. Ohne einen Hinweis darauf, wann und ob es weitergehen würde, ja, ohne zu wissen, ob er Böttger je wiedersehen würde. Nur widerwillig ließ Samuel von der Tür ab, zögerte seinen Aufbruch noch einen Tag lang hinaus, aber als Böttger auch dann nichts von sich hören ließ, nahm er bedrückt von der Jungfernbastei Abschied.

Vorerst kehrte Samuel nach Freiberg zurück, wo ihm der Bergrat zum Glück Unterschlupf gewährte. Gleich in den ersten Tagen machte er sich auf die Suche nach Sophie. Jetzt, da er Zeit genug hatte, war es nicht schwer, den Namen des Dorfes herauszufinden, wo ihre Schwester Grete wohnte. Als Samuel in den Hof der Schmiede in Oberbobritzsch trat und sich nach Sophie erkundigte, blickte er in ein erstauntes Kindergesicht.

»Die Sophie ist schon lange weg. Nach Meißen ist sie gegangen, zu ihrer Tante«, erzählte der Junge und ließ Samuel stehen. Nach Meißen! Nach Meißen also war Sophie gegangen, und womöglich hatten sie sich um ein Haar verpasst! Ob sie noch dort war? Als er Grete endlich fand, die hinterm Haus die Wäsche an die Leine hängte, konnte sie ihm auch nicht viel mehr sagen. Zwei Jahre sei es her, dass Sophie fortgegangen war, und bis heute habe sie nichts von sich hören lassen, sagte ihre Schwester. Tränen stiegen ihr in die Augen, sodass auch Samuel ganz klamm ums Herz wurde und er sich beeilte, zurück zu Ohains Haus zu kommen.

Vorsichtshalber nahm er einen Umweg in Kauf, denn die Werber zogen trommelnd durch die Stadt. König August brauchte Männer für seinen Krieg. Unschlüssig, was er tun sollte, weilte Samuel noch ein paar Tage beim Bergrat, bis dieser ihn in die Stube zitierte und verkündete, Samuel könne nicht ewig hierbleiben. Die Frau sei kränklich und überhaupt, nach der Geschichte damals mit der Zofe wolle er sie nicht unnötig verärgern.

»Warum lasst Ihr Euch nicht als Soldat anwerben?«, schlug Ohain Samuel vor. »Bergmänner sind als Mineure sehr begehrt und auch nicht schlecht bezahlt.«

Samuel blickte unzufrieden zum Bergrat auf, der vor ihm in der Stube auf und ab wanderte. Er hatte sich anderen Rat erhofft.

»Das Soldatenleben ist ein Abenteuer. Vielleicht findet Ihr Gefallen daran«, redete Ohain auf Samuel ein. Samuel aber behagte die Vorstellung nicht, in die Fremde zu ziehen und sich von einem Schweden totschießen zu lassen. Man hörte üble Geschichten. Die Hälfte der angeworbenen Soldaten lief davon, bevor sie Polen überhaupt erreicht hatten. Und als Deserteur am Galgen zu enden, darauf hatte Samuel schon gar keine Lust.

»Gibt es denn nicht die kleinste Möglichkeit, dass ich zurück zu Böttger kann?«, fragte er.

Ohain wiegte bedauernd den Kopf hin und her. »Der König verlangt, dass er wieder Gold machen soll.«

»Umso besser. Ich könnte ihm assistieren.«

»Wir können kaum etwas bezahlen.«

»Das ist mir gleich.«

»Nehmitz wird nicht begeistert sein. Er will lieber neue Leute einstellen.«

»Das ist mir erst recht gleich.«

Ohain lachte über Samuels Sturheit.

»Herr Bergrat, wenn Ihr mir eine Empfehlung schreibt, wird Nehmitz nichts dagegen sagen können. Böttger braucht jemanden, der sich um ihn kümmert.«

»Na schön. Ihr gebt ja doch keine Ruhe.«

Samuel

Dresden, 1709

Es war bereits dunkel, als Samuel zwei Tage später mit einem Schreiben von Ohain in der Tasche auf der Jungfernbastei an das Tor klopfte und um Einlass bat. Ein ungemütlicher Herbstwind fegte durch die Straßen und trieb Blätter und Unrat vor sich her. Der wachhabende Soldat sah Samuel lange prüfend an, nachdem er Ohains Schreiben mehrmals gelesen hatte, aber schließlich ließ er ihn ein.

Samuel fand Böttger in seinem Arbeitszimmer über den Schreibtisch gebeugt. Überall im Zimmer lagen Notizen verstreut und angefangene Briefe, als würde er versuchen, tausend Gedanken gleichzeitig niederzuschreiben. Die Finger waren schwarz von Tinte und seine Miene wie versteinert.

»Was willst du hier?«, fragte er unwirsch.

Samuel ließ sich nicht beirren. »Ohain schickt mich, damit ich dir assistiere.«

»Ohain hat dich geschickt?«, fragte Böttger verwundert.

»Na ja, sagen wir, er hat ein gutes Wort für mich eingelegt, dass ich wieder für dich arbeiten darf.«

Jetzt flog doch ein Lächeln über Böttgers Gesicht, bevor er sich wieder seinen Notizen zuwandte.

»Woran schreibst du?«, wollte Samuel wissen.

Böttger machte eine vage Handbewegung. Dann begann er aufzuzählen, woran er in der Zwischenzeit gearbeitet hatte und was er noch alles zu erfinden plante: künstlich hergestellter Porphyr,

Borax und Bernstein, farbiges Glas und Fayencen. Auch an Farben für das Porzellan hatte er sich versucht. Diese vertrugen allerdings die hohen Temperaturen des Glattbrandes nicht und konnten erst nach dem Glasieren aufgetragen werden, was sie wenig haltbar machte. Aber immerhin. Böttger klang atemlos, fast fiebrig, und Samuel hörte die Verzweiflung, die in seinem Eifer lag.

»Was ist passiert, Böttger?«, fragte er ernst. Böttger versteinerte wieder.

»Der König hat seine Forderung nach dem Gold erneuert«, sagte er tonlos. »Sehr konkret erneuert.«

»Was heißt das?«

»Von jetzt an soll ich – neben der weiteren Verbesserung des Porzellans und der Glasuren – jährlich mindestens sechshunderttausend Dukaten herstellen, und zwar so lange, bis der Wert von sechzig Millionen Reichstalern erreicht ist. Dann erst soll ich meine Freiheit wiederbekommen.«

Beide schwiegen. Sie brauchten nicht auszusprechen, dass dies ein Ding der Unmöglichkeit war.

»Was willst du nun tun?«, fragte Samuel schließlich. Böttger schob seinen Stuhl zurück, ging einige Schritte auf und ab, blieb am Ofen stehen und hielt die Hände ausgebreitet darüber, um sie zu wärmen. Er seufzte.

»Ich muss den König davon überzeugen, dass ich ihm vorerst beim Aufbau der Porzellanmanufaktur mehr von Nutzen bin, dass ich allein der geeignete Mann dafür bin, die Manufaktur zu leiten.«

»Nehmitz wird dasselbe versuchen.«

»Sicher. Ich habe daher darum gebeten, eine Kommission einzuberufen, die meine Befähigung beurteilen soll.«

Samuel schwieg perplex. Denn wenn man es genau betrachtete, wusste Böttger zwar, wie man Porzellan herstellte, aber wie man eine Manufaktur leitete, davon hatte er wenig Ahnung. »Eine Kommission?«, fragte Samuel stotternd. »Und hat der König schon bestimmt, aus wem die Kommission bestehen soll?«

Böttger nickte. »Ohain ist natürlich dabei. Außerdem der Geheime Kriegsrat Holtzbrinck, drei weitere Herren vom Hof und – Nehmitz.«

Samuel lachte bitter auf. »Wie willst du die Kommission auf deine Seite bringen, wenn Nehmitz mit von der Partie ist?«

Böttger aber wirkte gelassen. »Ich werde mir eben etwas einfallen lassen müssen.«

Ein Datum für den Besuch der *Königlichen Porzellankommission*, wie der König sie nannte, wurde bald festgesetzt. In Vorbereitung darauf arbeiteten Böttger und Samuel daran, Porzellan, Glasuren und Farben weiter zu verbessern und einige vorzeigbare Exemplare herzustellen. Neben Samuel durfte Böttger einen Töpfer und zwei Handlanger anheuern und den Buchhalter Matthiae, der von nun an Schreibarbeiten verrichtete und Böttgers Zahlungen verwaltete. Darüber hinaus war es ihm erlaubt, sich mit dem Hofjuwelier und Goldschmied Jacob Irminger über die Formen und Verzierungen des Porzellans zu beraten. Samuel zwang sich, seine Zweifel herunterzuschlucken, aber insgeheim konnte er sich nicht vorstellen, wie Böttger die Kommission von einer Fähigkeit überzeugen wollte, die er nicht besaß. Weder verstand Böttger etwas von den künstlerischen Fragen noch von den kaufmännischen. Und wie sollte er als Gefangener mit Lieferanten sprechen oder gar mit Käufern?

Als die Kommission schließlich auf der Bastei erschien und sich hüstelnd in den staubigen Räumen umsah, staunte Samuel, wie Böttger seine Chance zu nutzen wusste. Wortreich erläuterte dieser ein Konzept, wie das Porzellan, das er herstellen wollte, beschaffen sein sollte und welche künstlerischen Maßstäbe er setzen wollte. Auch in kaufmännischen Dingen legte er Punkt für Punkt einen Plan vor. Böttger schien die Herren – bis auf Nehmitz natürlich – tatsächlich zu beeindrucken. Gewiss, so dachte Samuel, hatten der Buchhalter Matthiae und der Hofjuwelier Irminger ihm unter die Arme gegriffen. Aber natürlich erwähnte Böttger sie mit keinem Wort.

»Du hättest einen guten Schauspieler abgegeben«, meinte Samuel schmunzelnd, als er am Nachmittag wieder allein mit Böttger war und die Sonne warm durch die Fenster der Orangerie schien. Böttger, der gerade mit aller Sorgfalt seine Orangenbäumchen düngte, verstand in der Hinsicht keinen Spaß.

»Ich weiß nicht, was du meinst«, erklärte er beleidigt.

»Nun ja«, fuhr Samuel unsicher fort. »Das ganze kaufmännische Gerede und auch, wie du ihnen all die künstlerischen Details erläutert hast – es klang tatsächlich so, als wäre dies alles auf deinem Mist gewachsen.«

»Vielleicht ist es das ja«, erwiderte Böttger vollkommen ernst und widmete sich wieder seinen Bäumchen. Samuel kratzte sich verlegen am Kopf und zog sich schließlich aus der Orangerie zurück, da Böttger ihn keines Blickes mehr würdigte. Hatte er Böttger unterschätzt?

Einige Tage lang schien der Meister verstimmt, aber dann schien er die Sache vergessen zu haben und tat etwas, was er bisher noch nie getan hatte: Er bedankte sich bei Samuel.

»Es ist gut, einen Freund an der Seite zu wissen, der einem immer die Treue hält«, sagte Böttger so unvermittelt, dass Samuel vor Überraschung nicht wusste, was er sagen sollte. Niemals zuvor hatte Böttger ihn als Freund bezeichnet.

»Das wirst du doch?« Böttger sah Samuel prüfend an, und Samuel nickte rasch. Es erfüllte ihn mit Stolz, Böttgers Freund zu sein, und erinnerte ihn an die erste gemeinsame Zeit, wo sie Tag und Nacht am Gold gearbeitet hatten, auf der Suche nach der roten Tinktur, dem roten Löwen. Natürlich würde Samuel einem Freund die Treue halten und zweifelte nicht daran, dass dasselbe für Böttger galt.

Constantia

Dresden, 1709

Wenn man dem Tod zum zweiten Mal gegenübersteht, hat er noch nichts von seinem Schrecken verloren. Vielleicht beim vierten oder fünften Mal, dachte Constantia, wer weiß. Und sie fragte sich, wo sie erneut den Mut hernehmen sollte, jenem Schrecken etwas entgegenzusetzen. Knapp zwei Monate nachdem August nach Polen aufgebrochen war, setzten Ende Oktober die Wehen ein. Genau wie sie es befürchtet hatte, fühlte sie sich vollkommen alleingelassen, ohne eine vertraute Seele an ihrer Seite, der sie etwas bedeutete. Die Geburt dauerte bis zum Abend des nächsten Tages, und als man Constantia endlich von ihrer zweiten Tochter Friederike Alexandra entband, rechnete man mit ihrem baldigen Tod.

Der Weg hinauf ans Licht schien Constantia unendlich mühselig. Manchmal nahm sie wahr, wie ihre Zofe Hanne ihr ein frisches Hemd überstreifte oder die Stirn kühlte, behutsam, als wäre ihre Herrin aus Porzellan. Constantias Kraft reichte gerade dafür aus, sich nicht von dem Abgrund, der sich vor ihr aufgetan hatte, hinabreißen zu lassen, dann, um die Augen offen zu halten und das Licht zu ertragen, und wieder ein paar Tage später, um sich aufzusetzen und das Essen bei sich zu behalten. Die kleine Augusta, ihre ältere Tochter, hielt man in diesen Tagen von ihr fern. Oft sehnte Constantia sich nach ihrer eigenen Mutter, nach deren kühlen Händen, und weinte vor Erleichterung, als diese tatsächlich kam, um ihre Tochter mit ruhiger Bestimmtheit gesund zu pflegen. Anne Margarethe von Brockdorff war eine große und immer noch sehr schöne Frau. Ganz selbstverständlich bewegte sie sich durch das Palais, als wäre sie schon immer hier gewesen, führte ohne viel Aufhebens an Constantias Stelle das Haus und kümmerte sich um Augusta. Sie wusste das, was ihre Tochter erreicht hatte, durchaus zu schätzen. Sie hatte nie viele Worte darum gemacht, dass Constantia ihre Position einer, in den Augen des Vaters, wenig ehrbaren Stellung zu verdanken hatte. Es war, wie es war. Anne Margarethe entstammte einer Hamburger Kaufmannsfamilie. Dort dachte man pragmatisch, über so manchen Makel konnte man hinwegsehen, wenn er Geld einbrachte. Der Vater dagegen war ein von Brockdorff, ein uraltes Adelsgeschlecht, bei dem die Ehre alles zählte. Den einzigen Makel, den er sich aus seiner Sicht geleistet hatte, war, dass er mit Anne Margarethe aus Leidenschaft und Liebe eine Frau geheiratet hatte, die unter seinem Stand war. Dass er sich hingegen oft von seinem jähzornigen Wesen hinreißen ließ und seine leibeigenen Bauern mit größter Brutalität behandelte, empfand er nicht als Schmälerung seiner Ritterehre – im Gegenteil. Constantia war er ein liebevoller Vater gewesen. Er hatte ihr eine gute Erziehung zukommen lassen und sie reiten und schießen gelehrt. Immer war sie sein Augenstern gewesen – so lange, bis sie die Ehre seines Namens beschmutzte mit ihren unehelichen Kindern, einer Scheidung und ihrem Dasein als Mätresse. Er hatte sich von ihr losgesagt, und es schmerzte Constantia, dass sie nie wieder unbeschwert in den alten Gemäuern des väterlichen Gutshofs in Depenau herumspazieren würde.

An einem Abend, als Constantia gerade so weit genesen war, dass sie für wenige Stunden aufstehen konnte, trat Anne Margarethe ins Zimmer und betrachtete ernst ihre Tochter, die die Zeit nutzte, um Listen anzufertigen, von Bettzeug, Silber, Porzellan – dem Hausstand, den sie mitnehmen wollte, wenn sie August nach Polen folgen würde. Nichts war zu hören außer der schreibenden

Feder und dem Rascheln der Papierbögen, die Constantia einen nach dem anderen füllte.

»Fahr nicht nach Polen«, sagte die Mutter plötzlich in die Stille hinein.

»Wie bitte? Warum denn nicht?«

Constantia wandte sich wieder ihren Listen zu. »Ich habe ja auch keine Wahl.«

»Natürlich hast du die. Erkläre, dass du dich gesundheitlich nicht in der Lage fühlst, dass du deine Kinder nicht alleinlassen kannst – was weiß ich.«

»Mutter, ich bin … seine Gefährtin … fast schon seine Frau.«

Anne Margarethe lächelte gequält und legte ihre Hand auf Constantias Arm.

»Heute bist du's, morgen vielleicht nicht mehr. Es ist doch keine Frage, dass der König nun, da er in Warschau ist, eine katholische Mätresse haben muss, eine Polin.«

Constantia entzog der Mutter ihren Arm. »Ein Grund mehr für mich zu fahren.«

Jetzt hätte Constantia ihr unter dem Siegel der Verschwiegenheit anvertrauen können, dass sie mehr als eine Mätresse war, dass es einen geheimen Ehevertrag gab. Aber was hätte die Mutter dazu sagen sollen? Ein Vertrag, von dem keiner etwas wissen durfte, hatte wenig Gewicht.

Constantia wusste nur zu gut, dass etwas Wahres in den Worten ihrer Mutter lag. Natürlich würde man versuchen, August eine neue, politisch nützlichere Mätresse zuzuspielen. Ganz besonders General Flemming, dem Constantia schon lange ein Dorn im Auge war. Und August liebte sie zwar mit Leidenschaft, aber er war auch ein Stratege. Sogar seinen Glauben hatte er gewechselt, um König werden zu können. Die Ungewissheit kostete Constantia enorme Anstrengung, und sie begriff sehr wohl, was die Mutter meinte: Zieh einen Schlussstrich und behalte die Zügel in der Hand! August hatte all seine Mätressen, die er abgelegt hatte, großzügig abgefunden, war ihnen gar freundschaftlich verbunden. Wenn sie es zuließe, dass er sich eine neue Favoritin nahm, ja, ihm dabei vielleicht sogar behilflich wäre, gingen sie im Guten auseinander und sie und ihre Kinder hätten ausgesorgt. Wollte sie das verspielen, nur wegen des kleinen Wörtchens Liebe? Und um dem Vater zu beweisen, dass ihre Beziehung zu August von Herzen kam und ihr Auskommen mehr als eine Abfindung dafür, dass sie eine Zeit lang des Königs Bettgenossin war? Sie quälte sich mit der Entscheidung.

In den Stunden, die nun auch Augusta wieder mit der Mutter verbringen durfte, blickte Constantia in die unschuldigen Gesichter ihrer Töchter, die sie arglos anlachten, nicht wissend, dass sie bald auf ihre Mutter verzichten mussten. Immer wieder herzte sie die Kleinen, küsste ihre rosigen Wangen, strich ihre baumwollenen Spitzenhäubchen glatt und erntete dafür kritische Blicke von Anne Margarethe.

»Du bringst sie nur durcheinander mit solchen Gefühlswallungen.«

»Sie werden bald Zeit genug haben, sich davon zu erholen«, gab Constantia verletzt zurück und konnte nicht aufhören, sich zu grämen. Das Essen fiel ihr schwer, was ihre Genesung weiter hinauszögerte, und nachts lag sie hellwach in ihrem Bett und weinte.

Die Mutter drängte nicht weiter. Anne Margarethe von Brockdorff war keine Frau, die Dinge zweimal sagte. Auch darüber, ob die Mädchen mit ihr nach Depenau kommen sollten, sprach sie nicht mehr. Constantia hatte sie ein einziges Mal unter Tränen darum gebeten. Sie konnte die Kinder ja unmöglich mit nach Polen nehmen, und wo sonst sollte sie mit ihnen hin? Sie wäre gezwungen, sie in die Obhut fremder Leute zu geben, die sie noch finden müsste. Doch der Vater sperrte sich, und Anne Margarethe war klug genug, nichts ohne sein Einverständnis zu tun.

Um die Sorgen und Gespenster zu verscheuchen, war Constantia eines Morgens noch im Dunklen im Nachthemd und mit bloßen Füßen die breite steinerne Treppe hinab in den Salon gelaufen und hatte aus dem Fenster geblickt, als stünde dort am sternenübersäten Himmel eine Antwort. Es mochte vier oder fünf Uhr in der Früh sein, da fuhr auf einmal vor dem Haus eine Kutsche vor, und Stimmen wurden laut. Constantia rief nach Hanne.

»Was ist denn dort unten für ein Lärm?«

»Eine Kiste ist soeben aus Leipzig geliefert worden. Ein Geschenk des Königs«, erklärte Hanne. »Die Tochter eines Porzellanhändlers hat es persönlich hergebracht und besteht darauf, es Euch selbst zu überreichen. Wo sollen wir sie warten lassen?«

»Wieso denn warten lassen?«, fragte Constantia auffahrend. Hanne wirkte sichtlich irritiert darüber, dass ihre Herrin zu dieser Zeit eine Fremde empfangen wollte. Constantia scheuchte sie hinaus, damit sie ihr Morgenmantel und Pantoffeln brachte, und saß kurz darauf in ihrem Lehnstuhl, wo sie die Besucherin in Empfang nahm. Befremdet musterte Constantia deren Erscheinung. Viel zu teuer gekleidet für eine Kaufmannstochter, mit geschmacklosem Perlenschmuck im Haar und dick aufgetragenem Puder, den Kopf gesenkt und tief vor Constantia knicksend, konnte das Fräulein doch ihre Verstümmlung nicht verbergen. Eine vernarbte Gesichtshälfte stach Constantia ins Auge, und sie erkannte sofort, dass dies von einer Verbrennung herrühren musste. Dunkel stieg ein finsteres Bild aus der Kindheit in ihr Bewusstsein.

An einem Abend auf Gut Depenau, an dem ihr Vater ihr, wie er es häufig tat, am Kamin Geschichten erzählte, kam polternd ein Diener herein und zerrte die Tochter eines leibeigenen Bauern vor den Vater. Constantia kannte sie gut, denn zum Verdruss ihrer Eltern hatten sie oft miteinander gespielt. Dann war die Bauerstochter ihr wie eine Schwester gewesen. Bang verfolgte sie, wie das Mädchen beschuldigt wurde, ein Stück Brot gestohlen zu haben, während der Vater ruhig im Kamin stocherte, ohne aufzusehen.

Dann, ganz plötzlich, zog er mit bloßen Händen ein brennendes Scheit heraus und schlug dem Mädchen mit dem glühenden Ende ins Gesicht. Dies sollte ihr eine Lehre sein, das Brot ihres Herrn zu stehlen. Das Kind schrie entsetzlich vor Schmerzen, und man hörte das Weinen noch, als der Diener längst mit ihm den Raum verlassen hatte. Der Vater jedoch fuhr ungerührt mit seiner Geschichte fort. Constantia hingegen war zutiefst erschrocken und hörte kein Wort mehr von dem, was er erzählte. Dem Mädchen ging sie fortan aus dem Weg. Zu sehr erinnerte die Narbe an die Tat des Vaters, den sie innig liebte.

Eine hölzerne Kiste wurde hereingetragen. Schnell schüttelte Constantia die böse Erinnerung ab. Sie bemühte sich, ihre Neugierde im Zaum zu halten, bis man die Kiste aufgebrochen hatte und sie endlich die Holzwolle beiseiteschieben konnte, um etwas Flaches, Hartes hervorzuziehen, das nochmals sorgfältig in ein samtenes Tuch eingewickelt war. Sie enthüllte einen Teller, ganz aus kostbarem chinesischem Porzellan, darauf mit blauer Farbe eine Szenerie, die Adam und Eva inmitten eines Gartens voller exotischer Vögel und Blumen zeigte. Sie stockte kurz, und während sie dann wieder und wieder in die Holzwolle griff und Stück für Stück ein vollständiges Schokoladenservice samt Kännchen zutage brachte, suchte sie in ihrem Herzen nach der Freude, die dieser einzigartige Schatz auslösen sollte. Stattdessen horchte etwas in ihr auf. Was wollte August ihr damit sagen? Sicher, er liebte das chinesische Porzellan und verschenkte es gern an die, die ihm am Herzen lagen. Aber dennoch, warum gerade Porzellan? Und wieso hatte er das Motiv des Paradiesgartens gewählt? Wollte er damit ausdrücken, dass er mit ihr sein ewiges Glück gefunden hatte? Oder war dies viel eher eine Anspielung auf Böttger? Hatte August ihn und das sächsische Porzellan aufgegeben und wollte künftig wieder nur welches aus Ostindien bestellen? War es gar eine Warnung an sie, dass er ihre angebliche Zuneigung zu dem Goldmacher nicht vergessen hatte?

»Gefällt es Euch nicht?«, fragte die Kaufmannstochter.

»Oh doch!«, brachte Constantia hervor und erschrak darüber, wie falsch sie klang. »Ganz außerordentlich!«, bekräftigte sie und lachte übertrieben. Die Situation war ihr unangenehm, und sie bemerkte, wie das Fräulein sie mit scheelem Blick beobachtete. Bewunderung lag darin und noch etwas, was Constantia nicht zu deuten wusste. Sie fühlte Mitleid und zugleich Verachtung für die Frau mit ihrer monströsen Gesichtshälfte, und um sie loszuwerden, bedankte sie sich vielleicht ein wenig zu übertrieben dafür, dass sie ihr das Geschenk persönlich gebracht hatte. Die Kaufmannstochter verzog keine Miene, bis sie, in eine kurze Stille hinein, die ungeheuerlichen Sätze sagte.

»Das ist nicht anders als bei Euch, Euer Hochgeboren. Geschäft ist eben Geschäft. Wenn man uns anständig bezahlt, tun wir alles, um unsere Auftraggeber zufriedenzustellen, so wie Ihr, Madame, das Eure für den König tut, um ihn zufriedenzustellen, nicht wahr?«

Constantia erstarrte. Was hatte die unverschämte Person da gesagt? Es klang, als sei Constantia nicht besser als eine Hure, die sich bezahlen ließ. Wie gern hätte sie dem Fräulein in ihr verunstaltetes Gesicht geschlagen, wo sie ihr schon Augusts Ehevertrag nicht zeigen konnte und damit ihren anmaßenden Vorwurf zunichtegemacht hätte. Mit scharfem Ton rief Constantia nach ihrer Zofe, und noch bevor Hanne den Salon betrat, floh die Kaufmannstochter vor ihrer eigenen Dreistigkeit zur Tür hinaus.

Constantia nahm sich vor, die unschöne Geschichte schnell zu vergessen, und zeigte das Service später am Tag der Mutter. »Siehst du«, sagte sie und bemühte sich, Stolz in ihre Stimme zu legen. »Er liebt mich.«

Anne Margarete erwiderte nichts, denn sie begriff, dass Constantia ihre Entscheidung getroffen hatte. Sie würde – nein, sie musste – August nach Polen folgen. Kurz darauf erklärte die Mutter, sie hätte Plätze auf einem Elbschiff gebucht, das sie und die Mädchen nach Hamburg bringen sollte, von wo es mit der Kutsche weiter bis nach Depenau ging.

»Und Vater?«

»Hat sich zumindest auf ein Vielleicht eingelassen.«

Constantia nickte, und ihr Herz wurde schwer. Wenn sie in den Jahren danach an ihre beiden Mädchen denken sollte, an Augusta und Friederike, würde sie nicht ihre kleinen weichen Gesichter vor sich sehen, sondern nur die Kutsche, die durch den dichter werdenden Schneeregen davonfuhr. Wie hätte sie sich auf diesen Abschied vorbereiten sollen? Die Reise, ja, das Packen, das alles ließ sich planen. Aber den Moment, in dem die Kinder in den Wagen gehoben wurden – Augusta knapp anderthalb auf dem Arm der Kinderfrau, die kleine Friederike in einem Korb, den die Amme trug –, diesen Moment hatte sie sich nicht vorstellen können. Die Wagentüren schlossen mit einem Knall, die Pferde trabten an, und vor die Kutsche, die sich rasch entfernte, legte sich ein immer dichter werdender silberner Schleier.

Nur wenige Tage, nachdem die Mutter mit den Mädchen abgereist war, traf August ein. Er war noch ganz verschwitzt und roch nach Pferd. Er musste aus dem Sattel gesprungen sein, um gleich zu ihr zu stürmen und sie in seine Arme zu schließen. Eigentlich, so berichtete er, sei er von Thorn aus, wo er mit den polnischen Bischöfen und dem Adel Verhandlungen geführt hatte, auf dem Weg nach Warschau gewesen, denn nichts sei wichtiger, als Präsenz zu zeigen, nicht einmal die Nachricht, dass dort die Pest ausgebrochen sei, hätte ihn davon abhalten können. Aber der Gedanke, dass ihm etwas zustoßen könnte, ohne sie noch einmal gesehen zu haben, hätte ihm das Herz gebrochen und dazu bewogen, während der Feiertage nach Dresden zurückzukehren. Constantia war überwältigt, weinte vor Glück und schämte sich, dass sie immer noch so blass und mager war. August aber zog den Schemel dicht an ihren Sessel und nahm ihre Hände zwischen die seinen wie zwei zerbrechliche Vogelkinder und hauchte ihnen wieder Leben ein. Er bedauerte, dass er seine zweite Tochter nicht mehr zu sehen bekommen hatte, und saß, so oft es ging, bei Constantia, liebkoste sie und machte ihr Geschenke. Und obwohl der Verlust ihrer beiden Mädchen ihr auf der Seele brannte, erholte sie sich nun rasch, und Augusts Gegenwart vermochte sie ein klein wenig über die Sehnsucht nach ihren Töchtern hinwegzutrösten.

Es war einige Tage nach Weihnachten. Constantia hatte die Nacht bei August im Schloss verbracht, und sie lag noch im Bett, während August im seidenen Morgenrock vor dem flackernden Kamin stand. Schweigsam und mit ruhigen Herzen genossen sie die Zeit, die nur ihnen gehörte, blickten aus dem Fenster, wo ein paar Vögel die Krumen aufpickten, die Constantia ausgestreut hatte, scherzten, warfen sich Küsse zu. Constantia wollte August gerade wieder ins Bett ziehen, als sein Kammerdiener eintrat, hinter ihm zwei Lakaien, die das Frühstück brachten, außerdem einen Brief.

»Meister Böttger schickt Euch diese Zeilen«, erklärte der Kammerdiener. Constantia zuckte bei dem Namen Böttger leicht zusammen. Nicht jetzt, dachte sie und bemühte sich um eine gelassene Miene. Auch August schien unschlüssig, streckte dann aber die Hand nach dem Brief aus. Während er las, nippte Constantia angespannt an ihrem Tee.

»Er drängt darauf, die Manufaktur aufbauen zu können«, sagte August, ohne sie anzusehen. Constantia versuchte zu erspüren, ob in seiner Stimme ein Hauch von Groll lag, ein Funken Zorn, ein kleines bisschen Düsternis.

»Tatsächlich«, sagte sie beiläufig, während sie sich Tee nachgoss.

»Er verlangt, dass die Porzellankommission endlich sein Werk abschließend beurteilt, und will einzelne Stücke in Leipzig auf der Neujahrsmesse ausstellen«, fuhr August unaufgefordert fort.

»Ist es dafür nicht ein wenig spät? Die Messe wird bereits in wenigen Tagen eröffnet.«

»Ja. Wahrscheinlich.« August legte den Brief beiseite, und Constantia ertappte sich dabei, wie sie sich über seine Unentschlossenheit ärgerte. Sie würde August gewiss nie wieder dazu auffordern, sich für Böttger oder das Porzellan einzusetzen. Aber dass August es nicht von sich aus tat, war ihr unbegreiflich. Es war doch zu idiotisch, dass es hier einen Mann gab, der das Porzellan erfunden hatte, und dort einen König, der das Porzellan so liebte, und die beiden nicht zusammenfinden konnten. Aus kleinlicher Eifersucht heraus, weil sie, Constantia, sich etwas zu sehr für Böttger und dessen Arbeit begeistert hatte, und weil August die Hoffnung, dass Böttger doch noch Gold machen würde, nicht aufgeben wollte. Konnte August dies nicht einfach vergessen und sich stattdessen an dem Ruhm erfreuen, den das Porzellan Sachsen einbringen würde? Sie stellte die Tasse ab.

»Andererseits ...«, begann sie tastend. »Andererseits wäre es sicher lustig, das Gesicht des preußischen Königs Friedrich zu sehen, wenn man ihm vorführte, was Böttger gelungen ist.«

August sah nachdenklich zum Fenster hinaus, wo eine Meise sich an einem viel zu großen Stück Brot abarbeitete. Constantia biss sich auf die Lippe. Was war sie doch für eine Närrin. Hatte sie nichts gelernt in all den Jahren? Langsam wandte August den Kopf und blickte sie ernst an.

»Ein dummes Gesicht von Friedrich wäre tatsächlich hübsch«, sagte er und begann zu grinsen.

Zwei Tage später schien August jeden Zorn, den er einst gegen Böttger verspürt hatte, vergessen zu haben. Voller Eifer und Vorfreude ließ er die Kommission nun in Windeseile Böttgers Arbeit prüfen, und da die Beurteilung positiv ausfiel, beschloss er, das sächsische Porzellan bei der Neujahrsmesse höchstpersönlich einem ausgewählten Publikum zu präsentieren – natürlich ohne die Anwesenheit des schmutzigen Goldmachers. Dafür gestand er Böttger zu, die Arbeit am Gold ein weiteres Mal aufzuschieben, zumindest so lange, bis die Manufaktur in Betrieb genommen und die Herstellung des Porzellans und der Glasuren so weit ausgereift waren, dass man in großen Mengen produzieren konnte. Um das Porzellan zu bestaunen, lud August Fürstlichkeiten aus ganz Europa zu dieser Messe ein – als ginge es um einen Staatsempfang von höchster politischer Bedeutung. Und das war es ja auch in gewisser Weise. Denn wo August schon nicht mit nennenswerten Erfolgen seines Krieges gegen die Schweden auftrumpfen und seinen Thron in Polen nur unter größten Anstrengungen verteidigen konnte, sollte das Porzellan die Scharte wieder auswetzen.

Constantia

Leipzig, 1710

In Leipzig klang und roch und schmeckte zu Messezeiten alles anders. Dreimal im Jahr, zu Ostern, Michaelis und zu Neujahr, wurden hier Waren und Neuheiten aus der ganzen Welt ausgestellt und feilgeboten. Das Publikum zog in Schwärmen vorbei an den Verkaufsständen, auf denen sich die Waren türmten. Sie lagen in der gesamten Stadt verteilt – in eigens dafür gebauten Häusern, im Hinterzimmer eines Wirtshauses oder auch unter freiem Himmel auf den großen Plätzen. Die Straßen wurden herausgeputzt, so wie sich auch die Gäste, Händler, Käufer, Schaulustige, die aus ganz Europa anreisten, herausputzten. Man zeigte, was man hatte. Blicke wurden ausgetauscht wie Münzen. Der Klang von fremden Sprachen zog durch die Gassen und der Geruch von Neuigkeiten, Amüsement und Eitelkeiten.

In einem festlichen Raum im Haus des Großkaufmanns Apel, wo August und Constantia auch logierten, hatte man die roten und weißen Schalen, Vasen und Kannen kreisförmig auf Tischen arrangiert. Unter den fast vierzig Gästen befanden sich neben dem preußischen König Friedrich und seinem Sohn noch weitere deutsche Fürsten und ihre Begleiter. Der Herzog von Braunschweig-Wolfenbüttel und seine Gattin waren dabei und natürlich auch Augusts Frau, die sächsische Kurfürstin Christiane Eberhardine samt dem Kurprinzen. Die Damen und Herren fuhren über die geschwungenen Henkel und Griffe, die Vergoldungen, die Ornamente. Ungläubig, dass das europäische Porzellan gelungen war, drehten sie die Stücke mit den Fingern hin und her, neidisch mäkelnd, dass dies aber längst noch nicht an das chinesische Porzellan heranreiche. August sonnte sich in ihrem Neid, und wie süß war der Triumph, als Friedrich von Preußen, der sich die Einladung nicht hatte entgehen lassen, mit missmutigem Lächeln zugeben musste, dass dieses Porzellan durchaus gelungen war.

Die Anwesenheit der Kurfürstin zwang Constantia in die zweite Reihe, und ihr entgingen die prüfenden Blicke der Gäste nicht, die abzuschätzen suchten, wie hoch sie noch in der Gunst des Königs stand. Christiane machte ein leidendes Gesicht und bemühte sich, Constantia keine Beachtung zu schenken. Als man in den Saal wechselte, wo die Tafel für das Essen gedeckt war, ging der König durch die Tür voran, ihm folgten die Kurfürstin und der Kurprinz und erst hinter ihnen kamen Constantia und General Flemming, der sich vorzudrängeln versuchte. Gelassen gewährte Constantia ihm den Vortritt – sie hatte es nicht nötig, sich auf einen derart albernen Wettlauf einzulassen. An der Tafel hatte man Flemming direkt neben ihr platziert, was ihm Gelegenheit gab, sie spüren zu lassen, wie viel wichtiger er für den König war als sie – vor allem in Polen. Flemming war zwar auch protestantisch wie sie, aber seine Familie stammte aus Hinterpommern und seine Verwandtschaft war zahlreich und bestens mit dem polnischen Hochadel verbunden. Natürlich sprach er fließend Polnisch, während August sich nur unbeholfen mit seinen neuen Untertanen verständigen konnte.

In einem günstigen Moment beugte Flemming sich kaum merklich zu Constantia vor.

»Nun, da der König bald wieder nach Polen aufbricht, wird es wohl aus sein mit Eurer Herrschaft.«

Constantia lächelte ihm als Antwort auf diese Frechheit lediglich zu, so als hätte er ihr ein Kompliment zugeraunt.

Flemming jedoch gab keine Ruhe. »Glaubt Ihr ernsthaft, der König wird Euch mitnehmen?«

Constantia war bewusst, dass es wenig Gründe gab, warum August sie nicht in Sachsen zurücklassen sollte. Außer einem. Er liebte sie. Das war ihr Trumpf. August hielt an ihr fest, obwohl sie ihm nichts nützte. Eine Liebe um der Liebe willen.

»Keine Sorge«, erwiderte Constantia. »Weder der König noch Ihr werdet auf meine Gesellschaft verzichten müssen. Ich habe meine Koffer bereits gepackt.«

»Ich hoffe nur, Ihr habt sie nicht umsonst gepackt.«

Flemming prostete ihr zu, dann aber erhob der König seine Stimme, und keiner konnte den Blick übersehen, den August ihr zuwarf und der Flemming für den Rest des Abends zum Schweigen brachte. Constantia lächelte August mit erhitzten Wangen an, während er Böttgers Porzellan pries und ganz versöhnt schien mit seinem Goldmacher, der ihm diese Genugtuung verschafft hatte. Und um seinen Triumph noch zu steigern, kündigte August an, dass man das sächsische Porzellan schon bald in jedem Haus von Rang wiederfinden würde, und forderte die Anwesenden auf, ihre Bestellungen zu tätigen, denn noch in diesem Jahr werde er in Meißen eine Manufaktur eröffnen.

Constantia

Danzig, 1710

Constantia besaß eine Tasche, in der sie auf Reisen die Dinge aufbewahrte, die sie immer bei sich haben wollte: Dokumente, Geld, einen Brief von August, Puder, ein trockenes Paar Strümpfe und jetzt auch eine silberne Dose mit einer Locke von Augusta – Friederike hatte beim Abschied noch zu wenig Haar gehabt, als dass man ihr etwas hätte abschneiden können. Es war eine schlichte Leinentasche in einem dunklen Fliederton, nach oben hin in Falten gelegt, mit einer Bordüre und zwei Griffen aus weichem Kalbsleder. Der Verschluss war aus ziseliertem Silber und ließ sich mit einem Schlüsselchen verschließen. Die Tasche begleitete Constantia, seitdem sie mit vierzehn Jahren aus Depenau an den Hof der Prinzessin Sophie Amalie nach Gottdorf gekommen war, um die Sitten des Hofes zu erlernen. Acht Jahre später, als man sie von dort mit einem unehelichen Kind im Bauch zurück nach Depenau geschickt hatte, nahm sie die Tasche wieder mit. Im Jahr darauf, nach der Geburt ihres ersten Kindes, das man ihr wegnahm, konnte der Vater, trotz des schändlichen Zwischenfalls, eine Ehe mit dem Freiherrn von Hoym arrangieren. Constantia folgte ihrem Gatten nach Dresden, wo dieser als Geheimer Rat eine gute Stellung am Hof des sächsischen Kurfürsten und Königs hatte, und wieder war die Tasche bei ihr. Beim Brand des Hauses, in welchem sie so unglücklich mit Hoym gelebt hatte, war die Tasche eines der wenigen Dinge, die Constantia retten konnte. Sie war ihr inzwischen so lieb geworden, dass sie sich auch nicht von ihr trennte, nachdem der König, der schon seit einer Weile auf die schöne Frau seines Geheimen Rats aufmerksam geworden war und sie zu seiner Mätresse machen wollte, sie zu sich ins Schloss geholt hatte. Später schenkte er ihr das Palais am Taschenberg, und auch dorthin nahm Constantia die Tasche mit. Immer hatten diese Ortswechsel sie in ein anderes Leben geführt, ihr eine Heimat entrissen und selten eine neue gegeben. Man hatte ihr nie eine Wahl gelassen, ob sie eine Reise antreten wollte oder nicht – und man tat es auch jetzt nicht, als sie mitsamt ihrer Tasche in das fremde Warschauer Schloss kam, das sie früher als geplant wieder verlassen mussten, weil in der Stadt die Pest ausgebrochen war. Constantia reiste mit August von Warschau nach Thorn, von Thorn nach Marienburg, immer dem Krieg hinterher und der Pest nur einen Schritt voraus. Die wenigen Triumphe, die August mit seinen Verbündeten feiern konnte, zerbröselten rasch wieder zu einem Nichts. Das Bündnis mit den Dänen brachte August wenig Vorteile, denn der dänische König Frederik verlor selbst gegen die Schweden. Vom Kaiser aus Wien kam Gegenwind, denn im Süden und Westen Europas tobte der Spanische Erbfolgekrieg, und der Kaiser fürchtete, die beiden Kriege könnten sich durch neue Bündnisse miteinander verbinden und so das gesamte Reich erfassen. Der letzte große Krieg aber hatte Verheerung genug angerichtet.

Auch als König hatte August in Polen zu kämpfen. Oft genug drohten seine Unterstützer, die Seite zu wechseln. August brauchte Erfolge, brauchte neue Verbündete und wie immer brauchte er Geld. Er hoffte auf einen baldigen Erfolg der neuen Porzellanmanufaktur in Meißen, die sich im Aufbau befand. Statt guter Nachrichten kamen jedoch fortlaufend Beschwerden von Böttger und Nehmitz, die sich gegenseitig beschuldigten, den Fortschritt der Manufaktur zu behindern. Constantia hütete sich, auch nur den geringsten Kommentar dazu zu äußern.

Das Reisen war ermüdend, das Warten in den Lagern oder Gasthäusern noch ermüdender. Oft waren die Wege schlecht, und in den Kutschen wurde man, obwohl sie gefedert waren, hin und her geworfen. Hanne, die Constantia begleitete, musste sich mehr als einmal übergeben. Ihrem Wagen folgten zwei weitere mit ihrem Gepäck, und immer waren mindestens acht Offiziere zu ihrem Schutz dabei. August reiste meist getrennt von ihr mit seinem Tross, und sie trafen sich, wenn es möglich war, in den Unterkünften wieder. Wenn sie allein war, vermisste sie ihre beiden Mädchen so schmerzlich, dass sie bitterlich über den Verlust der Kinder weinte und nächtelang vor Sorge wach lag, ob es ihnen auch an nichts fehlte.

Constantia verfolgte sehr genau, wo ihre Route sie hinführte. Auf der Landkarte, die sie sich vor ihrer Abreise besorgt hatte, fuhr sie mit dem Finger über das fremde Land. Wie weit schienen ihr die Wege, und doch kam es ihr vor, als sähe die Landschaft immer gleich aus, wie in einem Traum, in dem man sich selbst unter größter Anstrengung nicht vom Fleck bewegte. Erst als sie im Herbst Danzig erreichten und dort zwei große Häuser bezogen, richtete Constantia wieder ihre eigenen Zimmer ein und ließ ihren Hausrat auspacken. Für sich und August hatte sie ein Bett mitgenommen, Decken, Wäsche, Leuchter, Essgeschirr und andere nützliche Dinge. Erschöpft ließ sie sich auf das frisch bezogene Bett fallen. Die Kissen rochen noch so, wie man sie eingepackt hatte. Nach Zuhause. Ihre Reisetasche hatte sie auf dem Schoß. Als sie sich wieder aufsetzte, fuhr sie nachdenklich mit dem Finger über die Griffe der Tasche, über das silberne Schloss und hinein in die Falten. Da fiel ihr auf, wie sehr die Farbe über die Jahre ausgeblichen war, denn in den Falten leuchtete der Stoff noch satt und dunkel, während er außen zu einem gräulichen Blauton verblasst war. Die schönste Farbe bleicht mit der Zeit aus, dachte sie. Lange merkt man davon nichts, gewöhnt sich an das Hellere und hält das fahle Grau noch für das satte Bunt, das man in Erinnerung hat.

Obwohl sie nun über ein eigenes Schlafzimmer verfügte, hatte sie seit ihrer Ankunft in Danzig keine einzige Nacht dort verbracht. Ganz selbstverständlich schlief sie an Augusts Seite in seinem überheizten Schlafzimmer. Trotz der Holzknappheit ließ er den Ofen anfeuern, bis er glühte, und mehrmals in der Nacht musste der Knecht nachlegen. Die Fenster beschlugen, und die Luft war so schwer und schwül, dass Constantia kaum atmen konnte. Doch dem König konnte es nicht warm genug sein. Nachts fror der starke August. Wenn der große Kriegsherr bei ihr lag, drängte er sich an sie und wimmerte im Schlaf. Sie sprachen nicht viel miteinander in diesen Tagen. Es war ein stummes Ausharren. Ein Warten auf die nächste günstige Gelegenheit zu einem Feldzug oder – wie Constantia hoffte – um nach Dresden zurückzukehren. Das Schweigen legte sich über ihre Zweisamkeit wie der Ostseewind, der beständig von der Bucht her über Danzig wehte und alles mit einer salzigen Kruste bedeckte. Nicht mal, als Constantia Gewissheit hatte, wieder schwanger zu sein, brachte sie es über sich, August davon zu erzählen.

Auch an diesem Morgen lagen sie stumm beieinander. Constantia hatte die viel zu warme Decke zurückgeschlagen und starrte aus dem beschlagenen Fenster, hinter dem sich das graue Novemberlicht abzeichnete. August lag ebenfalls aufgedeckt neben ihr, den Blick fixiert auf eine kleine goldene Uhr, die unaufhörlich tickte. Das Ticken drang in ihren Kopf, fein wie Nadelstiche, und ließ ihren Körper unmerklich im Takt zucken, als wäre sie ein Teil dieses Geräts. Als ließe auch sie sich aufziehen, wie eine mechanische Puppe, die sich ganz nach dem Willen des Meisters bewegt, die Füße hebt, tanzt und sogar die Lippen zu einem Lächeln auseinanderzieht. August hielt das tickende Wunderwerk in der hohlen Hand und konnte nicht von ihm ablassen. Aus Genf sei die Uhr, sagte er und strich mit dem Daumen über den kleinen glatten Leib und den gläsernen Deckel. Eine Neuheit, sagte er. Mit einem Minutenzeiger. Denn seine andere Taschenuhr hatte nur einen Stundenzeiger. Diese konnte nun mit ihren beiden goldenen Schenkelchen jede einzelne Minute abgehen. Jetzt wendete August die Uhr, auf deren Rückseite ein Bildnis von ihm selbst in feiner Emaille gearbeitet war. Er legte die Uhr auf Constantias nackten Bauch, ohne den Blick zu ihr anzuheben, sah nur auf sein Bildnis, das nun auf dem Kind lag, von dem er noch nichts wusste. Constantia drängte die Traurigkeit weg, die dunkel in ihr aufzog, ein Gefühl der Einsamkeit, das auch Augusts Nähe nicht vertreiben konnte. Schnaubend blies sie die Haarsträhnen aus dem Gesicht und klammerte sich ans Laken, als könnte sie damit etwas aufhalten. Den Lauf der Zeit, die marschierenden Truppen, ihren anschwellenden Bauch.

Ihr Blick wanderte zu August. Es ärgerte sie, wie er alles um sich herum vergessen konnte. Sachte ließ sie ihr Becken auf- und abwogen, die Uhr darauf wie ein Schiffchen im Ozean. August beachtete sie nicht, selbst dann nicht, als sein Spielzeug von ihrem Bauch hinunterzugleiten drohte. Stattdessen schnappte er sich die Uhr an der feinen goldenen Kette, drehte sich auf den Rücken und ließ die Uhr lächelnd über seiner Nase baumeln. Die schwarzen Augen glitzerten vor Freude, und Constantia hasste die Uhr dafür. Sie bohrte ihre Ferse in Augusts Schenkel, hämmerte rhythmisch gegen sein Knie, aber August sah nur immerzu verliebt auf das Zifferblatt. Mit ihrem Fuß wanderte Constantia näher an sein Geschlecht, das noch ganz verausgabt und schamlos dalag. Sie erreichte seine Hüfte und dann, ganz plötzlich, packte er sie blitzschnell an ihrer Fessel und riss den Fuß empor. Constantia erschrak, schrie auf und strampelte, während August sich lachend aufsetzte, sie mit der einen Hand festhielt und die Uhr mit der anderen weit von sich streckte, damit sie von Constantias Schlägen nichts abbekam. Sie balgten sich wie Kinder und lachten dabei so laut und ausgelassen wie schon lange nicht mehr. Schließlich ließ August sich langsam mit seinem stattlichen Gewicht auf sie niedersinken, legte dabei die Uhr auf einen Stuhl neben das Bett, bis er ganz auf ihr lag und sie endlich ansah. Constantia rang nach Luft, das Lachen wich aus ihren Zügen. Er blickte in sie hinein und sah ihre Traurigkeit, während sie seine Hilflosigkeit erkannte. Ein Augenblick der Wahrheit, vor dem sie erschraken. Eine Träne rann über Constantias Wange, bis das Räuspern des Kammerdieners Spiegel den innigen Moment unterbrach.

»Guten Morgen, Ihre Majestät. General Flemming bittet um ein Gespräch. Er sagt, es sei dringend.«

Ächzend setzte August sich auf. »Die Toilette?«

Spiegel deutete auf eine Schüssel mit Wein, denn sauberes Wasser war schwer zu bekommen. Daneben Tücher zum Abreiben, Puder und Haarbürste.

»Und Flemming?«, fragte Spiegel.

»Soll reinkommen.«

August hatte es kaum ausgesprochen, da trat der General schon ins Zimmer. Das alte Waschweib. Hatte wohl vor der Tür gelauscht. Constantia verbarg ihre Verachtung kaum und machte keine Anstalten, nach ihrer Zofe zu verlangen und die Männer allein zu lassen. August stellte sich nackt vor den Waschtisch und rieb sich Hände, Gesicht und Hals mit dem Wein ab.

»Was gibt's denn?«

Kammerdiener Spiegel reichte August das Hemd, während Flemming herumdruckste, dies seien heikle Neuigkeiten und nicht für jedermanns Ohren bestimmt. Und mit »jedermann« meinte er keineswegs den Kammerdiener, sondern schaute zu Constantia. August – das konnte Constantia sehen – fehlte die Geduld für diese Spielchen.

»Nun sagt schon«, blaffte er Flemming an, der wie ein Huhn von einem Bein auf das andere trat.

»Der Kurprinz ... Man hat ihn ... Das heißt, die Kurfürstin hat, als sie die Nachricht hörte ...«

»Könnt Ihr keinen geraden Satz sprechen? Was ist mit dem Kurprinzen?«

Flemming holte Luft: »Die Kurfürstin hat ihn konfirmieren lassen. Lutherisch. Und ihn das Versprechen ablegen lassen, seiner Kirche niemals den Rücken zuzukehren.«

»Was?« August warf das Hemd zu Boden, das er seinem Kammerdiener soeben abgenommen hatte. Bebend stand er noch immer nackt mitten im Zimmer. Keiner wagte es, sich zu rühren. Noch begriff Constantia nicht, was vor sich ging. Sicher, es war nicht erfreulich, dass Christiane ihm diese Feier vorenthalten hatte. Andererseits hätte August als Katholik sowieso nicht am Gottesdienst teilnehmen können. Der Kammerdiener Spiegel wagte es, das Hemd wieder aufzuheben und sich damit seinem König zu nähern. Der riss es ihm unwirsch aus der Hand, schlug gar nach ihm, Spiegel konnte sich gerade noch ducken. Flemmings Stirn glänzte. Er schwitzte unter seiner Perücke und ruderte mit den Armen. Es war ihm sichtlich unangenehm, seinem König schlechte Nachrichten zu überbringen. Constantia wusste nur immer noch nicht, was an alledem so furchtbar war.

»Was ist passiert?«, presste August hervor.

»Die Kurfürstin hat gehandelt, nachdem sie von der öffentlichen Ansprache des Papstes Wind bekommen hat.«

»Was für eine Ansprache?«

Constantias Blick schoss von einem zum anderen. Ja, was für eine Ansprache? Flemming wischte sich die Stirn, sah erneut zu ihr, die offenbar von alledem nichts wissen sollte. August aber machte einen Schritt auf ihn zu, als wollte er Flemming am Kragen packen, sodass es aus dem General herausplatzte.

»Die Zusicherung, die Ihr gegeben habt, Majestät! Dass der Prinz konvertieren soll, sobald der Papst Euch den Krieg gegen Schweden erlaubt. Der Papst hat dies in aller Öffentlichkeit hinausposaunt, um Euch an das Versprechen zu erinnern.«

Constantia war mit einem Ruck aus dem Bett aufgestanden. Das Laken um ihren Leib gewickelt, starrte sie die Männer ungläubig an. August hatte dem Papst versprochen, dass sein Sohn konvertieren sollte? Wo er doch lang und breit und hoch und heilig beteuert hatte, dass er nichts dergleichen plante? Spiegel hatte das Hemd wieder aufgehoben und strich es glatt. August legte seine Hand auf die Waschschüssel. Er zitterte. Dann hob er die Schüssel hoch und schmetterte sie durch das geschlossene Fenster auf den Hof. Einen Augenblick waren alle wie versteinert, auch August. Er riss Spiegel Hemd und Hose aus der Hand, zog sich eilends an und zerrte Flemming aus dem Zimmer. Spiegel blickte kurz zu Constantia, dann war auch er fort.

Das Bild, das sie abgab, allein, halb nackt vor dem zerborstenen Fenster, durch das die Winterluft hineinströmte, hätte nicht treffender sein können. Unfähig, sich zu rühren, stand sie da. Und das Ticken der Uhr, die August hatte liegen lassen, drang an ihr Ohr. Unaufhaltsam tickte sie, rechthaberisch und triumphierend, dass ihre Zeiger durch nichts aufzuhalten waren. Schlagartig begriff Constantia: Damit der Papst seinem Krieg zustimmte, hatte August im letzten Jahr heimlich die Konversion seines Sohnes versprochen. Und eine Konversion – so dachte August sicherlich – hatte noch andere Vorteile. Nur so würde sich auch der Kurprinz eines Tages zum König von Polen wählen lassen können. Vermutlich hegte August auch noch Heiratspläne für den Jungen und wollte sich auf diese Weise mit den Habsburgern verbinden. All das erschien Constantia jetzt so klar – sie wunderte sich, dass sie nicht schon vorher darauf gekommen war. Sie musste August ins Gewissen reden. So schnell wie möglich. Diese Pläne waren höchst gefährlich. Das Land würde Schaden nehmen.

Es dauerte fast eine Woche, bis es Constantia gelang, August nach einem Abendessen abzufangen. Als sie im schwach beleuchteten Vorzimmer des Saals auf ihn zuging, bemühte sie sich, ihre Gefühle im Zaum zu halten. Obwohl es sie traf, dass August diesen Winkelzug vor ihr geheim gehalten hatte, versuchte sie, ihn zu besänftigen. Er sollte es gut sein lassen. Papst und Kaiser würden sich damit abfinden müssen, dass der Kurprinz nun protestantisch blieb, Augusts protestantische Verbündete im Norden, Dänemark und Preußen, waren wichtiger. Und auch ein Frieden mit Schweden wäre so leichter zu erreichen, ein Frieden, den das Land bitter nötig hatte. Ihr sanfter, drängender Ton reizte August, und als auch noch Flemming sich einmischte und sich auf Augusts Seite schlug, verlor Constantia die Geduld und wandte sich erzürnt an Flemming.

»Niemand in Sachsen wird es gutheißen, wenn der König den Glauben seines Sohnes verschachert. Ihr seid selbst Protestant. Es muss Euch doch zuwider sein.«

»Ich muss gar nichts«, fuhr Flemming ihr mit scharfem Ton dazwischen. »Am wenigsten muss ich mit Euch oder irgendeiner anderen Dame über Politik sprechen. Eine Mätresse muss wissen, wo ihr Platz ist. Die Politik, Verehrteste, ist kein Schlafzimmer.«

Constantia blickte fassungslos zu Flemming. Dann zu August. Er musste eingreifen, musste Flemming zurechtweisen. August aber grinste nur über diese Unverschämtheit und schwieg. Getroffen ließ Constantia die beiden Männer stehen und hörte in ihrem Rücken das hämische Gegacker Flemmings, in das August einstimmte.

Vier Tage darauf erwachte Constantia am Morgen unter Krämpfen. Die Laken waren voller Blut, und sie wusste, dass sie das Kind verloren hatte. Es ist besser so, sagte ihr Verstand. Es ist das Letzte, was dich an August bindet, sagte ihre Furcht, während sie geschwächt und frierend in ihren Zimmern saß und glaubte, in dieser grässlichen Stadt sterben zu müssen. Von Anfang an hatte sie Danzig nicht gemocht, mit dem ewig grauen Himmel, den Häusern, die ihr fremd und abweisend vorkamen, und dem Geruch nach Salz und Fisch, der einen überallhin begleitete.

Samuel

Meißen, 1711

Vergeblich stemmte Samuel sich gegen die stampfende Menge, die sich wie ein riesiges farbenfrohes Tier durch die Gassen von Meißen wälzte – ein Tier mit tausend Köpfen, Mäulern und Tatzen, das trampelnd und lachend im Rhythmus der Musik zuckte, die über das Fastnachtstreiben zog. Wo waren Johann und Paul? Er musste sie am Kleinmarkt verloren haben. Suchend reckte Samuel den Kopf und rückte sich seine Krone zurecht, den Hut, den er mit bunten Papierstreifen beklebt hatte. Dann wurde er wieder vom Strom der Masken mitgerissen. Es war ein seltsam wohliges Gefühl, in diesen Leib aus Menschen aufgenommen zu werden, die sonst so abfällig auf ihn heruntersahen. Auch nach dem halben Jahr, in dem die Manufaktur nun in Meißen ansässig war, blieben die Porzellaner unwillkommene Gäste. Dreckskerle schimpfte man sie, wer weiß, was sie da oben auf der Burg treiben. Es hatte ja von den Meißnern kaum jemand Zugang, und die Bierkutscher und Küchenmägde, die sie einlassen mussten, erzählten Schauermärchen in der Stadt herum. Sie hätten die Männer an den Glutöfen mit dem Teufel tanzen sehen. Niemand glaubte es, und jeder erzählte es weiter.

Ein grün-goldener Kopf mit einem Hirschgeweih tanzte vor Samuel. Unter dem Hirschkopf schaukelten zwei runde Brüste und lachten ihn aus einem Mieder heraus an. Drei Engel zogen an ihm vorbei, die hinten auf ihre Gewänder große Ärsche gemalt hatten. Samuels Blick folgte ihnen bis zu dem Feuer, das in einer eisernen Schale brannte und an welchem sich zwei junge Frauen wärmten. Der Lichterschein zuckte auf ihren Gesichtern. Sophie? War das nicht Sophie? Samuel kniff die Augen zusammen. Möglich wäre es. Er drängte in die Richtung der beiden Frauen, als ihm von hinten etwas zwischen die Beine fuhr. Er schrak herum und sah den Hirsch, der sich vor Lachen aufbäumte. Als er sich wieder nach den Frauen umwandte, waren sie fort. Einmal drehte er sich im Kreis, blickte zu allen Seiten, dann schüttelte er das Wunschbild ab. Wäre Sophie in Meißen, wie ihre Schwester es gesagt hatte, hätte er ihr da nicht längst begegnen müssen? Viel Zeit war ihm nicht geblieben, nach ihr zu suchen, aber wann immer sich die Möglichkeit bot, hatte er auf den Plätzen und Straßen Ausschau nach ihr gehalten. Vielleicht hatte sie wieder eine Stellung angenommen, irgendwo außerhalb der Stadt.

Fünf Trommler teilten die Menge und ließen mit ihrem Tamtam die Glieder der Feiernden zappeln. Der Weinhändler Franz, der sich sonst zu fein war, seinen Wein an die Porzellaner auf die Burg zu liefern, schenkte heut den Weißen freigiebig umsonst aus. Als die Trommler sich näherten, stieg er auf ein Fass und wackelte im Takt. Trotz der Februarkälte entblößte er seinen Oberköper und malte sich mit roter Kreide ein Gesicht auf den speckigen Bauch. Im Trommelrhythmus knetete er die Wülste, dass es aussah, als würde das aufgemalte Gesicht Grimassen schneiden. Um ihn herum bog man sich vor Lachen.

Samuel leerte den Becher, den man ihm gereicht hatte, und ließ sich weitertreiben. Von Ferne hörte er ein Lied in einer fremden Sprache. Es waren viele Fremde in der Stadt – nicht zuletzt, seit bekannt geworden war, dass man auf der Albrechtsburg das Geheimnis des Porzellanmachens, das Arkanum, hütete. Es zog die Spione aus Russland, Preußen, Flandern, Frankreich und sonst woher an. Sie gaben sich als Kaufmänner, Heiler oder Reisende aus, die irgendeinen Verwandten in der Nähe besuchten. Heimlich aber erkundigten sie sich nach dem Porzellangeheimnis und hofften, dass sie sich unter einem Vorwand Zugang zur Burg verschaffen konnten. Sie ahnten wohl nicht, dass die Manufaktur sich erst im Aufbau befand und dass nur ein kleiner Kreis um das gesamte Arkanum wusste: sieben Männer und Dr. Nehmitz natürlich. Ohain und Bartholomäi auch, aber die waren selten da. Flüsternd suchten die Spione in den Bierstuben die Nähe der Porzellaner – oder wen sie für einen solchen hielten. Sie boten viel Geld, wurden übers Ohr gehauen und zogen triumphierend mit nichts als Halbwahrheiten davon. Die Former, Brenner und Töpfermeister, die in der Manufaktur neu eingestellt wurden, mussten stets schwören, dass sie über alles, was in der Burg geschah, Stillschweigen bewahrten, aber ein Taler auf die Hand war oft verlockender als der unregelmäßig gezahlte Lohn. Auch unter den neuen Arbeitern und Handwerkern waren viele Fremde. Sie kamen aus Hessen, Baden, Böhmen, ja sogar aus Italien. Argwöhnisch beäugte man einander. Aber sogar unter denen, die von Anfang an dabei waren, breitete sich Misstrauen aus – auch weil man noch nicht wusste, wer in der Manufaktur letztendlich das Sagen haben würde und wer auf wessen Seite stand. Der König hatte nämlich Nehmitz zum Direktor der Manufaktur ernannt und Böttger zum Administrator. Leider hatte er versäumt festzulegen, wer welche Entscheidungsmacht besaß. Der Doktor hatte zudem durchgesetzt, dass Böttger in Dresden bleiben musste und die Manufaktur von dort aus aufbauen sollte, was eigentlich ein Ding der Unmöglichkeit war. Böttger waren die Hände gebunden, wenn es darum ging, seine Anweisungen vor Ort umzusetzen. Auf der anderen Seite wurde er von Nehmitz für alles verantwortlich gemacht, was misslang. Noch schien Nehmitz Böttger überlegen in diesem Kampf, für den manchmal – wie es Samuel schien – mehr Zeit aufgewendet wurde als für ihr Bestreben, bald schon große Mengen von gutem Porzellan herzustellen. Samuel sah aber auch, dass Böttger noch längst nicht am Ende seiner Kräfte war. Wenn Samuel im Auftrag Böttgers zwischen Dresden und Meißen hin- und herwechselte, hatte er immer das Gefühl, dass Böttger nur auf den richtigen Augenblick wartete, um zuzuschlagen und zu triumphieren.

Auch in einer anderen Sache hatte sich Nehmitz durchgesetzt. Köhler sollte Obermeister werden in der neuen Manufaktur und nicht Samuel, wie Böttger es versprochen hatte. Samuel ärgerte sich darüber. Warum nicht er? Warum der verschlossene Köhler, der sich immer abseitshielt? Auch zum Fastnachtsumzug hatte er an diesem Abend nicht mitgehen wollen. Er habe Besseres zu tun – was immer das heißen mochte. Vielleicht nutzte er ja die Zeit und traf sich heimlich mit einem Agenten des russischen Zaren, um diesem das Geheimnis der Porzellanherstellung teuer zu verkaufen? Zutrauen würde Samuel es ihm. Manchmal fragte er sich sogar, ob nicht auch Paul oder Johann etwas zu verbergen hatten. Sie alle hielten die Nase in den Wind, um den Moment zu wittern, den Ort, die günstige Gelegenheit, von der keiner wusste, wie sie aussehen sollte. Keiner von ihnen war hier, um nichts zu wollen. Sonst hätten sie auch in den Silberminen bleiben können. Ein ehrbarer Bergmann hatte kein schlechtes Leben. Wer sich hier bei den Porzellanern abmühte, den hatte die Ehrbarkeit schon ausgespuckt. Der war ein Abenteurer und nahm schlechten Ruf und Lohn in Kauf, weil er hoffte, mit dem Porzellan eines Tages ein größeres Glück zu machen. Auch Samuel. Manchmal dachte er noch an das angenehme Leben im Haus des Bergrats zurück und hätte sich doch immer wieder genauso entschieden.

Die Turmuhr schlug Viertel vor elf. Die Brücke zum Domhof vor der Albrechtsburg wurde pünktlich um elf hochgezogen, auch heute, so hatte es ihnen Inspektor Steinbrück eingebläut. Wer dann nicht oben war, sollte draußen bleiben und früh um sechs wieder erscheinen. Samuel wollte sich eilig auf den Rückweg machen und schlug den Weg, der links den Berg hinaufging, ein, dorthin, wo der Pulk allmählich ausfranste. Am oberen Brunnen umringten ihn letzte schaukelnde Lichter, auf denen böse Fratzen aufgemalt waren – als er das Engelsgesicht wiedersah. War sie es? War das

Sophie? Bevor er einen zweiten Blick auf die Gestalt erhaschen konnte, bog sie um die Hausecke. Samuel hastete ihr nach. Vor einer schäbigen Schenke erkannte er im schummrigen Licht ein paar Soldaten, die sich Rücken an Rücken zu einem Kreis formiert hatten und auf die Straße pissten, dann stolperten sie davon. Noch einmal blitzte ein Lichtschein auf – die Schenke spuckte die letzten Betrunkenen aus und eine verkniffene Wirtin sperrte die Tür hinter ihnen zu. Von der jungen Frau keine Spur. Hie und da hallte noch ein Lied oder wieherndes Gelächter die Hauswände hinauf. Die letzten Schritte verklangen, und in die Stille hinein schlug es elf.

Es war noch dunkel, als Samuel am nächsten Morgen aus dem Stall kroch, den er gleich neben der Schenke entdeckt hatte. Es fröstelte ihn. Er trat auf die Straße und klopfte sich den Ziegenmist von der Hose. Was für ein Dummkopf er doch war, Gespenstern nachzulaufen. Der ganze Fastnachtsumzug kam ihm jetzt wie ein Traum vor. Und dass Sophie in Meißen sein sollte, wie eine Fantasie. Und überhaupt: Es war kein guter Zeitpunkt für ein Wiedersehen. Was konnte er schon vorweisen? Das Goldmachen war nicht gelungen, und die Porzellanmanufaktur steckte noch in den Anfängen. Besser war es, noch ein bisschen zu warten. Entschieden rieb er sich den steifen Nacken und hatte den Gedanken noch nicht zu Ende gedacht, da öffnete sich die Tür zu der Schenke und eine Gestalt schlüpfte hinaus.

Trotz der Dunkelheit erkannte Samuel sie diesmal sofort. Wie sie das wollene Tuch im Gehen um den Kopf schlang, wie sie missbilligend eine Flasche zur Seite stieß, die jemand auf der Straße liegen gelassen hatte, die Art, wie sie energisch den Marktkorb an die Brust drückte – das war eindeutig Sophie. Erschrocken blieb Samuel stehen, als fürchtete er, das Traumbild, das er sechs Jahre mit sich herumgetragen hatte und das nun zum Greifen nah war, könnte gleich wieder zerplatzen. Mit halb offenem Mund starrte er sie an – fast wäre sie an ihm vorbeigelaufen, doch sie bemerkte ihn im Augenwinkel und lugte neugierig unter ihrem Tuch hervor. Ihre Blicke trafen sich. Und auch Sophie erkannte ihn sofort. Wie vom Schlag gerührt, ließ sie den Korb fallen.

»Was tust du hier?«, brach es aus ihr hervor.

»Sophie …« Samuel griff nach ihrer Hand. Sophie presste die Finger um die seinen. Zugleich hielt sie ihn mit aller Kraft auf Abstand. Über ihr Gesicht rauschte ein Gewitter, dann Sonnenschein, dann wieder finstere Nacht.

»Bist du oben auf der Burg, bei den Porzellanern?«, wollte sie wissen.

»Ja«, sagte Samuel.

Sophie legte die Stirn in Falten und löste sich von ihm.

»Und du?«, fragte er. Verlegen zupfte er sich das Stroh aus dem Haar. »Was tust du hier in dieser Schenke? Bist du nicht bei der Tante, von der du immer erzählt hast?«

»Die Schenke gehört meiner Tante.«

»Ach …« Samuel schluckte. Wie einfach wäre es gewesen, Sophie zu finden, wenn er das gewusst hätte.

»Ich hab jetzt keine Zeit«, sagte Sophie, bevor er weiterreden konnte, und hob den Korb auf.

»Dann komm ich später wieder.«

Sophies Blick glitt über sein schwarzes ungekämmtes Haar, das zerknitterte Wams und die mit Ziegenmist beschmutzte Hose. Aber schließlich nickte sie. Samuel sah ihr nach, einen, zwei, zehn Herzschläge lang, dann war sie verschwunden.

Zwei Tage später nutzte Samuel die Gelegenheit, als Inspektor Steinbrück ihm einige Besorgungen in der Stadt auftrug. Eilig erledigte er seine Pflichten und suchte die Gasse, in der sich die Schenke befand. Der Frost hatte nachgelassen in diesen späten Februartagen, und schwere Regentropfen hinterließen dunkle Flecken auf seinem Hemd, das durch den weißen Staub verriet, dass er ein Porzellaner war.

Die schlichte Gaststube war bis auf zwei Handwerkerburschen leer. Ein wenig düster war es hier, die Deckenbalken hingen niedrig und die fünf rechteckigen Holztische waren übersät mit den Spuren, die zahlreiche Gäste hinterlassen hatten. In der Mitte des Raumes stand ein breiter Schanktisch, dahinter die Bierfässer und lange Bretter mit Krügen darauf. Samuel setzte sich an eines der kleinen Fenster, die zur Straße hinausgingen, und wartete, bis er Sophie mit zwei Suppentellern aus der Küche kommen sah. Abrupt blieb sie stehen, als sie Samuel entdeckte, ging jedoch ohne einen Gruß an ihm vorbei und brachte den Handwerksburschen die Suppe, ehe sie sich endlich umdrehte und zu Samuel an den Tisch trat.

»Ein Bier hätte ich gern, Sophie. Oder zwei. Eins für dich und eins für mich.«

Sophie verzog den Mund und schien zu überlegen, was sie sagen sollte.

»Porzellaner werden hier nicht bedient«, ertönte es aus dem hinteren Teil des Lokals, wo eine mürrisch dreinblickende Frau mit hagerem Gesicht aus der Küche getreten war. Das musste die Tante sein. Sie mochte etwa fünfzig Jahre alt sein, mit knochiger Statur und einem Blick, lauernd wie ein Raubvogel. Sophie hob bedauernd die Schultern. »Dies ist eben ein anständiges Lokal.« Der Schalk blitzte aus ihren Augen.

»Anständig leer, würde ich sagen«, gab Samuel zurück.

»Verschwinde! Ich will euch hier nicht haben«, krähte die Tante nun wieder von hinten. Samuel und Sophie aber wandten den Blick nicht voneinander ab. Schließlich stand Samuel auf, um zu gehen.

»Wann sehen wir uns?«, fragte er.

Sophie schwieg, aber Samuel sah das kleine Zucken ihrer Mundwinkel, als müsse sie jeden Augenblick loslachen. Er nahm seine Mütze und verbeugte sich übertrieben vor der Tante: Bis bald, Madame! Sophie wies ihm die Tür und gab ihm einen Schubs – die grobe Zärtlichkeit begleitete Samuel hinaus, wo der Regen inzwischen heftig herunterprasselte. Nach ein paar Schritten war er nass bis auf die Haut. Er breitete die Arme aus und hob das Gesicht, sodass ihm das Wasser nur so in den offenen Mund lief, während er aus voller Seele lachte. Das Glück trug ihn hinauf zur Burg, es trug ihn durch die Tage und Nächte, durch das Misstrauen, die Widrigkeiten, die sich ankündigten und Samuel und die anderen Männer doch nicht davon abhielten, eine Manufaktur aufbauen zu wollen, die eines Tages für die ganze Welt das schönste Porzellan fertigen würde.

Sophie

Meißen, 1711

Ein Porzellaner war Samuel also. Einer jener Fremden, die für jede wüste Geschichte herhalten mussten, die man sich in der Stadt erzählte. In der Schenke hatte Sophie die Gäste oft darüber reden hören. Als die Porzellanmanufaktur auf Geheiß des Königs in der Burg untergebracht werden sollte, die ja direkt neben dem Dom stand, mussten die Domherren einige der anliegenden Häuser räumen, weil diese von den Porzellanern gebraucht wurden. Ein Grund mehr, sie nicht zu mögen, wenn sie sich gegen die Kirche stellten, und dass so viele Fremde unter ihnen waren, machte die Leute zusätzlich misstrauisch. Das Porzellan, das sie angeblich herstellten, hatte in der Stadt noch keiner zu Gesicht bekommen. Man munkelte, dass dies nur ein Vorwand sei und die Porzellaner in Wirklichkeit mithilfe des Teufels Gold machen sollten. Erbärmlich sahen sie aus, mit rußigen oder weiß bestäubten Gesichtern und lumpigen Kleidern, und hatten doch ein Glitzern in den Augen, das von dem Geheimnis herrühren musste, das sie hüteten. Vielleicht hatten die Klatschmäuler ja recht – Samuel selbst hatte davon gesprochen. Vielleicht erlernte er dort auf der Burg tatsächlich das Goldmachen und würde Sophie eines Tages noch überraschen. Vielleicht, ja, immer vielleicht. Vielleicht wär's ihr auch lieber, er würde sie in Ruhe lassen mit seinen samtenen Augen und der Erinnerung an seine warmen Hände auf ihrem Arm.

Wütend trat Sophie gegen ein Häufchen gefrorenen Schneematsch, das sich in einer schattigen Ecke gehalten hatte. Sie hatte die Frauenkirche hinter sich gelassen und konnte nicht anders, als einen Blick hinauf zur Burg zu werfen. Der Wind schlug ihr ins Gesicht, fasste ihr wild liebkosend ins Haar. Am liebsten wäre sie losgerannt, um mit dem Wind um die Wette zu laufen. Stattdessen zog sie ihren Wollschal enger um die Schultern und ging weiter. Sie war auf dem Weg zum Haus des Advokaten Vollhardt, dem sie nun schon über drei Jahre den Haushalt führte. Das Geld, das er ihr gab, reichte zum Leben für die Tante und sie, denn von den wenigen Gästen, die in der Schenke einkehrten, seit die Schweden fort waren, wurden sie nicht satt.

Sie kam gerne in Vollhardts Haus. Nach einer kurzen, herzlichen Begrüßung verschwand er meist in seiner Schreibstube, wo er hinter einem Berg von Akten über den Tisch gebeugt saß, unruhig wie ein Grashüpfer und seine Haut so knittrig wie die Akten, die er beschrieb. Besonders um diese Jahreszeit war sie nur zu gern hier, denn in Vollhardts Haus war es sogar in der Diele warm, während die Tante zu Hause mit dem Feuerholz sparte. »Der Frühling steht vor der Tür«, meinte sie. »Die Aussicht muss reichen, um sich daran zu wärmen.«

Manchmal, wenn Sophie mit ihrer Arbeit fertig war, schenkte Vollhardt ihnen beiden ein Glas Wein ein, und sie saßen noch ein wenig beisammen. Für heute hatte Sophie sich die Diele vorgenommen, die sie von vorne bis hinten mit der Scheuerbürste sauber schrubben wollte. Sie tauchte die Bürste in das eiskalte Seifenwasser und fuhr mit kräftigen Stößen über den dunklen Holzboden. Der scharfe Seifengeruch stieg ihr in die Nase, und sie ließ sich von ihren Träumen davontragen, bis Samuel ihre Fantasien durchkreuzte wie eine dieser schwebenden Pappelblüten, die einen an der Nase kitzelte.

»Hast du wieder den Kopf in den Wolken, Mädchen?«

Sophie schrak auf. Sie hatte den alten Vollhardt in der Tür nicht bemerkt und wischte sich mit dem Handrücken das Haar aus der Stirn.

»Wir bekommen Besuch heute«, sagte er und zwinkerte ihr zu, als müsste sie wissen, um wen es sich dabei handelte.

»Geh in den Keller. Und hol zwei Flaschen von dem guten Wein, wenn du hier fertig bist.«

Sophie nickte und fuhr mit ihrer Arbeit fort. Eine Weile fühlte sie noch Vollhardts Blick auf sich ruhen, bis dieser zurück in seine Schreibstube verschwand und wieder mit der Feder auf dem Papier zu kratzen anfing.

Als Sophie ihre Arbeit beendet hatte, nahm sie sich vor, Vollhardt heute um ein wenig Extrageld zu bitten. Sie war in der letzten Woche immer etwas länger geblieben, weil seine Köchin krank war, und zu Hause in der Küche qualmte der Ofen und musste abgedichtet werden. Sie trat in die Stube, zupfte ihre Ärmel herunter, die sie zum Putzen hochgeschoben hatte, und blieb abwartend stehen.

Schließlich sah er auf. »Was gibt's?«, fragte er freundlich. »Ach, ich weiß schon. Deinen Lohn willst du haben. Sollst du auch.«

Er kramte ein paar Groschen hervor, die er Sophie in die Hand zählte, und kniff ihr in die Wange. Sophie legte sich die Worte im Kopf zurecht, die sie sagen wollte. Vollhardt aber hatte sich schon wieder abgewandt, und sein Blick schweifte aus dem Fenster.

»Da sind wieder welche von denen«, knurrte er. »Porzellaner! Sehen schon aus wie Halunken und treiben es dort oben, bis die Burg in Flammen steht.«

Sophie sagte nichts. Wohlweislich verschwieg sie, dass sie einen von ihnen kannte, und trat ungeduldig von einem Bein auf das andere.

»Was ist denn, Sophie? Hab ich zu wenig bezahlt?«

»Nein, nein, gewiss nicht. Es ist ...« Aber Sophie kam nicht weit, denn in diesem Augenblick klopfte es ans Fenster. Vollhardt erschrak. Wird doch wohl nicht einer von diesen Spitzbuben sein? Doch da hellte sich sein Gesicht auf. »Der Carl ist da«, sagte er und winkte einem jungen Mann zu, der, wie Sophie leicht erraten konnte, Vollhardts Sohn sein musste. Er war wohl aus Wittenberg heimgekehrt, wo er studierte. Oft hatte der Alte von ihm erzählt, und Sophie hatte sich dann ihr eigenes Bild dazu gemacht. Groß gewachsen stellte sie sich den Carl vor, mit ordentlicher Perücke und sauberen Händen. Bisher war er noch kein einziges Mal in Meißen bei seinem Vater aufgekreuzt. Zu weit, zu teuer, sagte der Alte. Aber nun war er hier, und einen Augenblick später stand er in der Stube und umarmte seinen Vater. Der Alte zeigte auf Sophie. »Das ist die Dienstmagd, von der ich dir schrieb.«

Sophie errötete bei dem Gedanken, dass sie wichtig genug war, um in einem Brief erwähnt zu werden, und lächelte verschämt. Carl nickte ihr kurz zu, ließ sich dann in einen Sessel fallen und schenkte ihr weiter keine Beachtung. Stattdessen sah er sich in der Stube um, stellte offenbar fest, dass alles beim Alten geblieben war, und rieb sich die Hände, als wolle er dies schnellstmöglich ändern.

»Carl hat sein Studium beendet, Sophie. Er wird, so Gott will, nun bald eine Stelle in Meißen antreten«, erklärte Vollhardt stolz, und Carl lachte auf.

»Was sollte Gott dagegen einzuwenden haben? Einen, der wie ich in Wittenberg studiert hat, werden sie in Meißen so oft nicht finden.«

Vollhardt bat Sophie, drei Gläser und den Wein zu holen, damit sie auf Carls Rückkehr trinken könnten. Sophie aber holte nur zwei Gläser und tat, als hätte sie es falsch verstanden. Sie schenkte ein und sah den Herren beim Trinken zu. Vollhardt leerte sein Glas, füllte es erneut und hielt es Sophie hin. Einen Schluck werde sie doch auf Carls Neuanfang in Meißen trinken. Und während sie an dem Glas nippte, blickte Carl aus dem Fenster, als warte er nur ab, dass die Dienstmagd endlich wieder an ihre Arbeit ging, damit er in Ruhe mit seinem Vater über die wirklich wichtigen Dinge sprechen konnte. Er sah ganz anders aus, als Sophie ihn sich vorgestellt hatte. Er war nicht besonders groß und trug auch keine Perücke, sondern das aschblonde Haar nach hinten gebunden. Aufrecht saß er in dem Sessel, etwas herrisch und äußerst selbstbewusst. Das gefiel ihr und auch wieder nicht. Nach einem Schluck ließ sie das Glas stehen, nuschelte etwas von der Arbeit, die in der Schenke auf sie warte, und beeilte sich fortzukommen.

Am frühen Abend hatte sie auch in der Schenke alles in Ordnung gebracht. Gäste waren keine da, sodass die Tante schon schließen wollte und dabei auf die sturen Meißner schimpfte und dann wieder auf die Schweden, denen sie dieses Unglück zu verdanken hätte. In diesem Augenblick flog die Tür auf, und Samuel betrat mit acht seiner Porzellaner die Gaststube. Sophie wäre beinahe der Besen aus der Hand gefallen, und die Tante starrte Samuel böse an, der höflich vor ihr die Mütze lupfte.

»Habt ihr noch ein freies Plätzchen für neun durstige Männer?«

Sophie blickte fragend zu ihrer Tante, die verkniffen auf die Porzellaner schaute und mit sich zu kämpfen schien. Dann aber wies sie, ohne eine Miene zu verziehen, mit dem Kinn auf einen der Tische. Der Abend wurde lang und laut. Offenbar feierten die Männer, dass sie heute pünktlich ihren Lohn bekommen hatten, was, wie Sophie heraushören konnte, keine Selbstverständlichkeit war. Ein langer Kerl, den alle Paul nannten, spielte auf seiner Geige, und die anderen sangen, während Samuels Blick immer wieder zu Sophie wanderte. Schnell wandte sie sich dann von ihm ab, aber wenn sie das Bier an den Tisch brachte, trat sie nah an Samuel heran und berührte wie aus Versehen seinen Arm.

Die Männer blieben bis kurz vor elf, dann hatten sie es plötzlich eilig. Stühle scharrten, der Geiger packte seine Geige ein. Die Tante war längst zu Bett gegangen, als sie der Reihe nach ihr Bier bezahlten, während Sophie sich rotwangig und erschöpft mit einem vollen Geldbeutel an den Schanktisch lehnte. Samuel machte einen Schritt auf sie zu und verabschiedete sich. Er nahm ihre Hand, sah sie etwas schüchtern an und wollte gerade los, da schloss Sophie ihre Finger fester um seine Hand. Sie wollte etwas sagen, brachte dann aber doch kein Wort heraus.

»Wir kommen bald wieder«, versprach Samuel, und Sophie war sich nicht sicher, ob sie sich darüber freuen sollte oder nicht. Sicher war nur, dass sie und die Tante es bitter nötig hatten. Sophie sperrte die Tür hinter Samuel ab, blieb im Dunkeln stehen und lauschte ihrem Atem, lauschte auf das, was sich in ihr regte und von dem sie noch nicht wusste, was sie davon halten sollte.

Samuel

Meißen, 1711

Die heftigen Sommergewitter ließen die Elbe aufschäumen. Das Regenwasser lief in Bächen die Gassen hinunter, und vor der Burg bildete sich auf dem Hof eine Schlammschicht aus Sand und Pferdemist. Große Pfützen spritzten auf, wenn die Wagen hindurchfuhren, und die Männer schwitzten in der schwülen Hitze, die sich nach jedem Regenguss sofort wieder aufstaute. In einem der schattigeren Räume, die zur Nordseite hinausgingen, stand Samuel – die Fäuste in die Seiten gestemmt und mit gerunzelter Stirn – vor den halb fertigen Becken, die er gemeinsam mit Johann mauerte. Hier sollte in naher Zukunft die Porzellanmasse angerührt werden, und Meister Böttger hatte eine genaue Vorstellung davon, wie die Becken beschaffen sein sollten. Während der Arbeit tauchten jedoch immer wieder Fragen auf, und es musste umständlich eine Nachricht an Böttger nach Dresden geschickt und die Antwort abgewartet werden. Der Meister fehlte ihnen hier an allen Ecken und Enden. An diesem Tag aber, als Samuel soeben über das scheinbar unabänderliche Ärgernis einen Fluch ausstoßen wollte, hörte er Johann schon von der Treppe her rufen: »Böttger ist da!«

Samuel dachte schon, Johann erlaubte sich einen Spaß mit ihm, aber einen Moment später stand tatsächlich die vertraute Gestalt des Meisters in der Tür.

»Was tust du hier?«, entfuhr es Samuel völlig entgeistert.

»Arbeiten. Was denn sonst?«, gab Böttger lakonisch zurück.

»Ja, aber ... Wie hast du das fertiggebracht?«

Böttger zuckte die Achseln. »Der König hat wohl eingesehen, dass ich wenigstens ab und zu vor Ort sein muss, wenn es mit der Manufaktur etwas werden soll.«

»Und Dr. Nehmitz?«

»Ich fürchte, er ist nicht ganz so erfreut wie du«, grinste Böttger. »Aber er wird sich wohl damit abfinden müssen, dass das Blatt sich nun wendet.«

Und wirklich: An diesem Tag erreichte sie noch eine weitere gute Nachricht. Der König hatte endlich auch die Gelder für ein neues Brennhaus bewilligt, das Böttger schon seit Monaten forderte. Er hatte schnell erkannt, dass sie, um die Manufaktur rentabel zu machen, eine höhere Brennkapazität benötigen würden. In den Lagern reihten sich schon die ungebrannten Stücke aneinander. Die Brenner kamen nicht hinterher, und das, obwohl sie noch weit davon entfernt waren, wirklich große Mengen von Porzellan zu produzieren, geschweige denn zu verkaufen. Die Beschaffenheit, vor allem des weißen Porzellans, war für einen Verkauf noch nicht gleichbleibend genug und die Abläufe zu unregelmäßig, weil sämtliche Schritte der Herstellung noch laufend verbessert werden mussten. Bisher hatten sie, wenn überhaupt, vornehmlich rotes Porzellan verkauft, und die Einnahmen reichten längst nicht aus, um die gesamten Kosten der Manufaktur zu decken. Mit dem neuen Brennhaus aber würde die Manufaktur einen großen Sprung nach vorne machen, darin waren sich alle einig.

Alle außer Dr. Nehmitz. Wie immer war er schon aus Prinzip anderer Meinung als Böttger und hatte hartnäckig versucht, dessen Pläne zum Bau des neuen Brennhauses zu durchkreuzen. Es war ein schwarzer Tag für den armen Doktor, und zu seinem großen Ärger musste er kurz darauf auch noch hinnehmen, dass Böttger mit einer kleinen Feier und in Anwesenheit der königlichen Porzellankommission den Grundstein für das neue Brennhaus legen ließ. Böttger sonnte sich in seinem Triumph, und als die Nachricht kam, dass Bauholz und Ziegelsteine per Schiff angeliefert worden waren und nur noch am Hafen abgeholt zu werden brauchten, spendierte er den Männern vor lauter Freude ein paar Groschen extra, damit auch sie das Ereignis feiern sollten.

»Dann gehen wir zur Seidlerin?«, schlug Paul vor und zwinkerte Samuel zu. Inzwischen hatte er längst bemerkt, dass es einen Grund gab, warum Samuel die Schenke von Sophies Tante den anderen Bierstuben vorzog. Samuel zupfte sich verlegen am Ohrläppchen und nickte.

Oft ging er nicht in die Stadt, um abends oder am Sonntag Bier zu trinken. Der magere Lohn erlaubte ihm keine großen Sprünge, und er wollte sich vor Sophie nicht die Blöße geben, um einen Krug Bier zu betteln. Wann immer sich aber eine gute Gelegenheit bot, klopfte er sich den Staub aus den Kleidern, kämmte sein Haar und sprang mit pochendem Herzen die Stufen in die Stadt hinunter. Wenn er die Schenke betrat, bemühte er sich, möglichst unauffällig nach Sophie Ausschau zu halten. Aber nicht selten stolperte er dabei über einen Stuhl oder eckte an die Tischkante an. Und ihr Blick traf ihn immer genau dann, wenn er wie ein Tölpel seinen Hut fallen ließ. Sie hob dann nur kurz die Augenbraue und machte mit ihrer Arbeit weiter. Immer war sie in Bewegung. Ihre Hände packten an, schrubbten Tische, schleppten Teller und Krüge, zählten Münzen, wenn es welche zu zählen gab. Samuel konnte nicht wegsehen, wenn ihre Wangen rot vor Anstrengung waren und sie sich die eine Haarsträhne, die sich immer löste, mit dem Handrücken zurückstrich. Er hielt inne und staunte, wie stark sie geworden war, wie sie anpacken konnte und wie sie den Kerlen die Hand wegschlug, wenn einer aufdringlich wurde. Und wie sie lachen konnte. Nicht derb, aber wild. Wie die hellen Glöckchen am Zaumzeug eines galoppierenden Pferdes. Sie war nicht mehr das feine Zöfchen, das den ganzen Tag um die Bergrätin herumtänzelte, kein Mädchen, sondern eine Frau. Allerdings blickte sie ihn noch genauso an, wie sie es immer getan hatte. Spöttisch und zugleich neugierig. Ob sie ihm böse war, dass sie damals die

Stellung bei der Bergrätin verloren hatte? Samuel hätte sich gern dafür entschuldigt, aber er fand nie den richtigen Augenblick. Überhaupt sprachen sie wenig miteinander. Ein paarmal hatte Samuel sie gefragt, ob sie am Sonntag mit ihm spazieren ginge, doch nie eine Antwort darauf bekommen. Kürzlich war er allein in die Schenke gekommen und hatte abgewartet, ob sie sich zu ihm setzen würde. Aber sie sagte, zum Sitzen hätte sie keine Zeit, obwohl kaum Gäste da waren. Immerhin hatte sie sich für einen Moment neben ihm an den Tisch gelehnt und mit verschränkten Armen zu ihm hinabgesehen.

»Porzellan, also?«, hatte sie gefragt. »Und davon kann man leben? Ich kenne niemanden, der Porzellan im Schrank hat.«

»Es ist wie ein Schmuckstück, Sophie, ein Juwel. Jeder Teller, jede Tasse ist ein Kunstwerk.«

»Hm«, machte Sophie, und Samuel erzählte ihr, dass sich das Meißner Porzellan bald an alle Fürstenhäuser Europas verkaufen würde. »Alle werden sich um das Porzellan reißen, wenn wir es erst auf der Messe in Leipzig ausstellen können.«

»Hm«, machte Sophie wieder und fragte, ob Samuel noch ein zweites Bier wolle. »Ich geb dir eines aus«, sagte sie, denn sie wusste, dass sein Geld dafür nicht ausreichte. Als sie ihm das Bier brachte, legte Samuel ihr die Hand auf den Arm.

»Geht es dir gut, Sophie?«, fragte er. »Bist du glücklich bei deiner Tante, hier in der Schenke? Ist es das, was du willst?«

Sophie lachte: »Dummkopf. Was ich will, ist mein Auskommen haben und nicht nur einen Unterschlupf, bei dem man immer bitten muss, um dann doch verjagt zu werden, wie ein alter Hund, der zu nichts mehr nütze ist.«

»Und wie willst du das anstellen?«

»Na, wie wohl? Ich heirate einen Mann, der Geld hat.«

Samuel ließ sie los und wusste, dass sie nicht ihn damit meinte. An diesem Abend aber, als er mit den anderen Männern feierte, dass das Baumaterial endlich im Hafen angekommen war, und sie sich dank des spendablen Böttgers jeder mindestens zwei Bier leisten konnten, da hielt Sophie seine Hand beim Abschied etwas länger fest als sonst.

»Den nächsten Sonntag lassen wir die Schenke zu«, sagte sie zu Samuel und kaute auf ihrer Lippe herum, bevor sie fortfuhr. »Die Tante will zu ihrem Bruder nach Zaschendorf, und ich soll derweil alles gründlich sauber machen. Bin damit aber bestimmt schon bis zum Mittag durch.«

Samuel war sich nicht ganz sicher, was sie ihm damit sagen wollte, und prompt verdrehte sie die Augen: Alles musste man ihm erklären. »Danach will ich auf den Weinberg drüben. Von dort oben kann man übers ganze Tal sehen und fühlt sich frei, als könnte man gleich losfliegen.« Sophie schaute ihn abwartend an, ihre Wangen hatten sich noch ein wenig mehr gerötet. Endlich glätteten sich Samuels Züge, als er begriff, und sein Mund zog sich zu einem breiten Lächeln auseinander.

»Ich werde da sein«, versprach er.

Samuel erwachte früh. Als er aus dem Fenster blickte, franste der schwarze Nachthimmel nach unten aus und der neue Tag drängte vom Horizont herauf. Er schlug die Wolldecke zurück und sprang aus dem Bett.

Noch war es still in der Burg. Samuel bekam bei der Küchenmagd ein Glas Milch und ein Stück Brot, dann spazierte er über den Hof, wo in den Pfützen der Himmel blau zu ihm aufblinkte. Aus einem offenen Holzverschlag schimmerten weiß die Scherben der missratenen Stücke, Samuel schlenderte kauend daran vorbei, als ihm eine Tasse ins Auge stach, fast unversehrt, nur der Henkel war abgebrochen. Er ließ sie unter seinem Wams verschwinden, ging zurück in die Burg und stieg gemächlich die Treppen hinauf bis zu den Werkstätten. Auch hier war kein Mensch. Sorgfältig schliff Samuel die Bruchstellen der Tasse ein wenig ab, begutachtete sie noch mal von allen Seiten, wickelte sie in einen Lappen und steckte sie unter sein Hemd. Natürlich war es streng verboten, Porzellan, ganz gleich in welchem Zustand, aus der Manufaktur zu entfernen. Aber Sophie sollte doch sehen, was sie hier zuwege brachten. Kein Schindluder und Hokuspokus, sondern feinstes Porzellan.

Gegen Mittag überquerte er die Holzbrücke über die Elbe. Das Wasser stand hoch, und über dem Fluss tanzten träge ein paar Mücken in der Sonne. Samuel stieg den Weinberg hinauf, wo an den Reben die Trauben reiften. Er kniff die Augen zusammen, ob er die Hütte entdecken konnte, die Sophie ihm beschrieben hatte, dann setzte er seinen Weg fort, den Kopf heiß und rot, mehr vor Aufregung als vor Anstrengung. Bald entdeckte er den hölzernen Schuppen. Davor stand ein Korb mit einer Flasche, Brot und einigen Äpfeln. Mit großen Schritten überwand Samuel das letzte Stück, und im selben Moment trat Sophie hinter dem Schuppen hervor. Stumm blieben sie voreinander stehen, sogar Sophie schien zunächst nicht zu wissen, was sie sagen sollte. Es war seltsam, so ganz allein mit ihr zu sein. Samuel tastete nach der Tasse unter seinem Hemd, und Sophie legte den Kopf schief.

»Was hast du denn da?«, fragte sie.

Samuel zog den Lumpen hervor und drehte das Paket in den Händen. Dann setzte er sich auf die Bank vor dem Schuppen.

»Komm, ich will dir was zeigen.«

Sophie setzte sich neben ihn, während er den groben Stoff beiseiteschob und die henkellose Tasse in Sophies Hände legte. Wie ein Ei lag sie da, etwas, das noch werden wollte.

»Halte sie gegen das Licht«, sagte Samuel. »Dann siehst du, wie dünn sie ist.«

Sophie hielt das zierliche Porzellangefäß gegen die Sonne. Sie neigten die Köpfe zueinander, sodass sie beide sehen konnten, wie das Licht durch das zarte Weiß schimmerte. Samuel atmete Sophies Duft ein. Sie roch salzig und süß zugleich, und ihr Haar kitzelte an seinem Ohr. Dann senkte sie die Tasse wieder und betrachtete ihn von der Seite.

»Die ist sehr hübsch.«

»Sie gehört dir.«

»Und das macht ihr also dort oben auf der Burg?«

Samuel nickte und hätte ihr gern viel mehr erklärt, aber er wusste nicht, wo er anfangen sollte. Sie kam ihm zuvor.

»Und? Hast du auch das Goldmachen gelernt, wie du es vorhattest?«

Samuel richtete sich ein wenig auf und schüttelte den Kopf.

»Nein. Dafür aber das Porzellanmachen, und das ist ebenso gut, eigentlich besser.«

Sophie blickte ihn an, auf ihre gewohnt spöttische Art, und nickte.

»Es tut mir leid, Sophie, dass die Bergrätin dich hinausgeworfen hat. Ich mach's wieder gut«, sagte er nach einer Weile.

»Sie ist eine Hexe. Ich kann froh sein, dass ich fort bin. Und nun hab ich eine Stelle bei einem Advokaten, das ist ebenso gut, eigentlich besser.«

Machte sie sich über ihn lustig? Samuel war sich nicht sicher. Gern hätte er ihre Hand berührt, aber da sprach sie schon weiter.

»Der Advokat hat einen Sohn, der bald ein Richter sein wird. Seit ein paar Wochen ist er wieder zu Hause.« Das kam so nebenbei, während Sophie aufstand, um den Korb zu holen. Frech grinste sie ihn an und reichte ihm einen Apfel. »Wer weiß, vielleicht gefall ich ihm ja und er nimmt mich zur Frau.«

Natürlich machte sie sich über ihn lustig. Dennoch versetzte es Samuel einen Stich. Zögerlich nahm er den Apfel, und schweigend aßen sie und tranken von dem Bier, das in der Sonne warm geworden war. Der Schalk war wieder aus Sophies Gesicht gewichen. Nachdenklich blickte sie über das Tal.

»Ich hab manchmal Angst, Samuel«, flüsterte sie. »Manche sagen, dass der Krieg wieder näher rückt.«

Jetzt war sie es, die Samuels Hand nahm und sie drückte. Samuel erwiderte den Druck sacht. Er wollte ihr versichern, dass sie sich vor nichts zu fürchten brauchte und dass das Porzellan sich bezahlt machen werde, wenn die Manufaktur erst Gewinn abwarf – und das würde sie ganz bestimmt, denn Böttger hatte es ihnen versprochen. Dann hätte sie auch mit ihm ausgesorgt und bräuchte keinen Advokaten oder sonst einen Angeber. Aber er sagte nichts. Am Himmel zogen dicke Wolken auf. Die Sonne verschwand, und es wurde kühler. Sophie packte die Reste ihrer Mahlzeit in den Korb, auch die Tasse legte sie sorgsam hinein. Schweigend marschierten sie den Weinberg hinunter. Auf der Brücke fielen die ersten Tropfen, und sie beeilten sich, in die Stadt zu kommen. Vor der Schenke standen sie noch einen Moment im Regen, Sophie hob den Korb, als wolle sie sich für die Tasse bedanken, dann huschte sie ins Haus, ohne sich noch mal nach Samuel umzusehen.

Über Nacht schwoll der Regen an, und als Samuel am Morgen aus seiner Kammer trat, hörte er schon von Weitem den gewaltigen Krach, der daher rührte, dass Böttger die leeren Weinflaschen, die sich in seinem Arbeitszimmer angesammelt hatten, brüllend den Wendelstein hinunterschmiss.

»Nehmitz, Sie Ignorant, Sie Fliegenschiss! Ihr verschwendet die Gelder des Königs. Aus reiner Sturheit, aus Bosheit. Ich werde Beschwerde einreichen, wenn Ihr nicht umgehend dafür sorgt, dass die Wagen wieder nach Meißen zurückkommen. Wenn Ihr's nicht tut und das Material am Hafen absäuft, ich schwöre, ich schmeiß Euch aus dem Fenster, ich steche Euch ein Messer in die Brust! Verrat ist das!«

Wie sich herausstellte, hatte Nehmitz noch am selben Tag, als das Baumaterial im Hafen angekommen war, sämtliche Wagen aus fadenscheinigen Gründen nach Dresden geschickt. Böttger hatte nur abgewinkt und dies als kindische Trotzreaktion abgetan. »Das Material läuft uns nicht davon«, hatte er gelacht. Aber inzwischen waren die Wagen immer noch nicht zurückgekehrt. Dafür hatte der Hafenmeister in aller Frühe einen Burschen auf die Burg geschickt. Die Elbe sei bedenklich hoch. Das Wasser steige stündlich, und lange könne er nicht mehr garantieren, dass nichts von dem Material fortgeschwemmt würde. Nehmitz gab sich beinahe beleidigt wegen Böttgers Wutanfall.

»Woher hätte ich ahnen sollen, dass dies auf einmal so dringlich würde? Ihr habt ja die Bestellung des Baumaterials nicht mit mir abgesprochen. Das habt Ihr nun davon.« Und fügte mit einer gewissen Arroganz hinzu, dass er selbstverständlich alles dafür tun werde, in der Stadt genügend Pferde und Wagen aufzutreiben. Ein Hoffnungsschimmer, dachte Samuel. Wie würde es Nehmitz zufriedenstellen, wenn er derjenige sein würde, der das Baumaterial am Ende retten könnte. Auch Samuel und zwei andere Männer wurden losgeschickt, um Wagen aufzutreiben. Aber obwohl sie den ganzen Vormittag durch die Stadt liefen, fanden sie niemanden, der ihnen einen Wagen leihen konnte – oder wollte. Böttger grunzte gereizt, aber bevor er etwas veranlassen konnte, erklang vom Hof her das Kreischen der Holzräder – die Wagen waren aus Dresden zurück. Jeder von ihnen nur halb beladen – es war völlig unnötig gewesen, sie alle fortzuschicken. Doch für den Moment zügelte Böttger seinen Zorn, ließ die Wagen eilig entladen und schickte Samuel mit Köhler, Johann und fünf weiteren Männern mit drei Wagen zum Hafen hinunter. Immer noch regnete es in Strömen. Als sie endlich an den Fluss gelangten, hatte das Wasser schon ganze Teile der Uferböschung weggespült, die Hänge waren vom Regen aufgeweicht und drohten abzurutschen und das Material mit sich zu reißen. Sie führten die Pferde so nah wie möglich heran. Die Räder des ersten Wagens standen kaum einen Arm lang von den tosenden Wassermassen entfernt. Tief sanken die Männer in den Schlamm und mühten sich, wenigstens die Ziegel in Sicherheit zu bringen, das Holz war noch leichter zu ersetzen. Nur langsam füllte sich der Wagen. Das rechte Hinterrad begann bedenklich einzusinken. Samuel rief den Männern zu, den Wagen weiter hoch zu fahren. Seine Stimme ging beinahe unter im Tosen des Wassers. Johann langte den Pferden ins Geschirr und ließ sie behutsam ein paar Schritte bergan gehen. Die drehenden Räder zerdrückten den Weg wie weiche Butter, die Rillen füllten sich mit Schlamm, nun sackte der Wagen weg und drohte die Pferde mit sich zu reißen. Mit letzter Kraft versuchten die Männer den Wagen zu halten, aber der Fluss forderte seinen Tribut. Mit Müh und Not gelang es ihnen, die Pferde auszuschirren und sie den Weg hinaufzutreiben. Doch nun kam der ganze Hang in Bewegung. Köhler stand noch oben auf den Ziegeln, als unter ihm der Boden wegbrach. Die Männer liefen los, um sich in Sicherheit zu bringen. Auch Köhler ließ nun seinen Korb fallen und rannte um sein Leben. Mit Schlamm beschmiert und bis auf die Knochen durchnässt, gelangten sie an den oberen Teil der Böschung, wo der Boden wieder fester war. Wie durch ein Wunder hatten es alle geschafft. Sie standen da, mit hängenden Armen, während unter ihnen der Fluss ihre Hoffnungen mit sich fortspülte. Das Rauschen des Wassers klang noch tagelang in Samuels Ohren nach. Als wäre der Zeitlauf zersprungen und durch den Riss brüllte das höllische Gelächter der Ewigkeit. Alles wird zerrieben, alles zermalmt und alles Streben fällt in sich zusammen wie ein Turm aus Sand.

Er fürchtete den Augenblick, da er Sophie unter die Augen treten würde. Ihr Spott war unausweichlich, der Streit zwischen Böttger und Nehmitz ein Narrenstreich, den sie genüsslich zerpflücken würde. Natürlich hatte längst die ganze Stadt von dem Unglück gehört. Man riss hämische Späße und schmückte den Vorfall aus, indem man wahlweise noch zwei Pferde oder einen Mann in den Fluten untergehen ließ. Beinahe zwei Wochen konnte Samuel sich nicht aufraffen, bei Sophie zu erscheinen. Dann aber dachte er an den Advokatensohn, der vielleicht die Zeit zu nutzen wusste, und gab sich einen Ruck.

Als er die Schenke betrat, kehrte Sophie soeben den Schankraum aus. Sie fuhr herum und starrte ihn an wie ein Gespenst. Dann löste sich die Spannung, und ihre Augen füllten sich mit Tränen – nur kurz, versteht sich –, denn nun, da Samuel lebendig vor ihr stand, verschränkte sie zornig die Arme vor der Brust. »Dachte schon, ich wär dich endlich los«, sagte sie. Samuel lächelte über den spröden Willkommensgruß. Er sog ihre tröstliche Wärme in sich auf, und Sophie wich den restlichen Abend kaum von seiner Seite.

Böttger tat sich schwer, die Niederlage zu verwinden, und für einige Wochen fehlte ihm die Kraft, den Aufbau der Manufaktur weiter voranzutreiben. Das einzig Gute war, dass Nehmitz nun immer öfter fernblieb und sich lieber in Dresden oder sogar am Hof in Warschau aufhielt. Böttger blieb nichts anderes übrig, als mit den alten Öfen zurechtzukommen. Besser als erwartet, gelang es ihm jedoch, diese auszubauen und mehr Platz zu schaffen. Mit viel Anstrengung kam nun etwas Regelmäßigkeit in die Abläufe, die sich – ganz allmählich – auch in der Qualität des Porzellans bemerkbar machte.

Constantia

Stralsund und Dresden 1711–1712

Nach ihrem Streit im letzten Jahr in Danzig hatten Constantia und August sich mühsam wieder angenähert. August hatte es nicht für nötig gehalten, sich für Flemmings Beleidigung zu entschuldigen, und in der restlichen Zeit, in der sie in Danzig blieben, hatte Constantia sich zurückgezogen. Selbst in den seltenen Momenten, in denen August ihre Nähe suchte, blieb sie verschlossen und ließ seine Zärtlichkeiten unerwidert über sich ergehen, bis auch er sich wieder von ihr abwandte. Erst als im Frühjahr in Wien der Kaiser starb und sie zurück nach Dresden reisten, ließ sie sich allmählich erweichen, lächelte vielleicht über einen Scherz, den er machte, und tastete mit der Hand nach der seinen.

Der Tod des Kaisers stellte alles auf den Kopf. August wurde zum Reichsvikar ernannt und hatte bis zur Wahl eines neuen Kaisers das Reich zu verwalten. Man scharte sich um ihn, jeder suchte seine Gunst, und ihm schien alles zu gelingen, wonach er strebte. In dieser frühlingshaften Zeit, in der trotz angeordneter Trauer mehr Vergnügungen stattfanden als sonst, weil sich die halbe Welt in Dresden tummelte, gewann auch ihre Leichtigkeit wieder Oberhand. Beinahe mochte Constantia glauben, dass alles so wie vorher war, ihr Lieben, ihr Streiten, ihre Unzertrennlichkeit. Einmal bat August sie beinahe unter Tränen, den Ehevertrag zurückzugeben.

»So wie die Dinge jetzt liegen, gibt es einfach keine Möglichkeit, dich offiziell zu meiner Frau zu erklären. Der Ehevertrag bringt uns nur Unglück, und unsere Liebe besteht ja auch so – ganz ohne Vertrag.«

»Ich muss darüber nachdenken«, sagte Constantia, und August überschüttete sie mit Geschenken, versprach ihr gar den Titel einer Reichsgräfin, für den er sich beim neuen Kaiser für sie einsetzen wollte. Über seine Pläne mit dem Kurprinzen sprachen sie nicht mehr. Nur einmal deutete August an, dass sein Versprechen an den Papst, Friedrich konvertieren zu lassen, lediglich eine Finte gewesen sei, damit dieser sein Einverständnis für den Krieg geben würde. Constantia glaubte ihm nicht, und August wusste, dass sie ihm nicht glaubte.

Im Juni schickte August seinen Sohn überraschend auf seine »Grande Tour«, seine Kavalierstour – nichts Ungewöhnliches für einen jungen Prinzen, der auf diese Weise andere Königshäuser und Länder kennenlernen sollte. Kurfürstin Christiane aber witterte eine weitere List von August, der seinen Sohn nach Frankreich und Italien schickte – katholische Länder, in denen er den Jungen, weitab vom Schutz seiner Mutter, zu einer Konversion bewegen könnte. Die Kurfürstin war außer sich, machte eine Szene, weinte, aber weder sie noch Augusts Mutter konnten ihn von dem Plan abbringen. Insgeheim teilte Constantia die Befürchtung der Kurfürstin – nein, sie war sich sogar sicher, dass Christiane recht hatte. Aber diesmal schwieg Constantia dazu. Im Herbst dann, beflügelt von dieser fruchtbaren Zeit, brach August nach Stralsund auf, um die dortige Festung von den Schweden zu erobern.

»Ein leichtes Spiel«, meinte er lachend. »Du brauchst dir nicht die Mühe zu machen, mich zu begleiten, meine Schöne. Das lohnt sich nicht für die paar Wochen.«

Constantia war ihm dankbar – und doch, als er fort war, fühlte sie sich einsam ohne ihn.

Sie suchte Ablenkung, nahm alle Einladungen an, die sie bekommen konnte, und empfing zahlreiche Gäste. Graf Haxthausen erzählte ihr bei einem Besuch, dass Böttger sich in diesen Tagen in Dresden aufhielt. Constantia durchfuhr die Nachricht heiß. Tapfer bemühte sie sich, nicht weiter darauf einzugehen, aber nachdem der Graf gegangen war, kehrten ihre Gedanken unweigerlich zurück zu Böttger. Die Vorstellung, dass er nur ein paar Straßen von ihr entfernt in einem Zimmer saß, brannte so lange in ihr, dass sie sich schließlich einredete, an einem kurzen Besuch sei nichts auszusetzen. Man hörte, dass es mit Böttgers Gesundheit nicht zum Besten stand, dass ein schlimmer Husten ihn plagte. Warum sollte sie sich nicht nach seinem Befinden erkundigen und ihm eine Flasche von dem Hustensaft bringen, den sie selbst herstellte? Die Entscheidung war rasch getroffen. Allerdings hielt Constantia es für klüger, keine große Sache daraus zu machen. August sollte besser nichts davon erfahren. Sie ging allein und zu Fuß, zog sich die Kapuze ins Gesicht und eilte zur Bastei, wo sie sich der Wache zu erkennen geben musste, damit man sie einließ, aber sonst wusste nur Hanne von ihrem Ausflug, die sie mit leicht vorwurfsvollem Blick in die Dunkelheit entlassen hatte.

Böttger lächelte überrascht, als er sie erblickte. Im Zimmer roch es nach dem Holzfeuer, das im Ofen knisterte, über allem hing der Duft von Kampfer. Die herrschende Unordnung war Constantia unangenehm, und sie bereute ihren Besuch, kaum dass Böttger die Tür geöffnet hatte. Was wollte sie hier? Ungelenk stellte sie die beiden Flaschen ab, die sie in einem Korb hierhergetragen hatte: den Rotwein und den Hustensaft. »Für Eure Gesundheit«, sagte sie und wollte sich schon wieder verabschieden.

»Warum trinkt Ihr nicht ein Glas mit mir? Erweist mir die Ehre«, bat Böttger sanft und schenkte ihr ein entwaffnendes Lächeln. Constantia zögerte.

»Ich bitte Euch.« Schon hatte er einen Stapel Bücher vom Sessel geräumt, zwei Gläser hergezaubert, die er mit einem Tuch sauber wischte, und goss den Wein ein.

In ihren sommerlichen Tagträumen hatte Constantia oft von

einem Moment wie diesem geträumt. Jetzt aber war alles beklemmend und peinlich. Rasch trank sie das Glas aus.

»Ich ... ich sollte ... Es ist besser, wenn ich nun gehe«, stotterte sie.

Böttger hatte inzwischen von ihrem Hustensaft gekostet und erriet mit kennerischem Gaumen die Zutaten: Quendel, Huflattich, Honig und Spitzwegerich. Constantia nickte: »Meine Mutter hat es mich gelehrt.«

»Was hat sie Euch noch gelehrt? Gibt es ein Geheimrezept, das Ihr mir gegen Hühneraugen verraten könnt? Oder gegen Haarausfall?«

Constantia lachte und gab ein wenig verlegen zu, dass sie durchaus auch Rezepte gegen solch alltägliche Leiden sammelte. Auf ihrem Gut in Pillnitz verbrachte sie viel Zeit damit, Salben oder andere nützliche Dinge herzustellen. Böttger wollte sie nicht gehen lassen, bevor sie ihm nicht mehr darüber erzählte, und schenkte ihr ein weiteres Glas ein. Es dauerte nicht lange, und er brachte sie erneut zum Lachen. Die Flasche Wein wurde geleert, und Böttger holte eine neue.

»Madame, erlaubt – ich muss die Gelegenheit nutzen und Euch um Unterstützung bitten«, sagte er, nachdem er ihr Glas aufgefüllt hatte.

Constantia ahnte, was nun kommen würde. Sie schob das Glas ein wenig von sich fort und krampfte die Finger ineinander. »Ich fürchte, viel werde ich nicht für Euch tun können.«

Doch Böttger fuhr unbeirrt fort. »Wenn dem König etwas an der Manufaktur liegt, dann muss er mir die alleinige Leitung überlassen. Ich bitte Euch, liebste Gräfin, legt ein gutes Wort für mich ein.«

Er sah bemitleidenswert aus, wie er sie so anflehte. Sie fühlte den Drang, seine Hand zu nehmen, ihm gar über den Kopf zu streichen. Abrupt stand sie auf und verabschiedete sich.

Benommen und rotwangig eilte sie zurück ins Palais, wo

Hanne sie bereits besorgt erwartete. Constantia hatte kein Verlangen, den Besuch bei Böttger zu wiederholen. Im Nachhinein erschrak sie eher darüber, was sie getan hatte, obwohl doch nichts Verwerfliches daran war. Sie war ein oder zwei Stunden geblieben und hatte sich mit Böttger über Rezepte ausgetauscht und ein wenig gescherzt. Beim Abschied hatte er ihre Hand vielleicht ein wenig zu lang in der seinen gehalten und sich für die seltene Abwechslung bedankt, die ihm in seinem Gefängnis nicht oft zuteilwerde. Sonst nichts. Und dennoch wuchs Constantias schlechtes Gewissen ins Unermessliche. Als im November noch immer keine Aussicht darauf bestand, dass August und seine Verbündeten die Festung in Stralsund einnehmen würden, beschloss sie, ihm zu folgen, auch wenn es ihr davor graute, an die trübe, winterliche Ostsee zurückzukehren. Aber nach ihrem Besuch bei Böttger wollte sie August – oder vielmehr sich selbst – zeigen, dass sie an der Seite ihres Königs stand.

In Stralsund bekam sie August kaum zu Gesicht. Wochenlang verbrachte sie die Tage einsam in dem einzigen annehmbaren Zimmer eines Wirtshauses am Stadtrand. Ihre Zofe Hanne war immer bei ihr. Die kleine, etwas rundliche Frau konnte zugleich furchtsam und tapfer wirken. Trotzdem sie vielleicht sogar etwas älter als Constantia war, wirkte sie manchmal wie ein junges Mädchen, und während ihre schwarzen Augen unruhig aus dem Fenster blickten, wussten ihre Hände immer genau, was zu tun war. Sie brachte ihrer Herrin die Mahlzeiten aufs Zimmer, legte ihr einen warmen Schal um die Schultern und manchmal, wenn der Wintersturm gar zu gruselig über die Dächer heulte, griff sie gar nach Constantias Hand.

»Bald können wir wieder nach Hause«, versuchte Constantia sich und Hanne Mut zuzusprechen.

»Wenn Euch nur nichts zustößt«, sagte Hanne dann mit fester Stimme. »So lange bin ich ruhig.«

Die wenigen Stunden, die Constantia mit August verbrachte, der im stattlichen Backsteinhaus eines reichen Kaufmanns logierte, sprachen sie so gut wie kein Wort miteinander. Stumm suchten ihre Körper nach etwas Wärme, und Constantia wagte es nicht, August nach dem Stand der Belagerung zu fragen. Zurück in ihrem Gasthof aber ließ sie sich regelmäßig von dem Elend berichten, das nur wenige Meilen entfernt seinen Lauf nahm.

Obwohl die sächsischen Truppen gemeinsam mit den russischen und dänischen kämpften, konnten sie nichts gegen die Schweden ausrichten. Alle hatten damit gerechnet, dass sie die Festung noch vor Wintereinbruch einnehmen würden, aber zu Neujahr saßen sie immer noch fest in Eis und Schnee. Die Russen hatten zu wenige Zelte, sodass die Soldaten sich in Erdlöcher eingraben mussten, inzwischen grassierte in ihrem Lager die Cholera. Jemand behauptete gar, es habe vereinzelt Pesttote gegeben. August hatte nicht genug Männer, es fehlte an Artillerie und Pferden. Die Dänen waren die Einzigen, die noch ein paar Angriffe auf die Festung unternahmen, aber stets zurückgeschlagen wurden. Die Feiertage zogen gleichförmig vorüber. In ihrem Palais in Dresden gab Constantia um diese Zeit immer Feste und große Gesellschaften, ließ das Haus aufwendig schmücken und Lebkuchen und Marzipan backen, wobei sie selbst immer mithalf. Jetzt gab es nichts davon. Kein Feiern und Backen und auch kein helles Kinderlachen ihrer Töchter, kein Singen, das durch die Räume klang. Gerade jetzt sehnte sich Constantia nach Augusta und Friederike, die sie seit ihrer Abreise nach Depenau vor zwei Jahren nicht gesehen hatte. Denn der Vater, der akzeptiert hatte, dass die Mädchen bei ihm lebten, hatte unmissverständlich klargemacht, dass Constantia nicht willkommen war.

Als selbst die Dänen sich ins Winterlager zurückzogen, um auf den Frühling zu hoffen und darauf, dass die milde Luft wieder alles in Bewegung brächte, wurden auch Augusts Männer ungeduldig. Es zog sie fort. Irgendwohin, wo sie zu essen und ein schützendes

Dach über dem Kopf hatten. Jeden Tag desertierten Unzählige. Sie riskierten lieber, erschossen zu werden, als weiter in diesem Elend festzustecken. August aber hatte sich in die Belagerung verbissen wie ein Hund in einen stinkenden Knochen. Constantia sah, wie dieser Zustand ihn gereizt und ungerecht werden ließ, wie er innerlich erstarrte. Doch sie konnte nichts dagegen unternehmen, außer zu hoffen, dass er bald aus diesem Bann erlöst würde, sei es durch einen Sieg oder eine Niederlage. Sie versuchte durchzuhalten, aber als Hannes Husten nicht besser wurde und ihr selbst die Kraft ausging, bat sie August schließlich, nach Dresden zurückkehren zu dürfen.

»Nach Dresden also möchte Madame zurückreisen und mich alleinlassen.«

»Es wäre schön, wenn du mir bald folgen könntest.«

»Was zieht dich denn so sehr zurück? Musst du dich zur Abwechslung mal wieder um deinen Goldmacher kümmern, der kein Gold macht?«

Constantia erschrak. Was hatte Böttger in diesem Gespräch zu suchen? Hatte August etwas von ihrem Besuch bei Böttger erfahren? Constantia bemühte sich, ruhig zu bleiben. Nein, August konnte davon nichts wissen.

»Ich habe gewiss nicht vor, Böttger zu sehen.«

»Vielleicht solltest du! Nachdem meine Gesellschaft dir offenbar nicht mehr ausreicht«, fuhr August gehässig fort. »Vielleicht kannst du ihm ja beim Goldmachen behilflich sein. Ich gab ihm dafür Aufschub, bis die Porzellanmanufaktur aufgebaut ist. Nun müsste sie doch langsam fertig sein, aber Gold habe ich immer noch keines gesehen.«

Constantia warf den Kopf hoch und schloss die Augen.

»Ja, schau nur so dramatisch.«

»Dass du es nicht begreifst«, rutschte es Constantia ungeduldig heraus.

»Was? Was begreift der dumme August nicht?«

»Es ist doch offensichtlich, dass Böttger dazu nicht in der Lage ist und es dir nur verspricht, weil er nicht anders kann.« Constantia wusste nicht, wo sie diese Behauptung hernahm. Es war nur ein Gedanke, der ihr irgendwann einmal flüchtig gekommen war und den sie August jetzt wütend ins Gesicht schleuderte. Es war seine Sturheit, die sie provozierte. Die Sturheit, mit der er sich in diese Belagerung und in den ganzen Krieg warf, die Sturheit, mit der er die Konversion seines Sohnes vorantrieb, und die Sturheit, mit der er daran festhielt, dass Böttger ihm eines Tages Gold machen würde, obwohl dieser doch hundert andere Erfindungen gemacht hatte, die sich zu Geld machen ließen.

»Der wahre Schatz liegt im Porzellan«, hörte Constantia sich sagen. »Aber anstatt Böttger zu fördern, lässt du es zu, dass dieser Dr. Nehmitz seine Arbeit behindert, und hältst an dem Glauben fest, man könnte wie in einem Märchen Gold herbeizaubern, weil du ...«

»Weil ich was?«, fragte August sie herausfordernd. »Weil ich nicht so klug und gelehrt bin wie du? Ist es das, was du mir sagen willst?«

Sein Ton war schneidend, und er wartete keine Antwort ab. Kein wilder Zorn, der über sie hereinbrach, kein lautstarkes Debattieren, kein Schreien, kein Schlagen – und später keine Tränen und heißen Küsse, die sie wieder miteinander versöhnten. Wenige Stunden danach überreichte ein Diener Constantia die schriftliche Erlaubnis oder vielmehr den Befehl, sie solle morgen abreisen.

Auf ihrem Weg nach Süden fuhren sie durch das vom Krieg verwüstete Land. Wenigstens lag der erste Schnee über dem ganzen Elend. Ein weißes Laken, ausgebreitet über einer Leiche, deren Fratze sich dennoch unter der dünnen Schneedecke erahnen ließ. Der Krieg fraß das Land. Sie zankten sich um eine Wüste, die Russen, Dänen, Schweden, Sachsen. Vom nördlichen Estland über Livland, Polen und Pommern hinterließen sie nichts als Gräueltaten, Hunger und Pest. Aber August wollte das nicht sehen. Er sah nur auf einer bunten Landkarte die Umrisse der Gebiete, die sich mal in die eine, mal in die andere Richtung verschoben. Stumm saß Constantia im Wagen Hanne gegenüber und blickte hinaus. Sie wandte sich ab, als sie durch ein Dorf fuhren und die Elendsgestalten der Kutsche nachhumpelten. Morgen würden sie vielleicht tot sein. Man konnte ihnen nicht mehr helfen. Hanne war bleich wie der Winterhimmel und hustete ununterbrochen. Constantia kam der Gedanke, dass ihre Zofe sich eine ruhigere Anstellung suchen könnte. Ja, ganz bestimmt würde Hanne sie verlassen. Constantia könnte es verstehen.

Endlich zurück in Dresden, lief sie in ihrem Pelz durch alle Zimmer und weinte vor Erleichterung, dass sie wieder zu Hause war. Sie ließ Blumen bringen, obwohl draußen noch Schnee lag, Hunderte von Kerzen erleuchteten abends die Salons, und sie versammelte alle Dinge, die ihr lieb waren, um sich herum, auch das Porzellanservice, das August ihr geschenkt hatte. Sie sehnte sich nach Schönheit und Wärme und befahl der Köchin, jetzt noch das Weihnachtsgebäck herzustellen, auf das sie hatte verzichten müssen, während sie in Stralsund gesessen hatte. In ihrem Bauch fühlte Constantia ein leises Pochen. Sie war wieder schwanger. Behutsam legte sie die Hand auf ihren Leib und gab sich ein Versprechen. Dieses Kind würde sie nicht weggeben. Diesmal nicht.

Nur mühsam erholte Constantia sich und hoffte, dass die Kälte, die in ihrem Herzen Einzug gehalten hatte, allmählich vergehen würde. August, nachdem er es schlussendlich doch aufgeben musste, in Stralsund auszuharren, traf einige Wochen nach ihr in Dresden ein. Es verstrichen weitere Tage, bis er Constantia eines Abends aufforderte, zu ihm ins Schloss zu kommen.

Als seine Nachricht sie erreichte, verspürte sie eine leise Hoffnung, dass es einen Neuanfang für sie geben könnte, und war bereit, all das Hässliche, das geschehen war, zu vergessen. August ließ sie in seine privaten Zimmer kommen, doch als sie eintrat, hatte sie den Eindruck, sie wären sich noch nie so fremd gewesen. Sie suchten nach einem Anfang, etwas, woran sie neu anknüpfen konnten, und schwiegen doch die meiste Zeit. Schließlich hatte er sie ausgekleidet und auch sich selbst, und sie waren zu Bett gegangen und liebten sich. Ein mechanischer Akt, bei dem jede Bewegung sich an die Erinnerung festklammerte und nachahmte, was einmal gewesen war. Am nächsten Morgen weckte sie der Kammerdiener Spiegel. August sprang sofort aus dem Bett. Ohne Constantia zu beachten, ließ er sich ankleiden. Beim Abschied, fast schon in der Tür, wandte er sich noch einmal zu ihr um. Sein Gesicht war verschlossen, der Ton sachlich – sie solle am Abend wieder ins Schloss kommen. Ein offizielles Essen, um seine Rückkehr aus Stralsund zu feiern. Keine Zärtlichkeit, kein warmes Wort. Wie ein Kleidungsstück, das er abgelegt hatte, ließ er Constantia zurück. Erst Stunden später, als sie längst wieder in ihr Palais zurückgekehrt war, erwachte in Constantia der Zorn. Nachdem sie endlos lange bewegungslos in ihrem Arbeitszimmer gestanden hatte, fegte sie plötzlich mit einer heftigen Bewegung die Briefe, die sich auf ihrem Schreibtisch türmten, zu Boden. Es folgten eine Messingschale, die scheppernd am Kaminsims abprallte, alle Bücher, die sie zu fassen bekam, und zum Schluss das Tintenfass, das auf das Parkett klatschte und dort einen Fleck hinterließ, der sich langsam ausbreitete wie schwarzes Blut. Mit jedem Gegenstand, den sie zu Boden warf, rechnete sie auf, was August ihr angetan hatte. Sie zählte die hundertfache Demütigung, wenn August mit anderen Frauen schlief, mit ihnen Kinder zeugte, sie zählte die Jahre, die sie darauf wartete, dass er den Ehevertrag offiziell machte, damit sie endlich vor aller Welt seine Frau war. Sie zählte ihre beiden Mädchen, die sie hatte zurücklassen müssen, die quälend langen Reisen, die einsamen Tage, die sie ohne ihn hatte verbringen müssen. Sie zählte seine Lügen und die Heimlichkeiten, als es um seine politischen Pläne mit dem Kurprinzen ging. Und ganz besonders zählte Constantia den Moment, als August sie vor Flemming bloßgestellt und sie nicht vor dessen Frechheiten beschützt hatte. Das Aufrechnen nahm kein Ende, und erst als sie bemerkte, dass bei ihrem Wüten auch eine Tasse von Augusts Service zerbrochen war, hielt sie ein und weinte bitterlich.

Das Zimmer indes glich einem Schlachtfeld.

August

Dresden, 1712

Jetzt tat es ihm leid, dass er Constantia heute Morgen ohne ein versöhnliches Wort hatte gehen lassen. Das Bild, wie sie ihm nachgesehen hatte, verfolgte ihn den ganzen Tag. Kaum konnte er sich auf die Arbeit konzentrieren. Als er endlich allein war und erschöpft in einen Sessel sank, fielen mit einem Mal die Anspannung und Verbissenheit der letzten Monate von ihm ab. Die Aussichtslosigkeit seiner Bemühungen hatte ihn zermürbt, hatte ihn hart und ungerecht werden lassen, hatte Constantia von ihm entfremdet. Auf einmal nahm er den Abgrund wahr, der sich zwischen ihnen aufgetan hatte. Sie mussten aufhören, sich zu streiten. Sie mussten einen Weg finden, wie ihre Liebe sich mit der Politik vertrug. Constantia musste endlich vernünftig werden. August fasste einen Entschluss. Er wusste, dass er Constantia oft verletzt hatte, und würde sich dafür entschuldigen. Er würde sie nie wieder anlügen, wenn sie ihm im Gegenzug versprach, sich nicht mehr in die Politik einzumischen, und ihm den Ehevertrag zurückgab. Schon einmal hatte er sie darum gebeten, aber sie war nicht darauf eingegangen. Sie musste doch begreifen, dass dieses Dokument weder sie noch ihn glücklich machen würde, dass – im Gegenteil – die Gefahr bestand, dass es ihre Liebe vernichten könnte. Er war im Krieg. Seine Situation als König von Polen war schwierig. Um jedes Quäntchen Macht musste er ringen. Er konnte es sich nicht leisten, den polnischen Adel gegen sich aufzubringen, indem er erklärte, er habe eine zweite Ehefrau. Selbst wenn Christiane starb, würde er Constantia nicht ehelichen können. In Polen hätte man kein Verständnis, würde er sich ein weiteres Mal mit einer Protestantin vermählen. Constantia war klug. Sie würde das verstehen, und bis zum Abend war noch Zeit genug für einen Besuch bei ihr.

Ihre Kammerzofe Hanne erklärte ihm jedoch, dass ihre Herrin unpässlich sei.

»Aber sie kommt doch heute Abend ins Schloss zum Diner?«

»Das hat sie vor, Eure Majestät. Sie meinte nur, dass sie sich bis dahin ausruhen muss. Wenn Ihr allerdings befehlt …«

»Ich will sie nur einen Augenblick sprechen«, unterbrach er die Zofe. »Sagt ihr, dass es wichtig ist.«

Die Kammerzofe nickte und ließ August im Salon zurück. Unruhig ging er auf und ab. Im Augenwinkel sah er, dass die Flügeltür, die zu Constantias Arbeitszimmer führte, nur angelehnt war. Von Neugierde getrieben steckte er seinen Kopf herein – und erschrak, als er das Chaos darin erblickte. Behutsam schob er die Tür weiter auf und sah die Bücher, Briefe, die zerbrochenen Vasen und abgeknickten Blumen, den großen schwarzen Fleck, den das Tintenfass auf dem Parkett hinterlassen hatte. Es zog August hinein, unter seinen Sohlen knirschte es, er entdeckte die zerbrochene Tasse des Schokoladenservices, das er Constantia einst geschenkt hatte, seine Augen streiften zerrissene Schriftstücke, die mit den verschiedensten Handschriften bedeckt waren, erkannten seine eigene Schrift und die von Constantia. Und da, inmitten der Trümmer, entdeckte er einen noch ungeöffneten Brief mit Böttgers Schrift. Langsam hob er das versiegelte Papier auf, drehte und wendete es, als könnte er so den Inhalt erraten. Schließlich brach er das Siegel auf und begann zu lesen. Nach den ersten Zeilen wurden ihm die Hände feucht. Böttger bedankte sich für einen Besuch, den Constantia ihm in der Bastei abgestattet hatte. Es sei ein lustiger Abend gewesen, er habe noch lange davon gezehrt. Blumig umschrieb er ihre Schönheit, ihre Güte und welches Geschenk es sei, dass er sich ihren Freund nennen dürfe. August ertrug es nicht, den Brief zu Ende zu lesen. Constantia war bei Böttger gewesen. Welche Frechheit wollte der Goldmacher sich noch herausnehmen? Der Zorn, den August verspürte, war so unbändig, dass er am liebsten höchstpersönlich zu Böttger marschiert wäre, um ihm den Schädel zu spalten. Er würde ihn hängen lassen, ihn irgendwie beseitigen, ihn auf ewig in einen Kerker sperren, wo er ohne jedes Tageslicht verschimmeln sollte, ihn foltern und demütigen. August zerriss den Brief in tausend Fetzen, verlor sich in seinen wütenden Fantasien, bis sein Kopf vollkommen leer war und ihm bewusst wurde, wie sinnlos diese Vorstellungen waren. Er würde Böttger niemals töten lassen können. Er brauchte ihn. Die Manufaktur würde ohne Böttger nicht reüssieren. Nehmitz würde vielleicht für Ordnung und Disziplin sorgen, aber schöne Glasuren entwickeln konnte er nicht und Gold würde er ihm erst recht keines machen. August hatte andere Goldmacher in Augenschein genommen. Sie redeten viel und taugten noch weniger als Böttger, der zumindest nebenbei ein paar nützliche Dinge erfand. Damit aber wollte August sich nicht zufriedengeben. In Sachsen war das Porzellan erfunden worden. Was jetzt noch fehlte, war das Gold. Von diesem Glauben wollte und konnte er nicht lassen. Und wem, wenn nicht Böttger, würde es am Ende gelingen? Wie sehr er diesen Mann hasste. Nicht einmal die Entscheidung, ihn hängen zu lassen, hatte August in der Hand, obwohl er der König war und Böttger nur ein schmutziger Alchemist.

Als August die Zofe rufen hörte, stand er wie gelähmt, bis sie ihn im Arbeitszimmer entdeckte.

»Ich muss gehen«, sagte er mit heiserer Stimme. »Sagt der Gräfin, dass ich fortmusste.«

Mehr brachte er nicht heraus und eilte an der erstaunten Zofe vorbei aus dem Zimmer.

Constantia

Dresden, 1712

Als Constantia den Saal des Schlosses betrat, schlug ihr angenehme Wärme entgegen. Sie hatte sich gewundert, dass August vorhin ins Palais gekommen war, nur um dann wieder zu verschwinden, bevor er sie gesprochen hatte, war aber letztlich froh darüber gewesen, dass sie ihm nicht in ihrem desolaten Zustand gegenübertreten musste. Sie ging auf den König zu, um ihn zu begrüßen, doch er wich ihr aus und sah sie nicht einmal an. Er wirkte steif, ja unbeholfen. Bei Tisch saß Constantia neben ihm, und dennoch richtete er den ganzen Abend kein Wort an sie. Warum hatte er sie herbestellt? Selbst jetzt, vor den Gästen, bemühte er sich nicht, die Fassade aufrechtzuerhalten und wenigstens so zu tun, als seien sie ein liebendes Paar. Vielmehr schien er allen zeigen zu wollen, dass sie seine Gunst verspielt hatte. Ein öffentlicher Abschied.

»Die Teller sind aus Meißen, wie ich sehe«, hörte sie Flemming sagen. Seine Stimme klang, als käme sie von weither. Er witzelte, wie gut es doch sei, dass man Böttger nicht aufgehängt habe. August lachte finster: Zum Aufhängen sei es ja nie zu spät. Constantia ließ sich Wein nachschenken, der ihr sofort in den Kopf stieg. Ungeschickt stieß sie das Glas um. Der Wein erblühte tiefrot auf dem weißen Tischtuch. Ein vorwurfsvoller Blick von August.

»Wenn es um den Goldmacher geht, ist Madame empfindlich.«

Constantia hätte es dabei belassen sollen, aber ihr Zorn hatte sie nun wieder ganz in Besitz genommen.

»Es besteht kein Zweifel, dass Böttger mit dem Porzellan etwas geschaffen hat, wovon Sachsen noch lange profitieren könnte«, sagte sie spitz. »Und doch ist es zerbrechlich, das Porzellan, wie unser Glück, der Reichtum, unser Leben. Im Streit und ohne Frieden bleibt davon nicht mehr als ein paar Scherben. Wollen wir also hoffen, dass dieses Porzellan uns mit dem Reichtum auch den Frieden bringt.«

Ruhig ließ sie sich das Glas ein weiteres Mal auffüllen und hob es an: Auf den Frieden! Da weder August noch ein anderer von den Gästen sich rührte, trank sie allein, während die gesamte Tafel angespannt zwischen ihr und August hin- und herblickte. Es war nicht schwer zu verstehen, dass sie sich mit ihren Worten ganz offen gegen Augusts Krieg wandte, der Sachsen so wenig nützte wie zerbrochenes Porzellan. Der Krieg, der nicht vorangehen wollte, der Krieg, dem die Soldaten ausgingen und der Geld verschlang, das August nicht hatte. Sie stellte ihn bloß vor seinen Gästen. Augusts Oberlippe zuckte leicht.

»Frieden also, meint Ihr, bringt uns das Porzellan? Und Böttger ist am Ende unser Friedensbringer?«

Im nächsten Augenblick nahm er den Teller und schmiss ihn klirrend auf den Boden. »Da habt Ihr Euren Frieden!«

Samuel

Meißen, 1712–1713

Als das Jahr sich dem Ende zuneigte und sich das Licht in den kurzen Tagen erschöpfte, sodass nur wenige Stunden bei vernünftiger Beleuchtung gearbeitet werden konnte, gab Inspektor Steinbrück den Männern mit Böttgers Erlaubnis über Weihnachten ganze drei Tage frei. Diejenigen, die es nicht allzu weit hatten, zog es in ihre heimatlichen Dörfer, die anderen wollten die Zeit in ihren Kammern verschlafen – nicht nur aus Müdigkeit, sondern vielmehr aus einem Gefühl der Zufriedenheit heraus, das sie erfüllte. Endlich hatte die Manufaktur Gestalt angenommen, und sie würden im neuen Jahr mit frischer Kraft serienweise Geschirr und Schmuckstücke herstellen können. Nicht nur waren die verschiedenen Werkstätten und die Brennöfen immer weiter verbessert worden, auch ein großes Mahlwerk war dazugekommen, bei dem zwei Pferde die großen Mühlsteine drehten, um darin Feldspat oder Alabaster zu feinem Pulver zu vermahlen. Die Gruben und Lagerräume zur Aufbewahrung von Material und fertiger Porzellanmasse waren angelegt, und die Becken, an denen Samuel und Johann die Masse bearbeiteten, waren noch einmal vergrößert worden. Auch Samuel blickte stolz zurück auf das, was sie geschafft hatten, und verspürte – vielleicht zum ersten Mal, seit sie das Porzellan erfunden hatten – eine innere Ruhe und das Bedürfnis aufzuatmen. Als er sich von Paul verabschiedete, der über die Feiertage nach Freiberg wollte, packte auch ihn plötzlich der Drang, seine Mutter und die Geschwister wiederzusehen, und da es von Meißen nach Scharfenberg nur knapp zwei Stunden Fußmarsch waren, machte er sich auf den Weg.

In Scharfenberg, so schien es, war die Zeit stehen geblieben, nur dass Bärbel, die jüngste Schwester, die noch zu Hause wohnte, erwachsen geworden war und die Eltern ein wenig schmaler und grauer. Die Mutter und Bärbel umarmten Samuel stürmisch, und selbst der Vater drückte ihm die Hand. Er war so mürrisch wie eh und je, wenn auch das Alter ihn noch abgekämpfter und zugleich ein wenig milder wirken ließ. Als sie nach dem Essen am Ofen zusammenrückten und die Mutter und Bärbel Samuel mit Fragen überhäuften, blieb auch der Vater sitzen und lauschte. Samuel erzählte, wie sie das Porzellan erfunden hatten und wie es ihnen jetzt endlich gelungen war, eine Manufaktur aufzubauen.

»Was ist eine Manufaktur?«, wollte Bärbel wissen.

»Eine Manufaktur ist, wenn nicht ein Handwerker alles alleine macht, sondern die Arbeitsschritte aufgeteilt werden. Bei uns gibt es zum Beispiel die Massebereiter, die die Porzellanmasse anmischen, dann die Former und Dreher, die die Gefäße fertigen, die Kapselmacher für die Kapseln, in denen die Stücke gebrannt werden, die Brenner und Ofenbauer natürlich und schließlich die Vergolder, Maler und Emaillierer, die die Teller, Tassen und Schalen verzieren.«

»Und was machst du?«

»Ich bin verantwortlich für die Masse. Das ist das größte Geheimnis. Denn keiner darf wissen, woraus sie zusammengesetzt ist.«

Ehrfürchtig schwiegen die Eltern und Bärbel, und selbst der Vater zeigte einen Hauch von Anerkennung, wenn auch gemischt mit seinem üblichen Misstrauen allem Neuen gegenüber.

»Hier in Scharfenberg haben wir noch nichts gehört von dieser Porzellanmanufaktur«, sagte er trocken.

»Noch ist sie ja auch nicht richtig in Betrieb«, gab Samuel zu.

»Einen Porzellanteller zu fertigen ist eine Sache. Aber eine große

Werkstatt so einzurichten, dass man ganze Serien von vielen gleichen Tellern produzieren kann und jeder Schritt mit dem nächsten zusammengeht – das ist eben nicht so einfach. Wir sind aber in diesem Jahr vorangekommen, und die Aussichten sind gut, dass wir im kommenden Jahr auf der Messe in Leipzig unser Porzellan verkaufen können.«

»Dann macht ihr also noch gar kein Porzellan?«, fragte die Mutter.

»Doch, natürlich. Es muss nur noch viel, viel mehr werden.«

»Warum hast du uns nichts mitgebracht?«, wollte Bärbel wissen.

Samuel lachte. »Weil jedes Stückchen Porzellan so wertvoll ist, dass ich es mir nicht leisten kann. Aber die Herrschaften vom Königshof in Warschau bestellen fleißig: ein Trinkkrug für den Schatzmeister, ein Döschen für die neue Mätresse des Königs, ein Teeservice im ostindischen Stil für den Kriegsminister, Vasen, Schmuckteller, kleine Büsten für den Hofstaat – den halben polnischen Adel scheint der König mit Meißner Porzellan zu versorgen.«

Während er dies aufzählte, staunte Samuel selbst ein wenig darüber, was ihnen gelungen war, und erzählte den Rest des Abends von der Burg mit ihren prächtigen Räumen, von der Stadt Meißen, von seinen Freunden, die er in der Manufaktur gefunden hatte, und sogar von Sophie. Die Mutter zwinkerte ihm zu, als sie begriff, wie viel sie ihm bedeutete.

Satt und aufgewärmt machte Samuel sich am nächsten Tag wieder auf den Weg zurück nach Meißen. »Lass es nicht wieder so lange werden«, sagte der Vater beinahe vorwurfsvoll, und die Mutter steckte ihm beim Abschied noch ein paar Handschuhe zu, die sie selbst gestrickt hatte. »Für deine Sophie«, sagte sie, und Samuel bedankte sich mit einem Kuss. Erst als er schon auf halbem Weg nach Meißen war, betrachtete er die Handschuhe genauer. Es waren Fäustlinge aus weicher heller Schafswolle, am

Rand mit einem hübschen roten Muster verziert. Samuel lächelte und stellte sich vor, wie Sophie sich darüber freuen würde. Er hatte im vergangenen Jahr jede Gelegenheit genutzt, um ihr nahe zu sein. Seine Beharrlichkeit, mit der er sie seine Zuneigung spüren ließ, schien Wirkung zu zeigen. Längst war Sophie nicht mehr so grob zu ihm, und ihre Spötteleien waren ein wenig freundlicher geworden.

Noch vor Silvester waren alle Männer auf die Burg zurückgekehrt. An diesem letzten Tag des Jahres schneite es den ganzen Morgen über, und nur manchmal zeigte sich hinter dem Flockentanz ein blauer Schimmer. In den Werkstätten herrschte eine fast übermütige Fröhlichkeit. Sie alberten herum und machten ihre Scherze. Inspektor Steinbrück mahnte sie, dass derjenige, der aus Unachtsamkeit etwas zerbräche, seinen nächsten Lohn nicht ausbezahlt bekäme. Böttger hatte Samuel den ganzen Tag über nicht zu Gesicht bekommen. Wahrscheinlich war er nach Dresden gefahren – oder besser, gefahren worden. Denn immer noch galt er als Gefangener und wurde rund um die Uhr streng bewacht.

Den Silvesterabend wollte Samuel mit Paul, Johann und – wie er hoffte – auch mit Sophie verbringen.

»Wie wär's, wenn wir mit den Schlitten hinaus vor die Stadt gehen und ins neue Jahr hinuntersausen? Ich habe zwei von zu Hause mitgebracht und einen habe ich im Schuppen gesehen«, schlug Johann vor.

Paul und Samuel gefiel die Idee, und da sie heute nur bis zum frühen Nachmittag arbeiten mussten, planten sie, vor ihrer Schlittenpartie noch in der Schenke einzukehren und später, wenn es gegen Mitternacht zuging, mit den Schlitten auf die andere Elbseite hinüberzuwandern. Sophie hatte Samuel seit seiner Rückkehr aus Scharfenberg noch nicht besucht und noch keine Gelegenheit gehabt, ihr die Handschuhe zu überreichen. Dies wollte er heute nachholen und sie fragen, ob sie nicht zum Schlittenfahren mitkommen wolle, denn die Schenke würde heute wie immer um elf Uhr schließen.

Am Abend hatte es aufgehört zu schneien, und am Horizont ging der fast volle Mond auf, sodass die Hügel jenseits der Elbe hell und einladend schimmerten. Samuel war mit Johann und Paul gerade aufgebrochen, da bemerkte er, dass er die Handschuhe für Sophie in seiner Kammer hatte liegen lassen.

»Geht schon vor«, rief er den anderen zu und drehte um. »Ich komme nach.«

Schnell stieg er die Treppen wieder hinauf, holte die Handschuhe aus der Kiste unter seinem Bett hervor, stürmte zurück und stieß, als er die Tür zum Wendelstein aufriss, beinahe mit Böttger zusammen.

»Böttger! Ich wusste gar nicht, dass du hier bist.«

»Wohin denn so eilig?«

Böttger war offenbar im Keller gewesen und trug in der einen Hand eine Flasche Branntwein, in der anderen ein großes Glas mit eingelegten Birnen. Er wirkte ernst und in sich gekehrt. Schlagartig wurde Samuel bewusst, wie einsam es für ihn sein musste an einem solchen Abend, wo von den Straßen das Lachen und Juchzen der Feiernden heraufdrang und alle, die konnten, aus der Burg ausgeflogen waren.

In diesem Jahr hatten sie wenig miteinander zu tun gehabt. Während Samuel sich meist bei den großen Becken aufhielt, wo die Masse angemischt wurde, oder aber beim Mahlwerk, war Böttger, wenn er nicht in Dresden war, am ehesten in seinem Arbeitszimmer zu finden. Er wirkte konzentriert, fast eigenbrötlerisch, und wollte wohl die Zeit nutzen, da Nehmitz in Warschau weilte und ihm nicht dazwischenfunken konnte.

»Wir wollten mit den Schlitten hinaus vor die Stadt«, sagte Samuel ehrlich, und das schlechte Gewissen, Böttger so allein zu lassen, regte sich.

»Wem's gefällt«, sagte Böttger mit undurchdringlicher Miene.

»Aber vielleicht willst du ja lieber ein Glas mit deinem Meister trinken? Ich würde dir auch von den Birnen was abgeben.«

Samuel schluckte. Ein schnelles Glas konnte er Böttger nicht abschlagen, und Sophie würde auch in einer Stunde noch in der Schenke sein. »Warum nicht?«

Rasch räumte Böttger in seinem Zimmer zwei Stühle frei, rückte sie ans Feuer und schenkte ihnen von dem Brandwein ein. Schweigend tranken sie, und Samuel fiel auf, wie lange es her war, dass sie auf diese Weise beieinandergesessen hatten und wie wenig er von Böttgers jetzigem Leben mitbekommen hatte. Kurz überlegte er, ob er ihm von Sophie erzählen sollte, entschied sich dann aber dagegen.

»Du siehst nicht gerade glücklich aus«, sagte er schließlich, als ihm das lange Schweigen unangenehm wurde.

Böttger lachte heiser auf. »Wie sollte ich auch?«

»Aber es war doch ein gutes Jahr. Die Manufaktur ist fertig.«

»Fragt sich nur, was ich davon hab.«

Samuel wehrte ab, als Böttger ihm ein weiteres Glas einschenken wollte, auch von den Birnen wollte er nichts, denn in Gedanken war er schon halb bei Sophie.

»Dir haben wir es zu verdanken, dass wir so weit sind«, versuchte er Böttger Mut zuzusprechen.

»Leider scheint das den König wenig zu interessieren. Die Zahlungen kommen schon seit einem Jahr unregelmäßig. Gleichzeitig sitzt mir die Porzellankommission im Nacken – allen voran Nehmitz. Die ganze Zeit haben sie Druck gemacht, wann denn die Manufaktur endlich fertig eingerichtet sei. Und jetzt, wo es so weit ist, schert sich der König nicht darum.«

»Immerhin bestellt der König aber doch fleißig teure Einzelstücke für seinen Hof.«

»Nicht er bestellt, sondern seine Minister – und natürlich die ehrenwerte Porzellankommission. Nur bezahlen tun sie alle nicht. Ihnen und dem König ist es gleich, wie ich das Geld zusammenkratze, um wenigstens die Arbeiter zu entlohnen, damit mir die Leute nicht davonlaufen.«

Tatsächlich waren die Löhne in diesem Jahr, wenn auch weiterhin gering, so doch stets pünktlich bezahlt worden.

»Veit Schnorr aus Schneeberg, der die Grube in Aue besitzt, konnte ich nur mit Mühe überreden, dass er uns weiterhin von der weißen Erde schickt, denn die Rechnungen sind seit dem letzten Sommer nicht beglichen worden.«

Das hatte Samuel nicht gewusst. »Kannst du der Kommission nicht verständlich machen, dass wir uns das nicht leisten können?«

»Das kann ich schon, aber auch das interessiert keinen. Der König will mich anscheinend in meinem Gefängnis versauern lassen. Er tut so, als hätte er mich vergessen, und ich begreife nicht, warum.«

»Vielleicht solltest du froh sein, dass er dich in Ruhe lässt und nicht weiter nach dem Gold fragt«, merkte Samuel vorsichtig an. »Und so unwahrscheinlich ist es doch nicht, dass die Manufaktur im neuen Jahr genügend Geld abwirft, um auch ohne die Zahlungen des Königs zu bestehen.«

Böttger blickte regungslos ins Feuer. Samuel fiel nichts mehr ein, was er sagen könnte. Umso mehr brannte er darauf, endlich fortzukommen. Unruhig rutschte er auf seinem Stuhl hin und her. »Böttger, ich …«

»Ja, zieh schon ab. Ich hab ja Gesellschaft«, sagte Böttger unwirsch und schenkte sich noch ein Glas Brandwein ein.

Samuel zögerte nur kurz, dann machte er sich davon. Wie geplant, schenkte er Sophie die Handschuhe, und sie schien sich wirklich darüber zu freuen. Zum Schlittenfahren wollte sie zwar nicht mitkommen, aber sie begleitete Samuel noch vor die Tür und zog dabei die Handschuhe über. Bevor sie wieder ins Haus ging, umarmte sie ihn rasch, und auf der Treppe winkte sie ihm mit den behandschuhten Händen zu. Samuel hätte mehr als glücklich sein können, aber das Bild, wie Böttger mit der Flasche Brandwein einsam vor seinem Kamin saß, ging ihm nicht aus dem Kopf.

Tatsächlich machte sich in den ersten Wochen des neuen Jahres auch bei den Männern bemerkbar, dass die Kassen leer waren. Sie mussten eine Lohnkürzung hinnehmen, und Inspektor Steinbrück vertröstete sie auf die Ostermesse, bei der sie ganz gewiss ihren ersten größeren Gewinn einfahren würden.

An einem Sonntag Ende Februar, als Samuel gerade mit den anderen hinüber in die Kirche wollte, fing Böttger ihn ab.

»Ich muss etwas mit dir besprechen.«

»Jetzt?«

»Ja, jetzt.«

Kaum waren sie in Böttgers Arbeitszimmer und hatten die Tür hinter sich zugezogen, überfiel Böttger ihn mit seinem Vorschlag.

»Ich habe dem König geschrieben und ihm erklärt, dass wir einen neuen Weg gefunden haben, um Gold zu machen.«

Samuel klappte lediglich der Unterkiefer herunter und er glotzte Böttger an.

»Ich habe dich schon intelligenter dreinschauen sehen.«

»Haben wir denn einen neuen Weg gefunden? Hast du?«

Böttger stocherte in der Glut des Kamins. »In gewissem Sinne.«

»Und das heißt?«

»Der König denkt nicht daran, genügend Geld zu schicken. Weder um das Porzellan zu bezahlen, das sein Hofstaat so zahlreich bestellt, noch um der Manufaktur über die schwierige Anfangszeit hinwegzuhelfen. Mache ich ihm aber Hoffnung auf Gold, schickt er garantiert welches.«

Samuel versuchte zu verstehen, was sein Meister da sagte. War Böttger betrunken oder war er inzwischen verrückt geworden?

»Mit dem Geld, das der König schickt, decken wir uns ausreichend mit Material ein, stellen zusätzliche Leute ein und bauen vielleicht sogar ein neues Brennhaus. Wenn wir Glück haben, können wir bis Ostern so viel produzieren, dass wir ausreichend Ware zur Messe liefern können. Verkauft sie sich, wird sie zu Gold – eine kaufmännische Transmutation. Aber Gold ist Gold. Und dann muss er mir meine Freiheit wiedergeben.«

»Böttger, das ist Wahnsinn.«

»Sicher.«

Samuel schüttelte entsetzt den Kopf.

»Selbst wenn wir mit dem Porzellan Gewinn erzielen, wird die Rechnung nicht aufgehen. Wenn du jetzt von dir aus wieder mit dem Gold anfängst, wird der König darauf beharren, dass du dein Versprechen einhältst.«

Böttger blieb ganz ruhig. Er lächelte sogar.

»Vielleicht gelingt es mir am Ende.«

»Böttger, bitte.«

»Du verstehst nicht, Samuel.« Sein Ton war auf einmal schneidend. »Es muss sich etwas bewegen. Es muss auch für mich einen Schritt vorwärtsgehen. Ich kann nicht mehr.«

»Dein Plan klingt aber eher nach einem zuverlässigen Schritt in den Abgrund.«

Böttger blickte Samuel düster ins Gesicht, schien seine Worte abzuwägen.

»Wir werden sehen. Vielleicht gehe ich dabei drauf, vielleicht gewinne ich aber auch meine Freiheit. So oder so wäre es ein Weg heraus aus dem Gefängnis.«

Im nächsten Augenblick schien Böttger Samuel gar nicht mehr wahrzunehmen, sondern setzte sich an einen Tisch und vertiefte sich in seine Arbeit.

Die Antwort des Königs kam zwei Wochen später. Böttger rief Samuel zu sich und deutete auf das Schreiben mit königlichem Siegel.

»Der König hat die Gelder bewilligt?«, fragte Samuel ungläubig.

Böttger wiegte den Kopf. »Noch nicht ganz. Er verlangt eine Probe.«

Samuel ahnte, was jetzt kommen würde, und schüttelte langsam den Kopf. »Tu das nicht, Böttger.«

»Ich werde es tun.«

»Ein Schauexperiment?«

»Noch vor Ostern.«

»Du willst den König täuschen?«

»Zu seinem eigenen Vorteil.«

»Was ist mit Ohain? Er wird auch dabei sein. Und Nehmitz …«

Böttger machte eine abfällige Geste und wischte Samuels Bedenken fort. »Im Übrigen brauche ich einen Assistenten. Ich hoffe, ich kann mich auf dich verlassen.«

»Was? Nein! Ich bin doch nicht lebensmüde.«

»Aber du willst doch etwas erreichen, Samuel.« In Böttgers Augen flammte der einstige Eifer auf. »Du willst, dass die Manufaktur endlich ausreichend produzieren kann. Du willst, dass die Arbeit, die wir seit Jahren in das Porzellan stecken, Früchte trägt. Oder etwa nicht?«

Samuel schwieg. Natürlich wollte er das. Aber nicht so. Er hatte keine Lust, sein Leben dafür zu riskieren. Erst recht nicht jetzt, wo er das Gefühl hatte, dass Sophie und er sich immer näherkamen. Ganz unverhofft hatte sie ihn vor einigen Wochen gefragt, ob er am Ostermontag mit ihr zum Tanz ginge.

»Sollst es ja auch nicht umsonst tun«, fuhr Böttger fort. »Ich geb dir einen Monatslohn extra dafür.«

Alles in Samuel sträubte sich. Böttger aber beugte sich zu ihm vor. »Hast du vergessen, was wir sind?«, fragte er. »Und was wir geschafft haben? Roter Löwe, weißer Drache! Wir beide, wir haben das Porzellan erfunden, Samuel. Und wir wären schon viel weiter, wenn man uns nicht andauernd Steine in den Weg legen würde.«

Samuels Widerstand bröckelte.

»Mit dir an meiner Seite wird das Schauexperiment gelingen«, setzte Böttger nach. »Du und ich werden sie an der Nase herumführen. Für die Manufaktur. Für das Porzellan. Und deinen Extralohn zahle ich dir schon im Voraus.«

Samuel rang mit sich, aber schließlich konnte er nicht anders, als zu nicken, worauf Böttger von seinem Stuhl aufsprang und ihm freundschaftlich auf die Schulter klopfte. »Sehr gut. Das ist sehr gut. Ich wusste, auf dich ist Verlass! Dann fahren wir schon bald nach Dresden. Das Experiment wird auf der Jungfernbastei stattfinden, und wir brauchen ein paar Tage, um uns vorzubereiten.«

Samuel zuckte zusammen.

»Was ist?«, fragte Böttger, dem die Reaktion nicht entgangen war.

»Nichts. Es ist nur ... an Ostern ...«

»An Ostern sind wir längst zurück in Meißen«, winkte Böttger ab. »Und nun lass mich arbeiten.«

Am Nachmittag stand Samuel beim Mahlwerk, wo die Arbeitspferde angeschirrt immer im Kreis herumgingen und die Gesteinsbrocken unter Getöse zerrieben. Bei dem Gedanken an das, was ihm bevorstand, wurde ihm übel. Böttgers Plan war ihm nicht geheuer, und er glaubte auch nicht an seinen Erfolg. Die Logik schien ihm verquer und Böttgers Beweggründe mehr als fragwürdig. Ging es wirklich darum, dem König Geld zu entlocken, oder war es nicht eher eine Art Hilferuf Böttgers, der unter allen Umständen die Aufmerksamkeit des Königs auf sich ziehen wollte?

Aber jetzt gab es für Samuel kein Zurück mehr.

Samuel

Dresden, 1713

Am späten Nachmittag des 20. März hatten Samuel und Böttger in der Werkstatt alles Notwendige vorbereitet. Im Gewölbe der Jungfernbastei war es klamm und düster – ein Umstand, der für sie durchaus von Vorteil war und sie vor allzu genauen Blicken schützen sollte. Böttger hatte Samuel in seinen Plan eingeweiht, mit dem er den König und seine Begleiter täuschen wollte, und Samuel betete, dass alles gut gehen würde. Das Herz schlug ihm bis in die Schläfen, als er den Statthalter von Fürstenberg ächzend den Gang entlangkommen sah, hinter ihm die Herren von der Porzellankommission, der Bergrat Ohain, der Geheime Rat Holtzbrinck und Dr. Nehmitz, der sich das Spektakel offenbar nicht entgehen lassen wollte und eigens mit dem König von Warschau angereist war. Ohain nickte Samuel freundlich zu, während die anderen ihn, den Handlanger Böttgers, gar nicht beachteten.

Kurz darauf traf auch der König ein. Er wirkte verschlossen, beinahe mürrisch, und grüßte Böttger nicht, sah ihn nur mit einem durchdringenden Blick an. Wie eingefroren standen sich die beiden von Angesicht zu Angesicht gegenüber, der König und sein Goldmacher, als trügen sie einen Kampf aus, der für keinen von beiden zu gewinnen war. Niemand wagte es, ein Wort zu sagen, bis der König sich schließlich auf dem bereitgestellten Sessel niederließ und ein Zeichen gab, dass man beginnen solle.

Der Schweiß tropfte Samuel auf das Hemd, als er anfing, das Metall zu erhitzen. Seine Hände zitterten ein wenig, und Böttger klopfte ihm schmerzhaft mit der Eisenzange auf die Finger: Reiß dich zusammen! Fünf Augenpaare verfolgten nun das Experiment, bei dem zunächst Blei in Gold und schließlich Kupfer in Silber verwandelt werden sollte. Keiner der Zuschauer ahnte, dass sowohl das Gold als auch das Silber, das Böttger am Ende geschaffen haben wollte, von Anfang an vorhanden waren. Das Gold hatte Böttger zuvor mit Blei überzogen, das im Verlauf der Prozedur mit einem Trick unbemerkt ausgetrieben wurde. Böttger fügte noch ein wenig von einer roten Tinktur hinzu, damit es geheimnisvoller wirkte, dann füllte er das flüssige Metall in eine Form und entnahm dieser, sobald sie erkaltet war, einen Regulus aus reinem Gold. Später wiederholte er den Vorgang mit Silber, nur das es diesmal Kupfer anstatt Blei war, das den Hokuspokus gelingen ließ. Samuel konnte kaum fassen, dass eine so einfache Täuschung unentdeckt bleiben sollte. Böttger hatte ihn bei der Vorbereitung beruhigt.

»Sie sehen, was sie sehen wollen.«

Und tatsächlich bemerkte niemand etwas, selbst Ohain nicht. König August hielt die beiden Proben von Gold und Silber lange in der Hand und untersuchte sie stumm von allen Seiten. Schließlich blickte er zu Böttger, halb fragend, halb drohend, und eben dieses Zögern ermutigte Dr. Nehmitz, sein Wort zu erheben.

»Eure Majestät«, begann er, und alle wandten sich ihm überrascht zu. »Wenn Ihr erlaubt … Es kann nicht sein. Böttger hat sich seit längerer Zeit nicht mit dem Gold befasst, und nun will er auf einmal die Lösung wissen? Ich bin mir sicher, dass dies nicht mit rechten Dingen zugeht.«

Der König blickte fragend auf, Nehmitz geriet ins Schwitzen. Es war totenstill im Gewölbe, alle schienen die Luft anzuhalten.

»Dr. Nehmitz«, sagte der König schließlich mit gefährlich leiser Stimme. »Woran macht Ihr Eure Zweifel fest? Habe ich hier nicht in meiner Hand einen Regulus aus Gold und einen aus Silber?«

Nehmitz bemühte sich, die Aufregung in seiner Stimme zu unterdrücken. »Es ist … Ich weiß es einfach.«

»Dann scheint Ihr Euch ja mit dem Goldmachen besser auszukennen als alle Anwesenden hier. Dr. Nehmitz, seid Ihr in der Lage, Gold herzustellen?«

»Nein, Eure Majestät.«

Sehr langsam erhob sich der König, legte die beiden Metallformen auf den Tisch und wischte sich zweimal die Handflächen ab. Wo eben noch kalte Beherrschung in seinen Zügen gelegen hatte, drang nun ganz unverhohlen Wut durch.

»Wir sind im Krieg, Dr. Nehmitz. Wollt Ihr, dass Sachsen diesen Krieg gewinnt?«

»Selbstverständlich«, stotterte Nehmitz.

»Nun, um einen Krieg zu gewinnen, muss man ihn auch bezahlen können. Wir brauchen dieses Gold. Und irgendjemand wird es herstellen. Wenn nicht Böttger, dann ein anderer. Aber solange Ihr nicht derjenige seid, rate ich Euch dringend, jede andere Möglichkeit zu unterstützen, komme sie Euch noch so unwahrscheinlich vor.«

»Ja, Eure Majestät.«

»Ich habe Euch zum Direktor der Manufaktur ernannt«, fuhr der König fort. »Und nicht dazu, mir mein Urteilsvermögen abzusprechen.«

Nehmitz senkte den Kopf. Der Brocken war schwer für ihn zu schlucken. Trotzig schielte er zu Böttger, der den Blick mit leisem Hohn erwiderte. Der König hatte sich inzwischen an Fürstenberg gewandt, befahl diesem, alles Nötige in die Wege zu leiten, damit Böttger mit seiner Arbeit fortfahren könne, und brach dann eilig auf.

Erst als die letzten Schritte verhallt waren, fiel sämtliche Spannung von Samuel und Böttger ab. Jetzt, wo sie begriffen, was ihnen gelungen war, hätten sie einander eigentlich um den Hals fallen und in ein irres Lachen ausbrechen oder doch wenigstens vor Erleichterung ein paar Tränen der Rührung vergießen müssen. Aber sowohl Samuel als auch Böttger waren zu erschöpft, und Samuel wurde erneut von Zweifeln geplagt, ob Böttgers Plan aufgehen würde. Eilig half er seinem Meister, die Werkstatt zu reinigen, danach nahmen sie in der Küche schweigend ein paar Brocken Brot und Fleisch zu sich. Böttger verlangte nach Wein, während Samuel sich mit dem Bier begnügte, das vom Vortag übrig war und schon etwas abgestanden schmeckte. Schon bald hatte Böttger sein Glas ausgetrunken, tätschelte Samuel den Arm und ging zu Bett.

Samuel hatte es sich gerade in seiner ehemaligen Kammer bequem gemacht, da hörte er Böttger von oben schreien. Es klang, als würde er abgestochen. Samuel sprang aus dem Bett, rannte die Treppe hinauf und fand Böttger auf dem Boden liegend vor. Er wand sich in Krämpfen, wimmerte, rang nach Luft, dann schrie er wieder vor Schmerzen.

»Der Wein …«, brachte er hervor. »Er muss vergiftet gewesen sein.«

Samuel half seinem Meister aufs Bett, brachte ihm Wasser, hielt ihm das Becken, damit er sich übergeben konnte. Viel wahrscheinlicher als vergifteter Wein war doch, dass Böttgers schwache Gesundheit ihn nun nach der ganzen Anspannung im Stich ließ. Oder aber, dass er zu viel von den stinkenden Dämpfen eingeatmet hatte. Das jedenfalls glaubte Samuel. Dr. Bartholomäi, der am nächsten Morgen in Begleitung von Nehmitz auf die Bastei kam, nachdem Samuel nach ihm hatte schicken lassen, stellte tatsächlich fest, dass es sich um eine Vergiftung handelte, und vermutete genau wie Samuel die Dämpfe als Ursache.

»Der Wein …«, versuchte Böttger zu widersprechen, und Nehmitz lachte hämisch auf: »Es war ja zu erwarten, dass Ihr früher oder später an Eurer Sauferei zugrunde geht.«

Böttger war zu schwach, um etwas zu entgegnen, und wurde erneut von Krämpfen gepackt. Mitleidig schüttelte Dr. Bartholomäi den Kopf, gab ihm verschiedene Tinkturen und empfahl, viel zu trinken. Mehr könne er nicht tun. Als er sich verabschiedete, blieb Nehmitz noch einen Augenblick lang in der Tür stehen.

»Sieht aus, als ginge es mit Euch zu Ende, Meister Böttger. Lasst Euch nur nicht zu viel Zeit damit«, höhnte er und machte auf dem Absatz kehrt.

»Nehmitz war es«, keuchte Böttger mit letzter Kraft, als er wieder mit Samuel allein war. Samuel starrte ihn an. Es lag nahe, Nehmitz zu verdächtigen. Leicht hätte der Doktor eine vergiftete Flasche zwischen Böttgers Vorrat stellen können. Doch war er wirklich zu einem Mord imstande? Das Bangen um seinen sterbenskranken Meister ließ Samuel keine Zeit für weitere Überlegungen. Böttgers Zustand wollte sich nicht bessern, und die Ostertage rückten immer näher, sodass Samuel noch eine weitere Sorge überkam. Wie sollte er Sophie, die am Montag auf ihn warten würde, rechtzeitig Bescheid geben? Er kam ja nicht fort von hier, um eine Nachricht auf den Weg zu bringen, die sie obendrein gar nicht lesen konnte. Karfreitag kam, dann Samstag, Sonntag und noch am Montag haderte Samuel mit sich, ob er nicht zurück nach Meißen sollte, nur für diesen einen Abend. Abwechselnd war er betrübt und dann wieder zornig auf den leidenden Böttger, der sich Samuels Glück in den Weg stellte. Dann wieder ärgerte Samuel sich über sich selbst. Hatte er es nicht geahnt, dass etwas schiefgehen würde? Warum hatte er seinem Gefühl nicht getraut? Böttger hätte ihn ja nicht zwingen können, ihm bei dem Experiment zur Hand zu gehen. Er hätte Nein sagen sollen, zumal sie nichts Geringeres getan hatten, als den König übers Ohr zu hauen. Nun aber war es zu spät.

Es wurde dunkel, und Samuel saß immer noch bei Böttger, wischte ihm die Stirn und flößte ihm Wasser ein. Wie hätte er, während sein Meister im Sterben lag, mit Sophie tanzen können? Sie würde jetzt ohne ihn in den Hafenkrug gehen, vielleicht mit einem anderen Burschen. Niedergeschlagen lauschte Samuel der Musik, die auch hier in Dresden von der Straße hochklang, und schickte durch das halb offene Fenster einen traurigen Gruß an Sophie.

Teil III

Samuel

Bei Schandau, 6. Januar, 1719

Der Tag, an dem sie die Grenze überfuhren, war ein Tag, so hell wie ein unbeschriebenes Blatt Papier. Die schneebedeckten Felder stießen an den farblosen Himmel, und durch die milchigen Wolken schimmerte verschwommen ein blasser Sonnenfleck. Samuel war sich nicht sicher, ob dies das Tor zur Hölle war, der Anfang vom Ende oder doch der erste Schritt in ein neues Leben. Tod oder Freiheit – das waren auch für Böttger immer die beiden Seiten einer Medaille gewesen. Wenn Samuel an die letzten Jahre zurückdachte, fühlte er die Schlinge, die sich immer enger zugezogen hatte, und das verzweifelte Ringen um einen guten Ausgang. Es galt um jeden Preis, Böttger am Leben und bei Verstand zu halten. Denn ohne ihn, so hatte Samuel geglaubt, wäre die Manufaktur nichts. Und nun hatte die Manufaktur Samuel ausgespuckt und zwang ihn, auf das zu verzichten, was er für unverzichtbar gehalten hatte. Seine Enttäuschung war bitter und bodenlos, der Sprung ins Nichts so unvermittelt, dass er es immer noch nicht begreifen konnte. Warum hatte er nicht auf Sophie gehört, die Böttger und dem Porzellan immer misstraut hatte? Aber das war wieder eine andere Geschichte. Sophie und er. Hätte er es früher kommen sehen müssen? Hätte er ahnen müssen, dass die Falle zuschnappen würde? Dass es nicht nur die stinkenden Dämpfe waren oder vielleicht ein vergifteter Wein, auch nicht die Substanzen, die Böttger in den letzten Jahren immer häufiger zu sich genommen hatte, um sich von seinen Qualen, den körperlichen wie den geistigen, Erleichterung zu verschaffen? Es war ein anderer Stoff, der sich seiner bemächtigt hatte, ein Fieber, das in Böttgers Adern drang und ihn allmählich zu einem anderen Menschen werden ließ. Bis zuletzt war Samuel so blind gewesen wie jetzt, als er der blendenden Sonne entgegenfuhr.

Trotzdem der Kutscher an der Grenze alle notwendigen Papiere vorweisen konnte, kostete es Samuel Mühe, sich nicht auffällig zu benehmen, und selbst als sie bereits auf fremdem Boden waren, fürchtete er noch, man könnte ihnen auflauern. Er zog den Kopf ein, zerrte den Hut bis auf die Nasenwurzel herab und wagte es kaum, sich umzusehen. Gut möglich, dass man Spione ausgesandt hatte und man ihn schon im nächsten Dorf, an der nächsten Weggabelung, im nächsten Gasthaus erwartete, um ihn wieder einzufangen. Der Wagen aber setzte unbehelligt seine Reise fort, bis der Kutscher Samuel einige Meilen hinter Schandau seinem Schicksal überließ und umkehrte. Samuel sollte allein und zu Pferd durchs Gebirge reiten. In Prag, so versicherte der Kutscher, würde wieder ein Wagen auf ihn warten. Samuel brauchte sich nur bis zu einem bestimmten Wirtshaus durchzufragen.

Erst allmählich, als die Straßen einsamer und die Wälder dichter wurden, fiel die Last von Samuel ab. Nun gab es nichts mehr zu entscheiden. Gegen Mittag lösten sich die Wolkenschleier auf. Halb beschattet von schroffen Felsen breiteten die Hügel sich vor ihm aus, perfekt geschwungen, unberührt und makellos weiß wie das Porzellan, das alles war, was ihm noch blieb. Der Weg zurück nach Meißen war endgültig abgeschnitten. Alles, was ihn und Böttger über die Jahre verbunden hatte, war ausgelöscht, und die Wunde des gegenseitigen Verrats würde nie wieder heilen.

Samuel

Meißen, 1714

»Was es mit diesem Besuch wohl auf sich hat?«, fragte Johann und zog angestrengt die Stirn kraus. Aus dem Knaben mit den lebendigen Knopfaugen war in den letzten Jahren ein kräftiger, etwas gedrungener Mann geworden. Die harte Arbeit hatte auch bei ihm Spuren hinterlassen, und seine kindliche Fröhlichkeit war einer hitzigen und etwas nörgelnden Art gewichen. Die Ankündigung, dass der König nach Meißen kommen wollte, machte ihn so nervös, dass er den ganzen Tag über fahrig und zerstreut blieb. Die Porzellaner hatten schon befürchtet, dass die Manufaktur seiner Majestät gleichgültig geworden war, aber dem war offenbar nicht so.

»Vielleicht kommt der König ja, um doch noch ein neues Brennhaus zu bewilligen«, rätselte Johann. »Immerhin konnten wir bei der Ostermesse im vergangenen Jahr zum ersten Mal weißes Porzellan zum Verkauf anbieten. Und auch zu Michaelis und Neujahr haben wir gut verkauft.«

Das wussten sie natürlich nur aus den Berichten von Dr. Nehmitz und Dr. Bartholomäi, denn weder Böttger noch die Gehilfen konnten mit nach Leipzig zur Messe fahren.

»Vielleicht kommt er ja, um herauszufinden, wer sich nach jeder Messe die Hälfte des Erlöses unter den Nagel reißt«, überlegte Johann weiter. »Es ist doch seltsam, dass trotz der Einnahmen kaum Geld für die Manufaktur übrig bleibt. Aber gut. Hier verschwindet ja andauernd was.«

Damit hatte er leider recht. Es war eine Seuche, die grassierte. Kaum produzierte die Manufaktur halbwegs regelmäßig, verschwanden Gelder und Porzellan – sogar das Mobiliar der Burg wurde teilweise gestohlen. »Sie weiden unsere schöne Manufaktur aus wie ein Schwein«, fuhr Johann düster fort. »Bald wird nichts mehr von ihr übrig sein.«

Samuel rührte schweigend mit dem langen Holzstab in der gräulichen Flüssigkeit, sodass Johann unwirsch zu ihm hinübersah. »Was bist du denn so still?«, fragte er. »Weißt du etwas, was ich nicht weiß? Geht es bei dem Besuch des Königs vielleicht wieder um Gold, das Böttger herstellen soll?«

»Ich weiß nichts.«

»Hast doch sonst immer deine Geheimnisse mit Böttger. So wie im letzten Jahr, als du mit ihm nach Dresden gefahren bist und er halb tot zurückkam.«

»Johann. Du weißt, dass ich darüber nicht sprechen soll.«

Das war zwar nicht gelogen, aber ganz unabhängig davon war Samuel nicht wild darauf, über die Geschehnisse im letzten Frühjahr zu sprechen. Beinahe schämte er sich, dass er Teil des Schauexperimentes gewesen war, von dem er doch von Anfang an geahnt hatte, dass es nicht den gewünschten Effekt haben würde. Böttgers Plan war nicht aufgegangen, obwohl alle Anwesenden außer Nehmitz den Schwindel geglaubt hatten. Der König hatte keinen Groschen Geld geschickt. Stattdessen verlangte er, kaum das Böttger sich von seiner Vergiftung erholt hatte, dass dieser endlich die sechshunderttausend Dukaten herstellen sollte. Samuel wurde ganz schwindlig bei dem Gedanken, dass der Betrug, an dem er mitgewirkt hatte, noch auffliegen könnte, und er grollte Böttger deswegen nach wie vor.

Auch wegen Sophie. Seinetwegen hatte er sie versetzt, und als Samuel lange nach Ostern endlich aus Dresden zurückgekehrt war, war sie fort gewesen. Die Tante sagte, sie hätte eine Stelle außerhalb der Stadt angenommen, nur wo genau, das hatte sie angeblich vergessen. Dennoch setzte sich Samuel dann und wann auf ein Bier an die zerfurchten Holztische und hoffte, dass er der Tante das Geheimnis entlocken könnte oder aber Sophie eines Tages zurückkehrte. Mit Böttger sprach er kein Wort über das, was in der Jungfernbastei vorgefallen war, und Böttger ebenso wenig mit ihm. Eher schien es Samuel, dass der Meister ihm seither aus dem Weg ging, um nur ja nicht zugeben zu müssen, dass er sich verkalkuliert hatte. Wenn sie miteinander redeten, dann nur über die Arbeit in der Manufaktur. Das Wörtchen Gold mieden sie, und Samuel hatte keine Ahnung, wie Böttger auf die Forderungen des Königs reagieren wollte.

Einmal bekam Samuel mit, wie Ohain bei einem Besuch etwas von einem neuen Goldmacher erzählte, auf den der König neuerdings seine Hoffnungen setzte, einen gewissen Baron Klettenberg. Böttger sah aus, als hätte man ihn ins Gesicht geschlagen.

»Wie ist seine Herangehensweise?«, fragte er mit tonloser Stimme.

»Streng geheim«, war Ohains Antwort. »Klettenberg hat vor dem Hofapotheker eine Probe seiner Arbeit geben müssen, aber seither ist alles streng geheim.«

»Streng geheim?« Keiner wusste besser als Böttger, dass solche Arbeitsproben nichts zu sagen hatten. »Ich werde drangsaliert und gequält. Muss mir seit jeher von einem Idioten wie Nehmitz über die Schulter gucken lassen. Und der Herr Baron erklärt seine Experimente für streng geheim? Wie viel Geld bekommt er?«

Ohains angespannte Miene verriet, dass es mehr als genug war. Später erfuhr Böttger, dass Klettenberg ein monatliches Gehalt von tausend Talern erhielt, dass der König ihm darüber hinaus die Einrichtung einer Wohnung und eines Labors bezahlt hatte und dass Klettenberg – anstatt zu forschen – frei wie ein Vogel in ganz Sachsen, ja sogar bis in seine Heimatstadt Frankfurt reisen durfte. Dabei konnte er nicht mehr vorweisen als Geschwätz und eine von ihm verfasste Schrift über die Alchemie, die Böttger, als er sie in die Finger bekam, verächtlich in die Ecke warf. Samuel wagte nicht zu fragen, was es genau mit diesem neuen Goldmacher auf sich hatte. Ob Böttgers Bemühungen um das Gold damit beendet waren oder ob es sich vielmehr um eine Art Wettkampf handelte, wer dem Geheimnis schneller auf die Spur käme – ein Wettkampf, den beide nur verlieren konnten, dachte Samuel, der nicht mehr an die Goldmacherei glauben mochte.

Seit Samuel eine Kammer allein bewohnte, hatte er es sich zur Angewohnheit gemacht, an manchen Abenden seinen eigenen Gedanken und Experimenten nachzugehen. Er überlegte, wie eine Glasur sparsamer aufzutragen oder wie die schweren Säcke und Fässer mit Material leichter in die Gewölbe zu transportieren wären oder auch wie man das Material von den misslungenen Stücken wenigstens teilweise wiederverwenden konnte – Kleinigkeiten nur, aber immerhin. Nicht selten zog Samuel den Spott der anderen auf sich, wenn er tagelang an einer Sache herumprobierte, die allen anderen aussichtslos erschien. Er aber gab nicht auf, bis er die Aufgabe gemeistert hatte. Auch jetzt nahm er einen Bleistift zur Hand und ein kleines Stückchen Papier, das er von einer alten Skizze abgeschnitten hatte, um es für sich noch einmal zu verwenden. Beim Licht der kleinen Öllampe zeichnete er mit raschen Strichen eine Idee, die ihn schon länger beschäftigte, als es an seine Tür klopfte und Böttger eintrat. Überrascht sah Samuel auf.

»Was kritzelst du denn da?«, fragte Böttger, ohne Samuel vorher zu begrüßen.

»Ach, nichts Besonderes«, redete Samuele seinen Einfall klein. »Vielleicht eine neue Methode, wie man das Holz im Ofen schichten könnte, damit es gleichmäßiger verbrennt und also gleichmäßigere Temperaturen erzeugt.«

Böttger beugte sich über die Zeichnung, schob sie hin und her, hob das Blättchen schließlich an und kniff die Augen zusammen. »Das sollten wir ausprobieren«, sagte er und nickte anerkennend.

Samuel richtete sich verwundert auf. Normalerweise machte Böttger entweder Scherze oder abfällige Bemerkungen, wenn er mitbekam, dass Samuel sich an eigenen Forschungen versuchte.

»Aber weshalb ich zu dir komme«, fuhr Böttger fort und steckte Samuels Skizze ein. »Es geht um den Besuch des Königs. Ich brauche deine Hilfe.«

Augenblicklich spannte sich alles in Samuel an.

»Was hast du vor?«

»Ich will für den König ein ganz besonderes Geschenk anfertigen lassen.«

»Aus Porzellan?«

»Aus was denn sonst? Und du sollst für mich nach Dresden zu Jakob Irminger reiten, dem Hofjuwelier, der das Geschenk entwerfen soll.«

Samuel schwieg. Glaubte Böttger wirklich, dass der König sich mit einem Geschenk besänftigen ließe? Würde er darüber seine Forderungen nach den Dukaten vergessen?

»Was ist? Willst du mir nicht helfen?«

»Steinbrück wird mich nicht fortlassen wollen«, redete Samuel sich heraus. »Er braucht jetzt jeden Mann, um den Besuch des Königs vorzubereiten.« Alles in ihm sträubte sich bei der Vorstellung, erneut in einen Plan von Böttger verwickelt zu werden, der ihm nicht geheuer war. Trotz des wenigen Lichts sah Samuel den Schatten, der sich über Böttgers Augen legte, die tiefe Traurigkeit, die er nur zu gut von ihm kannte und die ihn jetzt um Jahre älter erscheinen ließ. Nachdenklich setzte er sich schließlich auf das Bett.

»Ich weiß«, begann er leise, und ein Ächzen entfuhr seiner Brust. »Ich hätte mich längst bei dir entschuldigen sollen. Das Schauexperiment war ein Fehler, und du hattest mich gewarnt. Es tut mir leid.«

Draußen pfiff der Wind über die Zinnen der Burg, und die Öllampe knisterte. Samuel war verwirrt und zugleich auf der Hut.

Ein Gedanke schoss ihm durch den Kopf. Ob das Geständnis nur ein Trick war, um ihn um den Finger zu wickeln? Aber dann betrachtete er seinen Meister, wie er da auf dem Bett saß, matt, gebeugt, aber mit offenem Blick. »Ich werde dem König sagen, dass ich unter diesen Umständen nicht in der Lage bin, Gold in so großen Mengen herzustellen«, hörte Samuel Böttger weitersprechen. »Ich werde ihm erklären, dass diese Art von Arbeit in Gefangenschaft nicht möglich ist, dass Geist und Körper mit gestutzten Flügeln dabei versagen müssen. Wenn überhaupt, kann es mir nur in Freiheit gelingen. Das werde ich ihm sagen, wenn ich ihm meine Gabe überreiche.«

Samuel erschrak. »Böttger ...«

Böttger hob seine Hand und brachte ihn zum Schweigen. »Hilfst du mir oder nicht?«

Samuel sah Böttgers Flehen, und zum ersten Mal kam ihm in den Sinn, dass nicht nur er auf Böttger angewiesen war, sondern auch umgekehrt. Er vergaß die Kluft, die sich im vergangenen Jahr zwischen ihnen aufgetan hatte, und schluckte sein Misstrauen herunter.

Während Inspektor Steinbrück die Männer in der Burg weiter treppauf und treppab scheuchte, so wie der kühle Märzwind am Himmel die grauen Wolkenfetzen vor sich hertrieb, ritt Samuel in Böttgers Auftrag nach Dresden, sprach dort mit dem Hofjuwelier Irminger und schilderte ihm, was Böttger vorhatte: Er wollte dem König ein außergewöhnliches Präsent machen, ein Symbol für die Freiheit sollte es sein. Der Entwurf, mit dem Samuel schließlich zurückkehrte, wurde in Windeseile von den Formern und Töpfern umgesetzt, gebrannt und glasiert, und sie hofften, dass alles ohne Makel gelingen würde, denn weder Zeit noch Material wären ausreichend vorhanden gewesen, um einen zweiten Versuch zu wagen.

August

Meißen, 1714

Der Pokal zog sofort alle Blicke auf sich. Grell schien die Sonne durch die hohen Fenster des Saals, überzog den gewienerten Holzboden mit einem milchigen Glanz und ließ das Prunkgefäß, das auf einem langen Tisch stand, hell erstrahlen. August blinzelte geblendet und blickte irritiert zu Steinbrück. Was sollte das? Hatte er dem Inspektor nicht im Vorfeld genaue Anweisungen zukommen lassen, wie die Besichtigung der Manufaktur ablaufen sollte? Einem Rundgang durch die Töpfer- und Malerwerkstätten sollte eine Besichtigung des Lagers und am Ende ein kleiner Imbiss hier im großen Saal folgen. Spätestens nach zwei Stunden, so hatte August es geplant, sollten er und seine Gäste wieder in ihren Kutschen sitzen, um weiter nach Leipzig zu fahren. Nun aber zog sich die Veranstaltung schon den ganzen Vormittag hin, denn sein hoher Besuch, der Großkanzler von Litauen Radziwill und der polnische Großkronschatzmeister Przebendowski, stellten unzählige Fragen, denen wiederum ellenlange Übersetzungen folgten, die oft weitere Fragen hervorriefen. Zu allem Übel spielte Böttger sich auch noch ständig mit seinen Erklärungen in den Vordergrund und betonte dabei, wie langwierig und aufwendig die Porzellanproduktion doch war, wie mühselig und voller Entbehrungen. Er triefte vor Selbstmitleid.

Und nun also noch der Pokal. August rieb sich angestrengt die Schläfen, und bevor Inspektor Steinbrück etwas sagen konnte, hatte Böttger sich auch schon neben dem Pokal aufgestellt.

»Ein persönliches Geschenk von mir an Eure Majestät«, erklärte er beinahe schon kriecherisch, und in August regte sich der Zorn. Ein Geschenk stand ganz gewiss nicht als Programmpunkt auf seiner Liste. Dieser Mistkäfer. August hätte es vorgezogen, an einem Tag herzukommen, an dem Böttger nicht in Meißen war, aber Radziwill und Przebendowski hatten großen Wert darauf gelegt, den Goldmacher persönlich kennenzulernen, und waren nun, wie man schwerlich übersehen konnte, zutiefst von ihm beeindruckt.

Und darum ging es ja schließlich bei diesem Besuch. Nichts anderes bezweckte August, als die beiden hohen Herren, deren Gunst für ihn von unschätzbarer Bedeutung war, mit der Besichtigung der Manufaktur zu beeindrucken. Das Schweinchen und der Fuchs. So nannte August sie. Radziwill mit seinem rosigen Teint und den kurzen Marzipanfingerchen. Alles an ihm wirkte glatt und aufgeräumt. Er war wohl der humorloseste Mensch, dem August je begegnet war, aber leider auch einer der einflussreichsten Männer des Hochadels im polnischen Königreich. Als er sich nach langem Abwägen endlich auf Augusts Seite schlug, hatte er viele Nachahmer gefunden, denn ach, wie schätzte man doch den anständigen und wohlhabenden Radziwill. Przebendowski war das pure Gegenteil. Er log, wo es ihm passte, selbst seinem König log er ins Gesicht. Aber er war so reich, dass er sich alles kaufen konnte – die Stimmen der anderen Magnaten, den Willen des Königs oder die Wahrheit. Und mit unendlicher Geringschätzung blickte er auf den anständigen Radziwill herab, während dieser für Przebendowskis Falschheit nur Verachtung übrig hatte. Es war nicht leicht, die zwei so unterschiedlichen Charaktere unter einen Hut zu bekommen. Nach Meißen aber hatten sie beide gewollt. An den Ort, wo das Geheimnis des Porzellans gehütet wurde. Flemming hatte es eingefädelt, dass die mächtigen Magnaten August auf seiner Reise nach Sachsen begleiteten. Sie sollten doch sehen, wie wohlhabend und fortschrittlich das Kurfürstentum war. All das konnten sie in Polen auch haben, wenn sie ihrem Regenten nur endlich die Befugnisse zugestehen würden, die einem König zustanden.

Inzwischen hatten sich Radziwill und Przebendowski dem Pokal genähert und besahen sich interessiert das Kunstwerk. Es war ein Trinkgefäß aus schneeweißem Porzellan, reich mit Ornamenten verziert, über eine Elle hoch, und hatte die Form eines Schlüssels. Ein Meisterstück! Gut möglich, dass Böttger den Hofjuwelier Irminger darum gebeten hatte, den Pokal zu entwerfen. Irgendetwas wollte Böttger von ihm, das spürte August. Wie er unruhig dastand, sich die Hände rieb und schwitzte, während sein Blick etwas hündisch Flehendes hatte. In August sträubte sich alles. Radziwill und Przebendowski staunten indes noch immer, und der Inspektor und einige Gehilfen, die Getränke und Gebäck gebracht hatten, hielten sich im Hintergrund. Niemand von ihnen wagte es, den König direkt anzusehen, bis auf den einen Kerl da, der mit den schwarzen Locken. August kam das Gesicht bekannt vor, aber er erinnerte sich nicht mehr, was es mit dem Burschen auf sich hatte. Jetzt klatschten Radziwill und Przebendowski begeistert in die Hände, und Radziwill wollte wissen, zu welchem Anlass der Pokal entstanden sei. Abwechselnd blickte er von Böttger zum König, sodass August keine andere Wahl hatte, als sich Böttger zuzuwenden.

»Nun, Böttger? Was verschafft mir die Ehre?«, fragte er mit bissig ironischem Unterton.

Böttger nahm Anlauf. Er holte Luft, richtete sich ein wenig auf und sah dabei aus, als wollte er von einem Kirchturm herunterspringen.

»Eure Majestät. Ich diene Euch seit vielen Jahren. Gewissenhaft möchte ich sagen, wenn auch nicht in allen Dingen erfolgreich. Mit meiner Gesundheit steht es nicht zum Besten, wie Ihr wisst. Es liegt in Euren Händen, mir den kläglichen Rest meiner Lebenszeit zu erleichtern und so die Lebensgeister aufzuwecken, damit sie noch die eine oder andere Erfindung hervorbringen mögen. Daher der Schlüssel.«

»Ein Schlüssel. Das sehe ich«, sagte August ungeduldig. »Und welche Tür gedenkt Ihr damit zu öffnen?«

»Die Tür zu meiner Freiheit, Eure Majestät. Ich habe Euch das Porzellan geschenkt, schenkt Ihr mir im Gegenzug die Freiheit, oder wenn Euch dies nicht angemessen scheint, schenkt mir den Tod.«

Es entstand eine Pause, in der man das Geflüster des Übersetzers hörte. Alle anderen Anwesenden warteten gespannt. Dr. Nehmitz riss die Augen auf, Inspektor Steinbrück blinzelte, der Schwarzäugige glotzte wieder aus seiner Ecke heraus und lenkte August für einen Moment ab. Wenn er sich nur erinnern könnte, ob der Kerl ihn geärgert oder sich ein Lob verdient hatte. Przebendowski hüstelte, und August kehrte mit seiner Aufmerksamkeit zu seinen Gästen zurück. Erwartungsvoll, ja, fast ein wenig amüsiert schienen sie auf das Spektakel zu blicken, das sich ihnen bot. Womöglich hatten auch sie begriffen, welche Frechheit in dem dramatischen Aufruf Böttgers lag. Wenn man es genau betrachtete, war es nichts anderes als eine Erpressung: Ohne Freiheit kein Lebensmut und ohne Lebensmut weder Gold noch eine funktionierende und ertragreiche Porzellanmanufaktur. Das Stinktier maßte sich an, seinen König unter Druck zu setzen. Die Zornesfalte auf Augusts Stirn vertiefte sich, und sein Kinn zitterte, während er um seine Entscheidung rang. Sollte er sich hier vor seinen Gästen diese Dreistigkeit gefallen lassen, sich seinen Gästen zuliebe gnädig zeigen, die ja, wie nicht zu übersehen war, großen Gefallen an Böttger gefunden hatten? Oder würden sie ihn dann als Schwächling ansehen, der sich von einem Schmeichler an der Nase herumführen lässt? Vielleicht ließen sie sich von einem Todesurteil mehr beeindrucken, von entschiedenem Handeln. Von einem König, der für Ordnung sorgte.

»Bringt mir Papier und Feder«, erhob August seine Stimme. Inspektor Steinbrück huschte davon, brachte wenig später das Gewünschte und legte es vor dem König ab.

Samuel

Meißen, 1714

In die Stille hinein war das Kratzen der Feder zu hören. Samuel hielt die Luft an. Ihm kam Böttgers Vorhaben, den König auf diese Weise um seine Freiheit zu bitten, inzwischen äußerst tollkühn vor, hatte er doch eben bei der Besichtigung der Werkstätten und Lagerräume selbst gesehen, wie gereizt der König war – ganz besonders, wenn er von Böttger angesprochen wurde. Es war nicht zu übersehen, dass er Böttger nicht ausstehen konnte. Gestern noch hätte Samuel im schlimmsten Fall damit gerechnet, dass der König Böttgers Bitte ignorieren würde, heute aber, je länger der Besuch des Königs andauerte, fürchtete Samuel, Böttger könnte damit den Zorn seiner Majestät so sehr auf sich ziehen, dass etwas Schreckliches geschehen musste.

Bang sah Samuel zum König, der das Blatt signierte und schließlich anhob, um den Anwesenden seine Entscheidung vorzutragen.

»Dem hier anwesenden Friedrich Böttger haben Wir vor über zehn Jahren Schutz in unserem Land gewährt, und er versprach, für Uns Gold zu machen in großen Mengen. Seine Freiheit sollte er an dem Tag wiedererhalten, an dem er sein Versprechen erfüllt hatte. Statt des Goldes aber hat er gemeinsam mit dem ehrenwerten Dr. Tschirnhaus das Geheimnis des Porzellans entdeckt sowie andere nützliche Erkenntnisse hervorgebracht. Das Versprechen aber, Gold zu machen, hat er bis heute nicht gehalten.«

Die Stimme des Königs war klar und ausdruckslos. Immer wieder machte er Pausen, damit sein Begleiter übersetzen konnte.

»Da es nun aber einmal zu einem Punkt kommen muss und Wir mit den unerfüllten Forderungen nicht immer wieder Unseren Unmut schüren wollen, erklären Wir ...« Der König hielt inne und trieb die Spannung ins Unermessliche. »Dass Meister Johann Friedrich Böttger ...«

Samuel schielte zu Böttger, der sich totenblass an einer Stuhllehne festhielt.

»... sich fortan innerhalb des Landes Sachsen frei bewegen und sich als freier Mann bezeichnen darf.«

Ein Raunen ging durch den Saal. Böttger schwankte. Der König aber war noch nicht fertig.

»Dafür verpflichtet er sich aber, all seine Erkenntnisse die Porzellanherstellung betreffend in einem Buch schriftlich festzuhalten und dieses dem König zu überlassen. Weiter soll er so auch mit all seinen anderen getätigten Erfindungen verfahren, auch mit solchen, die er noch in seinem Leben erreichen wird, einschließlich der Herstellung des Goldes, wenn ihm dies noch gelingen sollte. Er verpflichtet sich darüber hinaus, über all seine Erkenntnisse zu schweigen und sie nicht an Fremde zu verraten, die Uns mit dem erworbenen Wissen schaden könnten.«

Mit einer majestätischen Geste legte der König das Blatt wieder auf dem Tisch ab und blickte fragend zu seinen Gästen, als hätte er Böttger allein deshalb die Freiheit geschenkt, um ihnen zu gefallen. Tatsächlich neigten diese anerkennend ihre Köpfe, und der König atmete auf. Böttger brachte heiser einen Dank hervor, und wie um die Größe des Augenblicks zu unterstreichen, begannen in diesem Augenblick die Domglocken zu läuten. Kaum eine Viertelstunde später befahl der König den Aufbruch. Mit starrem Blick schritt er durch den Raum, während Samuel und die anderen Männer die Köpfe geneigt hielten. Der Boden knarrte unter seinen Schritten, Samuel sah aus den Augenwinkeln die Stiefelspitzen, den Mantel, der über das Parkett glitt, und fühlte den Windhauch, als der König an ihm vorüberzog – um nach einigen Schritten unvermittelt kehrtzumachen und zu Samuel zurückzukehren. Kaum wagte Samuel es aufzublicken.

»Er hat mich vor einigen Jahren vor dem Feuer bewahrt, als meine Perücke in Flammen aufging, nicht wahr?«

»Ja, Eure Majestät.«

Wieder das Geflüster des Übersetzers. Der König war ein wenig größer als Samuel und ließ seinen Blick auf ihm ruhen. Dann, mit einer ruckartigen Bewegung, riss er sich einen seiner goldenen Knöpfe vom Rock und überreichte diesen Samuel.

»Ich glaube, ich habe mich dafür noch nicht bedankt.«

Samuel nahm verwundert den Knopf entgegen und verbeugte sich tief. Stocksteif stand er da und fühlte das Metall in seiner Hand, während alle zu ihm hinüberstarrten. Erst als die Gäste gegangen waren, warf er einen Blick auf den schimmernden Knopf, den das Wappen des Königs zierte.

Noch am selben Tag marschierte Samuel hinaus in den launischen Aprilabend, die Gassen hinunter in die Stadt, geradewegs in die Schenke zu Sophies Tante, die mit verkniffenem Gesicht einigen Zimmermännern das Bier servierte.

»Wo ist Sophie?«, verlangte Samuel erneut zu wissen und stellte sich der Tante in den Weg.

»Ich sagte doch: Ich hab's vergessen.«

Samuel hielt ihr den Goldknopf unter die Nase.

»Wenn ich Euch den hier gebe, fällt's Euch dann wieder ein?«

Die Tante sah mit spitzen Lippen auf den Goldknopf und kämpfte mit sich.

»Wo ist sie?«

»Herrgott! Bei der Generalratswitwe Gluck ist sie. Zehn Meilen von Meißen entfernt. Wo genau, weiß ich nicht.«

Samuel reichte ihr den Knopf, der rasch in ihrer Schürze verschwand, und verließ die Schenke wieder.

Es war nicht besonders schwer herausfinden, wo die Generalrätin Gluck lebte, und doch ließ Samuel noch ganze zwei Wochen verstreichen, bevor er sich zu Sophie aufmachte. Sosehr es ihn auch zu ihr zog, befürchtete er auch, sie könnte ihm immer noch böse sein oder ihn vielleicht sogar überhaupt nicht mehr wiedersehen wollen. Schließlich aber raffte er sich auf, wanderte an einem Sonntag zum Gutshof der Generalrätin und fragte nach Sophie.

Als sie an der Hintertür erschien, fielen ihr beinahe die Augen aus dem Kopf.

»Was willst du hier?«

»Dich sehen, Sophie.«

»Hättest mich vor einem Jahr sehen können, als ich auf dich gewartet hab und du was Besseres vorhattest.«

»Böttger ist krank geworden.«

»Natürlich Böttger. Immer ist was mit Böttger.«

Aber schließlich verrauchte ihr Zorn, und sie sah ihn neugierig an.

»Da bist du also wegen mir hier hinausgelaufen?«

»Ich hab deiner Tante sogar einen goldenen Kopf des Königs gegeben, um zu erfahren, wo du steckst.«

»Pff.«

Sie standen noch eine Weile an der Tür, bis Sophie wieder arbeiten musste. Samuel versprach wiederzukommen, worauf Sophie einen schiefen Mund zog, und ehe Samuel etwas sagen konnte, war sie im Haus verschwunden.

Sophie

Meißen, 1714

Dass Sophie im vorigen Jahr die Anstellung bei der Generalratswitwe bekommen hatte, war für sie wie ein Zeichen gewesen, nachdem Samuel sie sitzen gelassen hatte. Wie ein dummes Schaf hatte sie am Ostermontagabend auf ihn gewartet. Und wie sehr hatte Sophie zuvor mit sich gerungen, ob sie Samuel überhaupt zu dem Tanz einladen sollte, weil es vielleicht eine Entscheidung war für mehr als nur einen Abend. Stets war sie zurückgeschreckt vor den ständig leeren Taschen, mit denen Samuel in die Schenke kam, und vor dem großen Getue um Böttger und das Porzellan, das doch so großartig nicht sein konnte, wo die Manufaktur, nun da sie endlich fertig geworden war, immer noch keinen Gewinn machte. Samuels schwarze Augen, die sie so verlangend ansahen, waren ihr unheimlich, und sie wollte es vor sich selbst nicht zugeben, dass es etwas gab zwischen ihm und ihr. Etwas, das sie dazu brachte, mit ihm an einem Sonntagnachmittag auf den Weinberg zu gehen oder sich an seinen Tisch zu lehnen und mit ihm zu plaudern, wenn er sein Bier trank. Etwas, das sich ein wenig anfühlte wie Zuhause. Bei ihm dachte sie nicht darüber nach, wie sie sich geben sollte, und er brachte sie mit seinen Scherzen zum Lachen. Lange hatte sie bei der Tante darum betteln müssen, dass sie sie zum Tanz gehen ließ. Sie hatte sich gar ein hübsches Tuch umgelegt und den Spott der Tante über sich ergehen lassen: »Denkst wohl, es holt dich einer ab?« Als Samuel nicht kam, war sie allein zum Hafenkrug hinuntergegangen, aber ihr war nicht nach Tanzen zumute gewesen, obwohl mindestens drei Burschen sie aufgefordert hatten. Der Abend ging zu Ende, ohne dass Samuel sich blicken ließ, und Sophie wusste nicht, ob sie böse oder besorgt sein sollte.

Wochenlang hatte sie danach auf eine Nachricht von Samuel gewartet und vor dem Zubettgehen heimlich die Tasse hervorgeholt, die er ihr geschenkt hatte. Sie fuhr mit dem Finger über den dünnen Rand, immer im Kreis, als könnte sie so die Zeit zurückdrehen. Bis an einem Abend die Porzellaner in die Schenke kamen. Samuel war nicht dabei. Sophie fragte einen von ihnen nach ihm. Es war der mit der Geige, ein langer, schlaksiger Kerl. Sophie hatte den Namen vergessen. Er sagte, es könne dauern, bis Samuel zurückkäme. Oder vielleicht bliebe er auch ganz fort, wer weiß. Er redete noch viel. Von der ungewissen Zukunft der Manufaktur. Viele würden weggehen, was Besseres suchen. Sophie hatte gar nicht mehr zugehört. Reden konnte der und blöde Witze machen. Darauf konnte sie gern verzichten und schwappte ihm absichtlich das Bier aufs Hosenbein. Mit steifen Knien war Sophie zurück in die Küche gelaufen, hatte dort eine Ewigkeit im Dunkeln gestanden. Was Besseres also. Was Besseres wollte Samuel. Sophie warf den Lappen an die Wand, dass es klatschte. Was Besseres konnte er haben. Und beschloss, Samuel zu vergessen, was ihr beinahe gelang. Nur die Porzellantasse mochte sie nicht fortwerfen. Auch nicht, als sie kurz darauf auf das Landgut der alten Generalrätin von Gluck kam.

Frau von Gluck schien Sophie alt wie ein Stein. Alles an ihr war schneeweiß, die Haare, die Finger, sogar die Wimpern lagen wie zwei weiße Federn über ihren blassen Augen. Aber sie mochte die alte Gluck. Und die alte Gluck mochte Sophie, und es war schon etwas anderes, nicht nur geduldet zu sein wie bei der Tante, wo sie viel mehr arbeiten musste und zum Dank doch nur einen vorwurfsvollen Blick erntete. Der Lohn bei Frau von Gluck war allerdings bescheiden – Generalrätin hin oder her –, und dass es auf dem Gut so einsam war, machte Sophie auch zu schaffen. Im Winter fühlte sie sich manchmal wie lebendig begraben und sehnte sich nach der Stadt. Gegen ihren Willen dachte sie oft an Samuel, und ihr Herz schlug wie verrückt, als er eines Tages vor der Tür stand. Nachdem er wieder fort war, fühlte Sophie ein Ziehen in der Brust. Und doch hoffte sie, dass er nicht wiederkommen würde. Was denn der Lottermann von ihr gewollt habe, fragte die neugierige Hausdame später, und Sophie musste sich eine Ausrede ausdenken.

Der Morgen im späten September, an dem die Generalrätin von Gluck verstarb, war so kühl und still wie die alte Dame selbst. Sophie war untröstlich, als sie ihre Herrin, nachdem sie gerade einmal anderthalb Jahre bei ihr gewesen war, tot in ihrem Bett auffand. Bald schon kamen die Verwandten ins Gutshaus angereist, die gierig auf ihr Erbe gewartet hatten. Das Gut wurde verkauft und Sophie noch vor der Beerdigung auf die Straße gesetzt.

Man dreht wohl immer Kreise im Leben, dachte Sophie, als sie in die Stadt zurückkehrte und wieder bei der Tante anklopfte, die bei ihrem Anblick vor ihr ausspuckte und sie dann nach hinten schickte, um die Küche zu schrubben.

Auch beim Advokaten Vollhardt klopfte sie wieder an, der sie freundlicher aufnahm als die Tante, denn er hatte sich in der Zwischenzeit mit seiner halb blinden Köchin und einem nichtsnutzigen Burschen begnügen müssen und wusste, was er an Sophie hatte. Sein Sohn, der Carl, lebte immer noch im Haus und suchte eine Stelle. Auch er drehte seine Kreise. Der Alte hatte alles versucht, um ihn bei Gericht unterzubringen, aber sie zogen einen anderen vor. Also erledigte Carl kleinere Aufträge für seinen Vater, wobei er sich nicht allzu sehr anstrengte und der Vater ihm andererseits nicht allzu viel zutraute. Zunächst schenkte Carl Sophie auch jetzt kaum Beachtung, erst nach und nach suchte er immer öfter ihre Nähe, und obwohl er sonst über jeden und alles schimpfte, war er zu ihr freundlich. Sophie konnte ganze Berge von Wäsche plätten, während er dabeisaß und die Worte nur so aus ihm herausquollen. Er erzählte von den vielen Briefen, die er ans Gericht geschrieben hatte. Er wollte es nicht auf sich sitzen lassen, dass einer die Stelle bekommen hatte, der doch ein ganzes Jahr weniger studiert hatte als er. Ein ums andere Mal sprach er vor, bis man ihm verbot, das Gericht noch einmal zu betreten, und ihm mit einer Strafe drohte, sollte er keine Ruhe geben. Nicht selten bat Carl Sophie schon am Vormittag, ihm ein Glas Wein zu bringen, um seinen Ärger zu besänftigen. Sophie brachte ihm den Wein, auch wenn sie dachte, dass er gut selbst laufen könnte, schließlich hatte sie zu tun, während er nur herumsaß. Manchmal nippte er bloß schweigend an seinem Glas und glotzte auf Sophies Hintern, was sie sehr wohl bemerkte, auch wenn sie mit dem Rücken zu ihm stand.

»Du bist eine gute Seele«, sagte er, wenn sie sich plötzlich umwandte und ihn dabei ertappte. »Es gibt nicht viele Menschen, die so ein unschuldiges Herz haben wie du, Sophie.«

Sophie blinzelte dann nur ein wenig und zerrte energisch an einem Laken. Eine Magd, so dachte sie, ist eben nicht nur für die Reinheit des Hauses zuständig. Auch das Herz konnte der Hausherr bei ihr ausleeren und seine Seele entlasten. Wenn Carl sich ausgeleert hatte, stellte er das Weinglas auf die Fensterbank, wo es einen Ring auf dem Holz zurückließ, weil er beim Trinken immer ein wenig verschüttete und das Glas nur nachlässig mit dem Ärmel abwischte. Sophie begriff, dass sie ihm gefiel, aber sie bildete sich nichts darauf ein. Und für ein bisschen Trost hinter verschlossenen Türen würde sie sich gewiss nicht hergeben. Umso mehr wunderte sie sich, als Carl sie einlud, mit ihm am kommenden Sonntag an der Elbe spazieren zu gehen und anschließend in einer Wirtschaft einzukehren. Aber auch darauf bildete sie sich nichts ein und wollte nur deshalb mitgehen, weil sie ein gutes Glas Wein so billig nicht wiederbekäme.

Am Sonntag hatte sie sich schon für den Kirchgang die Sonntagsschürze umgebunden und steckte sich nun noch eine Blume ins Haar, obwohl sie eigentlich gar nicht vorhatte, dem Carl zu gefallen. Es war wohl der letzte warme Oktobertag, und Sophie ging zeitig hinunter in den Schankraum.

»Wartest du wieder darauf, dass dich einer sitzen lässt?«, spottete die Tante und lachte verächtlich über die Blume in Sophies Haar, bevor sie in der Küche verschwand.

Sophie versuchte, nichts darauf zu geben, aber dann war sie doch gegen ihren Willen aufgeregt, riss die Blume aus dem Haar, steckte sie wieder hinein und trat hinaus auf die Treppe, wo im selben Augenblick Samuel die Stufen hinaufstieg. Wie vom Donner gerührt blieben sie voreinander stehen und sahen sich mit großen Augen an.

»Sophie. Du bist ja wieder da«, brachte Samuel schließlich hervor.

Als sie seine Stimme hörte, zog sich Sophies Herz zusammen. Jetzt, wo er so dicht vor ihr stand, erinnerte sich ihr Körper an seine Wärme, wenn sie in der Schenke neben ihm gesessen hatte, und an den Grund dafür, warum sie mit ihm zum Tanz hatte gehen wollen. Ihr Verstand dagegen mahnte sie, dass Carl jeden Moment auftauchen musste und welche Dummheit es wäre, Samuel ausgerechnet jetzt um den Hals zu fallen.

»Hübsch schaust du aus mit der Blume«, sagte Samuel, und Sophie lief bis unter die Haarwurzel rot an.

»Gehst du spazieren?«, fragte Samuel unbekümmert. »Vielleicht nimmst du mich ja mit.«

Sophie schüttelte den Kopf. »Das geht nicht.«

»Oder ich seh dich heute Abend in der Schenke. Dann kannst du mir erzählen, seit wann du wieder in der Stadt bist und wann du wieder fortmusst.«

»Ich bleib jetzt in Meißen«, sagte Sophie hölzern und bemühte sich, Ordnung in das Durcheinander zu bringen, das Herz und Kopf in ihr veranstalteten, aber das Lächeln, das sich nun auf

Samuels Gesicht ausbreitete, machte alles nur noch schlimmer. Als sie nun auch noch Carl um die Ecke kommen sah, fing sie vor Aufregung beinahe zu weinen an.

»Was hast du denn, Sophie? Bist du immer noch böse auf mich?«, fragte Samuel und blickte sie dabei so lieb und bittend an, dass Sophie Tränen in die Augen schossen. Natürlich war sie böse auf ihn! Und zwar darüber, was er mit ihr anstellte und dass sie ihn nicht vergessen konnte und überhaupt! Ein wenig grob schob sie Samuel beiseite, wischte sich eilig über das Gesicht und ging Carl entgegen, während sie Samuels Blick in ihrem Rücken spürte.

»Hat der dich belästigt?«, fragte Carl ritterlich und blickte mit Abscheu auf den schmutzigen Porzellaner herab.

»Nein, schon gut«, nuschelte Sophie. »Gehen wir.«

Auf dem Weg zum Hafenkrug hinunter war ihr noch ganz flatterig zumute, und sie war froh, dass Carl in einem fort redete. Er erzählte ihr von seiner neuen Stelle. Endlich hatte er eine Zusage bekommen.

»Kaum zu glauben. Es gibt noch Gerechtigkeit.«

Ob nun die Gerechtigkeit dafür gesorgt hatte oder die Verbindungen, die sein Vater hatte – das wollte Sophie mal dahingestellt lassen. Die eigentliche Überraschung folgte auch erst, denn die Stelle sollte er nicht in Meißen, sondern in Dresden antreten, und er plante schon morgen, dorthin abzureisen. Daher also wehte der Wind: Der Carl wollte sich vor seiner Abreise wohl noch ein kleines Vergnügen mit der unschuldigen Sophie gönnen. Und während er redete, wurde Sophie immer zugeknöpfter. Sollte er reden. Sie würde ihren Wein trinken, nur ein einziges Glas, und wieder nach Hause gehen.

Dann aber saßen sie an den grün gestrichenen Holztischen, die beiden Gläser vor sich, und es geschah tatsächlich zum allerersten Mal, dass Carl etwas über Sophie wissen wollte. Wo sie eigentlich herkomme, fragte er und sah sie interessiert an, sodass Sophie nicht umhinkonnte, sich geschmeichelt zu fühlen. Sie erzählte von ihrer

Anstellung bei der Bergrätin in Freiberg, wo sie als Zofe gearbeitet hatte. Genau wie im letzten Jahr bei der Generalrätin Gluck. Sie versäumte nicht, die elegante Einrichtung der beiden Häuser zu beschreiben, den vornehmen Lebensstil, und ließ auch mal ein Wort auf Französisch einfließen, das sie aufgeschnappt hatte. Da er ihr so aufmerksam zuhörte, schmückte sie alles ein wenig aus, damit Carl begriff, dass sie keine gewöhnliche Dienstmagd war, und endlich gelang es ihr auch, nicht mehr an Samuel zu denken.

»Die Generalrätin hatte mich ja fast so lieb gewonnen wie eine Tochter«, fabulierte Sophie. »Sie hat mir auch das Lesen beigebracht. Immer hab ich ihr aus der Bibel vorlesen müssen oder aus der Zeitung. Und sie hat mir sogar etwas vererben wollen, aber das haben ihre Verwandten natürlich zu verhindern gewusst.« Sophie biss sich auf die Zunge. Jetzt war sie vielleicht etwas zu weit gegangen, denn natürlich hatte die Generalrätin ihr niemals etwas vererben wollen und auch das Lesen hatte sie ihr nicht beigebracht.

»Weißt du, Sophie«, unterbrach Carl sie unvermittelt. »Ein einfaches Mädchen mit einem reinen Herzen, das ist mir tausendmal lieber als die hochnäsigen Bürgerstöchter. Sie sprechen Französisch und lernen höfische Tänze und sind doch unter ihren feinen Kleidern die verkommensten Geschöpfe. Nimm nur die Rosemarie Orthels.«

Carl verstummte. Er starrte in sein Weinglas, und je länger er schwieg, desto klarer wurde Sophie, was es mit der Rosemarie Orthels auf sich haben musste. Die Rosemarie war die Tochter des Münzers. Hübsch war sie nicht gerade, aber die Orthels hatten Geld. Sophie hatte einmal nach dem Kirchgang gesehen, wie Carl die Rosmarie beinahe unterwürfig angesprochen hatte. Danach nie wieder. Es war gut denkbar, dass sie ihm da einen Korb gegeben hatte. Außer mit der Rosemarie hatte Sophie ihn nie mit einer sprechen sehen, und an die Rosemarie hatte er sich wohl nur herangetraut, weil sie hässlich war, aber sogar von ihr wurde er abgewiesen. Sophie dagegen würde ihn sicher nicht abweisen, sie würde keine Ansprüche stellen und ihm als armes Mädchen immer dankbar sein, wenn er sie emporheben würde. Sophie hätte beinahe gelacht, als ihr die Erkenntnis kam. Nachdem Carl bezahlt hatte, brachen sie auf. Er ging sogar um den Tisch herum, um ihr seinen Arm anzubieten.

Er brachte sie noch bis in den Schankraum, wo es dunkel war, denn die Schenke war noch bis zum Abend geschlossen und die Tante verschlief den Nachmittag.

»Auf Wiedersehen, Sophie«, sagte Carl und nahm ihre Hand. Sophie lächelte ein Jungfrau-Maria-Lächeln und lehnte sich zurück, damit er ihr nicht zu nah kam. Er war dazu übergegangen, ihre Finger zu küssen, mit etwas zu viel Spucke.

»Sophie, du reine Seele«, hauchte er, packte sie an ihren Händen und zog sie ungelenk zu sich heran. Sophie konnte das Gesicht gerade eben noch zur Seite drehen.

»Geht man so mit einer reinen Seele um, mit einem unschuldigen Mädchen?«, entfuhr es ihr, und sie erschrak selbst über die etwas zu deutliche Abwehr. »Ich meine, wenn man nicht vorhat, sie zu seiner Frau zu machen?«, fügte sie rasch an. Verdutzt sah Carl auf. Gleich wird er mir eine runterhauen, dachte Sophie und ärgerte sich über ihre Kühnheit. Stattdessen aber wand er sich, griff erneut nach ihrer Hand und zerquetschte diese beinahe.

»Das will ich, Sophie. Das will ich. Wenn ich aus Dresden wiederkomme, werde ich bei deiner Tante um deine Hand anhalten. In aller Form. Und bis dahin werde ich schreiben. Ich verspreche es dir.« Und küsste noch mal ihre Hand, bevor er von ihr abließ und verschwand. Sophie wischte sich langsam die Hand an ihrer Schürze ab und versuchte, des Schwindels Herr zu werden, der sie erfasst hatte.

Als Samuel am Abend in die Schenke zurückkehrte, gab Sophie sich sehr beschäftigt.

»Wusste ja gar nicht, dass du einen Verehrer hast«, meinte er herausfordernd. Sophie klopfte sich die Schürze aus und tat so, als wüsste sie nicht, von wem er sprach.

»Der bleiche Kerl, mit dem du vorhin ausgegangen bist. War das nicht der Sohn von deinem Advokaten?«

»Ach der«, sagte sie und winkte ab. »Er reist morgen nach Dresden, wo er von nun an arbeiten wird, und wollte den letzten Nachmittag nicht allein verbringen.«

»Und da geht er mit dir aus?«

»Warum denn nicht?«

Samuel sah sie prüfend an. Sophie aber war schon wieder auf dem Weg in die Küche. Den restlichen Abend wich sie ihm aus. Erst als er bezahlte, kam sie noch für einen Augenblick an seinen Tisch, während er sein Geld hervorkramte.

»Bringst du mir das Lesen bei?«, fragte sie plötzlich.

»Das Lesen?«, fragte Samuel verblüfft, während sie so tat, als sei ihre Bitte das Normalste auf der Welt.

»Ja oder nein?«

»Wenn du möchtest.«

»Sonst hätte ich nicht gefragt.«

Sie ließ die Münze, die Samuel ihr gegeben hatte, in ihren Beutel fallen und marschierte davon.

Schon am nächsten Sonntag kam Samuel in die Schenke, zog eine Zeitung und einen Bleistift aus der Weste und am Ende des Abends – immerhin – hatte er ihr beigebracht, ihren Namen zu schreiben und den seinen. Von nun an setzte sie sich immer dann, wenn sie keine Gäste bewirten musste, zu Samuel an den Tisch und ließ sich von ihm das Alphabet erklären, das er mit dem Bleistift an den Rand der alten Zeitung malte. Eifrig fuhr sie mit dem Finger darüber, bewegte die Lippen und verband die unbeseelten Buchstaben zu einem Klang, der langsam einen Sinn annahm, eine Form, einen Geschmack. Die Tante duldete die Lektionen, obwohl sie Samuel und die Porzellaner nach wie vor nicht leiden mochte. Immer noch waren sie in der Stadt nicht wohlgelitten, weil sie schmutzig aussahen, kaum Geld hatten und viele Fremde unter ihnen waren, denen die Leute mit Misstrauen begegneten. Es ärgerte die Tante, dass sie auf die paar Groschen, die die Porzellaner ihr einbrachten, angewiesen war und sie dafür den guten Ruf ihrer Schenke ruinieren musste. Was jedoch die Lektionen betraf, so sah sie ein, dass es von Vorteil war, wenn wenigstens eine Person im Haushalt lesen konnte, und ließ Sophie gewähren. Die Stunden mit Samuel hatten etwas Unwirkliches, ganz außerhalb der Zeit, und ließen Sophie alle Alltagssorgen vergessen. Es gab keinen Carl, keine Tante, keine Porzellanmanufaktur, ja nicht einmal Herbst, Winter und Frühjahr, und allein ihre Fortschritte beim Lesen verrieten, wie viel Zeit verging.

Samuel

Meißen, 1714–1715

Böttger stürzte sich auf seine Freiheit – oder eher noch war es die Freiheit, die sich auf ihn stürzte und ihn übermannte, mit fast schon düsterer Gewalt. Hell und überschäumend war die Freude nur an der Oberfläche. Auf ihrem Grund jedoch lag etwas Dunkles. Als wären Tod und Freiheit untrennbar miteinander verbunden.

Im Laufe des Jahres verschwand Böttger immer wieder für einige Tage. Weder auf der Burg in Meißen noch in seiner neuen Wohnung an der Schießgasse in Dresden, die er sich gleich nach seiner Freilassung angemietet hatte, war er dann zu finden. Und wen wunderte es, dass der Vogel fortflog, nachdem der König ihn über Jahre gefangen gehalten hatte? Niemanden. Auch Samuel nicht. Jedes Mal, wenn Böttger verschwand, war Dr. Nehmitz, der inzwischen wieder häufiger nach Meißen kam, sich ganz sicher, dass er mitsamt dem Geheimnis nach Böhmen, Italien oder sonst wohin geflohen sein musste, während Inspektor Steinbrück ängstlich fürchtete, es könnte dem Meister etwas zugestoßen sein, und einige Männer losschickte, um ihn zu suchen. Was, wenn Böttger im Straßengraben lag, ausgeraubt oder von einem seiner Hustenkrämpfe geschüttelt oder betrunken bis zur Bewusstlosigkeit?

Auch Samuel ritt dann los, um seinen Meister zu suchen, und bemühte sich zu erahnen, was diesen antrieb und wo es ihn hindrängte. Was würde er selbst tun nach so langer Zeit, die er hinter dicken Mauern verbracht hatte? Vielleicht einen Berg hinaufsteigen, bis auf den Gipfel, um dem Himmel nah zu sein? Oder sich in ein Kornfeld legen, irgendwo abseits des Weges, den Blicken der Wärter entzogen und unbeachtet von den Lerchen, die jubelnd in den Himmel schießen. Doch keinem Einzigen von ihnen gelang es auch nur einmal, Böttger bei seinen Ausflügen ausfindig zu machen. Nach vier oder fünf Tagen tauchte er von ganz allein und völlig unbeschadet wieder auf. Er verlor kein Wort darüber, wo er gewesen war, doch seine Augen glänzten und um den Mund hatte er einen wilden Zug, wie ein Kind, das etwas Verbotenes getan hatte und dem die Krumen seiner Sünden noch an der Wange klebten.

Wann immer es Böttger möglich war, blieb er nun in Dresden in seiner neuen Wohnung. Er schrieb an dem Buch, das der König ihm aufgetragen hatte, und brachte all seine Erkenntnisse zu Papier. Das Buch war ihm immer eine willkommene Ausrede, um sich den Querelen in der Manufaktur zu entziehen und nachzuholen, was er in den Jahren der Gefangenschaft hatte entbehren müssen. Er ließ seine Mutter und seine Schwester bei ihm einziehen und einen seiner Stiefbrüder in der Manufaktur arbeiten, was schon bald zu Zank und Streit führte, weil seine Mutter die Unordnung und den ausschweifenden Lebenswandel Böttgers in der Wohnung nicht dulden wollte und der Stiefbruder sich als Taugenichts herausstellte. Böttger begann ein Verhältnis mit seiner Haushälterin, die ihn, wie er schon bald bemerkte, bestahl, und doch konnte er nicht von ihr lassen. Samuel, dem jedes Mal der Kopf schwirrte, wenn Böttger ihm von all seinen häuslichen Dramen berichtete, konnte kaum begreifen, warum er sich dies antat.

»Es ist das Leben«, erklärte Böttger ihm. »Das pure, aus allen Nähten platzende Leben. Und ich fühle mich endlich wieder wie ein Mensch.«

Auch in der Manufaktur war er kaum zu bremsen. Er forschte, zählte die Stücke, die die Regale füllten. Glatt, geschmeidig und schneeweiß lagen die Schalen in der Hand und den Figuren schien ein Schimmern innezuwohnen. Stolz fuhr Böttger über ihre kühlen Köpfchen und hielt sich tapfer gegen den Wind, der ihnen ins Gesicht blies. Ja, jeder Gegenwind schien neues Leben in ihm zu entfachen. Wenn er nicht im Labor nach Formeln für bessere Glasuren oder neue Farben suchte, wechselte er unruhig zwischen den Werkstätten hin und her und folgte seinen Einfällen und Vorschlägen, die ihn von einem Raum in den anderen trieben. Samuel ließ sich nur zu gerne von dieser Umtriebigkeit anstecken und war stolz, dass Böttger dabei immer wieder auch seine Ideen aufgriff. Ganz besonders freute Samuel sich bei einem Streich, den er sich ausdachte, um den vielen Spionen, die in Meißen hinter dem Porzellangeheimnis her waren, eins auszuwischen.

Seit die Manufaktur das Porzellan auf der Messe in Leipzig verkaufte und damit über die Grenzen Sachsens hinaus bekannt geworden war, trieben sich noch mehr von diesen Schmeißfliegen in der Stadt herum und versuchten, Männer abzuwerben, um eigene Manufakturen aufzubauen. Immer wieder verschwanden Arbeiter und Handwerker. Gerade erst war ein Kapselmacher auf und davon und hatte sogar ein kleines Fass Porzellanmasse mitgehen lassen. Es war ein unsichtbares Lauffeuer, dessen Auswirkung nicht einzuschätzen war. Von Plaue im Brandenburgischen drangen Gerüchte her, dass dort die Herstellung des roten und vielleicht auch bald des weißen Porzellans gelungen sei. Mehlhorn, ein junger Töpfer, der gerade erst bei ihnen angefangen hatte, berichtete, dass einer dieser Agenten ihm hundert Taler und das Doppelte an Lohn geboten hätte, wenn er nach Plaue käme, um dort Porzellan zu machen. In einer schlaflosen Nacht kam Samuel der Gedanke: Was, wenn er selbst auf das Angebot dieses Agenten einginge? Natürlich nur zum Schein. Er würde mit dem Herrn nach Plaue gehen, sich umsehen, wie weit sie gekommen waren, vielleicht ein paar Öfen demolieren, um dann bei Nacht und Nebel wieder nach Meißen zurückzukehren, und obendrein noch hundert Taler kassieren.

»Fabelhaft, das ist fabelhaft!«, freute Böttger sich, als Samuel ihm von dem Plan erzählte. Schritt für Schritt ging er alles durch und ergänzte hier und da ein Detail. Am Ende war Böttger so überzeugt davon, dass er beinahe glaubte, es wäre seine eigene Idee gewesen, und beschloss, keinen Tag zu zögern, um das Vorhaben in die Tat umzusetzen.

»Dann mache ich mich gleich auf den Weg?«, fragte Samuel eifrig. Böttger aber schüttelte den Kopf: »Nicht du gehst nach Plaue, sondern Mehlhorn.«

Böttgers Antwort kam für Samuel so überraschend wie eine Ohrfeige. Fast glaubte er eine boshafte Freude in Böttgers Augen aufblitzen zu sehen.

»Aber warum?«, fragte er verständnislos.

»Dummkopf«, erklärte Böttger ihm. »Mehlhorn ist ein Töpfermeister. Er kennt nicht das gesamte Porzellangeheimnis und kann es folglich auch nicht verraten. Dir dagegen wird, wenn du zurückkehrst, keiner glauben, dass du dichtgehalten hast.«

»Du wirst mir glauben.«

»Sicher. Aber Nehmitz könnte dir einen Strick daraus drehen.«

Samuel konnte dem nicht widersprechen, und trotzdem wurmte es ihn. Erst als Mehlhorn einige Wochen später aus Plaue zurückkehrte und zu berichten wusste, dass man dort noch weit davon entfernt war, weißes Porzellan herzustellen, und noch dazu nur über miserable Öfen verfügte und er daraufhin von allen bis auf Nehmitz, der diesen Streich zutiefst missbilligte, wie ein Held gefeiert wurde, konnte Samuel sich der allgemeinen übermütigen Freude nicht mehr entziehen und sein Ärger auf Böttger verflog.

Stattdessen begann er sich allmählich um seinen Meister zu sorgen. Jetzt, in Freiheit, schien Böttger überhaupt keine Grenzen mehr zu kennen und trieb es – vor allem, wenn er sich in Dresden aufhielt – reichlich bunt. Als Böttger einmal nach längerer Abwesenheit nach Meißen zurückkehrte, bemerkte Samuel, wie schwer es ihm fiel, die Treppen hinaufzusteigen. Oben angekommen musste er husten und wischte sich nachlässig ein wenig Blut aus den Mundwinkeln.

»Was ist mit dir?«, fragte Samuel beunruhigt, aber Böttger winkte ab. »Das geht vorbei.«

»Böttger, ich verstehe ja, dass du was nachzuholen hast«, beharrte Samuel und stellte sich ihm in den Weg. »Aber übertreib es nicht. Wir brauchen dich. Das Schiff schlingert ohne Kapitän, und immer noch gibt es zu viele, die abgreifen, wo es etwas abzugreifen gibt. Wir machen mehr und mehr Porzellan, aber die Kassen sind leer.«

»Übertreib du es nicht mit deiner Klugscheißerei«, gab Böttger zurück und schob sich an Samuel vorbei.

Umso erstaunter war Samuel, als Böttger einige Tage später auf ihn zukam und ihm jovial die Hand auf die Schulter legte: »Du hattest recht.«

»Womit?«

»Wir müssen etwas tun. Es kann auf Dauer nicht angehen, dass keiner weiß, wo das Geld bleibt.«

»Was hast du vor?«

»Ein Kaufmann muss her. Einer, der was vom Verkaufen versteht und das Geld zusammenhält«, eiferte sich Böttger. »Und nicht ein Haufen alter Hofschranzen, die nur darauf bedacht sind, sich die eigenen Taschen vollzustopfen. Kein Wunder, dass wir pleite sind.« Mit den Hofschranzen meinte er die königliche Porzellankommission, die nach wie vor in regelmäßigen Abständen die Manufaktur besuchte, aber nur, um an allem herumzumäkeln, sich dann auf Kosten der Manufaktur die Bäuche vollzuschlagen, den halben Weinkeller zu leeren und wer weiß was sonst noch mitgehen zu lassen.

»Ich habe bereits alles in die Wege geleitet.«

»Der König will einen Kaufmann einsetzen?«

»Nein. Der König weiß noch gar nichts davon, da meine Briefe ihn offenbar nicht erreichen.«

»Und die Kommission?«

»Die hält natürlich nichts davon, sich von einem Groschenzähler auf die Finger schauen zu lassen. Aber ich habe, um unsere Sache zu vertreten, einen Gesandten angeheuert.«

»Einen Gesandten?«, fragte Samuel verwirrt. »Wer soll das sein?«

»Ein Advokat aus Meißen, den ich nach Warschau schicke. So ein junger, eifriger Hund ist das. Und reden kann der. Du wirst sehen, Samuel, was er am Ende beim König für uns herausschlagen wird.«

Begeisterung flackerte in seinen Augen auf. Eine Begeisterung, die ansteckend wirkte und mit der es Böttger, trotz seiner Launenhaftigkeit, immer wieder gelang, seine entmutigten Helfer bei der Stange zu halten.

»In einem Jahr«, so versprach er vollmundig bei einer seiner Reden, »sind wir über den Berg. Dann wird jeder von euch genug Lohn erhalten, um ein gutes Leben zu führen, um sich eine Wohnung oder ein Haus zu mieten und um Frau und Kinder zu ernähren.«

Nachdem Böttger wieder nach Dresden abgereist war, um an seinem Buch weiterzuschreiben, führte Samuel die Lesestunden mit Sophie endlich fort. Bei jeder Gelegenheit übte sie die Buchstaben und malte wie eine Zauberin geheimnisvolle Zeichen mit ihrem Finger in die Handfläche oder auf den Schanktisch.

»Na, gab's wieder Ärger auf der Burg?«, stichelte sie, als er in die Küche eintrat. »Hast dich ja eine ganze Weile lang nicht blicken lassen.«

Samuel schüttelte lachend den Kopf. »Nicht meckern, Sophie. Kein Ärger weit und breit. Nur Arbeit«, beschwichtigte er sie.

»Ich würde sogar sagen, es gibt erfreuliche Neuigkeiten: In spätestens einem Jahr wird sich die Manufaktur rechnen, und unsere Löhne werden mehr als ausreichend sein.«

Sophie hob eine Augenbraue. »Ausreichend wofür?«

»Wofür man will.«

»Und was willst du?«

Samuel lächelte verlegen. Aber da Sophie ihn so herausfordernd anblickte, nahm er ihre Hand. »Vielleicht will ich ja dich, Sophie. Was meinst du?«

Ihre Wangen röteten sich ein wenig. Sophie schob ihre Unterlippe hin und her und sog die Luft ein, als wollte sie etwas sagen, aber dann zog sie ihre Hand zurück.

»Ein Jahr kann lang sein oder kurz. Schauen wir mal, was bis dahin ist mit eurem Porzellan. Und jetzt muss ich hinaus. Die Leute warten auf ihr Bier.«

Sophie

Meißen, 1715

Ganze fünf Briefe erhielt Sophie von Carl, die sie zunächst, weil sie ja keine Silbe davon lesen konnte, ungeöffnet in einem Versteck im Hühnerstall verbarg. Als sie aber nach einigen Lektionen mit Samuel glaubte, ein paar zusammenhängende Worte entziffern zu können, nutzte sie die erste Gelegenheit, bei der die Tante aus dem Haus war, holte die Briefe aus dem Versteck, brach die Siegel und faltete das Papier mit fliegenden Händen auseinander. Sie hatte ja noch nie in ihrem Leben einen Brief bekommen, und wie stolz war sie, als es ihr gelang, Satz für Satz aneinanderzureihen. Einige Worte bereiteten ihr noch Schwierigkeiten, aber sie verstand, dass Carl von seiner Arbeit schrieb, von der bescheidenen Kammer, in der er untergebracht war, und von dem Essen, das ihm nicht bekam. Am Ende stand immer etwas von Treue und dass sie ihm fehle. Es hatte etwas Erhebendes, diese Zeilen zu lesen, die an sie adressiert und für sie geschrieben worden waren. Jetzt, aus der Ferne, kam Carl ihr sehr höflich und gebildet vor, und sie brachte all ihre Zweifel zum Schweigen, so wie sie auch ihr aufmüpfiges Herz zum Schweigen brachte, wenn Samuel bei ihren Lektionen ihre Hand mit dem Bleistift führte.

Schon sehr viel früher als erwartet, gab Carl die Stelle in Dresden wieder auf und kehrte zurück nach Meißen. Offenbar hatte es Differenzen zwischen ihm und seinem Dienstherrn gegeben. Wieder einmal fühlte er sich aufs Schrecklichste gedemütigt, umso mehr, als sein Vater ihm die Schuld an dem Zerwürfnis mit dem Dresdner Advokaten gab. Gekränkt sperrte Carl sich in seiner Kammer ein und betrank sich anschließend die ganze Nacht im *Goldenen Schwan*, sodass für Sophie nicht viel Zeit übrig blieb. Kurz darauf erhielt er ein Angebot für eine neue Stelle, die allerdings nur Anlass für weiteren Streit mit seinem Vater war. Carl sollte nämlich im Auftrag des Porzellanmeisters Böttger nach Warschau an den königlichen Hof reisen, um dort die Interessen der Manufaktur zu vertreten und um finanzielle Unterstützung zu erbitten. Dem Alten passte das gar nicht. Erstens natürlich, weil Böttger ein Porzellaner war – und daher in seinen Augen ein Scharlatan und Schmutzfink –, und zweitens, weil er die Meinung hatte, Carl lasse sich von dem Teufelsmischer übers Ohr hauen. Die gesamten Kosten für die Reise sollte er selbst tragen und erst bei seiner Rückkehr und bei Erfolg seines Auftrages bezahlt werden. Das bedeutete, dass alles, was sich Carl in Dresden zusammengespart hatte, nun für diese Reise draufgehen würde. Doch als der Alte versuchte, Carl davon abzubringen, warf dieser dem Vater erzürnt vor, nur neidisch zu sein, weil der es nie bis an den Hof des Königs gebracht hatte, wo man die nützlichsten Bekanntschaften knüpfen könne. Unbedingt und jetzt erst recht wollte Carl beweisen, dass ihm der Auftrag gelang.

Am Abend vor seiner Abreise kam Carl zu Sophie, erneuerte seinen Schwur, dass er sie heiraten wolle, sobald er zurückkehrte, und versprach, regelmäßig zu schreiben. Bereits nach fünf Wochen erhielt Sophie den ersten Brief aus Warschau. Ausführlich beschrieb Carl ihr darin, wie prunkvoll alles war und welche wichtigen Leute sich bei Hofe tummelten. Als die Briefe seltener wurden und schließlich ganz aufhörten, fürchtete Sophie, dass er nun, da er sich in der feinen Gesellschaft aufhielt, nichts mehr mit ihr zu tun haben wollte. Der liebe Gott will mich bestrafen, dachte sie, denn es kam ihr je länger, je unrechter vor, sich zwei Töpfe am

Köcheln zu halten, wo Samuel doch immer so treu zu den Lesestunden in die Schenke kam und kaum zu übersehen war, wie sehr er sie anschmachtete. Sogar einen halben Antrag hatte er ihr schon gemacht, und nur mit Not hatte sie sich einer Antwort entzogen. Natürlich hatte sie Samuel nichts von Carl und dessen Briefen erzählt. Es war auch in all den Monaten nicht schwer gewesen, die beiden auseinanderzuhalten – sogar in der Zeit, als Carl in Meißen war, denn der war sich zu fein, um in der Schenke einzukehren. Lieber ging er in den *Goldenen Schwan* oder aber er trank zu Hause den Wein seines Vaters, den er nicht zu bezahlen brauchte.

Es wird Zeit, eine Entscheidung zu treffen, sagte sich Sophie. Dann würde auch gewiss wieder ein Brief von Carl kommen. Und wie ihre Entscheidung lauten würde, daran bestand kein Zweifel. Wenn man die Wahl hatte zwischen einem Porzellaner mit immer leeren Taschen und ungewisser Zukunft und einem Advokaten, der zwar auch noch keine vernünftige Stelle hatte, aber immerhin einen reichen Vater, der zur Not aushelfen würde, gab es nicht viel zu überlegen. Als Samuel das nächste Mal bei ihr erschien und eine fast neue Zeitung aus seiner Tasche zog, erklärte Sophie ihm kurzerhand, dass ihre Lektionen ein Ende haben mussten.

»Ach. Und warum?«, fragte Samuel überrumpelt.

Sie hätte ihm jetzt einfach sagen können, dass sie ausreichend lesen gelernt hatte und weitere Stunden daher nicht notwendig wären. Aber sie war schließlich kein Feigling, und auch sonst war es ihr lieber, reinen Tisch zu machen.

»Der Carl Vollhardt will mich heiraten«, erklärte sie mit fester Stimme, und es versetzte ihr einen Stich, als sie sah, wie sehr sie Samuel damit verletzte.

»Na ja«, fügte sie schnell hinzu. »Wir sind zwar noch nicht verlobt, aber versprochen hat er's mir.« Und ließ den Satz in der Luft hängen wie einen schwebenden Vogel, vielleicht, um die Tür nicht ganz so endgültig zuzuschlagen. Samuel schwieg, und auch sie schwieg und nestelte an ihrer Schürze.

»Willst du ihn denn?«, fragte Samuel schließlich, und Sophie verbog ihre Finger, dass die Gelenke knackten.

»Die Tante sagt, so einen bekomme ich nie wieder.«

»Na, wenn das die Tante sagt«, erwiderte Samuel schroff. »Und wann ist es so weit?«

»Sobald er von seiner Reise zurückkommt.«

»Von seiner Reise? Ich dachte, er sitzt in Dresden.«

»Jetzt ist er mit einem wichtigen Auftrag auf Reisen.«

»Und woher weißt du, ob er wirklich in einer wichtigen Angelegenheit unterwegs ist?«

»Ich weiß es eben.«

»Vielleicht vergnügt er sich und hat dich längst über.«

»Ich sag doch, ich weiß es.«

»Ja, aber woher?«, stocherte Samuel in der Wunde.

In Sophie brodelte es. Sie wollte das Gespräch so schnell wie möglich beenden.

»Er schreibt es mir«, sagte sie trotzig und ärgerte sich sofort, dass sie den Mund nicht hatte halten können. Samuel sah überrascht auf: Briefe schreibt der Carl also – na, ein Glück, dass die Sophie das Lesen gelernt hatte. Sophie konzentrierte sich auf einen Fleck an der Wand.

»Er kann doch aber in seinen Briefen sonst was behaupten«, bohrte Samuel weiter, sodass es aus Sophie herausplatzte: »Du müsstest es doch wissen, dass er in Warschau ist für deinen sauberen Herrn Böttger.«

Nun sagte Samuel nichts mehr und schien tatsächlich völlig ahnungslos zu sein.

»Ich kann nur hoffen, dass Böttger so anständig ist, wie du immer sagst, damit der Carl am Ende auch seinen Lohn erhält«, fügte sie an.

»Bestimmt tut er das«, murmelte Samuel, trank sein Bier aus und hatte es eilig loszukommen, während Sophie sich mit einer zornigen Falte auf der Stirn wieder ihren Bierkrügen widmete.

Als sie die sauberen Krüge alle auf das Brett an der Wand gestellt und den Schanktisch blank gewischt hatte, setzte sie sich an den Tisch, auf dem noch Samuels Zeitung lag, und starrte vor sich ins Dunkel. Leise stiegen wieder die Zweifel empor, ob sie die richtige Entscheidung getroffen hatte. Dann aber gab sie dem Tischbein einen Tritt und warf die Zeitung in den Ofen. Natürlich musste Samuel den Carl schlechtmachen. Viel konnte er ja sonst nicht gegen ihn aufbieten, mit seinen immer staubigen Hosen, den durchgewetzten Hemdkragen und den schmutzigen Fingernägeln. Bei Samuel wusste Sophie zwar immer, woran sie war. Aber das war eben nicht viel, und eine Zukunft konnte man sich davon auch nicht kaufen.

Samuel

Meißen, 1715

Sophie hatte ihn vor die Tür gesetzt. Adieu, Monsieur. Ein andermal, Herr General. Ich habe mich verlobt. Und zwar mit einem, der mir was zu bieten hat. Nachdem Samuel ihr bald ein Jahr lang geduldig das Lesen beigebracht hatte und Sophie ihn dabei so nah bei sich sitzen ließ, dass er ihre Wärme spürte, die sie wie ein kleiner Ofen verströmte. Nachdem sie ihn an diesen Abenden wie berauscht nach Hause gehen ließ, obwohl er nur ein Bier getrunken hatte, und ihn schwindlig gemacht hatte mit ihren Scherzen, ihren Blicken, nach alldem also erklärte sie, dass sie diesen Carl heiraten wollte, obwohl der doch gar nicht zu ihr passte. Aber wer war Samuel, dass er Sophie sagen konnte, wen sie heiraten sollte? Und was hätte es genützt, ihr zuzureden, dass Geld allein nicht glücklich macht? »Kein Geld macht auch nicht glücklich« – das wäre ihre Antwort gewesen.

»Du hast den Carl Vollhardt nach Warschau geschickt?«, stellte Samuel Böttger aufgebracht zur Rede, sobald er diesen zu fassen bekam.

Böttger gab sich verwundert. »Das hab ich doch gesagt. Wusste gar nicht, dass du ihn kennst.«

»Und wie willst du ihn bezahlen?«

»Bezahlt wird natürlich nur, wenn er Erfolg hat«, winkte Böttger gelangweilt ab.

Das hieß nichts anderes, als dass Böttger dem Carl am Ende

keinen einzigen Groschen bezahlen würde. Und das würde wiederum dazu führen, dass Sophie Mitleid mit ihrem Advokaten hätte und sich diesem erst recht an den Hals werfen würde. Andererseits würde sie sich diesem auch an den Hals werfen in dem unwahrscheinlichen Fall, dass er in Warschau Erfolg hatte. Wie kam Böttger nur auf die Idee, dass ausgerechnet dieser staksige Angeber, dieser Nichtskönner ihnen helfen konnte? Samuel wusste nicht, auf wen er wütender sein sollte, auf Carl, auf Sophie oder doch eher auf Böttger.

»Was hast du denn mit Vollhardt zu schaffen?«, wunderte sich Böttger.

»Nichts. Ich weiß nur, dass er ein Angeber ist.«

»Das wird sich zeigen. Und warum regst du dich so auf?«

Samuel machte ein finsteres Gesicht. »Einfach, weil ... Dieser Carl Vollhardt, er macht sich an ein Mädchen heran, das ...«

Böttger hob fragend die Augenbraue. »Hat er sie dir weggeschnappt?«

Samuels Schweigen war Böttger Antwort genug.

»Ah«, sagte Böttger und machte eine vielsagende Geste. »Darum geht es also. Eine Frau. Die Liebe. Davon hast du mir nie etwas erzählt.«

Samuel fühlte sich ertappt. Er wusste selbst nicht, warum er Böttger, der ihm doch ein Freund war, nie etwas von Sophie erzählt hatte. Er hatte das Gefühl, die beiden Welten voneinander trennen zu müssen. Sie vertrugen sich nicht. Vielleicht, weil Sophie nicht viel von Böttger hielt, dachte Samuel, dass es umgekehrt genauso sein müsste.

»Sie heißt Sophie.« Das war alles, was er herausbrachte.

»Es gibt noch andere Sophies.«

»Keine solche.«

»Was Besonderes also?«

Samuel bemerkte den spöttischen Ton und war froh, dass Böttger nun das Thema wechselte.

»Was ist eigentlich aus deinen Experimenten geworden, die du immer so fleißig betrieben hast?«, wollte Böttger wissen. »Ich entsinne mich an das eine, das du mir gezeigt hast. Eine neue Methode, das Holz zu schichten.«

Samuel hatte Böttger nicht mehr darauf angesprochen, nachdem dieser seine Skizze eingesteckt und dann nie wieder erwähnt hatte.

»Wie wär's, wenn du es mir noch mal erklärst?«

Sie saßen an diesem Abend bis spät in der Nacht in Böttgers Arbeitszimmer, obwohl Samuel ihm seine Skizze, die er erneut anfertigte, in wenigen Minuten erläutert hatte. Aber als er gehen wollte, bat Böttger ihn zu bleiben, spendierte ein gebratenes Huhn und eine Flasche Wein und erzählte aufgeräumt von einer neuen Farce aus seinem Familienleben. Der mausgraue Inspektor Steinbrück hatte sich offenbar in Böttgers Schwester verguckt und hielt um ihre Hand an. »Soll er ruhig. Mir ist es lieber, sie macht dem Inspektor Feuer unterm Hintern als mir«, war Böttgers Kommentar dazu. Als Samuel endlich in seiner Kammer lag, fühlte er sich benommen vom Wein und von Böttgers nicht enden wollenden Erzählungen.

Am nächsten Morgen rief Böttger den engsten Kreis der Männer zusammen, Johann, Paul, Köhler, Samuel und noch drei weitere, die als Brenner arbeiteten. Sie sollten sich vor einem der Öfen versammeln. Böttger legte Köhler Samuels Skizze vor.

»Was hältst du davon?«

Köhler ließ sich Zeit, dann schien er zu begreifen und nickte langsam.

»Samuel hat mich auf die Idee gebracht«, warf Böttger locker in den Raum. »Ich glaube, es könnte funktionieren.«

Köhler begann sofort, das Holz auf die neue Weise im Ofen zu schichten, während die anderen ihm interessiert zusahen. Dann und wann schob Böttger noch etwas zurecht. Samuel blieb stumm im Hintergrund. War es ein Versehen, dass Böttger es so klingen ließ, als hätte Samuel allerhöchstens mit einer Bemerkung dazu beigetragen, dass Böttger letztlich auf die Idee mit dem Holz gekommen war? Es musste ein Versehen sein. Denn Böttger war selbst der Erfindungsreichste unter ihnen und hatte es nicht nötig, sich mit fremden Federn zu schmücken. Und es war ja schließlich nur eine Kleinigkeit, die aber – wie sich herausstellte – tatsächlich sehr nützlich war. Samuel schluckte seinen Unwillen herunter und gönnte Böttger den Triumph. Ja, beinahe empfand er Mitleid für ihn, der die Freude über das gelungene Experiment dringender zu brauchen schien als er. An einem Sommertag kurz vor Johannis, an dem alles andere leicht erschien, die juchzenden Pfiffe der Mauersegler, die in den Nischen der Kirchtürme saßen, der blanke blaue Himmel und der milde Luftzug, der den Lindenblütenduft mit sich trug, an einem solchen Tag entdeckte Samuel, dass die Schwermut in Böttgers Augen zurückgekehrt war.

»Was hast du?«, fragte er, als er ihn auf dem Mäuerchen am Rande des Domplatzes sitzend fand. Böttger antwortete nicht, und so setzte Samuel sich neben ihn und folgte Böttgers starrem Blick auf die bunten Dächer und Gassen, betupft mit den Blüten der Holundersträucher, die in den Gärten wuchsen.

»Es ist das Gefühl, den Berg niemals überwinden zu können«, sagte Böttger schließlich. »Und trotzdem lässt er mich nicht los und treibt mich immer weiter an.«

Samuel überkam ein mulmiges Gefühl, wie er Böttger so mit baumelnden Beinen über dem Abgrund sitzen sah.

»Die Freiheit ist eine Verräterin«, fuhr Böttger niedergeschlagen fort. »Sie verspricht einem viel, wenn man von ihr träumt, aber am Ende wird sie von all den täglichen Anforderungen kläglich zerdrückt.«

»Hast du geglaubt, dass alle Schwierigkeiten sich in Wohlgefallen auflösen, wenn du nur frei bist und kommen und gehen darfst, wie du willst?«

Schweigen.

»Was hast du dir vorgestellt?«

Böttger zuckte mit den Schultern. »Zu viel.« Eine Biene summte um seinen Kopf herum, und er schlug sie mit der flachen Hand fort. Dann wandte er sich Samuel zu. »Und du? Hast du nicht langsam genug? Vermutlich denkst du schon darüber nach, das Weite zu suchen?«

»Nein. Natürlich nicht«, entgegnete Samuel überrascht.

»Wart's nur ab. Am Ende sind wir alle Verräter. Am Ende sind dir ein paar Taler wichtiger als eine alte Freundschaft.«

»Wieso sagst du so etwas?«, fragte Samuel getroffen, aber Böttger schwang die Beine herum und ging über den Domplatz davon. Nach ein paar Schritten drehte er sich noch einmal um. »Ich habe übrigens einen Auftrag für dich. Du musst für mich nach Pillnitz reiten. Ist vielleicht eine kleine Abwechslung.«

Am Johannistag begleitete Samuel Böttger nach Dresden. Von dort aus sollte er am nächsten Morgen nach Pillnitz zu der Gräfin Cosel reiten. Er widersprach nicht, obwohl er der Meinung war, dass dies zwei verlorene Tage waren. Was wollte Böttger noch von der Gräfin, von der jeder wusste, dass der König sie fallen gelassen hatte? Wenn sie schon früher nicht viel mehr getan hatte, als Böttger zu schmeicheln, so würde sie jetzt erst recht nichts für ihn ausrichten können. Aber Böttger bestand darauf, dass Samuel mit einem Korb Orangen zu ihr reiten sollte.

Auf dem Weg nach Dresden schwiegen sie die meiste Zeit. Das seltsame Gespräch, das sie auf dem Mäuerchen geführt hatten, hing Samuel noch nach. Früh am nächsten Morgen sattelte er noch im Dunkeln das Pferd, befestigte den Korb mit den Orangen und ritt kurz vor Tagesanbruch nach Osten zum Pirnaischen Tor hinaus.

Kaum hatte er die letzten Häuser hinter sich gelassen, gab er seinem Pferd die Sporen. Den Oberkörper nach vorn gebeugt, hielt er sich dicht am Hals des Pferdes. Den Hut hatte er abgenommen, damit er ihm nicht davonflog, die Erdbrocken stoben durch die Luft, das Stampfen der Hufe durchbrach die frühmorgendliche Stille, und sein Mund war weit geöffnet, als müsste er etwas, das sich in seiner Brust festgesetzt hatte, in die Welt hinausschreien. Etwas, das er nicht in Worte fassen konnte. Etwas, das der Wunde entsprang, die Böttger ihm zugefügt hatte, als er ihn einen Verräter nannte. Oder einen, der einmal einer sein würde. Ein maßloser Zorn, der sich zugleich stark und mächtig anfühlte, brach aus Samuel heraus und eine Kraft, die danach verlangte, sich auszutoben und sich zu messen. Er galoppierte, bis das Pferd vor Erschöpfung langsamer wurde und er selbst ganz außer Atem war, dann erst ließ er sein Pferd locker traben und richtete sich auf. Der Dunst lag wie Milch über dem Fluss, die Luft umhüllte prickelnd seine bloßen Unterarme, sein Blick folgte einem auffliegenden Vogelschwarm, und sein Ärger kühlte sich ab, wie die Johannisfeuer, die auf den Hügeln verglühten und deren dünne Rauchsäulen in den Himmel stiegen. Auf den Dörfern kehrten im ersten Licht die Mädchen und Burschen von den Festwiesen zurück, wo sie die Sonnenwende durchgetanzt hatten. Lachend und flüsternd wirkten sie wie verirrte Zauberwesen, unwirklich und ungeboren, bis ihnen die ersten Strahlen der aufgehenden Sonne einen Leib gaben. Die Farben der Wiesen und Felder leuchteten auf, darüber bauschten sich rotgolden die Wolken, festlich wie ein Himmelschoral. Samuel tätschelte seinem Pferd den Hals, dann gab er ihm wieder die Sporen, denn vor ihm, an der Biegung des Flusses, tauchte Schloss Pillnitz auf.

Constantia

Pillnitz, 1715

Das Gewicht der beiden Pistolen beruhigte Constantia. Sie hielten sie gewissermaßen am Boden und verhinderten, dass der dunkle Sturm ihrer Gefühle sie mit sich davontrug. Ihre Hände, die eben noch wie zwei Vögel umhergeflattert waren, umschlossen den glatten hölzernen Griff. Sie zitterten nur ganz leicht, als August – General Flemming wie immer auf seinen Fersen – das Zimmer betrat und Constantia auf die beiden Männer zielte.

»Ich will allein mit dem König sterben«, sagte sie. Flemming riss die Augen auf, schwitzte, stotterte und es genügte, dass sie mit den Lippen ein knallendes »Puff« verlauten ließ, um ihn wie einen Hasen in die Flucht zu schlagen – es wäre auch zu schade gewesen, für den Kriecher eine Kugel zu verschwenden. August blieb ruhig und lachte nur heiser auf, als er seinen General so davonlaufen sah. Dann standen sie sich gegenüber, schauten sich an, während Constantia weiter die geladenen Pistolen auf den König gerichtet hielt.

»Ich bin deine Frau. Da du nicht vorhast, mich als solche zu behandeln, werden wir jetzt sterben. Du und ich.«

Eine Weile lang hörte sie nur seinen Atem.

»Gut, sterben wir«, sagte er schließlich. »Aber bevor wir sterben, sollten wir uns da nicht noch einmal lieben? Ich habe mir immer vorgestellt, dass dich zu lieben, meine Schöne, das Letzte sein sollte, was ich tue.«

Seine Worte waren ihr vertraut und trafen sie mitten ins Herz, als hätte jetzt nicht sie, sondern er eine Kugel auf sie abgefeuert.

Sie ging einen Schritt auf ihn zu. Die eine Pistole legte sie an ihre Schläfe, die andere blieb auf Augusts Brust gerichtet. Sie zog den Hahn. Erst den einen, dann den anderen. Die Blicke ineinander verschränkt, fielen sie sich in die Arme. Ihr Blut vermischte sich, ihre Seelen flossen ineinander und der letzte Schlag seines Herzens gehörte ihr allein.

Als Constantia aus ihrem Traum erwachte, fühlte sie noch die Wärme von Augusts Blut. So wirklich waren die Bilder gewesen, dass sie meinte, er müsste neben ihr im Bett liegen. Dann, ganz allmählich, kamen ihr die Geschehnisse der letzten Wochen und Monate wieder ins Bewusstsein, und sie schreckte hoch. Seit bald zwei Jahren zwang man sie, auf ihrem Gut in Pillnitz zu bleiben. Es hatte damit angefangen, dass Flemming ihr untersagte, sich in Dresden aufzuhalten, während August dort mit seiner neuen Mätresse, der Gräfin Dönhoff, weilte. Er sagte, die Dönhoff habe Angst, Constantia könnte sie erschießen. Constantia hatte laut gelacht. Was glaubte diese Person? Dass Constantia eine Wahnsinnige war? Aber sie wehrte sich nicht. Es hätte die Demütigung nur verschlimmert. Als August mit der Dönhoff wieder abreiste, verweigerte man ihr dennoch die Rückkehr nach Dresden in ihr Palais.

Graf Haxthausen, der ihr noch eine Weile lang die Treue gehalten hatte, schrieb ihr später, dass der König während des gesamten Aufenthalts in Dresden die übelste Laune gezeigt, so gut wie keine Zeit mit der Dönhoff verbracht hatte und jede Gelegenheit wahrnahm, ihrer Gesellschaft auszuweichen. Sie war ein junges, üppiges Ding und nicht besonders klug. Constantia hätte wetten können, dass Flemming die kleine Gräfin Dönhoff für August ausgesucht hatte. Bei einem Diner im Schloss, so schrieb Haxthausen, habe der König den ganzen Abend nicht einmal das Wort an sie gerichtet. Sie sei so verunsichert gewesen, dass ihr während des Essens die Tränen übers Gesicht liefen und sie kaum etwas gegessen habe. Das wiederum habe August so geärgert, dass er sie anblaffte, worüber sie vollends in Tränen ausgebrochen sei. Nach dem Essen habe Flemming oder ein anderer versucht, den König zu besänftigen, und daher die Schönheit der Gräfin gelobt und ihre prachtvollen Kleider. Daraufhin sei der König so wütend geworden, dass er seiner jungen Mätresse vor der gesamten Gesellschaft das Kleid herunterriss und sie beschämt und halb nackt stehen ließ. Constantia kannte Augusts Zorn. Auch sie hatte er angeblafft, seine Launen an ihr ausgelassen. Aber sie hatte ihm diesbezüglich in nichts nachgestanden. Sie waren ebenbürtige Gegner gewesen. Ich fehle ihm, schoss es ihr durch den Kopf. August hatte es noch nie leiden können, wenn man sich vor ihm kleinmachte. Und nun zwang man ihn mit diesem Mädchen zusammen, verbat ihm, sie, Constantia, wiederzusehen. Weil sie seinen politischen Zielen nicht dienlich war, es niemals sein würde.

Man fällt einsam bei Hofe. Obwohl von Fallen eigentlich nicht die Rede sein konnte. Es geschah ja nicht plötzlich, nicht von einem Moment auf den anderen. August hatte sich leise davongeschlichen, als wagte er es nicht, ihr ins Gesicht zu sagen, dass er sich von ihr abkehrte. Und einsam war eigentlich auch nicht das richtige Wort. Constantia fühlte sich haltlos, wie ein Bild ohne die Wand, die es schmücken sollte, ein Baum ohne Landschaft, ein Vogel ohne Himmel. Bezugslos. Sie schrieb August beinahe jeden Tag. Nicht immer schickte sie die Briefe ab, aber häufig. Und jeden Tag hoffte sie auf eine Antwort, doch nur Flemming schrieb zurück. Er schrieb, der König wolle klare Verhältnisse. Nun, da sie nicht mehr des Königs Mätresse war, sollte sie neben dem geheimen Ehevertrag auch die Geschenke zurückgeben. Das Palais in Dresden wollte man ihr für einen Spottpreis abkaufen. Sie musste feilschen, damit ihr noch etwas von ihrem Vermögen blieb und dass man ihre Pension weiterhin pünktlich zahlte. Für die Verhandlungen schickte Flemming den Kabinettsminister Watzdorf. Ein widerlicher Kerl, der mit herablassendem Ton zu Constantia sprach, sie wie eine Betrügerin behandelte und dabei noch zudringlich wurde. Frech bot er ihr an, beim König bessere

Bedingungen für sie herauszuschlagen, wenn sie mit ihm ins Bett ginge. Constantia warf einen Blumentopf nach ihm, der Watzdorf am Ohr streifte und dort eine leuchtend rote Schramme hinterließ. Danach wurden die Verhandlungen nüchterner, aber nicht weniger quälend. Besonders, wenn es um den Ehevertrag ging. Alles wollte sie sich nehmen lassen, nur nicht den Vertrag! Er war ihr heiligstes, ihr wertvollstes Pfand, ihre Versicherung, irgendwann zu ihrem Recht zu kommen. Sie hatte sogar gedroht, das Dokument öffentlich zu machen – und es sogleich bereut, denn die Schikanen, die nun folgten, waren noch perfider. Sie hatte niemanden mehr, der auf ihrer Seite stand. Keiner wollte sich diskreditieren, indem er Partei für sie ergriff. Alles entglitt ihr, flog davon. Ihre Hände, ihr Herz, ihr Verstand. Selbst ihr Bruder Christian, dem sie am Hof zu Rang und Namen verholfen hatte, kehrte sich von ihr ab. Und ihre Schuldner, von denen sie noch viele Tausend Taler zu bekommen hatte, hielten es nicht mehr für nötig, die Zinsen zu zahlen. Zu allem Überfluss hatte sie nun auch noch ihren Verwalter Kluge dabei ertappt, wie er Holz an einen Bauern verkaufte und das Geld in die eigene Tasche steckte. Frech sagte er ihr ins Gesicht, sie könne sich ja einen anderen Verwalter suchen.

Erstes Licht drang durch die Vorhänge ins Zimmer. Constantia schlug die Decke zurück und rief nach Hanne. Um sich nicht in sinnlosen Gedanken zu verlieren, ließ sie sich ankleiden, und obwohl es frisch und diesig war, ging sie hinaus in den Garten und spazierte zu den Hainbuchenhecken, die sie vor zwei Jahren hatte anlegen lassen. Sie liebte es, sich durch dieses lebende Labyrinth treiben zu lassen, sich darin zu verlieren. Constantia fuhr mit den Fingern über die weichen Blätter, bis eine Hecke endete und ein neuer Gang sich auftat, ein leerer Raum, ein Viereck, das sie durchqueren konnte oder nicht. Es war ganz gleich, wohin sie ging. Ein Viereck ähnelte dem nächsten. Ein Spielplatz hätte es sein sollen. Grüne Wände, hinter denen sich eine lustige Gesellschaft die Zeit vertreiben könnte. Auf der anderen Seite der Hecke wäre ein

Lachen zu hören, ein Flüstern, man schleicht sich an, man überrascht und wird überrascht: Dort steht ein anderer als gedacht. Das kurze Prickeln, mit wem man wohl zusammentrifft, das Rascheln der Seidenkleider, die Schritte im Kies, die lachenden Gesichter – alles Gespenster aus einer Welt, an der sie nicht länger teilhatte. Sogar Haxthausen ließ inzwischen nichts mehr von sich hören. Der Einzige, der ihr jetzt noch schrieb, war ausgerechnet Böttger. In der Zeitung hatte sie gelesen, dass der König ihm die Freiheit geschenkt hatte, und Böttger musste seinerseits erfahren haben, dass sie nun diejenige war, die der König einsperrte. Wie sich die Welt auf den Kopf stellen konnte. Böttger, den August hasste, war frei, und sie, die er liebte, verbannte er. Seither schickte Böttger ihr Briefe und kleine Geschenke. Oft legte er einen blühenden Orangenzweig bei. Constantia warf alles fort. Sie wollte nichts damit zu tun haben. Böttger hatte ihr immer nur Unglück gebracht.

Ihre Ärmel waren nass geworden vom Tau, und Constantia kehrte ins Haus zurück, wo Hanne sie bereits erwartete, um anzukündigen, dass Böttger wieder etwas geschickt hatte. Einen ganzen Korb voller Orangen. Constantia rieb sich die Stirn.

»Soll ich dem Burschen, der sie gebracht hat, sagen, dass er sie wieder mitnehmen soll?«, fragte Hanne.

»Er ist noch da?«

Hanne nickte.

Diese unerwartete physische Nähe von einem, der mit Böttger zu tun hatte, traf sie überraschend. Und aus irgendeinem Grund, Constantia wusste selbst nicht, warum, wollte sie den Mann sehen. Vielleicht, um sich zu vergewissern, dass die Welt dort draußen noch existierte.

»Bring ihn mit seinen Orangen ins Waschhaus«, befahl sie Hanne, denn dieser Ort schien ihr am passendsten, um einen Gehilfen von Böttger zu empfangen. Im alten Waschhaus hatte sie sich selbst ein kleines Labor eingerichtet, wo sie verschiedenste Experimente durchführte, Salben und Teemischungen anfertigte und nach Methoden forschte, Dinge besser haltbar zu machen. Dort konnte sie sich für einen Nachmittag von ihrem Kummer ablenken, denn selbst die Stunden, die sie mit ihrem kleinen Sohn verbrachte, dem ihre ganze Liebe gehörte und dessen Lachen dem seines Vaters glich, den er nie zu Gesicht bekommen hatte, brachen ihr das Herz.

Als der Gehilfe Böttgers das Waschhaus betrat, erinnerte sie sich sofort wieder an ihn. Es war der Bursche, der August vor der brennenden Perücke gerettet hatte. Er verbeugte sich, stellte den Korb mit den Orangen auf dem Tisch ab und ließ seinen Blick neugierig durch den kleinen, fast quadratischen Raum gleiten. Constantia gab Hanne ein Zeichen, dass sie sie allein lassen sollte. Durch das kleine Fenster, das oft vom Dampf ihrer Töpfe ganz beschlagen war, drang das Sonnenlicht und malte helle Flecken auf den Steinboden. An den Wänden waren Bretter befestigt, auf denen sich Pfannen stapelten, auch Glaskolben waren dabei und irdene Tiegel. Auf der anderen Seite stand ein weiterer Holztisch, auf welchem Gläser und Flaschen verteilt waren, manche leer, manche gefüllt mit gekochtem Obst oder Fleisch. Am Ende des Tisches lagen reihenweise tote Schwalben, Rotschwänze und blau schimmernde Stare.

»Ich habe herausgefunden, wie man das Federkleid besser konservieren kann«, erklärte sie, als sie den fragenden Blick des Mannes sah. »So kann ich mir den Sommer bewahren.«

Der Mann nickte.

»Wie geht es Böttger?«, fragte sie. »Und was macht die Manufaktur?«

»Es ist nicht leicht, Euer Hochwohlgeboren«, sagte der Gehilfe und zerdrückte seinen Hut mit beiden Händen. »Man legt uns viele Steine in den Weg.«

»Böttger und Dr. Nehmitz streiten immer noch?«, erkundigte Constantia sich.

Der Mann zog ganz leicht die Schultern hoch und deutete ein Nicken an. Constantia näherte sich dem Orangenkorb und hob den Deckel an. »Immerhin – noch gibt es die Manufaktur«, meinte sie. »Das zeugt von Durchhaltevermögen.«

Der Gehilfe schwieg, offenbar zögernd, ob er seine Gedanken aussprechen sollte.

»Nur heraus mit der Sprache. Vor mir braucht Ihr nichts zu verbergen«, ermutigte sie ihn, nahm sich eine Orange und roch daran.

»Wenn Ihr mich fragt, ist es ein Wunder, dass Böttger noch am Leben ist«, begann der Gehilfe. »Und dass es immer noch Männer gibt, die in der Manufaktur arbeiten.«

»Ihr arbeitet auch noch dort.«

»Ja.«

Constantia musterte ihn interessiert und ließ die Orange von einer Hand in die andere rollen. »Warum? Zwingt man Euch etwa, dort zu bleiben?«

»Nein.«

»Aber?«

Wieder suchte er nach Worten und schien selbst zu überlegen, warum er Böttger und der Manufaktur die Treue hielt.

»Ich könnte Böttger niemals im Stich lassen. Er ist mein Meister – und mein Freund. Er hat mir mit dem Porzellan ein neues Leben gegeben, und ich würde meins für ihn geben. Dafür braucht es keinen Zwang. Das ist wie mit der Liebe. Sie muss aus freien Stücken sein. Wo keine Freiheit ist, da ist auch keine Liebe.«

Constantia hielt inne in ihrem Spiel mit der Orange. Schließlich nahm sie ein Messer, schälte und zerteilte sie und reichte eine Hälfte davon dem Gehilfen. »Sie schmeckt wie ein Stück Sonne, nicht wahr?«, sagte sie, während sie gemeinsam aßen, und der Gehilfe nickte.

»Wie ist Euer Name?«

»Stöltzel. Samuel Stöltzel, Euer Hochwohlgeboren.«

»Stöltzel«, wiederholte sie, als wollte sie sich den Namen einprägen. »Ihr seid ein guter Mann, Stöltzel. Treu an der Seite Eures

Meisters. Es gibt nicht viele, die so sind wie Ihr. Böttger kann sich glücklich schätzen, dass er Euch hat.«

Stöltzel sah verlegen zu Boden. Wieder schwiegen sie, und die Stille war Constantia auf einmal unangenehm, als würde sie vor diesem groben Mann etwas von sich preisgeben.

»Lasst Euch in der Küche etwas zu essen einpacken«, sagte sie rasch, und die Wärme in ihrer Stimme war verschwunden. Als er draußen war, starrte sie auf die Orangenschalen, die noch auf dem Tisch lagen. Die Worte, die dieser Stöltzel zu ihr gesagt hatte, klangen in ihr nach.

Bei der nächsten Gelegenheit erklärte sie Watzdorf, sie wolle dem König den Ehevertrag zurückgeben. Es wurde Zeit, etwas an ihrer Lage zu verändern. August sollte seine Freiheit haben. Sie schrieb ihrem Vetter nach Drage, wo sie das Schriftstück in Verwahrung gegeben hatte. Der Verwalter ihres Vetters ließ sie jedoch wissen, er dürfe das Dokument – laut ihrer eigenen Verfügung – keinem als seinem Herrn aushändigen. Sein Herr aber befände sich in Spandau in Haft. Weshalb genau, ließ der Verwalter offen – es änderte ja auch nichts. Constantia schrieb ihrem Vetter nach Spandau, der aber nicht gewillt war, ihr entgegenzukommen, ohne die Gegenleistung einer stattlichen Summe, die sie ihm bringen sollte, damit er sich aus seiner Haft freikaufen konnte. Also bat Constantia Flemming, nach Preußen reisen zu dürfen, Flemming jedoch beharrte stur darauf, sie solle eine andere Möglichkeit finden, um an den Ehevertrag zu kommen. So ging es etliche Male hin und her. Schließlich war sie so verzweifelt, dass Watzdorf sich erbarmte und sie nach Preußen ziehen lassen wollte. Nicht dass er ihr die Reise erlaubt hätte. Er wolle nur, wie er sagte, beide Augen zudrücken.

Einige Tage später hatte Hanne bereits gepackt, und Constantia ging unruhig zwischen den Koffern und Kisten, die noch offen dastanden, hin und her. Hanne hatte Kleidung, Schuhe, Perücken ausgewählt – einige ihrer wertvollsten Roben waren dabei, falls es nötig sein sollte, Eindruck zu schinden. Sonst leichte Kleidung, denn in Berlin war es im Sommer stickig und heiß. Hanne hatte außerdem die nötigsten Haushaltsgeräte zusammengestellt, auch das Schokoladenservice, das August Constantia einst geschenkt hatte, war dabei. Constantia hob eine der Tassen hoch und betrachtete die feine Malerei. Sollte sie sich diesen Luxus gönnen? War es nicht klüger, so wenig wie möglich einzupacken, zumal sie unauffällig bleiben musste? Constantia lächelte traurig, als sie die Figuren auf der Tasse sah. Adam und Eva im Paradiesgarten. Sie und August. So wollte sie es immer sehen, und es hatte ihr über all die Jahre hinweg Trost gespendet. Natürlich musste sie es mitnehmen.

Die Kinderfrau betrat das Zimmer, den kleinen Friedrich auf dem Arm. Constantia hatte sie kommen lassen. Sie wollte vor ihrer Abreise so viel Zeit wie irgend möglich mit dem Kleinen verbringen. Er war ein liebes Kind. Weinte wenig, lachte sie an und griff mit seinen kleinen Händchen nach ihr. Constantia nahm ihn der Kinderfrau ab, küsste den kleinen Schatz und wurde ganz wehmütig, dass sie ihn nun für einige Wochen nicht sehen sollte. Er zeigte aus dem Fenster, wo ein Knecht ein Pferd über den Hof führte. Der Kleine imitierte das Wiehern *Hühühü* und versuchte mit seiner Zunge zu klacken wie die Hufe auf dem Pflaster.

»Sollen wir hinausgehen und nach den Pferden sehen?«

Friedrich nickte. »Und reiten!«, fügte er an.

Constantia lächelte. »Heute nicht, mein Liebling. Ein kleines Stück müssen deine Beinchen noch wachsen. Aber wenn die Mama von ihrer Reise zurückkehrt, dann ist es vielleicht so weit. Willst du so lange noch warten?«

Friedrich nickte. Constantia setzte ihn auf dem Boden ab und sah ihm voller Liebe nach, während er zur Tür hinausstürmte. Dann, nach einem kleinen Seufzer, blickte sie gefasst auf all die Sachen, die schon morgen samt ihrer selbst mit dem Wagen heimlich nach Preußen fahren würden.

August

Warschau, 1715

August brauchte Luft! Mit großen, kraftvollen Schritten durchquerte er den Park, der das Warschauer Königsschloss umgab, obwohl ihn die Geschwüre an den Beinen, die sich in den letzten Monaten gebildet hatten, schmerzten. Der Arzt sagte, er habe den *Honigsüßen Durchfluss,* und August müsse sich beim Essen und Trinken mäßigen. Aber wie sollte er das, wo das Essen und Trinken bald seine einzige Freude war? Nun brannte jeder Schritt. Es war ihm gleich. Ja, er genoss den Schmerz geradezu. Er handelte und verspürte sofort eine Wirkung. Schritt, Schmerz, Schritt, Schmerz. Das war etwas anderes als die endlosen Sitzungen mit den polnischen Magnaten, die zu nichts führten.

Und es lenkte ihn ab von dem Ärger, den Constantia ihm verursachte. Selbst jetzt noch, wo sie weit von ihm entfernt war. Hatte er ihr nicht ausdrücklich verboten, Pillnitz zu verlassen? Und nun war sie sogar über die Landesgrenze nach Preußen gereist. Angeblich, weil sie den Ehevertrag persönlich abholen musste, den sie bei einem Vetter in Verwahrung gegeben hatte. Watzdorf schrieb, sie wäre nun bereit, August das Dokument zurückzugeben, und würde, sobald sie es wieder an sich gebracht hatte, nach Pillnitz zurückkehren. Das war schwer zu glauben. Ein Trick vermutlich. Sie hielt sich nun schon seit Wochen oder gar Monaten in Berlin auf, und es sah nicht danach aus, als wollte sie nach Sachsen zurückkehren. Was hatte sie vor? War dies ein Racheakt von ihr, weil er sich von ihr getrennt hatte? Wollte sie den Ehevertrag öffentlich machen? August anklagen, er hätte ihr falsche Versprechungen gemacht? Es musste ihr doch bewusst sein, welchen Schaden ihr Aufenthalt in Preußen anrichtete. Oder war dies gar ihre Absicht? Augusts Verhältnis zum preußischen König war ja ohnehin nicht das Beste. Der alte Friedrich war zwar inzwischen tot, aber sein Sohn, Friedrich Wilhelm, verhielt sich auf seine Weise nicht weniger gereizt gegenüber Sachsen. August hatte angeboten, im Austausch für Constantia preußische Gefangene auszuliefern, aber Friedrich Wilhelm hatte sich bisher noch nicht zu Constantias Aufenthalt in Berlin geäußert. Es war nicht klar, ob er auf Augusts Angebot eingehen würde. Ebenso gut war es möglich, dass er sie unter seine Fittiche nehmen würde – nur um August zu ärgern. Unvergessen war schließlich, dass Böttger damals von Preußen nach Sachsen geflohen war. Wie hatte der alte Friedrich sich geärgert, als August nicht bereit gewesen war, den Goldmacher wieder herauszugeben. Hätte er es doch bloß getan, dachte August jetzt. Böttger brachte ihm nur Scherereien. Kein Gold, und in der Porzellanmanufaktur hatte es von Anfang an nichts als Streit gegeben. Sie machte kaum Gewinn, und jeder fand einen anderen Grund dafür. Nehmitz sagte, es läge an Böttgers Verschwendungssucht. Böttger schrieb, die Herren der Porzellankommission bedienten sich aus der Kasse. Die Kommission behauptete, das Porzellan sei noch nicht ausgereift, es fehle an guten Farben und ließe sich daher nicht zum gewünschten Preis verkaufen. Wie ärgerlich das alles war! Und wie viel kostbares chinesisches Porzellan hätte August für seine Sammlung erstehen können für das Geld, das er in die Meißener Manufaktur hineingesteckt hatte!

August ging weiter voran, und es war ihm eine Genugtuung, dass der Übersetzer Adamowicz, ein junger, tapsiger Mann, der ihm nachgelaufen kam, ihn kaum einholen konnte.

»Eure Majestät«, keuchte Adamowicz und fuchtelte mit einem Zettel herum, auf dem er sich einige Stichworte notiert hatte.

»Wünschen Eure Majestät, dass ich den letzten Redebeitrag des Reichsgrafen Przebendowski noch übersetze?«

Er war ein sehr beflissener junger Mann, der Adamowicz. Trotzdem mochte August ihn. Der Junge war nicht so dumm, wie er aussah, und hatte mit seinen Übersetzungen schon so manch brenzlige Situation zu retten gewusst, auch heute wieder, bei den Verhandlungen, die August mit den mächtigsten Männern Polens führte, um seine Position als König weiter abzusichern und einige Reformen auf den Weg zu bringen. Besonders heikel waren Augusts Bemühungen, endlich die Erbmonarchie in Polen einzuführen.

»Wozu müht man sich sonst ab?«, wetterte er, wenn er allein mit Flemming war. »Der König arbeitet ein Leben lang daran, die Dinge zu verbessern, und wenn er stirbt, wählen sie den nächsten König, der alles wieder rückgängig macht. Will man dauerhaft etwas erreichen, muss man die Krone an einen Erben weitergeben können.«

Flemming lächelte dann jedes Mal dünn und gab August zu verstehen, dass er nichts überstürzen sollte. »Auf die Erbmonarchie können wir erst drängen, wenn Euer Sohn auch offiziell als Euer Nachfolger infrage kommt.«

»Jaja. Ich weiß«, brummte August darauf ungeduldig, denn natürlich war ihm das selbst klar. Solange er nach außen hin an seinem Versprechen festhielt, dass der Kurprinz protestantisch bleiben sollte, konnte dieser gar nicht König von Polen werden. Niemand wusste, dass sein Sohn, der immer noch auf seiner Kavalierstour in Italien weilte, längst heimlich zum Katholizismus konvertiert war. Und es durfte auch – zumindest im protestantischen Sachsen – noch niemand wissen. August riskierte sonst den Unmut vieler mächtiger Leute, die ihm durchaus gefährlich werden konnten. Erst wenn die Verlobung seines Sohnes mit der Nichte des Kaisers unter Dach und Fach war und August mit der Verbindung zum Kaiserhof in Wien einen starken Verbündeten an seiner Seite hatte, konnte er damit herausrücken. So kam es also, dass er sich auch hier in Polen geschickt um die Wahrheit herumreden musste und damit nicht selten die Befindlichkeiten der hohen Herren reizte.

August verlangsamte seinen Schritt, bis der junge Übersetzer ihn eingeholt hatte.

»Gönnt mir eine Pause von den Verhandlungen, junger Mann.«

»Natürlich, Eure Majestät. Soll ich …« Adamowicz zeigte mit einer vagen Geste in Richtung Schloss.

»Nein, schon gut. Begleitet mich ein Stück.«

Schweigend gingen sie vorbei an den sauber geschnittenen und in geometrischen Formen angelegten Beeten. Eine Weile lang hörte man nur das Knirschen ihrer Stiefel auf den Kieselsteinen. Wenigstens für diesen Augenblick wollte August nicht über seine Politik in Polen nachdenken müssen. Immer hatte einer der Magnaten etwas einzuwenden. Immer gab es noch ein Aber und ein Obwohl. Die Reformen ging ihnen zu weit, die Tradition war unverrückbar, das Erbe, das Versprechen, das sie ihren Vätern gegeben hatten – August konnte es nicht mehr hören.

Er marschierte weiter auf das Rondell zu. Einige Enten watschelten über die fein säuberlich geharkten Wege, der Wind wiegte die letzten Rosen, deren Blüten schon ein wenig zerrupft waren, als August eine Gestalt auffiel, die ihnen in einiger Entfernung folgte und sich dabei recht ungeschickt hinter Büschen oder höheren Stauden zu verbergen suchte. August kniff die Augen zusammen, ohne seinen Schritt zu verlangsamen.

»Wer ist das?«, fragte er, und zu seiner Verwunderung antwortete der junge Adamowicz prompt.

»Der Advokat aus Meißen, Eure Majestät, ein Herr Vollhardt, der seit einigen Monaten versucht, eine Audienz bei Euch zu ergattern.«

»Aha«, murmelte August und konnte nicht anders, als die Gestalt interessiert zu betrachten. »Und was will er von mir?«

»Verzeiht, Eure Majestät, aber darüber kann ich Euch keine Auskunft geben.«

»Und warum haben Wir ihn nicht empfangen?«

»Auch das – verzeiht – weiß ich nicht. Ihr seid wohl zu beschäftigt, um jedermann empfangen zu können.«

Aus Meißen also. Mit der Manufaktur konnte er aber nichts zu tun haben, sonst hätte Dr. Nehmitz ihn gewiss erwähnt. Vollhardt schien bemerkt zu haben, dass der König ihn gesehen hatte, blieb aber unentschieden, ob er vorpreschen oder sich lieber verziehen sollte. Er drückte sich an einen kegelförmigen Buchsbaum, nahm den Hut vom Kopf und verbeugte sich mit einem blöden Lächeln. Was für ein Tölpel! August konnte es kaum mitansehen und war doch fasziniert, wie Vollhardt sich vor ihm wand und dabei seine Manschette aus den Zweigen riss. Neugierde erwachte in August. Was konnte dieser Idiot von ihm wollen, der nicht nur völlig unerfahren sein musste, sondern auch weder Freunde noch sonstige Verbindungen hatte, die ihm die Türen öffnen würden? August war nun entschlossen, sich den Mann näher anzusehen, sei es aus Mitleid oder um ihn noch ein wenig zu quälen. Er winkte ihm zu. Soll herkommen. Vollhardt war so überrascht, dass er erst glotzte, dann einen Blick hinter sich warf, um sicher zu sein, dass auch wirklich er gemeint war, und schließlich, den Hut an die Brust gedrückt, einen Schritt auf den König zukam. Dabei übersah er eine knorrige Wurzel, geriet ins Schwanken, der Hut flog ihm aus der Hand, und er fiel der Länge nach in den Entendreck. Ein trockenes Lachen, das eher wie ein Husten klang, löste sich aus Augusts Kehle. Vollhardt rappelte sich hoch, tiefrot im Gesicht wischte er sich die Hände an den Hosen ab, blieb unschlüssig stehen, bis August ihn erneut heranwinkte. Beschämt trat er vor den König.

»Eure Majestät ...«, stammelte er.

»Ihr wünscht?«, fragte August mit amüsiertem Ausdruck.

»Ich ... ich bin im Auftrag des Meisters Böttger hier ...«

August unterbrach ihn mit einem unwilligen Laut. Sein Lächeln war wie fortgewischt. Vollhardt blinzelte.

»Na und?«, fragte August ungeduldig, sodass Vollhardt sich zusammenkrümmte und sein letztes Restchen Mut zusammennehmen musste, um sein Anliegen vorzutragen.

»Die Manufaktur ... Sie wirft keinen Gewinn ab ...«

»Was für eine Neuigkeit!«, höhnte August.

»Meister Böttger ist der Meinung, dass dies so bleiben wird, ja, dass die Manufaktur sich bald gar nicht mehr wird halten können, wenn sie nicht an einen übergeben wird, der sie mit kaufmännischem Verstand zu leiten weiß.«

»Und wer soll das sein?«

»Ein Kaufmann, ein Investor. Einer, der Geld in die Manufaktur hineinsteckt und dafür sorgt, dass er es wieder herausbekommt. Einer, der all jenen auf die Finger schaut, die sich mit fadenscheinigen Befugnissen an der Manufaktur bereichern und sie damit aushöhlen.«

»Fadenscheinige Befugnisse? Was meint Ihr damit?«

»Das, äh ... verschiedene Personen, die ... also ...«

»Meint Ihr am Ende vielleicht Uns damit?« Augusts Laune war auf einem Tiefpunkt angelangt.

»Oh nein. Eure Majestät belieben misszuverstehen ...«

»Genug«, beendete August das Gespräch. »Wofür hält Böttger sich? Und Ihr? Wie seht Ihr überhaupt aus, dass Ihr es wagt, so vor Euren König zu treten? Von oben bis unten mit Entendreck beschmutzt.« Er fegte mit der Hand durch die Luft, als wollte er Vollhardt verscheuchen wie eine lästige Fliege. Der stand wie versteinert vor ihm, gequält und den Tränen nahe.

»Monsieur«, sagte Adamowicz mit sanftem Druck zu Vollhardt. »Es ist an der Zeit.«

Vollhardt nickte fahrig, verbeugte sich, ging rückwärts, katzbuckelnd, bis er an einen Busch stieß, wankte, drehte ungeschickt ab, erwischte erneut die knorrige Wurzel, sodass er ein zweites

Mal zu Boden fiel, diesmal auf seinen Hintern. August war das Lachen vergangen. Er wartete nur darauf, dass dieses Elend ihm aus den Augen kam.

»Die Übersetzung, Adamowicz. Fahrt mit der Übersetzung fort. Wir kehren in den Saal zurück.«

Später, als August mit Flemming allein war, erzählte er ihm von dem Vorfall, und Flemming wusste zu berichten, dass Vollhardt noch an diesem Tag aus Warschau abgereist sei.

»Aber vielleicht, Eure Majestät, ist etwas dran an Böttgers Vorschlag, nur freilich anders, als er es sich denkt«, sagte Flemming in seiner untertänigen Art. »Die Manufaktur ist verschuldet. Ein Kaufmann wird sich schwerlich finden, der in das riskante Geschäft sein Geld investiert. Daher solltet ihr die Manufaktur Böttger selbst übereignen.«

»Wie bitte?«

»Majestät, solange es einen anderen gibt, dem Böttger die Schuld für seine Misserfolge in die Schuhe schieben kann, wird er es tun. Er weiß ja immer alles besser. Nun – soll er doch mal beweisen, ob er nicht nur Reden schwingen kann. Natürlich bekommt er die Manufaktur nur auf Lebzeiten übereignet. Ihr wärt fürs Erste alle Schulden los, und sollte Böttger erfolgreich sein, bekommt Ihr – nach Böttgers Tod – eine einträgliche Manufaktur zurück. Wenn nicht, so seid Ihr wenigstens in dieser Zeit das lästige Gejammer los.«

Sophie

Meißen, 1715

Am späten Nachmittag, es war bereits dunkel, hörte Sophie, die in Vollhardts Schreibstube den Staub von den Büchern wischte, wie Carl nach Hause zurückkehrte. Schon vor drei Wochen hatte er seine Rückkehr bei seinem Vater in einem kurzen Brief angekündigt, und seither wartete der Alte ungeduldig und ängstlich, denn er ahnte nichts Gutes. Auch Sophie ahnte nichts Gutes, denn sie hatte im Gegensatz zum alten Vollhardt keinen Brief erhalten. Gemeinsam mit ihm trat sie in die Diele, um Carl zu begrüßen. Der aber marschierte ohne ein Wort an ihnen vorbei die Treppe hinauf in seine Kammer, und im nächsten Augenblick hörten sie von oben einen mörderischen Krach.

»Es scheint wohl in Warschau nicht gegangen zu sein wie erhofft«, meinte Sophie, den Blick zur Treppe gerichtet.

»Eine Katastrophe wird es gewesen sein. Wie ich es vorhergesagt habe«, murmelte der Alte. »Er hat's nicht anders gewollt.«

Von oben polterte es erneut. Sophie zuckte zusammen.

Der Alte machte ein verächtliches Gesicht und verzog sich wieder in seine Schreibstube, während Sophie in die Küche ging. Stumm sah sie der Köchin bei der Arbeit zu, die ungerührt das Abendbrot bereitete, als wäre sie nicht nur halb blind, sondern auch taub. Schließlich bat Sophie um eine Scheibe Brot und etwas Käse für den jungen Herrn, füllte einen Becher mit Wein und stieg hinauf zu Carls Kammer, in der es still geworden war. Sie klopfte leise, lauschte, hörte nichts, gab sich einen Ruck und trat ein. Carl saß vornübergebeugt auf einem Schemel, ein zweiter lag zerbrochen daneben. Behutsam stellte Sophie Teller und Becher ab. Carl schielte unter seinen zerzausten Haaren hervor. Scham lag in seinem Blick. Er tat ihr leid. Ganz sachte legte sie ihre Hand auf seine Schulter. Und kaum, dass ihre Wärme durch sein Hemd gedrungen war, löste sich etwas in ihm, die Dämme brachen, er schluchzte, schüttelte sich, bäumte sich auf, zog Sophie zu sich heran, drückte sie an sich und barg seinen Kopf in ihren Röcken. Sophie streichelte ihm übers Haar wie einem kleinen Kind. Schließlich begann er zu erzählen, unter Tränen, all die Gemeinheiten, die er über sich hatte ergehen lassen müssen, die Unannehmlichkeiten, die Demütigungen und den Spott. Und das alles, ohne etwas zu erreichen, sodass er auch keinen Lohn erhalten würde. Seinen ganzen Weltschmerz kippte er über Sophie aus, seine Wut auf Böttger und seine wirren Rachepläne, die für Sophie keinen Sinn ergaben. Schließlich beruhigte er sich ein wenig und trank den Wein. »Danke, Sophie«, sagte er. »Du bist der einzige Mensch, der gut zu mir ist. Meine Sophie.« Und zog sie wieder an sich, zog sie auf seinen Schoß. Fing an sie zu küssen, erst die Hände, dann den Hals. Er roch nach dem Wein, roch nach Verzweiflung. Sophie, weil sie Mitleid hatte, ließ ihn zunächst gewähren, aber als er immer fordernder wurde, wand sie sich aus der Umarmung: »Ich muss nach Hause.«

Carl aber wollte sie nicht gehen lassen, bettelte, umschlang sie, dass Sophie nach Luft ringen musste und ihn schließlich heftig von sich stieß. Carl blickte überrascht. Dann, mit einem Wimpernschlag, wechselte sein Ausdruck.

»Du schlägst mich? Du? Wo du mir alles zu verdanken hast? So rein und gut gibst du dich immer, aber einem Ertrinkenden verweigerst du die rettende Hand?« Wieder packte er sie. Diesmal mit einer solchen Wucht, dass Sophie aufschrie. Er warf sie auf sein Bett und riss ihr das Mieder auf. Dabei beschimpfte er sie. Nicht besser als eine Hure sei sie, ein schamloses, boshaftes Ding. Sophie wusste, was nun kommen würde, und in ihr erwachte eine bodenlose Angst. Sie sah nicht mehr den Herrn Advokaten vor sich, dem sie sich als Dienstmagd zu fügen hatte, sie spürte nur noch die Scham, die sie gefühlt hatte, als der schwedische Leutnant ihr die Röcke hochgeschoben und ihr den Mund zugehalten hatte. Auf dem Nachtschrank neben dem Bett bekam sie einen Kerzenleuchter zu fassen, und ohne nachzudenken schlug sie Carl damit auf den Kopf, sodass er taumelte und zu Boden sackte. Blut rann über seine Schläfe. Sophie sprang auf und stand einen Moment hilflos vor ihm, und erst als Carl sich stöhnend regte, konnte sie wieder nach Luft schnappen und rannte zur Tür hinaus, die Treppe herunter, wo ihr der alte Vollhardt entgegenkam. Um Gottes willen, was ist denn los? Dann bemerkte er ihr aufgerissenes Mieder, sah ihren entsetzten Blick und hielt sie nicht zurück, als sie in der Diele ihr Wolltuch vom Haken nahm und in die Winternacht hinausstürzte.

»Wie siehst du denn aus?«, fragte die Tante, als Sophie in die Schenke kam. Wortlos ging Sophie an ihr vorbei, hinauf in die Kammer und brach in Tränen aus. Einen Augenblick später stand die Tante in der Tür.

»Die Arbeit macht sich trotzdem nicht von selbst«, sagte sie, ließ Sophie dann aber allein, damit sie wieder zu sich kommen konnte und den Gästen nicht ins Bier weinte.

Am nächsten Tag musste Sophie sich überwinden, um in Vollhardts Haus zurückzukehren. Es grauste sie, dem Carl gegenüberzutreten. Auch wenn sie den Schlag mit dem Leuchter nicht bereute – er würde wohl Folgen haben, und sie konnte froh sein, wenn der Alte sie lediglich vor die Tür setzte.

Vollhardt erwartete sie schon. Beinahe ausdruckslos forderte er sie auf, ihm in die Stube zu folgen, wo Carl stocksteif in der Mitte des Raumes stand. Am Kopf trug er einen Verband, aber er wirkte nüchtern, fast ohne ein Gefühl. Unsicher sah Sophie zu ihm. Jetzt hätte sie sich entschuldigen sollen, doch die Worte wollten ihr nicht über die Lippen. Der Alte schloss die Tür. Eine

Entschuldigung schien er nicht von ihr zu erwarten, stattdessen erklärte er leise, dass Carl ihr etwas mitzuteilen habe. Carl blieb von ihr abgewandt, den Blick aus dem Fenster gerichtet.

»Sophie«, hob er an, und seine Stimme klang hohl. »Sollte ich den Eindruck erweckt haben, dass es meine Absicht war, um deine Hand anzuhalten, dann war dies ein Missverständnis.«

Er atmete hörbar. Weiterzusprechen schien ihn Kraft zu kosten. »Ich werde Meißen nach Fastnacht verlassen und mein Glück in Wittenberg versuchen. Ich kehre nicht zurück.«

Es klang, als hätte ihm der Vater die Worte vorgesagt – was er wahrscheinlich auch hatte, denn der stand daneben und nickte zustimmend, während Carl seine Ansprache beendete. Dann wies der Alte Sophie an, an ihre Arbeit zu gehen. Die Köchin schickte sie in den Keller, um Kartoffeln zu holen. Dort setzte Sophie sich auf einen umgestülpten Eimer und begriff allmählich, dass Vollhardt nicht sie fortjagte, sondern seinen Sohn. Sie saß ganz steif und deckte sich mit der muffigen Dunkelheit zu. Wieder einmal lagen ihre Pläne in Trümmern, wieder einmal musste sie von vorn anfangen und wieder einmal war Samuel nicht unschuldig daran oder doch wenigstens sein Herr Böttger.

Solange Carl noch im Haus war, mied Sophie ihn und selbst der Alte schien seinem Sohn aus dem Weg zu gehen. Zu Sophie hingegen war er freundlich, und sie spürte seinen Blick immer wieder nachdenklich auf sich ruhen.

»Wie ich höre, hat deine Tante im letzten Jahr ein Zimmer vermietet«, sagte er einmal ein wenig unvermittelt, sodass Sophie sich überrascht umwandte.

»Ja, aber das war eine Ausnahme.«

»Aber warum denn? Es wäre doch ein zusätzlicher Verdienst, bei den vielen Fremden in der Stadt, wenn du und deine Tante auch weiterhin zwei oder drei Zimmer vermieten könntet?«

»Wir haben aber ja nur das eine.«

»Das ließe sich leicht ändern.«

Vielleicht, weil der Alte für seinen Sohn etwas gutmachen wollte, bot er Sophie an, ihr Geld zu leihen, um weitere Zimmer auszubauen. Die Tante würde nicht jünger, sagte er, und auf Dauer wäre es klug, sich eine Grundlage zu schaffen.

Samuel

Schneeberg und Freiberg, 1716

Wieder ein Auftrag. Wieder schickte Böttger ihn fort. Samuel war es recht. Denn seit er abends nicht mehr in die Schenke ging, verließ er die Burg kaum noch und kam sich manchmal selbst wie ein Gefangener vor. Diesmal sollte er nach Schneeberg fahren – und das aus gutem Grund, denn der Mangel an der Auener Erde drohte die Produktion des weißen Porzellans vollständig zum Erliegen zu bringen. Seit einigen Wochen stellten sie fast nur noch rotes her. In Schneeberg sollte Samuel mit der Familie Schnorr verhandeln, die dort lebte und die in Aue die Grube mit der weißen Erde besaß. Der verstorbene Vater, Veit Schnorr, hatte auch schon manches Mal damit gedroht, die Lieferungen einzustellen, wenn die Rechnungen nicht bezahlt würden, aber am Ende immer ein Auge zugedrückt. Jetzt war er tot, und seine Witwe, die die Grube nun gemeinsam mit ihren Kindern leitete, erklärte stur, sie liefere nur gegen Bezahlung. Wie sollte es Samuel da gelingen, weiße Erde nach Meißen zu schaffen? Ohne Geld, ohne einen Plan und noch dazu mitten im Winter. »Dir fällt schon was ein«, hatte Böttger gesagt, und Samuel wusste nicht, ob er sich von Böttgers Vertrauen geschmeichelt fühlen oder sich darüber ärgern sollte, dass er ihm den Schlamassel überließ.

Im stattlichen Haus der Schnorrs, unweit des großen Eisenhammerwerks, wurde Samuel von einer der Töchter empfangen, die ihn in die Küche führte, wo sie ihm einen erdig schmeckenden Kräuteraufguss einschenkte, der ihn schnell aufwärmte. Susanna war ihr Name. Sie war von kräftiger, etwas kantiger Statur, fast so groß wie Samuel, mit klugen steingrauen Augen in einem freundlichen Gesicht und mit kleinen zupackenden Händen. Geduldig hörte sie sich Samuels Bitte an und versprach, mit ihrer Mutter und den Brüdern darüber zu sprechen. Da es schon spät war und es heftig zu schneien begonnen hatte, bot sie ihm an, die Nacht auf der Küchenbank zu schlafen. Am nächsten Morgen, nachdem Samuel von der Magd ein Frühstück bekommen hatte, kam Susanna zurück.

»Es tut mir leid«, sagte sie ruhig. »Aber die Mutter will sich nicht darauf einlassen, Euch von der weißen Erde mitzugeben, wenn Ihr nicht zahlen könnt.«

Samuel seufzte, aber Susanna war noch nicht fertig.

»Allerdings könntet Ihr zwei Wochen bei uns bleiben und Euch nützlich machen. Zum Lohn erhaltet Ihr eine Ladung weißer Erde.«

Noch am selben Tag begann Samuel im Hammerwerk mit der Arbeit. Nachts schlief er auf der Küchenbank, und Susanna lud ihn ein, mit der Familie an einem Tisch zu essen, sodass Samuel auch ihre Brüder und die Mutter kennenlernte. Die Schnorrs waren stolze, verschlossene Leute. Sie schwiegen bei den Mahlzeiten und bei der Arbeit sowieso. Ihr Leben lief in festen Bahnen, und der Wohlstand, den sie erlangt hatten, gab ihnen recht in der Art, wie sie es mit allen und allem hielten. Susanna war die jüngste von acht Töchtern. Die Schwestern waren aus dem Haus, von den sechs Brüdern waren drei geblieben, und Susanna kannte sich mit dem Geschäft ebenso gut aus wie sie. Sie wusste alles über die Zechen, über das Blaufarben- und das Hammerwerk, die ihren Vater reich gemacht hatten. An ihr war der wahre Nachfolger des alten Schnorr verloren gegangen. Sie führte gemeinsam mit der Mutter die Bücher, stellte neue Arbeiter ein, zahlte die Löhne aus, kümmerte sich um die Kranken. Am Abend kam sie stets noch einmal zu Samuel in die Küche, fragte, wie es bei der Arbeit ging, und setzte sich manchmal noch zu ihm ans Feuer, wo Samuel zum Zeitvertreib Holzfiguren schnitzte. Sie sprachen über das Bergmannshandwerk, über die Gruben und Hütten oder scherzten über die missratenen Figuren, die Samuel produzierte und anschließend im Feuer erlöste. Susanna strahlte stets Ruhe und Besonnenheit aus. Nach den vielen Streitereien und undurchsichtigen Vorgängen in der Meißener Manufaktur empfand Samuel ihre Gesellschaft als wohltuend und freute sich schon bald auf die kurze Stunde, die er am Ende des Tages mit ihr teilte. Als die zwei Wochen vorbei waren, gab Susanna ihm zu verstehen, dass seine verrichtete Arbeit für eine Wagenladung weißer Erde ausreichte.

Am Abend vor seiner Abreise kam nicht wie sonst Susanna in die Küche, sondern die Mutter Schnorr. Sie setzte sich zu Samuel auf die Küchenbank und steckte sich eine Pfeife an.

»Stöltzel«, sagte sie in die Stille hinein. »Wollt Ihr nicht bleiben? Einen guten Bergmann kann ich immer brauchen. Bezahlen kann ich gewiss besser als die in Meißen, und die Susanna stört es auch nicht, wenn Ihr bleibt.«

Noch bevor Samuel etwas sagen konnte, fuhr sie fort.

»Also, Stöltzel, ich sage dies kein zweites Mal, aber wenn Ihr sie wollt, dann wär's mir recht. Nur hierbleiben müsst Ihr und das Porzellanmachen sein lassen. Die Susanna kriegt keiner fort aus Schneeberg.«

Sie wartete keine Antwort ab, sondern klopfte ihre Pfeife aus und ließ Samuel verdutzt zurück. Lange blieb er noch auf der Bank sitzen und starrte in die erlöschende Glut. In seinem Innern zogen die Bilder an ihm vorüber, wie so ein Leben in Schneeberg aussehen mochte. Es würde ihm gut gehen, und mit Susanna kam er zurecht. Bei ihr wusste man, woran man war. Ganz anders als in Meißen mit Böttger und Sophie, wo einzig die Hoffnung auf ein vielleicht unerreichbares Glück Samuel vorantrieb. Wenn man es genau betrachtete, gab es nicht viel, was ihn dort hielt, und jeder vernünftige Mensch hätte gewusst, wie er sich zu entscheiden hätte.

Dann aber kamen Samuel Böttgers Worte wieder in den Sinn: *Am Ende sind dir ein paar Taler wichtiger als eine alte Freundschaft.*

Am Morgen, als Samuel auf den Hof trat, kam Susanna ihm entgegen und schien seine Entscheidung zu wissen, bevor er den Mund aufmachte.

»Bei dir hätt ich's mir überlegt. Aber so ist's auch gut«, sagte sie und reichte ihm zum Abschied die Hand. Dann ging sie an ihre Arbeit, ohne sich noch einmal umzusehen. Samuels Wagen stand schon bereit, und als er sich auf den Bock schwang, hörte er, wie die alte Schnorr ihm aus dem Fenster zurief: »Geht's heimwärts zu den Verrückten? Ja?«

Samuel blieb ihr eine Antwort schuldig. Der Wagen setzte sich in Bewegung. Kurz flackerte die Frage noch mal auf, ob er das Richtige tat – und erlosch, denn ein Verräter wollte er nicht sein.

Auf dem Rückweg machte er in Freiberg Rast beim Bergrat Ohain. Dort erwartete ihn eine Neuigkeit, die im ersten Moment ganz unglaublich schien und dabei so großartig war, dass Samuel so bald wie möglich nach Meißen zurückkehren wollte: Der König hatte Böttger die Manufaktur übereignet. Sie sollte ihm auf Lebzeiten gehören. Böttgers einzige Pflicht war es, in regelmäßigen Abständen vor der königlichen Porzellankommission Rechenschaft über all seine Entscheidungen abzulegen, wobei der Kommission das Recht vorbehalten blieb einzugreifen, wenn Böttger etwas zustoßen sollte oder der Manufaktur aus anderen Gründen die Schließung drohte. Auch befreite diese Entscheidung Böttger nicht von der Forderung des Königs, all seine Erkenntnisse in einem Buch zusammenzufassen, wie er es bei seiner Freilassung hatte versprechen müssen. Sonst aber konnte er mit der Manufaktur nach seinem Gutdünken wirtschaften. Er musste zwar selbst für alle Kosten aufkommen, die Verluste tragen und würde keine Zuwendungen des Königs mehr erhalten, aber er konnte auch den

Gewinn allein einstreichen und entlassen und einstellen, wie es ihm gefiel.

»Wie steht es mit der Forderung des Königs nach dem Gold?«, fragte Samuel vorsichtig beim Bergrat nach.

Ohain schüttelte den Kopf. »Vorerst ist davon keine Rede mehr.« Er wirkte erleichtert, und auch Samuel atmete auf. Endlich, so schien es, war dieses leidige Kapitel abgeschlossen.

Samuel

Meißen, 1716

Als Samuel in Meißen ankam, wo auch Nehmitz bereits von der Entscheidung des Königs erfahren hatte, war Böttger nicht auffindbar. Diesmal war er nicht, wie sie es sonst von ihm kannten, nach ein paar Tagen zurückgekehrt, nein, er war schon ganze zwei Wochen fort, und keiner hatte ihn seither zu Gesicht bekommen. Steinbrück hatte bereits einige Männer losgeschickt, um Böttger zu suchen, doch mit jedem Tag, den er verschwunden blieb, erschien es wahrscheinlicher, dass ihm etwas zugestoßen war.

In den Gängen der Burg raunten sich die Männer zu, was wohl geschehen würde, wenn der Meister verschollen bliebe. Samuel hingegen wollte nicht daran glauben, dass Böttger tot war. Es war unvorstellbar für ihn, dass der Tausendsassa so ganz im Verborgenen aus dem Leben trat und sich förmlich in nichts auflöste. Ihm kam auf einmal der Verdacht, dass Nehmitz hinter Böttgers Verschwinden stecken musste. Denn wo sich alle anderen betroffen gaben, bemühte Nehmitz sich nicht einmal, seine Genugtuung zu verbergen. Es bestand ja kein Zweifel, dass seine Zeit in der Manufaktur unter Böttgers alleiniger Leitung abgelaufen wäre. Nun aber würde das Pendel noch einmal zur anderen Seite ausschlagen. Das Naheliegende sprach jedoch niemand aus. Vielleicht waren alle einfach nur froh, dass der Streit zwischen Böttger und Nehmitz auf die eine oder andere Weise ein Ende finden sollte.

Inzwischen waren auch die Herren der Porzellankommission

verständigt worden, die sich kurz darauf in Meißen einfanden. Stundenlang zogen sie sich zur Beratung in Nehmitz' Arbeitszimmer zurück. In der Manufaktur stand alles still, und die weiße Erde, die Samuel mitgebracht hatte, interessierte vorerst keinen mehr.

»Gehen wir in die Schenke«, schlug Johann vor, und Samuel schloss sich zögerlich an. Seit Sophie ihm einen Korb gegeben hatte, war er höchstens noch ein- oder zweimal in der Schenke gewesen. Er wusste nicht, wie die Hochzeitspläne mit ihrem Carl voranschritten, und hatte es bisher vermeiden wollen, dem jungen Glück über den Weg zu laufen. Heute jedoch war es ihm lieber, nicht allein auf der Burg zu bleiben.

Als Samuel sie am Schanktisch stehen sah, konnte er auf den ersten Blick erkennen, dass Sophie etwas umtrieb. Sie wich seinem Blick aus, sprach nur das Nötigste und knallte die Krüge unfreundlich vor ihnen auf den Tisch. Dann verschwand sie. Und da sie nicht wiederkam, konnte Samuel schließlich nicht anders und stand auf, um nach ihr zu sehen. Er fand sie in der Küche, wo sie dem groben Holztisch mit einer Bürste zu Leibe rückte, dass einem der Tisch leidtun konnte.

»Geht's dir nicht gut, Sophie?«, fragte Samuel.

»Mir geht's bestens.« Sophie warf die Bürste in den Eimer, dass es spritzte.

»Ist was mit deinem Carl?«, fragte Samuel.

»Pff.«

Sophie begann wieder zu schrubben.

»Oder hast du Kummer wegen der Schenke? Kommen zu wenig Gäste?«

»Im Gegenteil. Ich werde drüben im Wirtschaftsgebäude zwei zusätzliche Zimmer einbauen und vermieten. Der alte Vollhardt leiht mir das Geld dafür.«

Nun war Samuel überrascht.

»Da staunst du, was?«, sagte Sophie.

»Nein, gar nicht«, log Samuel. »Eine furiose Idee, die nur von dir kommen kann.«

»Pff. Schwätzer«, knurrte sie und ging zur Hintertür, wo sie das schmutzige Wasser auf den Hof kippte. Dann stellte sie sich vor Samuel hin und stemmte ihre Fäuste in die Seiten.

»Also gefällt dir der Plan?«

»Natürlich tut er das. Und weißt du was? Ich helf dir, wenn du möchtest. Ich bin zwar kein Zimmermann, aber ein paar Bretterwände werd ich wohl einziehen können.«

Samuel wusste selbst nicht, warum er das sagte. Ein Dummkopf war er, sich so von Sophie behandeln zu lassen und ihr dennoch seine Hilfe anzubieten.

»Und wann willst du das tun, wenn man fragen darf? Drüben ist kein Licht, und tagsüber musst du ja in der Manufaktur arbeiten.«

»Sonntags. Und zur Not im Dunkeln«, gab er etwas großspurig zurück. Sophie kniff die Augen zusammen.

»Glaub bloß nicht, dass ich deine Hilfe brauche. Ich brauch überhaupt niemanden.«

Sie klaubte ein Holzscheit aus dem Korb und öffnete die Ofentür, um nachzulegen.

»Und was ist nun mit Carl?«

Sophie stocherte mit dem Schürhaken im Feuer herum. »Den brauch ich schon gar nicht.« Und schloss die Ofentür mit einem lauten Knall.

Samuels Herz machte einen Satz. Ob das hieß, dass nichts aus der Hochzeit werden würde?

»Was guckst du so?«, fragte sie zornig. »Ich hab zu tun.«

»Warum bist du denn so bös, Sophie? Hab ich dir was getan?«

Sophie stand da, mit dem Schürhaken in der Hand, die Lippen wütend aufeinandergepresst. Ihre Brust hob und senkte sich, in ihren Augen schimmerten Tränen und mit einem Mal warf sie den Schürhaken scheppernd zu Boden.

»Du ... du und die ganze Porzellanerbrut. Dein Böttger hat den Carl um sein Geld betrogen. Für nichts ist er nach Warschau gefahren, und dann ...«
»Was?«
»Nichts. Jedenfalls schickt ihn sein Vater fort.«
Samuel schwieg betroffen, denn Sophies Wut auf Böttger war verständlich, und die Befürchtung, dass sie auch ihn, Samuel, deswegen hasste, schnürte ihm die Kehle zu.
»Aber ich sag dir was«, fuhr Sophie fort, hob den Schürhaken wieder auf und hängte ihn an seinen Platz. »Der Carl hat dafür gesorgt, dass der Böttger für seine Untat büßen muss.«
Samuel wurde hellhörig. »Wie meinst du das?«, fragte er mit gerunzelter Stirn.
»Böttger sitzt in Dresden im Kerker. Wo er hingehört.«
Samuel starrte Sophie an, aber nach dem ersten Schreck war er sich sicher, dass sie sich das alles nur ausdachte, um ihn zu treffen. So sehr war er davon überzeugt, dass Nehmitz für Böttgers Verschwinden gesorgt hatte, dass er Sophies Geschichte für unglaubwürdig hielt.
»Sophie, warum lügst du mich an?«
»Ich sag die Wahrheit. Und wenn Böttger so kränklich ist, wie du immer erzählst, dann wird er es in dem eisigen Verlies nicht lange machen. Dann ist es spätestens in zwei Wochen aus mit ihm.«
Verwirrt ging Samuel zurück in den Schankraum, legte schon bald eine Münze auf den Tisch und verließ frühzeitig die Runde. Nachdenklich spazierte er hinauf zur Burg. Aber je höher er stieg, desto mehr drängte sich der Gedanke auf, dass Sophie am Ende vielleicht gar nicht gelogen hatte. Und wenn es stimmte, dann ... Samuels Schritte beschleunigten sich und schließlich rannte er den Berg hinauf, rutschte zweimal auf einer vereisten Stufe aus, schlug sich die Hände blutig und erreichte völlig außer Atem den Burghof, wo die Herren der Kommission gerade in ihre Kutschen stiegen, um nach Dresden aufzubrechen.

»Böttger sitzt möglicherweise in Dresden in Haft«, keuchte Samuel ohne Einleitung. Die Herren sahen ihn erstaunt an und stellten ihm allerlei Fragen, die er nicht beantworten konnte, bis Fürstenberg schließlich erklärte, er wolle sich gleich nach seiner Ankunft in Dresden der Sache annehmen.

Eine weitere Woche verging, in der Samuel täglich voller Sorge auf Neuigkeiten wartete. Endlich traf eine Nachricht von Fürstenberg ein: Er hatte Böttger gefunden. Tatsächlich war es Carl Vollhardt gelungen, ihn in den Kerker zu bringen, indem er ihm einen gefälschten Schuldschein von zweitausend Talern untergeschoben hatte, den Böttger nicht bezahlen konnte. Die Fälschung war allerdings nicht sehr geschickt gemacht und war nun, da Fürstenberg drauf drängte, leicht nachzuweisen. Da Carl aber glaubhaft machen konnte, dass Böttger ihn mit falschen Versprechungen nach Warschau geschickt hatte und er für sämtliche Unkosten selbst hatte aufkommen müssen, erhielt er lediglich einen Tadel und verschwand schon bald darauf aus der Stadt. Böttger kam frei und wurde in seine Wohnung gebracht. Die Wochen im kalten Verlies hatten ihm schwer zugesetzt, und es war zu befürchten, dass er seinem Fieber schon bald erliegen würde. Samuel hätte ihn gern an seinem Krankenbett besucht, aber Dr. Nehmitz, der die Zügel in der Manufaktur nun wieder fest in der Hand hielt, ließ Samuel nicht fort.

Anfang März kam eine Kutsche auf dem Burghof an. Heraus stieg kein anderer als Böttger. Er war immer noch blass und deutlich abgemagert. Mit unsicherem Schritt, aber erhobenen Hauptes betrat er die Halle, wo ihn die Arbeiter ehrfürchtig begrüßten. Dr. Nehmitz kam soeben die Treppe herunter und erstarrte, als er Böttger entdeckte. Kein Wort fiel zwischen den beiden und doch war allen klar, dass Böttger sich schon allein deswegen ins Leben zurückgekämpft hatte, weil er Nehmitz die Genugtuung nicht gönnte, seinen Platz einzunehmen. Ein letztes Mal trugen sie mit ihren Blicken ein Gefecht aus, dann straffte Nehmitz sich und stolzierte davon. Am nächsten Tag reiste er aus Meißen ab.

Böttger hatte bekommen, was er wollte. Er allein konnte nun in der Manufaktur bestimmen. Sein Triumph hatte in Samuels Augen jedoch etwas Verbissenes. Er lachte seltener, sah betrübt drein und die Stimme klang schneidend, wenn er seine Anweisungen gab. Die vielen Neuerungen, die er nun einführte, schienen nur dem einen Zweck zu dienen, alles, was nach Nehmitz roch, auszukehren. Manch einer musste gehen, der an Altbewährtem festhielt. Auch Samuel geriet mit ihm in Streit, denn Böttger ließ nicht die kleinste Kritik zu.»Wenn du nicht für mich bist, dann bist du gegen mich«, plusterte er sich auf und ließ Samuel die Wahl: Geh oder bleib, friss oder stirb.

Samuel blieb. Und gleichzeitig floh er.

»Wenn du willst, fange ich heute mit den Zimmern an«, sagte er zu Sophie, als er sie an einem Sonntag besuchte. »Oder sind sie schon fertig?«

Sophie schüttelte den Kopf und schaute ihn unsicher an, als wollte sie prüfen, ob er es ernst meinte, nach all den bösen Worten, die gefallen waren.

»Warum willst du das tun?«, fragte sie.

»Na ja«, sagte Samuel. »Der Herr Vollhardt mag dir Geld geliehen haben, aber Holz ist teuer und ein ordentlicher Zimmermann arbeitet auch nicht umsonst ... Außerdem hast du Böttger das Leben gerettet und also auch meines. Dafür schulde ich dir was.«

Das entsprach natürlich nur der halben Wahrheit, und Sophie lächelte versonnen in sich hinein. Dann ein kurzes Blinzeln, und sie war wieder ganz die Alte.

»Na gut«, sagte sie und tat, als würde sie Samuel einen Gefallen tun und nicht umgekehrt. Und da war etwas dran.

August

Warschau, 1716

August schob sich ein weiteres Stück von dem kalten Fasan in den Mund. Die Glocke der Schlosskirche schlug zwei Uhr. Ihm war nicht danach, sich schlafen zu legen – zu groß war die Sorge, dass etwas schiefgelaufen war. Flemming hatte eigentlich noch an diesem Abend aus Wien zurückkehren und umgehend Bericht erstatten wollen, ob die Verhandlungen für die Verlobung des Kurprinzen abgeschlossen waren, aber bis jetzt war er noch nicht eingetroffen. Während August sich Bissen um Bissen in den Mund schob, saß die Gräfin Dönhoff ihm gegenüber und verfolgte ihn mit ihren flinken blauen Äuglein. Er hatte sie geweckt, als er bei seinem Kammerdiener nach dem Essen verlangte, und nun wollte sie ihm Gesellschaft leisten.

»Geh wieder schlafen, Dönhoffchen«, sagte er. Auch jetzt noch, nachdem er seit drei Jahren das Bett mit ihr teilte, nannte er sie beim Nachnamen.

»Wenn du Sorgen hast, kann ich nicht schlafen«, beharrte sie und blickte mit Appetit auf die Schüsseln mit kaltem Fleisch, eingelegtem Gemüse und Konfekt, die ein Diener soeben hereintrug. August ließ sie gewähren, denn er war zu sehr in Gedanken, um ihr zu widersprechen.

Es war nichts zu hören, außer seinem Schmatzen und einem gelegentlichen leisen Seufzer der Gräfin. Es fiel ihr schwer, das Schweigen zu ertragen.

»Dein lieber Sohn ist doch wieder gesund«, versuchte sie ihn aufzumuntern. »Hat die Pocken bestens überstanden in Italien. Das schrieb doch sein Erzieher?«

»Ja.«

Kurprinz Friedrich war immer noch in Venedig. Seine Bildungsreise durch Frankreich und Italien dauerte nun schon das fünfte Jahr – ungewöhnlich lang für eine Kavalierstour. Als August ihn fortgeschickt hatte, war er fast noch ein Kind gewesen, jetzt feierte er seinen zwanzigsten Geburtstag, und nachdem er im letzten Sommer an den Pocken erkrankt war und seine Genesung einem Wunder gleichgekommen war, hätte August seinen Sohn am liebsten so schnell wie möglich nach Sachsen oder Warschau geholt. Aber solange die Zukunft des Kurprinzen nicht in sichere Bahnen gelenkt war, musste er fernbleiben. Zu groß wäre die Gefahr, dass das Geheimnis seiner Konversion frühzeitig durchsickerte. Nur August selbst wusste davon, außerdem sein Statthalter Fürstenberg, der auch ein Katholik war, und Flemming. Und natürlich mussten die Verhandlungen für die Verlobung mit der habsburgischen Kaisernichte ebenso geheim bleiben, weil eine solche Verbindung mit dem Kaiserhaus ja voraussetzte, dass der Prinz katholisch war.

»Jetzt, wo Friedrich wieder gesund ist, steht einer Rückkehr doch nichts mehr im Wege«, schnurrte die Dönhoff. »Eine kleine Krankheit. So etwas kommt vor.«

»Sicher.«

»Ich will ihn kennenlernen, den jungen Mann. Sieht er so gut aus wie sein Vater?«

August reagierte nicht auf ihre Schmeichelei. Wie plump sie doch war. Manchmal konnte sie durchaus amüsant sein und brachte ihn zum Lachen, und er mochte ihren weichen, anschmiegsamen Körper. Aber meist war er ihrer überdrüssig. Wenn sie nicht so nützlich gewesen wäre, hätte er sich längst von ihr getrennt. Aber die Polen waren entzückt von ihr. Sich neben ihr eine zweite Mätresse zuzulegen, hätte großes Missfallen erregt, und August hatte im letzten Jahr weiß Gott genug Ärger mit seinen polnischen Untergebenen gehabt. Ein Teil von ihnen hatte sich gegen ihn gewandt, hatte gar einen Bürgerkrieg vom Zaun gebrochen, um ihn zu stürzen, und das Ganze hätte übel enden können, wenn nicht der Zar vermittelnd eingegriffen hätte.

»Na siehst du«, plapperte die Dönhoff weiter. »Du brauchst dir keinen solchen Kummer zu machen. Und zwischen dir und den Polen herrscht ja nun auch wieder Friede. Ein hässlicher, dummer Bürgerkrieg war das, aber ihr habt euch geeinigt und sie akzeptieren dich wieder als ihren König. Dem Zaren sei Dank. Du darfst sie nicht immer so schrecklich provozieren mit deinen Forderungen«, gurrte sie.

August ließ eine weitere Schüssel von dem Fasan kommen. Er hatte ihn selbst geschossen. Doch die Jagd war auch nicht mehr, was sie einmal war, dachte er freudlos. Es fiel ihm schwer, lange im Sattel zu sitzen. Also scheuchte man ihm das Wild vor die Flinte. Eine Sache von einer Stunde höchstens. Mehr schaffte er nicht mehr.

Die Dönhoff hatte sich inzwischen drei Stück von dem Aprikosenkonfekt einverleibt, schleckte sich die Finger und kam nun um den Tisch herum, um sich auf seinen Schoß zu setzen.

»Lass das«, brummte August und schob sie von seinen Knien herunter wie ein lästiges Hündchen.

»Dann eben nicht«, schmollte sie und setzte sich wieder ans andere Ende des Tisches, wo der halb leer gegessene Teller mit dem Konfekt wartete.

Sie hatte ja keine Ahnung, was auf dem Spiel stand und wie leicht ein falsches Wort alles, worauf August in den letzten Jahren hingearbeitet hatte, vernichten konnte. Natürlich kochten die Gerüchte. Um zu verhindern, dass August seinen Sohn mit Gewalt zu einer Konversion zwang, hatte man gar ein Komplott geschmiedet und wollte den Kurprinzen nach England entführen. Beim Gedanken daran schnaubte August unwillig. Niemand hatte

Friedrich Gewalt angetan. Er hatte aus freien Stücken konvertiert. Was wäre er für ein Vater, könnte er seinen Sohn nicht mit besseren Mitteln davon überzeugen, was das Richtige für seine und für Sachsens Zukunft war? August liebte seinen Sohn. Und kaum etwas hatte ihn mehr aus der Fassung gebracht als die Nachricht, dass Friedrich an den Pocken erkrankt war.

Wenn nur Flemming endlich aus Wien zurückkäme, dachte August. Wenn er nur endlich wüsste, ob die Verhandlungen gut gegangen waren. Die Angelegenheit hatte sich in die Länge gezogen. Es gab andere Interessenten für die beiden Nichten des Kaisers. Es gab Forderungen, die zu erfüllen waren, sowohl von Sachsen als auch von den Habsburgern. Sollte es zu einer Heirat kommen, erbat August sich einen Teil von Schlesien, gewissermaßen als Mitgift. An Schlesien aber waren auch die Preußen interessiert. Auch deshalb mussten diese Verhandlungen streng geheim gehalten werden, bevor ihnen jemand in die Quere kam.

Jetzt waren Schritte und Stimmen zu hören. August horchte auf, und einen Augenblick später trat Flemming ein. Dönhoffchen strahlte und setzte ein zuckersüßes Lächeln auf. Sie begrüßte Flemming auf Polnisch und ließ sich von ihm ihre zarten Pfötchen küssen. Das mit dem Polnisch machte sie immer, wenn sie August wenigstens für einen kurzen Moment etwas Überlegenheit spüren lassen wollte.

»Wenn Ihr uns bitte allein lassen würdet«, sagte August ungeduldig zur Gräfin, und sein Ton geriet ein wenig schroff.

»Aber natürlich«, presste sie mit piepsiger Stimme hervor. Ihre Lippen zitterten, und ihre Augen füllten sich mit Tränen. Flemming sah diskret zu Boden. Kaum war die Tür ins Schloss gefallen, stürzte August auf ihn zu.

»Wie ist es gegangen?«

»Gut«, sagte Flemming, und August atmete auf. »Der Kaiser will auf unsere Forderungen eingehen. Und natürlich will er einen Beweis, dass der Kurprinz wirklich konvertiert hat.«

»Den soll er bekommen. Dann schicken wir Friedrich jetzt nach Wien, damit er am Kaiserhof eingeführt wird.«

Flemming nickte.

»Steht schon fest, welche der beiden Schwestern es wird?« Flemming schüttelte den Kopf, versicherte aber, dass er sich für die ältere, Maria Josepha, eingesetzt hatte, die ja in der Thronfolge vor ihrer Schwester stand.

Schwerfällig machte August ein paar Schritte, dann sah er beunruhigt auf.

»Was gibt es?«, fragte Flemming.

»Die Cosel ist noch immer nicht aus Preußen zurückgekehrt«, murrte August. »Und sie weiß von unseren Plänen. Sie weiß, dass Friedrich eine der Kaisernichten heiraten soll und wir uns mit dem Kaiserhaus verbünden wollen.«

Flemming zog die Lippen zu einem dünnen Strich auseinander. Er hatte seinen König immer davor gewarnt, Constantia ins Vertrauen zu ziehen – August erinnerte sich nur zu gut daran und bemühte sich, nicht auf Flemmings vorwurfsvolle Miene zu achten. »Und dann ist da noch dieser verdammte Ehevertrag«, fuhr er fort. »Damit könnte sie noch größeren Schaden anrichten. Wenn der Kaiser davon Wind bekommt, macht er am Ende doch noch einen Rückzieher.«

»Wo ist sie? Ich spreche mit unserem Gesandten in Berlin.«

»Kein Mensch weiß, ob sie überhaupt noch in Berlin ist. Vor ein paar Tagen hat sie sich unbemerkt aus ihrer Wohnung dort entfernt und ist nicht mehr zurückgekehrt.«

»Sie wird sich nicht lange im Verborgenen halten können. Wir könnten einem unserer Spione auftragen, sie … zu entfernen. Wir lassen es wie einen Unfall aussehen oder danach, dass sie sich in ihrer Verzweiflung etwas angetan hat.«

»Nein«, sagte August etwas zu heftig, fasste sich aber sogleich wieder. »Es ist besser, wenn wir offiziell um ihre Auslieferung bitten. Es muss nur schnell geschehen.«

Flemming nickte. »Es wird vielleicht nötig sein, den einen oder anderen Beamten zu bestechen ...«

»Tut, was nötig ist«, unterbrach ihn August. »Alles andere käme uns teurer zu stehen.«

Constantia

Halle, 1716

Constantia musste eingenickt sein. Als sie erwachte, wusste sie zuerst nicht, wo sie war. In Berlin oder in einem der Gasthäuser auf dem Weg dorthin? Nein, in Halle. Sie waren ja schon seit bald sechs Wochen in Halle. Sie hatte Fieber bekommen, und ihre Pläne und Hoffnungen lösten sich in Ungewissheit auf. Warum war Hanne noch nicht zurück? Wie viel Zeit war vergangen, seit Constantia sie mit den Perlenohrringen fortgeschickt hatte, dem letzten Wertvollen, das sie noch besaß? Hanne sollte sie verkaufen für etwas Essen, ein wenig Geld. Constantia war der Wirtin noch die Miete schuldig. Ungern hatte Hanne Constantia alleingelassen, aber die Aussicht auf ein warmes Essen war verlockend.

Waren da Stimmen im Nebenzimmer? Die Hauswirtin war doch ausgegangen. Vielleicht fieberte sie. Vielleicht war das alles nur ein böser Traum. Die Reise nach Berlin, die Verhandlungen mit ihrem Vetter, die sich endlos in die Länge zogen. Inzwischen hatte Constantia auch erfahren, weshalb er im Gefängnis saß. Eine unschöne Geschichte. Er hatte einen jungen Mann bestochen, ihm fleischliche Dienste zu leisten, und würde nicht freikommen, bevor er nicht fünfzehntausend Taler Strafe zahlte. Ob die Anschuldigungen Verleumdung waren oder Wahrheit, wusste Constantia nicht. Es war ihr auch egal. Alles, was sie interessierte, war, dass der Vetter nun von ihr verlangte, sie solle die fünfzehntausend Taler stellen. Vorher wollte er ihr den Ehevertrag nicht zurückgeben.

»Das ist Erpressung!«, hatte sie entrüstet ausgerufen, doch ihr

Vetter hatte nur ungerührt mit den Schultern gezuckt. Wie sollte Constantia so schnell und fort von zu Hause eine solche Summe auftreiben? Sie verkaufte Schmuck und andere Wertsachen, aber es reichte nicht aus. Kein Bitten half und kein Versichern, dass sie den Rest noch aufbringen würde, wenn sie erst das Schriftstück hatte und nach Sachsen zurückkehren könnte. Es wurde Herbst, Frühling und wieder Sommer. Ihr Geld versickerte für Essen, Unterkunft, die Fahrten nach Spandau. Die Wohnung, die sie angemietet hatte, war klein und stickig und Berlin ein Mückennest. Viele Stunden saß Constantia am Fenster, und um sie herum summte es pausenlos. Auch unten in den Straßen summte es. Längst hatte man in Sachsen herausgefunden, wo sie steckte, und auch die Wohnung in Berlin ausfindig gemacht, in der sie untergekommen war. August war über ihre Reise sehr verärgert und forderte sie auf, unverzüglich nach Pillnitz zurückzukehren. Natürlich schrieb er nicht selbst. Es kamen drängende Briefe von Flemming und von Watzdorf. Man drohte ihr, sie gefangen nehmen zu lassen, ja, ihr Gewalt anzutun. Und auch der preußische König Friedrich Wilhelm ließ sie wissen, dass er sie nicht länger dulden wollte. Aber was blieb ihr denn? Kam sie ohne den Vertrag zurück nach Sachsen, würde die ganze Quälerei von vorn losgehen.

Eines Morgens war sie so erschöpft, dass sie sich kaum bewegen konnte. Hanne reichte ihr eine Tasse Milch und etwas Brot, und als Constantia es nicht anrührte, brach die Zofe in Tränen aus. »Madame, so kann es nicht weitergehen.« Sie hatte ja recht. Wieder raffte Constantia sich auf und schmiedete Pläne. Bald war Oktober, und in Leipzig hatte die Messe begonnen. Sie würde dort einige ihrer Schuldner treffen können. Ihnen zu schreiben, half nichts, aber wenn sie ihnen von Angesicht zu Angesicht ihre Situation schilderte, würde sie vielleicht wenigstens einen Teil ihres Geldes wiederbekommen. In Halle mietete Constantia erneut eine Wohnung unter einem falschen Namen. Dort wollte sie so lange bleiben, bis sie sicher war, dass man ihnen nicht gefolgt war. Sie saßen im Dunkeln hinter den geschlossenen Läden. Hanne schlüpfte alle paar Tage hinaus, besorgte Essen und manchmal eine Zeitung, die Constantia begierig las. Ob August wohl nach Dresden zurückkehren würde? Ob er nach Leipzig zur Messe käme? Ganz kurz flammte die Hoffnung auf, dass alles sich zum Guten wenden würde, wenn sie ihn nur wiedersehen und mit ihm sprechen könnte. Tage und Nächte verschwammen, und noch bevor sie einen Fuß nach Leipzig setzen konnte, hatte das Fieber sie gepackt.

Constantia wusste nicht, wie spät es war, als ein heftiges Pochen sie aus dem Schlaf riss. Aufmachen. Hanne war noch nicht zurück, die Hauswirtin dagegen schon. Männerstimmen wurden laut, und das Poltern von Stiefeln war zu hören. Constantia zitterte vor Angst. Die Tür flog auf, und drei preußische Soldaten betraten das Zimmer. Ob sie die Gräfin Constantia von Cosel sei. Wie überflüssig diese Frage war. Constantia nickte matt, und der Offizier erklärte nüchtern, sie sei nun eine Gefangene des preußischen Königs, und man werde sie noch heute nach Sachsen ausliefern. Sie habe sich unerlaubt von Sachsen nach Preußen begeben und stünde zudem unter dem Verdacht, Hochverrat begehen zu wollen. Constantia war zu müde, um sich zu wehren. Sie empfand sogar Erleichterung. Man würde sie zurück nach Pillnitz bringen, wo ihr kleiner Sohn auf sie wartete. Sie hatte getan, was sie konnte. Das würde sie Flemming sagen. Die Hauswirtin stand im Hintergrund und heuchelte Sorge. Die Gräfin sei zu schwach für eine Reise. Aber die Soldaten waren bereits dabei, ihre Habseligkeiten in eine Kiste zu werfen, und forderten Constantia auf, ihnen zu folgen. Als sie sich nicht auf ihren eigenen Beinen halten konnte, wickelte sie der Offizier in die Decke und trug sie hinaus. Constantia bat verzweifelt darum, auf Hannes Rückkehr zu warten. Wie sollte die arme Frau denn nach Hause kommen? Aber die Soldaten beachteten Constantia nicht und warfen die Kutschentür zu. Eiskalt war es darin. Kurze Zeit später musste Constantia den Wagen wechseln. Sie hatten wohl die sächsische Grenze erreicht, die ja nicht weit von Halle war. Dann ging es weiter. Die Räder sprangen über die gefrorenen Schneehaufen, sodass Constantia in der Kutsche herumgeworfen wurde, bis sie ohnmächtig in einen Fiebertraum sank. Wenn sie für einen Moment das Bewusstsein erlangte, schmerzte jede Stelle an ihrem Körper. Die Hoffnung, dass man sie nach Pillnitz bringen würde, gab Constantia bald auf. Einmal machten sie halt, und sie hörte, wie man darüber debattierte, ob man weiterfahren sollte. Einer meinte, dass sie es nicht mehr lange machen werde. Ein anderer hielt dagegen, sie wären doch schon in ein paar Stunden am Ziel. Als die Kutsche das nächste Mal hielt, wurde die Tür aufgerissen und der Offizier hob sie heraus. In der Morgendämmerung erkannte sie einen ärmlichen Burghof, in dem Ziegen und Schweine im Dreck herumstanden. Wo war sie? Man trug sie eine gewundene Treppe hinauf. Ein Turm, dachte sie, man sperrte sie in einen Turm wie eine böse Hexe. Dann fiel sie wieder in die dunkle Nacht.

Samuel

Meißen, 1717

An den Sonntagvormittagen arbeitete Samuel nun fast immer an Sophies Zimmern, es sei denn, die Nachbarn beschwerten sich über den Krach am Tag des Herrn. Er arbeitete langsam und überlegte dreimal, bevor er das Holz zersägte. »Wenn du's versaust, krieg ich mein Geld wieder«, mahnte Sophie, während sie auf die Bretter zeigte, die sie mit Vollhardts Geld gekauft hatte und die nun im Hof bereitlagen. Dann wieder stand sie ungeduldig beim Treppenaufgang.

»Wenn das so weitergeht, bin ich alt und hässlich, bis du fertig bist.«

»Sophiechen, du wirst niemals hässlich sein.«

»Aber ein Viehchen, ja?«

»Das bist du schon jetzt.«

»Pff.«

Sie war wie eine Blüte, die um ihn herumwirbelte, sanft und doch beharrlich, kühl, leicht, mit unstetem Blick. Von Carl sprach sie nie wieder auch nur ein einziges Wort. Ihr Interesse an Samuel war kaum wahrnehmbar und doch ausreichend, um ihm den Puls in die Höhe zu jagen. Gegen Mittag brachte sie ihm zu essen und zu trinken, und sie saßen inmitten der Unfertigkeit auf zwei umgestülpten Eimern. Fast bedauerte Samuel, dass der Tag kommen würde, an dem diese Arbeit beendet war. Und Sophie bedauerte es vielleicht auch. Denn zwischen ihren Lästereien kamen kleine Komplimente, ganz nebenbei. »Ein so schlechter Zimmermann

scheinst du gar nicht zu sein. Die Wände sind beinahe gerade.«
Vor allem aber lobte sie sich selbst. Wie angenehm es doch sein musste, so zu arbeiten. »Alles ist da, was man braucht, und was man tut, macht einen Sinn. Nicht wie oben in der Manufaktur, wo noch dazu der Lohn eher Glücksache ist.«

»Ach«, scherzte Samuel. »Und bei dir bekomme ich einen Lohn?«

Sophie wiegte leicht den Kopf. »Nein. Dass du weg bist von den Porzellanern, bei denen du auf keinen grünen Zweig kommst, ist Lohn genug.«

Es war ihr liebstes Thema, über die Manufaktur zu spotten – und über Böttger. Samuel ließ es schweigend über sich ergehen. Und behielt seine Zweifel, die ihn inzwischen selbst häufig plagten, für sich. Lieber war es ihm aber, wenn sie gar nicht über Böttger und die Manufaktur sprachen. Diese Sonntage sollten seine ruhige Insel sein. Nur Sophie und er zwischen den Bretterwänden.

»Danke«, sagte Sophie, als das erste Zimmer beinahe fertig war und der Sommer voranschritt. Sie stand unter der Dachluke, wo ihr die Sonne einen Heiligenschein in das zerzauste Haar zauberte. Samuel hängte gerade die Tür in die Scharniere. Sophie trat einen Schritt näher an ihn heran, sodass die Sonne nicht mehr in ihren Haaren leuchtete und sie wieder ein Mensch wurde. Neugierig, unsicher, frech. Von draußen hörte man das Vogelzwitschern und das Lachen der Sonntagsspaziergänger. Sie war nur noch eine Armeslänge von ihm entfernt. Ernst blickte sie ihn an, so ernst, wie nur Sophie sein konnte. Dann streckte sie ihre Hand aus, strich Samuel beinahe zärtlich über die Wange und ging an ihm vorbei aus dem Zimmer. Er lief ihr nicht nach, um zu fragen, was das zu bedeuten hätte, auch nicht am nächsten Sonntag, als er sie wiedersah. Eine Frage hätte eine Antwort verlangt, ein Ja oder Nein, einen Anfang oder das Ende. Und damit wollte Samuel lieber noch warten.

Schließlich war er mit seiner Arbeit fertig, und Sophie gelang es schon bald, das Zimmer zu vermieten. Zuvor hatte sie dem Nachbarn ein altes Bett abgekauft. Die Tante beobachtete Sophies Geschäftstüchtigkeit und die Fremden, die nun in ihrem Haus ein- und ausgingen, mit Misstrauen, aber die Taler, die dabei verdient wurden, strich sie gerne ein. Das Bett des Nachbarn brach allerdings wurmstichig in sich zusammen, als ein beleibter Herr aus Leipzig darin nächtigte. Ein neues Bett musste her, und so bezirzte Sophie Samuel erneut, damit er ihr einen Bettkasten baute.

»Ein Mann, der in seinem Leben ein Bett gezimmert hat, wird immer ruhig schlafen können«, behauptete sie. Dabei wäre es gar nicht nötig gewesen, ihn zu überreden. Samuel war ja glücklich, dass er seine Sonntage bei Sophie wiederhatte, und gab sich mit dem Bett besonders viel Mühe – um ihr eine Freude zu machen, aber auch um nicht zu schnell damit fertig zu werden.

Es war einer der letzten heißen Sommertage im Jahr, als der Kasten stand und Samuel nur noch eine letzte Kleinigkeit zu Ende bringen musste. Schwül war es, und die Gewitterwolken zogen sich bereits zusammen. Ein seltsam gelbes Licht lag über der Stadt. Samuel schloss die Augen und lauschte dem fernen Donnern. Auf den Feldern würde man jetzt eilends das reife Korn einbringen, die Wäscherinnen würden ihre Wäsche von der Leine nehmen und auf der Burg oben würde man, sobald der Regen herunterprasselte, alle Fenster öffnen, damit die stickige Luft hinausgefegt wurde. Sophie war noch in der Kirche, und Samuel freute sich auf ihr Gesicht, wenn er ihr das fertige Bett zeigen würde. Er blies den Holzstaub von der kleinen Figur, die er in seinen Händen hielt, und hob sie in das spärliche Licht, das durch die Dachluke drang. Er hatte über die Jahre etwas Übung im Schnitzen bekommen. Ein Engelskopf. Damit wollte er Sophie überraschen. Behutsam trieb er den Pfropfen, den er unten an der Figur angebracht hatte, in das dafür vorgesehene Loch am Kopfende. Es sah hübsch aus, sein Bett. Sophie hatte bereits die Strohsäcke gefüllt, die als Auflage dienen sollten. Samuel legte sie in den Holzkasten, verteilte sie gleichmäßig darin, dann warf er einen ungeduldigen Blick durch die Dachluke.

»Samuel!«, hörte er Sophie wenig später von unten heraufrufen. Nervös klopfte er sich den Staub von der Hose, trat vorfreudig neben das Bett und lauschte, wie Sophie die Treppe hinaufstieg, bis sie etwas außer Atem das Zimmer betrat. Zufrieden erblickte sie das neue Bett, schritt entlang der Kante bis zu dem Engel, tippte mit dem Zeigefinger auf das Köpfchen, sah wieder zu Samuel und lächelte. Der Engel gefiel ihr. Vor dem Fenster schob sich eine Wolke vor die Sonne. Sophie zupfte an ihrem Ärmel. Sie machte einen Schritt auf ihn zu. Er machte einen. Und plötzlich schnellten ihre Hände nach vorn. Sie zog seinen Kopf zu sich heran und küsste ihn so heftig, dass ihre Zähne aufeinanderschlugen. Sie erschraken über den Zusammenprall, auch Sophie. Samuel schmeckte das Blut, spürte ihre Lippen, die nun weicher wurden. Schließlich lösten sie sich wieder voneinander und wussten nicht recht, was als Nächstes kommen sollte. Sophie lachte verlegen, setzte sich aufs Bett und streckte die Hand aus. Warm schlossen ihre Finger sich um die seinen. So blieben sie, wie zwei zitternde Waagschalen, bis Sophie ihn ruckartig zu sich hinunterzog und lachend auf die Strohsäcke warf. Samuel hatte lange auf diesen Augenblick gehofft, seine Haut hatte sich nach ihrer gesehnt, seine Hände nach allem, was unter ihren Röcken, Hemdchen und Miedern verborgen war. Jetzt war sie es, die ihr Mieder lockerte, die ungeduldig an den Schnüren riss. Sie packte Samuels Hände und führte sie über ihren Körper, schob sie über ihre Brüste, ihren Bauch. So zupackend Sophie sich gab, so vorsichtig blieb Samuel, erforschte staunend die glatten Schenkel und ihren warmen Körper. Halb küssend, halb ringend entledigten sie sich ihrer Kleider und der Schuhe. Sophie sank auf das Bett, der Engel über ihr. Den einen Moment lag sie still, und Samuel sah an ihren Schläfen den Puls schlagen. Dann zog sie ihn wieder an sich, schlang die Beine um seine Hüften. Ihr rascher Atem an seinem

Ohr war wie ein Flüstern, ein Lied, das sie gemeinsam sangen, und das neue Bett knarzte den Takt dazu, bis es schließlich mit einem leisen Seufzer endete.

Draußen war das Gewitter losgebrochen. Nun regnete es in Strömen, und Sophie spazierte nackt in das andere Zimmer, um eine Decke zu holen, unter der sie sich aneinanderschmiegten und dem Trommeln des Regens lauschten.

»Ich mag es, wenn du hier bist«, sagte sie in das Prasseln hinein. Dann, nach einer kurzen Pause, erklärte sie geradeheraus: »Mit der Vermietung der Zimmer und der Wirtschaft wär vielleicht bald genug zu tun für uns beide, und du bräuchtest nicht länger bei den Porzellanern sein.«

Samuel fühlte sich übertölpelt. In seinem Kopf ging plötzlich alles durcheinander. Was wollte sie ihm damit sagen? Sophie drehte sich zu ihm und schmiegte sich an seine Brust. »Wir sind ja eh die ganze Zeit zusammen. Du hilfst mir. Ich helfe dir. Da können wir ebenso gut heiraten.«

»Sophie …«, stammelte er. »Das will ich. Natürlich will ich das. Es ist nur … Ich kann nicht fort aus der Manufaktur.«

Sophie stützte sich auf ihren Ellbogen auf. Eine Falte bildete sich zwischen ihren Brauen.

»Warum denn nicht?«

»Weil … Weil das nicht geht.«

Sophie setzte sich auf. »Wie lange hockt ihr schon dort oben? Sieben Jahre? Acht? Und nichts geschieht.«

Samuel spürte Trotz in sich aufsteigen. Sein Blick hielt dem ihren stand, aber mit Worten konnte er ihr nichts entgegensetzen.

»Sophie …«, begann er, aber sie unterbrach ihn.

»Ich muss rüber. Die Tante wird sich schon fragen, wo ich bleibe.« Entschlossen sammelte sie ihre Kleider ein. »Wir sprechen ein anderes Mal darüber.«

»Lass uns die Michaelismesse abwarten«, bat Samuel. »Ich bin mir sicher, dann wird alles gut.«

»Meinetwegen.« Nun flog doch noch ein Lächeln über ihr Gesicht. Sophie zog sich das Mieder fest und strich die Haare glatt. Dann gab sie ihm einen flüchtigen Kuss und eilte die Treppe hinunter. Nachdenklich schlüpfte Samuel in Hemd und Hose und trat an die Dachluke. Die Gewitterwolken hingen wie Fetzen tief über den Häusern. Mit einem Schlag war der Sommer vorbei, und unten im Hof sah er Sophie durch die Pfützen springen.

Sophie

Meißen, 1718

Seit Wochen gingen die schrecklichsten Schauergeschichten um. Wie ein Schatten legten sie sich über Meißen, und das trübe Licht, jetzt im Februar, tat sein Übriges. In der Niederau sollten schon zwei Leute an der Pest gestorben sein. Der Tod näherte sich mit großen Schritten, und sein schwarzer Mantel fegte über die kahlen Felder. Jemand wollte von Osten her gegen Mitternacht eine leuchtend grüne Wolke gesehen haben, und in Spremberg waren angeblich Vögel und Frösche vom Himmel gefallen. Gott straft uns für unsere Sünden, predigte der Pfarrer. Einige sagten, die Porzellaner seien schuld. Die Fremden, die dort arbeiteten, brächten die Seuche in die Stadt. Und dass dies der Preis für Böttgers Teufelsmischerei sei. Sophie war sich nicht sicher, was sie glauben sollte. Alles, was sie wusste, war, dass ihre Zimmergäste schon bei den ersten Gerüchten Hals über Kopf aufgebrochen waren – einer sogar ohne zu bezahlen. Auch in der Schenke ließ sich kaum noch jemand blicken. Sophie war schon ganz mager geworden, und die Tante lag seit einer Woche krank im Bett. Eben noch war alles hell und voller Hoffnung gewesen, und nun warf man ihr die Schale um, in die Sophie so fleißig für ihre Zukunft gesammelt hatte. Ihre und Samuels Zukunft.

Das Brett mit der dampfenden Schüssel balancierend, trat sie in die Kammer und blickte auf die Tante, die schwer atmend in ihrem Bett unter der viel zu dünnen Wolldecke schlief. Ihr Gesicht wirkte gelblich, wächsern, die Wangen waren eingefallen. Die

Pest war es wohl nicht, denn Geschwüre waren keine zu sehen. In der Kammer roch es säuerlich abgestanden, aber Sophie wagte es nicht, das Fenster zu öffnen und die fiebrige Tante dem nasskalten Luftzug auszusetzen.

»Tantchen?«, versuchte Sophie sie zu wecken. Der Geruch nach dem Suppenfleisch ließ ihr das Wasser im Mund zusammenlaufen. Aber sie würde sich keinen Bissen davon gönnen. Die Tante musste gesund werden. Sie durfte jetzt nicht sterben, auf gar keinen Fall.

Mit Samuel hatte sie seit jenem Spätsommernachmittag, als sie mit ihm geschlafen hatte, nicht mehr darüber gesprochen, wie es mit ihnen weitergehen sollte. Nachdem Böttger die alleinige Leitung der Manufaktur übernommen hatte und ohne die Einmischung des Königshofes schalten und walten konnte, hatte Samuel zunächst beteuert, dass nun alles in Ordnung käme. Aber dann wurde er immer stiller. Die Michaelismesse in Leipzig, die er hatte abwarten wollen, war vorbeigegangen und ebenso die Neujahrsmesse. Samuel erwähnte, dass die Manufaktur dort jedes Mal einen Stand hatte einrichten können, um Porzellan zu verkaufen und weitere Kundschaft nach Meißen zu locken. Wenn Sophie aber nachbohrte, wich er ihren Fragen aus, und sie ahnte, dass es wohl nicht ganz so rosig lief, wie er es sich erhofft hatte. Ob es daran lag, dass sie nicht genug verkauften, jetzt, wo die direkte Verbindung zum Königshof fehlte, oder ob Böttger einfach nicht mit Geld umgehen konnte, das erfuhr sie nicht von Samuel. Wahrscheinlich schämte er sich. Oder vielleicht wusste er auch selbst nicht so genau, was die Gründe waren. Da aber auch die Wirtschaft bei Sophie noch nicht genügend abwarf und nun mit der drohenden Pest ganz brachlag, drängte sie Samuel nicht. Wenn er sie an den Sonntagen besuchte, redeten sie nicht viel. Sie saßen an den leeren Tischen, und Sophie lehnte sich ein wenig an, und manchmal gingen sie auch hinüber in das Zimmer mit dem Engelskopf und schliefen miteinander. Wenn sie schwanger werden würde, so dachte Sophie, dann würde das Samuels Entscheidung, in der Manufaktur aufzuhören, bestimmt beschleunigen. Aber sie nahm sich vor, Geduld zu haben. Die Pest würde vorübergehen und Samuel einsehen, dass es verlorene Mühe war, seine Arbeit in etwas zu stecken, das nichts einbrachte und wovon sie nicht leben konnten. Bei ihr war er besser dran. Im Frühling würden wieder Gäste kommen, mehr noch als im letzten Jahr, sodass Samuel vielleicht ein weiteres Zimmer ausbauen könnte. In der Schenke würden sie im Sommer Tische auf den Hof stellen und irgendwann sogar ihr eigenes Bier brauen. Nur durfte die Tante nicht sterben. Nicht jetzt. Wie schnell wären die Verwandten da, um ihren Erbteil zu verlangen und eine Pacht, die Sophie nicht zahlen konnte. Vielleicht in ein paar Jahren. Aber jetzt noch nicht.

»Tantchen, ich hab dir Suppe gebracht.«

Die Tante blinzelte. Ächzend versuchte sie, sich aufzurichten.

»Warte, ich helf dir.«

Sophie stellte das Brett auf einem Schemel ab, griff der Tante unter die Arme und zog sie hoch. Schwer atmend krallte diese sich fest und hielt sich unter einiger Anstrengung aufrecht. Sophie wollte ihr die Schüssel reichen, die Tante aber zitterte so sehr, dass Sophie sie füttern musste.

»Stell dir vor, das Fleisch und die Rüben haben wir geschenkt bekommen.«

Jetzt, wo die Tante schwach war, konnte Sophie sie vielleicht leichter von Samuel überzeugen. Steter Tropfen, dachte sie. Die Tante würde schon noch merken, was Samuel für einer war. Immerhin hatte er doch die beiden Zimmer gebaut und ein neues Bett dazu. Gierig schlürfte die Tante.

»Schmeckt, nicht wahr?«

Die Tante nickte und kaute lange auf einem Fleischstückchen herum, bevor sie es heruntergeschluckte.

»Samuel hat uns das Fleisch und die Rüben geschenkt.«

Die Tante hörte auf zu kauen.

»Da siehst du's. Er ist ein Guter. Hat's von seinem Lohn abgezwackt, damit du gesund wirst.«

Die Tante sah misstrauisch auf die Schüssel herunter. Sophie tauchte den Löffel erneut hinein und hielt ihn der Tante hin.

»Das kann er selber fressen, der Porzellaner«, stieß die Tante hervor und presste die Lippen zusammen. Ihr Misstrauen gegen die Porzellaner war seit der drohenden Pest wieder gewachsen, und sie war überzeugt, dass auch die Krankheit, die sie jetzt ans Bett fesselte, einer von den Italienern, die auf der Burg arbeiteten, oder vielleicht auch ein Holländer in die Schenke getragen haben musste.

Sophie seufzte. »Nun iss, Tantchen. Ich hab mir so viel Mühe damit gemacht.«

Das zumindest entsprach der Wahrheit. Sophie war heute früh für Vollhardt auf den Markt gegangen. Weil man nicht wusste, ob die Märkte wegen der Pest nicht bald schon geschlossen würden, hatte großes Gedränge geherrscht. Sophie war kaum durchgekommen und fürchtete, dass man ihr die Eier zerhaute, die sie für Vollhardt ergattert hatte. Sie war mit allem fertig und schon auf dem Heimweg, als sie beim Gemüsestand stecken blieb. Ein fetter Kerl versperrte ihr die Sicht. Sie konnte nicht sehen, was da vorne los war. Auch die Gemüsefrau guckte immerzu hinüber. Ein Lachen rollte durch die Menge – war wohl ein Spaßmacher, dessen Scherze eine willkommene Ablenkung waren von dem heraufziehenden Unglück. Der Fettwanst drängte Sophie an den Tisch. Sie musste sich abstützen, um nicht umzukippen. Die Hand lag also schon auf dem Bündel Rüben, und ehe sie es sich versah, hatte sie es in ihren Korb gepackt. Die Gemüsefrau und alle anderen guckten immer noch zu dem Spaßmacher, und Sophie machte eilig kehrt. Die falsche Richtung, aber Hauptsache, weg.

»Na, Sophie, gehst du schon heim?«

Das war die Lisbeth Franz, die sich jetzt an drei Weibern vorbei zu ihr drängte. Ihre blonden dicken Zöpfe sahen aus wie feiste Butterwecken, auch ihre Nase glänzte, die Lippen hatte sie wie immer zu einem adretten Lächeln geschürzt. Ihr Vater, der Weinhändler, hatte erst im letzten Jahr noch einen Weinberg dazugekauft und Lisbeth trug seither die Kleider mit Spitze gesäumt. Sophie erschrak, als sie sie erkannte. Hatte sie etwas beobachtet? Die Lisbeth würde nicht zögern, sie zu verraten, denn sie versäumte es nie hervorzuheben, wie gut und richtig sie sich verhielt im Gegensatz zu anderen. Lisbeth sah in Sophies Korb – die Eier, die Butter, das Fleisch.

»Da lasst ihr es euch ja gut gehen. Die Porzellaner, die immerzu in eurer Wirtschaft sind, scheinen euch schönes Geld zu bringen.«

Sophie war nicht danach, die Sache richtigzustellen und sich auf ein Gezanke mit Lisbeth einzulassen, die sich sowieso nie von ihrer Meinung abbringen ließ.

»Mein Vater liefert ja nicht auf die Burg«, fuhr Lisbeth fort. »Obwohl der Meister Böttger schon mehr als einmal angefragt hat. Aber mit denen macht der Vater keine Geschäfte. Sie zahlen nicht. Oder nur spät. Aber wenn man es nötig hat …« Mitleidig blickte sie auf Sophie.

»Magst du einen Kringel? Hab sie grad vom Bäcker geholt.«

Nur zu gern hätte Sophie sich einen genommen. Aber die Gemüsefrau, die nun wieder auf ihre Auslage blickte, hatte den leeren Platz entdeckt.

»Keine Zeit«, sagte Sophie, und es war zumindest eine kleine Genugtuung gewesen, die Lisbeth mit ihrer Selbstzufriedenheit einfach stehen zu lassen. Rasch war Sophie zurück zu Vollhardts Haus gelaufen. Die Rüben hatte sie in ihrem Tuch versteckt und schnitt heimlich von dem Fleisch ab, das eigentlich für Vollhardt bestimmt war. Die halb blinde Köchin würde es nicht merken. Nach der Arbeit hatte Sophie sich beeilt, nach Hause zu kommen, um von den Rüben und dem Fleisch eine Suppe für die Tante zu kochen.

Doch die Tante hielt immer noch fest die Lippen geschlossen, sodass Sophie allmählich ungeduldig wurde.

»Nun iss, Tantchen. Du musst doch gesund werden. Iss. Und die nächste Suppe mach ich wieder ohne Fleisch. Ich versprech's.«
Die Tante jedoch blieb stur und zog sich die Decke bis ans Kinn hoch. Schließlich stellte Sophie die Suppenschale neben dem Bett ab und ging hinunter in die Schenke.

Am nächsten Tag bei Vollhardt blieb sie den ganzen Vormittag über ängstlich, weil sie fürchtete, er oder die Köchin könnten doch bemerkt haben, dass sie sich von dem Fleisch genommen hatte. Mittags brachte sie Vollhardt das Essen in seine Schreibstube. Seit Carl aus dem Haus war, aß er oft zwischen seinen Büchern, halb lesend oder schreibend.

»Ach, Sophie«, sagte Vollhardt freundlich aufblickend, als sie mit dem Tablett das Zimmer betrat. Am Mittag aß er nur Brot und Käse, manchmal einen sauren Hering und trank zwei Gläser Wein dazu. »Bring mir das Essen doch in die Stube. Es ist eine schreckliche Angewohnheit, beim Arbeiten zu essen und beim Essen zu arbeiten.«

Sophie nickte und trug die Sachen in die Stube. Kaum hatte sie den Tisch gedeckt, kam der Alte herein.

»Warum setzt du dich nicht ein wenig zu mir?«, schlug er vor und wies auf den Stuhl, der dem seinen gegenüberstand. Das hatte er schon lange nicht mehr getan. Wollte er ihr eine Moralpredigt halten, weil sie gestohlen hatte, und sie hinauswerfen? Oder wollte er sie an das Geld erinnern, das sie ihm noch schuldete?

»Nun schau doch nicht so, Sophie. Ich will mich nur mit dir unterhalten.«

Sophie sah dem Alten zu, wie er mit seinen knöchernen Fingern den Käse abschnitt und sich das Stückchen in den Mund schob. Das Zerwürfnis mit seinem Sohn hatte ihm zugesetzt. Unter den Augen hingen dicke Tränensäcke, und seine Stirn war zerfurcht.

»Wie ging es denn mit den Fremdenzimmern? Hattet ihr Gäste übers Jahr?«

Sein Ton war freundlich, und dennoch lag etwas darin, das Sophie anders vorkam als sonst.

Nervös rieb sie die Hände an ihrer Schürze. »Im Sommer hätten wir gut das Doppelte vermieten können, aber jetzt, wo man nicht weiß, ob die Pest kommt, ist alles leer.«

Vollhardt nickte. Was schaute er sie denn so an?

»Wenn es wegen dem Geld ist«, preschte Sophie vor. »Ich kann Euch gerade nicht mehr zurückgeben als die vier Taler, die ich bereits bezahlt habe. Aber im Frühling bestimmt.«

Wieder nickte er. Dann tätschelte er ihren Arm und spülte Brot und Käse mit einem kräftigen Schluck Wein herunter.

»Trink doch auch etwas«, bot er an, füllte sein Glas und schob es ihr zu. Sophie trank ein wenig und schob es zurück. Lieber hätte sie etwas von dem Käse gehabt.

»Wie geht es deiner Tante?«

»Nicht gut. Ich hoffe, sie erholt sich bald.«

»Du solltest den Doktor kommen lassen.«

Sophie biss sich auf die Unterlippe, denn an eine solche Ausgabe war selbst im Traum nicht zu denken.

»Soll ich den Doktor noch einmal zu euch schicken?«, kam Vollhardt ihrer Antwort zuvor.

»Das wäre wirklich ... Danke.«

Vollhardt lächelte und strich sich einen Käsekrümel vom Kinn. »Warum ich mit dir sprechen wollte«, begann er nun wieder und machte eine lange, gewichtige Pause.

»Ich muss an meine Zukunft denken. Ich bin ein alter Mann und lebe allein, und es sind ungemütliche Zeiten.«

Sophie runzelte die Stirn.

»Ich hab dich gerne um mich. Du bist hübsch. Und jung. Wenngleich auch nicht mehr ganz so sehr.«

Er hatte recht. Sophie ging schon auf die dreißig zu.

»Und wenn deiner Tante etwas zustoßen sollte, bist auch du ganz allein und ohne einen Menschen.«

Wieder hielt er inne, und Sophie wurde immer mulmiger zumute. Vollhardt erhob sich von seinem Stuhl, ging ein paar Schritte und blieb vor dem Bildnis seiner verstorbenen Frau stehen, bevor er sich wieder zu Sophie umwandte.

»Deshalb … Was hältst du davon, meine Frau zu werden?«

Sophie riss die Augen auf. Einen unendlich langen, peinlichen Moment blieb es still in der Stube, bis Vollhardt verlegen hüstelte. »Überleg es dir in Ruhe. Es hat ja keine Eile«, nuschelte er und verließ das Zimmer. Sophie starrte auf die Käserinde auf Vollhardts Teller. Dann stand sie auf, mit flauem Magen, und räumte den Tisch ab.

Samuel

Meißen, 1718

»Lass uns am Sonntag nach Zaschendorf hinausgehen«, schlug Sophie vor, als Samuel mit ihr an diesem Abend draußen auf der Treppe vor der Schenke saß. Die Sonne stand bereits tief, und es kühlte merklich ab, aber sie wollten noch sitzen bleiben, bis die letzten Strahlen hinter den Hausdächern verschwunden waren.

»Was willst du denn in Zaschendorf?«, fragte er und konnte Sophie ansehen, dass sie etwas im Schilde führte.

»Nur so.«

In Zaschendorf lebten ihre Verwandten, und Sophie war ein paarmal mit der Tante dort gewesen. Ein Vetter oder Onkel braute dort sein eigenes Bier, und Sophie hatte schon einmal erwähnt, sie wolle sich dies bei Gelegenheit genauer ansehen. Samuel deutete ein Nicken an und war froh, dass in diesem Augenblick zwei Männer die Schenke betraten und Sophie sich um die Wirtschaft kümmern musste. Seit dem Sommer waren wieder häufiger Gäste da. Die Pest hatte sich verzogen. Schnell waren die Reisenden in die Stadt zurückgekehrt, und auch die Tante war von ihrem Fieber genesen. Sophie wirkte eifrig, und Samuel erwartete mit ungutem Gefühl, dass sie ihren Vorschlag, er solle mit ihr die Schenke führen und das Porzellan sein lassen, wieder aufwärmen wollte.

Oft hatte er sich im vergangenen Jahr gefragt, warum er sich so sehr dagegen sträubte. Die Vorstellung, den Leuten das Bier auszuschenken, hier einen Schwatz zu halten und dort immer höflich und lustig zu sein, behagte ihm nicht. Er, der immer danach gestrebt hatte, sein Wissen zu vermehren, konnte es sich doch nicht in einer Gaststube gemütlich machen. In der Manufaktur dagegen gab es noch vieles zu verbessern, zu erforschen und zu erfinden. Sophies Geringschätzung gegenüber allem, was er bisher erreicht hatte, ärgerte ihn.

»Weißt du, Sophie«, sagte Samuel, als er sich von ihr verabschiedete. »Am Sonntag kann ich nicht. Böttger will Inventur machen und hat uns zum Zählen verdonnert. Wir verschieben den Besuch nach Zaschendorf, ja? Oder du gehst ohne mich.« Sophie maß ihn mit kritischem Blick, während Samuel sich um ein unschuldiges Gesicht bemühte, denn besagte Inventur hatte bereits am vergangenen Sonntag stattgefunden. Es fühlte sich schäbig an, Sophie so anzulügen, und er wusste, dass er die Zerreißprobe zwischen ihr und dem Porzellan nicht mehr zu sehr in die Länge ziehen durfte. Es war ja nicht von der Hand zu weisen: Obwohl Böttger die Manufaktur jetzt allein leitete und ihm keiner mehr dreinredete, waren der große Erfolg und der Segen eines üppigen Lohns, den Samuel Sophie seit Jahren versprach, nie eingetreten. Und doch hatte sie kein Recht, über seine Arbeit zu urteilen. Schließlich produzierten sie inzwischen einiges an Porzellan und verkauften es auch, bekamen sogar Bestellungen aus ganz Europa. Der Grund dafür, dass immer noch nicht genug Geld hereinkam, lag nach Meinung des Meisters an den fehlenden guten Farben. Besonders ein tiefes, dunkles Blau, wie man es vom chinesischen Porzellan kannte, war gefragt.

»Was soll man machen?«, rechtfertigte sich Böttger, wenn Samuel oder einer der anderen Männer nachfragte. »Die Leute sind eben nicht bereit, für unbemaltes Porzellan so viel zu bezahlen. Oder für Farben, die nicht haltbar sind. Aber ich arbeite daran.«

Samuel aber war sich nicht ganz sicher, ob Böttger wirklich daran arbeitete. Er wirkte müde, war noch häufiger krank als sonst und alles, was man an ihn herantrug, wimmelte er zunächst unwirsch ab: »Keine Zeit.«

Samuel und auch Köhler versuchten sich mehrfach selbst daran, bessere Farben zu entwickeln, erhielten von Böttger aber wenig Unterstützung. Beinahe schien es Samuel, als befürchtete Böttger, sie könnten ihm mit einer Erfindung zuvorkommen. Das, so glaubte Samuel inzwischen, war Böttgers größte Schwäche. Er wollte immer selbst die Lorbeeren einheimsen, und gelang ihm etwas nicht, sollte es auch keinem anderen gelingen, selbst auf die Gefahr hin, dass die Manufaktur dabei zugrunde ging. Dazu kam, dass er ganz offensichtlich ein miserabler Kaufmann war.

»Meister Böttger, Ihr müsst sparsamer wirtschaften, sonst war es das bald mit der Manufaktur«, hatte Inspektor Steinbrück ihm bereits vor längerer Zeit gesagt, doch Böttger ignorierte ihn, und seit Neuestem wollte er ihm nicht einmal mehr Einblick in die Bücher gewähren. Samuel, als er davon erfuhr, ärgerte sich. Sein Meister kam ihm manchmal vor wie ein trotziges Kind, das nicht zugeben mochte, wenn es im Unrecht war, selbst wenn alle dabei Schaden nahmen – ihn eingeschlossen. Und sosehr Samuel früher zu ihm aufgesehen hatte, so ertappte er sich jetzt immer häufiger dabei, dass ihm der Respekt für seinen Meister fehlte.

Eines Nachmittags bekam Samuel mit, wie Böttger sich lautstark mit dem Inspektor in dessen Arbeitsstube zankte. Samuel konnte nicht anders, als vor der angelehnten Tür des Büros stehen zu bleiben und dem Wortwechsel zu folgen. Böttger warf Steinbrück die übelsten Schimpfworte an den Kopf, während Steinbrück auf ihn einredete. Offenbar ging es um einen nicht geringen Betrag, der verschwunden war. Fast zweihundert Taler und damit ein guter Teil ihrer Einnahmen aus den letzten Monaten. Böttger behauptete steif und fest, er habe das Geld nach Schneeberg geschickt, um weiße Erde zu kaufen, aber die Witwe Schnorr habe es eingesackt, einfach so. Nein, nicht einfach so. Angeblich habe Böttger ihr diesen Betrag noch geschuldet, doch das sei eine Lüge.

»Die alte Vettel hat es sich unter den Nagel gerissen«, schimpfte Böttger.

»Hat der Bote sich den Betrag von ihr denn nicht quittieren lassen?«

»Natürlich.«

»Und wo ist die Quittung abgeblieben?«

»Ich kann mich nicht um alles kümmern.«

Böttger wandte sich zum Gehen und hatte Samuel jetzt im Augenwinkel entdeckt.

»Was willst du?«

»Ich wollte nur ... Ich kam zufällig den Gang entlang.«

»Ja und?«

»Vielleicht kann ich ja behilflich sein. Ich könnte nach Schneeberg reiten und mit den Schnorrs reden.«

Böttger blickte ihn giftig an. »Wenn ich mich recht entsinne, bist du hier für die Porzellanmasse zuständig. Also hör auf, dich wichtigzumachen, und tu deine Arbeit.« Aufgebracht schob Böttger sich an Samuel vorbei und schlug donnernd die Tür zu seinem Arbeitszimmer zu.

»Schluss, aus«, sagte Steinbrück unglücklich und schob seine etwas zu große Perücke hin und her. »Wenn es so weitergeht – dann weiß ich auch nicht mehr.«

Mit finsterer Miene schritt Samuel den Wendelstein hinunter, wo ihm auf dem untersten Absatz der Goldschmiedegeselle Christoph Hunger begegnete, der seit einigen Monaten als Vergolder bei ihnen arbeitete. Hunger war ein immer gut gelaunter, etwas magerer Kerl um die vierzig, aber mit einem glatten, alterslosen Gesicht, der Samuel schon länger aufgefallen war. Wann immer er ihm begegnete, nickte Hunger ihm freundlich zu. Er stellte viele Fragen und hatte die Gabe, immer und überall aufzutauchen, wo man ihn nicht erwartete. Mal erschien er bei den Massebereitern, mal im Brenngewölbe und behauptete, er sollte etwas bringen oder erfragen, ein anderes Mal erklärte er, sich im Gewirr der Gänge verlaufen zu haben. Auch jetzt grüßte er Samuel höflich und sah ihn neugierig an.

»Was ist Euch denn über die Leber gelaufen?«, fragte Hunger und zog eine kleine Flasche aus der Rocktasche. »Nehmt einen Schluck. Ein guter Branntwein. Dann geht es Euch gleich besser.«

Samuel lehnte kurz angebunden ab.

»Warum gehen wir nicht in eine Wirtschaft? Ich lade Euch zu einem Bier ein«, schlug Hunger unvermittelt vor. Samuel blickte verwundert auf, sodass Hunger sich sogleich entschuldigte.

»Ich wollte Euch nicht bedrängen. Ich dachte nur, Ihr könntet ein wenig Aufmunterung gebrauchen. Und ich … nun, wie Ihr wisst, bin ich recht neu in der Manufaktur und würde gern mehr darüber erfahren. Aber ich bin wohl ein wenig vorschnell gewesen. Verzeiht.«

Er steckte die Flasche ein und verabschiedete sich.

»Wartet«, hielt Samuel ihn zurück.

Draußen hatte es zu regnen angefangen, es war kühl und ungemütlich, aber der Wirt im *Hafenkrug* hatte den Ofen angezündet, und nachdem sie ihre Mäntel ausgeschüttelt hatten, saßen sie behaglich am prasselnden Feuer, jeder mit einem großen Humpen Bier vor sich, während Hunger plauderte und allerhand wissen wollte.

Samuel mochte seine Sorgen vor dem Neuen eigentlich nicht ausbreiten. Christoph Hunger aber brachte es zustande, einem Felsen die Zunge zu lösen, und so machte Samuel sich Luft und erzählte von dem verschwundenen Geld.

»Trinken wir noch eins«, schlug Hunger vor und ließ den Wirt zwei weitere Bierkrüge bringen. Und während Samuel trank, ließ Hunger seinen Blick nicht von ihm.

»Wie wär's, wenn wir abhauen und unsere eigene Manufaktur gründen?«, sagte er plötzlich.

Samuel sah ihn überrascht an. Meinte er das ernst?

»Nicht hier in Sachsen natürlich«, fuhr Hunger fort. »Wie wäre es mit Wien? Man würde uns mit offenen Armen empfangen. Dann wärt Ihr Administrator, Stöltzel. Ihr könntet es richtig machen und würdet anständig bezahlt.« Er sagte es gerade so, als ginge es bloß darum, einen weiteren Krug Bier zu bestellen. Ganz nebenbei. Samuel forschte in seinen Augen, betrachtete das Lächeln, das den Mund umspielte. Dann plötzlich brach Hunger in Gelächter aus und winkte ab: alles nicht so ernst gemeint. Er legte ein paar Münzen auf den Tisch und stand auf. Hunger schwatzte den ganzen Weg zur Burg hinauf, während Samuel ihm nachdenklich folgte. Er wurde nicht schlau aus ihm, auch jetzt nicht, nachdem er einen ganzen Abend mit ihm verbracht hatte.

Als er sich in der Nacht schlaflos in seinem Bett wälzte, ertappte Samuel sich dabei, dass er kurz darüber nachsann, wie es wäre, tatsächlich nach Wien zu gehen. So weit war es also schon gekommen! Er musste etwas unternehmen. Jemand musste Böttger ins Gewissen reden und die Dinge in Ordnung bringen. Jemand, auf den Böttger hören würde. Ich muss zum Bergrat, dachte Samuel. Und wusste zugleich, dass dies heikel war. Ohain war Mitglied der Porzellankommission, die nur im Notfall informiert werden sollte. War dies ein Notfall? Oder hinterging er Böttger damit? Er würde Ohain nur um Rat fragen, beschloss Samuel. Ihn bitten, die Kommission vorerst noch nicht miteinzubeziehen, um Böttger eine Chance zu geben, das Ruder noch herumzureißen.

»Lasst mich nach Schneeberg reiten und mit den Schnorrs reden«, schlug Samuel Steinbrück am nächsten Tag vor. Denn dass er zu Ohain wollte, durfte Böttger keinesfalls erfahren.

»Was wollt ihr dort?«, fragte Steinbrück müde.

Samuel zuckte mit der Schulter. »Die Tochter ist mir wohlgesinnt. Vielleicht kann ich etwas erreichen oder zumindest aufklären, wo das Geld geblieben ist.«

»Meinetwegen«, sagte Steinbrück, auch wenn er nicht überzeugt war. Aber es genügte Samuel, dass er ihm erlaubte, sich eines der Pferde zu nehmen und für ein paar Tage fortzureiten.

Samuel

Freiberg, 1718

Der Bergrat bat Samuel freundlich in die Stube, bot ihm etwas zu trinken an und stellte ihm seinen kleinen Sohn vor. Ihm war das Glück einer späten Vaterschaft zuteilgeworden. Vor drei Jahren war die Bergrätin verstorben. Die Trauer Ohains hatte sich in Grenzen gehalten, und nach nur einem knappen Jahr heiratete er erneut. Eine junge, dralle, etwas laute Person, die Tochter eines Berghauptmanns, die ihm im letzten Frühjahr einen Sohn geschenkt hatte. Seinen ersten. Doch all das interessierte Samuel herzlich wenig. Besorgt schilderte er, was geschehen war, während um sie herum Ohains Söhnchen mit unsicheren Schritten durch das Zimmer tapste. Ohain war nicht bei der Sache. Sämtliche Befürchtungen, die Samuel vor ihm ausbreitete, seine Angst, dass die Manufaktur bald Geschichte sein könnte und ihre ganze Arbeit umsonst gewesen war – all das schien an Ohain abzuprallen. Immerzu blickte er zu dem kleinen Eugenius und schmunzelte, wenn dieser ein Lachen oder ein Quaken von sich gab. Dann plötzlich gab es einen Rumms. Der Kleine hatte am Tischtuch gezogen, und einige Mineralproben, die Ohain dort ausgebreitet hatte, regneten auf den Kinderkopf. Großes Geschrei, und Ohain hob den weinenden Eugenius empor.

»Nicht doch. Nicht weinen.« Er wippte den Kleinen auf dem Arm und lächelte: »Aus dir wird mal ein großer Mineraloge.«

Auch beim Abendessen konnte Samuel kaum zu Ohain durchdringen, und als dieser sich schließlich ins Bett verabschiedete, zog

Samuel sich niedergeschlagen in die Kammer zurück, die man ihm zuwies. Ohains Gleichgültigkeit war ihm unbegreiflich.

Früh am nächsten Morgen sah Samuel nach seinem Pferd. Er wollte möglichst bald wieder aufbrechen, hier verschwendete er nur seine Zeit. Da entdeckte er eine Kutsche auf dem Hof, die wohl im Morgengrauen angekommen war. Samuel traute seinen Augen kaum. Vom Garten her kam ihm Ohain entgegen, tief ins Gespräch versunken mit Dr. Nehmitz. Unwohlsein stieg in Samuel auf, als die beiden Herren ihn mit ernsten Gesichtern aufforderten, ihnen in Ohains Arbeitszimmer zu folgen. Ohain war wie verwandelt. Mit einer scharfen Sachlichkeit, die Samuel erschreckte, legte er nun Dr. Nehmitz dar, was Samuel ihm gestern so aufgeregt und ohne auf seine Worte zu achten anvertraut hatte. Auf einmal klang es wie eine Anklage gegen Böttger. Das aber war nicht Samuels Absicht gewesen. Nachdem Dr. Nehmitz Samuel erneut ausgefragt hatte, schickte Ohain ihn hinaus und befahl ihm zu warten, bis sie eine Entscheidung getroffen hatten.

Samuel ging in seiner Kammer auf und ab, fluchte, setzte sich auf das schmale Bett, stand wieder auf und starrte aus dem Fenster. Was hatte er bloß getan? Und wie konnte es sein, dass Ohain ausgerechnet Dr. Nehmitz miteinbezog, von dem er doch, zumindest als Wissenschaftler, nie viel gehalten hatte? Das jedenfalls dachte Samuel. Aber um solche Details ging es wohl längst nicht mehr. Die Existenz der Porzellanmanufaktur war in Gefahr und Nehmitz vielleicht der einzige Mann, der Böttger als Direktor kurzfristig würde ersetzen können. Zu spät begriff Samuel, dass er das, was er unter allen Umständen hatte verhindern wollen, nämlich Böttger vom Thron zu stoßen, nun womöglich selbst herbeiführte. Er schlug die Hände vors Gesicht.

Erst am späten Nachmittag klopfte es, und Nehmitz betrat das Zimmer. Sorgfältig schloss er die Tür hinter sich. Die Spinne hatte Samuel im Netz.

»Also, Stöltzel«, sagte Nehmitz, als wolle er ein Urteil verkünden. »Das war eine kluge Entscheidung von Euch, sich dem Bergrat anzuvertrauen. Nun, da der erste Schritt getan ist, brauchen wir Eure Hilfe für einen zweiten.«

Samuel schwitzte. »Die Kommission hat kein Recht, sich in die Angelegenheiten der Manufaktur einzumischen«, sagte er trotzig.

Nehmitz hob die Augenbraue. Fast amüsiert.

»Oh doch. Wenn Gefahr besteht, dass die Manufaktur zugrunde geht, hat die Kommission sogar die Pflicht dazu.« Nehmitz wiegte leicht den Kopf hin und her und spitzte die Lippen. »Der Bergrat und ich sind zu folgendem Schluss gekommen«, erklärte er. »Die Manufaktur braucht Unterstützung. Böttger braucht Unterstützung. Das ist das eine.«

Samuel sah fragend auf: Und das andere?

»Das andere ist Böttgers Buch. Das Buch, in dem er all seine Erfindungen beschreiben soll.«

»Was ist damit?«

»Böttger muss es jetzt zu Ende bringen. Oder zumindest den Teil herausgeben, den er schon geschrieben hat.«

Samuel hob die Hände. Damit hatte er nichts zu tun. Doch Nehmitz sah dies anders.

»Diese Schriften liegen völlig ungeschützt in Böttgers Wohnung herum. Und wie ich aus zuverlässiger Quelle weiß, gehen dort ständig Besucher ein und aus. Auch Fremde. Es wäre ein Leichtes für sie, das Buch an sich zu nehmen.«

»Ich bin mir sicher, Böttger hütet diese Schriften wie seinen Augapfel«, entgegnete Samuel.

»Böttger ist ein kranker Mann. Was, wenn er verstirbt? Was, wenn die Schriften in falsche Hände gelangen? Schriften, die Eigentum des Königs und des Landes Sachsen sind.«

Darauf hatte Samuel keine Antwort parat.

»Und deshalb, Stöltzel, werdet Ihr die Schriften an Euch nehmen und an die Kommission überreichen.«

»Ich soll Böttger bestehlen?«

»Ihr sollt seine Schriften nur in Sicherheit bringen. Das sollte doch ein Leichtes für Euch sein, oder? Schließlich vertraut Böttger Euch wie keinem anderen.«

Samuel

Dresden, 1718

Gleich in der Diele von Böttgers Wohnung bemerkte er den beißenden Geruch. Der Hausdiener schimpfte, dass es dem Meister beliebe, sein Labor jetzt in der Stube einzurichten. Eine Schweinerei sei das. Samuel zog die Stirn zusammen. Was trieb Böttger hier?

Als Samuel die Stube betrat, saß Böttger halb liegend in einem Sessel und streckte sein Glas aus, das ihm kein Geringerer mit Rotwein auffüllte als Christoph Hunger. Beide blickten überrascht auf.

»Samuel. Komm, setz dich zu uns«, lud Böttger ihn erstaunlich gut gelaunt ein.

Samuel sah sich nach einem Schemel um. Das Chaos, das im Zimmer herrschte, übertraf jede Unordnung, die Samuel je bei Böttger gesehen hatte. Tatsächlich hatte er sich eine Art Labor eingerichtet, hatte Schmelztiegel und Glaskolben aufgebaut. Im Kamin summte dunkelrot die Glut und tauchte das Zimmer in ein unheimliches Licht. Samuels Blick glitt weiter über Proben von Eisenerz, ein Rest von Quecksilber, verrußte Tiegel, abgebrannte Schwefelhölzer und zwischen alldem halb aufgegessene Reste von Grütze und Hühnerbeinen – ein höllisch anmutendes Tableau. Und da: Samuel erkannte den abgegriffenen Band, obwohl die Schrift auf der Außenseite kaum noch lesbar war. *Die zwölf Schlüssel*. Die Anleitung des Mönches Basilius Valentinus. Es bestand nicht der geringste Zweifel. Böttger versuchte wieder, Gold zu machen.

»Ich hab dem Gesellen Hunger nur ein wenig aus alten Zeiten erzählt«, behauptete Böttger, der Samuels Blick genau verfolgt hatte.

»Und dafür hast du gleich ein ganzes Labor aufgebaut?«

»Nein, das ist was anderes. Ganz was anderes«, winkte Böttger ab und hielt Hunger sein Glas erneut hin. Samuel betrachtete die beiden misstrauisch. Hatte Nehmitz vielleicht recht und Böttger war zu unvorsichtig? Hunger war schließlich noch nicht lange bei ihnen.

»An deiner Stelle wäre ich dem Gesellen Hunger gegenüber nicht allzu offenherzig«, sagte Samuel spitz. »Er träumt davon, ins Ausland zu gehen und eine eigene Manufaktur zu gründen.«

Hunger brach in schallendes Gelächter aus.

»Sagt mal, Stöltzel, versteht Ihr keinen Spaß? Denkt Ihr etwa, das war ernst gemeint?« Lachend wandte er sich an Böttger. »Hab mir neulich einen Scherz erlaubt und vorgeschlagen, nach Paris auszubüxen und ne eigene Manufaktur aufzumachen.«

»Wien«, korrigierte Samuel. »Ihr sagtet Wien.«

»Tatsächlich?«, fragte Hunger unschuldig. »Wien oder Paris. Wo ist der Unterschied? Ich kann nicht mal Französisch.«

»Na siehst du, Samuel. Ein Scherz. Jetzt setz dich und trink etwas mit uns«, forderte Böttger ihn auf.

»Nehmt meinen Stuhl«, bot Hunger an. »Ich muss zurück nach Meißen. Höchste Zeit zu gehen.«

Flink nahm er Hut und Mantel, machte einen übertriebenen Kratzfuß und schien es auf einmal eilig zu haben. Böttger entging Samuels skeptische Miene nicht, als Hunger die Tür hinter sich zuzog.

»Hunger ist ein anständiger Kerl. Was stört dich an ihm?«

»Nichts. Das ist nicht der Grund, warum ich hier bin.«

Böttgers Augen wurden schmal, als er bemerkte, wie Samuel sich im Zimmer umsah.

»Was? Was soll der Blick?«, fragte Böttger.

»Du hast wieder angefangen.«

»Womit?«

»Böttger, ich bin nicht blind. Das hier ist ein alchemistisches Labor, und du versuchst wieder, Gold zu machen.«

»Und wenn?«

Samuel starrte ihn ungläubig an. »Warum?«

Böttger straffte sich, so gut es ihm möglich war, und in sein Grinsen schlich sich ein leiser Triumph.

»Bevor ich ins Grab steige, pack ich es noch. Ich bin kurz davor.«

Wie oft hatte Samuel ihn dies sagen hören. Mit diesem fiebrigen Glänzen in den Augen. Aber das Gold hatte den Meister gepackt, nicht umgekehrt. Es hatte seine Schlingen um Böttgers Herz gelegt und zog ihn weiter ins Verderben, wie der Branntwein, von dem er nicht mehr lassen konnte.

»Der sogenannte Graf Klettenberg sitzt seit dem Frühjahr auf dem Königstein gefangen«, höhnte Böttger. »Jetzt ist es aus mit ihm, und ich bin wieder königlicher Goldmacher.«

Damit zog er aus der Tasche seines Hausmantels ein abgegriffenes Dokument, faltete es auseinander und hielt es Samuel hin. Ein Vertrag. Vom König unterzeichnet im Dezember des vorigen Jahres. Er nahm darin Böttger das Versprechen ab, bis zum 1. Januar 1719 das Geheimnis der Goldmacherkunst vollständig niederzuschreiben. Er hatte also kaum noch drei Wochen Zeit dafür.

»Was ist mit den anderen Schriften?«, fragte Samuel. »Die Herstellung des Porzellans, die anderen Erfindungen. Bist du damit fertig?«

Böttger hatte sich im Sessel zurückgelehnt und schloss die Augen, die von der Anstrengung tränten.

»Der Verstand ist eine Sache, und man kann über ihn viel erkennen«, hörte Samuel Böttger sagen. Seine Stimme klang kehlig. »Der Verstand ist klar und hell und nüchtern. Zu nüchtern für meinen Geschmack. Es fehlt die Magie, es fehlt das Heilige. Muss wahre Erkenntnis nicht aus Ekstase resultieren? Ist sie nicht ein göttlicher Akt und entzieht sich jeder Vernunft?«

Böttger war immer schon seltsam gewesen. Samuel hatte ihn noch nie ganz verstanden. Ein Geist, der Wege ging, auf denen keiner ihm folgen konnte. Und auf denen er Dinge entdeckte, die mit Geradlinigkeit nicht zu finden waren. Samuel war es vergönnt gewesen, ihn auf mancher Strecke zu begleiten und eine Ahnung zu erhaschen von dem, was Böttger ausmachte.

»Wo ist das Buch?«, wiederholte Samuel nun schon dringlicher.

»Es gibt kein Buch. Ich hab's verbrannt. Da im Kamin kannst du es aus der Asche kratzen, das verdammte Buch. Jetzt kann es mir keiner mehr wegnehmen. Nehmitz nicht und auch kein König.« Damit glitt ihm sein Glas aus der Hand und zersprang auf dem Boden.

»Böttger, kann es sein, dass du die zweihundert Taler und vielleicht noch anderes Geld für die Versuche mit dem Gold aufgewandt hast?«

»Wer schickt dich? Ohain?«, fuhr Böttger Samuel giftig an und schien auf einmal wieder ganz klar.

Samuel schwieg ertappt.

»Oder Nehmitz? Ich warte schon lange darauf, dass er wieder aus seinem Mauseloch springt und mir seine Spione schickt.«

»Böttger ... Ich will dir helfen!«

Der Meister schwieg trotzig.

»Ist dir denn alles gleich? Sind wir dir gleich? Die Männer? Das Porzellan?«

Schweigen.

»Ich dachte, wir wären Freunde.«

»Hau ab!«, donnerte Böttger plötzlich. »Geh! Ich brauch deine Hilfe nicht.«

Getroffen sah Samuel ihn an, wartete noch einen Augenblick und hoffte, Böttger würde zur Vernunft kommen. Böttger aber hatte sich schon wieder zurückgelehnt und schien Samuel nicht mehr wahrzunehmen.

Bedrückt machte er sich auf den Weg zurück nach Meißen. Über der Elbe hing dick der Nebel, und erste Schneeflocken tanzten zu Boden. Samuel betete nicht oft. Aber jetzt, als sein Pferd zur Stadt hinaustrottete, hob er den Blick, über ihm das undurchdringliche Grau, und sandte eine stumme Bitte in den Himmel.

Sophie

Meißen, 1718

Sophie stand auf der Küchenschwelle und sah hinaus zum Hühnerstall, wo nasse Schneeflocken zu Boden fielen, um sich sofort im Schlamm aufzulösen. Sie zog das Wolltuch enger um sich, starrte in den trüben Novembertag hinaus und konnte sich nicht aufraffen, wieder zurück in die Küche zu gehen, wo der Rauch, der aus dem undichten Ofen drang, ihr Übelkeit verursachte. Ich muss es Samuel sagen, dachte sie. Jetzt gab es kein Zurück mehr. Sie hatte gehofft, dass er von selbst einlenken würde, aber sie konnte nicht länger warten, und wenn Samuel nur einen Funken Anstand besaß, würde er sie nicht alleinlassen. Auch Vollhardt, der immer noch geduldig ausharrte, ob sie seinen Antrag annehmen würde, sollte endlich eine Antwort bekommen. Sie konnte ihn nicht heiraten. Nun erst recht nicht mehr. Bis vor ein paar Tagen hatte sie nichts auf die immer wiederkehrende Übelkeit gegeben oder darauf, dass ihre Blutung ausblieb. Nichts Ungewöhnliches, hatte sie sich gesagt, denn sie war mager und erschöpft. Doch inzwischen gab es keinen Zweifel mehr. Deutlich spürte sie die Veränderung in ihrem Körper. Samuel hatte ihr gesagt, dass er für einige Tage verreisen müsste und danach sofort zu ihr zurückkehren würde. Gut möglich also, dass er heute bei ihr auftauchen würde. Dann würde sie es ihm sagen.

Tatsächlich trat Samuel wenige Stunden später zu ihr in die Küche, wo Sophie gerade eine Grützsuppe für die Gäste vorbereitete. Unentschlossen blieb er mitten im Raum stehen und sah ihr zu, wie sie im Topf rührte.

»Nun steh doch nicht herum wie ein Schluck schales Bier. Setz dich auf die Bank, wo du mir nicht im Weg bist.«

Die Worte kamen gröber heraus, als Sophie es beabsichtigt hatte. Beinahe wäre sie sofort in Tränen ausgebrochen. Stattdessen wischte sie sich übers Gesicht, tat, als wären die Zwiebeln daran schuld, dass sie schniefte, und rührte eifrig weiter. Samuel setzte sich stumm auf die Bank. Er schien auf einem Gedanken herumzukauen, den er nicht ausspucken konnte. Sophie sah es im Augenwinkel und beschloss abzuwarten. Vielleicht war er nun doch noch spät zu einer Erkenntnis gekommen und wollte dem Porzellan endlich den Rücken kehren.

»Sophie«, begann Samuel und rutschte auf der Bank herum. »Es sind keine einfachen Zeiten ...«

Sophies Hände zitterten. Sie riss sich zusammen, um nicht loszuheulen.

»Wenn wir zusammenstehen, schaffen wir's«, brachte sie hervor.

Samuel nickte. »Ja. Und manchmal muss man die Zähne zusammenbeißen und noch ein wenig durchhalten, bis es geschafft ist.«

Sophie runzelte die Stirn.

»Das mit deiner Wirtschaft und dem Bier ... du weißt schon«, fuhr Samuel stockend fort. »Es geht nicht.«

Sophie hielt den Atem an. Sie war zu durcheinander, um sofort zu antworten.

»Du weißt, dass Böttger krank ist«, hörte sie Samuel sagen. »Und deshalb kann ich nicht von ihm fort. Ich kann die Manufaktur jetzt nicht im Stich lassen. Im Frühjahr sehen wir weiter.«

Und was ist mit mir?, dachte Sophie. Mich kann er im Stich lassen, das geht also.

»Nein«, sagte sie plötzlich sehr bestimmt. »Nicht im Frühjahr. Jetzt müssen wir heiraten. Ich habe alles vorbereitet.«

Verdutzt sah Samuel sie an.

»Hör zu«, fuhr sie fort, und plötzlich sprudelten die Worte aus ihr hervor. »Du hast gesagt, du hättest was gespart. Und ich kann sicher noch Geld von Vollhardt leihen. Ich muss es nur tun, bevor er von allem erfährt. Denn dann wird er mich rauswerfen. Verstehst du?«

Samuel verstand und verstand nicht.

»Den Winter kannst du nutzen, um in Zaschendorf das Bierbrauen zu erlernen«, erklärte Sophie eindringlich. »Mein Vetter wird es dir beibringen und verlangt dafür nur, dass du kräftig bei ihm mit anpackst.«

Sophie hatte sich Samuels Hand gegriffen, und sie sprach schnell. »Von deinem Ersparten und von Vollhardts Geld kaufen wir alles, was man zum Bierbrauen braucht. Und wenn im Frühjahr dann wieder mehr Gäste kommen, baust du noch ein Zimmer aus.«

Samuel starrte sie entgeistert an.

»Nun schau doch nicht so. Wir hatten es doch so ausgemacht«, ereiferte sich Sophie.

Samuel entzog ihr die Hand. »Gar nichts hatten wir ausgemacht. Sophie, ich verspreche dir …«

»Nein, du versprichst mir nichts mehr«, erklärte sie zornig. »Es gibt ja immer einen Grund, warum du dein Versprechen nicht halten kannst.«

»Sophie …«

»Spar dir dein ›Sophie‹. Entscheide dich. Willst du mich oder willst du das Porzellan? Denn beides geht nicht zusammen.«

Eine Mauer hatte sich zwischen ihnen aufgetürmt, ach was, keine Mauer, ein Gebirge.

»Du tust, als wäre alles, was ich in den letzten Jahren geschafft habe, nichts wert«, sagte Samuel leise. »Du wischst das weg, wie du das verschüttete Bier mit deinem Drecklappen wegputzt, als wäre das Porzellan nichts als Mist.«

»Ist es das nicht?«, fuhr Sophie ihn erbost an.

»Nein. Das ist es nicht. Und du hast kein Recht, so etwas zu behaupten. Weil du nichts verstehst. Gar nichts.«

Geräuschvoll schob Samuel die Bank zurück und blickte Sophie wütend an.

»Sophie, das kannst du nicht von mir verlangen.«

»Ich verlange gar nichts. Tu, was du willst. Nur nicht mit mir.«

Kurz schien Samuel zu warten, ob sie das Gesagte zurücknehmen würde, doch Sophie wich keinen Deut von ihren Forderungen ab. Diesmal nicht. Da gab Samuel der Bank einen wütenden Tritt und verließ die Küche ohne einen Abschiedsgruß und ohne einen Blick zurück. Sophie schossen die Tränen in die Augen, und sie barg den Kopf in ihren Armen. Wieso hatte sie ihm nichts von dem Kind gesagt? Aus Scham, aus Stolz – sie wusste es nicht, aber nun war es zu spät.

Die Tante musste sie gehört haben, denn sie stand im nächsten Augenblick in der Küche. »Was heulst du denn? Bist du ihn endlich los? Besser ist's.«

»Gar nichts ist besser«, warf Sophie der Tante an den Kopf. »Gar nichts.« Und brach wieder in Tränen aus. Die Tante brauchte nicht lange, um zu begreifen. »Er hat dir ein Kind gemacht. Ist es das?«

Sophie weinte nur noch mehr – Antwort genug für die Tante.

»Was ist mit Vollhardt?«, fragte sie kühl, denn natürlich wusste sie inzwischen über seinen Antrag Bescheid.

»Jetzt will er mich bestimmt nicht mehr.«

»Vielleicht ja doch. Wenn du dich wie ein vernünftiger Mensch benimmst.«

Sophie wimmerte, während die Tante fortfuhr. »Seinen ersten Sohn hat er aus dem Haus gejagt. Jetzt freut er sich vielleicht über einen zweiten, denn wer weiß, ob er imstande ist, noch einen zu machen. Und jetzt wisch dir den Rotz aus dem Gesicht. Noch bist du nicht Madame Vollhardt und hast zu arbeiten.«

Samuel

Meißen, 1718

Samuel schlich auf der Burg herum, als wäre er ein Dieb. Frierend saß er in seiner Kammer und schnitzte so lange an einem Stück Holz herum, bis nichts mehr davon übrig war. Er raufte sich die Haare, ging unruhig auf und ab und starrte dann wieder hinaus in den Winterhimmel. Sophie wird schon zur Vernunft kommen, versuchte er sich zu beruhigen. Wir haben so lange gewartet, jetzt kommt es auf ein halbes Jahr auch nicht mehr an. Das wird sie schon einsehen. Viel mehr noch bedrückte ihn, was seine Reise nach Freiberg angerichtet haben mochte. Würde die Kommission demnächst auf der Burg erscheinen? Würden sie mit dem Finger auf ihn zeigen und sagen, dass er Böttger verraten hatte? Als Steinbrück ihn fragte, was er in Schneeberg erreicht hatte, nuschelte Samuel nur, dass die zweihundert Taler unauffindbar blieben. Steinbrück nickte. Er hatte es ja nicht anders erwartet.

Da die Arbeit seit einigen Tagen ruhte und keiner so recht wusste, wie es weitergehen sollte, machte sich Aufbruchsstimmung breit. Die Ratten, das Schiff, der alte Spruch. Johann hatte sein Bündel schon gepackt. Für alle Fälle. Die Männer standen auf den Gängen herum, auf den Treppen, im Halbdunkel, und schoben die Hände unter die Achseln, in die Hosentaschen, als würden sie frieren.

»Wo geht's denn hin?«, wollte Paul wissen.

»Na, wohin schon? Zurück nach Freiberg«, gab Johann zurück. »Da brauchen sie immer Bergleute.«

Kurz vor Weihnachten, als einige Männer sich schon darauf einstellten, die nächsten Tage bei ihren Familien zu verbringen, kam Böttger nach Meißen. Ächzend mühte er sich die Treppe herauf, aber keiner wagte es, ihm zu helfen.

»Was gibt es denn zu glotzen?«, schnaufte er. »Und warum arbeitet ihr nicht?«

»Ich hatte einen Boten geschickt und um Anweisungen gebeten, aber es kam nichts«, erklärte Steinbrück nüchtern.

»Na, dann weise ich jetzt an, dass wieder gearbeitet werden soll.«

Dann verschwand er in seinem Arbeitszimmer. Zögerlich nahmen die Männer ihre Arbeit wieder auf oder taten zumindest so und warteten darauf, was weiter geschehen würde.

Samuel entschied, dass es besser war, sich zu gedulden, bis Böttger von selbst wieder mit ihm sprechen wollte, und endlich kamen von Steinbrück die erlösenden Worte: »Böttger will Euch sehen.«

Als er in das Arbeitszimmer eintrat, sah Böttger ihn mit einem Blick an, den Samuel nicht kannte. Kalt und verschlossen.

»Du warst also in Schneeberg?«, fragte er.

»Ja«, log Samuel, denn er brachte es nicht über sich, Böttger die Wahrheit zu sagen.

Böttgers Hände lagen schwer auf den Armlehnen. Die Fingerkuppen voller Tintenflecken, die Nägel dunkel und die Knöchel von kleinen Schnittwunden übersät.

»Und hast dich von der alten Gaunerin um den Finger wickeln lassen. Sie lügt. Sie hat mein Geld unterschlagen.«

»Böttger, die Schnorrs haben das Geld nicht genommen.«

»Du glaubst also eher ihnen als mir?«

Samuel erwiderte nichts darauf.

»Für wen hältst du dich?«, fragte Böttger scharf.

Ja, für wen hielt Samuel sich? Für Böttgers Freund. Für einen Mann, der ihm und dem Porzellan dreizehn Jahre lang treu gedient hatte. Für einen, der nicht müde wurde, zu forschen und zu entdecken, der es sich erkämpft hatte, Wissen zu erlangen, dem Licht der Wahrheit ein wenig näher zu rücken – und der es sich nicht nehmen lassen wollte, die Wahrheit auch auszusprechen.

»Böttger, wo hast du das Geld für die Goldexperimente hergenommen?«

Böttger hätte leicht behaupten können, dass der König ihm welches gegeben hätte, aber er schwieg. Durchdringend sah er Samuel an. Alles lag in diesem Blick. Ein Weltenabgrund.

»Dies ist meine Manufaktur. Mein Geld. Ich kann damit tun, was mir beliebt. Es spielt aber auch keine Rolle mehr. Du wirst die Manufaktur verlassen. Noch heute packst du deine Sachen. Ich kann dich hier nicht mehr gebrauchen.«

Samuel stand wie vom Donner gerührt da. »Aber warum denn?«, stotterte er.

»Weil wir genug damit zu tun haben, den Ruf der Porzellaner nicht ins Bodenlose sinken zu lassen, und daher dein unmoralisches Verhalten nicht dulden können.«

Samuel verstand kein Wort. »Wovon redest du? Ich habe nichts getan.«

»Ein unschuldiges Mädchen schwängern nennst du also nichts.«

Samuel schnappte nach Luft.

»Du brauchst es nicht zu leugnen. Ich habe gleich eine Handvoll Zeugen.«

Jetzt erst begriff Samuel, von wem Böttger sprach und dass er nicht irgendein Mädchen meinte.

»Sophie?«

»Das weißt du selbst am besten.«

»Das kann nicht sein. Sie hätte mir davon erzählt.«

»Das nenn ich mal ein Geständnis«, sagte Böttger. »Dann gibst du es also zu, dass du dem Mädchen die Heirat versprochen hast und sie dann hast sitzen lassen.«

»Aber ich hab sie doch gar nicht sitzen lassen. Die Heirat ist längst geplant. Es gibt keinen Grund, mich hinauszuwerfen.«

Böttger schien dies wenig zu interessieren. »Du verlässt die Manufaktur noch vor Neujahr. Man soll uns nicht nachsagen, dass wir so etwas ohne Konsequenzen dulden.«

»Böttger, was ist los mit dir? Ich bin es, Samuel.«

»Verschwinde, oder ich lass die Wachen rufen.«

Samuel wusste nicht, was ihn mehr traf. Dass man ihn aus der Manufaktur warf, in die er so viel Schweiß und Herzblut investiert hatte, oder dass Böttger derjenige war, der dies tat. Sein Meister, sein Freund. Roter Löwe, weißer Drache. Samuel wandte sich um und ging.

Als er in die Halle kam, stand Christoph Hunger dort in einer dunklen Ecke. Die Ratte. Er sagte etwas, aber Samuel hörte nichts. Er rannte hinaus und hinunter in die Stadt. Sophie bekam ein Kind von ihm! Ein Glucksen bahnte sich den Weg aus seiner Kehle, und er konnte nicht unterscheiden, ob es Freude oder Panik war. Endlich hatte er die Schenke erreicht, fand sie jedoch verschlossen. Lautstark hämmerte Samuel an die Tür, bis die Tante ihn eintreten ließ, aber nur gerade einen Schritt und auch nur, damit die Nachbarn nicht mitbekamen, wie sie mit ihm redete.

»Sophie ist nicht mehr hier, also hört auf mit dem Gepolter.«

»Wo ist sie? Ich gehe erst wieder, wenn ich weiß, wie es ihr geht.«

»Wie soll es ihr schon gehen? Geschwängert von einem Nichtsnutz.«

»Ich werde sie heiraten. Ich sorge für sie und das Kind.«

Die Tante krächzte ein Lachen. »Damit das Elend gar kein Ende nimmt? Nein, die Sophie hat endlich Vernunft angenommen. Sie wird den alten Vollhardt heiraten, und bis dahin geht sie mir nicht vor die Tür.«

Samuel packte die dürre Tante am Handgelenk. »Ihr lügt.«

»Lass mich los, du widerlicher Kerl. Könnt ja nachfragen beim

Vollhardt. Aber vielleicht schmeißt er auch mit dem Nachttopf nach Euch. Verdient hättet Ihr's.«

»Lasst mich wenigstens mit Sophie sprechen.«

Die Tante riss sich los, spuckte vor Samuel auf den Boden, dann öffnete sie die Tür. »Verzieht Euch.«

Sie stieß Samuel zur Tür hinaus, mit einem gezielten Tritt, sodass er auf die Straße stolperte. Wie betäubt stand er da. »Sophie!«, rief er und sah hinauf. »Sophie!« Oben am Fenster wurde der Vorhang ein wenig zurückgezogen, und hinter den spiegelnden Scheiben erkannte er sie. Starr blickte sie auf ihn hinunter, wie ein Totenbild, und hob nur sacht die Hand zum Abschied. Dann zog sie rasch den Vorhang wieder zu.

Es war auf einmal Nacht. Samuel taumelte. Es war, als würde er hinabsinken in eine schwarze Unendlichkeit. Ein Meer, dachte Samuel, obwohl er das Meer noch nie gesehen hatte. Nur gehört hatte er davon. Von der Weite. Ein leeres, nicht enden wollendes Feld, grau oder blau oder schwarz wie ein Auge, dessen Ränder an den Himmel stießen. Und wenn man hineinfiel, war es, als verlöre man sich zwischen den Sternen. Dann war es kalt und still und wurde immer dunkler, je tiefer man hinabsank.

Seit er aus Freiberg fortgegangen war, um ein Goldmacher zu werden, hatte in all seinem Tun immer der Gedanke an Sophie gelegen. Jeder Schritt, jeder Handgriff, all sein Streben, seine Enttäuschung waren mit ihr verknüpft. »Für Sophie«, dachte er, wenn es galt durchzuhalten. »Für Sophie«, jubelte er, wenn ihm ein Fortschritt gelang. Sie war wie der steile Berg gewesen, an dem er in die Höhe klomm, und so wie Samuel überzeugt gewesen war, dass sie eines Tages mit der Porzellanmanufaktur Erfolg haben würden, so hatte er immer daran geglaubt, dass Sophie zu ihm gehörte. Nun war sie fort und vergeben, und er glaubte nichts mehr.

Ein paar Tage blieb er noch auf der Burg oder eher ein Schatten seiner selbst. Was sollte er nur tun? Johann und Paul sahen ihn mitleidig an, rieten ihm, zurück nach Freiberg zu gehen, legten etwas Geld zusammen, damit Samuel einige Wochen überbrücken konnte, aber Samuel wollte das Geld nicht. Alle anderen wichen Samuel aus wie einem Aussätzigen, als fürchteten sie, sie könnten als Nächstes dran sein. Viele blieben über die Feiertage fort. Auch Christoph Hunger war verschwunden. Jeden Tag ging Samuel zur Schenke, doch die Tante ließ ihn jedes Mal hinauswerfen. Sophie bekam er nicht mehr zu Gesicht. Sogar am Heiligen Abend hämmerte er an die Tür, bis ihm die Fäuste schmerzten und einer der Nachbarn faule Eier nach ihm warf. Erschöpft gab Samuel auf. Er stolperte, fiel in einen Schneehaufen und überlegte, ob die Mühe sich lohnte, wieder aufzustehen. Irgendwo am Rand der Dunkelheit nahm er ein Augenpaar wahr, das ihn verfolgte. Schwarz und glühend. Was wollte der Kerl von ihm? Samuel rappelte sich auf, ging in Richtung Fluss. Es war eisig. Der Schnee knirschte unter seinen Stiefeln. Seine Finger waren steif gefroren. Aus einem Wirtshaus drangen Licht und Gelächter auf die Straße. Samuel tastete in seinen Hosentaschen, ob er ein paar Münzen fand.

»Darf ich Euch auf ein Glas Wein einladen?«

Erst jetzt bemerkte Samuel den Mann, der neben ihn getreten war, von kleiner Statur, in einen schwarz glänzenden Pelz gehüllt, so schwarz wie seine Augen. Der Teufel, dachte Samuel. Er ist immer zur Stelle, wenn einer stürzt, damit er ihm die Hand reichen kann.

»Ich bin fremd in der Stadt«, fuhr der Herr fort. Er sprach mit einem Akzent, vielleicht ein Franzose. »Ich trinke nicht gern allein, und Ihr seht aus, als ob Ihr einen Schluck vertragen könntet.« Er lächelte. Ein Verführer. Und warum sollte ich mich nicht verführen lassen?, dachte Samuel.

Im Wirtshaus mussten sie sich durch die Menge drängen, bis sie einen Platz fanden. Der Herr machte dem Wirt ein Zeichen, und kurz darauf, als hätte er es hergezaubert, standen ein Krug Wein und eine Schüssel gerösteter Kastanien auf dem Tisch, die Samuel die Finger wärmten.

»Wie ist Euer Name?«, fragte der Fremde, schrie es mehr, denn in dem Getümmel verstand man kaum sein eigenes Wort.

»Stöltzel«, rief Samuel zurück und war sich nicht sicher, ob der Herr ihn verstanden hatte. Oder ob er nicht längst seinen Namen kannte und nur zum Schein gefragt hatte. Samuel sparte sich die Gegenfrage, aber der Herr stellte sich ganz von allein vor: »Monsieur Lemont.« Samuel war es gleich. Er würde den Herrn nie wiedersehen. Nachdem sie die Kanne Wein geleert hatten, ließ Monsieur eine zweite kommen. Jetzt, dachte Samuel, jetzt musst du gehen. Denn die zweite Kanne würde nicht umsonst sein.

»Es ist recht kalt hier in Meißen«, rief der Herr ihm zu. Seine Augen schienen Samuel zu durchbohren. »Habt Ihr je daran gedacht, in wärmere Gefilde zu ziehen?«

Samuel hatte sich soeben Wein nachgegossen und verharrte nun, die Hand am Krug, als er begriff, dass der Monsieur eine Schmeißfliege sein musste. Natürlich. Der Aasfresser. Ein Zufall, dass er Samuel gerade jetzt ansprach? Oder hatten sie ihre Spione? Samuel trank das Glas in einem Zug aus. »Ich muss gehen. Besten Dank für den Wein.«

Monsieur schälte ganz in Ruhe eine Kastanie und lächelte in sich hinein. Ganz leicht schüttelte er den Kopf: Dummerjan. Und als er seinen Blick wieder hob, wusste Samuel, dass er wusste. Sie wussten beide. Ein Grund mehr zu fliehen. Aber er war wie festgewachsen an seinem Stuhl.

»Was habt Ihr hier noch verloren?«, fragte der Monsieur. »Man tut Euch unrecht in der Manufaktur.«

»Woher wisst Ihr das?«

Monsieur Lemont – oder wie immer er heißen mochte – zuckte gelangweilt die Schulter. »Ein Pack von unfähigen Leuten, die einer dem anderen in die Suppe spucken. Sie werden es nie zu etwas bringen.«

Samuel riss seinen Mantel vom Stuhl und drängte sich am Tisch vorbei, aber Monsieur Lemont stellte sich ihm in den Weg. Sein Gesicht war nun dicht an seinem.

»Was ich Euch anbiete, wird Euch kein Zweiter anbieten. Kommt nach Wien. Ihr reist in einer Equipage und bekommt höheren Lohn als hier. Mindestens zwanzig Taler. Aber das Beste, Stöltzel, das Beste ist, dass Ihr dort Obermeister wärt.«

Samuel schob den Monsieur beiseite.

»Überlegt es Euch. Und lasst es mich bis Neujahr wissen. Fragt im *Goldenen Schwan* nach mir«, rief Lemont ihm nach.

Samuel zwängte sich durch das Gedränge, rempelte einen plumpen Kerl an, bekam dafür einen Schlag in den Nacken, stieß mit dem Wirt zusammen, der das Bier verschüttete und Samuel hinterherschimpfte. Der stolperte aus dem dunstigen Wirtshaus hinaus in die kühle Nacht. Stolperte weiter kreuz und quer durch die Gassen, bis er schließlich den Weg zurück zur Burg fand und sich dort in seiner Kammer verkroch. Aber er schlief nicht. Er saß nur auf der Bettkante, den Kopf in die Hände gestützt, wühlte in seinem Haar, in seinen Gedanken, seinem Wollen. Lange stand er vor dem kleinen Fenster und starrte auf die schmale Mondsichel, bis er einen Ausweg sah. Den einzigen. Denn der Monsieur hatte wohl in einem Punkt recht: Hier in Meißen hielt ihn nichts mehr. Und zurück nach Freiberg, wo er Ohain treffen würde, wollte er auch nicht. Alles, was ihm blieb, war, nach Scharfenberg zu gehen, um mit seinem Vater in der dortigen Silbermine zu arbeiten und seine Hoffnungen und Träume zu begraben.

Es war noch finster, als Samuel mit seinen Habseligkeiten aus der Kammer schlich. Wenn er jetzt aufbrach, würde er trotz des vielen Schnees schon am Mittag in Scharfenberg sein. Viel nahm er nicht mit. Das dicke Papierbündel mit seinen Notizen hatte er unter sein Wams gesteckt. Er wusste nicht, wozu, denn er würde es nicht mehr brauchen. Aber liegen lassen konnte er es auch nicht.

Es war der letzte Tag im Jahr. Ein Abschluss, wie passend. Als er auf den Burghof trat, ließen die Wachen soeben die Zugbrücke hinunter. Samuel überquerte sie und sah nicht zurück. Er stieg die steilen Gassen hinunter und erreichte schließlich die Ecke, wo es zur Schenke ging. Sophie war oft um diese Zeit zum Markt gegangen. Aber die Tante würde sie wohl nicht mehr herauslassen, und vielleicht war Sophie ja auch schon in das Haus des alten Vollhardt gezogen. Sie und das Kind, das sie in sich trug. Samuel überkam eine solche Traurigkeit, dass er sich auf der Stelle hätte auf den Boden setzen wollen, um zu weinen. Er ließ seiner Sehnsucht die Zügel lose und lenkte seine Schritte zur Schenke hin.

Das Haus stand dunkel und abweisend da, nichts regte sich. Samuel stellte einen Fuß auf die Treppe, auf der er im Sommer so oft mit Sophie gesessen hatte. Er legte die Hand an die Hausmauer, als könnte er so Abschied nehmen. Ein letzter Seufzer, dann riss er sich los.

Er war schon zur Stadt hinaus, als er anhielt und sich umwandte. Weit genug weg, um einen letzten Blick zu wagen. Jetzt erst ließ er den Gedanken zu, dass er für immer fortging, dass er Sophie nie wiedersehen würde und auch sein Kind nicht. Samuel schulterte sein Bündel und schritt voran. Und als löste diese Bewegung etwas in ihm, musste er nun unweigerlich an das Angebot des geheimnisvollen Monsieurs denken, nach Wien zu reisen, um dort eine Manufaktur zu leiten. Die Aussicht auf etwas Neues. Was hielt ihn davon ab? Sein Gewissen, sein Ehrgefühl, sein Schwur, Böttger und das Geheimnis der Porzellanherstellung nicht zu verraten? Böttger war nicht mehr zu helfen. Dem Porzellan dagegen schon.

Abrupt blieb Samuel stehen. Welcher Tag war heute? Der Herr hatte ihm gesagt, bis Neujahr sei er noch in Meißen. Das war morgen. Etwas ergriff von Samuel Besitz, zog ihn, nein, riss ihn mit sich, ließ ihn kehrtmachen und zurück in die Stadt eilen, durch die Gassen, über die Plätze, bis er vor dem Wirtshaus zum *Gol-*

denen Schwan ankam. Monsieur Lemont schien ihn erwartet zu haben. Es lag keine Genugtuung in seiner Miene, schon gar keine Häme. Ganz nüchtern erklärte er, wie alles vonstattengehen sollte. Morgen schon sollte Samuel die Stadt verlassen. Am besten in der Gegenrichtung, um dann über Umwege auf die Straße nach Süden zurückzukommen. Dann erst, und im Verborgenen, könne Samuel in die Equipage einsteigen, die ihn nach Wien bringen würde. Er sollte zeitig losmarschieren, um bei Tagesanbruch am verabredeten Ort zu sein. Monsieur Lemont drückte ihm etwas Reisegeld in die Hand, beschrieb den Ort, wo die Equipage warten würde, und verabschiedete sich so rasch, dass Samuel für einen Augenblick nicht sicher war, ob er alles nur geträumt hatte. Nur das Geld in seiner Hand zeugte noch von dem, worauf er sich gerade eingelassen hatte. Samuel beschloss, sich Proviant zu kaufen und sich dann zurückzuziehen. An einen Ort, an dem er allein sein würde und wo ihn keiner suchen würde.

Das Bündel war ein wenig schwerer geworden mit dem Laib Brot, der Wurst und der Flasche, als Samuel die Brücke überquerte und den Weg zum Weinberg einschlug. In der Hütte war es kaum wärmer als im Freien, aber wenigstens war er hier etwas geschützt vor dem eisigen Wind. Mit Sophie hatte er meist draußen gesessen, nur einmal, als ein Gewitter sie überrascht hatte, waren sie ins Innere geflüchtet. Im Winter nutzte die Hütte keiner, und alles, was darin herumstand, war von einer dicken Staubschicht bedeckt. Vorn bei der Tür stapelten sich die Körbe zum Lesen der Trauben, in der Ecke standen Rechen und Besen, an einem hölzernen Haken hing ein großer Strohhut. Es roch nach Sommer. Samuel legte sein Bündel ab und die Notizblätter, die er unter sein Wams gesteckt hatte. Jetzt war er froh, dass er sie mitgenommen hatte, sie würden ihm in Wien gute Dienste leisten. Er zündete ein Feuer im Ofen an, das Holz, das er vor der Hütte gefunden hatte, war feucht und zischte. Nachdem er sich halbwegs aufgewärmt hatte, aß er etwas und legte sich dann einige Säcke zu einem Lager zurecht.

Seine Notizblätter hatte er bei seiner Ankunft in der Hütte zum Trocknen vor den Ofen gelegt, denn sie waren auf seiner Haut feucht geworden. Als er sie betrachtete, schienen sie ihm wie eine Chronik der letzten Jahre. Die Formel der Masse, die Beschreibungen der Öfen, die Zusammensetzung einiger schlichter Farben. Hier war er mit der Feder ausgerutscht, weil Paul in seine Kammer geplatzt war und ihn aufgeschreckt hatte, hier hatte er sich verschrieben, weil er in Gedanken bei Sophie gewesen war, dort zierte ein Tintenfleck das Blatt, weil er sich über Steinbrück geärgert hatte. Und dazwischen lag ein Schnipsel mit Sophies unbeholfener Schrift. Sophie und Samuel. Ein Versprechen, das nicht eingelöst wurde. Da lagen dreizehn Jahre zusammengeschrumpft auf ein paar Blätter beschriebenes Papier.

Schlafen konnte Samuel nicht. Als es dunkel wurde, trat er vor die Hütte und setzte sich auf die kleine Bank. Die Nacht war klar und bitterkalt. Samuel konnte über die zugefrorene Elbe und über die beschneiten Hänge bis zur Stadt hinuntersehen. Schwarz ragte die Burg in den Sternenhimmel. Die Kälte trieb ihn wieder in die Hütte. Als er die Domglocken drei Uhr schlagen hörte, faltete er die Säcke, legte sie zurück an ihren Platz, fegte die Asche fort, die um den Ofen herum verstreut lag, verwischte jede Spur und jede Erinnerung. Er schob die Blätter zu einem halbwegs ordentlichen Stapel zusammen und wickelte sie in ein Leinentuch, das er in der Hütte fand, um die Tinte auf der langen Reise vor der Feuchtigkeit zu schützen. Dann zog er die Tür hinter sich zu und blickte auf die Weite vor sich.

Teil IV

Samuel

Wien, 1719

Es war bereits dunkle Nacht, als der Wagen die Vorstadt erreichte und sich entlang der Schuppen, Lagerhäuser und Kohlenhandlungen schlängelte, um sich endlich seiner letzten Station zu nähern. Fast drei Wochen war Samuel unterwegs gewesen. Der Ritt durchs Gebirge hatte sich endlos gezogen. Wegen eines Schneesturms musste er mehrere Tage in einer Berghütte ausharren und hatte danach Mühe, den Weg ins Tal zu finden. Die dichten Wälder und einsamen Landschaften waren Furcht einflößend, und die wenigen Dörfer, in denen er Unterschlupf suchte, waren ärmlich und Fremden gegenüber feindselig. Nach seiner Ankunft in Prag fühlte er sich nicht minder verloren. Die verschlungenen Gassen führten ihn mehr als einmal in die Irre, und das Sprachengewirr, das ihm auf den Straßen und in den Wirtshäusern entgegenschlug, sorgte für Missverständnisse und weitere Verzögerungen. Als er die wenig vertrauenswürdige Gestalt, die ihn nach Wien kutschieren sollte, endlich ausfindig gemacht hatte, war er sich nicht sicher, ob man ihn wirklich an sein Ziel bringen oder doch in die böhmischen Wälder verschleppen würde, um ihn dort auszurauben und die Kehle durchzuschneiden. Erst nach der dritten Nacht, die er mit jenem ungemütlichen Gesellen reiste, ohne dass dieser ihm Gewalt antat, begann Samuel, sich allmählich zu entspannen. In Wien angekommen, war er von den Anstrengungen der Reise, von Angst, Zweifeln und Wehmut so erschöpft, dass er schließlich kurz vor der Ankunft doch noch einnickte. In den Traumfetzen, die sich seiner bemächtigten, wähnte er sich wieder in Meißen, aber die Stadt hatte sich verändert. Er kannte sich nicht mehr aus und stand hilflos vor verschlossenen Türen. Er suchte etwas, hatte eine drängende Aufgabe, die ihm immer wieder entglitt. Dann sah er Sophie am Ende einer Gasse. Sie winkte ihm zu, verschwand, und Samuel wusste, dass er sie niemals wiedersehen würde. Laut weinte er im Traum, bis ein schriller Pfiff ihn aus dem Schlaf riss.

Sein finsterer Begleiter klopfte energisch an die Wagentür, aus der Samuel sich nun mit leicht gebeugter Haltung herauszwängte. Unsicher auf den steifen Beinen stehend ließ er den Blick über den Hof gleiten, auf dem sie angekommen waren – ein schlammiges Rechteck, das zwischen einer Mauer und dem lang gestreckten, niedrigen Gebäude wie eingeklemmt wirkte und an dessen Rändern sich der schmutzige Schnee häufte. Sogar in der Dunkelheit bemerkte Samuel die Verwahrlosung, die hier herrschte: durcheinandergeworfene Holzbretter, alte Wagenräder, die Reste eines schmiedeeisernen Zauns, Kot und Asche. Ein hässlicher Hund schoss aus einer halb offenen Tür und begrüßte ihn mit unfreundlichem Gebell. Der Kutscher hatte währenddessen Samuels Bündel auf einen Schneehaufen geworfen und machte sich umgehend davon. Für einen Moment glaubte Samuel sich allein mit dem Hund, der knurrend vor ihm herumsprang. Beruhigend auf das Vieh einredend, klaubte Samuel sein Bündel vom Boden auf, als eine wohlbekannte Stimme ihn willkommen hieß. Samuel fuhr herum. Christoph Hunger. Unverändert stand die schlanke Gestalt vor ihm, rieb sich die Hände, nickte ergeben mit dem Kopf und erkundigte sich, ob Samuel gut gereist sei. Samuel war unfähig, ihm eine Antwort zu geben.

»Ich zeig Euch die Kammer, in der Ihr vorerst nächtigen könnt. Es steht Euch aber frei, Euch eine eigene Unterkunft zu suchen. Ich selbst wohne unweit von hier – ein angenehmes Haus. Ich frag gern, ob noch ein weiteres Zimmer zu haben ist«, plauderte Hunger, während er auf das Gebäude zuging, als wären sie die besten

Freunde und als wäre an dem Umstand, dass sie sich mitten in der Nacht in einer fremden Stadt wiederbegegneten, nichts Außergewöhnliches. Der Hund kläffte, machte einen Satz und riss an Samuels Hosenbein, sodass dieser ihm einen Tritt versetzte und das Tier sich winselnd verzog. Hunger hatte sich wieder umgewandt.

»Darf ich vorstellen: Das ist Pax«, erklärte er lachend. »Pax! Versteht Ihr? Pax!« Er schien sich köstlich darüber zu amüsieren, dass das hässliche, bissige Vieh einen so friedlichen Namen besaß. Samuel verzog keine Miene und folgte Hunger widerwillig in das Gebäude, wo dieser eine Öllampe entzündete und Samuel in eine Kammer führte, mit nichts als einem Bett darin. Die Bodenfliesen waren zum größten Teil zersprungen, und der Blick aus dem Fenster ging, soweit Samuel es in der Dunkelheit erahnen konnte, auf eine Mauer hinaus. Hunger wollte sich nun auf den Heimweg machen, versprach, morgen für das Frühstück zu sorgen, und zog sich so plötzlich zurück, wie er aus dem Nichts getreten war. Samuel hörte seine Schritte verhallen und das Tor zuschlagen, dann wurde es still. Benommen ließ er sich auf die Bettkante fallen und starrte in den unsteten Lichtkegel, den das Lämpchen warf. Das hier also sollte sein neues Zuhause sein. Ganz allmählich setzte sich in seinem Kopf alles zusammen: Monsieur Lemont, der Samuel angesprochen hatte, nachdem Böttger ihn rausgeworfen hatte. Geselle Hunger, der den Rauswurf noch mitbekommen haben musste und kurz darauf aus Meißen verschwand. Und hatte er nicht schon vor zwei Jahren von einer neuen Manufaktur in Wien gesprochen? Bei wem hatte er es noch versucht? Am Ende gar bei Böttger selbst? Die Flucht mit Böttger wäre noch riskanter, aber der Triumph umso größer gewesen. Andererseits war Böttger sterbenskrank. Die Gefahr, dass er eine so lange Reise nicht überlebt hätte, wäre groß gewesen. Bei Köhler – das musste Hunger gleich bemerkt haben – hatte er keine Chance, auch nur ins Gespräch zu kommen. Aber warum dann er, Samuel? Warum nicht

Johann oder Paul? Samuel überlief ein Schauer. Hunger hatte alles über ihn gewusst: seine Unzufriedenheit, sein Ehrgeiz, seine Fähigkeiten und auch sein Verhältnis zu Sophie. Gut möglich, dass er die zerbrechende Freundschaft zwischen Böttger und Samuel für seine Zwecke zu nutzen gewusst hatte. Womöglich hatte er gar absichtlich den Keil weiter zwischen sie getrieben. Hatte er Böttger am Ende sogar dazu gebracht, Samuel hinauszuwerfen?

In Samuels Kopf drehte sich alles. Er wusste nicht, ob er von Anfang an nur Hungers Marionette gewesen war oder ob er wirklich aus freien Stücken die Entscheidung getroffen hatte, nach Wien zu fliehen, um dort ein neues Leben anzufangen.

Er sprang von der Bettkante, vergaß, die Lampe mitzunehmen, und tastete sich durch den finstern Flur hinaus auf den Hof, der ruhig im Mondlicht lag. Die Mauer ringsum glich einem Gefängnis. Wie getrieben ging Samuel auf das hohe Tor zu und ruckte an dem schweren Riegel, der sich überraschend leicht zur Seite schieben ließ. Das Tor sprang mit einem leisen Quietschen auf. Von der Straße her wehte ein Windhauch Samuel ins Gesicht. Er war frei. Er konnte gehen. Und konnte es doch nicht. Samuel ließ die Arme sinken. Verloren stand er an dem offenen Durchgang, als wäre er aus der Welt gefallen. Bis er Pax an seinem Bein spürte, der ihn anstupste. Samuel sah hinab auf den Hund, der nun tatsächlich friedlich schien und ihn mit seinen glänzenden Augen ansah. Fast rührte Samuel die Geste des hässlichen, verlausten Viehs, das nun zurück ins Haus trottete. Samuel schob den Riegel wieder vor. Erschöpft ging er in die Kammer und sank auf das Bett, an dessen Fußende es sich Pax bequem gemacht hatte und sich auch nicht verscheuchen ließ, als Samuel die Decke unter ihm hervorzerrte, um sich zuzudecken.

Als Samuel erwachte, wusste er nicht, ob er nur ein paar Minuten oder mehrere Stunden geschlafen hatte. Es war immer noch Nacht. Seine Kammertür stand offen, und der Hund war fort.

Samuel zog seine Stiefel an. Die Lampe war erloschen. Im Flur ertastete er eine weitere Tür. Sie führte in eine ähnlich große Kammer wie die seine, nur dass darin kein Bett stand. Nebenan befand sich eine Küche. Samuel konnte schemenhaft einen Tisch erkennen, mehrere Stühle und einen großen klobigen Herd, neben dem einige Scheite gelagert waren. Auf dem Tisch entdeckte er eine Kerze samt Schwefelhölzern, die er sogleich anzündete, um damit den Rest zu erkunden. Von der Küche kam man direkt in ein weiteres Zimmer, das wohl als Brennkammer dienen sollte, denn hier stand ein gemauerter Brennofen, den Samuel auf den ersten Blick und trotz des schlechten Lichts als unbrauchbar erkannte. Von hier aus schließlich führte eine Tür in einen großen Saal, der sich zum Hof hin über die ganze Vorderseite des Gebäudes zog. Die Decke war, wie auch in allen anderen Räumen, niedrig und wurde von mehreren Pfeilern abgestützt. Die Luft roch modrig. An der Wand lehnten einige gefüllte Säcke. Darin befanden sich verschiedene Materialien – weiße Erde von minderer Qualität, Ton und Alabaster. Unter dem Fenster stand ein alter Tisch mit schiefen Beinen. Durch die breiten, vom Staub halb blinden Fenster drang nun erstes Morgenlicht. Samuel blies die Kerze aus, und allmählich nahm das, was ihn hier erwartete, Form an. Alles wirkte halbherzig angefangen und nicht zu Ende gebracht. Links war eine weitere Tür, von der die rötliche Farbe abblätterte. Der Boden war schlampig gefegt, das gute Holz, das hier offenbar reichlich zur Verfügung stand, war viel zu grob gespalten. Aber bis hier etwas in den Ofen kam, würde es sowieso noch dauern.

Was hatte sich Samuel vorgestellt? Er wusste es nicht. Aber Enttäuschung verspürte er nicht. Nein. Ihm war klar gewesen, dass er keine fertige Manufaktur vorfinden würde, und er hätte das auch gar nicht gewollt – im Gegenteil. Er suchte ja gerade das Unfertige, wollte alles selbst aufbauen und selbst gestalten, wie er es für richtig hielt. Einzig eine Sache bereitete ihm Unbehagen: Christoph Hunger. Samuel straffte sich. Wenn er bis hierhin Christoph Hungers Marionette gewesen war, dann sollte nun Schluss damit sein. In dieser Manufaktur würde er das Sagen haben. Er, Samuel Stöltzel. Kurz erschrak er bei dem Gedanken, dass dies auch bedeutete, allein für alle Entscheidungen die Verantwortung tragen zu müssen, aber im nächsten Moment huschten seine Augen schon von einer Ecke in die andere und in seinem Kopf begann er Pläne zu machen. Er überschlug, wie viele Tische er bräuchte, wie viele Stühle und wie der Ofen beschaffen sein musste, damit er funktionierte. Er überlegte, wo das Holz zu stapeln, wo die Masse anzurühren, wo die Grube angelegt werden sollte, um die Masse zu lagern, und war so vertieft in seine Gedanken, dass er erst aufschreckte, als er draußen Pax bellen hörte. Einen Augenblick später betrat Hunger den Raum, gefolgt von einem Herrn in einem recht anständigen Rock und gepflegter Perücke.

»Hier seid Ihr!«, rief Hunger fröhlich und stellte sich mit geschwellter Brust vor Samuel auf.

»Dies ist Meister Samuel Stöltzel«, erklärte er dem Herrn, dann wandte er sich an Samuel. »Und dies ist Monsieur du Paquier, einer der Inhaber unserer Manufaktur.«

Du Paquier musterte Samuel von oben bis unten, als begutachtete er ein Pferd, das er auf dem Markt erstanden hatte. Schließlich nickte er, als wäre er zufrieden mit seinem Handel.

»Nun, Meister Stöltzel, was haltet Ihr von unserer Fabrique?«

Samuel entfuhr ein trockenes Lachen.

»Fabrique würde ich es noch nicht nennen. Aber es könnte vielleicht eine werden.«

Nun lachte auch Paquier: »Sehr gut gesagt!« Und legte die Hand auf den Bauch wie jemand, der sich auf eine warme Mahlzeit freut.

»Dann wisst Ihr ja, was zu tun ist.«

»Das ist nicht zu übersehen«, antwortete Samuel ruhig. »Bis Ende der Woche werde ich Euch die Liste von Dingen zukommen lassen, die wir in nächster Zeit benötigen.«

»Eine Liste?«, merkte Paquier auf, während Hunger neben ihm ein wenig nervös mit den Füßen scharrte.

»Nun, um ehrlich zu sein, hat man mir die Verhältnisse hier ein wenig rosiger beschrieben«, erklärte Samuel. »So wie man mir im Übrigen für die Reise auch eine Equipage versprochen hat. Die Equipage ist mir wurscht. Aber ohne eine Reihe von Anschaffungen kann man hier kein Porzellan machen. Das ist dem Kaiser hoffentlich bewusst.«

»Dem Kaiser!?« Paquier lachte. »Der Kaiser hat damit nichts zu schaffen.«

Samuel sah ihn fragend an.

»Hier geht es anders zu als bei euch in Sachsen«, gab Paquier zu verstehen. »Der Kaiser erteilte mir zwar gnädigst die Erlaubnis, mich in der Herstellung des Porzellans zu versuchen – und zwar ausschließlich mir. Ein großes Privileg. Aber jeden Stuhl, der hier steht, bezahle ich selbst. Wir haben bereits beträchtliche Summen investiert, haben Erde herbeigeschafft, einen Ofen gebaut, dessen Modell uns bereits teuer zu stehen kam. Ich bin Kaufmann, Meister Stöltzel, und kein Goldesel.«

»Nun, so leid es mir tut«, antwortete Samuel ernst und schickte einen kurzen Blick zu Hunger. »Wer immer Euch zu den Anschaffungen geraten hat – sie taugen nicht viel. Das Modell des Ofens ist veraltet und der Ofen, der danach gebaut wurde, für das Porzellan unbrauchbar, denn man kann darin kaum die erforderliche Hitze erreichen. Von der Erde könnt Ihr Euch einen Sandkuchen backen, aber kein Porzellan, und was die Räume betrifft: Wie soll man in dem Schmutz und ohne Licht arbeiten?«

Monsieur du Paquier runzelte die Stirn und wischte sich mit einem Taschentuch die Nase, die in der Kälte zu laufen begonnen hatte.

»Verstehe … Vielleicht sollten wir für das Geschäftliche lieber in mein Büro gehen?«

Mit festen Schritten ging er voran durch die Tür mit der abblätternden roten Farbe. Samuel folgte ihm und sah im Augenwinkel, dass auch Hunger sich anschickte, an dem Gespräch teilzunehmen. Samuel jedoch wandte sich zu ihm um.

»Danke, aber ich kann sehr gut allein mit Monsieur du Paquier sprechen. Hattet Ihr nicht ein Frühstück versprochen?« Und zog dem verdutzten Hunger die Tür vor der Nase zu.

Es war ein zähes Feilschen mit Paquier. Um jedes Scheit Holz musste Samuel ringen, obwohl Holz hier vergleichsweise günstig zu haben war. Auch seinen Lohn musste Samuel neu verhandeln, um annähernd auf die Summe zu kommen, die Lemont ihm zugesichert hatte. Dabei wusste Samuel zwar, dass Paquier auf ihn angewiesen war und ihn nicht leichtfertig hinauswerfen würde, nachdem er ihn mit hohem Aufwand nach Wien gebracht hatte, andererseits war Paquier – wie er selbst immer wieder betonte – ein Kaufmann. Es musste etwas für ihn dabei rausspringen. Wenn das Porzellan ihm in absehbarer Zeit kein Glück brächte, würde er es mit etwas anderem versuchen. Samuel gab daher sein Wort, die Manufaktur binnen zweier Monate mit allem Nötigen einzurichten, um Paquier dann nach Möglichkeit noch vor Ostern das erste Porzellan zu präsentieren. Einmal getroffen, wurden alle Vereinbarungen von Paquier eingehalten, und er erwartete von Samuel dasselbe. Die Umbauarbeiten gingen rasch voran. Fünf weitere Arbeiter wurden eingestellt, die zwar einen Schwur leisten mussten, von den Geschehnissen in der Manufaktur nichts weiterzutragen – das war es dann aber auch schon mit den Vorsichtsmaßnahmen. »Die ganze Geheimniskrämerei hindert uns am Arbeiten«, sagte Paquier pragmatisch. »Und solange hier noch kein Porzellan aus dem Ofen kommt, gibt es auch nichts zu verraten.«

Ehe Samuel es sich versah, waren der Februar und der halbe März vorbei, und Ostern rückte immer näher. Wenn er abends in seinem Bett lag und vor Sehnsucht nach Sophie nicht schlafen konnte, dann schien die Welt stillzustehen, und jeder Moment kam ihm wie eine Ewigkeit vor. Am Tag aber, wenn er arbeitete, ohne sich je eine Pause zu gönnen, vergingen die Stunden wie im Flug, und die Tage schwanden dahin wie der Schnee in der Sonne. Porzellan aber hatte er noch keines aus dem Ofen geholt. Sosehr er sich auch bemühte, wollte es ihm nicht gelingen, aus dem groben Zeug, das man ihm brachte, eine gute Masse herzustellen. Eine vernünftige weiße Erde musste her, sonst würde es kein Porzellan geben.

»Zeitverschwendung«, brummte er, als er die Erde zwischen den Fingern zerrieb, die Hunger Gott weiß wo aufgetrieben hatte.

»Ich werde selbst nach einer geeigneten Grube suchen«, sagte Samuel nach kurzer Überlegung. »Die nächsten zwei Wochen werde ich fort sein.«

»Aber Stöltzel, was sollen wir hier ohne Euch tun?«, wandte Hunger ein.

»Wie wär's, wenn Ihr den Saustall auf dem Hof in Ordnung bringt? Und einen vernünftigen Maler könntet Ihr in der Zwischenzeit auch auftreiben«, erwiderte Samuel unfreundlich. »Einen, der was von Farben versteht und der ein bisschen Fantasie hat.«

Hunger machte ein beleidigtes Gesicht. »Komm, Pax!«, rief er. Pax aber folgte Samuel, der in die Küche ging, um sich etwas zu essen zu holen.

»Ich werd schon einen Maler finden. Ihr werdet sehen, Stöltzel. Wenn Ihr wiederkommt, hab ich einen«, rief Hunger Samuel hinterher.

»Dann ist ja gut«, murmelte Samuel und fühlte sich in seiner neuen Rolle als Meister in diesem Augenblick fremd wie in einem zu großen Rock. Nur nichts anmerken lassen, dachte er, als er mit Pax allein in der Küche stand und über den Hund lächelte, der ihn längst als seinen Herrn akzeptiert hatte und ihm nicht mehr von der Seite wich.

Samuel hatte sich von Paquier einige Gruben beschreiben lassen, hatte auch Jeschek, einen ihrer Gehilfen und gelernter Töpfermeister aus Böhmen, ausgefragt und wollte hinauf bis zur sächsischen Grenze, wo er auf gute weiße Erde hoffte, ähnlich der, die sie aus Aue kannten. Am frühen Morgen brach er auf, mit einem kleinen stabilen Wagen, der, sollte er fündig werden, acht bis zehn Säcke Erde transportieren konnte. Samuel fuhr gemächlich zur Stadt hinaus, brauchte zweieinhalb Tage, bis er in Brünn war, dort hörte er sich erneut um, nach Erde, die weiß und bröckelig war, und erhielt hier und da einen Hinweis. Er kaufte sich einiges an Proviant und fuhr dann weiter nach Norden. Die erste Grube, die er aufsuchte, hatte nicht viel mehr zu bieten als mittelmäßigen Ton. Steingut konnte man damit vielleicht anfertigen, aber kein Porzellan. Auch bei der zweiten, dritten und vierten hatte er kein Glück, aber man empfahl ihm eine weitere Grube. Beinahe waren die zwei Wochen schon um. Bis jetzt war ihm wenigstens das Wetter wohlgesinnt gewesen, aber nun kam ein eisiger Wind auf, und zu allem Übel schien Samuel sich auch noch verfahren zu haben, denn die Beschreibung passte nicht mehr auf den Weg. Weit und breit war keine Siedlung zu entdecken, geschweige denn eine Grube.

Endlich erreichte er ein kleines Dorf. Misstrauisch blickte man zu ihm auf, der Erste, den er ansprach, ging weiter, ohne ein Wort. Im Wirtshaus schließlich gab man Samuel Auskunft, als er sich erkundigte, wo er eigentlich war. »In Sehmatal, nahe der böhmischen Grenze«, sagte der Wirt. Samuel horchte auf: Dann war er bereits in Sachsen? Der Wirt nickte, und Samuel schnürte es die Kehle zu. Wenn man ihn erkannte, wenn man ihn hier suchte! Aber der Wirt machte nicht den Anschein, als schöpfe er irgendeinen Verdacht.

»Und Ihr? Wo kommt Ihr her?«, fragte er. Samuel erzählte schnell, dass er aus Freiberg käme, und bestellte eine warme Mahlzeit.

»Wie weit ist es bis Schneeberg?«, fragte er unvermittelt.

»Schneeberg? Wo das große Hammerwerk steht?«

Samuel nickte.

»Wohl ein halber Tagesritt bei dem Wetter.«

So nah! Als Samuel nachts im Stroh lag, neben den drei Pferden und einer Kuh, wurde sein Plan immer konkreter. Ein halber Tagesritt – das war nichts. Das Dumme war nur, dass man ihn in Schneeberg erkennen würde. Und die alte Mutter Schnorr würde gewiss nicht zögern, ihn auszuliefern, wenn sie davon einen Vorteil hätte. Dennoch machte Samuel sich am nächsten Morgen auf den Weg und erreichte Schneeberg gegen Mittag. Von der Anhöhe sah er hinab auf den Fluss, wo das gewaltige Wasserrad des Hammerwerks prangte. Frost und Eis hatten bereits genug nachgelassen, um die Mühle wieder in Betrieb zu nehmen. Lange betrachtete Samuel das Wasser, wie es über das Rad sprang, hörte das Hämmern aus der Ferne und fasste einen Entschluss. Susanna war immer die Erste auf den Beinen. Noch im Dunkeln würde er sie abpassen und sie um Hilfe bitten. Sie würde ihn nicht verraten, so hoffte Samuel. Er musste nur Glück haben und sie allein erwischen.

Er suchte einen Unterschlupf unter einem Felsvorsprung, wo er ein Feuer machen konnte, ohne dass es vom Ort her zu sehen war. Dann aß er seinen Proviant, trank das Wasser, das er aus einem kleinen Bach schöpfte, wärmte sich am Feuer und sandte seinen Blick nach Norden über die Berge bis nach Meißen, wo Sophie jetzt bei dem alten Vollhardt war, mit einem großen runden Bauch, in dem ihr Kind heranwuchs. Ob sie immer noch die Böden schrubbte, jetzt, wo sie die Hausherrin war? Wohl kaum. Sie würde einer Magd Anweisungen geben, bessere Kleidung tragen, die sie wärmte, und genug zu essen haben. Samuel schluckte. Das frische Wasser, das er geschöpft hatte, schmeckte mit einem Mal bitter. Er stand auf, vertrat sich die Beine, lauschte in die Nacht, bis er endlich die Kirchturmuhr aus dem Tal drei Uhr schlagen hörte. Dann trat er die Glut aus, versteckte den Wagen im Gebüsch, schwang sich lautlos aufs Pferd und ritt ins Tal.

Ein gutes Stück vom Haus der Schnorrs entfernt band er das

Pferd gleich neben einem Unterstand für die Arbeitspferde fest, damit es in Gesellschaft der anderen Tiere ruhig bleiben würde, und schlich sich an das kleine Verwaltungshaus heran, das an jedem Morgen Susannas erstes Ziel war. Tatsächlich dauerte es nicht lange, bis eine Gestalt sich näherte. Samuel stutzte. War das einer ihrer Brüder? Die Gestalt trug Hosen und ging mit festem Schritt. Aber auch Susanna hatte einen etwas breitbeinigen Gang und trug hin und wieder bei der Arbeit Hosen. Samuels Herz schlug so laut, dass er meinte, es müsste ihn verraten. Er musste es wagen oder die Gelegenheit verstreichen lassen.

»Susanna!«, rief er flüsternd. Die Gestalt wandte sich nach ihm um, antwortete aber nicht.

»Ich bin es. Der Samuel Stöltzel.« Nun gab es kein Zurück mehr. Wenn dies nicht Susanna war, blieb ihm nur die Flucht.

»Was willst du hier, zum Teufel?«

Dem Herrn sei gedankt. Sie war es. Samuel schlich näher an sie heran. In kurzen Worten trug er sein Gesuch vor und hielt ihr einen Beutel Silbermünzen unter die Nase. Susanna wog das Geld in ihrer Hand. Sie ließ sich Zeit. Auch für sie war das Geschäft nicht ungefährlich. Aber schließlich nickte sie.

»Morgen Nacht an der Straße nach Süden, wo der Weg zum Brünlasberg hinaufgeht«, sagte sie. Sie warf einen Blick hinter sich, ob jemand sie beobachtet hatte, dann verschwand sie in der Dunkelheit.

»Stöltzel?«, hörte Samuel es ungeduldig zischen, nachdem er mehrere Stunden an der ausgemachten Stelle auf Susanna gewartet und schon befürchtet hatte, sie hätte ihn versetzt. Aber da war sie. Samuel rappelte sich auf. Ein Dornengestrüpp brachte ihn zum Straucheln, er stolperte den Hang hinunter und machte unfreiwillig einen Kniefall vor ihr.

»Oh, eine solche Verbeugung wäre wirklich nicht nötig gewesen. Ich bin noch immer nur die Susanna Schnorr«, spottete sie.

Samuel wischte sich die sandige Hand an der Hose ab. »Ich fall gern vor dir auf die Knie. Du bist mir lieber als jede Königin, wenn du hast, was ich erhoffe.«

Susanna machte eine kurze Kopfbewegung zu ihrem Wagen, auf dem wie versprochen acht große Säcke lagen.

»Ist es wahr, dass du aus Meißen getürmt bist?«, fragte sie.

Samuel schob verlegen seinen Hut vor und zurück. Wie sollte er ihr erklären, dass ihm gar nichts anderes übrig geblieben war? »Ich ...«, stotterte er.

»Schon gut. Du wirst deine Gründe haben. Nun beeil dich mit den Säcken, und lass dich an der Grenze nicht erwischen.«

Samuel holte den Wagen aus dem Versteck, lud die Säcke auf und drückte Susanna ein letztes Mal die Hand.

»Wo habt Ihr denn diese feine Erde her?«, fragte Hunger neugierig, nachdem Samuel wieder in Wien eingetroffen war. Er hatte einen von Susannas Säcken geöffnet und fuhr mit seinem Finger über den Inhalt.

»Sehr weit im Norden. Es ist auch unsicher, ob wir die Erde weiter von dort beziehen können. Zu teuer«, antwortete Samuel vage und entdeckte im selben Augenblick den fremden jungen Mann, der auf sie zukam.

»Ihr habt mir aufgetragen, einen Künstler zu finden, der unser Porzellan bemalt«, erklärte Hunger. »Nun, das ist Johann Gregorius Höroldt. Tapetenmaler, Porträtkünstler und Emaille-Maler. Ein Genie! Der beste, den Ihr kriegen könnt.«

Höroldt grinste: »Da hat er allerdings recht.«

Samuel betrachtete ihn skeptisch. Auf ihn wirkte der Mann mit dem abgegriffenen Samtrock und der kecken pelzbesetzten Mütze eher wie ein Schwätzer. »Ein Tapetenmaler. So. Na dann. Ich hoffe nur, Ihr nehmt den Mund nicht zu voll.«

Vor Ostern noch, am Gründonnerstag, erschien Paquier, um zu sehen, ob Samuel sich an sein Versprechen gehalten hatte. Samuel hatte zwei Gehilfen und Hunger aufgetragen, die Werkstatt sauber auszufegen und die Fenster blitzblank zu putzen, damit das Licht hereinkäme. Den Arbeitstisch hatte er persönlich geschrubbt und mit einem frisch gewaschenen Tuch abgedeckt. Darauf stellte er die drei Schalen, die Höroldt nach dem Brand mit einem schlichten Grün verziert hatte. Der neue Ofen hatte nur knapp die benötigte Temperatur erreicht, auch hätte die Masse länger lagern müssen, um die gewünschte Geschmeidigkeit zu erreichen, aber fürs Erste war das Ergebnis – nicht zuletzt dank Höroldts Malereien – gerade noch vorzeigbar. Die Farbe, nachträglich auf die Glasur aufgetragen, war etwas stumpf, aber die kleinen Figuren – chinesische Damen, exotische Vögel in einer lieblichen Landschaft – waren so gelungen und ansprechend, dass Samuel nun seinerseits Christoph Hunger Anerkennung zollen musste. Er hatte mit Höroldt einen nicht minder guten Fang gemacht wie Samuel mit seiner weißen Erde.

Viel war es nicht, was sie Paquier zeigen konnten. Aber es war Porzellan, und Paquier gab sich zufrieden. Samuel verspürte Erleichterung und schämte sich zugleich. Als hätte es ihm, dem Verräter, nicht gelingen dürfen. Als hätte er diesen kleinen Erfolg nicht verdient. Schmerzlich wurde ihm bewusst, dass sein Triumph ein weiterer Schritt fort von Meißen war, fort von Böttger und fort von Sophie.

Constantia

Stolpen, 1719

Als Constantia noch in Dresden in ihrem Palais lebte, hatte ihr einmal ein Gast aus Spanien einen Vogel in einem hübschen Messingkäfig geschenkt, eine Blaumerle, mit roter Brust und blauem Kopf und Rücken. Der Vogel flatterte immerzu im Käfig herum und war nicht zu beruhigen. Es war quälend, wie der Schreck des Gefangenseins nicht von ihm ablassen wollte, aber draußen war es kalt und der Vogel wäre jämmerlich erfroren, hätte sie ihn freigelassen. Sie ließ ihn schließlich in einem Zimmer fliegen, damit er wenigstens seine Flügel ausbreiten konnte, doch auch hier kam der Vogel nicht zur Ruhe, stieß an die Wände und Fensterscheiben, dass es einen schmerzte, dabei zuzusehen. Constantia meinte, den Vogel im Schlaf schreien und flattern zu hören. Jeden Tag hoffte sie, dass er sich endlich an sein Gefängnis gewöhnen würde – und fand ihn schließlich eines Morgens tot auf dem Diwan liegen.

Sie war kein Vogel. Sie war ein Geschöpf mit Verstand – immer noch. Obwohl die Umstände sie oft daran zweifeln ließen und sie an den Rand eines Abgrunds brachten, an dem es einfacher schien, den Verstand loszulassen und sich den Dämonen zu ergeben. Mühsam errichtete sie eine Brüstung aus alltäglichen Tätigkeiten, die ihr über die Tage hinweghalfen. Das Wichtigste war, die Verbindung zu der alten Welt aufrechtzuerhalten, denn das sollte ihre Wirklichkeit bleiben und nicht das jämmerliche Dasein, das sie hier in dem kleinen Turmzimmer auf der Burg Stolpen führte.

Der Inhalt der Kiste, in welche die Soldaten bei ihrer Verhaftung in Halle ihre Habseligkeiten hineingeworfen hatten, war ihr Heiligtum. Viel war es nicht. Ein paar Kleider und die Wäsche, die sie nach Halle mitgenommen hatte, ein Leuchter, Schuhe, etwas Geschirr und Besteck. Und eine Tasse aus dem Service, das August ihr einst gegeben hatte. Es war das einzige und letzte Stück, das heil geblieben war. Der Rand war ein wenig angeschlagen, aber noch immer konnte sie darauf den Paradiesgarten erkennen, Adam und Eva, Bäume, Blumen und Vögel. Wie lange war es her, dass August ihr das Service geschenkt hatte? Und wie lange war sie schon hier auf Stolpen? Es mussten wohl über zwei Jahre sein, denn zweimal war es Sommer, Herbst und wieder Winter geworden. Die Tage waren immer gleich, und alles Gegenwärtige verschwamm zu einem eintönigen Halbdunkel, während das Vergangene immer wirklicher aufleuchtete. Sie schrieb täglich viele Briefe und las begierig die wenigen Antworten, die sie erhielt. Sie verschlang die veralteten Zeitungen, die man ihr brachte, nahm Anteil daran, was dort draußen geschah. Die Briefe ihrer Mutter betrübten sie. Der Vater war schwer krank und würde nicht mehr lang zu leben haben. Er war noch jähzorniger geworden, und obwohl die Mutter es nicht erwähnte, wusste Constantia, dass er kein Wort über sie verlor oder wenn, dann nur ein bitterböses. Sie konnte nur hoffen, dass die Mutter die Mädchen von ihm fernhielt. Auch von ihnen erhielt Constantia Briefe, kurze höfliche Zeilen: Verehrte Mutter, chère Maman, schrieben sie und rührten Constantia damit zu Tränen. Constantia schrieb an alle, denen sie je etwas bedeutet hatte, und wenn auch bloß, um sich die Sprache zu erhalten, denn das war das Schlimmste an ihrem Gefängnis: dass sie mit niemandem sprechen konnte. Die Magd, die ihr das Essen brachte, den Ofen anzündete und das Zimmer reinigte, war so dumm wie ein Milchkrug. Wo Hanne wohl abgeblieben war? Constantia vermisste ihre treue Zofe. Einmal, in Halle, hatte sie sie gefragt, ob sie lieber fortwolle, nach Hause vielleicht. Hanne hatte sie verwundert angesehen. »Ich weiß nicht, wo das sein sollte«, hatte sie geantwortet. »So lange wie bei Euch bin ich noch bei niemandem gewesen.« Immer hatte Constantia nun das Bild vor Augen, wie Hanne zu der Wohnung in Halle zurückgekehrt sein musste, in der sie ihre Herrin nicht mehr vorgefunden hatte.

Ja, auch diese sentimentalen Ausflüge hielten Constantia am Leben und bei Verstand, hielten sie bei der einzigen Wahrheit, die zählte: Sie ertrug dies alles, weil sie August liebte. Und weil August sie liebte. Alles, was er ihr antat, geschah nur aus Liebe. So paradox es scheinen mochte, August musste seine Liebe zu ihr verbergen, um diese zu retten und vor all jenen zu schützen, die sie vernichten wollten. Und er wusste sie gut zu verbergen. Über Flemming erfuhr Constantia, dass es August gelungen war, den Ehevertrag doch noch an sich zu bringen, und kurz hoffte sie, dass man sie nun freilassen würde. Jetzt gab es doch nichts mehr, was man ihr vorwerfen konnte. Aber nichts geschah. August schrieb ihr kein einziges Mal und ließ ihr auch nichts über Flemming ausrichten. Nicht ein Zeichen, kein Hinweis oder sonst etwas, das ihr die Lebensumstände hier auf der Burg erleichtert hätte.

Constantia schreckte aus ihren Gedanken hoch, als die Magd ins Zimmer trat, um den Kamin auszukehren und neu anzufeuern. Das Mädchen stellte den großen Korb mit dem Holz ab und holte drei schrumpelige Äpfel aus ihrer Schürze, die sie auf den Tisch legte. Äpfel, so hatte die dumme Magd bemerkt, waren das Einzige, was Constantia immer aufaß. Sie mochte sich nicht an das Essen gewöhnen, das man ihr hier brachte. Sie mochte sich an gar nichts gewöhnen.

»Da is noch was für Euch«, sagte die Magd und deutete mit dem Handfeger auf das Bündel Holz. Constantia begriff nicht. Was sollte sie mit dem Holz? Ohne eine Erklärung zog die Magd zwischen den Scheiten ein flaches Paket hervor, das in ein Leinentuch eingeschlagen war.

»Was ist das?«, fragte Constantia perplex.

»Ein fremder Herr gab's mir und bat mich, es Euch zu überreichen.«

»Ein fremder Herr? Was ist mit dem wachhabenden Offizier? Weiß er davon?«

»Nein.« Etwas blitzte in den Augen der dummen Magd auf. Vielleicht hatte Constantia sie unterschätzt. Nichts gelangte in dieses Zimmer, ohne dass es der Offizier in Augenschein nahm, kein Brief, keine Zeitung und erst recht kein Paket.

»Was war das für ein fremder Herr? Sagte er, wer ihn geschickt hat?«

»Er hat mir was für meinen Dienst bezahlt, und wir haben gelernt, nicht zu fragen, wenn man uns bezahlt.«

Constantia nickte und nahm das Paket entgegen. Hastig entfernte sie das Tuch und fand darin eine lederne Mappe, obenauf ein Brief. Der Brief war von Böttger.

Zitternd legte sie das Bündel auf dem Tisch ab. Erst als die Magd fort war, wagte sie es, sich alles anzusehen. Bevor sie den Brief öffnete, schlug sie die Mappe auf. Darin waren Seiten über Seiten, beschrieben mit Böttgers Handschrift. Wieder schreckte Constantia zurück und war drauf und dran, alles in den Kamin zu werfen. Was wollte er? Schickte er ihr wieder schwülstige Gedichte? Nein, die Zeilen in der Mappe waren nicht an sie gerichtet. Constantia wagte einen genaueren Blick und noch einen, und Wort um Wort zog das, was sie dort las, sie so in Bann, dass sie es nicht mehr beiseitelegen konnte. Böttger beschrieb dort seine Erfindungen, die Herstellung des Porzellans und der Glasuren, die Kunst, effizientere Öfen zu bauen, ein Verfahren, um künstliches Borax herzustellen, er beschrieb sogar seine Erkenntnisse, die er bei dem Versuch, Gold herzustellen, gewonnen hatte – es schien, als hätte er hier sein gesamtes Wissen zu Papier gebracht. Aber warum schickte er dies an sie? Rasch wickelte Constantia die Mappe wieder ein, hielt sie einen Moment lang auf ihrem Schoß und versteckte sie schließlich unter ihrem Bett. August durfte unter keinen Umständen erfahren, dass Böttger ihr dies geschickt hatte. Zögerlich öffnete sie nun auch den Brief und begann zu lesen.

»Verehrte, hochgeschätzte Gräfin, verzeiht, dass ich mich ein letztes Mal an Euch wende, um Eure Unterstützung zu erbitten. Denn die ganze Welt hat sich gegen mich gewandt. Keinem kann ich mehr trauen, nicht meinen Mitarbeitern, nicht der sogenannten Porzellankommission und nicht einmal dem König. Sogar mein treuester Schüler und Gehilfe Stöltzel hat mich betrogen und ist mit dem Geheimnis der Porzellanherstellung nach Wien geflohen. Die Schriften, die ich Euch sende, beschreiben alles, was ich mir in meinem Leben sauer erarbeitet habe und wofür ich so wenig Lohn und Anerkennung erhielt. Nun will man mir auch das noch entreißen, damit all die Stümper und Hyänen, die meinen Tod nicht abwarten können, darüber herfallen. Aber sie sollen sich nicht daran bereichern, auch der König nicht. Ich hätte alles vernichtet, wenn ich es übers Herz gebracht hätte, aber diese Erkenntnisse sind wie meine Kinder. Ich schicke sie Euch, damit Ihr sie an einem sicheren Ort versteckt, wo man sie vielleicht erst in hundert Jahren wiederfinden wird. Ich bitte Euch flehentlich, einem Sterbenden diesen letzten Wunsch zu erfüllen, denn lange werde ich nicht mehr auf dieser Welt weilen.«

Constantia erhob sich, den Brief in der Hand, und sah aus dem Fenster. Noch einmal gelang es Böttger, ihr Herz zu rühren, noch einmal sah sie seine seelenvollen Augen vor sich, fühlte mit ihm, der so lange hinter dicken Mauern gefangen gewesen war. Dass ausgerechnet Samuel Stöltzel, jener Mann, von dem sie geglaubt hatte, dass es kaum einen loyaleren Gehilfen gab, den Verrat an Böttger und dem Porzellan begangen hatte, verwirrte sie. Aber sie kannte seine Geschichte nicht. Sie wusste nicht, was vorgefallen war, und war sich sicher, dass es einen Grund geben musste für seine Flucht. Ein Grund, der vielleicht mit Böttger zusammenhing. Böttger, der so schwer zu Durchschauende. Böttger, der trotz seiner Gefangenschaft immer Macht über den König behalten hatte, indem er die Hoffnung bewahrte, doch noch Gold für ihn zu machen. Und auch sie hatte er immer auf unerklärliche Weise in den Bann gezogen mit dieser Mischung aus Genialität und Verletzlichkeit. Es war das letzte Mal, dass sie so an ihn denken würde, das wusste sie, und der Abschied schmerzte. Dann aber fasste sie sich, wischte eine Träne ab und warf den Brief in den flackernden Kamin.

August

Dresden, 1719

Seine Freude über die Rückkehr seines Sohnes überraschte August. Nicht die Tatsache, dass er sich freute, wunderte ihn, sondern die Art und Weise, wie er es tat. Wie ein Kind, dem man ein buntes Fest versprach, wie ein Liebhaber, der vor Nervosität keinen Satz zu Ende sprechen konnte, wie ein Welpe, der glücklich und bis zur Erschöpfung über eine Blumenwiese sprang. Gestern war Friedrich nach Dresden zurückgekehrt, und August staunte über den jungen Mann, der aus dem etwas dicklichen Kind erwachsen war. Nicht sattsehen konnte er sich an ihm, und alles an diesem Wiedersehen sollte von dieser Freude durchdrungen sein, jede Mahlzeit, jedes Beieinandersein, jedes Gespräch. Auch die Planung für Friedrichs Hochzeitsfeierlichkeiten sollte nichts als purer, quirliger Spaß sein. August vergaß seine schmerzenden Beine und verlegte die Vorbereitungen, trotz des windigen Wetters, in den Garten, den erste Frühlingsblüten bunt betupften und wo ihnen die noch kaum belaubten Zweige raschelnd ihren Beifall zollten. Sie mussten die Notizzettel und Skizzen mit Steinen beschweren, damit sie nicht davonflogen. Am westlichen Horizont blähten sich die Wolken auf wie riesige Sahnebaisers, die der Wind vor sich hertrieb, und August genoss die frische Brise, die ihm um die Nase strich. Friedrich dagegen blickte kritisch drein. Mehrmals hatte er angemerkt, ob es nicht klüger wäre hineinzugehen.

»Ach was. Das kleine Lüftchen kann uns die Freude nicht verderben«, meinte August und amüsierte sich prächtig, als einer ihrer Zettel über das Gras zum Graben hinflatterte, wo ihn ein Lakai kurz vor dem unwiederbringlichen Verlust mit einem beherzten Sprung bäuchlings zu fassen kriegte. August lachte laut und sah, wie schwer es Friedrich fiel, mit ihm zu lachen. Wie fremd ihm der Junge über die Jahre geworden war!

Oft hatte August versucht, sich vorzustellen, was aus dem unsicheren, verträumten Kind geworden war, hatte versucht, sich anhand der Briefe, die sein Sohn ihm von seiner Reise schickte, ein Bild zu machen. Anfangs waren seine Zeilen ängstlich gewesen, besonders als Friedrich nach Italien kam, wo Sprache, Land und Leute ihm völlig fremd waren. Erst in Venedig konnte er seine Vorbehalte überwinden und begeisterte sich für Theater, Musik und Kunst. Nun war der Kurprinz erwachsen, und für einen Moment sehnte August sich zurück nach den Stunden, da er dem Zehnjährigen Abenteuergeschichten erzählt hatte und ihn auf seinem Pferd mitreiten ließ. Tatsächlich waren diese Stunden an einer Hand abzuzählen, und August machte es traurig, dass sie niemals wiederkehren würden.

Inzwischen hatte der Lakai das entflogene Blatt zurückgebracht, und August dankte ihm leutselig, als er das etwas feucht gewordene Papier entgegennahm.

»Was haben wir denn da? Ah! Die Bauernwirtschaft! Hervorragend! Eine Bauernwirtschaft sollten wir unbedingt veranstalten.«

Friedrich runzelte die Stirn, als wäre er sich nicht sicher, ob dieses derbe Vergnügen, bei dem sich alle Herrschaften als Bauern verkleideten, nach seinem Geschmack war. Oder vielleicht fürchtete er auch, dass seine Zukünftige, Maria Josepha, dies missbilligen könnte. Doch bevor sein Sohn etwas einwenden konnte, war August schon beim nächsten Gedanken.

»Oder noch besser eine Zwergenjagd! Was hältst du davon?« Er zwinkerte Friedrich zu. »Das wird lustig.«

Sogleich machte er sich ein paar Notizen und imitierte dabei ein Jagdhorn, um Friedrich zum Lachen zu bringen. Dieser aber runzelte nur die Stirn und verbarg kaum, dass er das Benehmen seines alten Vaters kindisch fand. Er war ein ernster junger Mann und leider etwas humorlos, wie August bemerkte. Aber natürlich hatte Friedrich recht. Die Planung eines Festes, erst recht einer Hochzeit von großer Bedeutung, erforderte Konzentration, ja, Ernsthaftigkeit. Und ihnen blieben nur die wenigen Wochen, die Friedrich hier in Dresden weilte, bevor er nach Wien zurückkehren musste, wo die Vermählung stattfand. Anschließend würden Maria Josepha und er nach Sachsen reisen, zuerst nach Pirna, von wo aus sie die Elbe hinab auf einem prächtigen venezianischen Schiff nach Dresden gelangen würden, begleitet von weiteren Schiffen, von Musik, Jubel und Blumenschmuck. Dies sollte der Auftakt sein zu den Feierlichkeiten mit Kanonendonner und Feuerwerk, mit unzähligen Bällen, Theateraufführungen, Konzerten und sonstigen Lustbarkeiten. Es würde sich über Wochen hinziehen und das prächtigste Hochzeitsfest werden, das Sachsen je gesehen hatte – die Krönung aller Feste. Und gerade deshalb fiel es August schwer, auf den Punkt zu kommen. Nichts war ihm ausgefallen genug. Immer sprudelten neue Ideen aus ihm heraus, und immer wurde gerade Beschlossenes wieder verworfen. Der Tisch war bereits voller Papierbögen mit Listen, Skizzen und groben Einfällen. August bemerkte wohl, dass er Friedrichs Geduld strapazierte und wie angestrengt dieser wirkte. Sicher, er war erst gestern von einer langen Reise zurückgekehrt, aber er war doch jung, es war doch seine Hochzeit. Wo blieb die Begeisterung, der Elan?

»Wir werden doch für das große Hochzeitsessen Porzellan aus Meißen haben?«, erkundigte Friedrich sich plötzlich und versetzte August damit einen Stich. Fahrig fuhr er mit dem Finger über die Notizen und tat, als wäre die Frage unwichtig.

»Vater! Hört Ihr mich? Habt Ihr an das Porzellan gedacht?«

August blickte auf. Seine Freude war schlagartig dahin. »Ja, mein Sohn, das habe ich. Es ist nur – mit dem Porzellan ist es so eine Sache …«

»Es muss etwas ganz Außergewöhnliches sein. Etwas nie Gesehenes.« Mit einem Mal schienen Friedrichs Lebensgeister zu erwachen. »Maria Josepha ist schon sehr gespannt darauf.«

August entfuhr ein heiseres Lachen: Das konnte er sich denken! Erst vor knapp drei Monaten war einer der Arkanisten aus Meißen geflohen. Wie schon bald bekannt wurde, hatte er das Geheimnis nach Wien gebracht und dort eine Manufaktur mit aufgebaut. August kochte jetzt noch vor Wut, wenn er daran dachte, aber wegen der anstehenden Hochzeit waren ihm die Hände gebunden. Er konnte sich keine diplomatischen Scharmützel mit Habsburg leisten. Er konnte sich überhaupt keine Scharmützel leisten. Die Konversion Friedrichs, die seit der Verlobung auch in Sachsen bekannt war, hatte hier großen Unmut ausgelöst. Es war nun an August zu beweisen, dass sein Bündnis mit Habsburg Bestand hatte. Unmöglich konnte er jetzt diesen Arkanisten, einen gewissen Stöltzel, vom Kaiser zurückfordern, und die Wiener blickten – unausgesprochen natürlich – mit einer gewissen Schadenfreude nach Sachsen. Das aber war nicht das einzige Unglück. Die Manufaktur in Meißen lag am Boden, und das Buch, das Böttger versprochen hatte, über seine Erkenntnisse zu schreiben, war nicht auffindbar. Manche sagten gar, Böttger habe es nie geschrieben, während Böttger selbst nichts Besseres zu tun gewusst hatte, als den Löffel abzugeben. Der Goldmacher hatte sein Leben lang für Misslichkeiten gesorgt. Nun tat er es sogar noch im Tode.

»Meister Böttger ist vor Kurzem verstorben«, erklärte August seinem Sohn.

»Ja schon, aber …«, wandte Friedrich ein.

August brachte ihn mit einer ungeduldigen Geste zum Schweigen. »In der Manufaktur herrscht nichts als Chaos. Es ist nicht einmal sicher, ob es sich lohnt, sie weiter zu betreiben.«

Friedrich starrte seinen Vater an.

»Aber das geht nicht«, sagte er weinerlich. »Wir können es doch nicht auf uns sitzen lassen, dass man uns das Porzellangeheimnis stiehlt. Meine Braut ...« Friedrich stockte.

»Was ist mit deiner Braut?«

Friedrich zögerte mit seiner Antwort. »Maria Josepha hat eine gewisse Neigung, die Dinge zu vergleichen.«

August sah seinen Sohn fragend an.

»In Wien ist dieses hübscher und jenes besser und überhaupt alles kultivierter. Was natürlich gar nicht stimmt. Aber wenn nun auch noch das Porzellan ... Ich werde mich zum Narren vor ihr machen.«

August konnte Friedrich nur zu gut verstehen. Erst vor ein paar Tagen hatten seine Spione ihm die Nachricht überbracht, dass die neue Manufaktur in Wien funktionstüchtig sei und bereits erste Porzellanstücke hervorgebracht hatte.

»Wir müssen etwas gegen diesen Porzellaner unternehmen, der uns verraten hat«, platzte es aus Friedrich heraus.

»Und was, mein Lieber, schlägst du vor?«, fragte August streng. »Willst du vielleicht deine Hochzeit aufs Spiel setzen? Das wäre es nicht wert. Und glaub mir, es wird nicht das letzte Mal sein, dass du dich vor deiner Gattin zum Narren machst. Selbst die Einfältigsten unter ihnen haben die Gabe, uns lächerlich zu machen.«

Friedrich blickte seinen Vater konsterniert an. Er wirkte wenig erfreut über diese Weisheit, und August bereute seine Entgleisung umgehend. Sicherlich hatte der Junge verstanden, dass dies eine Anspielung auf seine Mutter gewesen war. Bevor August es aber wiedergutmachen konnte, frischte der Wind auf und weitere Zettel flatterten über das Gras – zu viele, als dass man sie alle wieder hätte einsammeln können. Einen Augenblick später fielen die ersten Tropfen, und der Regen kam nun so plötzlich und sturzartig, dass ein Großteil ihrer Notizen unbrauchbar wurde. Friedrich war den Tränen nahe, und August ärgerte sich. Zuerst über sich selbst, dann über Friedrichs Weinerlichkeit.

»Wir fahren heute Nachmittag in meinem Arbeitszimmer fort«, brummte er und stapfte – bis auf die Haut durchnässt – zurück ins Schloss.

Das Wechseln der Kleider, eine warme Mahlzeit, ein Krug Wein sowie zwei Tassen süßer Schokolade kühlten Augusts Ärger ab. Bald überwog wieder die Vorfreude, und als Friedrich zu ihm stieß, hatte er eifrig die meisten Notizen, die vom Regen verdorben waren, neu aufgeschrieben.

»Also, mein Lieber«, begann August und betrachtete seinen Sohn milde. »Was hältst du davon, wenn du die Musiker und Sänger auswählst, die wir selbstverständlich aus Italien kommen lassen?«

Zum ersten Mal schien August bei seinem Sohn so etwas wie Begeisterung zu wecken. Friedrichs Augen leuchteten auf. »Wirklich, Vater? Das wäre ... ganz wundervoll.«

August war froh, dass er ins Schwarze getroffen hatte und dass die Liebe zur Kunst wenigstens eine Sache war, die sie teilten. »Du wirst bestimmt eine vortreffliche Auswahl treffen.«

Einen Moment lang lächelten Vater und Sohn sich an.

»Was ist mit der Bauernwirtschaft?«, fuhr August übermütig fort. »Oder wie wäre es mit ein paar Reiterspielen? Das findet immer großen Anklang.«

»Warum machen wir nicht beides?«, schlug Friedrich vor, als wollte nun auch er seinem Vater einen Gefallen tun.

August strahlte. »Sehr gut, mein Sohn. Man soll sich nie mit einer Sache zufriedengeben, wenn man alles haben kann.« Und um den Sohn weiter aufzumuntern, kam er noch mal auf das Porzellan zu sprechen.

»Natürlich werde ich alles dafür tun, um die Meißner Manufaktur wieder in Gang zu bekommen und das Wiener Porzellan an Schönheit und Ausgefallenheit zu übertreffen. Wer weiß, ob es denen in Wien überhaupt gelingt, etwas Vorzeigbares herzustellen. Und wenn doch – gönne deiner Braut vorerst den Triumph. Wir werden eine Möglichkeit finden, uns zu rächen.«

Friedrich sah ihn fragend und mit großen Augen an, August aber legte den Zeigefinger auf seine Lippen und zwinkerte seinem Sohn zu. Die Anspielung musste genügen. Natürlich wollte August den Raub seines Porzellans nicht ohne Weiteres hinnehmen. Nur musste das, was er vorhatte, streng geheim verhandelt werden. Er stand wegen der Sache längst mit seinem Gesandten in Wien in Kontakt, und sie waren übereingekommen, den Arkanisten nicht ohne Strafe davonkommen zu lassen. Allerdings mussten sie abwarten, bis die Hochzeit vorüber war, damit dem Kaiser nicht im letzten Augenblick einfiel, dieselbe platzen zu lassen, aber danach ... Eine Manufaktur mit großen Brennöfen konnte leicht einem Brand zum Opfer fallen, und der Verräter Stöltzel würde vielleicht bei einem kleinen Unfall sein Ende finden, ein herabfallender Dachziegel, ein Sturz in die Donau, ein Pferd, das durchging – wer weiß. So einem betrunkenen Porzellaner konnte allerhand zustoßen.

Samuel

Wien, 1719

Der Maler Höroldt sang. Er sang italienische Arien, Liebesschnulzen, Spottlieder – was ihm in den Sinn kam. Häufig pfiff er irgendeine penetrante Melodie, die bei Samuel hängen blieb, sodass er, wenn er abends zu Bett ging, wegen des Ohrwurms, der ihn plagte, nicht einschlafen konnte.

»Sagt ihm, dass er mit der Singerei aufhören soll. Sonst schmeiß ich ihn raus. Er macht mich verrückt mit dem Gejaule«, beschwerte Samuel sich bei Hunger.

»Sagt's ihm doch selber, wenn es Euch stört«, entgegnete Hunger und ließ Samuel stehen.

Samuel war es lieber, wenn er mit Höroldt nur das Allernötigste sprach. Der Mann war ihm nicht geheuer mit seiner andauernden Fröhlichkeit. Inzwischen hatte er eine ganze Reihe von Gefäßen hübsch bemalt. Die Muster und Blumen waren von bestechender Schönheit und die Figürchen von solchem Charme und Witz, dass man meinte, sie sprängen gleich vom Porzellan, um kichernd und singend herumzutoben und irgendeinen Schabernack zu veranstalten. Höroldts Kunst sah so leicht aus, als hätte er eine Handvoll Sandkörner in den Wind geworfen. Alle waren begeistert. Nur Samuel tat sich schwer damit. Er fand, dass die Leichtigkeit, mit der Höroldt das alles hervorbrachte, dem Ernst des Porzellans nicht angemessen sei. Es würdigte nicht den langen Weg, die harte Arbeit und die Verluste, die die Erfindung des Porzellans vorangetrieben hatten. Auch hier in Wien hatte Samuel es nicht leicht gehabt. Es hatte Monate gedauert, bis sie endlich in Perg eine Grube mit brauchbarer weißer Erde fanden. Dabei war es hilfreich gewesen, zwei Arbeiter mit einer Probe der Auener Erde loszuschicken, damit sich die Grubenbesitzer ein Bild machen konnten, wovon sie überhaupt redeten. Samuel hatte gemeinsam mit einem Ofenbauer den neuen Ofen gebaut, er hatte ein kleines Mahlwerk angeschafft, Bottiche, Siebe, Töpferwerkzeug, und schließlich hatte er sogar eine Grube auf dem Hof angelegt, um die Porzellanmasse zu lagern.

»Oh holder Mai im grünen Fluss, schenk mir des Weines Hochgenuss und eines Mägdeleins süßen Kuss«, schmetterte Höroldt von draußen, wo er sich wegen des milden Wetters seinen Maltisch aufgestellt hatte. Samuel schloss kurz die Augen. Dieser Höroldt war ein Hanswurst, eine lästige Fliege, die ihn mit ihrem Gesurre in den Wahnsinn trieb. Samuel hätte diese Fliege gern mit einem gezielten Schlag zum Schweigen gebracht, wenn er nicht so dringend auf sie angewiesen wäre. Er hatte keine Zeit, sich um einen neuen Maler zu kümmern.

Mit aller Kraft rührte Samuel in der Masse, dem gräulich weißen Gemenge, als Hunger plötzlich in den Raum trat.

»Da habt Ihr aber gehörig Glück gehabt, dass Ihr nun hier seid, dank meiner Wenigkeit«, hob er an.

»Was wollt Ihr?«, unterbrach ihn Samuel. »Ich habe keine Zeit zum Schwatzen.«

»Böttger ist tot. Das wollt ich Euch bloß sagen, falls Ihr's noch nicht wisst«, entgegnete Hunger und ging wieder hinaus. Samuel starrte auf die offene Tür, wo Hunger eben noch gestanden hatte. Die Hand, mit der er eine abfällige Geste gemacht hatte, hing noch in der Luft, sein Herz schien einige Schläge auszusetzen. Böttger war tot. Auch wenn es nicht unerwartet kam und eher ein Wunder war, dass der Meister so lange überlebt hatte, traf es Samuel doch. Als schlüge jetzt erst die Tür endgültig hinter ihm zu, durch die er lange zuvor gegangen war.

»Und wenn der Mai nimmt seinen Lauf, dann hört's auch mit der Liebe auf. Was soll's, sag ich, da pfeif ich drauf, der schönen Mägdlein gibt's zuhauf«, tönte es von draußen. Jeschek und Hunger klatschten und lachten. Samuel aber überkam eine solche Wut, dass er den Rührstab auf den Boden warf und auf den Hof trat.

»Hört mit den Albernheiten auf. Hier wird gearbeitet.«

»Mögt Ihr keine Musik? Das Himmelsgeschenk, der laut gewordene Gottesgedanke.«

»Ich hab gesagt, Ihr sollt damit aufhören.«

»Sonst was?«

Samuel gab keine Antwort, spuckte nur aus, während Pax ihm mit heftigem Gebell beizupflichten schien.

»Wie ich dieses Vieh hasse«, brummte Höroldt. »Ich werd ihm was ins Futter tun, damit es verreckt. Ein bisschen Kobalterz, ein Löffelchen Quecksilber.«

»Ihr lasst die Finger von dem Hund oder ich tu Euch was ins Futter«, gab Samuel wütend zurück und machte kehrt.

»Habt wohl einen Trauerkloß gefrühstückt?«, rief Höroldt ihm nach. Immer musste er das letzte Wort haben und sei es mit einem noch so abgegriffenen Spruch.

Samuel blieb stehen und mühte sich, ruhig zu bleiben.

»Ihr müsst es ihm nachsehen«, hörte er nun Hunger zu Höroldt sagen. »Er hat soeben vom Tod des Meister Böttger erfahren.«

»Tja. Was soll man dazu sagen«, plauderte Höroldt munter weiter und begann wieder zu singen: »Das Leben eines jeden Mannes ist so wie eine Kaffeekanne, erst isse voll, dann isse leer, so ist das halt, drum nimm's nicht schwer.«

Samuel fühlte einen Erdrutsch in seinem Innern. Donnernd brach es aus ihm heraus.

»Ihr habt wohl nie einen Verlust erlitten, dass Ihr so spotten könnt! Oder habt Ihr am Ende gar kein Herz in Eurer Brust sitzen, sondern einen ewig quakenden Frosch von unsäglicher Albernheit, dem nichts heilig ist? Dann geht meinetwegen. Ich kann

Euch nicht ertragen. Wir finden einen anderen Maler. Ihr habt vielleicht Talent, aber Ihr seid nicht unersetzlich. Geht!«, rief er und ging dann selbst, die Tür hinter sich zuwerfend, damit keiner sah, dass ihm die Tränen kamen.

Den ganzen Tag und auch den Abend sprach Samuel kein Wort mehr und zermahlte geräuschvoll die Steinbrocken. Ein leeres Herz spürt man am wenigsten, wenn man so viel arbeitet, dass einem die Knochen weher tun als die Seele, dachte er. Er schuftete noch, nachdem längst alle gegangen waren, bis er schließlich erschöpft in sein Bett fiel und doch nicht schlafen konnte. Höroldt hatte wohl seine Pinsel eingepackt und war abgezogen. Samuel würde mit Paquier sprechen müssen. Wie unangenehm das war. Und jetzt bereute er es, dass er sich nicht hatte beherrschen können. Er sah schon das entsetzte Gesicht von Hunger vor sich – was habt Ihr angerichtet!

Aber am nächsten Morgen kam Höroldt ihm wie gewohnt entgegen. Verlegen wischte er sich mit dem Zeigefinger über die Nasenspitze. Was wollte er? War das ein neuer Scherz, ein Trick, damit er sich über ihn lustig machen konnte? Samuel rührte sich nicht, während Höroldt nun ganz gegen seine Art nach Worten suchte.

»Ich mach es kurz«, brachte er hervor. »Es war nicht recht von mir, mich über Euren Kummer lustig zu machen. So. Mehr hab ich nicht zu sagen.«

Samuel forschte in Höroldts Zügen, was noch kommen würde. Höroldt aber wandte sich ab und begann mit seiner Arbeit – singend, aber doch wesentlich leiser als sonst. Und so sollte es auch bleiben. Nur selten konnte er sich nicht im Zaum halten. Wenn er Samuel beggnete, nickte er ihm höflich und ohne Spott zu, eher mit einer gewissen Neugierde in seinen lebendigen Augen. Wie ein kindlicher Kobold zog er seine Kreise um Samuel, fragte mal etwas die Porzellanmasse betreffend, mal brachte er ihm eine Flasche Wein, die er »zufällig« übrig hatte, mal zeigte er ihm einen hübschen Kiesel, den er auf dem Weg zur Manufaktur gefunden und der seiner Meinung nach die Form einer Ente hatte. Samuel antwortete meist knapp, blieb mürrisch, aber schließlich ließ er sich doch das eine oder andere aus der Nase ziehen – wo er geboren war und was ihm fehlte, wenn er an seine Heimat dachte, und auch, dass er mit Wien nicht warm werden wollte.

»Wenn Ihr Trübsal blast, müsst Ihr die Dinge bis zu Ende denken, Stöltzel«, sagte Höroldt mit seltenem Ernst. »Lasst Ihr der Melancholie ihren Lauf, endet es immer damit, dass man sich in die Donau werfen muss. Wenn Ihr das nicht wollt, hört auf, Trübsal zu blasen, und seht nach vorn. Aus.«

Samuel verschränkte die Arme vor der Brust und blieb vor Höroldt stehen.

»Nennt mich doch einfach Hannes, wenn Ihr mögt«, sagte Höroldt und hielt Samuel die Hand hin. »Wir gehen wohl nicht so schnell getrennter Wege. Also vertragen wir uns besser. Nicht war, Samuel?«

»Lasst gut sein, Höroldt«, gab Samuel zurück. »Wir werden auch auskommen, ohne uns die Hand zu reichen.«

Höroldt zuckte nur die Schulter, ging davon – und hatte schon wieder ein Lied auf den Lippen.

Auch wenn sie sich über die Monate aneinander gewöhnten und sich gegenseitig einen gewissen Respekt zollten, blieben die Zankereien zwischen Samuel und Höroldt weiterhin nicht aus. Höroldt hatte nach wie vor die Begabung, Samuel zur Weißglut zu bringen, mit seiner Art, alles auf die leichte Schulter zu nehmen und über jede Schwierigkeit Witze zu reißen. Gerade in den letzten Wochen waren sie oft aneinandergeraten, denn eine ganz besondere Bestellung vom kaiserlichen Hof brachte Aufregung in die Manufaktur. Die Hochzeit der Kaisernichte Maria Josepha stand bevor – ausgerechnet mit dem sächsischen Kurprinzen! Und zu diesem Anlass hatte Maria Josepha zwei Schmuckteller bestellen lassen, die – wie sich der kaiserliche Bote ausdrückte – mindestens an das heranreichen sollten, was man in Meißen produzierte. Genau genommen sollte es alles, was man von dort kannte, übertreffen. Samuel wäre es lieber gewesen, gar nichts von dieser Hochzeit mitzubekommen. Allein der Gedanke, dass die beiden Teller nach Sachsen reisen würden, er aber hierbleiben musste, quälte ihn. Für Paquier dagegen schien die Zukunft der Manufaktur von diesen Tellern abzuhängen, und das ließ er Samuel spüren. Höroldt hielt sich währenddessen schlau aus der Schusslinie. Längst lagen die beiden Teller, die Maria Josepha bestellt hatte, fertig gebrannt im Regal und warteten darauf, dass Höroldt sich ihrer annahm. Er aber war oft fort und hatte angeblich viel zu tun mit seinen Porträts und seiner Tapetenmalerei. Kaiser hin oder her – das schien ihn nicht zu kümmern.

»Das Leben besteht nicht nur aus der Manufaktur«, fand er. »Und du, mein lieber Stöltzel, solltest dir an mir ein Beispiel nehmen. Dein Dasein hier in Wien ist nur ein halbes Dasein, ein Provisorium«, sagte er. »Es würde mich nicht wundern, wenn du deine Stiefel, seit du in der Stadt bist, noch nicht einmal ausgezogen hast.«

Das war zwar übertrieben, wie beinahe alles, was Höroldt sagte, aber dennoch war etwas Wahres dran. Samuel würde sich in Wien immer wie ein Fremder fühlen. Und vielleicht wollte er es gar nicht anders. Hier heimisch zu werden, das hieße, sich mit dem, was ihn hierhergebracht hatte, zu versöhnen. Es gut sein zu lassen. Aber auch jetzt, nach bald acht Monaten, war gar nichts gut. Samuel dachte oft ans Fortgehen, und der Gedanke, hier den Rest seines Lebens zu verbringen, machte ihn krank. Dennoch verließ er die Manufaktur selten. Wenn möglich, schickte er Jeschek oder Hunger, um Besorgungen zu machen. Als die Tage länger wurden, trieb es ihn manchmal nach Feierabend in Begleitung von Pax hinaus aus der Stadt. Dort blieb er stundenlang am Ufer sitzen und betrachtete das träge Strömen des Wassers. Aber auch das ließ er bleiben, nachdem er dreimal den gleichen Kerl aus der Ferne gesehen hatte, der ihn zu beobachten schien. Und als Samuel einmal im Dunkeln nach Hause lief, hörte er Schritte hinter sich, als würde er verfolgt.

»Du siehst Gespenster«, spottete Höroldt. »Das kommt von deiner Eigenbrötlerei. Such dir eine Frau! Geh am Sonntag in die Heurigengärten, geh ins Kaffeehaus, ins Theater und miete dir – Herrgott noch mal – eine vernünftige Bleibe. Es ist ja nicht mitanzusehen, wie du in diesem Loch haust.«

Samuel konnte ihm schwerlich widersprechen.

»Es gibt da ein Zimmer bei der Witwe Fuchs, das solltest du dir ansehen«, schlug Höroldt Samuel eines Tages vor. »Es ist nur einen Katzensprung von der Manufaktur entfernt. Ein geräumiges Haus mit einem prächtigen Garten, der Preis ist annehmbar und die Witwe verträglich. Außerdem versteht sie es, einen vorzüglichen Braten zuzubereiten.«

Samuel zeigte wenig Begeisterung.

»Nun gib dir einen Ruck«, drängte Höroldt. »Und weißt du was? Während du dir das Zimmer ansiehst, mache ich die Hochzeitsteller für den Kaiserlichen Hof fertig.«

Samuel zögerte, aber Höroldts Versprechen, endlich mit den Tellern zu beginnen, war zu verlockend. Und wer weiß, dachte Samuel, vielleicht würde er ja tatsächlich Gefallen an dem Zimmer finden.

Bereits auf dem Weg zur Witwe Fuchs bereute er seinen Entschluss, denn natürlich war es dorthin viel weiter, als Höroldt es beschrieben hatte – von wegen Katzensprung. Noch dazu war es ein heißer Tag. Die Sonne brannte Samuel auf den Kopf, und ärgerlich vermutete er, dass Höroldt ihn nur hatte loswerden wollen, um einen Vormittag lang seine Ruhe zu haben. Samuel war kurz davor kehrtzumachen, als er das Haus der Witwe erreichte. Da er nun schon einmal hier war, ließ er sich das Zimmer zeigen. Tatsächlich fand er alles so vor, wie Höroldt es beschrieben hatte, aber missgelaunt, wie Samuel inzwischen war, mochte er sich nicht für das Zimmer entscheiden. Er werde im Herbst noch einmal vorbeischauen, sagte er der Witwe. Jetzt habe er zu viel Arbeit für einen Wechsel. Die Witwe Fuchs lachte: »Bis dahin hab ich das Zimmer sicherlich an einen anderen vermietet.« Samuel zuckte nur die Achseln. Dann eben. Auf dem Rückweg ärgerte er sich erneut über die weite Strecke und die Hitze. Die Straße war staubig und sein Mund ausgetrocknet. Was für eine Zeitverschwendung, dachte er, als er die Turmuhr Mittag schlagen hörte. Der ganze Vormittag war dahin, aber wenigstens hatte Höroldt endlich mit den Tellern angefangen. Dann war der unnütze Besuch bei der Witwe Fuchs wenigstens zu etwas gut gewesen.

Als Samuel durch das Tor der Manufaktur schritt, herrschte dort eine sonntägliche Ruhe, obwohl gar nicht Sonntag war. Pax kam ihm schwanzwedelnd entgegen, Jeschek schlief im Schatten. Nur das Summen der Fliegen war zu hören und Jescheks Schnarchen. Der Maltisch, den sich Höroldt wieder auf den Hof gestellt hatte, war leer. Samuel stieß einen Fluch aus. Diesmal trieb es Höroldt auf die Spitze. Samuel ging hinein, geradewegs in die Werkstatt, wo die beiden Teller lagen. Unberührt und unbemalt. Vor Zorn hätte Samuel sie am liebsten zu Boden geworfen. Stattdessen ging er zurück auf den Hof und schrie Jeschek an, um zu erfahren, wo der verdammte Höroldt sich herumtrieb. Verwirrt schreckte Jeschek aus seinem Mittagsschlaf hoch und hob die Hände. So viel er wusste, hatte Höroldt einen Auftrag in der Stadt. Aber wo, davon hatte er keine Ahnung.

Erst am nächsten Morgen tauchte Höroldt, ein Liedchen pfeifend, wieder auf. Samuel erwartete ihn mit drohendem Blick, und Pax knurrte, als wäre Höroldt der Teufel persönlich.

»Sagt dem Scheißvieh, es soll aufhören zu knurren, oder ich kehre auf der Stelle wieder um«, beschwerte sich Höroldt und schien Samuels finstere Miene gar nicht zu bemerken.

»Welche Ehre, dass der Herr sich auch mal blicken lässt«, blaffte Samuel ihn an.

»Ich hatte zu tun.«

»Ja, hier. Hier hättet Ihr zu tun gehabt.«

»Ist ja gut.«

»Nein, nichts ist gut. Wenn Ihr die Teller für die Hochzeit nicht pünktlich fertigstellt, dann …« Samuel presste die Lippen aufeinander, während Höroldt fragend die Augenbraue hob. »Nur keine Aufregung«, sagte er, warf einen misstrauischen Blick zu Pax und schob sich an Samuel vorbei, hinein in die Werkstatt. »Aufregung macht Scherben – und das wollen wir doch nicht.«

Samuel kochte. Höroldt trat indes mit Papier und Bleistift wieder auf den Hof, setzte sich an seinen Maltisch und begann in aller Seelenruhe eine Skizze anzufertigen.

Am nächsten Tag hatte er ein paar Kritzeleien zuwege gebracht, nichts, womit Samuel etwas anfangen konnte. Höroldt pfiff, Höroldt frühstückte, Höroldt schwatzte mit Jeschek, dann kritzelte er wieder oder besah sich stumm die beiden Teller. Vier Tage, bevor diese abgeholt werden sollten, nahm er sie endlich vom Regal und legte sie vor sich auf den Tisch. Wieder besah er sie lange, fuhr mit dem Finger über die Oberfläche, kniff die Augen zusammen. Dann stellte er Pinsel und Farben bereit und begann zu malen. Erst auf den einen Teller, dann auf den anderen. Zwei Tage brauchte er dafür. Anschließend machte er sich an die Vergoldungen, was auch einige Zeit beanspruchte. Samuel schlich ein paarmal am Maltisch vorbei, wagte es aber nicht, ihn zu stören. Höroldt arbeitete nun ununterbrochen, aß kaum, sang nicht einmal mehr. Pünktlich am Vorabend der befohlenen Auslieferung wurde er fertig. »Na bitte«, sagte er lässig. »Wozu die Aufregung?«

Samuel riskierte nun zum ersten Mal einen genaueren Blick. In der Mitte der beiden Teller war die Szenerie einer Hochzeit zu sehen, jedoch aus etwas unterschiedlichen Perspektiven. So als sei das Bild des einen Tellers aus der Sicht der Braut, das andere aber aus der Sicht des Bräutigams. Im Hintergrund erahnte man bei dem einen Teller die Silhouette Wiens und auf dem anderen die von Dresden. Die Ränder waren rundherum mit filigranen Mustern verziert, die ein wenig an Höroldts Chinoiserien erinnerten. Samuel konnte es nicht leugnen: Höroldt hatte zwei Meisterwerke geschaffen. Voller Ehrfurcht bettete Jeschek die Teller in die ausgepolsterten Kisten und nagelte diese sorgsam zu. Samuel wusste nicht, ob er sich ärgern oder freuen sollte. Höroldt räumte indes summend seinen Maltisch auf und zwinkerte ihm zu. »Es geht doch nichts über eine gute Vorbereitung«, sagte er und schenkte ihnen allen Wein ein, um auf die gelungene Arbeit anzustoßen.

Sophie

Meißen, 1719

Nach ihrer Hochzeit hatte Sophie anfangs die Hausarbeit noch selbst erledigt, und alles ging weiter wie bisher, nur dass sie nicht mehr in die Schenke musste. Sie war ja jetzt die Frau des Advokaten Vollhardt, und er erlaubte ihr nicht mehr, fremden Männern das Bier auszuschenken. Die Schwangerschaft hatte man ihr lange kaum angesehen, und erst im späten Frühjahr war ihr Bauch so groß geworden, dass der Alte vorschlug, ein neues Mädchen für die Hausarbeit einzustellen und einen Knecht für die gröberen Arbeiten. Bei der Gelegenheit warf Sophie auch die alte, blinde Köchin hinaus – man konnte ja seines Lebens nicht sicher sein, weil man nie wusste, was sie einem versehentlich ins Essen tat. Sophie war eine strenge Herrin, denn sie wusste, was zu tun war, und wusste noch besser, dass die Dienerschaft leicht nachlässig werden konnte, wenn man sie nicht mit der nötigen Strenge behandelte. Besonders weil Sophie ja selbst ein Dienstmädchen gewesen war und spürte, dass man ihr ihre jetzige Stellung neidete. Sie sah die verächtlichen Blicke und hörte das Getuschel hinter ihrem Rücken, als hätte nicht Vollhardt sie gebeten, seine Frau zu werden, sondern sie sich diese Position mit unlauteren Mitteln erschlichen. Sogar die Tante schien es Sophie zu missgönnen, dass sie nun für ihr Auskommen nicht mehr so hart zu arbeiten brauchte und ihrem Kind eine sichere Zukunft bieten konnte. Manchmal fiel es Sophie schwer, den Kopf oben zu halten und sich nicht für etwas zu schämen, das sie gar nicht getan hatte. Dann war sie froh, dass Samuel fort war und sie ihm nicht in die Augen schauen musste, denn auch er hätte mit Verachtung auf sie herabgeblickt. Dabei hatte er ihr gar keine Wahl gelassen. Wie lange hätte sie noch darauf warten sollen, dass er endlich ein vernünftiges Auskommen in der Manufaktur hatte? Hätte sie sich verspotten lassen sollen, weil sie sich ein Kind von dem Porzellaner hatte anhängen lassen und ihn nun heiraten musste, um in Armut und Unsicherheit zu leben? Das war sie nicht. Das war nicht Sophie.

In den ersten Monaten musste sie oft daran denken, wie Samuel noch tagelang jeden Abend zur Schenke gekommen war und nach ihr gerufen hatte. Sie hatte oben in der Kammer gesessen und gehört, wie er sich mit der Tante zankte, bis einer der Gäste ihn hinausgeworfen hatte. Da hatte er dann im Dreck gesessen und so elend gewirkt, dass Sophie davon übel wurde. Kurz hatten sich ihre Blicke getroffen, als er flehend zu ihr hinaufsah, und sie hatte hinter dem Fenster zum Abschied die Hand gehoben. Dann war er fort gewesen. Von einem Tag auf den anderen, und kein Mensch wusste, wo er abgeblieben war. Sie hätte einen der Porzellaner fragen können, aber was hätte sie mit ihrem Wissen anfangen sollen? Sie lebte jetzt in einer anderen Welt. Nein, die Welt war die gleiche geblieben, nur sie selbst hatte sich verändert. Sollten die anderen doch neidisch sein. Das konnte Sophie immer noch besser ertragen, als ständig herumgeschubst zu werden. Und sie war dankbar, dass auch Vollhardt das Gerede nicht beachtete und kein Wort darüber verlor. Wenn einer seiner Klienten Sophies Schwangerschaft bemerkte und dazu gratulierte, dass Vollhardt so schnell einen »Treffer gelandet hatte«, lächelte er verlegen, schwieg und wechselte das Thema. Nur manchmal gelang es ihm nicht, die Begeisterung seines Besuchers zu dämpfen, und Sophie musste den guten Weinbrand bringen, damit sie anstoßen konnten. Ein wenig unwohl dachte Sophie in solchen Momenten an ihre Hochzeitsnacht, die diesen Namen nicht wirklich verdient hatte.

Die Hochzeit selbst war schlicht gewesen. Niemandem, weder

Vollhardt noch Sophie, war daran gelegen gewesen, eine große Sache draus zu machen. Nach der Vermählung in der Kirche hatte Vollhardt die Tante und seine Braut in ein Wirtshaus zum Essen eingeladen, ließ Fleischpastete und Bohnen auftragen und für jeden ein Stück gewürzten Kuchen, dazu Wein und Bier, so viel sie wollten. Am Abend dann hatte Sophie das Haus von Vollhardt zum ersten Mal als seine Gattin betreten. Bang hatte sie den Alten in der Kammer erwartet. Im Hemd und mit bloßen Füßen war sie neben dem Bett stehen geblieben und hatte, als Vollhardt eintrat, beschämt zu Boden geblickt, da auch er nur sein Hemd trug und seine dünnen, schuppigen Beine darunter hervorlugten. Sie hatten sich ins Bett gelegt, wo sie verkrampft unter ihren Decken lagen, während Vollhardt zu überlegen schien, wie er vorgehen sollte.

»Ich denke … da du in anderen Umständen bist, sollten wir abwarten. Wir werden danach noch Zeit genug haben, unseren … äh … Pflichten nachzugehen. Wir sind erschöpft.«

Schnell hatte er die Kerze ausgeblasen und war schon bald eingeschlafen. Sophie hatte dem regelmäßigen Prusten seiner Atemzüge gelauscht und selbst noch lange wach gelegen, während sie über das Leben nachdachte, in das sie nun hineingeworfen worden war.

Im Grunde, so dachte Sophie schon bald, war doch alles, wie sie es sich gewünscht hatte. Auch wenn ihr Bräutigam ein alter Mann war. Aber schließlich konnte man nicht alles haben im Leben, und wenn sie es sich recht überlegte, hatte sie mit dem Alten das bessere Los gezogen als mit seinem Sohn, der seinen Vater weiter regelmäßig um Geld bat, angeblich, weil er so viel Pech hatte und man ihn ungerecht behandelte. Was er wohl davon hielt, dass Sophie nun seinen Vater geehelicht hatte? Sie wollte es sich lieber nicht vorstellen. Es war ihr auch gleich. Sophie fühlte, wie das Kind in ihr heranwuchs, wie etwas Weiches, Zartes sich in ihr ausbreitete und sie zum Lächeln brachte. Aber sie sprach mit niemandem darüber und wollte die Freude, die sie empfand, niemandem erklären müssen. Als sie bereits hochschwanger war, saß sie oft am offenen Fenster, das nach Norden hinausging und wo trotz des heißen Juliwetters eine kühle Brise hereinwehte. Sie hielt die Augen geschlossen, und manchmal summte sie ganz leise, als würde sie ihrem Kind etwas vorsingen. Sie stellte sich vor, dass es ein kleines Mädchen war, das sie zur Welt bringen würde, eine kleine Sophie, die all die Fröhlichkeit und Lebenslust weiterleben konnte, die Sophie nun versagt blieb. Wenn jemand hereinkam und sie in einem solchen Moment erwischte, Vollhardt oder das neue Dienstmädchen, dann straffte sich Sophie und setzte eine strenge Miene auf, denn sie hatte das Gefühl, diese neue Seite an sich schützen zu müssen.

Für die Geburt ließ Vollhardt die Hebamme kommen. Er hingegen zeigte sich erst wieder, nachdem alles vorbei war. Es war eine leichte Geburt, sagte die Hebamme, obwohl es Sophie vor Schmerz fast zerriss. Sie hatte das Gefühl, sich aufzulösen, als wäre das, was sie da herauspresste, sie selbst, und wenn es erst auf der Welt wäre, würde von ihr nichts mehr übrig bleiben. Aber nach ein paar Stunden war alles vorüber, und Sophie hielt ein kleines Bündel in ihrem Arm, während Vollhardt die Hebamme bezahlte. Er warf nur einen kurzen Blick auf das Kind, und doch lag darin so etwas wie Anerkennung. Gut gemacht, Sophie. Gut, dass das Kind jetzt da war und das Leben weitergehen konnte, gut, dass die Geburt unkompliziert gewesen war und Vollhardt nicht zu viel Geld gekostet hatte.

Es war ein Junge. Und er war Sophie ganz und gar fremd. Sie musste ihn erst betrachten, erst kennenlernen und sich von der Vorstellung lösen, dies wäre eine kleine Sophie. Vollhardt gab ihm den Namen Christian, und auch er sah das neue Wesen zunächst als einen Fremden an. Es dauerte aber nicht lang, dass der Kleine ihm ein Lächeln abrang.

Nach der Geburt wartete Vollhardt noch einige Wochen, dann schien ihm der richtige Zeitpunkt gekommen, um Sophie ganz zu seiner Frau zu machen. An einem Abend, nachdem er das Licht gelöscht hatte, räusperte er sich, drehte sich zu Sophie und nestelte unter der Decke umständlich an ihren beiden Nachthemden, damit sie ihm nicht im Weg waren. Sophie begriff, was nun kommen würde, auch wenn sie insgeheim gehofft hatte, dass es ihr erspart bleiben würde. Es kostete den Alten Anstrengung, sich in eine Position zu bringen, um in Sophie einzudringen. Sie blieb still liegen und wartete ab, bis er ächzend und mit leicht verbissener Miene seine – wie er es nannte – Pflicht getan hatte. An Samuel dachte sie in diesem Moment nicht. Sie verglich nicht, denn es gab nichts zu vergleichen. Das Zusammensein mit Samuel hatte immer etwas Unwirkliches, etwas Unfertiges gehabt, es lag immer ein Wenn-Dann darunter. Es war ein Glück, für das es keine Wirklichkeit gab, keinen Boden, auf dem es wachsen konnte. Die Wirklichkeit war jetzt, hier, mit Vollhardt und dem kleinen Christian.

Sophie war oft einsam, und dass sie nun eine Herrin war, war nicht so glänzend, wie sie es sich erträumt hatte. Doch sie konnte dieses Dasein anfassen, es schmecken und sehen. Samuel aber war bloß noch eine Erinnerung, ein vergangener Traum. Und nur selten erlaubte sie sich einen Moment der Sehnsucht, wenn sie mit dem kleinen Christian auf dem Arm am Fenster saß und die Augen schloss. Dann spürte sie, wie die harte Schale, die sie sich zugelegt hatte, von ihr abfiel und das Weiche und Zarte für ein paar Atemzüge blühen durfte.

Samuel

Wien, 1719

Die kleine Tabakdose war fort und mindestens zwei von den bemalten Koppchen. Samuel war sich ganz sicher. Genauso wie er sich sicher war, dass Christoph Hunger dahinterstecken musste. Paquier hatte noch vor Weihnachten eine Inventur verlangt, und da sie in diesem Jahr noch keine großen Mengen produziert, dafür aber schon vieles verkauft hatten, war es für Samuel ein Leichtes gewesen, sich schnell einen Überblick zu verschaffen. Als er den Diebstahl bemerkte, baute er sich vor Hungers Arbeitstisch auf und fragte mit unverhohlenem Vorwurf nach den fehlenden Stücken.

»Oh, bei der Tabakdose war der Deckel beschädigt. Sie war nicht mehr zu retten«, sagte Hunger mit schlecht gespielter Unschuldsmiene.

»Ach ja? Und warum habt Ihr mir nichts davon gesagt?«
»Muss wohl untergangen sein.«
»Und was ist mit den Koppchen?«, fragte Samuel scharf.
»Was weiß denn ich? Vielleicht habt Ihr Euch nur verzählt.«
»Ich glaube viel eher, dass ein Dieb unter uns ist.«
»So, glaubt Ihr das?« Hunger hielt Samuels Blick stand, bevor er weitersprach. »Ich an Eurer Stelle wäre vorsichtig mit solchen Anschuldigungen. Am Ende fällt es noch auf Euch selbst zurück.«
Frech grinsend ließ er Samuel stehen.

»Was kümmert dich die Tabakdose, solange Paquier sich nicht beschwert«, winkte Höroldt ab, als Samuel ihm von dem Vorfall erzählte. »Aber wundern tut es mich, ehrlich gesagt, nicht. Der

Hunger ist doch jeden Abend bei seinem Kartenspiel. Da kann man sich leicht verschulden, und so ein Tabakdöschen aus Porzellan hilft einem aus der Not.«

»Das wird ja immer besser. Dann kann sich jetzt also jeder nehmen, was er will? Wenn das einmal einreißt, dann geht es mit der Manufaktur bergab. Glaubt mir, ich weiß, wovon ich rede.«

»Ach was. Sei nicht so kleinlich.«

»Hunger hat mir gedroht! Am Ende wird er den Diebstahl noch mir in die Schuhe schieben.«

»Herrje. Jetzt sieht er wieder Gespenster, der Herr Stöltzel«, spottete Höroldt. »Was ist eigentlich aus den finsteren Gestalten geworden, die dich verfolgen? Von denen hat dir auch noch keiner die Kehle aufgeschlitzt. Lass es gut sein, sag ich dir. Und komm lieber mit mir ins Theater.«

»Nein, danke«, brummte Samuel und ließ Höroldt ziehen.

Auch nachdem alle schon gegangen waren und Samuel mit Pax in der Manufaktur allein war, kam er nicht zur Ruhe. Aufgekratzt tigerte er durch sämtliche Räume, stocherte in der Küche im ausgehenden Feuer, aß im Stehen ein Stück Brot und starrte auf die beschlagenen Fenster, hinter denen es längst dunkel geworden war. Hunger war der Dieb. Daran zweifelte Samuel nicht. Aber das war nicht der einzige Grund für Samuels Unruhe. Je mehr er über Hunger nachdachte, desto mehr befürchtete er, mit ihm in einen ähnlich endlosen Streit zu geraten, wie Böttger ihn sein halbes Leben lang mit Dr. Nehmitz ausgetragen hatte. Allein die Vorstellung verursachte Samuel Kopfschmerzen. Gerade hatte er mit Höroldt halbwegs seinen Frieden geschlossen und erkannt, dass dessen Eigenarten letztlich harmlos waren. Mit den beiden Hochzeitstellern hatte die Manufaktur großes Lob geerntet, und Samuel hatte sich gestattet, ein klein wenig aufzuatmen. Und nun wuchs Hunger sich zu einer immer größeren Plage aus, einem unausrottbaren Übel, das Samuel immer unerträglicher wurde, je länger er hier in Wien war. Zweimal schon hatte er Paquier nahegelegt,

Hunger zu entlassen. Paquier aber hielt daran fest, dass sie jeden fähigen Arbeiter brauchten, und Hunger war ein guter Emaillierer und Vergolder, daran gab es nichts zu rütteln. Fast täglich jedoch zettelte er eine Intrige gegen Samuel an oder riss einen sinnlosen Streit vom Zaun. Denn Hunger hatte sich erhofft, als eine Art Vertrauter von Paquier zu fungieren und sich so die Dinge immer zu seinem eigenen Vorteil hinbiegen zu können. Paquier aber war ein pragmatischer Mensch und sah in dieser Mittlerfunktion keinen Nutzen. Hunger wurde kurzerhand zum gewöhnlichen Handwerker degradiert. Wütend machte er Samuel dafür verantwortlich und sann auf Rache. Und nun hatte er also mit dem Stehlen begonnen.

Samuel hielt plötzlich in seinem Gedankenfluss inne und stutzte, als er sich daran erinnerte, was Höroldt ihm vorhin erzählt hatte. Dass nämlich Hunger jeden Abend beim Kartenspiel verbrachte. Das hieß, dass er nicht in seiner Unterkunft war, wo er die gestohlenen Stücke vermutlich versteckte, wenn er sie nicht schon verhökert hatte. Samuel wusste, wo Hunger wohnte. Er hatte es ihm einmal gezeigt, als sie noch freundlicher miteinander umgegangen waren. Es war ein kleines ockerfarbenes Haus in einer finsteren Gegend, die nur ein paar Straßen von der Manufaktur entfernt war. Samuel schlüpfte in seinen Mantel, zog sich den Hut ins Gesicht und machte sich auf den Weg.

Auf der Straße schimmerte der Schnee, der in den letzten Tagen gefallen war. Es war kaum ein Mensch zu sehen. Bei der Kälte war man froh, in der warmen Stube zu sitzen oder doch wenigstens ein Dach über dem Kopf zu haben. Als Samuel Hungers Wohnung erreichte, blieb er kurz unentschlossen davor stehen, dann gab er sich einen Ruck, überquerte die Straße und klopfte an die Tür. Hinter den Fensterläden flackerte sparsames Licht. Nach einer Weile näherten sich schlurfende Schritte, und Hungers Hauswirtin öffnete. Sie war eine kleine Person mit listigem Blick und hatte kaum noch Zähne im Mund.

»Meister Hunger ist nicht da«, erklärte sie auf Samuels Frage hin. »Er ist wohl bei seinem Kartenspiel«, gab sie bereitwillig Auskunft. »Es bringt ihn eines Tages noch in den Kerker, sein Teufelsglücksspiel«, schimpfte sie.

»Es ist ... er hat versehentlich etwas aus der Manufaktur mitgenommen«, log Samuel. »Würdet Ihr mir wohl seine Kammer zeigen?«

Die Hauswirtin blickte Samuel misstrauisch an, aber als er ihr ein freundliches Lächeln und eine Münze schenkte, ließ sie ihn herein und wies ihm den Weg. Hungers Kammer war karg und nur spärlich vom Mondlicht beleuchtet. Ein Bett stand darin und ein kleiner Kasten, in dem er seine Habseligkeiten aufbewahrte. Viele Möglichkeiten gab es nicht, hier etwas zu verstecken. Eilig durchsuchte Samuel den Kasten, fand darin aber nur einige Kleidungsstücke. Auch im Bett konnte er nichts finden. Erst als er sich noch mal umsah, entdeckte er hinter der Tür eine Nische in der Wand, in der man ein Licht abstellen konnte. Unordentlich lagen dort ein Haufen Lumpen, einige Kerzenstummel, ein Stück verschimmeltes Brot – und dort, unter den Lumpen, blitzte etwas Weißes hervor: die Tabakdose. Ohne nachzudenken, nahm Samuel die Dose an sich, bedankte sich bei Hungers Hauswirtin und ging hinaus. Wieder auf der Straße wollte er auf direktem Weg zurück in die Manufaktur, als ihm an der Ecke eine Gestalt auffiel. Er wusste nicht, warum, doch der Schatten des Mannes, der sich dort an der Hauswand abzeichnete, war Samuel unheimlich. Vielleicht hatte Höroldt ja recht und er war verrückt, aber vorsichtshalber machte Samuel kehrt und schlug die entgegengesetzte Richtung ein. Hastig blickte er zurück, um die Gestalt nicht aus den Augen zu lassen, und trat dabei krachend in eine vereiste Pfütze. Jetzt setzte sich auch der Schatten in Bewegung. Er schien Samuel tatsächlich zu folgen, so wie schon im letzten Sommer, wenn Samuel von seinen Spaziergängen vor der Stadt zurückgekommen war. Damals war sein Verfolger immer auf Abstand geblieben. Jetzt hingegen näherte er sich ihm immer mehr. Es war eine dunkle Gegend. Wenn der Kerl ihm etwas antun wollte, hatte er leichtes Spiel. Samuel beschleunigte seinen Schritt, als er an der nächsten Straßenecke eine weitere Gestalt entdeckte. Einen Atemzug lang hoffte Samuel, der zweite Mann könnte sein Retter sein, ein Blick zurück verriet Samuel jedoch, dass der andere keineswegs überrascht war und sich ihm nun umso entschlossener näherte. Samuel saß in der Falle. Auf beiden Seiten reihten sich ärmliche ein- oder zweistöckige Häuser, die kaum einen Durchgang boten – höchstens ein Tor, das vermutlich in einen Hinterhof führte. Vereinzelt war noch Licht in den Fenstern zu sehen. Sollte er auf gut Glück an eine der Türen klopfen? Sollte er um Hilfe rufen? Bevor Samuel jedoch etwas unternehmen konnte, wurden plötzlich in dem Haus, vor dem er stand, Stimmen laut. Ein Mann und eine Frau schienen sich zu streiten. Im nächsten Augenblick war ein Krachen zu hören, die Frau schrie, dann flog die Tür auf und sie stürmte wie eine Furie hinaus, nicht ohne den Mann, der ihr hinterherrannte, wüst zu beschimpfen. Es dauerte nicht lang und einige Gaffer zeigten sich an den Fenstern. Manche traten gar aus ihren Häusern, um sich das Spektakel anzusehen. Innerhalb kürzester Zeit hatte sich eine kleine Menge versammelt, während das Paar sich schreiend weiterzankte. Samuels Verfolger blieben ausgebremst stehen. Rasch tauchte Samuel in das Grüppchen ein und drückte sich dann in eine dunkle Mauernische. Er beobachtete, wie die beiden Männer sich suchend nach ihm umschauten. Sie hatten ihn aus den Augen verloren. Schließlich gaben sie sich ein Zeichen und verschwanden. Samuel nutzte die Gelegenheit, solange der Lärm auf der Straße noch anhielt, und machte sich auf den Heimweg. Wie ein Dieb drückte er sich an den Hauswänden entlang, von Nische zu Nische, von Schatten zu Schatten, und war erleichtert, als er endlich das Tor der Manufaktur hinter sich verriegelt hatte.

Gleich am nächsten Tag, als Paquier in der Manufaktur erschien, ging Samuel in dessen Büro und legte ihm die Tabakdose auf den Tisch.

»Ich habe gestern dem Herrn Hunger in seiner Unterkunft einen Besuch abgestattet«, erklärte er. »Und schaut mal, was ich gefunden habe.«

Paquier war anzusehen, dass ihm die Sache gar nicht passte. Aber es blieb ihm nichts anderes übrig, als Hunger holen zu lassen und ihn zur Rede zu stellen. Hunger jedoch zuckte nur gelangweilt mit der Schulter. »Und jetzt? Was wollt Ihr mir damit sagen?«

»Gestern noch sagtet Ihr, die Dose wäre beschädigt und daher entsorgt worden«, eiferte sich Samuel. »Nun stellt sich heraus, dass sie sich ganz und gar unversehrt in Eurer Unterkunft wiederfand.«

»Und was, wenn ich fragen darf, habt Ihr in meiner Unterkunft zu suchen?«

»Ich wusste, dass ich die Dose bei Euch finden würde.«

Hunger zeigte sein unverwüstliches Lächeln. »Ich weiß nicht, wovon Ihr redet, Meister Stöltzel. Fast habe ich den Eindruck, Ihr wollt mir etwas unterschieben. Monsieur du Paquier, ich schwöre Euch, ich weiß nichts von dieser Tabakdose.«

Ungeduldig verfolgte Paquier den Schlagabtausch zwischen den beiden Männern und schickte Hunger schließlich hinaus.

»Ich glaube Euch, Stöltzel«, sagte er abwiegelnd. »Aber ohne einen Beweis kann ich nichts unternehmen. Warum habt Ihr keinen Zeugen mitgenommen, als Ihr Hunger aufgesucht habt? Warum habt Ihr mich nicht vorher darüber informiert?«

Samuel hatte keine Antwort darauf, außer dass Hunger ihm den Verstand raubte und jedes vernünftige Handeln unmöglich machte. Doch das sagte er lieber nicht zu Paquier.

»Wir behalten Hunger vorerst bei uns«, entschied Paquier. »Wir werden aber ein Auge auf ihn haben und von nun alle Taschen kontrollieren, wenn die Arbeiter am Abend nach Hause gehen.«

Geknickt kehrte Samuel an seine Arbeit zurück, und Hunger suhlte sich in seinem vorläufigen Triumph. Er hatte aber keineswegs vor, sich darauf auszuruhen. Von nun an versuchte er mit immer perfideren Mitteln, Samuel in ein schlechtes Licht zu rücken. Er erzählte Lügen, wiegelte die anderen Arbeiter gegen Samuel auf oder zerbrach absichtlich Porzellan, um der Manufaktur unter Samuels Leitung zu schaden. Wie lange würde es wohl dauern, bis er Paquier auf seiner Seite hatte, fragte Samuel sich besorgt und grübelte schon darüber nach, wohin er gehen sollte, wenn man ihn hinauswarf. Daran änderte auch Höroldts leicht dahingesagter Trost nichts und schon gar nicht dessen windiges Versprechen, im Zweifelsfall für Samuel einzustehen. Höroldt mochte harmlos sein und Samuel vielleicht sogar wohlgesinnt, aber verlassen wollte Samuel sich doch lieber nicht auf ihn.

August

Dresden, 1720

August fluchte, als er die Nachricht seines Gesandtschaftssekretärs aus Wien las, und blickte wütend zu Flemming. »Sie haben den Stöltzel immer noch nicht erwischt!«
»Dann erwischen sie ihn beim nächsten Mal.«
»Ja, oder beim übernächsten Mal – oder eben gar nicht. Er ist ja inzwischen vorgewarnt und verlässt die Manufaktur kaum noch.«
»Früher oder später wird er in die Falle gehen. Und es ist nun mal so, dass wir von hier aus rein gar nichts unternehmen können«, versuchte Flemming das Thema etwas ungeduldig zu beenden. »Es gibt dagegen einige andere Punkte, die ich dringend vor meiner Abreise mit Eurer Majestät besprechen sollte.«

Flemming wollte heute noch nach Warschau und hatte es eilig, das wusste August. Trotzdem ärgerte er sich über dessen Desinteresse an der Sache. Hatte Flemming die Blamage vergessen, die sie erlitten hatten? Die Braut seines Sohnes hatte nach der Hochzeit die beiden Porzellanteller aus Wien mitgebracht. Sie waren mehr als gelungen und ließen August neidvoll erblassen. Der arme Friedrich war ganz still geworden vor Scham, während Maria Josepha unverkennbar ihre Freude an dem Wettbewerb hatte. Das musste ein Ende haben. Der Wiener Manufaktur musste endlich der Garaus gemacht werden. Dieser Stöltzel musste weg. Ohne ihn würde die Porzellanmanufaktur nichts mehr zuwege bringen und wie all die anderen Manufakturen und Werkstätten, die sich allerorts in Europa an dem Porzellan versucht hatten, wieder eingehen.

»Eure Majestät, habt Geduld!«, sagte Flemming. »Wir wollen doch den Kaiser auch nach der Hochzeit des Kurprinzen nicht verärgern und dürfen daher nicht zu auffällig agieren.«

August hasste es, wenn Flemming ihn wie ein Kind behandelte.

»Dann sollten wir wenigstens etwas wegen unserer eigenen Porzellanmanufaktur unternehmen. Seit Böttgers Tod wird dort kaum noch etwas produziert. Ein einziger Saustall ist das.«

»Ich werde mich von Warschau aus um alles kümmern«, versprach Flemming. »Wenn Ihr jetzt nur allergnädigst mit mir diese Liste durchgehen wollt.«

Flemming hielt August ein Papier hin, das dieser nun widerwillig entgegennahm und rasch überflog.

»Der Kurprinz wird das alles übernehmen«, entschied August. Flemming machte ein säuerliches Gesicht, was August mit leichter Schadenfreude registrierte. Es passte Flemming nicht, dass der König seinem Sohn immer mehr Befugnisse zugestand. Die Zeiten, da Flemming das Regiment ganz in der Hand hatte, waren vorbei. Und August war stolz auf seinen Sohn. Alles, was Friedrich anfing, tat er mit Pflichtbewusstsein und Genauigkeit. Sogar seine Ehe schien er so zu führen. Bald drei Monate lebte er nun mit seiner Gattin zusammen und hatte sich noch keinerlei Kapriolen geleistet. Bei Hofe drängten sich immer wieder junge, ehrgeizige Damen an ihn heran, um sich den Stand einer Mätresse zu erobern. Aber Friedrich schien daran kein Interesse zu haben. In dieser Hinsicht kam er wohl nach seiner Mutter Christiane. Diese hatte bei der Hochzeit sichtlich zufrieden bemerkt, dass Augusts Verhältnis zur Gräfin Dönhoff abgekühlt war. Lange zehrte sie jedoch nicht von ihrer Schadenfreude. Sie hatte die katholische Schwiegertochter mit größtmöglicher Abneigung begrüßt, als fürchtete sie, sich an den Klauen des Leibhaftigen zu verbrennen, und Friedrich war darüber so erbost gewesen, dass er seiner Mutter fortan aus dem Weg ging. Schon nach der ersten Festwoche war Christiane verbittert wieder abgereist.

Sobald August wieder in Warschau war, würde er Friedrich die Regierungsgeschäfte in Dresden überlassen. Sein Statthalter Fürstenberg war schon vor einigen Jahren verstorben, und August hatte nie einen neuen eingesetzt.

Als Flemming endlich aufbrach, freute sich August auf eine Stunde ganz für sich allein und ließ sich erschöpft in einen Sessel fallen. War er schon so alt? Er zählte doch erst fünfzig Jahre. Doch die Arbeit fiel ihm zusehends schwer. Lieber schwelgte er in schönen Erinnerungen. Friedrichs Hochzeit. Was für ein Erfolg! Vier Wochen lang hatten sie gefeiert. Das Septemberwetter hatte die meiste Zeit mitgespielt und seinen spätsommerlichen blauen Himmel über sie gespannt, nur die Bauernwirtschaft hatte es verregnet und sie war in einen schlammigen, wüsten Spaß ausgeartet. Friedrich hatte immer wieder besorgte Blicke zu seiner Angetrauten geworfen. Aber sie selbst schien das allergrößte Vergnügen daran gehabt zu haben. Und alle hatten ihren Anteil an dem Fest. Das Volk feierte mit bei den zahlreichen Umzügen. Die Gastwirte und Handwerker machten das Geschäft ihres Lebens. Dresden war nun in aller Munde als Stadt der Kunst und der Musik. In ganz Europa sprach man davon. Es war wie eine Woge gewesen, die unendlich lang auf ihrem Höhepunkt stehen blieb. August musste lächeln, als er daran zurückdachte, und der Übermut, der ihn während der gesamten Hochzeitsfeierlichkeiten begleitet hatte, durchzuckte ihn noch einmal. Ihn überkam die Lust, etwas Unvernünftiges zu tun, sich ein kleines Vergnügen zu leisten. Aber bevor er zu Ende denken konnte, trat sein Kammerdiener Spiegel ein.

»Majestät, es ist eine Sendung eingetroffen, ein Brief ...«

»So. Na und? Wo habt Ihr ihn, den Brief?«

»Er ist ...« Spiegel zögerte, ehe er fortfuhr. »... aus Stolpen. Ein Brief oder vielmehr ein Paket von Madame Cosel. Ich weiß wohl, dass Ihr mir aufgetragen habt, solcherlei Sendungen direkt an den Grafen Flemming abzugeben, aber der Graf ist, wie Ihr wisst, soeben abgereist, und ich dachte ...«

August gab einen unwilligen Laut von sich. Die Nachricht brachte ihn aus dem Konzept. In den letzten Jahren hatte Flemming alles von ihm ferngehalten, was mit Constantia zu tun hatte, und auch die Korrespondenz übernommen.

»Soll ich es zu den anderen Briefen legen?«, schlug Spiegel vor und machte eine Verbeugung. August zögerte mit einer Antwort, aber dann nickte er.

»Ja, Spiegel, legt es zu den anderen Briefen.«

August bemühte sich, die Melancholie, die mit dem Namen Cosel Einzug gehalten hatte, wieder fortzuwischen. Sie waren selten geworden, die Momente, in denen er an Constantia dachte. Dann schloss er kurz die Augen und fühlte ein Blinzeln lang noch einmal ihre weiche Haut, hörte ihre helle Stimme, ihr Lachen, roch ihren Duft. Meist gelang es ihm, sich schnell wieder von ihr abzulenken. Es mangelte ihm nicht an Arbeit und ebenso wenig an Lustbarkeiten. Während Friedrichs Hochzeit hatte er über Wochen keinen Gedanken an sie verschwendet. Nun reichte ein Brief von ihr aus, dass alle Anstrengungen, sie endlich zu vergessen, vergebens gewesen waren. Flemming hatte ihre Briefe schon lange nicht mehr erwähnt, und August wusste nicht, wann Constantia zuletzt geschrieben hatte. Aber er hatte befohlen, dass man ihre Briefe aufbewahrte. Sie lagen in einer Truhe, in jener Kammer, die August vor Jahren zuletzt betreten hatte. Auch wenn er sie nicht las, wollte er sich nicht davon trennen. Flemming hatte dies immer missbilligt. Ob er sich daran gehalten hatte?

August rückte an die Kante seines Sessels. Dann gab er sich einen Ruck – oder vielmehr war es, als stoße ihn eine unsichtbare Hand vom Sessel, zur Tür hinaus, wo er die Lakaien abwimmelte, die Treppen hinauf und über lange Gänge, bis er vor der besagten Kammer stehen blieb und die Klinke drückte. Es war ein lang gezogener Raum, an dessen Ende ein kleines Fenster spärliches Licht hereinließ. Außer der Truhe befand sich nur ein Schemel in der Kammer. Kühl war es, und es roch so muffig wie in einer Gruft.

August öffnete die Truhe. Der Anblick der Briefe überwältigte ihn. Wie viele mochten es sein? Hundert? Tausend? Zu kleinen Quadraten oder länglichen Rechtecken gefaltet, gelblich, roséfarben oder himmelblau, und alle zierte die feine, anmutige Schrift Constantias. Die Siegel waren allesamt aufgebrochen. Flemming hatte sie offenbar gelesen. August fuhr mit der Hand über das Meer von Papier und stutzte, als er das Paket entdeckte, das in einen groben Leinenstoff gewickelt war. Spiegel musste es gerade abgelegt haben. Der Packen wurde von einer Schnur zusammengehalten, in welcher ein ungeöffneter Brief steckte. August zog ihn heraus – und legte ihn sogleich wieder ab. Stattdessen nahm er einen der anderen Briefe und begann zu lesen. Erst den einen, dann einen anderen und noch einen und noch einen. Er las Constantias flehende Worte, ihre Liebesbeteuerungen und Beschimpfungen und fühlte sich wieder in ihrem Bann, der ihm die Luft nahm. Schließlich riss er sich von der Lektüre los und öffnete das Paket. Er fand darin eine lederne Mappe mit einem dicken Stapel dicht beschriebener loser Seiten. Auf den ersten Blick erkannte er Böttgers Handschrift. Und auf den zweiten sah er, dass es sich hier um das Buch handeln musste, das er versprochen hatte zu schreiben. Man hatte es nach Böttgers Tod vergeblich gesucht und schon befürchtet, dass sein gesamtes Wissen verloren gegangen sei. Zuletzt hatte man angenommen, dass der Stöltzel es gestohlen hatte, um es mit sich nach Wien zu nehmen. Und nun schickte es ihm Constantia? August spürte, wie der alte Zorn von ihm Besitz ergriff. Mit einem Poem hatte es begonnen und endete mit dieser Schrift? Böttger und Constantia. Sie hatten ihn schon immer zum Narren gehalten. August schlug die Mappe zu und starrte auf den verschlossenen Brief. Schließlich nahm er ihn doch und las Constantias Zeilen.

Im Gegensatz zu ihren anderen Briefen waren ihre Worte hier ganz nüchtern. Sie habe lange gezögert, August die Schriften zu schicken. Sie wisse wohl, was es für ein Licht auf sie werfe, dass

Böttger gerade ihr die Schriften anvertraute, aber das sei unwichtig. Was zähle, sei allein Böttgers Wissen. Böttger habe sie gebeten, die Schriften zu verstecken. Constantia aber habe es nicht zulassen können, dass dies Wissen verloren ginge. Daher schickte sie ihm, dem König, was ihrer Ansicht nach sein Eigentum sei – und das des Landes Sachsen. August schloss die Augen, sah die Buchstaben tanzen. Es kostete ihn Mühe weiterzulesen.

»Ich bedaure von Herzen, wie sehr Intrigen und Missverständnisse das Porzellan, das Böttger geschaffen hat, in der Bedeutungslosigkeit versinken lassen«, schrieb sie weiter. »Die Manufaktur wurde offenbar ausgeblutet, weil alle sich daran zu bereichern suchten, mit gut bezahlten Posten, Geld, Porzellan oder dem Geheimnis seiner Herstellung. Kein Wunder, dass gerade die besten Mitarbeiter sie verlassen haben. So wie jener Stöltzel, der jetzt in Wien ist. Ich habe ihn als einen treuen, zuverlässigen Mann kennengelernt – nichts anderes als die Verzweiflung kann ihn aus Meißen vertrieben haben. Wäre es nun, am Ende der Geschichte, nicht klug, uns nicht länger von unserem Zorn und unserer Eifersucht leiten zu lassen? Dieser Brief, mein geliebter König, mag böse Erinnerungen in Euch wecken, die Sendung von Böttgers Schriften mag Euch in Eurem Glauben bestärken, dass mich und Böttger mehr verband als gegenseitiger Respekt und Freundschaft. Es liegt nicht in meiner Macht, Euch von der Wahrheit zu überzeugen, nämlich, dass Ihr stets meine einzige Liebe wart und es immer sein werdet. Aber unsere Liebe steht nun außerhalb der Zeit und ist nicht mehr den Gesetzen dieser Welt unterworfen. Was jetzt zählt, ist das Porzellan. Lasst es nicht untergehen. Böttger ist tot, aber die Männer, die es herstellen können, leben.«

Lange blickte August ins Leere, bis er den Brief zurück in die Truhe legte. Noch am selben Abend schickte er einen Brief an den Gesandtschaftssekretär in Wien und hoffte, dass sein Befehl, den Arkanisten Stöltzel zu töten, noch rückgängig zu machen war.

Samuel

Wien, 1720

Samuel sah immer noch perplex dem Wagen nach, der Christoph Hunger fortbrachte. Vor nicht einmal einer Viertelstunde waren drei Soldaten der Wache erschienen und hatten nach Hunger gefragt. Kaum war dieser aus dem Haus gestolpert, hatten sie ihn gepackt und nuschelnd heruntergebetet, dass Hunger wegen seines exzessiven Glücksspiels und der enormen Schulden, die er damit angehäuft hatte, von seinen Gläubigern zur Rechenschaft gezogen würde. Sie banden seine Hände zusammen und schubsten ihn an Samuel vorbei auf den Wagen. Hasserfüllt blickte Hunger zurück.

»Das werdet Ihr mir büßen«, zischte er Samuel zu, obwohl dieser rein gar nichts von dieser Verhaftung geahnt, geschweige denn irgendetwas damit zu tun hatte. Aber Hunger hasste Samuel inzwischen so sehr, dass er ihn für sein gesamtes Schicksal verantwortlich zu machen schien und es vermutlich bitter bereute, ihn nach Wien geholt zu haben. Samuel dagegen konnte nicht anders, als Erleichterung darüber zu empfinden, dass der Störenfried nun fort war, einfach so, als hätte der liebe Gott mit den Fingern geschnipst.

»Ein Grund zum Feiern«, grinste Höroldt. »Ich weiß, wo wir heute Abend hingehen könnten – ach nein, ich vergaß, der Stöltzel feiert ja nicht. Dann werde ich wohl alleine gehen.«

Samuel ließ ihn gewähren und schmunzelte sogar ein wenig darüber, wie gut Höroldt ihn inzwischen kannte. Oft hatte dieser

Samuel angeboten, ihm das Wiener Nachtleben zu zeigen und ihm ein paar lustige Leute vorzustellen.

»Weißt du, ich glaube, du kennst Wien gar nicht und maßt dir doch ein Urteil an«, sagte er oft. »Und bei allem Respekt, Meister Samuel – eine Prise Heiterkeit könntest du vertragen. Du wirst schon nicht davon sterben, mal ein wenig Musik zu hören bei gutem Wein und guter Gesellschaft. Das versprech ich dir.«

Samuel hatte immer dankend abgelehnt. Heute aber packte ihn etwas – vielleicht auch nur der unbehagliche Gedanke an einen weiteren einsamen Abend in der Manufaktur.

»Wisst Ihr was? Ich hab's mir überlegt. Ich komme mit Euch«, kündigte er an.

»Bist du sicher?«, stichelte Höroldt. »Es könnte spaßig werden. Und laut. Und vermutlich wird gesungen.«

»Ist das nicht immer so auf einer Feier?«

Höroldt bestätigte dies lachend und forderte Samuel auf, sich das Gesicht zu waschen und sich ein sauberes Hemd anzuziehen. Großzügig spendierte er eine Mietkutsche, und keine Stunde später betraten sie ein Kaffeehaus, das auf den zweiten Blick eher einem Bordell glich, denn an jedem Tisch saßen herausgeputzte Damen, die auf den dritten Blick alles andere als ehrbar wirkten. Samuel schaute Höroldt fragend an, aber der gab ihm nur einen Schubs. »Nun geh schon weiter. Das hier interessiert uns nicht.«

Eine schmale Holztreppe führte in den ersten Stock, wo hinter einer unscheinbaren Tür ein Tanz- oder Theatersaal verborgen war. Auf einer Bühne spielten Musikanten, während sich um die kleinen runden Tische herum schon bunt gemischtes Publikum eingefunden hatte. Höroldt wurde aus allen Ecken begrüßt. Eine Dame mit rot geschminkten Lippen drückte ihm einen Kuss auf die Wange, wo der Abdruck für den Rest des Abends haften blieb. Der offenbar in der ganzen Stadt bekannte Porzellanmaler steuerte auf einen Tisch zu, an dem sich bereits drei Herren und zwei Damen drängten, an dem aber noch zwei Plätze frei waren.

Mit übertrieben ehrerbietiger Geste stellte er Samuel vor: Stöltzel, Obermeister der Porzellanmanufaktur zu Wien und ehemals Massemeister der kurfürstlichen und königlichen Manufaktur in Meißen. Die Damen und Herren betrachteten Samuel wie ein wunderliches Tier und wurden nun ihrerseits vorgestellt: eine Sängerin und ihre Freundin, die Witwe eines Perückenmachers, ein Opernkomponist, ein Kunstmaler und ein Dichter. Wie ein zwitschernder Spatzenschwarm tauschten sie sich darüber aus, was sie alles über das Porzellan zu wissen glaubten, und löcherten Samuel mit Fragen, was das Geheimnis der Herstellung betraf. Ob man dafür tatsächlich den Urin einer Jungfrau benötigte und ob es wahr sei, dass man mit pulverisiertem Porzellan die Schwindsucht heilen könne. Samuel tat dies unwirsch ab, aber da waren sie schon beim nächsten Thema, redeten alle durcheinander, schienen sich dabei nicht einmal zuzuhören und schwirrten so schnell von einem Gegenstand zum anderen, dass Samuel ihnen nicht folgen konnte. Rascher als das Aprilwetter wechselten sie von hochdramatischen Erzählungen zu den gröbsten Albernheiten und schütteten sich darüber vor Lachen aus. Die Sängerin, als sie eine Melodie erkannte, die gerade gespielt wurde, stand mitten im Satz auf und fing zu singen an. Höroldt bestellte Likör, Kaffee und Spritzkuchen. Das Schwatzen, Lachen und Singen umtoste Samuel, und nur ab und zu versuchte Höroldt, ihn in das Gespräch miteinzubeziehen oder ihm doch wenigstens ein Schmunzeln abzuringen, was er dann als großen Triumph feierte: »Er hat gelacht! Halleluja! Er kann lachen! Er ist geheilt.«

Samuel, auch wenn er zu der Unterhaltung nicht viel beitragen konnte, genoss es, von dem bunten Haufen für einen Abend von seinem täglichen Einerlei abgelenkt zu werden, er ließ sich von der Brandung umspülen, trank ein paar Gläser Wein, aß von dem Kuchen und empfand vielleicht das erste Mal, seit er vor über einem Jahr nach Wien gekommen war, so etwas wie Zufriedenheit. Je länger der Abend dauerte, desto betrunkener wurde Höroldt. So betrunken, dass er abwechselnd kreuzfalsche Lieder sang und dann wieder sein Haupt auf einem halb leer gegessenen Teller zur Ruhe bettete. Die Sängerin war an einen anderen Tisch geflattert, der Dichter hielt Monologe und die Perückenmacherwitwe bändelte mit dem Kunstmaler an, der seinen Blick schon lange nicht mehr von ihrem freizügigen Dekolleté erhoben hatte. Samuel war plötzlich müde. Da der Abend – oder vielmehr die Nacht – jedoch kein Ende nehmen wollte, zog er sich schließlich seinen Rock über, den er im Laufe des Abends abgelegt hatte, stand auf und verließ unbemerkt das Kaffeehaus.

Auf der Straße war es still. Es mochte zwei oder drei Uhr in der Nacht sein. Weit und breit war kein Mensch zu sehen, den er hätte fragen können, wie er in die Rossau zur Manufaktur käme. Nun verfluchte er, dass sie mit einem Wagen hergekommen waren und er sich den Weg nicht hatte einprägen können. Auf gut Glück ging er los. Laut hallten seine Schritte auf dem Pflaster wider, als er in eine Gasse einbog, nur um dann doch zweifelnd stehen zu bleiben. Er lauschte. Waren da nicht noch andere Schritte? Schritte, die ihm folgten? Samuel kniff die Augen zusammen, versuchte etwas zu erkennen. Hatte sich dort im Schatten des Holunderbusches nicht etwas bewegt? Die Männer fielen ihm wieder ein, die ihm vor Hungers Wohnung aufgelauert hatten. Auch diesmal hatte Höroldt über ihn gelacht und auf Samuel eingeredet, dass die finsteren Kerle sicherlich hinter Hunger her gewesen waren, der ihnen vermutlich Geld schuldete. Samuel war dies einleuchtend erschienen. Jetzt aber zweifelte er nicht mehr, dass ihm jemand auf den Fersen war. Und in diesem Augenblick trat die Gestalt tatsächlich aus dem Schatten und rief ihm raunend zu: »Stöltzel? Seid Ihr Samuel Stöltzel? Im Namen des Königs, dann bleibt stehen!« Samuel sank das Herz. Was wollte der? Es konnte nur ein Häscher König Augusts sein, der ihn doch noch für seinen Verrat an Sachsen bestrafen wollte. Samuel beschleunigte seinen Schritt, begann zu laufen – und sein Verfolger tat es ihm gleich. Sie hetzten durch unbekannte Gassen, die hier schon längst nicht mehr gepflastert waren. Samuel blickte atemlos hinter sich, schlug Haken, bis er meinte, den Verfolger abgehängt zu haben. Ratlos hielt er Ausschau nach einem Versteck, in dem er die Nacht verbringen konnte, als er endlich am Ende einer Straße die Donau erkannte. Gott sei Dank. Am Flusslauf konnte er sich orientieren. Keuchend erreichte er das Ufer, sah das Wasser schwarz und zäh vorbeifließen und nutzte die erste Brücke, um auf die andere Flussseite zu gelangen. Diesseits des Ufers beleuchteten einige Talglichter die Straße, die andere Seite war nur vom schwachen Mondlicht erhellt, und nun entdeckte Samuel wieder den Kerl, der von Schatten zu Schatten sprang und ihn verfolgte. Über das Wasser rief er Samuel erneut zu, er möge stehen bleiben. Samuel aber begann wieder zu laufen. Der andere folgte ihm – immer auf gleicher Höhe, nur der Fluss trennte sie. Zu spät bemerkte Samuel den schmalen Holzsteg, der im Dunst vor ihm auftauchte. Sein Jäger musste ihn nur überqueren. Abrupt machte Samuel kehrt, bog in die nächstbeste Gasse ein und bereute seine Entscheidung schon bald, als er sich in einem Labyrinth aus niedrigen Häusern, Schuppen und Hühnerställen gefangen sah. Mit großen Schritten bemühte er sich, dem Unrat und den Mistpfützen auszuweichen, und erreichte schließlich eine hölzerne Baracke. Hier ging es nicht weiter. Vorne an der Ecke bog schon sein Verfolger ein. Fieberhaft blickte Samuel sich nach einem Ausweg um. Links befand sich ein schattiges Hoftor, rechts ein Schuppen, in den er sich flüchten könnte oder aber erst recht in die Falle lief. Sein Verfolger hatte die halbe Länge der Gasse bereits hinter sich gelassen. »Stöltzel! Bleibt stehen! Im Namen des Königs befehle ich Euch, stehen zu bleiben«, hörte er ihn rufen. Samuel entschied sich für die Flucht nach vorn. Er nahm einen tiefen Atemzug, dann rannte er los, kopfvoran, dem Mann entgegen, der davon so überrumpelt war, dass Samuel ihn mühelos umstoßen konnte. Schnell hatte der Fremde sich jedoch aufgerappelt und holte wieder auf. »So bleibt doch endlich stehen!«, rief er.

Samuel warf einen Blick über seine Schulter, übersah dabei einen Nachttopf, der wohl aus einem Fenster gefallen sein musste, trat hinein und legte sich der Länge nach hin. Nur einen Augenblick später hatte sein Verfolger sich auf ihn geworfen und hielt Samuel auf den Boden gedrückt. Samuel holte zu einem Schlag aus, verfehlte seinen Gegner, und einen Atemzug später traf ihn selbst ein Schlag so hart an die Schläfe, dass er das Bewusstsein verlor. Das war's, dachte er noch. Leb wohl, Samuel Stöltzel.

Constantia

Stolpen, 1720

Sie hatte hart mit sich gerungen, was sie mit Böttgers Schriften anstellen sollte, und wartete, nachdem sie die Mappe schließlich an den König geschickt hatte, wochenlang auf eine Antwort. Was sie sich genau erhoffte, konnte Constantia nicht sagen. Dass er sie zum Dank freilassen würde vielleicht, dass er ihr ein Zeichen seiner Liebe oder doch wenigstens seiner Vergebung senden würde. Stattdessen verlangte man von ihr, dass sie ihm Pillnitz zurückgab. Constantia verspann sich in die Vorstellung, dass der König von alldem nichts wusste, dass man ihm alles, was sie betraf, vorenthielt, ihn in dem Glauben ließ, dass sie wohlauf war. Hin und her ging die Korrespondenz mit Flemming und Watzdorf. Man bot ihr ein anderes Gut zum Tausch. Dann wieder bot man ihr einen viel zu niedrigen Kaufpreis und drohte, dass sie am Ende gar nichts für Pillnitz bekommen würde. Constantia blieb stur. Solange nicht der König selbst sie dazu zwang, Pillnitz zu verkaufen, würde sie gar nichts tun.

Dann kam der Brief. Mit Augusts Handschrift. Constantia weinte vor Erleichterung, als man ihn ihr überreichte. Sie wartete nicht, bis sie allein war, brach ungeduldig das Siegel und entfaltete das Papier. Es waren nur wenige Zeilen. August hatte sie geschrieben. Er befahl ihr, in den Verkauf von Pillnitz einzuwilligen. Weigere sie sich, werde der Preis dafür nur immer weiter fallen. Constantia ließ den Arm sinken, ihre Hände zitterten.

»Ist alles in Ordnung mit Euch, Madame«, fragte der Offizier, der ihr den Brief überreicht hatte. Constantia nickte stumm und starrte ins Nichts. Sie hörte noch, wie die Tür ins Schloss fiel – der Offizier hatte sie wieder allein gelassen.

Mühsam hatte sie noch einige Tage lang versucht, ihre Illusion aufrechtzuerhalten. Er muss es tun, sagte sie sich. Damit keiner ahnt, dass er mich noch liebt. Er muss es tun, betete sie herunter, bis der Satz irgendwann nur noch eine leere Hülle war. Sie selbst fühlte sich leer. Wer war sie noch ohne Augusts Liebe? Ihrer Hoffnung beraubt, biss sie verzweifelt in den hölzernen Griff ihres Obstmessers, um nicht laut aufzuschreien, und schnitt sich dabei in die Hand.

»Was'n nu schon wieder?«, fragte die Magd und deutete auf Constantias blutverkrustete Hand. Dann entdeckte sie die Blutstropfen auf den Dielen. »Schöne Sauerei«, sagte sie, nahm einen Lumpen, spuckte auf den Boden und verrieb das Blut zu einem Fleck, der schließlich verdunstete. Constantia suchte nach dem Schmerz, der sie in seiner Unerträglichkeit in den Abgrund reißen würde, fürchtete, an einem Nervenfieber zu erkranken, horchte, ob die Dämonen ihr nun endgültig den Verstand rauben würden. Aber all das blieb aus. Es war, als hätte die Magd mit dem Auslöschen der Blutstropfen einen Zauber gelöst. Behutsam tastete Constantia sich in dieser Leere vor, wie eine Genesene, die ihre ersten Schritte macht, nachdem sie lange das Bett hatte hüten müssen. »Es ist vorbei.« Die drei Worte kamen ihr in den Sinn. Es gab keinen doppelten Boden mehr, keine Liebe in der Lieblosigkeit. Sie wollte nicht mehr Teil des großen Spiels sein, das letztlich auch nur ein kleines war. Der Schein hatte sie lange genug hinabgezogen in eine Unterwelt von Gespenstern, die ihr nicht gehorchten. Jetzt gab ihr all das, was sie sehen, greifen und verstehen konnte, das Leben zurück, sie verlor sich nicht länger in Träumen, Fantasien und Erinnerungen. Es gab nur noch diesen Turm, in dem sie lebte, den Blick über die Felder, und die Magd, die ihr die Äpfel brachte.

Wenn Constantia nun in den Spiegel blickte, erschrak sie nicht mehr darüber, dass ihre Haare grau wurden und dass das Leben in ihren Zügen Spuren hinterlassen hatte. Die Briefe, die sie von ihren Kindern erhielt, wurden ihr immer fremder. Nur der Tod des Vaters war ein letzter Schlag, der sie traf. Sie konnte nun viel Zeit damit verbringen, die dreifarbige Katze zu beobachten, die sich an das Sonnenplätzchen unter ihrem Fenster legte. Sie war ihr früher nie aufgefallen. Und es kam jetzt immer öfter vor, dass sie sich mit der Magd über das Wetter unterhielt oder ihr ein gutes Mittel gegen Husten verriet. Inzwischen wusste Constantia auch, dass sie Ursel hieß.

An diesem Morgen hatte sie sich auf dem kleinen Ofen im Zimmer selbst einen Tee zubereitet. Sie saß am Fenster und wärmte sich die kühlen Fingerspitzen an der Tasse. Eigentlich hatte sie einen Brief an die Mutter schreiben wollen, aber ihr war nicht danach. Lieber wollte sie den Blick schweifen lassen über den dichten Wald, die Hausdächer der kleinen Ortschaft und die Felder, auf denen das Korn zartgrün im Wind wogte. Der Ausblick wirkte in diesem Frühjahr anders auf sie. Vielleicht aber auch nur deshalb, weil sie weder der Ortschaft noch der Umgebung jemals zuvor ihre Aufmerksamkeit geschenkt hatte. Jetzt sog sie alles, was sie sah, in sich auf, wie etwas, das sie lange vermisst hatte. Wenig später erschien Ursel und brachte Äpfel, von denen Constantia sogleich einen verspeiste. »Die sind heute wieder besonders süß«, sagte sie.

Ursel nickte stolz. »Hab ich von meiner Schwester. Sie hat die besten in der ganzen Gegend und gibt mir immer extra welche für Euch mit.«

Constantia lächelte, während das Mädchen das Zimmer aufräumte. Auf dem Tisch stand die Tasse von August. Ein Rest Tee hatte sich auf dem Boden abgesetzt.

»Die mach ich auch mal richtig sauber«, sagte Ursel. »Is ja schade um das schöne Ding.«

Constantia ließ es zu, dass die Tasse in der Schürze verschwand.

»Wenn sie dir gefällt, behalte sie«, hörte sie sich sagen. Ungläubig blickte Ursel zu Constantia, bis diese ihr mit einer Geste versicherte, dass sie es ernst meinte.

»Besten Dank auch, Euer Hochwohlgeboren.«

»Schon gut«, antwortete Constantia, lehnte sich in ihrem Sessel zurück und sah wieder aus dem Fenster.

Samuel

Wien, *1720*

Samuel erwachte mit schmerzendem Schädel. Alles um ihn herum drehte sich, das fremde Zimmer mit den zugezogenen Fensterläden, nein, kein Zimmer, eher ein karger Raum mit nackten, gemauerten Wänden, einem sauber gefegten Dielenboden und der Pritsche, auf der er lag. War dies ein Gefängnis? Samuel ließ den Kopf wieder sinken und schloss die Augen, als die Tür aufsprang und ein fremder, gut gekleideter Mann eintrat.

»Ah, er ist endlich zu sich gekommen, unser Herr Stöltzel! Wie schön!«, begrüßte er Samuel. »Ich bin Adam Anacker, sächsischer Gesandtschaftssekretär, und ich habe den Auftrag seiner königlich kurfürstlichen Majestät, Euch nach Sachsen zurückzuholen.«

Samuel wurde angst und bange, meinte er doch zu wissen, was jetzt kam. »Dann wird man mich also … Man wird mich hängen, oder?«

Anacker lachte trocken auf. »Es gibt wohl manche, die der Ansicht sind, Ihr hättet es verdient. Aber nein: Das ist nicht unser Auftrag. Der König will Euch pardonieren. Ihr sollt Euch in weniger als zwei Tagen auf den Weg zurück nach Meißen machen und Euch dort wieder in den Dienst der Manufaktur stellen.« Der Gesandtschaftssekretär Anacker war ein kleiner zierlicher Mann mit freundlichen dunklen Augen und ein wenig affektierten Gesten. Ruhig blickte er auf Samuel herab.

»Das hättet Ihr auch einfacher haben können«, murrte Samuel. »Warum habt Ihr mich nicht einfach in der Manufaktur aufgesucht wie ein anständiger Mensch? Eure Männer, die mich vor Neujahr verfolgten, sahen eher aus, als wollten sie kurzen Prozess mit mir machen.«

Anacker kratzte sich ein wenig verlegen die Stirn.

»Nun ja ... damals hatten wir noch andere Anweisungen.«

Samuel schluckte. »Was soll das heißen? Und woher weiß ich, ob sich die Anweisungen nicht noch ein weiteres Mal ändern?«

»Vertraut mir. Euch geschieht nichts, wenn Ihr alles befolgt, was ich Euch sage. Und nein, wir hätten Euch nicht am helllichten Tage in der Manufaktur ansprechen können. Die Angelegenheit ist ein wenig heikel. Wir wollen keinen Streit mit unseren habsburgischen Freunden«, deutete er an.

Natürlich. Wie dumm von mir, dachte Samuel. Verschämt strich er sich über die schmerzende Beule am Hinterkopf.

»Verstehe«, murmelte er.

»Dann ist ja gut. Denn über all dies dürft Ihr mit keinem Menschen sprechen, genauso wenig wie über die Rückreise nach Sachsen.«

Samuel knetete seine Hände. Seit er in Wien war, hatte er sich nichts sehnlicher gewünscht, als wieder heimzukehren. Aber jetzt war er sich auf einmal nicht mehr sicher. Wie würde man ihn in Meißen empfangen? Und dass er seinen Lohnherrn sitzen lassen sollte, widerstrebte ihm. So einer war er nicht.

»Ich müsste aber noch einmal zurück in die Manufaktur, um meine Sachen zu holen«, wandte Samuel ein, um Zeit zu gewinnen.

Anacker ließ sich davon nicht aus dem Konzept bringen.

»Ihr seid nicht mein Gefangener. Es steht uns nicht zu, auf habsburgischem Boden Gefangene zu machen.«

Samuel war verwirrt. »Und was heißt das jetzt?«

Anacker ging ein paar Schritte auf und ab, bevor er sich Samuel wieder zuwandte.

»Es ist sogar wünschenswert, dass Ihr noch einmal in die Manufaktur zurückkehrt und von dort aus aufbrecht. Es soll alles so aussehen, als hättet Ihr ganz aus eigenem Antrieb die Rückkehr nach Sachsen angestrebt. Seid Ihr in der Lage aufzustehen?«

Samuel erhob sich von der Pritsche. Der Schwindel war nur noch leicht. Also nickte er.

»Dann geht jetzt zurück in die Manufaktur und tut so, als sei nichts gewesen. Seid morgen vor Sonnenaufgang an der Schmiede, die Ihr über den Fluss an der Straße findet, die zum Augarten führt. Trefft Ihr dort nicht ein, kann ich Euch nur raten, Euch schleunigst aus dem Staub zu machen. In der Rossau werdet Ihr dann jedenfalls nicht mehr sicher sein.«

Anacker sah Samuel abwartend an, wie ein Lehrmeister, der sich versichern wollte, ob sein Schüler verstanden hatte, und erst als Samuel langsam nickte, entließ er ihn.

Als Samuel die Rossau erreichte, war die Sonne längst aufgegangen und die Arbeiter dabei, ihr Tagwerk zu verrichten. Samuel nuschelte etwas von einem Auftraggeber, der ihn gestern Abend zum Essen eingeladen habe. Es sei spät geworden. Jeschek grinste, die anderen kümmerte es nicht und Höroldt war gar nicht da. Samuel fiel es schwer, sich auf seine Arbeit zu konzentrieren oder auch nur so zu tun als ob. Wozu noch eine neue Masse ansetzen, wenn er schon morgen über alle Berge war? Seine Gedanken schossen kreuz und quer. Was sollte er tun? Er war ja nicht grundlos aus Meißen fortgegangen. Was, wenn sich dort nichts an dem Elend geändert hatte? Was, wenn es noch schlimmer geworden war, jetzt, wo Böttger tot war? Hier in Wien hatte er sich etwas aufgebaut, das wachsen konnte. Er könnte sich Paquier anvertrauen, der sich wiederum an den Kaiser wenden könnte. Der Kaiser würde seinen Porzellaner vielleicht nicht so einfach hergeben wollen und ihn unter Schutz stellen. Vielleicht. Samuel wischte sich mit dem Ärmel den Schweiß von der Stirn. Er musste eine Entscheidung treffen.

Pax war in die Werkstatt gekommen und lief schnüffelnd und schwanzwedelnd die Ecken ab, um etwas Essbares zu finden.

»Lass das, Pax«, rief Samuel ihm zu, aber Pax hörte nicht auf ihn. Stattdessen steckte er seine Schnauze in einen Haufen alter Lumpen und begann darin zu wühlen, als läge dort ein Leckerbissen vergraben.

»Hör endlich auf damit!«, schimpfte Samuel, aber Pax schien inzwischen fündig geworden, zerkaute knackend – was immer es gewesen sein mochte –, leckte sich die Lefzen und schlug vor Freude mit dem Schwanz an das Regal mit den Farbgläsern, wovon nun eines klirrend herunterfiel, sodass sich das schwarz-blaue Pulver über den Boden verteilte.

»Na, großartig!«, ärgerte sich Samuel. »Willst du mich loswerden, Pax? Ist es das, was du mir damit sagen willst?«

Pax kläffte. »Dummes Tier«, murrte Samuel und machte sich daran, die Sauerei zu beseitigen, pickte die Scherben aus dem Pulver, wischte dieses auf ein Blatt Papier, um es dort vorerst einzuwickeln, und rieb sich den Farbstaub von den Fingern. Es war nicht irgendeine Farbe. Diese Farbe und mehrere andere hatte Samuel gemeinsam mit Höroldt im letzten Jahr immer weiter verbessert. Gute Aufglasurfarben, die sich in einem zweiten Brand mit der Glasur verbanden und von hoher Leuchtkraft und Beständigkeit waren. Farben, wie man sie in Meißen vielleicht noch nicht herzustellen wusste und die für das Meißner Porzellan von Vorteil sein konnten. Ein kleiner Hoffnungsschimmer, dass man ihn dort nicht gar so unfreundlich empfangen würde. Samuel richtete sich auf. Etwas in ihm entwirrte sich, und das Gefühl wurde immer stärker, dass er in Meißen etwas zu Ende bringen, ja, etwas gutzumachen hätte. Und vielleicht auch, dass Meißen an ihm wieder etwas gutmachen könnte. Seufzend sah er zu Pax.

»Du hast es nicht anders gewollt.«

Als alle fort waren, packte Samuel seine wenigen Kleider, seinen Stapel mit Notizen, der im letzten Jahr beträchtlich gewachsen war, und den gesamten Vorrat an Aufglasurfarben, die er allesamt in Päckchen aus Papier schüttete. Das Geld, das er übers Jahr angespart hatte und das er hinter der hölzernen Wandverkleidung versteckt hielt, packte er in die Innentasche seines Wamses. Pax folgte ihm bei jedem Schritt, strich ihm um die Beine, als spürte er, dass Samuel ihn bald zurücklassen würde. Schließlich, als Samuel alles beieinanderhatte, scheuchte er Pax aus der Kammer, legte sich angekleidet auf sein Bett und wartete.

Gegen fünf Uhr am Abend hörte er Pax bellen und kurz darauf Höroldts Fluchen.

»Samuel? Bist du da?« Musste der Vogel ausgerechnet jetzt aufkreuzen? Samuel tat keinen Mucks, als Höroldt an seine Kammertür klopfte, und atmete auf, als dieser es dabei beließ. Eine Weile lang hörte Samuel ihn noch herumfuhrwerken, vielleicht im letzten Tageslicht noch eine Arbeit zu Ende bringen. Pax kläffte noch mal, etwas schepperte – wahrscheinlich hatte Höroldt etwas nach dem Hund geworfen –, dann wurde es still und dunkel.

Langsam öffnete Samuel die Kammertür. Er hatte das Gefühl, leise sein zu müssen, obwohl doch keiner mehr da war. Selbst Pax schien sich irgendwo verkrochen zu haben. Samuel ging ein letztes Mal in den großen Arbeitsraum. Überall lag Werkzeug herum, die Tische waren nicht aufgeräumt, das Holz für den kleinen Ofen lag auf einem unordentlichen Haufen. Samuel hatte nicht, wie er es sonst jeden Abend tat, die Arbeiter ans Aufräumen erinnert. Jeschek – so gutmütig er war – schien von Ordnung nicht viel zu halten. Und genau wie die anderen Arbeiter, die in der Manufaktur beschäftigt waren, tat er nur, was man ihm auftrug. Samuel würde sich nicht mehr darüber ärgern müssen. Ein letztes Mal blickte er sich um, als er auf dem Flur ein Geräusch hörte. Pax? Nein, das waren Schritte.

»Höroldt?«, rief Samuel und erhielt keine Antwort. Die Schritte kamen näher. Samuel hatte es nun eilig aufzubrechen und strebte nach der entgegengesetzten Tür, aber in diesem Augenblick erschien im dunklen Flur der Umriss eines dürren Mannes.

»Hunger?«, entfuhr es Samuel ungläubig.

»Da guckst du, was?«, sagte Hunger mit einer seltsam gequetschten Stimme.

»Hat man Euch nicht eingesperrt?«

»Man hat es versucht. Aber ein Christoph Hunger entkommt immer. Und ich habe ja schließlich mit dir noch ein Hühnchen zu rupfen, Verräter.«

Jetzt entdeckte Samuel das Messer in seiner rechten Hand. Hunger trat einen Schritt näher.

»Ich habe Euch nicht verraten. Mit Euren Spielschulden habe ich nichts zu tun«, erklärte Samuel mit fester Stimme.

»Und was ist mit der Tabakdose?«

»Ihr habt sie gestohlen.«

»Habt Ihr etwa nie etwas mitgehen lassen?«

»Nein.«

»Es geht auch nicht nur um die Dose. Das alles hier …« Hunger zeigte mit dem Messer in den Raum. »Ich habe Euch nach Wien geholt, habe Euch all das geboten, nachdem in Meißen nichts mehr vorwärtsging. Und Ihr dankt es mir mit einem Tritt in den Arsch?«

»Was wollt Ihr, Hunger? Mich umbringen? Dann kommt Ihr erst recht an den Galgen.«

»Morgen bin ich über alle Berge.« Hunger machte einen Schritt auf Samuel zu, der sein Bündel vor die Brust drückte und Hunger anstarrte.

»Hunger. Das führt zu nichts.«

»Halt's Maul und mach kein Geschrei«, blaffte Hunger zurück und kam immer näher. Samuel lief einige Schritte rückwärts und stieß an die Wand zwischen dem kleinen Ofen und der hervorstehenden Mauer. Der Ofen war noch warm von einem Rest Glut. Samuel schielte zur gegenüberliegenden Tür.

»Das wird dir alles nichts nützen«, sagte Hunger. »Hier kommst du nicht mehr lebend raus.«

Samuel machte einen Satz und rannte los. Hunger aber stürzte sich auf ihn und erwischte ihn am Bein. Samuel fiel hin, das Bündel flog ihm aus der Hand. Mit einem Tritt machte er sich los, rappelte sich wieder auf und bekam ein Stück Holz zu fassen. In höchster Anspannung standen sie sich gegenüber, taten einen Schritt vor, einen zurück. Hunger drängte Samuel mehr und mehr an die Wand auf die andere Seite des Ofens, die Tür zur Brennkammer war nur einen Sprung entfernt, aber bevor Samuel etwas tun konnte, trat Hunger mit aller Wucht gegen das Öfchen. Es kippte und fiel Samuel um ein Haar auf den Fuß. Die Ofenklappe ging auf, und die Glut bröckelte heraus. Sofort fingen einige Holzspäne Feuer. Schnell breiteten sich die Flammen aus. Samuel nahm nun einen neuen Anlauf zur Tür, aber wieder war Hunger, der sich erstaunlich wendig zeigte, schneller. Ineinandergekrallt fielen sie zu Boden, rangen miteinander. Samuel gelang es, Hunger das Messer aus der Hand zu schlagen, und erntete dafür einen Faustschlag. Er fühlte, wie das Blut ihm über die Stirn rann. Über ihm war Hunger, der nun seine beiden Hände um Samuels Kehle legte und mit erstaunlicher Kraft zudrückte. Samuel rang nach Luft, die Arme tasteten hilflos auf dem Boden und da – Jescheks Unordnung sei Dank! – lag ein Schüreisen.

Um sie herum wurde der Rauch immer dichter. Samuel schlug zu, traf nur halb, was ihm ein hämisches Gelächter einbrachte, aber immerhin hatte Hunger kurz seinen Griff gelockert, und Samuel gelang es, sich herauszuwinden. Er kroch unter einem Tisch durch, stieß diesen um und brachte Hunger damit zu Fall. Er krachte auf einige brennende Scheite, seine Hose fing Feuer und er versuchte, die Flammen auszuschlagen, stolperte dabei und schlug hart mit dem Kopf an die Tischkante. Nun brannten auch einige der hölzernen Pfeiler, eine Strohmatte, die auf einem Regal lag, segelte funkenstiebend herab. Samuel wich aus. Er hörte Hunger stöhnen, hatte kurz den Impuls, ihn aus den Flammen zu ziehen, aber da sah er, wie dieser auf allen vieren auf die hintere Tür zukroch. Auch für Samuel war es höchste Zeit zu fliehen. Er griff nach seinem Bündel, das noch neben der Tür lag, und rannte hinaus. Im Flur hatte sich bereits dichter Rauch ausgebreitet. Samuel hustete und war schon beinahe an der Tür, als er auf dem Boden Höroldts Pelzmütze entdeckte. Wie konnte das sein? Es war undenkbar, dass er die Mütze vergessen hatte, der Maler ging nirgendwohin ohne seine geliebte Kopfbedeckung.

Aus der Tür zur Werkstatt züngelten die Flammen. Samuel schulterte sein Bündel etwas strammer. Nicht nachdenken. Dafür war keine Zeit. Er holte tief Luft und rannte los, vorbei an den Flammen, in die Brennkammer. »Höroldt?« Nichts. Er lief weiter in die Küche. Hierher war das Feuer noch nicht vorgedrungen. Aber es war dunkel, und Samuel konnte kaum etwas sehen. Dafür hörte er ein Geräusch. Ein gedämpftes Wimmern und Scharren. Dort, beim Tisch. Samuel erkannte nun Höroldt, der geknebelt an eines der Tischbeine gefesselt war. Er sah sich um. Ein Küchenmesser lag verschmutzt in einem Topf. Samuel griff danach, schnitt Höroldt die Fesseln durch und zerrte ihn hinaus. In letzter Minute stürzten sie dem Ausgang zu. Keuchend standen sie auf dem Hof und blickten zurück auf das brennende Gebäude. Das Tor stand offen, und es war anzunehmen, dass Hunger auf und davon war.

»Was ist denn in Hunger gefahren? Was wollte er?«, fragte Höroldt immer noch außer Atem.

»Mich umbringen.«

Höroldt bemerkte nun Samuels Bündel.

»Und du? Was hast du vor?«

»Ich muss los«, sagte Samuel vage und wollte auf das Tor zugehen. Höroldt trat ihm in den Weg.

»Ich komme mit.«

»Das geht nicht.«

»Warum nicht?«

»Weil es nicht geht. Ich kann jetzt nicht darüber sprechen. Ich muss fort.«

Im Augenwinkel sah Samuel ein Fellbündel liegen. Pax. Hunger hatte ihm die Kehle durchgeschnitten. Da lag das arme Vieh in seinem Blut. Samuel schluckte, während hinter ihnen die ersten Flammen aus den Fenstern schlugen. Auch Höroldt hatte den toten Hund nun entdeckt. Er verkniff sich einen Kommentar und nahm stattdessen Samuel am Ärmel.

»Komm, Samuel, Zeit zu gehen.«

Sophie

Meißen, 1720

Es war Donnerstag. Und am Donnerstag tat Sophie immer ihren Gang zu Meyers, dem besten Kaufmannsladen der Stadt, um dort ihren Kaffee zu kaufen. Für alles andere schickte sie das Mädchen, aber zu Meyers ging sie selbst, um sich den frisch gerösteten Kaffee unter die Nase halten zu lassen, ein wenig zu plaudern und dazu eines der süßen Nussbrötchen zu vernaschen – das ließ sie sich nicht nehmen. Sophie war keine der vornehmen Bürgersdamen, die morgens bis um acht oder neun schliefen. Sie stand auch jetzt, wo sie die Frau des Advokaten Vollhardt war, früh auf und schaute dem Gesinde auf die Finger. Am Donnerstag frühstückte Sophie nicht wie sonst mit dem Alten, den sie jetzt mit seinem Vornamen Gottfried ansprach, was ihr zunächst nur schwer über die Lippen ging. Sie frühstückte überhaupt nicht, sondern ging nur in die Küche, um der Magd einzubläuen, was diese auf dem Markt und in der Stadt zu besorgen hatte, und sich die Vorschläge der neuen Köchin für alle Mahlzeiten in der kommenden Woche anzuhören, besonders für den Sonntag. Danach ging Sophie in ihre Kammer, frisierte sich sorgfältig, legte ein frisches und gebügeltes Tuch um, etwas Schmuck und trug ein paar Tropfen von dem Veilchenduft auf. Dann sah sie an sich herab. Sie hatte ein wenig zugenommen, seit sie nicht mehr in der Schenke arbeiten und bei Vollhardt putzen musste. Sie strich über ihr blaues Kleid, das aus einem feinen, wollenen Stoff war, die Spitzeneinsätze sogar aus Seide, die Strümpfe aus Halbseide, genau wie die Haube und das Schultertuch. Das hatte sie erreicht. Auch wenn sie den Alten dafür hatte heiraten müssen.

Sophie warf einen letzten Blick in den Spiegel und ging Schlag neun Uhr zur Tür hinaus. Auf dem Weg zum Kaufmannsladen ließ sie sich Zeit, besonders jetzt im Frühsommer. Jedes Mal ging sie an der Weinhandlung Franz vorbei, und manchmal traf sie Lisbeth, die nun in einem anderen Tonfall mit ihr sprach. Meistens aber nickte sie Sophie nur grimmig zu, denn auch Lisbeth vergönnte ihr die Heirat mit Vollhardt nicht – kein Wunder, denn Lisbeth selbst hatte nicht so viel Glück gehabt. Sie hatte den Sohn eines reichen Winzers abgekriegt, der zwar auf den ersten Blick viel hermachte, doch schon jetzt, nach nicht einmal drei Monaten Ehe, ein Säufer war. Prost Mahlzeit, dachte sich Sophie und fand, dass sie es im Vergleich ganz gut getroffen hatte.

Bei Meyers empfing man sie stets freundlich. Nicht weil man Sophie besser gesinnt war, sondern weil sie jede Woche eine hübsche Summe im Laden ließ und auch ihren Mann dazu verführte, sich den einen oder anderen Luxus zu gönnen, der hier zu haben war. »Wieder ein halbes Pfund?«, fragte Meyer oder manchmal auch seine Frau – je nachdem, wer gerade im Laden stand. Sophie nickte. »Und ein Nussbrötchen?«

»Gern.« Und während Meyer die Bohnen in die Papiertüte füllte, nachdem er ihr das Brötchen über die Ladentheke gereicht hatte, flanierte Sophie im Laden herum, besah sich, was es Neues gab, und wartete, dass Meyer das Gespräch eröffnete.

»Die Frau von Reussbach hat sich gerade von der Lavendelseife sieben Stücke bringen lassen. Sie kann von dem Duft gar nicht genug bekommen.«

»So. Und nimmt sie immer noch Klavierunterricht bei diesem jungen Mann?«

Meyer grinste. »Und ob sie das tut. Es scheint sie eine große Leidenschaft für das Klavierspielen gepackt zu haben.«

Sophie lachte und leckte sich die Nusskrümel vom Zeigefinger.

Besonders gerne hörte sie Geschichten über die Lisbeth Franz. Bei der Hochzeit hatte ihr sauberer Herr Bräutigam sie angeblich von oben bis unten mit Rotwein besudelt. Natürlich fragte Meyer auch Sophie über ihr Befinden aus und darüber, dass das Kind ja schon recht bald nach der Hochzeit gekommen war. Sophie begriff sehr wohl, was er damit andeuten wollte, ließ sich aber nicht in die Karten schauen. »So kann es gehen«, sagte sie lächelnd. »Ich habe von einer Kuhmelkerin bei Grimma gehört, die soll ihr Kind schon nach sechs Wochen zur Welt gebracht haben, und zwar gesund und rund, als hätte sie es ein ganzes Jahr getragen. Das kommt von der Kuhmilch. Ich hab davon auch so viel getrunken.«

»Aha«, sagte Meyer und ließ es darauf beruhen.

Manchmal erzählte er auch etwas von der Burg und von den Porzellanern. Dann wurde Sophie immer still, und sie fühlte, wie sich etwas in ihr zusammenzog. Der Meister Böttger sei gestorben, hatte Meyer ihr im vorigen März erzählt. Und dass es auf der Burg drunter und drüber ging und man die Porzellanmanufaktur bald schließen werde. So war das also. Manchmal hatte sie sich vorgestellt, dass Samuel wiederkehren würde. Einfach so. Und an ihre Tür klopfte. Und »Guten Tag, Sophie« sagte. Dann endete der Traum, denn in Wirklichkeit hätte sie ihn dann davonjagen müssen.

»Noch ein wenig Fruchtkonfekt für die Tante?«, fragte Meyer, und Sophie nickte, obwohl sie heute nicht zur Tante gehen würde. Die Tante führte die Schenke nun mithilfe einer Magd, was sie teurer kam als Sophies Unterstützung, aber dafür zeigten sich die ausgebauten Zimmer nun doch einträglich, was die Tante Sophie aber auch im Nachhinein mit keinem Wort dankte. Anfangs hatte Sophie immer auf dem Rückweg vom Kaufmann in der Schenke vorbeigeschaut, um der Tante eine Süßigkeit zu bringen. Aber die Tante sagte immer nur, sie habe keine Zeit zum Schwatzen, und wenn doch, wollte kein rechtes Gespräch zustande kommen. So ging Sophie schon bald nur noch jede zweite Woche und inzwischen höchstens einmal im Monat, wenn überhaupt. Sophie kehrte also, nachdem sie sich von Meyer verabschiedet hatte, auf direktem Weg nach Hause zurück, brachte den Kaffee in die Küche und ließ sich wie jeden Donnerstag eine große Kanne davon zubereiten, an den anderen Tagen trank sie zweimal täglich eine kleine. Der Alte missbilligte ihre Kaffeesucht und meinte, dass Frauen, die zu viel Kaffee tränken, keine Kinder bekämen. Sophie tat dies als ein Ammenmärchen ab, hoffte aber insgeheim, dass es wahr wäre. Vollhardt wünschte sich ein weiteres Kind. Ein eigenes, das nicht missraten war wie der Carl. Sophie aber hatte an dem einen genug und zog das Stillen extralang hinaus, weil es hieß, dies helfe, damit man nicht so schnell wieder schwanger wurde. Schön war es nicht, mit Vollhardt das Bett zu teilen, und immer noch musste Sophie ihren Ekel davor mühsam verbergen. Aber sie merkte bald, dass die Begierde des Alten jetzt schon nachließ, weil es ihm an Kraft fehlte.

Zum Kaffeetrinken setzte sich Sophie in die Stube. Dort saß sie allein, denn ihr Gatte wollte sich partout nicht an das Gebräu gewöhnen. Neben ihr, in der Wiege, schlief der Kleine. Die Magd brachte das Tablett mit der Messingkanne und der Zuckerschale, und Sophie bestand darauf, ihren Kaffee aus der Porzellantasse zu trinken, die Samuel ihr damals auf dem Weinberg geschenkt hatte. Vollhardt log sie an, dass ein Gast ihr die Tasse gegeben hätte. Sie goss sich die dampfende dunkelgoldene Flüssigkeit selbst ein, sodass von der weißen Schale nur noch ein Fingerbreit zu sehen war. Dann gab sie zwei Löffel Zucker hinein, rührte diesen sorgfältig unter, bevor sie die henkellose Tasse anhob und mit geschlossenen Augen den ersten Schluck nahm. Die Süße mischte sich mit dem Kaffeearoma, füllte ihren Gaumen ganz aus, wärmte ihr die Kehle, bis schließlich ein bitterer Nachgeschmack auf der Zunge blieb, den sie ebenso ganz und gar auskostete, bevor sie den nächsten Schluck nahm. Manchmal stellte Sophie sich vor, dass sie einige Damen zur Kaffeetafel einladen würde, die Lisbeth Franz und ein paar andere, um ihnen den besten Kaffee und feinstes Gebäck zu servieren. Anfangs würden sie sich zieren, zu einer ehemaligen Dienstmagd zum Kaffee zu gehen, aber wenn sie erst herausbekommen hätten, was sie dort verpassten, würden sie doch erscheinen. Sophie vermisste es, am Schanktisch zu stehen und mit den Gästen zu schwatzen. Aber nun, da sie Vollhardts Frau war, konnte sie natürlich nicht mehr den Handwerkern Bier ausschenken. Es blieb ihr immerhin der Besuch bei Meyers, und vielleicht würde sie eines Tages ja doch zum Kaffee einladen. Bis dahin trank sie ihn eben allein. Der Kleine in der Wiege regte sich. Vollhardt gab sich Mühe, ihn als seinen eigenen Sohn zu akzeptieren. Kein Wort sprachen sie darüber, dass das Kind von Samuel war. Wenn der Kleine jedoch seine Händchen nach Sophie ausstreckte und sie mit seinen dunklen Äuglein anschaute, dann kam es ihr immer so vor, als würde Samuel sie ansehen. Vollhardt war alt, dachte sie manchmal im Geheimen. Und dass sie bald frei sein könnte. Aber nicht frei genug. Selbst wenn Samuel wiederkehren sollte, konnte sie als Witwe des Advokaten Vollhardt doch keinen lumpigen Porzellaner heiraten.

Vollhardt steckte den Kopf herein. »Nun, meine Liebe. Schmeckt der Kaffee?« Es gefiel ihm zwar nicht, dass sie den Kaffee in solchen Mengen trank, aber am Ende konnte er ihr dies, wie auch beinah jeden anderen Wunsch, doch nicht abschlagen. Was will ich mehr, dachte Sophie. Und sagte es sich jedes Mal von Neuem, wenn eine dumme Sehnsucht sie einzuholen drohte.

Samuel

Meißen, 1720

Hoch über Meißen erstrahlten hell die Mauern der Albrechtsburg, blendeten geradezu vor dem milchig blauen Himmel. Das Bild zitterte in der sich erwärmenden Sommerluft wie die Reflexion auf einer sanft bewegten Wasserfläche. Samuel, die Augen auf die Burg gerichtet, überwältigt von der Freude über den vertrauten Anblick und gleichzeitig bang, wie man ihn dort empfangen würde, hielt sein Pferd mitten auf der Brücke an. Höroldt, der neben ihm ritt, sah abwartend zu ihm: Ist was? Samuel sammelte sich einen Augenblick lang, schloss die Lider, als würde er in sich hineinschauen, dann hob er wieder den Blick und tauchte in das Gefühl von Heimat ein.

In der Manufaktur hatte man ihn bereits erwartet, nur über Höroldt staunte man und betrachtete neugierig den Maler mit der grün samtenen Mütze, die er sich in Prag neu gekauft hatte. Die Verachtung, die Samuel gefürchtet hatte, blieb aus. Eher war es eine Scheu, ja, fast schon Ehrfurcht, die man ihm entgegenbrachte. Erst einige Tage nach seiner Ankunft erfuhr er den Grund dafür.

»Ist es wahr, dass du die gesamte Wiener Manufaktur zum Abschied in Schutt und Asche gelegt hast?«, wollte Johann wissen, als sie abends in der Küche zusammensaßen. Samuel war über die Frage so perplex, dass er nicht sofort antwortete. Doch Höroldt übernahm das gern für ihn.

»Und wie er das hat! Er hat alles, was Wien sich an Hoffnungen auf das Porzellan gemacht hat, ausgelöscht. Dort wird so schnell nichts mehr aus dem Ofen kommen, was sich Porzellan nennen kann.«

Dass Höroldt sich damit gründlich irrte, konnten sie hier noch nicht wissen. Die Wiener Manufaktur würde sich schon bald erholt haben und genau wie Meißen über Jahrhunderte begehrtes Porzellan produzieren. Christoph Hunger sollte es gelingen, nach Venedig zu fliehen und dort eine dritte Manufaktur zu begründen. Wie ein Samenkorn hatte Samuel das Arkanum in die Welt hinausgetragen, wo es seine Früchte trug. Und den Erfolg machte nicht das Geheimnis, sondern die Kunstfertigkeit, mit der es angewendet wurde. Es war das Wie und nicht das Was. An diesem Abend in Meißen aber klang Höroldts Erzählung gut genug für einen begeisterten Applaus. Samuel winkte ab: »Ganz so ist es nicht gewesen.« Und dann erzählte er, was sich in dem Jahr in Wien zugetragen hatte und wie es wirklich zu Ende gegangen war. Und obwohl die Geschichte nun nicht mehr ganz so heroisch klang, nickten die anderen ihm immer noch anerkennend zu.

Nachdem er schon einige Wochen wieder in Meißen war und sich in den neuen Arbeitsrhythmus eingefunden hatte, schrieb er ein paar Zeilen nach Scharfenberg an seine Eltern, die sich den Brief vom Pfarrer vorlesen lassen würden. Zu seiner Freude erhielt er schon bald Antwort, dass man ungeduldig auf seinen Besuch wartete. Es dauerte weitere Wochen, bis er einen Gang in die Stadt wagte. Seit seiner Ankunft waren seine Gedanken jeden Tag bei Sophie gewesen – und bei dem Kind, das inzwischen geboren sein musste. Er wusste nicht, wie er es anstellen sollte, ihr zu begegnen. Er konnte schlecht an ihre Tür klopfen und sagen: »Guten Tag, Sophie. Da bin ich wieder.« Stattdessen wartete er auf der Straße, ob sie vielleicht von sich aus das Haus verlassen würde und er ihr scheinbar zufällig über den Weg laufen konnte.

Er hatte Glück. Es war ein Donnerstag, und Punkt neun Uhr öffnete sich die Haustür und Sophie trat heraus. Sie hatte sich verändert, das Gesicht war ein wenig rundlicher geworden und ihre

Kleidung feiner. Jetzt wagte er es erst recht nicht mehr, sie anzusprechen. Er folgte ihr bis zu Meyers Kaufmannsladen. Sie hatte schon den Fuß auf die Treppe gesetzt und Samuel schon den Entschluss gefasst umzukehren, als sie sich umwandte. Sie schaute ihm direkt ins Gesicht, nicht erschrocken, nein, eher so, als hätte sie mit diesem Augenblick gerechnet. Sie schien zu nicken oder vielleicht war es auch nur ein Seufzer, der ihren Kopf bewegte, dann drehte sie sich um und ging in den Laden. Auch Samuel setzte seinen Weg fort. Unmöglich schien es in diesem Moment, dass ihre beiden Welten sich berührten. Heute nicht. Aber der Tag würde kommen, an dem Sophie stehen bleiben und langsam die Straße überqueren würde, ohne sich darum zu kümmern, ob jemand daran Anstoß nähme. Du bist wieder da, würde sie sagen, und Samuel würde nicken. Er würde nach dem Kind fragen. Und ob es ein Mädchen war oder ein Bub, obwohl er das inzwischen längst herausgefunden haben würde. Und sie würde sagen, dass er gesund war und dass er Christian hieß. Dann würde sie ihn fragen, wo er gewesen sei, und große Augen machen, wenn er von seiner Flucht nach Wien berichtete. Und während er ihr davon erzählte, würde ihm bewusst werden, welchen Weg er gegangen war und dass es bei allem Unglück auch ein großes Glück war, dass er so viel von der Welt gesehen und so viel über sie erfahren hatte. Vielleicht würde Sophie noch wissen wollen, wie es jetzt in der Manufaktur zuging. Und ob man sich davon erholt hatte, dass Böttger nicht mehr da war. Ja, würde Samuel antworten. Es geht nun besser als zuvor. Streit gibt es immer, aber nicht mehr so, dass alles dabei zu Bruch geht. Wir haben schöne Farben entwickelt und einige gute Männer angeheuert, die wir auch bezahlen können, und der Verkauf des Porzellans steigert sich von Jahr zu Jahr. Das Beste aber sei, so würde er sagen, dass nun ein neuer Geist durch die Burgmauern wehe, bei dem es einzig und allein um das Porzellan ginge. So, würde Sophie dann sagen und lächeln. Nicht spöttisch, wie sie es früher immer getan hatte, sondern weil sie sich wirklich für Samuel freute.

Danke

Mein herzlicher Dank geht an die Mitarbeiterinnen und Mitarbeiter des Lübbe-Verlages, besonders an Stefanie Zeller, und meine Redakteurin Anna Hahn für die engagierte und konstruktive Zusammenarbeit, an Christin Wilhelm für die schöne Covergestaltung und Momke Zamhöfer für die freundliche Unterstützung.

Ich danke auch von Herzen Michaela Röll, die mich in der letzten Phase der Entstehung meines ersten Romans so zuverlässig durch alle Höhen und Tiefen begleitet hat.

Dr. Simone Wernet danke ich für ihre genauen und hilfreichen Anmerkungen bei der ersten Prüfung des Textes, für ihre großzügige Hilfe und ihr Mitfiebern am Fortschritt der Arbeit. Auch danke ich meinen Testleserinnen und -lesern, Barbara Schulz, Susanne Maria Neuhoff und meinem Vater Hans Klug für ihre Neugierde, ihr Wohlwollen und ihre Kritik.

Nicht zuletzt danke ich meinem Mann Jens Roth für sein beharrliches Ermutigen, für seine Technik SourceTuning, mit der sich so wunderbar lebendige Figuren entwickeln lassen und für all seine Liebe auf dem langen Weg.

Die Community für alle, die Bücher lieben

Das Gefühl, wenn man ein Buch in einer einzigen Nacht verschlingt – teile es mit der Community

In der Lesejury kannst du
- ★ Bücher lesen und rezensieren, die noch nicht erschienen sind
- ★ Gemeinsam mit anderen buchbegeisterten Menschen in Leserunden diskutieren
- ★ Autoren persönlich kennenlernen
- ★ An exklusiven Gewinnspielen und Aktionen teilnehmen
- ★ Bonuspunkte sammeln und diese gegen tolle Prämien eintauschen

Jetzt kostenlos registrieren: www.lesejury.de

Folge uns auf Instagram & Facebook:
www.instagram.com/lesejury
www.facebook.com/lesejury